한국학술진흥재단 학술명저번역총서

● 서양편 ●

한국학술진흥재단 학술명저번역총서

서양편 ● 59 ●

초록의 하인리히 1

고트프리트 켈러 지음 | 고규진 옮김

한길사

Der grüne Heinrich

by Gottfried Keller

Published by Hangilsa Publishing Co., Ltd., Korea, 2009.

◆ 이 책은 (재)한국학술진흥재단의 지원으로 (주)도서출판 한길사에서 출간·유통을 한다.

이 도서의 국립중앙도서관 출판시도서목록(CIP)은
e-CIP 홈페이지(http://www.nl.go.kr/cip.php)에서 이용하실 수 있습니다.
(CIP제어번호: CIP2009001444)

초록의 하인리히 1

우울한 삶을 보상하는 회상의 미학

고규진 전북대 교수 · 독문과

　1850년 5월 독일 문학계에서 무명이나 다름없던 스위스 출신의 켈러 (Gottfried Keller)는 두 번째로 독일에 체류하고 있던 베를린에서 그 도시의 유명한 출판업자에게 한 소설의 개요를 적어 보내며 출판을 상담한다. 우여곡절 끝에 이 소설은 1854년과 1855년에 걸쳐 총 4권이라는 방대한 분량으로 출판되었지만, 출판시장의 반응은 냉담하여 작가는 자신이 처해 있던 경제적인 곤경에서 벗어날 수 없었다. 작가는 작품이 실패하자 고향 취리히로 돌아와 15년 동안 공직생활을 하다 은퇴한 다음, 환갑이 된 1879년부터 이 작품의 개정판을 출판하여 마침내 다음해에 마침표를 찍는다. 30년 동안 작가의 업보였던 작품, 그러나 오늘날 스위스의 괴테(Johann Wolfgang von Goethe)로 추앙받게 만든 대작이 바로 여기에 소개하는 『초록의 하인리히』의 개정판이다.

　1861년 마흔두 살의 나이로 공직에 발을 들여놓음으로써 뒤늦게나마 안정된 삶을 찾을 때까지 그는 실패한 화가이자 경제적인 무능력에 허덕이던 전업 작가로서 평탄치 못한 삶을 영위했다. 여성과의 사랑도 번번이 실패하여 평생 독신으로 살았는데, 거의 난쟁이 정도의 키가 주된 원인이라고 할 수는 없을지라도 작가의 내면세계의 콤플렉스와 살아온 삶에 대한 우울한 비관과 회한이, 그의 시민적 삶에 방해요소가 되었던 것은 분명하다.

켈러는 다섯 살 때 남편을 잃고 재혼한 어머니와 함께 살았다. 불행하게도 열다섯 살 때에는 공업학교에서 퇴학을 당했는데, 이것으로 그의 정규교육은 끝이 난다. 이후 화가가 되기로 결심하고 1840년부터는 2년 동안 뮌헨에 체류하면서 화가의 길을 모색했지만 곧 포기하고는 작가의 길을 걷는다. 이때 그는 주로 자연시 · 정치적 소네트 · 연애시 · 연작시 등 다양한 장르의 시를 썼는데, 시인으로서 데뷔하는 운이 따르지 않았다. 『시집』(1846)은 1848년 시민혁명 와중에 주목을 끌지 못했으며, 독일 체류 동안 베를린에서 출판된 『신시집』(1854)은 개인적 · 문학적 · 정치적으로 고립무원의 처지였던 까닭에 혁명 이후 독일 독자의 관심 밖에 있었다.

설령 켈러가 정치적으로 자유주의적인 애국 시인으로서 명성을 얻을 수도 있었겠으나, 그것은 1848년 혁명기를 전후한 스위스 안에만 한정되었을 것이고, 독일어권 문단에서 뒤늦게나마 주목받게 된 것은 아무래도 서사작가로서 얻은 유명세에 힘입은 바가 크다. 요컨대 켈러는 서정시인으로보다는 이후의 서사작품, 즉 『초록의 하인리히』와 각각 다섯 편의 노벨레로 이루어진 『젤트빌라 사람들』 I · II부(1856/1874), 『일곱 개의 전설』(1872), 『취리히 노벨레』(1877), 『마르틴 잘란더』(1886) 등을 동해 서사작가로서 명성을 쌓을 수 있었다.

아버지의 부재, 어머니와 지낸 가난한 삶과 그에 따른 미래 불투명성, 청소년기의 방황, 화가 수업의 실패, 하이델베르크 체류 시절 포이어바흐의 유물론적 무신론과의 만남 등은 켈러의 신문문학의 밑그림과 배경이 되는 자전적인 요소다. 이러한 자전적인 체험이 문학작품에서는 대개 아버지의 이상화, 어머니의 칼뱅주의적인 금욕, 지체되는 사회화, 미적 상상세계에 경도되는 청소년기의 자유분방함, 어머니에 대한 죄의식, 현세철학적인 무신론에 대한 성찰, 초기 자본주의의 상업주의적 현실과의 충돌과 그에 따른 좌절과 욕망의 억압 등으로 형상화되어 표현된다. 이렇게 본다면 우선 전기적인 사실들이 변형되고 승화되는 방식과 사회·경제구조와 전기적인 사실들을 결합하는 작가의 심리적 소질을 자리매김하는 것이 켈러의 문학세계에 접근할 수 있는 가장 효과적인 통로가 될 수 있다.

『초록의 하인리히』는 자전적인 경험이 근간을 이룬다는 점에서는 공통적이지만 초판과 개정판은 서술기법에서 차이가 크다. 작품은 초판, 개정판 모두 크게 두 부분으로 나뉜다. 하나는 이른바 '청년시절의 이야기'이고, 다른 하나는 청년시절의 이야기 이후의 일이다. 초판에서는 주인공이 화가 수업을 위해 고향을 떠나는 상황이 전지적인 3인칭 서술자에 의해 시작된 후 곧이어 주인공 하인리히가 쓴 작품의 반 이상을 차지하는 '청년시절의 이야기'가 1인칭으로 소개된다. '청년시절의 이야기' 이후 주인공의 체험은 다시 3인칭 서술자에 의해 진행된다. 반면 개정판에서는 '청년시절의 이야기'와 그 후의 일도 1인칭 서술자에 의해 주도된다. 『초록의 하인리히』의 개정판이 미학적인 측면에서 더 주목받는 이유는 액자소설의 기법으로 보기에는 현저하게 균형이 맞지 않는 초판의 문제점을 해결해 형식적인 완결성을 갖추고 있기 때문이다.

내용상의 차이도 크다. 초판에서는 화가 수업을 축으로, 화가로서 출세하려던 계획의 실패와 그에 따른 경제적 곤경, 현실 사회에 대한 환멸, 가족에 대한 죄의식과 어머니의 죽음이 계기가 된 젊은 나이의 자살이 내용상의 골격을 이루고 있다. 작품의 형식적 완결성을 재고한 개정판에서는 초판의 기본적인 틀에 작가의 중장년기의 자전적인 체험이 보태져 서술된 시간이 확장된 대신, 초판 같은 이상적인 시민사회에 대한 강한 동경과 사회현실에 대한 직접적인 논박 등이 어느 정도 완화되어 있으며 주인공도 자살하지 않고 살아남는다.

그러나 노년에 접어든 주인공의 정신적 인상은 어둡다. 그는 정신적인 감금상태에서 우울하고 과묵한 관료로 살아갈 뿐이다. 요컨대 개정판에서도 주인공의 인생 유전을 통해 드러나는 것은 조화롭고 행복한 삶의 가능성이 아니라 위태롭고 혼돈스러운 세계 속에서 자아의 정체성 찾기에 실패한 한 인물의 우울한 체념이다. 일찍이 루카치는 『초록의 하인리히』의 주인공의 체념을 현실의 변용에 치중했던 동시대의 다른 리얼리스트들과는 구분되는 켈러의 소신 있는 리얼리즘을 증명하는 요소로 평가한 바 있다. 자유의지를 통한 자아실현이 불가능해진 시대에서 유토피아적인 신기루는 단순한 도피만을 의미할 뿐이기 때문에 체념만이 그 시대의 유일한 비상구였다는 것이다.

이 작품은 총 4권 70장으로 구성되어 있다. 작품은 '청년시절의 이야기'를 중심으로 서술시간에 시차가 크다. '청년시절의 이야기'는 "나의 아버지는 아주 오래된 어느 시골마을에서 농부의 아들로 태어났다"로 시작되어 어린 시절 사랑했던 연상의 여인 유디트의 미국 이민까지 묘사한 후 "나는 이제 내 삶의 첫 부분이 종결되고 다른 한 부분이 시작되는 것 같은 느낌이 들었다"(3권 8장)로 끝난다. 이러한 '청년시절의 이야기'를 쓰게 된 배경과 이유는 한참이 지난 뒤인 4권의 4장에 서술되어 있다.

화가로서 입신하기 위해 고향을 떠나와 살고 있는 독일의 도시에서 간신히 생계를 유지한다. 하지만 전망이 암울한 경제 위기 상황과 역시 경제적 어려움에 방치되어 있는 어머니에 대한 죄의식이, 주인공 하인리히로 하여금 자신의 처지와 내면을 좀더 진지하게 성찰해보고 싶은 욕구를 일깨운다. 그는 자신이 살아온 과정과 자신의 존재를 생생하게 되돌아보고 싶은 바람에서 그때까지의 삶과 경험을 쓰기 시작했다. '청년시절의 이야기'는 말하자면 자신의 과거를 진지하게 반추해, 현재를 비판적으로 성찰하려는 인식론적 동기에서 시작된 것인데, 이러한 당초의 의도는 글을 쓰면서 전혀 다른 방향으로 전개된다.

하지만 본격적으로 이 일에 착수하자마자 나는 원래의 비판적인 목적을 완전히 잊고, 예전에 나를 기쁘게 했거나 불쾌하게 만든 모든 것에 대해 명상적인 기억에 몰두했다. 현재의 근심은 모두 잠이 들었고, 나는 아침부터 저녁까지 날이면 날마다 글을 썼다. 나는 마치 근심스러운 일을 쓰는 사람이 아니라 아름다운 몇 주일 동안의 봄날 오른쪽에는 자기 고장의 오래된 포도주 한 잔을, 왼쪽에는 갓 피어난 야생화 묶음을 놓고 정원을 향해 열린 방에 앉아 있는 사람 같았다. 나는 이미 오래전부터 나를 둘러싸고 있던 음울한 어스름의 한가운데서 도무지 청춘을 체험하지 않았던 것 같은 느낌을 갖고 있었다. 그런데 이제 내 손 아래서는 젊은 생명의 움직임이 펼쳐졌고, 〔……〕 내 마음을 사로잡고 나를 몰두하게 했으며, 때로는 더없이 행복한 감정으로, 때로는 후회하는 감정으로 나를 가득 채웠다.

또한 3권 9장에서 "앞부분을 쓴 지도 참으로 오랜 세월이 흘렀다. 나는 그때와 같은 사람이 아니고, 내 필적도 오래전에 바뀌었지만 그런데도 마치 어제 멈춘 지점에서 다시 계속 이어 쓰는 것 같은 기분이 든다. 변함없는 인생의 방관자에게는 행운도 불행도 똑같이 흥미로운 것이어서, 그런 사람은 그때마다 좌석을 바꿔가며 점점 줄어드는 수명이 다할 때까지 깊이 주의하지도 않고 수많은 세월을 보낸다"로 시작되는 '청년시절의 이야기' 이후의 이야기는 4권 16장까지 계속되고, 작품은 유디트의 죽음을 짤막하게 언급하면서 막을 내리는데, 다음은 마지막을 장식하는 일인칭 서술자의 언급이다.

언젠가 나는 그녀(유디트)에게 내 청년시절을 기록한 책을 선물했고 그녀는 크게 기뻐했다. 그녀의 뜻에 따라 나는 그녀의 유품에서 이것을 다시 가져왔으며, 다시 한 번 기억의 푸른 옛 오솔길을 걷기 위해 두 번째 부분을 여기에 덧붙였다.

귀국 후 20년 동안 자연 자체의 목소리로 자신의 곁에서 유일한 위안이 되었던 유디트를 먼저 떠나보낸 장년의(또는 노년의) 하인리히는 '청년시절의 이야기'를 쓸 당시와 마찬가지로 '변함없는 인생의 방관자'로서 회상 자체를 목적으로 글을 쓰는 것이다. 두 번째 이야기를 쓸 때 하인리히의 나이가 몇 살인지는 정확하게 알 수 없다. 다만 주인공이 독일에서 귀향한 후 유디트가 죽을 때까지의 기간이 약 25년이었다는 암시를 참고한다면, 두 번째 이야기의 일인칭 서술자는 최소 49세다. 그러나 유디트를 떠나보낸 후 다시 마음의 평정을 찾은 뒤에야 그녀와 보낸 시간을 담담하게 기술할 수 있었을 것이라는 점을 감안한다면 그의 나이는 최고 61세까지도 생각해볼 수 있다. 작품의 자서전적 특성을 고려하여 작가가 서술자에게 은밀히 자신의 정신적 인상을 이입했다고 가정할 수 있는바, 개작을 완료할 당시 켈러 나이가 61세였기 때문이다.

이로써 서술자에 의해 쓰인 두 이야기는 비판적인 목적을 염두에 둔 참회록이나 고백록이 아니라 회상하는 즐거움의 결과라는 점이 두드러진다. 말하자면 단순히 관조적인 회상의 결과인 '청년시절의 이야기'에서나 '기억의 푸른 옛 오솔길'을 거닌 결과라고 할 수 있는 그 이후 이야기에서나 공히 하인리히의 글쓰기의 목표는 인식론적 성찰이라기보다는 '젊은 생명의 움직임'이 전개되는 회상의 생동감 그 자체에 대한 만족인 것이다. '청년시절의 이야기'를 쓰는 25세의 하인리히가 자신을 '둘러싸고 있던 음울한 어스름의 한가운데서' '청춘을 체험하지 않았던 것 같은 느낌'을 가질 정도로 어려운 현실을 잊고 생동적인 기억에 빠진다면, 그 후 글을 쓰는 하인리히는 생동적인 기억의 세계를 통해 유일한 위안마저 떠나간 잿빛 현실로부터 자신을 지키고자 한다.

작품에는 '청년시절의 이야기'에 대한 서술자 자신의 평가가 몇 차례 등장하는데, 스스로 이것을 '세상에서 가장 쓸모없는 작품'이라고 말하는 것이 그 하나다. 하인리히는 원래 '청년시절의 이야기'를 평범한 책자 형태로 제본하려 했으나 인쇄업자의 오해로 '청년시절의 이야기'는 대단히 화려한 책의 모습으로 탄생한다. 그 결과 하인리히는 수중에 있던 마지막 한 푼까지도 장정 대금으로 지불한다. 그리고 예상에 없던 지출로 상당 기간에 걸쳐 굶주린다.

독자에게 연민의 미소를 짓게 만드는 켈러 작품의 유머를 드러내는 에피소드이지만, 여기서 더 눈여겨보아야 하는 것은 하인리히가 처한 궁핍한 현실과 화려한 책자가 서로 모순적이고 대립적인 상이라는 점이다. 굶주림을 야기한 직접적인 원인이 되었다는 점에서 '청년시절의 이야기'는 '세상에서 가장 쓸모없는 작품'에 지나지 않지만, 행복과 회한의 양가감정이 교차하며 회상의 즐거움에 빠져 있는 전지적인 일인칭 서술자의 반어적 태도를 감안하면 주인공의 암울한 현실에 대한 미적 보상의 기능을 한다.

유디트가 죽은 뒤 하인리히가 글을 쓰는 것도 이런 맥락에서 이해할 수 있다. 완전한 행복을 믿기엔 세상의 쓴맛을 너무 많이 경험했기 때문에 하인리히와의 결혼을 단념하는 유디트는 하인리히에게 자신의 체념적 삶을 다시 한 번 확인할 수밖에 없게 만드는 매개체이자 심지어 멜랑콜리 자체로 볼 수 있는바, 하인리히는 유일하게 자신과 공통적인 삶의 태도를 지닌 유디트의 죽음을 계기로 행복한 삶으로 귀결되지 못한 자신의 삶을 이야기한다. 하인리히의 글쓰기는 비록 개인적이고 주관적인 가치에 머무를지언정 그것이 내면의 욕구가 실현될 수 없거나 실현될 수 없었던 상황에 대한 미적 반응이다. 이 작품의 미적 가치는 이처럼 유별나게 현실을 고통스럽게 체험하는 주인공의 주관성에 대한 이해를 전제로 한다. 현실에 대한 환멸과 아직 충족되지 못한 정체성에 대한 아쉬움 사이에서 글을 쓰는 서술자는, 마치 자기 삶이 머릿속에 각인시킨 가지각색 이미지를 현란하게 화폭에 재생시키는 화가 같다.

멜랑콜리의 정서에 젖어 있는 상태에서 기억을 통해 전개되는 회상은 자신이 체험한 경험의 깊이를 재는 것이 목적이 아니라 그 자체가 경험의 한 과정이다. 따라서 멜랑콜리의 감정을 통해 회상되는 자신의 과거에서는 더 이상 정체성 찾기라는 강박관념이 문제되지 않는다. 어찌 보면 삶의 원동력이라 할 수 있는 강박관념에서조차 벗어나 있는 나이에는 괴로웠던 과거의 체험도 험난한 삶의 대가로 얻게 된 넉넉한 마음으로 포용할 수 있으며, 불행과 고통만을 야기한 자신의 개성과 주관성 또한 결코 도덕적 잣대로 평가할 필요가 없다. 어차피 세상의 이치와 사물의 관련성과 본질을 알 수 없는 상황이라면 자신의 과거는 반성의 대상이 아니라 구성의 대상이기 때문이다.

이에 걸맞게 줄거리 층위에서 객관성이 있는데도 회고하는 일인칭 서술자의 관점이 초지일관 유지됨으로써 서술자 차원에서는 주관적인 특징이 아주 두드러진다. 그럼으로써 이 작품은 정체성이나 구원이 존재하지 않는 세계와 삶의 스핑크스 같은 문제들에 대한 주관적 회상의 기록이 된다.

과거에 대한 회상은 소망했던 원래 목표에 도달하지 못한 채 그러한 사실을 고통스럽게 인식하는 일인칭 서술자의 욕망에 대한 기호다. 서술자의 욕망은 문학적 회상담론의 본질인 정체성에 대한 욕망이지만, 이 작품의 경우 그러한 정체성은 미래를 향해 열려 있는 가능성으로서가 아니라 이야기를 쓰는 하인리히가 글을 쓰면서 재탄생시킨 자아, 즉 이야기 대상이 되는 하인리히를 통해 모습을 드러낸다. 말하자면 서술하는 하인리히는 관조의 즐거움에서 서술대상으로서의 하인리히를 창조하고 그의 일생을 재구성하는 자다. 나아가서 회상된 이야기들은 서술자 하인리히의 불행한 현실과는 대조적으로 하인리히의 내면적 심혼의 표현이기 때문에 그 자체로 시적인 정당성을 지닌다고 할 수 있다. 작품은 인생의 결정적인 국면들을 다 겪고 난 후 과거사를 이야기하기 때문에 더 많은 성찰가능성을 보장하는 일인칭 서술자의 배후시점에 힘입어 하인리히의 현재적 의미보다 그가 집요하게 추구했던 주관적인 욕망세계의 정당성에 더 많은 관심과 시선을 요구하는 것이다.

『초록의 하인리히』의 구조적인 특징은 글쓰기 자체가 작품 동기로 설정된 것 외에도 작품 전체가 수많은 에피소드의 배열로 이루어졌다는 것이다. 심리적인 이유에서 비롯된 자유로운 연상의 원칙에 따라 등장하는 이 에피소드들 때문에 작품은 단편 또는 노벨레 연작 같은 외양을 갖게 되고, 면밀한 구성을 통한 완결 형식이 두드러진 미덕으로 부각된 대신, 줄거리상의 인과적인 원칙이 약화되는 특징이 있다.

'청년시절의 이야기'만 해도 전통적인 교양소설과 같은 인간의 성숙과정에서 생기는 인과관계가 아니라 계열체적인 관계를 갖는 에피소드들이 반복해서 등장한다. 하인리히는 여러 가지 경험을 하는데, 그때마다 반성적 성찰을 통해 극복된 것으로 생각되었던 실수를 다시 저지르며 주위세계와 접촉할 때는 되풀이해서 환멸을 겪는다. 회상하는 자아는 시간과 공간은 달리 설정하면서도 이와 같은 회상된 자아의 에피소드를 마치 원운동처럼 하나의 순환구조로 보여주는 것이다.

화가 지망생에서 무명의 화가생활에 이르기까지의 활동에 관한 묘사도 이와 마찬가지다. 현실에 대한 관계를 정립하지 못하는 이유와 예술가로서 성공하지 못하는 이유는 서로 같다. 하인리히는 기회 있을 때마다 자신의 예술에 대해 끊임없이 성찰하고 반성하지만 처음 그림공부를 시작했을 때와 마찬가지로 언제나 현실도 진정한 자연도 그림으로 표현할 수 없다. 따라서 화가라는 직업의 선택과 예술활동에서 등장하는 에피소드들은 현실적응의 어려움이라는 기의를 원으로 둘러싸고 있는 기표들의 사슬에 지나지 않는다.

이처럼 가장 중심이 되는 줄거리 층위에서 반복적으로 순환되는 주인공의 삶은 따라서 상승 발전이나 개인 성향의 목적론 전개가 아니다. 오히려 동질적인 삶의 국면이 연속된다 할 수 있는 이러한 에피소드들은 하인리히의 세계에 대한 관계가 본질적으로는 언제나 똑같은 수준에 머물러 있다는 것을 보여준다. 인식의 발전으로 이해할 수 있는 에피소드들이 전혀 없는 것은 아니다. '청년시절의 이야기'에 등장하는 이른바 '괴테 독서'와 귀향길에 머물게 된 백작의 성에서의 백작의 가르침을 대표적인 예로 들 수 있다.

그러나 괴테를 통한 동시대적 예술에 관한 성찰도, 포이어바흐의 무신론과 현세주의에 의거한 현실에 대한 백작의 가르침도 결과적으로 본다면 교양과정의 도약을 의미하는 것은 아니다. 주인공의 운명과 삶의 방식에 결정적으로 기여하지 못하는 이러한 산발적이고 일시적인 인식과 에피소드들은 오히려 하인리히의 주관적 성향이나 현실적인 상황이 그만큼 견고하며, 주체와 세계의 모순관계가 쉽게 타협이나 화해에 이를 수 없다는 것을 증명하는 요소다.

'괴테 성찰'이나 포이어바흐 철학 등은 진정한 예술과 현실인식을 통해 자아정체성을 탐구하려는 주인공의 욕망의 표현이다. 정체성을 찾으려는 노력은 작품에서는 수없이 등장하는 시민적 가정·사랑·예술·학문·경제·시민사회 등에 대한 성찰을 통해 표현되는데, 이것은 다른 한편으로 볼 때 이 작품이 담론으로 이루어진 소설임을 증명한다. 문제는 주인공을 둘러싸고 있는 이러한 동시대의 담론이 현실과 실재라는 것은 오로지 관점주의로 구성되는 가상일 뿐이며 현실의 본질은 파악될 수 없다는 회의를 배가시킬 뿐, 하인리히의 정체성에 대한 욕망에 직접적인 계기나 도움이 되지 못한다는 사실이다.

일인칭 서술자는 이처럼 담론이 팽창하고 지식이 세분화되면서 사물의 관련성과 본질 찾기가 더 어려워진 사회현실의 모습을 많은 에피소드와 등장인물을 통해 재구성한다. 유사한 인물과 유사한 이야기, 대조적인 인물과 대조적인 이야기가 되풀이되는 인물구도와 작품구조도 실은 이들 사이의 보완·대립관계를 통해 현실 모습을 구성해보려는 서술자의 의도라고 할 수 있다.

그런데 이런 형식은 한편으로는 주인공이 중심이 되는 주인공의 삶의 이야기가 자주 중단되고 부수적이고 삽화적인 기능을 한다는 점에서, 다른 한편으로는 대립적이거나 유사한 에피소드들의 연관관계를 찾을 수 있는 가능성이 분명하게 명시되어 있지 않다는 점에서 열린 형태의 텍스트가 되며, 현실은 결국 구성방식과 관점에 따라 좌우되는 어떤 대상일 뿐, 삶의 진실을 담보하는 인식론적 실체로서 모습을 드러내는 것이 아니라는 인상을 불러일으킨다.

켈러라는 작가가 우리에게 낯선 것은 영국·프랑스·러시아에 비하면, 독일의 리얼리즘 문학 자체가 국내에서 크게 주목받지 못한 것이 가장 큰 이유일 것이다. 사실 국내 리얼리즘 논의에서 가장 큰 영향력을 행사한 아우어바흐(Erich Auerbach)의 『미메시스』나 하우저(Arnold Hauser)의 『문학과 예술의 사회사』 같은 저서에서도 독일 리얼리즘 문학은 유럽 리얼리즘의 조류와 전통에서 벗어나 있는 변방문학쯤으로 취급되곤 한다. 그러나 독일 문학이 독일 정신사의 '특수한 길' 덕분에 독일적인 문학으로 인정되고 깊이와 사상이 애호된다는 점을 고려한다면, 독일 리얼리즘 문학도 독일적인 특수한 현상으로 인정될 때에야 비로소 진면목에 접근할 수 있을 것이다.

독일 문학이 그 고유한 특성을 발현해온 방식은 이른바 '교양' 전통과 무관치 않다. 여기서 문학에 관심 있는 대부분의 독자들은 교양소설이라는 독일적인 소설 장르를 떠올릴 것이며, 문학사를 통해 서양문학을 체계적으로 접할 기회가 있었던 사람들은 켈러의 『초록의 하인리히』가 독일 교양소설 역사의 한 축을 차지하는 작품임을 기억해낼 것이다. 문학 교과서적으로 말하면 이 작품은 슈티프터(Adalbert Stifter)의 『늦여름』과 더불어 괴테의 『빌헬름 마이스터의 수업시대』의 맥을 잇는 19세기의 대표적인 독일 교양소설이다. 사실 국내에 잘 알려진 토마스 만 (Thomas Mann)의 『마의 산』이 소개될 때에도 늘 20세기 독일 교양소설의 정수라는 수식어가 동반되는데, 그만큼 괴테의 이른바 교양소설 『빌헬름 마이스터의 수업시대』는 독일 소설사의 근원과 동일시될 만큼 독일 문학의 지형도에 몇 세기 동안 긴 그림자를 드리우고 있다.

그러나 문학사의 체계화를 위해 이론 개념이 유용하다고는 해도 개별적인 문학작품을 이해하는 데는 소설 유형학 범주들이 오히려 선입견이라는 부작용도 낳는다. 교양소설론만 해도 그렇다. 교양소설에 대한 이론은 대개 계몽주의 발전개념과 이상주의 인간학 또는 교육학 등의 영역에서 통용되던 교양개념을 초시대적 규범과 척도로 설정하고, 괴테 이후의 독일 소설들의 경향을 이러한 이념과의 상관관계 아래서 파악함으로써 독일 소설의 '특수한 길'을 규명하려는 의도에서 자유스러울 수 없었다. 『빌헬름 마이스터의 수업시대』를 비롯한 고전주의 시대의 소설 작품들조차 당대 현실의 경험을 비판적으로 반영하기 위한 전제였을 뿐, 교양이념은 예정조화설이나 유토피아적인 암시와 더불어 종결될 수밖에 없는 당대 특유의 목적론이었다.

달리 말하면 이 시대의 소설에서 형상화된 인간학 이념은 그 시대의 사고구조에 비추어볼 때, 분명한 빛을 발하는 것이지 결코 초시대적으로 통용되거나 시대를 불문하고 언제나 형상화의 대상이 되어야 할 만큼 정당한 것이라고는 할 수 없다. 어차피 이상주의 인간학에 의거하여 자아실현과 사회적 역할의 조화로 일컬어질 수 있는 유토피아 상태로 발현될 수밖에 없었던 계몽주의 교양이념은 19세기의 달라진 사회현실을 전제로 문학 속에서 전개되는 개체의 인생유전을 이해하는 데에는 적합하지 않은 개념이 된 것이다.

따라서 이 작품을 조건 없이 교양소설의 범주에 넣을 수 있는지는 별도의 학문적 논의가 필요하다. 그러나 이 작품이 반교양소설이든, 환멸소설이든 간에 교양소설이라는 소설유형학적인 개념을 빌려 분석해보는 것은 작품을 이해하는 데 매우 유용하다. 여기서는 주인공의 자유의지와 행복에 대한 바람과 사회적 질서의 규범 간의 문제적 관계 속에서 전통적인 교양소설의 테마들이 새로운 시각에서 조명되기 때문이다. 예컨대 주인공의 자아실현의 목표 속에는 자유주의적인 자본주의의 영향 아래서 경제 측면까지 상정되어 있는데, 바로 이러한 경제적 사회질서가 시민계급의 윤리적 · 정치적 토대를 위협하는 것으로 그려져 있다.

이렇게 볼 때 개인적 자아규정과 사회 요구가 서로 타협점을 찾을 수 없는 시민사회 현실에서 예술, 사랑, 건강한 시민적 삶과 가정적인 역할 등 모든 면에서 영락하는 주인공을 다룬 이 작품은 개인이 자유롭고 완전한 존재가 될 수 있다는 시민사회의 약속이 불가능한 상황, 즉 교양소설적인 목적론의 실현불가능성을 보여주고 있다. 이런 맥락에서 이 작품은 괴테 등의 고전작가들이 경험하고 관찰한 세계의 급속한 몰락을 경험한 리얼리스트이자 유물론자인 켈러가 기능적인 분화과정이 심화됨으로써 개체와 사회의 갈등이 전면에 드러나는 19세기의 현실에서 복고적이고 유토피아적인 교양이념을 자전적인 경험을 축으로 실험하는 작품이라고도 할 수 있다.

『초록의 하인리히』의 리얼리즘 문학으로서의 특성은 교양소설론으로 모두 해명되지 않는다. 작품의 내용과 의도, 작품에서 구현되는 문제들은 장르라는 수사학 구조보다 훨씬 더 강하게 시대와 연관되어 있기 때문이다. 사회적인 면에 초점을 맞추어보면 보편적 인간이라는 르네상스 이상과 계몽주의 교양이념의 심정적인 동조자인 하인리히는 애당초 가정과 교육제도로부터 사회화 가능성을 박탈당한 채 시민사회의 추상적인 경제법칙과 예술의 상업화과정에서 희생될 수밖에 없는 인물로 그려져 있다.

또한 목가적인 분위기가 풍기는 어머니의 고향마을과 경제법칙이 왕도로 군림하는 시민사회 현실의 대조적 서술, 예술과 삶의 일치를 보여주는 고향의 텔 축제나 독일 수도에서 벌어지는 축제에서 장인예술가를 묘사한 깃, 그와는 반대로 경제법칙에 좌우되는 예술가와 예술시상에 대한 장황한 묘사 등을 통해 이 작품에서는 시대와 사회의 문제가 전면에 부각되는 인상을 불러일으키고 있다. 이와 더불어 작품은 일인칭 서술자가 현실에 적응하지 못하는 과거의 자신을 향해 내비치는 연민하고 동정하는 태도를 통해 드물지 않게 강한 사회비판적 경향을 보인다. 더불어 간과할 수 없는 것은 주인공의 수동성과 고립무원의 상태, 심정적인 측면에서 보이는 서정성이다. 어떤 한 시대가 한 개인의 개성이 실현되는 데 어떠한 제약을 가하는지 보여준다는 관점에서는 이 소설이 개인소설의 특징을 갖고 있지만, 산문이 되어버린 현실에서 시적인 심혼의 잃어버린 권리를 찾으려는 동기에서 비롯된 회상의 기록이라는 점에 주목한다면, 이 작품의 미적 특성은 오히려 회상하는 서술자와 회상된 자아의 주관성 속에 놓여 있다.

『초록의 하인리히』는 회상의 문학적 과정 자체가 곧 작품에서 묘사된 사건 자체다. 여기서 현실의 날줄과 씨줄은 하인리히라는 인물의 주관적 실체의 깊이를 드러내기 위한 수단으로서 서술자가 가공한 것일 뿐이다. 그런데 작품이 기본구조에서 일인칭 서술자에 의한 연대기적 회상의 형식을 빌려 서술된다는 점을 고려한다면 이 작품은 전기적 또는 자서전적 소설 유형에 가깝다고 할 수 있다. 개인소설이라는 명칭이 사회소설이라는 대립개념 때문에 개인소설 속의 주인공을 언제나 인간은 사회적 동물이라는 선입견에서 자유스럽지 못하게 만든다. 반면, 전기소설이라는 개념규정 아래서는 더 특이하고 문제적이며, 경우에 따라서는 더 주관적인 한 개체의 삶을 연상할 수 있으며, 특히 개성의 조화로 일컬을 수 있는 이른바 독일 교양소설에서 근본적인 테마가 더 심도 있고 예리하게 다루어지는 과정도 생각할 수 있기 때문이다.

또한 더 이상 사회와의 조화에 대한 바람이나 사회와 갈등해서 생기는 후회가 문제시되는 것이 아니라, 글쓰기 자체를 통하여 자신의 삶을 미학화하는 하인리히 같은 주인공은 소설 진행에 따라 성격도 변하고 발전하는 입체적 인물로서가 아니라 성격이나 행동방식이 개성적으로 고정된 인물로 이해할 수 있다. 그런 점에서 이 작품은 문제적 개인의 문제적 전기이며, 사회와 화해에 이르든 이르지 못하든 간에 단지 하나의 본보기로서의 삶을 형상화의 대상으로 삼는 전기소설의 특징을 전형적으로 보여주고 있다.

초록의 하인리히 1

우울한 삶을 보상하는 회상의 미학 | 고규진 ————————————— 7

제1권

제1장 가문에 대한 찬미 ————————————————————— 29

제2장 아버지와 어머니 ————————————————————— 38

제3장 소년시절, 최초의 신학, 학교 걸상 ——————————— 50

제4장 신과 어머니에 대한 찬미, 기도에 대하여 ——————— 60

제5장 메레트라인 ——————————————————————— 69

제6장 신에 관한 그밖의 일들, 마그레트 부인과 그녀의 측근들 —— 78

제7장 계속되는 마그레트 부인 이야기 ——————————— 88

제8장 어린아이의 범행 ————————————————————— 104

제9장 학교생활의 여명기 ——————————————————— 110

제10장 놀고 있는 어린아이 —————————————————— 119

제11장 연극이야기, 그레트헨과 긴꼬리원숭이 ——————— 128

제12장 독서광 가족, 거짓말하던 시절 ——————————— 141

제13장 무장(武裝)의 봄, 때이른 죄 ————————————— 152

제14장 허풍쟁이, 빚, 속물 어린아이 ———————————— 166

제15장 침묵 속의 평화, 최초의 적과 그의 몰락 ——————— 176

제16장 무능한 교사, 못된 학생 ——————————————— 188

제17장 어머니, 자연으로의 도피 ———————————————— 199

제18장 일가친척 ——————————————————————— 206

제19장 새로운 생활 ————————————————————— 216

제20장 직업에 대한 예감 —————————————————— 226

제21장 안식일의 목가(牧歌), 선생님과 그의 딸 ——————— 235

제2권

제1장 직업의 선택, 어머니와 조언자들 ——————————— 253

제2장 유디트와 안나 ——————————————————— 261

제3장 콩더미 속의 로맨스 ————————————————— 270

제4장 죽은 자의 춤 ———————————————————— 281

제5장 일의 시작, 하버자르트와 그의 작업장 ———————— 291

제6장 사기꾼 ——————————————————————— 307

제7장 6장의 연속 ————————————————————— 316

제8장 다시 봄 —————————————————————— 323

제9장 철학자와 소녀들의 전쟁 ——————————————— 344

제10장 정자(亭子) 법정 —————————————————— 353

제11장 신앙을 위한 노력 —————————————————— 362

제12장 견진성사 의식 ——————————————————— 379

제13장 사육제의 야외극 —————————————————— 389

제14장 텔 ———————————————————————— 399

제15장 식사 중의 대화 ——————————————————— 407

제16장 저녁 풍경, 베르타 폰 브루넥 ———————————— 421

제17장 승려들 ——————————————————————— 429

제18장 유디트 ——————————————————————— 441

제3권

제1장   일과 명상
제2장   기적 그리고 진짜 스승
제3장   안나
제4장   유디트
제5장   스승과 제자의 어리석음
제6장   병든 자와 살아 있는 자
제7장   안나의 죽음과 장례식
제8장   유디트도 떠나다
제9장   작은 양피지
제10장 두개골
제11장 화가들
제12장 다른 사람들의 연애
제13장 또다시 사육제
제14장 어릿광대들의 결투
제15장 우울증

제4권

제1장　보르게제의 검투사

제2장　자유의지에 대하여

제3장　삶의 여러 가지 방식

제4장　플루트의 기적

제5장　노동의 불가사의

제6장　고향 꿈

제7장　계속되는 꿈

제8장　방랑하는 두개골

제9장　백작의 성

제10장　운명의 변화

제11장　도르트헨 쇤푼트

제12장　얼어붙은 기독교도

제13장　쇳덩이 같은 이미지

제14장　귀향과 황제 폐하 만세

제15장　세상의 행로

제16장　신의 제단

일러두기

1. 이 책은 Gottfried Keller, *Der grüne Heinrich*, Historisch-Kritische Ausgabe, Strœmfeld Verlag/Verlag Neue Zürcher Zeitung, 2006, Bd. I(1, 2권), II(3권), III(4권)을 번역한 것이다.

2. 이 책의 각주는 독자의 이해를 돕기 위해 옮긴이가 넣은 것이다.

3. 소설로 읽기에는 원문의 단락이 지나치게 길어 독자가 읽기 편하게 옮긴이가 단락을 나누었다

4. 원문에 이탤릭체로 쓴 곳은 고딕으로 표기했다.

제1권

제1장 가문에 대한 찬미

　나의 아버지는 아주 오래된 어느 시골마을에서 농부의 아들로 태어났다. 이 마을의 이름은 토지분할시대[1]에 이곳의 땅에 창을 꽂고 농장을 일구었던 알레만[2] 사람에게서 얻은 것이었다. 몇백 년이 흐르는 동안 마을 이름을 부여한 이 일가(一家)가 민초들 속에서 사라진 뒤, 봉토를 받은 한 남자가 이 마을 이름을 자신의 작위 명칭으로 삼고[3] 성(城)을 지었는데, 그 성의 위치가 어디였는지 지금은 아무도 모른다. 마찬가지로 그 가문의 마지막 '귀족'[4]이 언제 죽었는지도 그리 알려져 있지 않다. 그러나 마을은 여전히 그 자리에 건재하며 어느 때보다도 더 활기에 넘친다. 대략 20∼30개 성(姓)씨는 변함없이 존속했고, 앞으로도 계속

---

[1] 401년 오늘날의 스위스 지역을 점령하고 있던 로마인들이 퇴각한 후, 주인이 없게 된 땅을 이주민들이 차지하던 시대를 일컫는다.
[2] 알레만은 5, 6세기경부터 라인 강과 알프스 사이의 지역에 이주해 살기 시작한 게르만족의 명칭이다. "땅에 창을 꽂고 농장을 일구었다"는 표현은 알레만족이 전쟁을 통해 땅을 약탈하지 않고 평화롭게 이주했다는 것의 우회적인 표현이다.
[3] 중세 유럽에서는 이탈리아식으로 원래의 성(姓) 외에도 지명 등을 이름에 붙이는 관습이 있었다. 예컨대 레오나르도 다 빈치(Leonard da Vinchi)는 빈치 지방의 레오나르도를 일컫는다.
[4] 영주나 대지주에게 봉토를 받고 토지 관리를 위임받은 자유민들은 종종 귀족으로 신분 상승을 할 수 있었다.

무수히 많은 가지를 뻗어 혈족을 번성시켜야 한다. 오래되었지만 늘 깨끗하게 손질된 교회를 둘러싸고 있는 아담한 묘지는 한 번도 확장된 적이 없어서 글자 그대로 티끌이 된 선조들의 유골로 이루어져 있다. 그러니 땅속 열 걸음 깊이까지의 흙은 한 알갱이도 예외없이 인간의 유기체를 통해 순례했을 것이며, 예전에 한번쯤 다른 흙들과 함께 무덤을 파일구는 데에 일조했을 것이다. 아니, 나는 과장한 나머지 그때마다 함께 땅속에 묻히는 네 장의 널빤지를 잊고 있는데, 이것들은 주변의 푸른 산에서 자라는, 역시 아주 오래된 거인 전나무로 만든다.

  나는 또한 이 고장의 밭에서 자라나 방적과 표백을 거쳐 수의로 사용하는, 이를테면 전나무 널빤지처럼 한 식구나 다름없는 올 굵은 진품 아마포를 잊고 있다. 교회 묘지의 흙이 여느 흙 못지않게 매우 서늘하고 검은색을 띠는 데에는 이 아마포가 한몫을 한다. 묘지 위에는 짙푸른 풀도 자라고, 재스민과 장미가 빽빽하고 어지럽게 우거져 있어 새 무덤에는 꽃과 나무를 심는 대신 꽃숲 속으로 무덤을 만들어 넣어야 할 정도다. 그러다 보니 온통 뒤죽박죽인 관목 숲 어디서 새 무덤을 파야 하는지 그 경계를 정확히 아는 사람은 무덤 파는 인부뿐이다.

  마을 인구는 2,000명이 채 안 되며, 똑같은 성씨가 200~300명씩 있다. 그러나 증조부대까지 기억하는 경우는 매우 드물어서 이들 가운데서도 기껏해야 20~30명 정도만 서로 친척이라 부르는 게 보통이다. 이 사람들은 끝을 알 수 없는 시간의 심연에서 세상의 빛 속으로 솟아 올라와 최대한도로 몸에 빛을 쬐고 살며 생존을 위해 애쓰다가, 죽을 때가 되면 편안히 또는 고통스럽게 또나시 어둠 속으로 사라진다. 그들이 자신의 일신(一身)에 관해 생각할 때는 조상들이 32대 손에 걸쳐 이어져 내려왔다는 것을 가슴 깊이 확신하고 있으며, 이 조상들의 혈족관계에 천착하기보다는 자신들의 대에서 자손이 단절되지 않도록 노력한다. 그

러다 보니 할아버지와 할머니가 어떤 인연으로 맺어졌는지는 모르면서
도 이 지방의 온갖 소소한 전설이나 기담은 그럴 수 없으리만치 상세하
게 얘기할 수 있게 되는 것이다. 그들은 누구나 할 것 없이 덕이란 덕은
모두 갖고 있다고, 적어도 처세면에서 진정한 덕이라고 생각하는 그런
덕은 갖고 있다고 믿는다. 그리고 조상의 악업(惡業)에 관한 한, 농부도
귀족과 마찬가지로 이것을 망각의 심연에 묻고 싶어하는 것은 당연한
일이다. 제아무리 거만해도 그도 때로는 그저 한 인간에 지나지 않기 때
문이다.

들과 숲이 펼쳐진 원형의 광활한 지역은 이곳 주민들의 무진장한 자
산(資産)이다. 이 부(富)는 예로부터 커다란 증감 없이 거의 그대로 유
지되고 있다. 그도 그럴 것이, 가끔 시집가는 처녀들이 한 귀퉁이씩 떼
어가는 경우가 생기더라도 젊은 사내들이 8시간 걸리는 곳까지 빈번히
원정을 감행하여 충분한 보상을 받는 동시에 마을사람들의 성정과 신체
에 응분의 변화를 주는 구실을 하기 때문이다. 이렇게 보면 그들은 마을
을 활기차게 번영시키는 일에서는 부유한 귀족도시[5]나 상업도시 그리
고 유럽의 왕가보다도 한층 깊은 통찰력을 지니고 있다.

그러나 이 재산분배 상태는 해마다 조금씩 변하여 반세기가 지날 때
마다 거의 알 수 없을 정도가 된다. 옛날 거지의 자식들이 오늘날에는
마을의 부자이고, 또 이들의 후손들은 훗날 중간계층에서 힘들게 생계
를 유지하다가 완전히 영락하거나 다시 성공하기도 한다.

아버지가 너무 일찍 돌아가신 탓에 나는 그가 할아버지에 대해서 얘
기하는 것을 들을 기회가 없었다. 당연히 나는 할아버지에 대해 아는 것

---

5) 중세 이후 유럽의 대부분에 퍼져 상업에서 귀족적 특권을 행사했던 상류 계층
   이 활동하는 도시를 지칭하며, 스위스의 경우 취리히, 바젤, 루체른 등이 이러
   한 도시에 속했다.

이 거의 없다. 다만 변전하는 인생에서 당시 몇 안 되는 그의 직계 가족들에게 찾아온 순서는 청빈한 삶이었다는 사실만큼은 확실하다. 전혀 알지도 못하는 증조부가 변변치 못한 사람이었을 거라고 추측하고 싶지 않은 나로서는 그의 재산이 수많은 후손에게 발기발기 분배되었을 거라는 쪽에 가능성을 두고 있다. 실제로 내게는, 누가 누군지 구별하지 못하지만, 개미처럼 부지런히 끌어 모은 결과 무수히 쪼개지고 갈라진 땅의 상당량을 다시 찾은, 촌수가 먼 친척들이 꽤 있다. 그들 가운데 연로한 몇 분은 그동안 벌써 부자가 되었고, 그들의 자녀들은 물론 다시 가난해졌다.

이미 그 당시 스위스는 공사(公使) 서기관 베르테르에게 그토록 비참해 보이던 그런 나라는 아니었다.[6] 그리고 프랑스혁명의 어린 씨앗이 오스트리아와 러시아 그리고 프랑스군까지도 가세한 숙영(宿營)허가증이라는 폭설[7]에 덮여버렸을 때에도, 그나마 중재헌법[8] 덕분에 온화한 늦여름이 유지되고 있었으나, 어느 날 아침 아버지가 풀을 먹이던 소들

---

6) 괴테의 소설 『젊은 베르테르의 슬픔』의 2부(1771년 10월 20일자 편지 이하)에서 베르테르는 어떤 공사의 서기관으로 묘사되어 있다. 여기서는 스위스의 현실에 대한 베르테르의 언급이 없으나, 괴테는 1808년 고타출판사에서 출판한 전집 『젊은 베르테르의 슬픔』에 스위스에 대한 베르테르의 비판적 견해가 담긴 '스위스에서 보내온 편지들'을 덧붙인 바 있다.

7) 숙영허가증은 군인들에게 숙영을 허가했던 증서를 말한다. 스위스는 유럽의 연합국과 프랑스 간의 전쟁 기간(1799~1802)에 전쟁터가 되었다. 1799년 6월 취리히에서 벌어진 1차 전투에서는 오스트리아가 프랑스를 이겼던 반면, 같은 해 9월에 벌어진 2차 전투에서는 프랑스가 오스트리아, 러시아 연합군을 격퇴했다. 이를 통해 스위스에서는 헬베티아 공화국이 재건되었고, 스위스는 1801년까지 프랑스의 지배 아래 놓이게 되었다.

8) 나폴레옹이 선포해 1803년에서 1813년까지 효력을 발휘했던 스위스 헌법으로, 단일국가였던 헬베티아 공화국을 무한한 자치권을 가진 19개의 칸톤의 연방으로 변모시켰다.

을 내버려두고는 유용한 수공업 기술을 배우기 위해 도시로 떠나는 것을 막을 수는 없었다. 그 후 마을사람들 가운데 아버지 소식을 아는 사람은 아무도 없었다. 힘들었지만 잘 버텨낸 도제수업을 마친 후에도 점점 더 대담해진 그의 충동은 그를 먼 고장으로 이끌어갔고, 그는 숙련된 석수(石手)가 되어 먼 나라들을 정처 없이 떠돌아다녔기 때문이다.

그러나 그동안 워털루전투[9] 이후 피어났던, 조용히 바스락거리는 종이꽃[10]들의 봄[11]이 여느 곳에서와 마찬가지로 스위스 구석구석에까지도 그 파란 촛불을 발하고 있었고, 다른 곳에서와 마찬가지로 1790년대에 아주 먼 옛날부터 공화국의 한복판에서 살고 있다는 사실을 깨달은 바 있었던[12] 주민들이 살고 있는 아버지의 고향마을에도 왕정복고[13]라는 귀부인이 온갖 짐 궤짝과 상자꾸러미들을 가지고 장중하게 이사 와서 최대한 훌륭하게 보금자리를 꾸몄다. 이 고장은 아주 즐겁게 놀기 좋은 장소들이 있는 그늘진 숲과 언덕, 계곡뿐만 아니라 고기가 많은 맑은 강이 있었고, 현재까지 사람이 거주하는 성이 눈길을 끄는 생기 있고 널찍한 인근에도 이러한 행락지가 무수히 널려 있어서 이 고장 세도가의 집에는 사냥, 낚시와 더불어 춤추고 노래하며 음식과 술을 즐기려는 손님들이 도시에서 몰려들었다. 이 사람들은 혁명을 거치며 배척된 페티

---

9) 나폴레옹의 최종적인 몰락을 초래한 1815년 6월의 전투로, 이 전투와 함께 나폴레옹의 유럽 지배에 대항한 해방전쟁이 종결되고 왕정복고 시대가 시작되었다.
10) 1년생 엉거시과 꽃명.
11) 워털루전투 이후 시작된 반동적인 정치질서의 음산한 시대적 분위기를 표현하는 것이다.
12) 1789년의 프랑스혁명을 통해서 공화정치체제에서와 같은 인간의 권리는 인간이 향유해야 할 본연의 권리라는 점을 깨닫게 되었고, 스위스 국민의 삶은 이러한 공화정치 이념에 부합한다는 자긍심을 내포하는 구절이다.
13) 빈회의 이후 혁명으로 철폐되었던 왕정 질서가 다시 도래한 시기를 일컫는다.

코트 스커트와 가발을 현명하게 벗어던지고, 비록 이 지역에서는 이 변화가 다소 뒤늦은 감이 있긴 했어도, 나폴레옹 황제시절의 그리스풍 옷차림을 하면서부터 몸을 더 가벼이 움직였다. 농부들은 하얀 베일로 온몸을 휘감아 여신처럼 보이는 상류층 여인들의 모습과 그들의 특이한 모자 그리고 어깨 바로 아래서 꽉 동여맨 묘한 코르셋을 놀라워하는 눈으로 바라보았다. 이러한 귀족 취미의 화려함이 가장 멋지게 펼쳐진 곳은 목사관이었다. 스위스의 개혁파 지방 성직자들은 북유럽의 개신교 성직자들처럼 굴종적인 불쌍한 인간들이 아니었다. 시골의 모든 성직은 거의 예외없이 세력 있는 도시 시민의 몫이었으므로, 그들은 세속의 명예직과 나란히 지배체제의 축을 이루었다.

검과 저울을 다루는 형제를 둔 성직자는 그 영화를 함께 나누어 누렸을 뿐만 아니라, 그들 방식대로 강력하게 권력을 이용하여 지배력을 행사하거나 근심 걱정 없는 생활을 영위했다. 그들은 원래부터 부자인 경우가 아주 많아서 시골 목사의 집은 차라리 지체 높은 사람의 별장과 비견되었다. 게다가 실제로 귀족출신 성직자들도 상당수 있어서 농부들은 그들을 특별히 융커[14] 목사님이라고 불러야 했다.

그 시절 내 고향마을의 목사는 그런 사람도 아니었고 부자도 아니었다. 그렇기는 해도 도시의 오래된 가문 출신이어서 그의 인품이나 살림살이에는 유복하게 자란 도회지 사람 특유의 자부심과 계층의식 그리고 놀기 좋아하는 성격이 두루 어우러져 있었다. 그는 귀족으로 불리는 것에 자만해서 자신의 종교적 위엄과 군인이나 융커 같은 무례한 면모를 스스럼없이 연출했다. 그도 그럴 것이 당시만 해도 요즈음의 종교적 보수주의자들이 쓴 반박문 형식의 소책자들에 대해서는 듣지도 보지도 못

---

14) 장원을 갖고 있는 귀족에 대한 호칭이다.

하던 시대였다.[15] 목사관은 늘 시끌벅적하고 흥겨웠다. 교구민들은 들과 가축우리에서 생산된 것으로 충분히 세금을 냈고, 손님들조차 숲에서 토끼며 도요새, 자고새 등을 잡아왔다. 그러나 그 지방에서 짐승사냥은 행해지지 않았기 때문에 농부들은 그 대신 대대적인 고기잡이 행사에 참여해달라고 정중하게 권유받았는데, 그럴 때마다 매번 파티가 열리다 보니 목사관에는 즐거움과 소음이 끊이지 않았다.

사람들은 그 지역을 두루 돌아다니다 떼를 지어 아는 집을 방문하거나, 그러한 종류의 방문을 받았다. 천막을 치고 그 아래서 춤을 추는가 하면, 맑은 시냇물 위로 천막을 펼치고 그리스풍 옷을 입은 부인네들이 그 아래서 멱을 감기도 했다. 또 무리 지어 한적한 곳의 시원한 물방앗간에 몰려가기도 하고 나룻배에 가득 타고서 호수나 강으로 나가기도 했는데, 그때마다 목사는 등에 오리사냥 총을 메거나 커다란 지팡이를 손에 들고서 선두에 섰다.

이 사람들의 정신적 욕구는 많지 않았다. 내가 본 바에 따르면 목사의 책 가운데 비종교적인 것이라고는 옛날 프랑스의 전원소설 몇 권, 게스너[16]의 전원시, 겔러르트[17]의 희극들 그리고 읽어서 닳고 닳은 뮌히하우젠[18]의 작품 한 권이 고작이었다. 두세 권의 비일란트[19] 단행본은 도

---

15) 19세기 초엽 일부 종교적 보수주의자들이 가톨릭의 부활을 부르짖으면서 세속과 융합되었던 당시의 자유주의적 개신교를 비판하는 논문집들을 발간했는데, 이 장면에서 묘사된 목사의 언행이 바로 이러한 비판의 대상이었다.

16) 게스너(Salomon Geßner, 1730~88)는 이 당시 가장 많이 읽힌 목가적 분위기의 작품을 쓴 스위스의 작가이자 화가다.

17) 겔러르트(Christian Fürchtegott Gellert, 1715~69)는 고상한 형식으로 경건주의적 내용을 담은 작품을 쓴 계몽주의 시대의 독일 작가다.

18) 뮌히하우젠(Karl Friedrich Hieronymus Freiherr von Münchhausen, 1720~97)은 전쟁, 사냥, 여행에서의 모험담을 주로 쓴 독일의 작가다.

19) 비일란트(Christoph Martin Wieland, 1733~1813)는 감각과 이성의 조화를

시에서 빌려 와 아직 반납하지 않은 듯했다. 사람들은 휠티[20]의 노래를 불렀고 젊은이들만이 간혹 마티존[21]의 작품 따위를 지니고 다녔다. 어쩌다 그러한 것이 화제에 오르면 목사는 30년 전부터 줄곧 "당신은 클롭슈토크[22]의 메시아를 읽었소?"라고 묻곤 했는데, 만일 당연하다는 듯이 읽었다는 대답이 나오면 그는 조심스럽게 입을 다물었다. 말이 나온 김에 덧붙이면 손님들은 정신적 노력을 배가하여 시대적 관심의 중심에 있는 문화를 고착시키려는 고귀한 교양을 통해 그러한 문화를 강고하게 하려는 고상한 집단에 속한다기보다는, 그저 타인의 노력의 결실을 향유하고 교회 축성식이 계속되는 한 골치 썩이는 일 없이 편안한 날들을 즐기려 하는 태평스러운 부류에 속했다.

그러나 이 모든 호사스러운 삶은 그 자체 속에 이미 몰락의 씨앗을 잉태하고 있었다. 목사에게는 아들과 딸이 한 명씩 있었는데, 둘 다 주변 사람들과는 취향이 달랐다. 역시 목사로서 아버지의 후임자가 될 예정인 아들은 젊은 농부들과 다각도로 친하게 지내고 온종일 그들과 함께 들판에서 지내거나 가축시장에 가서 전문가 같은 식견으로 어린 암소를 어루만졌다.

그런가 하면 딸은 기회가 닿는 대로 그리스풍의 치렁치렁한 옷을 못

추구함으로써 고전적인 휴머니즘의 이상을 선취했던 독일의 작가로서 그의 대표작 『아가톤 이야기』(*Die Geschichte von Agathon*)는 교양소설이나 교육소설의 전범으로 꼽힌다.

20) 휠티(Ludwig Heinrich Christoph Hölty, 1748~76)는 정서 넘치는 발라드와 시를 지은 독일의 작가다.

21) 마티존(Friedrich von Matthison, 1761~1831)은 실러와 비일란트 등이 높이 평가한 서정시를 많이 남긴 독일의 작가다.

22) 클롭슈토크(Friedrich Gottlieb Klopstock, 1724~1803)는 독일의 작가로, 『성경』을 소재로 한 그의 서사시 『메시아』(*Der Messias*)는 그리스도의 일평생을 그린 대작이다.

에 걸어두고 부엌과 정원으로 들락거리며, 떠들썩한 손님들이 밖에 나갔다가 돌아왔을 때 뭔가 배를 채워줄 음식을 준비했다. 요리 또한 도시의 식도락가들에게 적잖은 매력을 지니고 있었고, 정연하게 경작된 널따란 채마밭은 지칠 줄 모르는 바지런함과 모범적인 꼼꼼함을 설명하기에 부족함이 없었다.

아들은 행동이 빠릿빠릿하고 물려받은 재산도 있는 농부의 딸과 결혼하여 그녀 집으로 이사한 후 평일에는 내내 밭과 가축을 돌보게 됨으로써 자신의 계획을 완수했다. 그는 성직의 계승권을 지닌 채 씨를 뿌리는 자로서 신성한 씨앗을 잘 가늠해 뿌리고 잡초의 모습으로 나타나는 악을 뽑아내는 연습을 한 것이다. 이에 대한 목사관의 놀라움과 분노는 대단했다. 이 젊은 농사꾼 여자가 언젠가는 목사관의 안주인으로 들어와 집안을 통솔할 것을 생각하면 그럴 만도 했다. 요컨대 그녀는 목사부인다운 품격으로 풀밭에 엎드리거나, 목사관의 여주인다운 솜씨로 토끼 요리를 식탁에 올릴 줄도 모르는 여자였다.

그랬기 때문에 앳된 소녀티를 벗고 바야흐로 한창 피어오르기 시작한 딸이 가문에 어울리는 젊은 성직자를 집 안으로 유혹해 들이거나 아니면 좀더 오랫동안 집 안 분위기를 지탱해주는 힘으로 남아 있어주기를 모두 바랐다. 그러나 이 희망마저 물거품이 되었다.

제2장 아버지와 어머니

그 이유는 어느 날 최신 유행의 고급스러운 초록양복에 통이 좁은 하얀 바지를 입고 노란 단이 접힌 주바로브 가죽장화[23]를 신은 후리후리한 미남 청년이 나타나 마을 전체가 크게 술렁거렸기 때문이다. 이 청년은 비가 올 듯 우중충한 날이면 붉은 비단우산을 들고 다녔고, 정밀하게 세공된 커다란 금시계가 있어 농부들의 눈에는 귀티가 흘러 보였다. 이 남자는 위엄 있는 걸음새로 마을의 골목길을 돌아다니며 나이 든 부인들과 친지들을 찾아뵙기 위해 친근하고 붙임성 있는 태도로 이 집 저 집의 낮은 대문에 발을 들여놓았는데, 그가 바로 긴 수업시대를 마치고 명예롭게 귀향한 편력의 석수 레였다. 12년 전, 열네 살 소년이던 그가 무일푼으로 마을을 떠나 스승 곁에서 오랫동안 고생하며 도제시절을 마치고, 그 뒤에는 초라한 배낭에 몇 푼 안 되는 돈을 넣은 채 먼 곳으로 떠났다가 이제 고향사람들이 진짜 신사라고 부를 정도의 신분으로 귀향한 것을 생각하면 능히 명예롭다는 말을 쓸 수 있을 것이다.

사람들이 진짜 신사라 부르는 이유는 그의 친척집의 낮은 지붕 아래에 놓여 있던 큼직한 트렁크 두 개 가운데, 하나는 의복과 고급 속옷들

---

23) 전쟁에 참가하는 길에 스위스를 통과해 지나갔던 러시아의 주바로브 이탈리스키(Suwarow Italijskij) 장군이 신었던 것과 같은 가죽장화를 일컫는다.

로, 다른 하나는 모형과 도면, 책으로 꽉 차 있었기 때문이다. 스물여섯 살의 이 남자에게는 뭔가 기운찬 생기 같은 것이 온몸에 서려 있었고, 두 눈에서는 가슴속에서 타오르는 정열과 감격의 빛이 끊임없이 이글거렸다. 그는 언제나 표준 독일어만 썼으며, 아주 하찮은 일이라도 그것의 가장 아름답고 좋은 측면을 보려고 했다. 독일의 남쪽부터 북쪽까지 전국을 두루 여행한 그가 대도시치고 일해보지 않은 곳은 없었다. 해방전쟁[24] 기간이 고스란히 그의 편력기간과 일치했던 덕에 그는 자신의 지력이 미치는 한 그 당시의 교양과 사조를 받아들였다. 특히 그는 당시 상류사회에서 만연하던 가지각색의 정신적 사치나 열락에는 무관심했던 반면, 좀더 훌륭하고 아름다운 시대를 기대하는 중간계층의 공명정대하고 진솔한 소망과 뜻을 같이했다.

자신 안에 숨겨져 있는 수양과 교양의 싹을 틔워 20년 후에는 편력 수공업자가 되고, 존중받는 최고의 직인이라는 긍지를 느끼면서도 성실하고 절도 있는 자세로 정신을 연마하고 편력시기에 이미 외적·내적으로 존경받고 유능한 사람으로 입신하는 수완을 발휘하는 직인들은 매우 드물었다. 하지만 레는 그런 사람들 가운데 하나였다. 나아가 이 석수는 고대 독일의 출중한 건축물에서 자신의 길을 점점 더 환하게 밝혀주는 빛을 찾았다. 그 빛은 그의 가슴을 밝은 예술적 영감으로 가득 채웠고, 일찍이 초록 들판에서 그를 불러내 도시의 창조적인 생활로 이끌었던 저 모호한 충동을 그때서야 비로소 정당화시켜주는 듯했다. 그는 무쇠 같은 근면성으로 제도(製圖)를 배웠으며, 갖가지 작품과 디자인을 베끼느라 밤과 휴일도 아랑곳하지 않았다. 또한 아주 정묘한 건축과 장식을 새기는 끌의 기술을 터득하여 완벽한 직인이 된 후에도 쉬지 않고 돌을

---

24) 독일, 오스트리아, 영국 등이 연합하여 나폴레옹 1세의 프랑스 제정과 1813년에서 1815년까지 벌인 전쟁을 말한다.

조각하는 기술과 건축술의 모든 부문에 필요한 학문까지 공부했다. 그는 볼 것과 배울 것이 많은 대형 공공건축물 공사가 있는 곳이면 어디서건 일자리를 구했으며, 주의 깊게 연구하는 자세를 취했기 때문에 건축 장인들은 공사장의 일뿐만 아니라 사무실의 제도판이나 책상 위의 일도 그에게 맡겼다. 그런 경우에도 그는 잡담이나 늘어놓는 대신 입수할 수 있는 한 어떤 것이라도 가리지 않고 모사하고 모든 계산을 베끼는 데에 숱한 정오의 휴식시간을 보냈다는 것은 자명한 일이다.

그리하여 그는 비록 다방면의 교육을 받은 대학 출신의 기술자가 된 것은 아니었지만, 고향의 수도에서 유능한 건축가나 미장이 장인이 되려는 대담한 포부를 품어도 될 만한 사람이 되었다. 이러한 분명한 의도를 지닌 채 그가 일가친척들의 탄성을 받으며 마을에 모습을 드러낸 것이다. 그런데 더 나아가서 그가 커프스 장식이 있는 멋들어진 와이셔츠 차림에 순수한 표준 독일어를 구사하면서 프랑스와 그리스풍 옷차림을 한 목사관의 여인들과 어울리며 목사 딸에게 구혼한 것은 실로 질겁할 일이었다. 여기에는 어쩌면 시골사람의 성향을 지닌 오빠가 중재역할을 했을 수도 있고, 아니면 최소한 고무적인 선례를 제공했을 수도 있었다. 처녀는 젊고 아름다운 구혼자에게 금방 마음을 주어버렸다. 그리고 이 사건으로 야기될 뻔했던 혼란은 신부의 부모가 짧은 간격을 두고 잇달아 사망함으로써 이내 해소되었다.

두 사람은 간소한 결혼식을 올린 다음 목사관에서의 화려했던 과거에 더 이상 미련을 두지 않고 도시로 이사했다. 곧이어 젊은 목사가 크고 작은 낫과 도리깨, 갈퀴와 쇠스랑을 마차에 가득 싣고, 거창한 유개(有蓋) 침대와 물레, 아마를 훑는 빗 그리고 대담한 신참내기 아내와 함께 목사관으로 이사했다. 그의 아내는 베이컨을 훈제하고 묵직한 밀가루 경단을 빗어대며 어느새 집과 정원에 놓여 있는 모든 모슬린[25] 의상과 부채, 파라솔 따위를 몽땅 밖으로 내몰아버렸다. 가을에 몇몇 사냥꾼을 마을로 끌어들일 수 있었던 것은 새로 목사가 된 아들도 사용할 줄 아는 훌륭한 사냥도구들이 벽 한 면에 잔뜩 걸려 있었기 때문인데, 목사관을 농가와 어느 정도 구별해주는 것은 오직 이 벽뿐이었다.

도시에서 이 젊은 건축장인이 시작한 일은 먼저 직공 몇 사람을 고용하고 자신도 아침부터 저녁까지 일하면서 온갖 자질구레한 주문을 다 받는 일이었는데, 그 덕에 많은 재주와 확실한 솜씨를 입증하여 1년이 채 가기 전에 사업은 확장되고 신용도 생겼다. 그는 매우 독창적인 식견으로 노련하고 신속한 해결책을 제시했으므로, 부분적인 개축이나 신축을 어떤 방법으로 해야 할지 고민되는 많은 시민이 그와 일을 상의하고 그에게 부탁했다. 그럴 때마다 그는 언제나 건축의 미와 실용성을 조화시키려 애썼고, 고객들이 자신의 생각대로 일을 하도록 맡겨두면 매우 기뻐했다. 고객들은 시공자의 취향에 별도의 사례를 하지 않고도 멋지게 균형 잡힌 장식과 창과 주름 장식을 제공받았다.

그의 아내는 열정적으로 가사를 꾸려나갔고, 이런저런 일꾼과 하인을 고용한 덕에 살림살이의 규모가 순식간에 불어났다. 그녀는 시원시원하고 능수능란하게 커다란 음식 광주리들을 채우고 비웠는데, 시장 아주머니들에게는 공포의 대상이요, 푸줏간 사람들에게는 두통거리였다. 레 부인에게 판매할 고기를 저울질할 때마다 그들은 저울에 뼈 한 조각을 슬쩍 없는 옛 권리를 관철하기 위해 사력을 다해야 했기 때문이다. 장인 레는 전혀 개인적 도락을 추구하는 사람이 아니었으며 많은 원칙 가운데서도 절약을 으뜸가는 원칙으로 표방했다. 동시에 그는 자신의 손을 통하건 아니면 다른 사람의 손을 통하건 간에, 뭔가에 보탬이 되거나 소

---

25) 면으로 만든 가볍고 올이 가는 옷감.

용이 될 때에만 돈의 가치를 인정할 정도로 공익적이고 관대한 인물이었다. 2~3년이 지나자 벌써 저축이 생기고 이미 누리고 있던 신용과 더불어 이 저축이 그의 진취적인 정신을 더욱더 발휘하게 해준 것에 대해 그는 오로지 아내 덕이라고 고마워했다. 요컨대 그녀가 동전 한 닢도 쓸데없이 낭비하는 일이 없이 어느 누구에게 터럭 하나라도 더 가거나 덜 가지 않도록 하는 것을 최대의 명예로 여겼던 덕분이었다. 그는 자기 비용으로 낡은 집을 사들여 그것을 헐고, 그 자리에 근사한 주택을 지어 다른 사람이나 자기가 고안한 수많은 설비들을 갖추었다. 그는 이 집들을 많건 적건 이익을 남기고 판 다음 곧 새로운 계획을 생각했는데, 그가 지은 건물에는 모두 형식과 사상의 풍요로움을 추구한 부단한 노력의 흔적이 새겨져 있었다. 학식 있는 건축가조차 레의 이러한 아이디어가 어떤 범주에 속하는 것인지 알 수 없어서 많은 점이 불명료하고 조화롭지 않다고 탓할 수밖에 없는 경우가 종종 있었지만 그래도 무언가 생각이 있겠거니 하면서 언제나 인정해주었다. 만일 그 건축가가 공평한 사람인 경우 적어도 예술의 본거지에서 떨어져 있는 지방에서는 정신적으로 빈약하고 무미건조한 건축술이 지배적인 시대였던 터라 이 남자의 아름다운 열의를 보며 칭찬을 아끼지 않았다.

이런 활동적인 생활은 지칠 줄 모르는 이 남자를 그가 이해관계를 맺으며 교제했던 다방면의 시민들의 모임에서 주요인사로 만들었고, 이들 가운데 시대의 움직임에 민감한 동지들이 소모임을 결성했으며, 레는 그들에게 자신의 선과 미에 대한 부단한 탐구를 전해주었다. 때는 바야흐로 20년대 중반으로, 스위스에서는 지배계층 출신의 교양 있는[26] 상당수 인사들이 대혁명의 명철한 이념을 다시 받아들이면서 7월혁명[27]

---

26) 1820년대의 스위스에서는 자유주의 성향을 지닌 법률가, 의사, 교사, 산업가, 상인들이 스위스의 '재건'을 위한 활동을 전개한 바 있다.

을 위한 풍요로운 지반을 다지고 교양과 인간 존엄성이라는 고귀한 자산을 신중하게 가꿔나가던 시절이었다. 레는 이들의 의지를 수용하는 한편, 자신의 위치에서 동료들과 더불어 중간계층 직인들을 상대로 유력한 활동을 펼쳤다. 원래 이들 중간계층은 하층민 출신으로 예로부터 인근에 뿌리를 내리고 입신양명한 계층이었다. 상류계층과 학자들이 미래의 국가형태와 철학적·법률적 진리에 대해 의논하고 일반적으로 더 아름다운 인간성이라는 문제에 관심을 두었던 반면, 활동적인 수공업자들은 자신의 동료들 사이에서뿐만 아니라 하류계층을 위해 활동하면서 전적으로 실천적인 측면에서 최대한 준비하고자 했다. 그런 종류로는 최초라 할 수 있는 단체들이 상당수 세워졌는데, 이것의 목표는 주로 어떤 식으로든 회원들과 가족의 복지를 보장하는 것이었다. 평민 자녀에게 더 나은 교육을 보장하기 위한 사회적 시설로 학교가 세워졌다.

요컨대 당시만 해도 참신하고 실익이 있었던 이런 종류의 사업들은 유능하고 성실한 사람들에게 일자리를 제공했으며, 그들 스스로 교양을 심화할 수 있는 기회를 제공했다. 수많은 집회를 통해 갖가지 규약이 입안, 토의, 검토, 통과되었고, 회장이 선출되었으며, 대내외적으로 단체의 권리와 형식이 선언되고 준수되었던 까닭이다.

이러한 여러 가지 사회적 요소에다 때마침 발생한 그리스 독립전쟁[28]은 그들의 공통적인 문제로 대두되었다. 이 전쟁은 다른 나라처럼 스위스에서도 전반적으로 침체해 있던 정신적 지도자들을 다시금 일깨우고, 자유 문제는 전 인류의 문제라는 것을 상기시켰다. 헬레니즘적 활동방

---

27) 부르봉왕조의 샤를 10세를 무너뜨리고 시민 출신의 왕을 등극시켰던 1830년 파리에서 일어난 혁명을 말한다.
28) 15세기 이래 터키의 압제에서 벗어나기 위해 싸웠던 그리스에서의 전쟁으로, 1821년의 봉기를 계기로 서유럽에서도 의용병이 많이 파견되었다.

식에 대한 관심은 원래 그다지 철학적이지 못한 동료들에게 그들이 열광하는 다른 분야에서도 고상한 세계시민적 시각을 가지고 접근하도록 활기를 불어넣어 주었고, 사리에 밝은 자영업자들에게서는 소인배적인 속물근성의 씨를 뽑아주었다.

무슨 일에서건 선두에 선 레는 누구에게나 믿음직스럽고 헌신적인 친구였으며, 순수한 성격과 고매한 정신 덕택에 어디서나 존중되고 존경받았다. 더구나 허영심에 빠져 흔들리는 일도 없었으니 그만큼 더 행복했다고 말할 수 있을 것이다. 그는 그때부터 또다시 새로운 학문을 배우며, 전에 이룰 수 있었을 법한 것을 만회하기 시작했다. 또한 자신이 하고 있는 일을 친구들에게도 채근함으로써, 얼마 지나지 않아 그들 가운데 역사와 자연과학 분야의 장서를 조금이라도 소장하지 않은 사람은 단 한 사람도 없게 되었다. 거의 대부분 청소년기에 교육을 충분히 받지 못했던 터라, 특히 역사공부에 심취했을 때 그들에게는 풍요로운 옥토가 펼쳐졌고, 그들은 점점 더 큰 희열을 느끼면서 그 땅 위를 거닐었다. 일요일 아침이면 그들은 거실에 가득 모여 앉아 토론을 나누었으며 새로운 발견, 예컨대 동일한 원인은 어느 시대에나 동일한 결과를 초래한다는 것 등에 대해 차례차례 발표했다.

그들은 실러[29]의 철학논문의 경지를 이해할 수는 없었지만 그의 역사물에서는 가르침을 많이 받았다. 이러한 관점에서 실러의 문학작품들도 읽었는데, 위대한 시인 자신이 부여한 예술적 해석[30]까지는 염두에 두지 않았지만, 이러한 역사적 견해를 아주 실용적으로 공감하고 향유했

---

29) 실러(Friedrich Schiller, 1759~1805)는 독일의 극작가다.
30) 실러는 『인간의 미적 교육에 대한 일련의 편지』 등의 에세이와 『빌헬름 텔』 (*Wilhelm Tell*) 등과 같은 역사극을 통해 프랑스혁명이 제기한 정치 · 사회 문제에 대해 미적으로 답하고자 했다.

다. 그들은 실러의 작중인물들에게서 무한한 기쁨을 느꼈으며, 그만큼 만족스러운 작품은 없다고 믿었다. 실러의 사상과 언어에 내포된 한결같은 열정과 순수는 오늘날 실러를 숭배하는 많은 학자들의 정신보다는 오히려 그들의 소박하고 겸허한 활동에 더 어울렸다.

그러나 그들은 단순하고 지극히 실제적인 인간이었기 때문에 실내복을 입고 희곡을 읽는 것만으로는 성이 차지 않았으며, 희곡에 묘사된 중대한 사건들이 현란한 무대 위에서 생생하게 펼쳐지는 것을 보고 싶어했으나 당시에 스위스의 도시에서는 상설극장이라는 것이 화제조차 되지 않았다. 그들은, 이번에도 역시 레의 주도 아래, 뜻을 모아 능력이 닿는 데까지 연극을 실연하기로 결정했다. 당연히 무대와 대도구를 만드는 일이 무대에서의 역할을 배우는 것보다 더 민첩하고 정확하게 진행되었다. 개중에는 나날이 더 큰 열의를 보이며 못을 박고 각목을 자르면서 필요 이상으로 자신이 맡은 배역의 중대성에 도취된 사람도 있었다.

그렇긴 해도 이 사람들의 대다수에게 몸에 배어 있는 특유의 세련된 표현과 태도는 대부분 그 당시 연극연습 덕분이라는 사실은 어느 누구도 부정할 수 없을 것이다. 나이가 들면서 그와 같은 일에서 손을 뗐지만, 그들은 모든 방면의 교화적인 정신 수양에 대한 감각을 충실히 지켜 나갔다. 만일 요즘 사람들이 도대체 그들은 직장과 가정을 소홀히하지 않으면서도 어떻게 그 많은 일을 할 시간이 있었는지 묻는다면 이렇게 대답할 수 있을 것이다. 첫째, 그들은 건강하고 단순한 사람들로, 어떤 행동이나 특별한 일을 할 때 만사를 해부하며 골머리를 썩이느라 그것을 즐기지도 못하고 귀중한 시간을 낭비하는 사람들과는 차이가 있었다. 둘째, 매일 저녁 일곱시부터 열시까지 세 시간은 규칙적으로 이용된 시간으로, 술잔을 앞에 놓고 담배연기 속에서 시간을 죽이는 요즘 사람들이 생각하는 것보다 훨씬 더 알찬 시간이었다는 점을 언급할 수 있다.

그 시절만 해도 술집주인들에게 매상을 올려줘야만 할 것 같은 의무를 느끼는 대신 가을이면 손수 고귀한 작물로 술을 담아 지하에 저장하는 것이 더 선호되었다. 그래서 재산이 있든 없든 저녁모임이 끝날 때쯤 집에서 담근 술을 내놓지 못하거나, 선술집에서 술을 사오는 것을 불명예로 여기지 않는 사람은 그들 가운데 한 사람도 없었다. 낮에는 어느 누구도 책이나 문서 두루마리를 다른 사람의 작업장으로 가져오지 않았다. 간혹 그런 경우가 있다 해도 직공들 몰래 최대한 날쌔고 비밀리에 가져왔다. 그럴 때 그들의 모습은 마치 명예로운 전쟁놀이 계획안을 행여 들킬세라 책상 밑으로 돌려보는 초등학생 같았다.

그러나 이렇게 분망한 생활은 생각지도 못한 쪽에서 화를 초래했다. 늘 긴장 속에서 산적한 일을 해결해나가던 어느 날, 레는 심하게 열이 올랐고 그것을 대수롭지 않게 여기다가 감기에 걸렸는데, 이것이 치명적인 병의 씨앗이 되었다. 그때부터라도 몸을 아끼고 만사에 주의하는 대신 그는 자신의 활동을 중단하지 않고 할 일이 있으면 무엇이든 손을 댔다. 다각도로 벌여놓은 사업만 해도 갑자기 그것을 축소해서는 안 된다는 믿음에서 전력을 쏟을 수밖에 없었다. 계산하고 투자하고 계약을 맺고 물자를 매입하기 위해 다른 지방으로 건너갔으며, 같은 순간에 공사장의 비계 꼭대기에 있는가 하면 어느새 맨 아래 지하에 내려와 일꾼 손에서 삽을 빼앗아 두어 차례 삽질을 했다. 또한 무거운 돌을 굴릴 때면 보고만 있지 못해 함께 지렛대를 잡았고, 일꾼들이 오는 시간이 너무 오래 걸린다 싶으면 콜록거리면서도 몸소 대들보를 어깨에 지고 정해진 자리로 날랐다. 그런 다음에도 휴식을 취하는 대신 밤에는 이런저런 모임에서 열성적으로 강연하거나, 밤늦게 무대 위에서 열정에 들떠 완전히 딴사람이 되어 높은 이상을 가지고 힘겹게 분투하는 배역을 해냈는데, 이런 일들은 낮 동안의 노동보다도 훨씬 더 그를 피곤하게 했다. 그 결과 그는, 다른 사람 같으면 비로소 평생의 사업을 시작하는 한창때의 젊은 나이에, 동지들과 더불어 확신했던 새 시대의 도래를 보지도 못한 채 계획과 희망으로 충만해 있던 상태에서 갑자기 요절하고 말았다. 그는 아내와 다섯 살배기 아이를 남겼는데, 그 아이가 바로 나다.

인간은 실제로 자신들이 소유하고 있는 것보다는 자신에게 존재하지 않는 것을 배가시켜 운명에 포함시키는 법이다. 그래서인지 어머니의 긴 얘기를 들으면 내 마음은 갈수록 더 이상 알지도 못하는 아버지에 대한 동경심으로 가득 찼다. 그에 대한 나의 가장 뚜렷한 기억은 기묘하게도 작고하시기 꼭 1년 전인, 어느 몇몇 아름다운 순간으로 돌이켜 떨어진다. 어느 일요일 저녁, 아버지는 밭에서 나를 품에 안고 땅에서 감자를 덩굴째 뽑아 막 살이 오르는 알맹이들을 내게 보여주었다. 그는 내 마음에서 조물주에 대한 인식과 감사하는 마음을 불러일으키려고 했던 것이다. 지금도 초록 옷과 내 뺨 바로 곁에서 반짝거리는 금단추 그리고 광채가 도는 아버지의 두 눈이 눈앞에 선하다. 그 두 눈을 나는 그가 공중으로 높이 들어올린 푸른 줄기에서 시선을 돌려 놀라워하며 바라보았다. 훗날 어머니는 당신뿐만 아니라 하녀까지도 아버지의 훌륭한 이야기에 얼마나 감동적인 가르침을 받았는지를 내게 자주 말씀해주셨다. 그보다 훨씬 전에 완전군장을 한 아버지의 모습이 너무도 낯설어서였는지 그 모습도 역시 기억에 남아 있다.

어느 날 아침 아버지는 며칠 동안 훈련에 참가한다면서 그런 차림새로 작별인사를 했다. 아버지가 소총수여서 광채가 나는 무기를 들고 정겨운 초록색 군복을 입고 있는 아버지의 이 상(像)이 내게는 똑같은 것이 되었다. 그러나 돌아가시기 직전의 모습에 대해서는 혼미한 인상만 남아 있고, 특히 아버지의 안면 윤곽은 더 이상 기억에 없다.

헌신적인 부모들이 되먹지 못한 자식들에게도 얼마나 애달프게 매달리는지를, 또한 그런 자식들을 마음속에서 한시도 지울 수 없다는 것을 생각해본다면, 이른바 행실이 좋다는 사람들이 그들을 낳아준 부모가 형편없고 사는 모습이 창피하기 짝이 없다는 이유로 그들을 버리고 단념하는 일은 내게는 극히 옳지 않은 일로 여겨진다. 그래서 나는 멸시받는 넝마차림의 아버지를 떠나지도 부정하지도 않는 자식의 부모사랑을 찬양하며, 범죄자로서 처형대에 누워 있는 어머니 편을 드는 딸의 끝도 없는, 그러나 숭고한 고통을 이해한다.

그렇기 때문에 존경받는 훌륭한 부모에게서 태어난 내가 성인이 된 후 격동기에 처음으로 내 시민권을 행사할 때, 집회에 참석한 나이 드신 많은 분이 내게 다가와 악수를 건네며 내 아버지의 친구였다고 하면서 그 자리에 내가 참석한 것을 기뻐해주시고, 이어서 더 많은 사람이 다가와 모두 '그분'을 안다면서 내가 후에 아버지 같은 사람이 될 거라는 희망을 내비칠 때, 내 얼굴이 기쁨으로 상기되고 행복함이 배가된다고 해서 이 모든 일이 과연 귀족적이라 칭해질 수 있는지 나는 잘 모르겠다. 아주 어리석은 짓인 줄 알면서도 나는 자주 공중누각을 짓고 허무는 격으로, 만일 아버지가 살아 계셨다면 내가 어떻게 되었을까, 활기 넘치는 세상이 어릴 적 이후로 내게 어떤 방식으로 다가올 수 있었을까 하는 공상을 멈출 수 없었다.

훌륭하신 아버님은 아마도 매일 나를 이끌어주시면서 나를 통해 두 번째 청춘기를 누렸을 것이다. 나는 형제들과 함께 산다는 것이 뭔지 모르지만 그것이 부럽다. 동시에 그런 형제들이 대개 서로 피하면서 다른 곳에서 우정을 구하려는 것을 이해할 수 없다. 일상 보는 일이긴 하지만 마음속으로 그려볼 뿐, 결코 맛보지 못한 부모와 성인이 된 자식의 관계를 눈앞에 떠올려보려고 노력할수록, 이 관계가 내게는 더 새롭고 감이 잡히지 않는 행복에 겨운 일로 비쳐졌다.

그러나 내가 점차 어른이 되어가고 내 운명을 향해 다가갈수록 나는 마음을 다잡으며 "만일 아버지가 지금 내 처지라면 어떻게 행동하실까, 그분이 살아 계셨다면 내 행동을 어떻게 판단하실까?"라고 영혼 깊숙한 곳에서 조용히 자문하는 것으로 만족할 수밖에 없다. 그는 인생의 정점에 도달하기도 전에 헤아릴 수 없는 우주의 심연으로 되돌아갔고, 어디서 시작된 것인지 아무도 알 수 없는 채로 전해 내려오는 황금색 생명의 실을 내 연약한 두 손에 도로 남겨두었다.

이제 내게 남아 있는 것은 이 실을 명예롭게 알 수 없는 미래와 매듭 짓든가 아니면 아마도 나 또한 죽게 되어 그것을 영원히 끊어버리든가 하는 일이다. 수년 뒤에 어머니는 아버지가 갑자기 기나긴 여행 끝에 행복과 기쁨에 차서 먼 곳에서 돌아오는 꿈을 긴 간격을 두고 여러 차례 꾸셨는데, 그때마다 어머니는 아침에 꿈 얘기를 하면서 깊은 생각과 추억에 잠기셨다. 그럴 때면 나는 온몸에 어떤 신성한 전율을 느끼며, 만일 아버지가 어느 날 실제로 모습을 드러낸다면 어떤 눈으로 나를 바라볼지, 또 그 후에는 어떤 일이 생길지 상상해보려고 애썼다.

가슴에 품고 있는 아버지의 외면의 모습이 점차 흐려질수록 내 눈앞에는 그의 내면의 본질이 한층 더 밝고 선명하게 축조되었다. 내 생각의 최후의 귀결점으로 이끌어지는 이 고귀한 상과 그 보호막 아래 내가 변모하고 있다는 믿음은 나에게 부분적으로는 거대한 영원성으로 자리 잡았다.

제3장 소년시절, 최초의 신학, 학교 걸상

아버지가 돌아가신 후 어머니는 슬픔과 걱정에 싸여 힘든 시간을 보냈다. 그가 남기고 간 유산은 온통 변동의 소지가 많은 상태여서 말끔히 정리하려면 여러 방면에서 세세한 절충이 필요했다. 이미 체결된 계약들은 이행 도중에 중단되었고, 거액의 당좌계정 미지불금을 갚거나 여기저기서 그러한 돈을 회수하려던 계획은 진척되지 못했다. 비축해놓은 건축자재도 손해를 보고 팔 수밖에 없는 지경이었으니, 당장의 상태로 보면 슬픔에 빠져 있는 부인의 손에 생계를 이어나갈 단 한 푼이라도 쥐어지게 될지조차 의심스러웠다. 집달리가 찾아와 압류딱지를 붙였다가 다시 떼기도 했다. 고인의 친구들과 많은 상인이 드나들며 검사와 계산을 한 다음 분류하여 경매에 부치는 일에 힘을 보탰다. 매수자와 새로운 사업자들이 찾아와 총액을 깎거나 부당하게 압수하려고 했다.

그것은 소란과 긴장의 연속이었기 때문에 정신을 바짝 차리고 처리과정을 지켜보던 어머니도 막판에는 어찌해야 될지 더 이상 갈피를 잡지 못했다. 점차로 혼란이 수습되고 일이 차례차례 해결되면서 모든 채무에서 벗어나고 채권도 보장받게 된 후, 결국 우리가 살고 있던 집만 유일한 재산으로 남게 되었다는 사실이 밝혀졌다. 우리 집은 높고 오래된 건물로 방이 많았고 마치 벌집같이 맨 아래층에서 꼭대기 층까지 사람들이 살고 있었다. 아버지는 집을 헐어내고 새 집을 지을 심산으로 이 집을 사들였다. 하지만 건축양식이 고풍스러웠던데다 문과 창문에는 예술적으로 가치 있는 부분들이 많이 남아 있었던 까닭에 아버지는 쉽사리 집을 헐어낼 결단을 내리지 못하다가 세입자들과 더불어 그냥 이 집에서 살게 되었던 것이다. 이 건물에는 아버지 외에도 두세 사람이 자본을 투자했지만 부지런한 아버지가 건물 내부를 잘 꾸며놓고 세를 내준 덕에 매년 집세에서 이자를 제하고 남은 돈은 그럭저럭 유족이 된 우리의 생활비를 감당할 만했다.

어머니가 맨 처음 시작한 일은 철저하게 절약하면서 불필요한 모든 것을 줄이는 것이었는데, 집안일을 돕던 온갖 일손을 우선적으로 정리했다. 과부의 집에 감도는 정적 속에서 나는 처음으로 내가 이 집의 주인임을 분명히 의식하며, 이를 확인해보는 의미에서 계단을 오르내리며 집 안 곳곳을 돌아다녔다. 아래층은 어둡다. 좁은 골목 탓에 거실도 어둡고, 창문들은 모두 방에만 나 있어서 계단과 복도 역시 어둡다. 그곳은 벽이 오목하게 들어가 있는 몇몇 부분과 측랑(側廊) 때문에 우중충하고 어수선해 보여서 나는 그곳의 비밀을 풀어야 할 것 같은 기분이 들었다. 하지만 우리가 살던 맨 꼭대기 층은 이웃집들보다 더 높이 놓여 있어서, 위로 올라갈수록 더 밝고 친근해진다. 높은 곳에 나 있는 창문은 여기저기 많이 부서져 있는 계단과 바람이 잘 통하는 다락방의 기묘하게 생긴 나무 회랑에 햇빛을 풍부하게 쏟아붓는다. 그래서 다락방은 아래층의 서늘한 어두움과는 뚜렷이 대조된다. 우리 집 거실의 창문들은 작은 뜰이 모여 있는 쪽을 향해 나 있는데, 이러한 뜰은 흔히 주택가의 집들로 빙 둘러싸여 있는 경우가 많아서 거리를 왕래하는 사람들로서는 알 수 없는 나직하고 아늑하게 윙윙거리는 소리를 품고 있다.

나는 낮에는 몇 시간 동안 계속해서 이 안뜰에서 벌어지는 가정생활을 관찰했다. 오후의 햇살이 초록빛 작은 뜰을 비추고 하얀 빨래들이 그 안에서 바람에 조용히 팔랑거릴 때면 그곳은 작은 천국 같았고, 내가 멀리서 관찰했던 사람들이 어느 날 갑자기 우리 집 거실에 서서 어머니와 담소를 나눌 때면 그들이 이상하게 낯설면서도 친숙한 사람처럼 여겨졌다. 우리 뜰에는 높은 담들 사이에 자그마한 잔디밭이 있고 그 위에 마가목 두 그루가 자라고 있었다. 작은 샘물은 지칠 줄 모르고 온통 초록색으로 변해버린 사암 물통 속으로 쏟아져내렸다.

그래서 그 좁은 구석은 날마다 햇빛이 몇 시간씩 쉬어 가는 여름철을 제외하면 서늘하다 못해 거의 오한이 들 정도다. 햇빛이 머무는 그런 순간에 출입문이라도 열리게 되면 밖에서는 보이지 않던 초록빛이 어두운 현관을 통해서 골목 위로 예쁘게 살짝 내비치기 때문에 지나가던 사람들이 언제나 정원에 대한 동경 같은 것에 사로잡힌다. 가을이 되면 이러한 햇빛은 점점 더 짧고 부드러워져서 나무 두 그루의 잎은 노랗게 물들고 열매는 타는 듯이 빨갛게 익는데, 해묵은 담벼락이 애처롭게 금빛으로 변하고 작은 샘이 은빛 광채 몇 줄기를 보태게 되면, 작고도 외딴 이 공간은 이상하게 우수가 흐르는 매력을 발산하면서 넓게 트인 풍경 못지않게 마음을 만족스럽게 적셔준다. 그렇지만 해가 질 무렵 우리 집의 창문을 통해 내려다보이는 지붕들의 세계가 점점 붉게 물들고, 아름답기 그지없는 색광으로 생기를 띠어갈수록 집들을 바라보던 내 시선은 점점 위쪽으로 향했다.

이 지붕들 너머에서 일단 내 세계는 끝났다. 왜냐하면 나는 마지막 지붕의 용마루 뒤로 반쯤 보이는 눈 덮인 산맥의 흐릿한 산봉우리를, 그것이 단단한 땅과 맞닿아 있는 것을 보지 못한 까닭에, 오랫동안 구름과 다름없이 여겼던 것이다. 훗날 생전 처음으로 우리 집의 높고 커다란 지붕의 맨 위쪽 당마루에 걸터앉아 호수 주변의 드넓은 장관을 내려다보면서, 산이 굳건한 모습으로 초록 산기슭에 뿌리를 내리고서 호수 가장자리에서 솟아올라 있는 것을 보았을 때에는, 이미 그전에 교외의 먼 곳까지 소풍갔던 경험이 있어서 산이 무엇인지를 알고 있었다. 하지만 그전에는 오랫동안 어머니가 그것이 커다란 산이고 신의 전지전능함을 나타내주는 거대한 증거라고만 말해주셨던 탓에, 저녁이면 오로지 구름이 흘러가면서 변하는 모습을 보는 일에만 몰두했던 내게는 구름이라는 이름도 산이라는 단어와 마찬가지로 그저 무의미한 것이었고, 결국 나는 산과 구름을 잘 구별할 수 없었던 것이다. 눈 덮인 먼 산봉우리가 금방 가려지는가 하면 또 금방 밝아지거나 어두워지고 또 붉거나 하얗게 보여서 나는 그것을 구름과 매한가지로 살아 있는 것으로, 거대하고 불가사의한 어떤 것으로 여겼고, 경외감과 호기심을 불러일으키는 다른 사물들에도 구름이나 산이라는 이름을 갖다 붙이곤 했다.

그런 연유로 나는——지금도 귓전에 그 말이 희미하게 들리는 것 같은데, 훗날 다른 사람들도 내게 종종 그 이야기를 하곤 했다——무척이나 마음에 들었던 내 첫 여인상인 이웃집 소녀를 하얀 구름이라고 불렀다. 하얀 옷을 입고 있던 그녀가 나에게 심어주었던 첫인상 때문이었다. 그러니 특히 합각머리 지붕들 위로 거대하게 솟아 있던 길고 높다란 교회 지붕을 산이라고 부른 것은 내게는 더 실제적인 일이었다. 내 눈에는 산의 서쪽을 향해 나 있는 거대한 평지가 무한한 들판이었다. 그곳에서 내 두 눈은 언제나 새로운 즐거움으로 휴식을 취했다. 일몰의 마지막 빛줄기가 그곳을 비추면 도시 너머로 붉게 타오르는 이 경사진 평야는 정말이지 내게는 영혼의 초원, 아니 낙원 바로 그 자체로밖에 상상되지 않았다고 해야 옳았다.

이 지붕 위에는 가늘고 뾰쪽한 작은 첨탑이 있었고 그 안에는 조그만 종이 매달려 있었으며, 첨탑 꼭대기에서는 금빛 수탉 형상의 풍향기가 광채를 발하며 돌고 있었다. 황혼 무렵 종이 울릴 때면 어머니는 신 이야기를 하시며 기도하는 법을 가르쳐주셨다. 그럴 때면 나는 "신이라는 게 뭔데요? 남자인가요?"라고 물었다. "아니야, 신은 영혼이란다!"라고 어머니는 대답하셨다. 교회지붕이 점차 잿빛 그늘 속에 잠기면 햇살은 작은 첨탑에까지 기어 올라가 맨 나중에는 금빛 풍향기에서만 반짝거렸다. 그러던 어느 날 저녁 나는 불현듯 이 빛나는 수탉이 신일 거라는 어떤 확신을 갖게 되었다. 수탉은 내가 꽤 즐겨 읊조릴 줄 알았던 짧은 어린이 기도문에서도 막연하나마 신의 존재 같은 역할을 했다.

하지만 언젠가 화려한 색상의 호랑이가 의젓하게 앉아 있는 모습이 그려진 그림책을 받아 보았을 때 신에 대한 나의 연상은 점차 이 호랑이에게로 옮겨갔다. 그렇다고 풍향기의 수탉에 대해서 그랬던 것처럼 그것에 관해 어떤 견해를 말한 적은 없었다. 그것은 전적으로 내면의 명상이었다. 그래서 신이라는 이름이 불릴 때에만 처음에는 번쩍거리는 수탉이, 다음에는 그 멋진 호랑이가 어른거렸다. 시간이 지남에 따라 더 명확하다고 할 수는 없었지만 더 고귀하다고는 할 수 있는 개념이 내 생각 속에 자리를 잡았다. 주기도문은 단락별로 잘 완결되어 있어서 쉽게 머리에 새겨졌고 반복하여 연습하기도 편했기 때문에 나는 노련한 솜씨로 또 숱하게 변화를 주면서 기도했다. 어떤 부분을 두 번, 세 번 되풀이하거나, 한 문장을 빠르고 나직하게 읊은 후에는 다음 문장을 천천히 큰 소리로 강조기도 했고, 그런 다음에는 거꾸로 외워가다가 맨 첫 낱말인 '하느님 아버지'로 끝을 맺는 식이었다. 이렇게 기도하다 보니 신은 어쩌면 앞의 동물들에 비해 더 조리 있는 대화를 나눌 수 있는 어떤 존재임이 틀림없을 거라는 막연한 생각이 마음속 깊이 자리 잡게 되었다.

이렇게 나는 최고의 존재와 순수하게 즐기는 관계를 맺고 살았다. 나는 욕구도, 감사하는 마음도, 옳고 그름도 몰랐다. 그래서 내 관심이 신에게서 벗어나 있을 때에도 나는 전혀 개의치 않고 태연자약하게 살았다.

그러나 곧 그와의 관계를 더 의식하며 접근할, 그에게 처음으로 내 인간적인 요구를 제기할 계기가 찾아왔다. 나는 그 당시 대략 50~60명의 어린 소년 소녀가 수업을 받았던 어느 음울한 강당에 서 있는 여섯 살의 나를 바라보고 있다. 커다란 알파벳이 멋지게 그려져 있는 칠판 주위에 다른 아이들 일곱 명과 함께 동그랗게 둘러서서 나는 다음에 무슨 일이 일어날지 잔뜩 긴장한 채 말없이 귀를 기울이고 있었다. 우리가 모두 신입생이었기 때문에 첫 시간에 손수 지도하기를 원하셨던 머리가 커다랗고 우락부락한 초로의 교장선생님은 우리에게 번갈아 가며 그 이상하게 생긴 문자들의 이름을 대 보라고 하셨다. 나는 언젠가 상당히 오래전에 무척 내 마음에 들었던 품퍼니켈[31]이라는 말을 들은 적이 있다. 다만 나는 그 낱말이 신체적인 외형을 표현할 때도 쓰인다는 것을 까마득히 모르고 있었고, 더욱이 이 이름을 지닌 것은 집에서 수백 시간 걸리는 곳에 떨어져 있어서 아무도 내게 그런 정보를 알려줄 수 없었다.

어쨌거나 나는 그때 전체적인 모습이 너무도 기묘하고 우스꽝스럽게 여겨졌던 그 커다란 P의 이름을 즉석에서 말해야 했다. 생각이 분명해지면서 나는 단호한 어조로 "이것은 품퍼니켈입니다!"라고 대답했다. 나는 세상에 대해서도, 나에 대해서도 그리고 품퍼니켈이라는 것에 대해서도 아무런 의심을 품지 않았던 터라 내심 기뻤다.

하지만 내 얼굴이 점점 진지해지고 만족스러워질수록 교장선생님은

---

31) 여기서 주인공이 뜻을 알지도 못하고 얘기한 품퍼니켈(Pumpernickel)은 맛이 달콤하고 향이 강한 독일 베스트팔렌 지방의 암갈색 빵이다. 거칠게 빻은 호밀로 만드는 이 빵은 껍질이 없고 볼품없이 부풀어 오른 모양새를 하고 있다. 굳이 우리말로 번역하자면 '호밀 곰보빵' 정도가 적당할 것이다. 하지만 빵 이름으로 차용되어 널리 알려지기 이전에, 이 단어는 원래 '꼴사나운 놈' 정도를 의미하는 욕설이었다.

점점 더 나를 뻔뻔하고 닳아빠진 말썽꾸러기로 여겼다. 그런 녀석의 못된 버르장머리는 즉시 손을 봐주어야 할 터였다. 그는 내게 와서 다짜고짜 내 머리칼을 움켜쥐고 1분 남짓이나 무지막지하게 이리저리 흔들어댔고, 나는 볼 수도 들을 수도 없는 지경이 되었다. 이런 갑작스러운 공격은 처음 겪는 생소한 일이라 악몽과도 같아서 나는 그 순간에는 아무 말도 못하고 눈물도 흘리지 않은 채 교장선생님만 멀뚱멀뚱 바라보았지만, 속으로는 가슴 조이는 불안감에 떨고 있었다. 잘못을 저질렀거나 갈등이 생겼을 때 조금 건드리거나 아니면 건드릴 기미만 보여도 지레 귀를 째는 듯이 혐오스러운 비명을 터뜨리는 아이들은 예로부터 나를 화나게 만들었다. 그런 아이들은 바로 그렇게 법석을 떨어댄 이유 때문에 두 배로 맞을 때가 종종 있었는데, 나는 오히려 정반대의 경우로 화를 당했고, 나를 심판하는 사람들 앞에서 단 한 방울의 눈물도 흘리지 못함으로써 상황을 악화시켰다.

이때만 해도, 놀라서 머리에 손을 뻗을 뿐 울지 않는 나를 바라본 선생님은 이것을 반항심과 고집의 소치로 여겨 뿌리째 뽑아내기 위하여 다시 한 번 내게 덤벼들었던 것이다. 그때는 정말 괴로웠다. 하지만 울음보를 터뜨리는 대신 나는 두려움에 떨면서 "다만 우리를 악에서 구하소서!"라고 간절하게 외쳤다. 그때 내 눈앞에 신이 보였다. 신은 괴로움을 당하는 자에게 자비를 베푸는 분이라는 말을 나는 너무도 자주 들어왔다. 하지만 선량한 선생님에게 이 말이 너무 지나친 것이었는지, 이제 이 일은 큰 사건이 되어버렸다. 진정으로 근심스러워한 선생님은 이 경우에는 어떤 조치가 합당할지를 곰곰 생각하며 나를 바로 풀어주었다.

오전 수업이 끝나고 선생님은 몸소 나를 집으로 데리고 갔다. 집에 가서야 비로소 나는 창문을 등지고 서서 헝클어진 머리를 이마 위로 쓸어 올리며 남몰래 울음을 터뜨렸다. 그런 가운데서도 나는 신성한 우리만의 방에 들어와 있는 탓에 두 배나 낯설고 적대적으로 보이는 선생님이 어머니와 진지하게 상담하는 소리에 귀를 기울였다. 선생님은 내가 어떤 나쁜 요인으로 이미 형편없게 된 아이임이 틀림없으리라는 것을 어머니에게 납득시키려 했다. 어머니는 선생님이나 나 못지않게 놀라면서, 지금껏 내가 한시도 어머니의 시야를 벗어난 적이 없었고 버릇없는 못된 짓을 저지른 적이 없는 아주 조용한 아이라고 말했다. 또 내가 지금까지 오만 가지 엉뚱한 생각을 한 적은 있지만 그런 것이 심성이 나빠서 그런 것은 아닌 것 같다고 말씀하시면서 내가 이제부터 학교와 학교의 의미에 대해서 조금 더 익숙해져야만 할 것 같다고 덧붙였다. 선생님은 만족한다고 말씀하시면서도 고개를 가로저었다. 다른 학생들의 경우를 놓고 유추해보면 내가 위험한 싹을 드러내고 있다는 것을 내심 확신하는 듯했다. 작별인사를 나누면서도 그는 매우 의미심장하게 "깊은 물은 으레 조용한 법!"이라고 말했다. 나는 그때 이후로 이 말을 꽤 자주 듣지 않으면 안 되었다. 친해지고 나면 나는 어느 누구보다도 수다쟁이였던지라 이 말은 언제나 나를 속상하게 했다. 하지만 말이 많은 사람들은 대개 바로 자기들 때문에 말할 기회를 얻지 못하는 사람들을 끝내 이해하지 못한다는 사실을 나는 깨닫게 되었다. 그들은 자신들의 수다가 끝나고 조용해지면 곧바로 호의적이지 않은 편견을 만들어낸다.

그러니 말이 없던 사람들이 어쩌다 예기치 않게 입을 열면 이것은 더 의심을 산다. 말이 없는 아이들을 다루는 경우, 엄청난 떠버리들이 "깊은 물은 조용한 법이다!"라는 틀에 박힌 상투어를 말하는 것 외에 달리 도울 방법을 모른다면 그것은 그 아이들에게는 정말 불행이 될 수 있다.

오후에 나는 다시 학교로 보내졌다. 나는 크나큰 불신에 사로잡힌 채, 가위눌리게 하는 기이한 꿈들이 현실에서 펼쳐지는 곳 같았던 위험스럽기 짝이 없는 강당으로 들어섰다. 하지만 나는 그 심술궂은 선생님과 맞닥뜨리지는 않았다. 그는 간단한 간식을 먹을 때 이용하는, 일종의 밀실을 연상케 하는 칸막이 방에 있었다. 이 칸막이 방의 문에는 작고 둥근 창이 있었는데 밖이 소란스러울 때면 이 독재자는 그리로 자주 머리를 내밀곤 했다. 오래전부터 이 창에는 유리가 빠져 있어서 그는 텅 빈 창틀 사이로 머리를 교실 안쪽까지 깊숙이 들이민 채로 원 없이 주위를 살필 수 있었다. 그런데 이 액운이 드리운 날, 학교 소사는 바로 점심시간을 이용해 빠져 있던 유리창을 끼워넣도록 조치를 취해두었던 것이다. 쨍그랑하는 날카로운 소리와 함께 바로 그 유리창이 박살나면서 나의 적수의 커다란 머리가 불쑥 튀어나왔을 때, 나는 순간 공포에 떨며 그쪽을 몰래 훔쳐 보았다. 그 순간 내가 처음 느낀 감정은 마음에서 우러나오는 기쁨의 환호였다. 그가 심하게 다쳐서 피를 흘리는 것을 보았을 때야 비로소 나는 당황하게 되었고, 세 번째로 내 생각이 분명해지면서 "우리가 우리에게 죄 지은 자를 용서하듯이 우리 죄를 용서해주소서!"라는 말을 이해하게 되었다.

이렇게 해서 나는 등교 첫날에 벌써 많은 것을 배웠다. 무엇이 품퍼니켈인지를 배운 것은 아니었지만 곤경에 처했을 때는 신에게 도움을 청해야 한다는 것, 또 신은 정의로우며, 마음속에 증오나 복수심을 지니지 말라고 우리에게 가르친다는 것을 배웠던 것이다. 모욕하는 자를 용서하라는 계명을 준수하면 적까지도 사랑할 수 있는 힘이 저절로 생긴다. 말하자면 우리는 극복이라는 대가를 치르고 얻어낸 노력에 대해 보상을 요구하게 되는데, 이러한 보상은 일차적으로 다름 아닌 우리가 적에게 선사하는 호의 속에 놓여 있는 것이다. 적은 우리에게 한 번도 무관심한 상태로 존재할 수 없기 때문이다. 호의와 사랑은 그것을 품은 사람들 자체가 고귀해지지 않으면 보호될 수 없다. 그리고 이것들은 원수나 적수라 부르는 자들에게 베풀어질 때 가장 빛을 발한다. 쉽게 상처받고 분개하며, 언제나 쉬이 잊고 쉬이 용서하는 나로서는 이러한 기독교 특유의 핵심적인 교리를 흔쾌히 받아들였다.

훗날 묵시록의 교리에 거부감이 일기 시작했을 때, 나는 그 교리가 이미 인류에게 존재해왔고 인식되어왔던 어떤 욕구를 말로 표현한 것에 지나지 않는다라는 점을 밝히려고 무진 애를 썼다. 왜냐하면 그렇게 행동하도록 천성적으로 타고난 단지 일부 특정한 사람들만이 이기심 없이 순수하게 그 교리를 준수하는 것을 보았기 때문이다. 한편 원천적인 복수심을 억누르고 보복할 권리를 애써 단념한 그밖의 다른 사람들은 그 방법을 통해 순전히 자기를 희생하여 타협하는 경우보다 그들의 적을 이기는 더 많은 장점을 얻는 것처럼 생각되었다. 이 경우의 용서 속에는 깊은 사리분별력과 명민함이 공존해 있는 까닭에 쓸데없는 분노 속에서 지쳐 쓰러지게 되는 것은 바로 적이기 때문이다. 커다란 역사적 전투에서도 마찬가지다. 용감하게 싸움을 치르고 난 연후에 승리자의 우월성을 배가시키고, 이 우월성이 도덕적으로 성숙한 것이라는 것을 입증해준 것도 이런 용서의 힘이다.

그러므로 굴복한 적을 보살피고 격려하는 것은 종교적이라기보다는 오히려 세상살이의 일반적인 지혜와 관계된 일이다. 그러나 세력이 절정에 달한 적이 우리에게 해를 끼치는 동안에도 그 적을 진심으로 사랑하는 것을 나는 지금껏 어디서도 본 적이 없다.

제4장 신과 어머니에 대한 찬미, 기도에 대하여

초등학교에 다니던 처음 몇 해 동안 자질구레한 사건들이 일어났기 때문에 나는 신과의 교섭을 확대하는 기회를 자주 갖게 되었다. 얼마 지나지 않아 나는 세상물정에 나를 내맡기게 되었고, 다른 아이들처럼 나도 도외시할 수 없었던 일을 행했다. 결과적으로 때론 절제된 행동으로 만족하기도 했고, 어떤 경우에는 온갖 유치한 비행(非行) 외에도 의무를 소홀히 함으로써 곤경에 빠지기도 했다. 곤란한 상황에 처할 때마다 나는 신을 불러냈고, 위기가 고조될 때면 요령 있게 갖다 붙인 몇 마디 말을 사용하여 자비로운 판단으로 위험에서 구출해주기를 은밀하게 기도했다. 창피하긴 하지만 나는 언제나 불가능한 것 아니면 정당치 못한 것을 원했다고 고백하지 않을 수 없다. 내 죄가 간과되는 경우도 종종 있었다. 그럴 때면 나는 즉각 마음에서 우러나오는 감사의 기도를 빠뜨리지 않았다. 훗날 내가 저지른 어떤 일이 잘못이라는 것을 깨닫게 될 때까지 나는 마땅히 벌을 받아야 한다는 것의 의미조차 몰랐기 때문에 이 감사 기도는 그만큼 더 기분 좋은 일이었다.

내가 탄원의 대상으로 삼았던 소재는 어처구니없을 만큼 다양했다. 언젠가는 어려운 산수 문제를 검산해달라고 부탁하거나 아니면 선생님이 내 공책에 있는 잉크 얼룩을 보지 못하게 해달라고 빈 적도 있다. 또 다른 때에는 지각할 위험에 처해서 마치 제2의 여호수아[32]이기나 한 것처럼 해가 멈추기를 간청했고, 아니면 지금껏 먹어보지 못한 맛있는 과자를 달라고 간청한 적도 있다. 한번은 내가 하얀 구름이라고 부르던 소녀가 오랫동안 여행을 떠나게 되어 어느 날 저녁 작별인사를 하러 우리 집에 들른 적이 있다. 이미 잠자리에 들긴 했지만 모든 것을 다 들을 수 있었던 나는 그녀가 커튼 뒤 침상에 누워 있는 나를 잊지 않도록, 한 번쯤 내게 열렬하게 키스해주도록 하느님 아버지께서 도와달라고 간절하게 기원했다. 똑같은 짧은 문장을 끊임없이 반복하다가 마침내 잠이 들었던 터라 나의 간청이 그때 실현되었는지는 지금도 알 수 없다.

어느 날인가 점심시간 내내 학교에 남아 있으라는 벌을 받고 꼼짝없이 갇혀 있던 나는 저녁이 되어서야 식사를 할 수 있었다. 그때 나는 처음으로 배고픔을 배우게 되었고, "오늘 저희에게 일용할 양식을 주옵소서!"라는 기도문에 따라 신을 특히 모든 피조물의 부양자이자 보호자로 칭송하고 집에서 만드는 맛있는 빵을 창조하신 분이라고 표현하셨던 어머니의 가르침까지도 이해하게 되었다. 나는 주로 식품을 구입하고 그것에 대해 상의하는 것을 주된 일로 삼아 왕래하는 여자들을 면밀히 관찰한 덕분에 대체적으로 식료품에 흥미를 갖게 되었고, 그것의 특성에 일가견이 있던 편이었다. 나는 집 구석구석을 기웃거리게 되면서 점차 우리 건물에 함께 사는 사람들의 가정 살림에 꽤 깊숙이 끼어들어 종종 그들에게 음식을 대접받는 일이 있었는데, 배은망덕하게도 어머니의 음식보다 다른 집들의 음식이 더 맛있었다. 조리법이 완전히 똑같더라도 주부들은 모두 조리과정에서 각자의 성격에 맞는 독특한 맛을 낸다. 어

---

32) 『구약성서』, 「여호수아」, 10장 12절 참조: 그때 야훼께서 아모리 사람들을 이스라엘 백성에게 붙이시던 날, 여호수아는 이스라엘이 보는 앞에서 야훼께 외쳤다. "해야, 기베온 위에 머물러라. 달아, 너도 아얄론 골짜기에 멈추어라."

떤 양념이나 채소를 더 선호하는지로 또 기름기가 있는지 없는지, 딱딱한지 부드러운지로 그들의 음식은 모두 독특한 특성을 얻게 된다. 이러한 특성은 곧 음식을 만든 여자가 까다로운지 무난한지, 부드러운지 오만한지, 다감한지 차가운지, 낭비벽이 있는지 인색한지를 말해준다. 시민계층의 가정에서 주로 먹는 몇 가지 음식만 보아도 그 집의 주부가 어떤 사람인지 분명히 알 수 있다. 일찌감치 전문가가 된 나로서는 단지 고기 수프만 보아도 그 음식을 만든 여주인에게 어떻게 처신해야 하는지 본능적으로 알 수 있었다. 그와는 반대로 어머니의 음식은 예외 없이 독특한 맛이 없었다. 어머니가 만든 수프는 진하지도 묽지도 않았고, 커피는 독하지도 약하지도 않았으며, 소금을 너무 많이 넣는 법도 없었고 그렇다고 매번 빠뜨리는 법도 없었다. 어머니의 음식은 이른바 예술가들이 말하는 기교가 없는, 요컨대 형편없는 솜씨라고 할 수도 있고 제대로 된 솜씨라고 할 수도 있었다. 그래서 어머니의 음식은 많이 먹어도 위를 상할 염려가 없었다. 화덕 앞에 서서 현명하고 신중하게 요리하는 어머니는 마치 "인간은 먹기 위해서 사는 게 아니라 살기 위해서 먹는 법이다!"라는 격언을 매일매일 실천하는 화신처럼 보였다. 어떤 식으로든 결코 넘치거나 부족한 법이 없었다.

때때로 다른 곳에서 훌륭하게 미각을 충족시키곤 했던 나는 이렇게 무미건조한 중용의 덕이 지켜웠다. 그래서 나는 마지막 한 숟갈까지 먹어 치우고 배가 부르면 곧장 음식에 대해 날카롭게 비판하기 시작했다. 나는 언제나 어머니와 단둘이서만 식사했는데, 어머니는 철저하게 체계적으로 가르치는 것보다는 오히려 대화와 환담을 좋아했기 때문에, 내게 즉시 조용히 하라고 호통을 치는 대신 유려한 말솜씨로 반대의견을 내놓으셨다. 그리고 인간의 운명과 인생살이에 관한 이야기로 넘어가, 언젠가 내가 당신의 식탁에 앉아 식사하는 것이 기쁘게 될 날이 온다 해도 그때가 되면 당신은 이미 세상에 없을 거라는 점을 주로 말씀하시곤 했다. 그런 일이 어떻게 일어날 수 있는지 그 당시 내가 확실하게 이해했던 것은 아니지만 그때마다 나는 진한 감동을 받아 은밀한 전율에 휩싸여 단번에 감화되었다. 그러고 난 후 어머니가 신이 주신 훌륭한 선물을 탓함으로써 내가 저지르게 된 배은망덕에 대해 주의를 주면, 나는 앞으로는 전지전능한 신을 모욕하지 않도록 조심하지 않으면 안 될 것 같은 경건한 두려움을 느끼며 신의 감복할 만한 불가사의한 능력에 대해 깊은 생각에 빠졌다.

　하지만 내가 신을 더 분명하게 이해하고 신이 없어서는 안 될 유익한 존재가 될수록 나는 신과의 교섭을 창피하게 생각하여 사람들 앞에서 감추기 시작했으며, 내 기도가 무엇을 의미하는지 알게 되었을 때는 소리 내어 기도하는 것에 대한 두려움이 점점 더 강하게 나를 파고들었다. 단순하고 진지한 성품의 어머니는 흔히 말하듯 신앙심이 열렬한 사람이라고 말할 수는 없지만 마음속 깊은 곳에서 독실한 신자였다. 어머니의 신은 어둡고 절박한 마음의 욕구를 풀어주고 채워주는 존재가 아니라 간단명료한 존재로서, 인간을 돌보고 부양하는 아버지, 즉 섭리였다. 그녀가 습관적으로 되풀이하는 말은 신을 잊는 자를 신 또한 잊는다는 것이었다. 반대로 그녀가 신을 광신적으로 사랑한다고 말하는 것을 나는 한 번도 들어본 적이 없다. 그럴수록 그녀가 아주 열렬히 중요하게 여겼던 것은 요컨대 외롭게 남겨진 채 어둡고 긴 미래를 헤쳐 나가야 하는 상황에서 신이 언제나 나를 떠나지 않고 나를 부양하고 보호하는 존재여야만 한다는 사실이었다. 이렇게 그녀는 끊임없이 걱정하면서 나에게 맹세코 신을 믿지 않으면 안 되는 이유를 대셨다.

　이러한 감동적인 노력의 일환이기도 했고 또 쓸데없이 위선을 떨어대는 어떤 여자의 권고에 따라 어느 일요일 우리가 막 식탁에 앉게 되자 어머니는 식사기도를 올리자고 했는데 그때까지 우리 집에서는 전례가 없던 일이었다. 어머니는 이 기도를 위해 내 앞에서 짧고 오래된 전통적인 기도문을 소리 내어 암송하고는 지금 한 차례 해보고 앞으로도 계속 이 기도문을 이용하라고 말씀하셨다. 하지만 내가 무뚝뚝하게 처음 몇 마디만 내뱉고는 이내 입을 다물고 더 이상 기도문을 외우지 않았을 때 어머니는 얼마나 놀라셨던가!

식탁 위의 음식에서는 김이 나고 있었고, 방 안은 온통 침묵뿐이었다. 어머니가 기다리시는 눈치였지만 나는 한 마디도 하지 않았다. 어머니의 요구가 반복되었지만 아무 소용이 없었다. 나는 눈을 내리깐 채 말없이 앉아 있었다. 그날은 어머니가 내 태도를 어린이들의 통상적인 변덕으로 여긴 덕에 그 정도에서 끝날 수 있었다.

다음날 이 장면이 되풀이되었을 때 그녀는 몹시 속상해하면서 "왜 기도하려고 하지 않지? 부끄러우냐?"라고 물으셨다. 맞는 말이긴 했지만 나는 그렇다고 대답할 수 없었다. 만약 내가 "예"라고 했더라면 그것은 어머니가 생각하는 것과는 의미가 다를 수도 있었기 때문이다. 음식이 차려진 식탁에는 제물이 놓여 있는 것처럼 생각되었다. 내게는 김이 나는 접시 앞에서 두 손을 모은 채 엄숙한 기도를 올리는 것이 당장 견디기 어려울 정도로 싫은 의식이 되어버렸다. 그것은 목사가 곧잘 말하곤 하는 세상에 대한 부끄러움이 아니었다. 어떻게 단 하나밖에 없는 어머니 앞에서, 관대하기 때문에 어떤 것도 숨겨본 적이 없는 어머니 앞에서 내가 부끄러워할 수 있겠는가? 그것은 나 자신에 대한 부끄러움이었다. 나는 나 자신이 말하는 것을 들을 수 없었다. 실제로 나는, 완전히 혼자 있을 때나 다른 사람들의 눈에 전혀 띄지 않을 때에도 단 한 번도 소리 내어 기도해본 적이 없었다.

"그렇다면 기도할 때까지 밥을 먹어서는 안 된다!" 어머니의 이 말씀에 나는 식탁에서 일어나 구석으로 갔다. 그곳에서 나는 깊은 슬픔에 빠졌는데, 그 슬픔은 어느 정도까지는 고집과 뒤섞여 있었다. 하지만 어머니는 자리에 앉은 채 혼자 식사하실 것처럼 행동하셨다. 차마 그렇게 할 수가 없으면서도 말이다. 내가 여태껏 느껴본 적이 없었던 음울한 긴장 같은 것이 어머니와 나 사이에 끼어들어와 내 가슴을 짓눌렀다. 그녀는 말없이 오가면서 식탁을 치워버렸다. 하지만 내가 다시 학교에 가야 할 시간이 가까워오자 어머니는 음식을 다시 가져왔다. 그때 어머니는 마치 눈 속에 조그만 먼지라도 들어간 듯이 눈물을 훔치고 있었다. "먹어도 된다. 이 고집불통 녀석!" 어머니의 말씀에 나는 흐느낌과 눈물을 주체하지 못한 채 식탁에 앉았고, 격했던 감정이 가라앉기가 무섭게 실컷 먹었다. 등굣길에 나는 다행스럽게 해방되고 화해할 수 있었던 것에 대해 만족스러운 감사의 한숨을 잊지 않았다.

꽤 오랜 세월이 흐른 후 고향마을을 방문했을 때 이 일이 생생하게 떠올랐다. 나에게 깊은 인상을 남긴, 100년도 더 전에 그곳에서 한 아이에게 일어났던 이야기 때문이었다. 교회 묘지를 둘러싼 담 한쪽 구석에는 조그만 석판이 있었는데, 여기에는 비바람에 반쯤 지워진 문장(紋章)과 1713년이라는 연도가 적혀 있었다. 마을사람들은 이 자리를 마귀 소녀의 묘라고 하면서 이 아이와 관련된 온갖 환상적이고 전설적인 이야기를 했다. 도시의 지체 높은 집안 출신인 아이가 신을 믿지 않는 태도와 어렸을 적부터 내보인 거짓말 같은 마법의 재주를 치료받기 위하여 그 당시 독실하고 엄격한 남자가 살고 있던 목사관으로 억지로 끌려오게 되었다. 하지만 그 일은 성공하지 못했다고 전해진다. 특히 그 아이에게 가장 신성한 삼위일체의 이름을 단 한 번도 말하게 할 수 없었고, 그 아이는 이렇게 신을 모르고 고집스럽게 살다가 비참하게 죽었다는 것이다. 일곱 살의 가녀린 그 소녀는 대단히 예쁘고 영리했지만 그렇게 악랄하기 그지없는 마녀였다고 전해진다. 특히 그 소녀는 성인 남자들을 유혹했다고 하는데, 그들은 소녀의 눈길을 바라보기만 해도 매료된 나머지 그 아이와 치명적인 사랑에 빠졌고, 그 아이를 위해 사악한 일에 빠져들었다고 한다. 나아가서 그 소녀는 새들에게까지 못된 짓을 벌였는데, 특히 마을의 비둘기들을 모두 교회묘지로 유혹해들이고, 경건한 그 남자까지도 마법에 걸리게 하여 비둘기들을 붙잡아 치욕스럽게도 구워 먹게 한 일도 자주 있었다는 것이다. 심지어 소녀는 물속의 고기들조차도 마법에 걸리게 했다. 며칠씩이나 강기슭에 앉아 영리한 늙은 송어들을 현혹해서 송어들이 그녀 곁을 떠나지 않고 그녀 앞에서 햇빛에 몸을 반짝이며 헛되이 꼬리를 쳐댔다고 전해진다. 늙은 부인들은 이 전설을 아이들이 착한 짓을 하지 않을 때 위협하기 위한 귀신 이야기로 이용했고, 한술 더 떠서 진기하고 환상적인 다른 세세한 내용까지도 많이 덧붙여놓았다.

하지만 목사관에는 정말 이 이상한 아이가 그려진 낡고 어두운 유화가 벽에 걸려 있었다. 치마 가장자리가 커다란 원 모양으로 빳빳하게 펼쳐져 있어서 발을 가려주는 옅은 초록색 다마스커스 옷을 입은 초상화 속의 소녀는 대단히 여린 모습이었다. 호리호리하고 예쁜 몸통 주위로 둘러져 있는 금빛 사슬은 전면의 바닥까지 늘어뜨려져 있었다. 소녀는 관(冠) 모양의 모자를 쓰고 있었는데, 번쩍거리는 금은 조각을 비단 끈과 작은 진주알로 엮어 맨 것이었다. 소녀의 손에는 다른 아이의 해골과 하얀 장미 한 송이가 쥐어져 있었다. 아직까지 나는 이 소녀의 창백한 얼굴만큼이나 사랑스럽고, 매력 있고 지적인 아이의 얼굴을 본 적이 없다. 둥글다기보다는 좁은 편인 얼굴에는 깊은 슬픔이 배어 있었다. 반짝이는 까만 눈동자는 우수에 가득 찬 채 마치 도움을 애원하듯 관찰자를 바라보고 있는 반면에, 꼭 다문 입 주위에는 장난기라고 해야 할지 아니면 웃고 있는 비통함이라고 해야 할지 알 수 없는 어떤 옅은 흔적이 감돌고 있었다. 어떤 쓰라린 고통이 얼굴 전체에 뭔지 조숙하고 여성스러운 것을 더해준 것 같았고, 바라보고 있는 사람에게 자기도 모르게 한번 살아 있는 아이를 보고, 그 아이를 안아주고 쓰다듬어주고 싶은 열망을 불러일으켰다. 이 아이는 옛날 마을사람들에게도 무의식적으로 사랑과 존중의 대상으로 기억되었다. 그래서 그 아이에 대한 이야기나 전설에서는 혐오감과 알 수 없는 연민의 정을 똑같이 찾아볼 수 있었다.

그런데 실제 이야기는 다음과 같았다. 당당하고 매우 보수적인 귀족 가문 출신의 한 소녀가 어떤 방식이 되었든 간에 기도나 예배라고 하면 완강한 거부반응을 보였다. 기도서를 주면 찢어버리는가 하면, 침대 곁에서 취침기도를 해줄 때는 이불 속으로 머리를 파묻어버렸다. 또 음침하고 서늘한 교회에 데려가면 가련할 정도로 소리를 질러대면서 설교단 위의 검은 남자가 무섭다고 떼를 썼다. 그 아이는 불행으로 끝난 첫 결혼에서 얻은 자식이었기 때문에 그렇지 않아도 진작부터 천덕꾸러기로 여겨졌을 법했다. 모든 수단을 써 보아도 이해하기 어려운 나쁜 행실을 그만두게 할 수 없게 되자 엄격한 신앙심으로 유명해진 그 목사에게 시험 삼아 이 아이를 맡겨보기로 결정했다.

가족조차 이미 이 문제를 그들의 명성에 불명예를 가져다줄 이상한 불행으로 간주했기 때문에 무신경하고 엄하기 짝이 없는 이 남자도 이 문제를 온 힘을 다해서 맞서지 않으면 안 될, 전적으로 화(禍)로 가득 찬 악마의 현상으로 여기게 되었다. 그는 그에 걸맞게 징벌수단을 택했다. 목사관에 보관되어 있는, 낡아서 노랗게 변색된 그의 일지(日誌)에는 그가 그 아이를 어떻게 다루었고, 또 불쌍한 그 피조물의 운명이 그 후 어떻게 되었는지 충분히 알 수 있을 만큼 기록이 남아 있다. 다음에 진술하는 것들은 내용이 희한해서 내가 베껴두었던 것이다. 나는 이 내용을 이 이야기 속에 끼워넣고 싶다. 그렇게 함으로써 나 자신에 관한 기억 속에 그 소녀에 대한 기억을 간직하고 싶다. 그렇지 않으면 그녀에 대한 기억이 사라져버릴지도 모르기 때문이다.

제5장 메레트라인[33]

"금일 고귀하시고 독실한 M. 부인에게서 최초 3개월 상당의 부육비(扶育費)를 수령하고 즉각 **수령증**과 보고서를 제출했다. 또한 메레트(에메렌치아)[34]에게 매주 가하는 **징벌**을 주었는데, 긴 의자 위에 눕히고 새로 준비한 매를 사용해 징벌의 강도를 높였다. 물론 주께서 이 가엾은 피조물을 좋은 결과로 이끌어주시기를 **비통한 심정**으로 간원했다. 어린 것은 당연히 애처롭게 비명을 지르고 절망적으로 **용서**를 갈구했다. 그러면서도 나중에는 재차 고집을 부렸고, 본인이 교습 목적으로 준 찬송가집을 경멸하면서 거부했다. 부득불 이 아이에게 잠시 휴식을 주기로 하고 암흑 같은 식품 저장 창고에 감금했다. 거기서 훌쩍이며 울다가 이내 조용해지는 듯했지만 갑자기 마치 불 화덕 속의 3인의 성자[35]처럼 **환호**하며 노래를 부르기 시작했다. 들어보니 전에는 학습을 거부했던, 바로 운문으로 고친 구약의 시편이었다. 하지만 단순 우매한 유모나 어린아

---

33) 메레트라인(Meretlein)은 이름이 메레트(Meret)인 소녀에 대한 애칭이다.

34) 에메렌치아(Emerentia)는 메레트의 라틴어 표기다.

35) 구약성서에 따르면 바빌론의 네브카드네자르(Nebukadnezar) 2세(기원전 605~기원전 562)는 우상숭배를 거부하는 3명의 유대인을 불구덩이에 던져넣었는데, 이 유대인들은 아무런 피해를 당하지 않은 것으로 묘사되어 있다.

이들의 노래에서처럼 무가치하고 비속한 운(韻)에 맞추어 부르는 것이었다. 나는 그런 태도를 악마의 또 다른 간계나 소업으로 해석하지 않을 수 없었다."

그 뒤에 다음과 같은 내용이 있다.

"진정 훌륭하고 독실한 마담에게서 지극히 통탄할 만한 서신이 도착했다. 눈물로 범벅이 된 이 글에서 그분은 메레트가 개전의 정이 보이지 않아 부군께서 심히 비통해하신다고 적었다. 사실 이것은 높이 존경받는 이 명문 가문에 닥친 일대 비운이다. 실례가 될 말이겠지만 신을 섬기지 않았던 폭군이자 심술궂은 기사였던 부계 쪽 조부의 죄를 이 가없는 피조물이 대신 받고 있는 것이 아닌가 생각해볼 수도 있을 것이다. 이 아이를 다루는 수단을 바꾸었다. 금후에는 단식요법을 시험해보려 한다. 본인은 아내에게 명하여 거친 삼베로 조그만 옷을 만들게 했다. 이 참회복이 아이에게 가장 잘 부합될 옷이기에 다른 복장은 엄금했다. 이때에도 또 고집을 부렸음."

"금일 부득이 이 영양(令孃)이 농민의 자식들과 교우하는 것을 금지할 수밖에 없었다. 이 아이들과 숲으로 가서는 그곳의 연못에서 미역을 감으며 본인이 조치한 참회복까지 나뭇가지에 걸쳐놓은 채 나체로 연못 속에 뛰어들어 춤을 추면서 이 아이들에게도 수치스러운 짓을 사주했기 때문이다, 꽤 많은 체벌을 기함."

"금일 상당히 불쾌한 커다란 소란이 있었음. 크고 억센 건달인 방앗간집 젊은 놈이 찾아와서는 날마다 소리치고 울부짖는 소리를 들었다면서 메레트 문제를 가지고 내게 씨움을 걸어왔다. 이 친구와 논쟁하고 있는데 멍텅구리 같은 젊은 학교 선생이 가세하여 나를 고발하겠다고 협박하며 그 못된 피조물을 붙잡고 애무하고 키스하는 등 온갖 소행을 벌이는 것이었다. 나는 즉시 학교 선생을 체포하여 태수에게 인도하게 했다.

부유하고 난폭하기까지 하지만 이 방앗간 집 녀석을 어떻게든 징계하지 않으면 안 된다. 이 아이를 마녀라고 하는 농부들의 의견이 이성과 모순되는 것이 아니라면 나도 그렇게 믿고 싶은 심정이다. 어쨌거나 그 아이 속에는 악마가 들어 있다. 여하튼 고약한 임무를 떠맡았다."

"금주 내내 화가를 대접했다. 영양의 **초상**을 그리도록 **마담**이 파견한 사람이다. 가족은 괴로운 나머지 이 아이를 더 이상 한 식구로 받아들이고 싶어하지 않지만 속죄하는 마음으로 바라보며 슬픈 추억으로 간직하기 위해 **초상화**를 갖고 싶다는 것이다. 아이가 정말 아름답다는 것도 또 하나의 이유다. 특히 아이의 부친이 이 **계획**을 끝까지 관철하고자 한다. 내 아내가 화가에게 매일 2파인트[36]의 포도주를 제공하는데, 그에게 이 양은 충분하지 않은 듯하다. 저녁마다 붉은 사자 술집에 가서 **의사**와 노름을 하기 때문이다. 그는 아주 승승장구하는 인물이다. 그래서 꽤 자주 도요새나 가물치 요리를 내놓았는데, 이 대금은 **마담**이 보내주는 분기별 송금액에 가산될 수 있을 것이다.

처음에 그는 아이를 자기 방식으로 취급하고자 하면서 아이와 친하게 사귀었다. 하지만 이 아이가 곧바로 그에게 **애착**을 **표현**하게 되었을 때, 나는 그에게 내 **조치**를 **방해**해서는 안 된다는 점을 이해시키지 않을 수 없었다. 보관 중인 **의복**과 나들이옷을 가져다가 둥근 머리장식이나 허리띠와 함께 입혀주면 그녀는 매우 **즐거워**하면서 춤을 추기 시작했다. 하지만 **마담**의 지시에 따라 해골 하나를 가져오게 하여 손에 들게 했을 때, 이러한 그녀의 기쁨은 순식간에 사라졌다. 처음에는 **절대로** 들려고 하지 않았지만 나중에는 마치 **빨갛게** 달구어진 쇳덩어리를 들고 있는 양 눈물을 흘리고 몸을 떨면서 들고 있게 되었다. 화가는 해골 정도는 아주

---

36) 1파인트는 대략 2분의 1리터다.

초보적인 기술에 지나지 않기 때문에 이것을 기억에 의존하여 그릴 수 있다고 주장했지만 허락하지 않았다. 마담이 다음과 같은 편지를 보내왔던 것이다. '그 아이가 당하고 있는 일을 우리도 겪고 있습니다. 그 아이가 고통받고 있는 동안 우리는 그 아이를 위해서라면 할 수 있는 데까지 우리 스스로 참회하는 시간을 갖고자 합니다. 그러니 아이를 보살피고 교육하는 일에 관한 한 결코 당신의 위엄이 훼손되지 않도록 해주시기 바랍니다. 전지전능하고 자비로운 신께서 내 소망을 받아들이시어 언젠가는 어린 딸이 빛을 보게 되고 구원받게 된다면 그 아이 스스로도 틀림없이 무척 기뻐하게 될 것입니다. 그렇다면 헤아리기 어려운 주 예수 그리스도의 뜻에 따라 그 아이의 운명으로 정해진 속죄의 상당 부분을 이미 완전하게 벗어나게 될 것입니다.'

이렇게 의연한 말씀을 염두에 둔 채 나는 해골을 들고 있는 것이 아이에게 진지한 고행이 된다면, 이 기회가 도움이 될 걸로 판단했다. 그밖에도 미적 구도에 비추어 보았을 때 커다란 남자의 해골은 여자아이의 작은 손에 비해 너무 버거워 보인다는 화가의 불평에 따라 작고 가벼운 아이 해골을 사용하게 했다. 이런 변화 후 아이는 해골을 들고 있는 것에 별로 신경쓰지 않았다. 또 화가가 해골 속에 장미 한 송이를 꽂았는데, 좋은 전조로 여겨질 수도 있기 때문에 방치해도 될 성싶다."

"금일 갑작스럽게 초상화에 관해 그전과 다른 지시를 수령했다. 초상화를 읍내로 보내지 말고 이곳에 보관하라는 것이었다. 화가가 아이의 우아함에 완전히 매혹되어 훌륭한 작품을 완성했는데 참으로 애석하다. 내가 좀더 일찍 알았더라면, 또 보수 외에 좋은 음식까지도 이처럼 무용지물이 될 줄 알았더라면 그 남자는 그 대가로 캔버스에 내 초상화를 그려줄 수도 있었을 것이다."

"또 다른 지시가 전달되었다. 모든 세속적 교육, 특히 더 이상 필수적인 것으로 여겨지지 않는 프랑스어 교육을 중단하라는 것이었다. 또한 내 아내도 스피넷[37] 수업을 중단해야 했는데, 아이는 이것을 슬퍼하는 것 같다. 그보다 금후에는 이 아이를 그냥 수양딸같이 취급하면서 공공연히 사람들을 화나게 하지 않도록 돌보기만 하면 될 것 같다."

"그저께 메레트가 도주했다. 금일 정오 12시에 너도밤나무 숲의 정상에서 찾아낼 때까지 우리는 무척 마음의 고통을 겪었다. 그 아이는 그곳에서 옷을 벗어던지고는 참회복을 깔고 앉아 햇볕에 몸을 덥히고 있었다. 완전히 산발한 머리 위에는 너도밤나무 잎으로 만든 작은 관이 얹혀 있었고 몸 둘레에도 같은 모양의 잎 장식 띠가 매달려 있었다. 아이 앞에는 아름다운 딸기가 많았는데, 그것을 포식한 것 같았다. 우리를 보고 다시 도망치려다 벌거벗은 것이 부끄러워 옷을 입으려 할 때 다행히 아이를 붙잡을 수 있었다. 아이는 지금 발병했고, 분별 있는 대답을 못하는 것으로 보아 혼란스러운 상태인 것 같다."

"메레트라인의 병이 다시 쾌유되고 있다. 하지만 아이가 점차 변해가더니만 완전히 무감각해지고 말을 잃었다. 나와 상담한 의사의 진단은 그 아이가 미쳐버리거나 백치가 될 수 있으므로 지금부터 제대로 의학적 치료를 받을 수 있는 곳으로 이송해야 한다는 것이다. 그는 자신이 그 아이를 치료하겠다고 제안했고, 만약 자기 집에 데려간다면 아이를 다시 치유해주겠다고 약속했다. 하지만 나는 이미 의사 선생이 염두에 둔 것은 오직 후한 사례와 마담의 선물뿐이라는 것을 알고 있다. 그래서 내가 옳다고 여기는 바를 피력했다. 즉 주께서 이제 이 피조물에 대한 그의 계획을 끝내고자 하시는 것 같으며, 이런 경우에는 인간의 손으로 어떤 것도 바꿀 수도, 또 바꾸어서도 안 된다는 것을, 이것이야말로 진정 진리

---

37) 옛날의 쳄발로.

라는 것을 그에게 말해주었다.”

　대여섯 달이 지난 후에는 다음과 같이 적혀 있다.

　“이 아이는 정신박약의 상태에서도 믿을 수 없을 만큼 건강을 누리는 것 같다. 뺨은 온통 싱그럽고 붉게 물들어 있다. 지금은 온종일 콩밭에서 보낸다. 그곳에서라면 누구도 그 아이를 볼 리 없고, 또 말썽을 일으키지만 않으면 누구도 그 아이 일로 골치 썩일 일이 없다.”

　“메레트라인이 콩밭 한가운데에 조그만 밀실을 만들어놓은 것이 발견되었다. 그곳에서 농부의 자식들의 정중한 방문을 받았고, 그 아이들이 몰래 가져다주는 과일이며 다른 음식들을 그곳에 교묘하게 파묻어 비축해두었다. 역시 그곳에서 앞서 언급했던 작은 아이의 해골이 묻혀 있는 것을 찾아냈지만 원래 있던 곳이 어디인지조차 오래전에 잊힌 터라, 교회 묘지기에게 반환할 수도 없었다. 이런 것들이 참새나 다른 새들을 유인하여 길들여놓았기 때문에 콩 농사에 큰 손해를 입혔으나 그 꼬마 점거자 때문에 새들을 향해 콩밭 속으로 총을 쏠 수도 없었다. 더군다나 둘러막은 울타리를 뚫고 들어와 자기 옆에 둥지를 튼 독사와 함께 놀기까지 했다. 결국 그 아이를 다시 집으로 데려와 붙들어놓지 않으면 안 되었다.”

　“아이의 뺨에서 다시 붉은 핏기가 사라졌다. 의사는 아이가 오래 견디지 못할 거라고 주장한다. 그 아이 양친에게 벌써 편지를 썼다.”

　“불쌍한 메레트라인이 오늘 아침 동트기 전에 침상에서 빠서나가 콩밭으로 들어간 다음 거기서 사망한 것이 분명하다. 그 아이를 발견했을 때, 아이는 이미 땅굴처럼 파헤쳐진 조그만 구덩이 안에서 죽어 있었다. 그 속으로 몰래 기어 들어가려고 했던 것 같다. 몸은 완전히 굳어 있었고, 머리와 속치마는 이슬에 젖어 축축하고 무거웠다. 거의 장밋빛인 자그마한 볼 위에도 맑은 이슬이 방울져 맺혀 있었다. 마치 만발한 사과

꽃 위에 이슬이 내려앉아 있는 것 같았다. 우리는 경악했다. 읍내에서 오게 될 귀족들을 아주 융숭하게 대접하려고 **과자와 식료품**을 사기 위해 아내가 막 K.로 떠난 후 이분들이 도착했기 때문에 나는 하루 종일 몹시 쩔쩔매면서 무척 허둥댔다. 나 자신도 당황하여 천방지축이었고, 서두르느라 온통 난리법석을 떨었다. 하녀들은 시신을 씻기고 옷을 입혀야 했을 뿐만 아니라, 훌륭한 점심까지도 준비해야 했다. 결국 아내가 일주일 전에 간물에 절여놓은 초록색 허벅지살 고기를 굽게 했다. 이제 구원받은(?!) 메레트를 더 이상 물가에 나가 놀도록 할 순 없지만, 야콥은 그녀가 길들여놓아서 이따금 정원 곁으로 몰려드는 연못 속의 송어 가운데 세 마리를 잡았다. 다행스럽게도 그 음식들 덕에 나는 상찬을 받았다. 마담의 입맛에 잘 맞았던 것이다. 우리는 모두 크나큰 슬픔에 잠겨 기도하고 죽음에 대한 묵상을 하면서 두 시간 이상을 보냈다.

또한 죽은 소녀의 불행한 병적 상태에 관한 **우울한 대화**도 빼놓을 수 없었다. 우리 스스로 위안받으려면 그 아이의 병인은 숙명적으로 타고난 정신적·육체적 소인에 있었다는 것을 애써 받아들여야 했던 것이다. 그 밖의 다른 점에서는 우수했던 재능과 종종 발현된 아이의 영리하고 애교 섞인 섬광 같은 기지와 **즉흥적인 착상**에 대해, 또 우리 인간들의 불완전한 현세적 소견으로는 이 모든 특성을 서로 연계하기가 불가능하다는 것도 얘기되었다. 내일 오전 아이는 기독교식으로 매장될 것이다. 지역 주민들이 반대하는 경우에 대비하여 지체 높은 아이의 부모들이 **참석**하는 것이 좋으리라."

"오늘은 이 불행한 **피조물**과 관계를 맺은 이래, 아니 더 나아가서 평안하게 살아온 내 인생에서 가장 놀랍고 소름끼치는 날이었다. 예정시간인 열시가 되자 우리는 시신 뒤에 서서 교회묘지를 향해 걷기 시작했다. 교회 묘지기는 작은 종을 울렸다. 하지만 큰 열의 없이 종을 쳤기 때문에 거의 측은하리만치 소리가 작았고 종소리의 반은 사납게 불어온 강한 바람에 묻혀버렸다. 하늘도 어두컴컴해지면서 잔뜩 찌푸렸다. 묘지에는 몇 안 되는 우리 일행 말고는 아무도 없었다. 하지만 담장 바깥에서는 온 지역 주민들이 모여 서서 호기심에 가득 차 담 위로 목을 길게 빼놓고 있었다. 그런데 막 하관하려는 순간 관 속에서 섬뜩한 비명이 들렸다. 우리는 질겁했다. 무덤을 파던 사람은 뛰어나오더니 그 길로 줄행랑쳐버렸다. 하지만 급히 달려온 의사가 재빨리 관 뚜껑을 비집어 열고 들어올렸다. 그 순간 죽은 아이가 마치 살아 있는 것처럼 몸을 일으키더니 재빠르게 무덤에서 기어나와 우리를 쳐다보는 것이었다. 바로 이 순간부터 피버스[38]의 빛줄기가 구름 사이를 뚫고 기묘하게 내리비쳤다. 그래서 노란 비단옷을 입고 반짝이는 머리 장식 관을 쓴 아이는 요정 같기도 했고 마귀처럼 보이기도 했다. 아이의 모친인 마님께서는 그 순간 혼절했고, 부친인 M. 나리께서는 눈물을 흘리며 땅바닥에 쓰러졌다. 놀라고 무서워서 움직이지도 못했던 나는 이 순간 결정적으로 마법의 존재를 믿지 않을 수 없었다. 소녀는 곧 정신을 가다듬는 듯하더니 교회묘지를 가로질러 고양이처럼 재빨리 마을 쪽으로 빠져나갔다.

　공포에 질려 모두 집으로 도망쳤던 사람들은 문의 빗장을 단단히 걸어 잠갔다. 그 순간은 마침 학교가 파한 시간이라 아이들이 무리지어 길거리로 쏟아져 나오고 있었다. 아이들은 이내 무슨 일이 벌어지고 있는지 알아차렸다. 어느 누구도 아이들을 제지할 수 없었다. 한 무리의 아이들이 그 조그만 시체를 뒤쫓아 달려가기 시작했다. 회초리를 든 교장선생이 그 뒤를 쫓아갔다. 시체는 계속 스무 걸음쯤 앞서 가며 너도밤나무 숲 정상까지 쉬지 않고 달리더니 그곳에서 쓰러져 죽었다. 아이들이

---

38) 그리스의 신 아폴론의 이름 가운데 하나. 태양에 대한 상징이다.

그 주위로 기어가 쓰다듬고 어루만졌지만 소용없었다. 큰 걱정과 함께 목사관으로 피신한 후 사람들이 다시 시신을 가져올 때까지 참담한 심정으로 기다렸던 우리는 이 모든 일을 보고받았다. 시신은 매트리스 위에 놓여 있었다. 귀족 부부는 가문의 문장과 연도가 새겨진 조그만 묘석만 남겨놓고 떠나버렸다. 지금 아이는 다시 죽은 채 누워 있다. 우리는 무서워서 감히 잠자리에 들 엄두가 나지 않는다. 하지만 그 아이 곁에 앉아 있는 의사는 이제 마침내 그 아이가 쉬게 되었다고 말한다."

"오늘 여러 가지 실험을 마친 의사는 아이가 정말 사망했노라고 단언했다. 아이는 조용히 매장되었다. 그밖에는 아무 일도 없었다 등."

제6장 신에 관한 그밖의 일들, 마그레트 부인과 그녀의 측근들

신이 나에게 부양자이자 조력자로서 틀에 박힌 고지식한 형상으로 각인된 이후, 나로서는 신이 다정다감한 느낌과 강렬한 정서적 기쁨으로 그 당시의 내 마음을 채워주었다고 말할 수는 없다. 더욱이 신은 찬란하게 빛나는 석양으로부터 자취를 감추었고, 다시 화려한 옷을 입고 등장한 것은 한참이 지난 뒤의 일이었다. 어머니가 신과『성서』에 대해 말씀하실 때면 대개 황야의 이스라엘 백성, 곡물장수 요셉과 그의 형제들, 과부의 기름항아리 같은『구약성서』에 나오는 것들을 언급하셨고, 예외적으로『신약성서』에서는 5,000명을 급식한 일[39]에 관해 이야기하셨다.

어머니는 각별히 좋아했던 이 모든 사건을 열렬하고 능숙한 말솜씨로 설명해주신 반면,『신약성서』에 나오는 참혹하고 감동적인 그리스도의 수난사가 펼쳐질 때는 그에 맞게 경건한 말투로 고치셨다. 나는 신을 공경하고 어느 경우에도 잊지 않았지만, 그때까지의 과거 경험 말고는 새로운 자양분을 공급받지 못했기 때문에 내 환상이나 정서는 메말라갔다. 간절하게 기도해야 하는 특별한 계기가 없을 때는, 신은 내게 지루

---

39) 산상수훈의 오병이어(보리떡 5개와 물고기 2마리)의 기적을 일컫는다.『신약성서』,「마가복음」, 8장 19절: "내가 떡 다섯 개를 5,000명에게 떼어줄 때에 조각 몇 바구니를 거두었더냐 가로되 열둘이니이다."

하고 색깔 없는 인물이 되어 온갖 괴상한 생각에 골똘히 빠져들게 만들었다. 더욱이 나는 혼자 있을 때가 많았는데, 그럴 때에도 신을 염두에 두고 있었던 것이다.

그래서 한동안, 물론 적잖이 고통스러웠지만, 나는 신에게 몹쓸 별명이나 거리에서 들었던 욕까지 붙여주고 싶은 심각한 유혹을 느꼈다. 이러한 유혹은 언제나 느긋하거나 방자한 기분에 빠져 있을 때 시작되었으며, 오랜 갈등 후에도 끝내 이 유혹에서 헤어나지 못했을 때 나는 신성모독인 줄 뻔히 알면서도 그런 말들 가운데 하나를 거침없이 내뱉었다. 물론 내 마음속에 있는 신이 심각하게 여기지 않으리라는 당돌한 확신과 용서를 비는 마음이 뒤섞여 있었다. 그런 후에도 나는 그 말을 다시 한 번 반복하고 싶은 유혹을 이겨내지 못했다. 이때도 역시 양심의 가책을 느끼고 용서를 빌었으며, 이 야릇한 흥분이 가실 때까지 이런 행동이 계속되었다. 이 현상은 특히 잠들기 전에 나를 괴롭히곤 했는데, 그렇다고 불안감이나 내면의 갈등을 일으킨 것은 아니었다.

나중에야 나는 이것이 내 생각을 사로잡기 시작했던, 신의 편재(遍在)에 대한 무의식적인 탐구였다고 생각했다. 만약 신이 우리가 생각하는 대로 우리에게 살아 있는 존재라면 신 앞에서는 우리의 내면생활의 한 순간도 숨길 수 없고, 정말 벌을 받을 수도 있다는 막연한 감정이 그 당시 내 마음속에서 생겨났던 것이다.

그럴 즈음 나는 한 사람과 사귀고 있었다. 이 우정은 나의 호기심 많은 환상의 양식이 되었을 뿐만 아니라 그러한 무익한 고통에서 나를 구해주었다. 말하자면 단순하고 무미건조한 어머니와 살았던 나에게 이 친교는, 공상의 소재가 필요한 다른 경우의 아이들에게 전설을 많이 알고 있는 할머니나 보모의 존재 같은 의미였다.

우리 집 건너편에는 온통 고물로 가득 찬 넓고 어두운 홀이 있었다.

벽에는 낡은 비단 천과 장식용 주단 벽걸이와 온갖 종류의 양탄자가 걸려 있었다. 녹슨 무기와 여러 가지 연장, 찢겨진 검은 유화들이 입구의 문기둥을 뒤덮고 있었을 뿐 아니라 건물 바깥편 양쪽에 널려 있었다. 많은 고풍스러운 탁자와 집물 위에는 진기한 유리제품과 도자기가 나무와 진흙으로 빚은 온갖 인물상과 뒤섞인 채 쌓여 있었다. 꽤 안쪽에는 침대와 가재도구가 산더미처럼 포개어져 있었고, 이 산더미의 윗면과 경사면 그리고 때로는 위험하게 보이는 다른 산더미 위에도 장식무늬가 있는 시계, 십자가에 못 박힌 예수상, 밀랍으로 만든 천사상 같은 것들이 도처에 쌓여 있었다. 그러나 언제나 가장 안쪽에는 고풍스러운 의상을 입은 뚱뚱하고 늙은 부인이 어둑어둑한 미광 속에 앉아 있었다. 작은 체구의 중년 남자도 있었는데, 백발에 날카로운 인상을 지닌 이 남자는 홀 안에서 몇몇 아랫사람의 시중을 받으며, 부지런히 이런저런 일을 하면서 계속 들락거리는 많은 하인을 실컷 부려먹었다.

하지만 정작 이 점포의 중심은 부인이었다. 앉아 있는 자리에서 움직이는 법도 없었고 길에서 만나게 되는 일도 그전보다 줄어들었지만 그래도 모든 명령과 지시는 그녀에게서 나왔다. 그녀는 언제나 팔을 드러내놓고 있었다. 물론 예외도 있었다. 어디서든 더 이상 보기 힘든, 아마 백 년 전에나 입었을 법한 스타일로 아주 솜씨 좋게 주름 장식을 단 새하얀 블라우스는 소매가 있었으므로 이 옷을 입었을 때가 그 경우였다. 무식하고 가난했던 나머지 행여 읍내에서는 생계를 이어나길까 싶이 40년 전 남편과 함께 읍내로 들어온 이 부인은 세상에서 가장 별난 여인이었다. 힘든 날품팔이 일을 하면서 오랜 세월 분골쇄신한 결과 그녀는 고물상을 개업할 수 있었고, 시간이 지나면서 행운이 따르고 사업수완이 좋아 넉넉하리만치 부(富)를 쌓게 되었다. 이 재산을 관리하는 방식도 아주 독특했다. 그녀는 인쇄물을 어렵사리 읽을 수 있었을 뿐 쓰는 법도 아라비아 숫자로 계산하는 법도 몰랐으며, 끝내 아라비아식 계산법을 습득할 수 없었다. 그녀가 아는 계산방식은 로마자 일(I), 오(V), 십(X), 백(C)을 사용하는 것이 전부였다. 지금은 잊힌 어느 먼 고장에서 전승된 이러한 계산방식이 몇천 년을 거쳐 이 네 숫자를 옛날식 그대로 사용하는 법을 전래시킨 것처럼, 그녀도 이 숫자들을 묘하고도 능숙하게 다루었다.

그녀는 장부도 기입하지 않았고 기록된 것은 아무것도 없었다. 그러나 그녀는 소규모 거래뿐 아니라 액수가 종종 수천에 달하는 거래 전체를 매순간 파악할 수 있었다. 우선 그녀는 언제나 몇 개씩 주머니에 넣고 다니는 백묵 토막을 아주 재빠르게 사용하여 테이블 윗면에 로마숫자 네 개를 거대한 기둥처럼 빽빽하게 써놓았다. 모든 액수를 기억에 의해 이런 식으로 적어놓고는 간단하게 최종적인 목적을 이루어냈다. 간략하게 말하면, 그녀는 젖은 손가락으로 그릴 때만큼이나 잽싸게 한 줄씩 지워나갔고 그 결과를 셈하면서 옆쪽에다 표시해나갔던 것이다.

이렇게 되면 더 작은 다른 숫자들의 그룹이 새로 생기는데, 언제나 똑같은 그저 네 개의 도형뿐인데다가 다른 사람들에게는 옛날 야만인들의 암호처럼 보일 따름인지라 이것들의 의미나 명칭을 그녀 이외에는 아무도 몰랐다. 게다가 공간적으로는 테이블 윗면 전체가 필요했고 커다란 기호를 그리는 데는 오직 부드러운 백묵만이 적합한 수단이었기 때문에 연필이나 펜 또는 석판을 이용하는 석필로는 결코 똑같은 과정을 실행할 수 없었다. 그녀는 기록을 영구히 보관할 수 없다고 종종 불평을 터뜨렸다. 하지만 기실은 바로 그 때문에 그녀는 비범한 기억력을 갖게 되었고, 머릿속에서 우글거리던 많은 숫자가 그 기억에서 살아나 갑자기 생생하게 나타났다가 역시 빠르게 다시 사라지곤 했던 것이다.

수입과 지출의 관계도 그녀에게는 큰 문젯거리가 아니었다. 그녀는 살림에 필요한 물품 값이나 그밖의 다른 대금들을 사업상의 거래에 쓰이는 돈주머니에서 직접 지불했다. 그리고 필요 이상으로 돈이 모아지면 이 돈을 즉시 금화로 교환한 후 귀중품 상자에 보관했는데, 특별한 사업계획이나 예외적인 대부를 위해——이자를 받고 돈을 빌려주는 법도 결코 없었다——그 가운데 일부를 꺼내는 경우를 제외한다면, 한번 들어간 금화는 영원히 상자 밖으로 나올 줄 몰랐다. 거래는 대부분 그녀의 가게에서 각종 용구를 구입하는 각지의 시골사람들과 이루어졌다. 그녀는 누구에게나 외상으로 물건을 주었다. 그런 만큼 이익을 많이 남기는 때도 있었고 종종 손해도 보았다. 자연히 많은 사람이 그녀에게 의존하게 되었으며, 그녀에게 매이게 된 사람과 적개심을 가지게 된 사람도 생겼다. 또한 그녀는 언제나 대금 지불 날짜를 연기해달라고 부탁하거나 물건 값을 갚으려는 사람들에게 둘러싸여 있었는데, 이들은 하나같이 각자 나름대로의 이유에서, 말하자면 선처를 부탁하거나 감사를 표하기 위해 가지각색의 선물을 그녀에게 내놓았다.

마치 지사나 대수도원의 여원장에게 그러듯이 온갖 농작물과 과실, 우유, 꿀, 포도, 햄, 소시지 등이 바구니에 듬뿍 담겨 그녀에게 바쳐졌다. 이렇게 비축된 선물들은 시끌벅적했던 가게가 닫히고 더욱 기묘하게 보이는 거실이 가정의 저녁 생활에 영향력을 발휘할 때 시작되는 위풍당당하고 풍족한 삶의 밑바탕이 되었다.

마그레트 부인은 장사하면서 마음에 드는 물건들을 집 안에다 쌓아놓고 장식품으로 사용해왔다. 그녀는 흥미로운 것이 있으면 주저하지 않고 그것을 자기 것으로 만들었다. 벽에는 금빛 바탕의 옛날 성화들이 걸려 있었고 창문의 유리는 채색되어 있었다. 부인은 이런 모든 물건이 이런저런 놀랄 만한 역사나 아니면 비밀스러운 힘까지도 갖고 있다고 생각했기 때문에 성스럽게 여겼고, 전문가들이 정말 귀중한 유품을 그녀의 무지에서 구해내려 애쓴 적도 종종 있었지만 결코 파는 법이 없었다. 흑단함에는 그녀가 특히 애호하는 금으로 만든 메달이나 희귀한 동전, 금은 세공품이나 값비싼 노리개들이 보관되어 있었는데, 각별히 큰 이익을 남기기 전에는 결코 내놓는 법이 없었다. 마지막으로, 그녀가 열성적으로 수집했던 볼품없는 고서들이 선반에 꽤 많이 쌓여 있었다.

여러 종류의 『성경』, 목판에 인쇄된 상당량의 우주 형상지, 우화가 삽입된 여행기 등이 있었고, 특히 주종을 이루는 것은 동판화에 새긴 지난 세기의 아주 진기한 신화들이었는데 이것은 여러 군데 구겨지거나 찢겨 있었다. 이렇게 소박한 작품들을 그녀는 전적으로 이교도 책 또는 우상 숭배 책이라고 불렀다. 그 외에도 그녀는 통속적인 책들도 많이 수집해 놓았다. 이 통속서적들은 제5복음서의 저자,[40] 예수의 어린 시절, 그때까지 알려지지 않았던 광야에서의 예수의 체험에 관해 흥미로운 정보를 담고 있었다. 또 예수의 시신이 어떻게 잘 보존된 상태로 발견되었는지 ──여기에는 증빙기록까지 덧붙여져 있었다──, 어떻게 해서 자유사상가가 지옥에서 고통받게 되었고 또 그가 어떤 고백을 했는지에 대해 다룬 책도 있었다. 마지막으로 몇몇 권의 연대기와 초본(草本) 도감 그리고 예언서가 수집된 장서 속에 끼여 있었다.

마그레트 부인은 인쇄된 것이면 모두 아무 차별 없이 민중 구전과 마찬가지로 확실한 진실로 여겼다. 모든 현현된 세계는 아주 멀리 떨어져 있는 삶이든 아니면 그녀 자신의 삶이든 간에 그녀에게는 똑같이 놀랍고 의미심장하게 여겨졌다. 말하자면 그녀는 단절되지 않은 지난 시대의 미신들을 가감하거나 윤색하지 않고 그대로 지니고 있었던 것이다. 그녀는 자신의 환상을 고조시키는 것은 무엇이든 열렬한 애착을 보이며

---

40) 모세를 일컫는다.

붙들고자 했고 또 이것을 곧이곧대로 믿었다. 그리고 이것을 아주 오래 되었어도 계속 사용하여 늘 반짝거리는 튼튼한 금속 그릇과 같이 감각 적으로 느낄 수 있는 민속성으로 치장했다. 과거와 현재를 막론하고 이 교도 민족들의 신과 우상은 그녀의 마음을 사로잡았다. 설화나 삽화에 그려진 그들의 외양 때문이기도 했지만 그래도 가장 주된 이유는 그녀 가 이교도의 신들은 진짜 신과 싸워 패배한 정말 살아 있는 존재라고 여 겼기 때문이다. 그녀에게 이교도의 신들은 반쯤은 정복된 거나 마찬가 지인 사악한 녀석들이었지만 어쨌거나 그러한 도깨비 같은 현상은 무신 론자의 소름끼치는 행동처럼 몸서리쳐질 만큼 매력이 있었다. 그녀가 이해했던, 또 이해할 수 있었던 무신론자는 신이 존재한다는 확신에도 불구하고 그것을 완강하고 방자하게 부정한 인간 외에는 아무것도 아니 었다. 옛날 여행 안내서를 읽고 알게 된 열대지방의 커다란 원숭이와 비 비 그리고 반은 사람이고 반은 물고기인 전설적인 해신(海神)과 인어도 신을 완전히 부정하는, 그래서 야수가 된 종족이었다. 아니면 그런 비참 한 상태에서 반은 원망하고 반은 반항하면서 신의 노여움을 증명해주는 동시에 인간에게 제멋대로 온갖 심술궂고 못된 짓을 하며 신을 부정하 는 개개의 인간일 뿐 그밖의 다른 의미는 없었다.

둔탁한 소리를 내며 불이 타오르고 냄비에서 김이 나는 저녁이 되면 사람들이 좋아하는 전통 음식이 식탁에 그득 차려졌고, 마그레트 부인 은 상감으로 우아하게 꾸며진 의자에 편안하고 기품 있게 앉았다. 그러 면 낮 동안 가게를 들락거렸던 사람들과는 완전히 다른, 부인의 신봉자 나 친구들이 점차 모여들기 시작했다. 일부는 후하게 차려진 음식 냄새 때문에 또 일부는 고상한 일에 대한 활기찬 환담에 이끌려 오게 된 가난 한 남녀들로, 여기서 여러모로 낮 동안의 피곤을 풀고자 했고 또 실제로 그렇게 할 수 있었다. 두어 명의 위선적인 식객을 제외한다면 그밖의 사람들은 모두 일상적이지 않은 것들에 대한 대화와 가르침을 통해 정신적 활기를 찾으려는 솔직한 욕구를 갖고 있었다. 그래서 특히 종교적인 것이나 초자연적인 불가사의한 것에 관해 공적인 문화 규범이 제공하는 것보다 더 흥미를 돋우는 것을, 바꿔 말하면 양념을 더 첨가한 음식을 섭취하고자 했던 것이다. 정신적 불만족, 진실과 지식에 대한 가시지 않는 갈증, 언제나 마음에 걸리는 그러한 충동을 감각세계에서 만족시키고자 시도할 때 경험하는 운명적인 일들 등이 이 사람들을 여기에 모이게 했고, 이 사람들을 가지각색의 기묘한 종파 속으로 끌어들였으며, 마그레트 부인은 그들이 내면적 삶이나 행동에 대해 이야기하도록 내버려두었다. 왜냐하면 그녀 자신은 세속적이고 편안해서 그와 같은 일에 동참하기에는 너무 지나칠 수 있기 때문이었다. 오히려 그녀는 예리한 말로 광신적인 귀의자들을 나무랐는데, 지나치게 신비적이고 어리석은 짓이라는 인상을 받게 되면 나무람은 더욱 신랄하고 가혹해졌다.

그녀도 불가사의하고 신비스러운 것이 필요했다. 하지만 그녀는 삶과 운명 안에서 또는 물질세계나 변화무쌍한 외적 현상 안에서 이러한 것을 필요로 했다. 그래서 그녀는 내면적 영혼의 기적이나 영적인 것의 특권, 선택된 자들과 같은 것에 대해서는 전혀 듣고 싶어하지 않았고, 그러한 주제를 꺼내려 하면 호되게 훈계하는 것이었다. 모든 놀랄 만한 사물과 사건을 만들어낸, 교묘한 솜씨를 지닌 창조자라는 점 외에 신은 그녀에게 무엇보다도 특정한 한 방향에서만큼은 주목할 만하고 칭송할 만한 존재였다. 즉 신은 세상에서 아무것도 없이 또는 그보다 못한 상태에서 시작하여 운명을 스스로 개척해가면서 어떤 훌륭한 성공을 이루어낸 현명하고 근면한 사람들을 신뢰하는 조력자인 것이다.

이런 이유에서 그녀는 어둡고 옹색한 집안에서 태어나 재능과 절약 그리고 수완을 통하여 좋은 지위를 얻게 되고 훌륭한 후원자의 지지까지 받는 젊은이들에게서 가장 큰 기쁨을 느꼈다. 그러한 피후견인이 더 잘살게 되는 것은 자신의 일만큼이나 그녀의 관심사였다. 그리고 이 젊은이들이 마침내 양심에 거리낌 없이 적당한 소비생활을 할 만큼 남부럽지 않게 살면 그녀 스스로 크게 만족한 나머지 후하게 기부까지 하면서 그들의 성공을 함께 기뻐했다. 그녀는 근본적으로 남을 도와주기를 좋아하는 기질이어서 늘 아낌없이 베풀었다. 일시적으로 곤경에 처한 사람이나 대대로 가난한 사람들에게 주는 것이야 흔히 있는 빈부완화라고 할 수 있었지만, 재산이 불어나는 사람들에게 주는 것은 그녀의 처지로 보아 정말 낭비라고 할 수 있었다.

대개의 경우 위에서 언급한 출세주의자들은 그들의 본성에 걸맞게 더 중요한 다른 인간관계도 신경쓰면서, 물론 더 젊은 친구들에게 결국은 밀려나게 될 때까지 한시적이었지만, 이 특이한 부인의 호의를 세심하게 관리했다. 그래서 가난한 신봉자들이 모일 때면 옷을 잘 차려입고 출중하게 보이는 이런저런 남자들도 드물지 않게 눈에 띄었다. 그런 남자들은 품위 있는 행동거지로 가난한 사람들을 위축시켰으며 심기도 불편하게 만들었다. 또한 사람들은 그런 남자가 자리에 없을 때면 마그레트 부인이 현세에만 집착하고 세속적인 영화에만 탐닉한다고 비판했다. 그럴 때는 언제나 활발한 토론과 논쟁이 벌어졌다.

그녀가 이렇게 성공적인 돈벌이와 부지런한 활동에서 기쁨을 찾았던 까닭에 그녀가 호감을 갖는 사람들의 무리에 유대인 상인들이 더 많이 받아들여지게 되었는지도 모른다. 이 유대인들은 꽤 자주 그녀의 집에 들렀는데, 짐을 내려놓고 수수한 보자기에서 불룩한 돈주머니를 꺼낸 후 구두나 문서로나 어떤 보증도 없이 마그레트 부인에게 보관해달라고 맡기곤 했다. 그들은 거래에서는 당해내지 못할 만큼 교활했지만, 그들의 적당한 선량함과 겸손 어린 호기심, 엄격한 종교적 실천성과 그들

『성서』의 유래, 심지어는 기독교에 대한 적대적 태도나 그들의 선조가 저지른 중대한 범죄들까지도 선량한 마그레트 부인에게 몹시 박해받고 멸시받는 이 사람들을 매우 흥미로운 대상으로 만들었다. 그래서 부인은 그들이 저녁 모임에 나타나 그녀의 부엌에서 커피를 끓이거나 생선 굽는 것을 크게 환영했다. 경건하게 기독교를 믿는 부인들은 불과 얼마 전까지만 해도 유대인들은 몹쓸 악당 녀석들이어서 기독교인들의 자식들을 유괴하여 죽였고 우물에 독약을 풀었다고 그들 앞에서 조심스럽게 말한 적이 있었다. 또 마그레트 부인은 영원한 유대인 아하스베루스[41]가 12년 전에 흑곰 여관에서 묵은 적이 있는데, 그때 그 사람이 떠나는 것을 보기 위해 그집 앞에서 두 시간을 기다렸지만 동이 트기도 전에 떠나버렸기 때문에 볼 수 없었노라고 주장한 적도 있었다. 그 어느 경우든 유대인들은 아주 친절하고 예의바르게 웃어넘겼을 뿐 언짢게 여기는 법이라곤 없었다.

그러나 그들 역시 신을 경외했고 분명한 색깔이 있는 종교를 신봉했기 때문에 다음에 등장하는 두 인물보다 오히려 이 모임에 어울리는 사람들이었다. 하지만 이 두 인물 또한 이 모임이 아닌 곳이라면 어느 곳에서나 찾아볼 수 있는 사람들이었다. 하지만 이 사람들은 이 모임의 기묘한 배합을 위해서는 없어서는 안 될 일종의 소금처럼 보였다.

---

41) 아하스베루스(Ahasverus)는 예수 그리스도에게 죄를 범한 벌로 영원히 쉬지 못하고 지상을 떠돈다고 하는 전설상의 인물이다.

제7장 계속되는 마그레트 부인 이야기

　그 두 사람은 자타가 인정하는 무신론자였다. 한 사람은 이미 수백 개의 관을 제작하고 못질한 바 있는 단순하고 말수 적은 소목장이였다. 솔직한 사람인지라 영생뿐만 아니라 인간이 신에 대해 뭔가 알 수 있다는 것도 믿지 않는다고 단언하는 경우가 종종 있었다. 그밖에도 사람들은 한 번도 그가 버릇없게 얘기하는 것도, 누구를 빈정거리는 것도 들어본 적이 없었다. 부인들이 들이닥쳐서 유창한 설교로 전도할 때도 그는 유유자적 파이프를 태울 뿐 소귀에 경 읽기나 다름없었다.

　다른 한 명은 백발의 늙은 재단사였다. 살아오면서 이미 여러 번 못된 죄를 저질렀을 것 같은 사람으로 심술궂고 본데없는 성질을 지니고 있었다. 전자가 자제심을 가지고 조용히 처신하며 자신의 신앙심이 메말랐음을 드러내는 경우가 아주 드문 데 반해, 후자는 공격적으로 행동했다. 그래서 그는 노골적으로 의심하고 부인하며 거친 농담과 신성모독을 통해 신자들의 마음을 상하게 하고 놀려먹는 데에서 즐거움을 느꼈다. 또한 단순한 말을 악의로 해석하고, 지독하게 과장된 유머로 가엾은 사람들이 죄책감과 더불어 웃고 싶은 욕망을 갖도록 자극하면서 즐거워하는 걸 보면 진짜 오일렌슈피겔[42]이었다. 그렇다고 지력이 뛰어난 것도 아니었고, 그 무엇에 대해서도 심지어 자연에 대해서도 경외심이 없었으며, 신의 존재를 부정하거나 그것이 없어져 버리기를 바라는 것이 유일한 개인적 욕구인 것 같았다.

그에 비해 떠돌이 도제 시절에 세상을 주의 깊게 관찰했던 소목장이는 그런 일과는 전혀 관계가 없었다. 그는 끊임없이 열심히 배웠으며 한번 풀어놓기 시작하면 온갖 진기한 것들에 대해 즐겁게 얘기할 줄을 알았다. 재단사는 신이 난 부인들과 시끄럽게 입씨름하고 농담하거나 익살떠는 것만 좋아했다. 유대인을 대하는 태도만 해도 친절하고 호의적인 소목장이와는 대조적으로, 할 수 있는 한 그들을 놀리고 괴롭혔다. 그는 유대인을 대하는 진짜 기독교인들의 오만한 방식으로 온갖 저속한 농담으로 조롱하며 박해했다. 그래서 그 가엾은 악마들이 정말 화가 나서 그 모임에서 자리를 뜬 일도 종종 있었다. 그렇게 되면 마그레트 부인도 참을 수 없게 되어 이 마귀 같은 인간을 집 밖으로 내쫓아버렸다.

하지만 그는 곧 다시 돌아와 늘 하던 이야기를 되풀이했는데, 그럴 경우에는 약간 조심스럽게 알랑거리는 말을 했고, 그러면 사람들은 다시 참고 들었다. 늘 토론하고 논쟁하는 그의 말상대 친구들은 그를 살아 있는 무신론의 한 표본으로 필요로 하는 것 같았다. 실제로 그는 그런 사람이었다. 왜냐하면 신과 불멸에 대한 생각이 그를 사소하고 무익한 행동에 국한시키고 부담을 준다는 이유로, 그것에 관한 생각을 더 억제하려 한다는 사실이 분명하게 드러났지만 그도 역시 결국 전형적인 무신론자의 표본이었기 때문이다. 나중에 그가 죽게 되었을 때 그는 큰 절망과 회한에 사로잡혀 울부짖으며 이를 갈았고 또 기도해달라고 요구했다. 그래서 착한 사람들은 그의 최후를 보며 빛나는 승리라고 찬양했다. 반면에 소목장이는 그가 첫 번째 관을 만들었던 때처럼 조용하고 냉정

---

42) 오일렌슈피겔(Till Eulenspiegel)은 동명의 해학 소설의 주인공으로 장난꾸러기나 익살꾼을 일컫는다.

하게 자기가 들어가게 될 최후의 관을 짰다.

마그레트 부인 집에서 있었던 저녁의 잦은 회합은 이런 식이었다. 겨울이면 특히 모임이 많아졌다. 어떤 연유에서 그렇게 된 건지 지금도 알수 없지만 나는 갑작스럽게 낮에는 재미있는 가게에서 바쁜 사람들 틈에 종종 끼어 있었고, 밤이면 내게 큰 호의를 보여주었던 마그레트 부인의 발치에 앉아 있게 되었다. 아주 놀라운 세상일들이 화제가 될 때마다 나는 눈에 띌 정도로 세심한 주의를 기울였다. 나는 처음 몇 년 동안에는 물론 신학적·도덕적 토론을, 그것이 때론 어린애도 이해할 수 있을 만큼 몹시 유치한 것이었음에도 이해하지 못했다. 하지만 그들 또한 너무 많은 시간을 할애하지 않은 탓도 있다. 모임에서는 언제나 곧바로 모험이나 감각적 경험의 영역으로, 그와 더불어 나 또한 잘 알고 있는 일종의 자연철학 영역 쪽으로 화제가 옮겨졌기 때문이다. 사람들은 특히 예감이나 꿈 등과 같은 정신세계의 현상을 삶과 생생하게 결부시키려 했고, 호기심에서 별이 빛나는 비밀스러운 천체나 태양의 깊이, 풍문으로 들었던 화산 등을 탐구하고자 했다.

하지만 모든 것은 결국 종교적 방향으로 소급되었다. 그들은 천리안을 가진 사람들에 관한 장서들과 서로 다른 천체를 거쳐 경험한 희한한 여행에 관한 보고서들 또는 그와 유사한 다른 정보들에 관한 것들을 마그레트 부인에게 구입하도록 추천한 후 그것에 관해 토론했으며, 매우 대담한 생각으로 환상을 가득 채웠다. 한두 사람은 천문학자의 하인에게 얼핏 얻어들었던 과학적인 세부 사실들을 덧붙이기도 했는데, 내용인즉 천문학자의 망원경으로 달의 생물체와 태양에서 불타는 배를 볼수 있다는 것이었다. 마그레트 부인은 언제나 가장 생동적인 상상력을 갖고 있어서 그녀에게서는 모든 것이 피와 살을 갖추었다. 그녀는 하룻밤에도 몇 차례씩 잠자리에서 일어나 조용하고 어두운 세계에서 무슨 일이 일어나는지 살펴보려고 창문 밖을 내다보는 버릇이 있었다. 그럴 때면 으레 보통 붉은빛을 띠는 별과는 다른 의심스러운 별과 유성을 발견했고, 그 즉시 이 모든 것에게 이름을 붙여주었다. 그녀에게는 모든 것이 다 의미와 생명이 있었다. 예를 들어 유리잔을 통과한 빛이 밝게 윤이 나는 탁자를 비추었을 때 생기는 번쩍이는 일곱 가지 색조차도 그녀에게는 하늘 자체 속에 존재한다고 일컬어지는 광휘의 직접적인 반사로 여겨졌다. 그래서 그녀는 "도대체 당신들 눈에는 이 아름다운 꽃과 화관, 초록빛 난간과 붉은 비단 천이 보이지 않나요? 이 작은 금빛 종과 이 은빛 샘이?"라고 말했다. 태양이 방 안을 비출 때마다 그녀는 이 실험을 했는데, 이것은 그녀의 표현대로라면 조금이라도 하늘 속을 들여다보기 위한 것이었다. 그녀의 남편과 소목장이는 이런 그녀의 모습을 놀려대며 웃었고, 남편은 그녀를 공상에 빠진 암소라고 불렀다.

그렇지만 유령의 출현이 화제가 될 때는 그녀는 더 확고한 태도를 지니고 있었다. 그도 그럴 것이 이것에 관한 한 그녀는 두려워서 땀께나 흘렸던, 결코 부정할 수 없는 일들을 수도 없이 경험했기 때문이다. 게다가 다른 사람들 거의 대부분도 비슷한 일들을 말할 수 있었다. 그녀가 집 밖으로 나가지 않게 된 이래 그녀의 경험이라고 해야 오래된 벽 속에서 시끄럽게 두드리는 소리를 자주 듣거나 자정께나 아침녘에 창밖을 관찰할 때 검은 양처럼 생긴 것이 밤거리를 살금살금 돌아다니는 것을 본 것이 고작이었다. 또한 현관문 앞에서 난쟁이처럼 아주 작은 남자를 발견하고는 날카롭고 예리하게 관찰하는데 갑자기 그녀의 창문에 닿을 만큼 이 남자의 키가 솟아오르는 바람에 가까스로 창문을 닫고 침대 속으로 도망친 일도 있었다.

하지만 그녀가 젊었을 때, 특히 시골에 살면서 밤낮없이 들과 숲을 다녀야 했던 때에는 훨씬 더 흥분되는 일들이 있었다. 그 당시에는 머리

없는 남자들이 몇 시간 동안이나 그녀 곁을 따라 걸었는데, 그녀가 열심히 기도하면 할수록 더 가까이 다가왔던 적도 있었고, 떠돌아다니는 죽은 농부의 유령이 그들의 옛 경작지에 서서 그녀에게 애원하며 손을 내민 적도 있었다. 또 교수형을 당한 자들이 소름끼치는 소리를 지르며 높은 전나무에서 굴러 내려와 착한 기독교신자 여인이 사는 구원의 지역으로 들어가기 위해 그녀를 뒤쫓아오기도 했다.

마그레트 부인은 그녀가 처했던 고통스러웠던 상태를 감동적으로 묘사했는데, 그럴 때면 그녀는 그렇게 하는 것이 극히 해로울 수도 있다는 것을 알았지만 섬뜩해하는 동료들을 곁눈질로 힐끔 쳐다보지 않을 수 없었다. 유령이 뒤쫓아 달려왔다는 부분에 이르러서는 오히려 자기편에서 감정이 격해진 나머지 의사를 불러와야 했던 적도 몇 번 있었다. 나아가서 그녀는 자신이 젊었던 지난 세기 말엽까지도 농부들 사이에서는 아직 전통과 인습으로 남아 있던 마법과 사악한 기술에 대해 이야기했다. 그때 그녀의 고향에는 오래된 이교도 서적을 갖고 있던 돈 많고 유력한 농부 집안이 있었는데, 이 사람들은 그 책의 도움으로 아주 사악하기 그지없는 못된 짓을 했다는 것이었다. 그들은 짚단들을 허물지 않고도 그 속에 나 있는 구멍들을 활활 타오르는 불길로 채울 수 있었고, 흐르는 물도 마법으로 멈추게 했으며, 굴뚝에서 나오는 연기를 자유자재로 어느 방향으로든 솟아오르게 하고, 연기로 우스꽝스러운 모습을 만들 수 있었다고 하는데, 이 정도는 천진난만한 장난에 지나지 않았다.

하지만 그들이 버드나무에 못을 세 개 박고 적절한 주문을 외우면서 그들의 적을 서서히 죽게 만들거나(마그레트 부인의 부친도 이런 우정을 가장한 음모로 오랫동안 시름시름 앓았지만, 마침내 이 책략이 발견되어 카푸친[43] 교단의 승려에게 구조되었다), 가난한 사람들의 곡식 이삭을 불태우고 나중에 이들의 굶주림과 고통을 조롱하는 것은 정말 소름끼치는 일이었다. 사람들은 악마가 이들 가운데 때가 된 사람들을 아주 힘들게 하나 둘씩 데려갔기 때문에 내심 만족하기는 했지만, 그러나 이것은 이런 정당한 요구를 한 사람들 자신들까지도 다시금 소름끼치게 만들었다. 피가 뿌려져 있는 눈이나 현장에 널려 있는 머리카락을 보는 것은 마그레트 부인 스스로도 경험했듯이 기분 좋은 일은 아니었기 때문이다. 그런 농부들은 돈을 넉넉히 지니고 있었다. 그래서 결혼식이나 장례식 때에는 커다란 통에 돈을 채워서 서로 나누어 가졌다.

그 당시의 결혼식은 아주 굉장했다. 마그레트 부인도 그런 결혼식을 본 적이 있는데, 남자, 여자 할 것 없이 모든 손님이 말을 타고 와 말만 해도 거의 백 마리 가까이 모여들었다고 했다. 여인들은 놋쇠로 박피를 한 왕관을 썼고 금화를 끼워 만든 사슬이 서너 개씩 휘감긴 비단옷을 입고 있었다. 하지만 그들 가운데는 눈에 띄지 않게 말을 타고 온 악마도 있어서 저녁식사 후에는 불미스러운 일들이 생기기도 했다. 이 농부들은 70년대에 커다란 기근이 닥쳤을 당시 활짝 열어젖힌 곳간에서 12명의 일꾼에게 타작하게 하면서 커다란 빵 덩어리 위에 눈먼 바이올린 악사를 앉혀놓고 연주를 시키고, 몹시 굶주린 거지들이 곳간 앞에 모여들면 무방비 상태의 군중 속에 사나운 개를 풀어놓는 짓을 가장 큰 재미로 삼았던 사람들이었다. 주목을 끄는 것은 전설에서 이 부유한 폭군들을 대개 농부가 된 옛 전제귀족의 후예들로 묘사했고, 사람들은 이들이 옛날에는 많은 성과 요새에서 살다가 지금은 시골에 흩어져 사는 사람들이라고 생각하는 점이었다.

횅하니 비워져 남아 있는 수도원과 아직도 수도승들이 살고 있는 인

---

43) 1525년에 결성된 프란시스코 교단의 중요한 세 개의 파 가운데 하나. 거지승으로 또 숙련된 설교로 유명하지만 무식하고 거칠기 때문에 조롱의 대상이 되기도 했다.

접 가톨릭 지역의 수도원은 가톨릭 교리와 더불어 모험담을 좋아하는 고객들의 흥미를 돋우기에 효과 만점인 또 다른 분야였다. 이 수도원들에 살고 있는 수도회 성직자들, 특히 오늘날까지도 사형 집행인들과 결탁하여 미신에 사로잡힌 개혁신앙의 농부들에게서 악마를 쫓아내거나 영적 교감의 기술을 부리는 카푸친 승려들은 많은 이야깃거리가 되었다. 그 당시 몇몇 변두리 지역은 의식 없고 타락한 신교가 지배하고 있었다. 이곳 주민들은 가톨릭교도를 우둔한 사람들로 무시하면서도 그들보다 우월한 견해를 지니지 못했다. 그래서 가톨릭교도들이 꾸며낸 온갖 이야기들을 근본적으로는 사악하고 비난받을 만한 것으로 여기면서도 충직하게 믿었던 것이다. 그들은 가톨릭을 무시하지 못했고 섬뜩하고 이교도적인 어떤 것처럼 가톨릭을 무서워했다. 그들은 어떤 자유사상가가 정말 마음속으로 아무것도 믿지 않는다고 상상할 수 없었다. 마찬가지로 그들은 어떤 사람이 너무 많은 것을 믿는다는 것도 받아들일 수 없었다. 그들의 한계는 악한 자가 아니라 선한 자들이 옳다고 믿는 것만 신봉한다는 점에 있었다.

마그레트 부인의 남편은 그녀보다 15살이 많은 여든 살 가까운 노인이었다. 사람들은 그를 야곱라인[44] 영감이라고 불렀지만 부인은 그냥 영감으로 칭했다. 그도 아내에 뒤지지 않을 만큼 왕성한 상상력의 소유자였다. 그의 기억의 범위는 더 멀리 과거의 전설 세계에까지 미쳤다. 하지만 그는 언제나 익살맞고 어지간히 쓸모없는 사람이었기에 모든 것을 익살스러운 관점에서 보았다. 그래서 우스꽝스럽고 괴팍한 이야기를 아내만큼 많이 할 수 있었다. 다만 아내는 진지하고 무시무시한 이야기를 했다는 점에서 그와 달랐을 뿐이다.

---

44) 야곱(Jacob)에 대한 독일식 애칭.

그가 막 청년기에 접어들었을 때까지만 해도 마녀재판이 있었다. 그는 입으로 전해 내려온 마녀들의 연회와 향연을 익살스럽게 묘사했는데, 어찌나 정확했던지 오늘날 마녀재판에 관해 기록한 문서와 장황한 고발문서 그리고 강요받아 기술된 자백서에 들어 있는 내용을 읽는 것처럼 여겨질 정도였다. 그는 특히 이 분야를 좋아했다. 그래서 그는 몇몇 기묘한 인물들이 틀림없이 빗자루를 타고 다녔을 거라고 엄숙하게 단언했으며, 살아 있는 동안 내내 자기가 아는 마술사에게 고약을 얻어 오겠다고 약속하곤 했다. 이 고약을 빗자루에 바르면 빗자루를 탄 채 굴뚝에서 빠져나갈 수 있다는 것이었다. 이 이야기는 언제나 나를 크게 흥분시켰는데, 특히 그가 화창한 날로 예정된 빗자루 여행을 재미있게 펼쳐지는 전망을 곁들여 묘사할 때는 더 말할 나위 없었다. 그 여행에서 나는 빗자루의 앞쪽에 앉고 그는 뒤에서 나를 단단히 붙잡게 되어 있었다. 그는 언덕에 서 있는 수많은 아름다운 벚나무와 그가 알고 있는 훌륭한 자두나무 또 이 숲 저 숲의 딸기밭을 내게 말해주었다. 우리는 빗자루를 전나무에 묶어두고 자두나무가 있는 곳에서 잠시 쉬며 자두를 따먹고 딸기가 있는 곳에서는 근사한 잔치를 벌이기로 했다.

　　그리고 근처의 대목시장도 찾아가 보기로 했고, 입장료를 내지 않고 지붕을 통해 들어가 여러 가설무대를 구경할 생각이었다. 물론 어느 마을에 사는 목사 친구를 찾아가 그의 유명한 소시지를 맛보기 원한다면 빗자루를 숲 속에 숨겨놓고, 날씨도 좋고 해서 목사님을 잠시나마 찾아 뵙기 위해 걸어서 왔노라고 말씀드려야 할 것이었다. 반대로 다른 마을에 살면서 주막을 운영하는 부유한 마녀를 방문할 때는 대담하게 굴뚝을 통해 들어가야 했다. 그래야만 그녀는 장래성 있는 신진 마법사가 왔다고 착각하고 베이컨과 신선한 꿀로 만든 훌륭한 팬케이크를 아낌없이 대접할 것이다. 가는 도중 우리가 키가 큰 나무들과 암벽 위에 있는 아주 희귀한 새의 둥지들을 살펴보고 그 어린 새들 가운데 가장 쓸모 있는 녀석을 고르게 되리라는 것은 당연한 일이었다. 그는 이 모든 일이 어떻게 무사히 치러질 수 있는지에 관한 정보를 이미 갖고 있었고, 장난이 끝난 후에 악마에게서 벗어날 수 있는 주문도 알고 있었다.

그는 유령에 대해서도 매우 정통했지만 여기서는 모든 것을 익살스럽게 곡해했다. 그가 자신의 모험에서 경험했던 두려움은 언제나 지독하게 우스꽝스러운 것이었을 뿐만 아니라 교활한 속임수로 끝나는 때가 꽤 자주 있었다. 그는 이렇게 함으로써 자신을 괴롭히는 사람들을 놀려 주려 했다고 공언했다.

이렇게 그는 공상을 좋아하는 자신의 아내를 완벽하게 보완했다. 그래서 나는 양가(良家)의 자식들이 동화책에서나 알 수 있는 일들을 직접 샘에서 퍼내는 기회를 얻었다. 동화책만큼 내용이 단순하지 않았고, 어린이를 위한 순수한 도덕이 고려되지 않았을지라도 이 내용이야말로 언제나 인간에 대한 진실을 담고 있었고, 내 상상력을 어느 정도는 일찍 성숙시켰으며 강한 감명에 무척 예민하게 반응하도록 만들었다. 무엇보다도 마그레트 부인의 다양한 수집품 속에서 찾을 수 있는 상당량의 보고(寶庫)가 감각적인 관찰력을 보완해주었기 때문이다. 마치 서민의 자식들이 어른들의 독한 음료에 일찌감치 익숙해지는 것과 같은 원리라고 볼 수 있다. 왜냐하면 내가 들었던 것들은 오로지 초간가저인 우회 세계에만 국한된 것이 아니었기 때문이다. 오히려 모임에서는 아주 열정적으로 자신과 다른 사람들의 운명까지도 논의되었다.

마그레트 부인과 그녀 남편의 오랜 인생은 대체로 정의나 불의, 위험, 곤궁, 갈등, 해결 등을 본보기로 삼은 엄숙하고 쾌활한 이야기로 가득 차 있었다. 그들은 기근, 전쟁, 반란을 본 사람들이었다. 그런데도 부부 관계만큼은 희한하게도 격정적인 감정에 뒤흔들렸고, 인간 본성에 내재

된 악마적 힘을 있는 그대로 드러냈기 때문에 나는 순진하게 놀란 눈으로 거친 불꽃을 바라보며 깊은 인상을 받을 정도였다.

마그레트 부인이 집안을 움직이고 지탱하는 힘으로 그들의 부의 토대를 마련했고 언제나 지배권을 쥐고 있었던 데 비해, 그녀의 남편은 자신의 일을 아무것도 배우지도 못했고 할 수도 없어서 정력적인 아내의 조수가 되거나 아내의 지배 아래서 명예스럽지 못한 삶을 한가롭게 영위할 수밖에 없는 사람 가운데 하나였다. 특히 신혼시절에 부인이 기회를 대담하게 이용하여 독창적으로 돌발적인 사업을 벌임으로써 말 그대로 금자탑을 쌓아올렸을 적에도 그는 자기 일만 마치고 나면 아내가 준 것으로 즐기면서 사람들을 웃기는 온갖 농담이나 해대는, 말하자면 시중드는 요정 역할을 했다. 마그레트 부인은 조언할 줄도 모르고 신뢰감도 없는 남편의 남자답지 못한 점뿐만 아니라 위급할 때 남편에게서 어떤 강력한 뒷받침도 결코 기대할 수 없다는 것을 경험한 후로는 남편의 다른 공로까지도 무시했다. 남편에게서 거리낌 없이 돈 궤짝에 대한 공동 관리권을 빼앗아버린 그녀의 노골적인 태도도 이런 이유로 설명되었다. 그들 가운데 어느 누구도 오랫동안 그 문제에 따른 악감정은 없었다. 그러던 차에 앞서 말한 바 있는 음모를 좋아하는 재단사가 포함된 몇몇 거간꾼이 남편의 치욕스러운 상황을 비난하면서 마침내 수익의 분배와 재산의 공동 관리권을 요구하라고 그를 부추겼다.

남편은 즉시 엄청나게 씩씩거리기 시작했다. 그는 못된 조언자들의 지원을 업고 '공동 취득'이라는 법률 용어까지 들먹이며 자기 몫의 재산을 주지 않으면 고소하겠노라고 위협하면서 자신의 갑작스러운 행위에 당황해하는 아내를 몰아붙였다. 그녀는 이 일이 명예스러운 권리 수호 문제라기보다는 폭력적인 강탈의 문제라는 것을 느꼈다. 그래서 지금껏 그랬듯이 앞으로도 그녀가 이 집을 지탱하게 될 유일한 힘이라는 것을 알았기 때문에 온 힘을 다해 대항했다. 하지만 법은 그녀에게 불리했다. 법이 두 사람의 공헌도를 판별하는 문제까지 해결할 수는 없을 터였다. 더욱이 남편은 온갖 악의에 찬 비난까지 곁들여가면서 재산 분배가 이루어지면 이혼하겠다고 선언했다. 그 결과 아연실색한 부인은 넋이 나간 상태에서 전 재산의 반을 내주었다. 그는 즉각 금화를 종류에 따라 소시지 모양의 긴 자루에 나누어 넣고 바닥을 못으로 단단히 고정해놓은 가방에 이 자루를 집어넣었다. 그러고는 가방 위에 앉아서 자기 몫을 챙기고 싶어 했던 공범자들을 조롱했다. 게다가 그는 아내 곁을 떠나지 않았다. 사사로운 오락을 즐기고 싶을 때에만 자신의 돈을 썼을 뿐 예전처럼 아내 곁에서 아내의 도움으로 살았던 것이다.

그러는 동안 아내는 다시 원기를 회복하여 얼마 후에는 자신의 재산을 다시 보충할 수 있었고, 몇 년이 지난 후에는 심지어 재산을 두 배로 늘려놓았다. 재산을 분배한 이래 그녀의 생각은 오직 가까운 시일 안에 빼앗긴 재산을 되찾는 데에만 쏠려 있었다. 그것은 남편이 죽어야만 가능한 일이었다. 그가 금화를 환전할 때마다 그녀는 폐부를 찌르는 것 같은 고통을 느끼며 남편의 죽음을 간절히 고대했다. 남편 쪽에서도 아내의 죽음을 애타게 기다렸다. 그래야만 전 재산의 주인이 될 것이고 누구에게도 의존하지 않고 여생을 보낼 수 있을 터였다. 어느 누구도 처음에는 이런 끔찍스러운 관계를 알아챌 수 없었을 것이다

그도 그럴 것이 그들은 두 명의 착한 늙은이처럼 함께 살았고 서로 그냥 영감, 마누라로 불렀기 때문이다. 특히 마그레트 부인은 사사로운 일에서도, 원래 그랬던 것처럼 남편에게 착하고 인색하지 않게 굴었다. 아마 그녀는 40년 동안의 반려자인 남편과 그의 익살스러운 행동이 없이는 단 하루도 살기가 어려웠을 것이다. 남편 역시 그동안에 충분하리만치 만족하게 되었다. 그래서 아내가 광신자들을 모아놓고 넘치는 공상

을 멋대로 늘어놓는 동안 유머 있는 말을 섞어가며 부지런히 돌아다니며 부엌일을 돌보았던 것이다.

그런데도 계절마다 한 번씩 그들은 대개 잠이 오지 않는 어두운 밤을 골라 부부싸움을 엄청나게 벌였다. 말하자면 자연의 커다란 변화를 보면서 늙은이들이 순식간에 흘러가는 인생의 덧없음을 생각하고 육체의 허약함에 좀더 과민해질 때 말이다. 그들은 고풍스러운 넓은 침대에 등을 꼿꼿이 세우고 앉아 화려한 침대 천개(天蓋) 밑으로 동이 터올 때까지 서로 극단적인 욕을 퍼부어댔다. 창문을 열어놓은 탓에 그들이 일으키는 소음이 조용한 골목에서 메아리칠 정도였다. 그들은 향락을 일삼았던 먼 옛날의 젊은 시절을 서로 비난했고, 조용한 밤의 정적을 헤치며 금세기가 시작되기 한참 전에 있었던 일들을 소리 높여 공격했다. 그 일이 벌어졌던 산과 들은 이후 온통 울창한 숲이 되었거나 아니면 빽빽했던 숲이 사라져버렸을 만큼 시간이 흘렀고, 그 일과 관계된 사람들은 이미 한참 전에 무덤 속에서 썩어버렸을 터인데도 이들은 막무가내였다.

그런 후 그들은 자기들 가운데 누가 더 오래 살아야 할 이유가 있는지를 놓고 다투기 시작했으며, 둘 가운데 누가 상대편이 먼저 죽는 꼴을 보며 즐거워하게 될지 사뭇 비장한 내기를 걸었다.

이튿날 낮에 그녀 집에 가보면, 들어서는 사람이 아는 사람이건 모르는 사람이건 간에 그 지독한 싸움은 계속되었다. 그러다 마침내 부인은 기운이 빠져 눈물을 쏟으며 기도를 드렸다. 반면 남편은 짐짓 더 명랑한 척하면서 유쾌한 곡조의 휘파람을 불었고, 팬케이크를 구우면서도 계속 허튼소리를 중얼거렸다. 이런 식으로 그는 아침나절 내내 "쉰하나! 쉰하나! 쉰하나!" 같은 말만 계속 지껄였고, 아니면 기분전환 삼아 한번은 "모르겠구먼. 저 위 늙은 암고양이가 오늘은 일찌감치 말을 타고 나간 것 같단 말씀이여! 어제 새 빗자루를 샀단 말이지! 뭔가 바람에 휘날리는 걸 보았는데 그 여편네 빨강 속치마 같더란 말이야. 묘하구먼! 흠, 쉰 하나!" 같은 말을 했다. 이 말을 하면서 그는 마음속에 치명적인 독을 품고 있었으며, 이런 자신의 행동으로 아내가 갑절이나 괴로우리라는 것을 알고 있었다. 아내는 이런 식으로 싸움을 계속할 만큼 악의도 없었고 치근덕거리는 성격도 아니었기 때문이다. 하지만 이런 상황에서 두 사람 모두에게 괴로웠던 것은 헤프게 낭비하는 것이었다. 마치 둘 다 갖고 싶어 안달하던 재산을 각자 상대방 눈앞에서 모두 없애버리려고 하는 것처럼 둘 다 닥치는 대로 모든 것을 집어주었던 것이다.

남편은 결코 신을 믿지 않는 사람은 아니었지만 유령이나 마녀를 믿는 것과 같이 이상한 방식으로 신과 천국을 믿었고, 신을 훌륭한 사람쯤으로 치부하며 신을 믿는 데서 유래했을 도덕적 가르침에 신경쓰는 일 따위는 조금도 생각하지 않았다. 그는 먹고 마시고 웃고 욕하고 웃었을 뿐, 더 진지한 원칙과 자신의 삶을 조화하려고 애쓰지 않았다. 부인은 부인대로 자신의 열정이 종교적 태도와 모순될 수도 있다는 생각을 한 번도 해본 적이 없었다. 그녀는 감동 표현을 결코 억제하는 법이 없다는 점에서 그녀 집에서 맛있는 음식을 얻어먹는 여자들과는 달랐다. 그녀에게서는 사랑과 증오와 축복이 교차했다. 자신이 혹 죄를 짓는 것이 아닌지 생각하지 않고, 숨기거나 주저함이 없이 모든 충동적인 기분에 자신을 내맡겼던 것이다. 그러면서두 늘 천진난만하게 신을 찾았고 그의 전능한 힘에 호소했다.

이 부부는 둘 다 시골에 흩어져 사는 가난한 친척들이 많았다. 그들은 하나같이 굉장한 유산에 희망을 걸고 있었다. 마그레트 부인은 개선의 여지없이 가난하게 사는 자들에 대한 혐오 때문에 재산이 넘쳐날망정 그들에게 베푸는 것은 아주 쩨쩨할 정도였고, 축일인 경우에만 초대해서 음식을 대접했다. 그 당시에는 양쪽 집안의 나이 많은 남녀 사촌들과 형제자매의 아내며 남편들이 굶주려 지친 자식들, 즉 콧대만 앙상한 딸이나 창백한 아들을 데리고 나타났다. 그들은 모두 가난 때문에 어쩔 수 없는 노릇이었지만 초라한 선물이 담긴 자루며 바구니를 들고 왔다. 물론 늙은 두 변덕쟁이의 환심을 사기 위해서였고 보답으로 받게 될 더 많은 선물을 그 속에 담아 집으로 가져가고 싶은 바람도 있었다.

이 친족들은 두 진영으로 나뉘어 날카롭게 대립했다. 말하자면, 두 진영의 우두머리들인 부부간의 싸움에 헌신적으로 몸을 바쳤을 뿐만 아니라 장차 더 많은 유산을 상속받기 위해 적이 먼저 죽기를 바라는 간절한 소망에 동참했다. 그들은 서로 매우 격렬하게 증오하고 적대시했다. 그 강도에서는 본보기가 된 마그레트 부인과 그녀 남편의 격정에 뒤지지 않았다. 그래서 몽땅 모여든 친척들이 평소와 달리 진수성찬으로 포식하고 원기를 회복한 후 감정이 고무되어 원래의 거북함이 깨지게 되면 두 진영 사이에는 무시무시한 싸움이 뒤따랐다. 남자들은 미처 여행자루에 챙겨넣지 못한 채 남아 있는 햄을 들고 서로 머리를 때렸다. 부인들 또한 창백하고 코가 앙상한 상대편 얼굴에 대고 서로 욕설을 퍼부었고, 집으로 돌아갈 때면 포만한 위장 위에 시샘과 분노로 가득 찬 심장을 떠받치고 있었다. 팔에는 가득 채워진 보따리를 끼고 성큼성큼 문을 나선 후 먼 오두막까지 서둘러 가기 위해 갈림길에서 으르렁거리며 헤어질 때도 겨우 체면치레가 될 정도인 나들이용 중절모 밑의 그들 눈에서는 꿰찌르는 것 같은 불꽃이 번득였다.

이런 식으로 많은 세월이 흐른 후 결국 마그레트 부인이 먼저 죽게 되었다. 저 영혼과 유령의 전설적인 제국으로 건너간 것이다. 그녀는 뜻밖에도 단 한 명의 젊은 남자를 상속자로 지정한 유언장을 남겼다. 자신이 총애하던 사람들의 영리한 솜씨와 그들의 성공에서 기쁨을 찾았던 마그레트 부인이 가장 나중에 총애하게 된, 그래서 가장 나이가 어린 젊은이를 고른 것이다. 그녀는 자기의 상당량의 금화가 신성하지 않은 손으로 들어가지 않고 이 적격자에게 힘과 기쁨이 되리라는 확신을 가지고 죽었던 것이다. 장례식에는 양가의 친척들이 모두 모여들었다. 뒤늦게 실상을 깨닫고 낙담한 이들은 온통 울부짖으며 한바탕 소동을 피웠다. 분노한 그들은 아주 침착하게 재산을 챙겨 커다란 마차에 싣고 있던 행운의 상속자에게 일치단결하여 덤벼들었다. 조금이라도 쓸모 있는 것이면 모두 다 상속자가 챙겼기 때문에 비축해놓은 식량이나 고인의 희한한 수집품과 책 빼고는 불쌍한 사람들에게 남겨진 것이 아무것도 없었다. 물론 여기서도 금이나 은 또는 그밖의 실질적 가치가 있는 것은 제외되었다.

마침내 뼈가 온통 부러지고 그 뼈의 골수에 채울 빵 한 조각도 남지 않았을 때까지 친척들은 울부짖으며 사흘 밤낮을 초상집에 머물렀다. 그런 후 그들은 각자 강탈한 전리품을 기념으로 갖고 서서히 흩어졌다. 어떤 사람은 튼튼한 노끈으로 묶은 이교도 책과 우상숭배서를 막대기로 죄어 한 뭉치 어깨에 지고 있었고, 말린 자두를 담은 작은 자루를 팔에 끼고 있었다. 비스듬하게 둘러맨 지팡이에 동정녀 마리아의 그림을 매단 또 다른 사람의 머리 위에서는 정교한 조각이 새겨진 궤짝이 흔들거리고 있었는데, 이 궤짝 안에는 칸마다 아주 노련한 솜씨로 감자가 채워져 있었다. 큰 키에 말라빠진 아가씨들은 정교하게 만든 고풍의 버들가지 비구니와 조화, 변색된 요란한 장식품이 가득 찬 화려한 상자들을 들고 있었다. 아이들까지도 밀랍을 입힌 천사를 팔에 끼고 끌고 갔고, 손에는 중국산 항아리를 들고 있기도 했다. 마치 약탈당한 교회에서 한 무리의 성상파괴주의자들이 몰려나오는 모습을 보는 것 같은 광경이었다.

그러나 누구나 결국 자기들이 누렸던 호의를 생각하며 그들의 전리품을 고인에 대한 값진 기념물로 보관하려고 생각하면서 우수에 잠긴 채 각자의 길을 걸어갔다. 그동안 마차 곁을 성큼성큼 따라 걷던 최대 상속자는 갑자기 멈춰 서서 잠시 생각하더니 즉각 못 하나도 남기지 않고 마차의 짐 전체를 고물장수에게 팔아버렸다. 그런 후 금 세공인을 찾아가 메달이며 술잔, 사슬을 팔아 마침내 두둑한 돈 전대와 지팡이만 지닌 채 뒤를 돌아보지도 않고 힘찬 걸음으로 성문 밖으로 빠져나갔다. 그는 성가시고 지루했던 일을 끝마치고 나니 기쁜 것처럼 보였다.

집에는 늙은 남편만 외롭게 홀로 남았다. 그의 곁에는 처음 나눌 때보다 줄어든 돈만 남아 있을 뿐이었다. 그는 3년을 더 살다가 마지막 남은 금화를 바꾸어야만 했던 바로 그날 세상을 떠났다. 죽을 때까지 그는 내세에서 '미친 생각을 하며 칠칠맞지 못한' 아내를 만나게 되면 어떤 열변을 토해야 할지, 또 그리스도의 사도와 예언자들의 면전에서 늙은이들을 웃겨주기 위해 어떤 장난으로 아내를 골려주어야 할지 계획하고 구상하면서 시간을 보냈다. 또한 그가 알고 지냈던 망자들을 회상하며, 다시 만나면 옛날의 짓궂은 일들을 재개할 수 있으리라는 것을 기꺼운 마음으로 고대했다. 그가 미래의 삶에 대해 이야기하는 것은 내가 들었던 바로는 언제나 이런 식의 익살맞은 투였다. 그는 결국 앞도 못 보고 나이도 아흔이 다 되었다. 통증과 비애, 무력감이 엄습하여 슬퍼하며 비탄에 잠겨 있을 때에도 이런 고통에 대해서는 일언반구 내비치지 않았으며, 인간이 자기처럼 이렇게 늙고 비참하게 될 바에야 때려죽이는 게 낫다고 외쳐댔다.

결국 그는 갔다. 마지막 한 방울의 기름까지 다 빨아들인 불빛처럼. 그리고 이미 세상에서 잊혔다. 지금 성인이 된 사람 가운데 아마도 내가 한 줌의 재로 변했을 사람의 무덤까지 따라갔던 옛 시절의 유일한 친구였을 것이다.

제8장 어린아이의 범행

고대 연극의 합창에서처럼 나는 아주 어렸을 적부터 이 이웃집의 생활과 사건을 관찰했고 언제나 주의 깊게 그곳에서 일어나는 일에 동참했다. 나는 그 집에 들락거리며 구석에 앉아 있거나, 혹 어떤 일이 있을 때는 물건을 매매하거나 소동을 피우는 사람들의 한가운데에 서 있었다. 책을 꺼내오기도 했고 재미있는 것들 가운데 내가 원하는 것이면 무엇이든 요구했으며, 그것도 아니면 마그레트 부인의 장신구를 가지고 놀았다. 이 집을 찾아오는 다양한 부류의 사람들은 모두 나를 알았고 누구나 다 내게 친근하게 굴었다. 그래야만 나의 보호자가 아주 기뻐했기 때문이다. 나는 말을 많이 하진 않았지만 일어나고 있는 일들 가운데 어떤 것도 나의 눈과 귀를 벗어나지 않도록 주의를 기울였다. 이런 인상을 모두 새긴 채 나는 골목길을 건너 다시 집으로 돌아왔고 고무된 환상을 씨줄 삼아 우리 방의 정적 속에서 이것을 소재로 거대한 몽상의 천을 짰다. 이러한 꿈들은 실제 내 삶과 뒤얽혀 짜였기 때문에 나는 실제적 삶과 꿈을 구별해내지 못할 정도였다.

나는 다른 일들 가운데서도 특히 위에서 언급한 이유로만 설명할 수 있는 하나의 사건을 얘기해보고 싶다. 일곱 살 때쯤인가에 벌어진 일 같은데, 달리는 전혀 이해할 수 없을 것 같은 사건이다. 어느 날인가 나는 탁자에 앉아 장난감을 만지작거리며 길거리에서 얻어들었던 것 같은 극히 거칠고 점잖지 못한 말을 몇 마디 혼잣말로 내뱉은 적이 있다. 물론 그 말이 무슨 뜻인지는 몰랐다. 그때 어머니 옆에서 어머니와 잡담을 나누던 한 부인이 그 말들을 듣고는 어머니의 주의를 환기시켰다. 어머니는 심상치 않은 표정을 지으며 누가 이런 말들을 가르쳐주었는지 물었다. 특히 그 낯선 부인은 나에게 어서 말하라고 몰아세웠다. 나는 놀랄 수밖에 없었다. 나는 잠시 동안 골똘히 생각한 후에 학교에서 보곤 했던 한 소년의 이름을 댔다. 곧바로 나는 두세 명의 다른 아이들의 이름을 덧붙였다. 이들은 모두 열두세 살 된 소년들로 나와는 단 한 마디도 나누어본 적이 없었다.

그로부터 며칠 후 선생님은 수업이 끝난 뒤 나에게 남으라고 하셨다. 나이와 키가 나보다 월등히 앞서 있었기 때문에 내게는 거의 어른처럼 보였던, 앞서 말한 그 네 명의 소년도 마찬가지였다. 나는 놀랐다. 평소에는 종교수업을 담당하고 그 외에도 학교를 관리하는 역할을 하던 목사님이 나타나서 선생님과 함께 책상 앞에 앉더니 나에게 자기 옆에 앉으라고 일렀다. 아이들은 그와는 달리 책상 앞에 일렬로 서서 뒤따르게 될 일을 기다리지 않으면 안 되었다. 이제 그들은 어떤 특정한 말들을 내 앞에서 말한 적이 있는지를 엄숙한 목소리로 질문받았다.

무엇을 대답해야 할지 몰랐던 그들은 완전히 아연실색하지 않을 수 없었다. 그러자 목사님이 내게 말했다. "이 아이들이 그런 말들을 하는 것을 어디서 들었지?" 나는 즉시 말을 받아 간결하고 단호한 어조로 지체 없이 대답했다. "브뤼더라인 숲에서요!" 그때까지 결코 가본 적도 없었고 종종 들어보기만 했던 그 숲은 읍내에서 한 시간가량 떨어진 곳에 있었다. "어떻게 그런 일이 있었지? 어떻게 너희들이 모두 그곳에 갔지?" 목사님은 계속 물었다. 어느 날 그 소년들이 산책 가자고 꼬드겨

나를 그 숲으로 데려갔노라고 나는 얘기했다. 큰 아이들이 어떤 식으로 어린애를 불량한 원정에 동참시키는지 나는 상세하게 묘사했다.

고발된 아이들은 제정신이 아니었다. 그래서 일부는 꽤 오래전부터, 또 일부는 전혀 그 숲에 가본 적이 없을 뿐만 아니라, 최소한 나와 함께 간 적은 없노라고 눈물로 맹세했다. 그들은 또 마치 사악한 뱀을 바라보듯이 두렵고 증오스러운 시선으로 나를 바라보면서 비난과 질문공세로 나를 추궁하려 했으나 조용히 하라는 명령을 받았다. 나는 우리가 갔던 길을 대보라는 요구를 받았다.

곧바로 내 눈앞에는 그 길이 분명하게 보였다. 다른 방법으로는 어떻게 해서 이런 상황이 생겼는지 설명할 도리가 없었으므로 이제는 나 스스로가 믿게 된 이 꾸며낸 이야기를 반박하고 부정하는 것에 자극을 받아 나는 그곳까지 가는 길이며 오솔길을 이야기했다. 그것들을 단지 풍문으로 들어 피상적으로만 알고 있었고, 내가 들었던 것들에 대해 거의 주의를 기울이지 않았는데도 말이 제때에 풀려나왔다. 한술 더 떠서 나는 도중에 나무열매를 땄던 일이며, 불을 지르고 훔친 감자를 구운 일, 또 우리를 훼방놓으려 했던 농부의 아들 하나를 늘씬 두들겨주었던 일 따위를 얘기했다. 숲에 도착해서는 같이 간 아이들이 높은 전나무 위에 올라가 나무 꼭대기에서 목사님과 선생님의 별명을 부르며 환호했다고 덧붙였다. 이 두 사람의 외모를 깊이 생각하고 만들어낸 이 별명들을 나는 오래전부터 마음속에 품고 있었지만 결코 입 밖에 낸 적은 없었다. 이 기회를 이용하여 나는 두 사람에게 별명을 말해준 셈이다. 두 분의 분노는 내가 구실로 삼은 소년들의 경악만큼이나 대단했다.

내 이야기는 다음과 같이 계속되었다. 그들이 나무에서 내려와 매로 쓸 커다란 나뭇가지를 꺾은 다음 나에게도 조그만 나무 위에 올라가 꼭대기에서 별명을 외치라고 요구했다. 내가 거절하자 나를 나무에 단단히 묶고는 상스러운 말까지 포함하여 그들이 요구하는 것을 모두 말할 때까지 나를 매로 때렸다. 내가 그 말을 외치고 있는 동안 그들은 내 뒷전으로 슬금슬금 도망쳤고 때마침 그 순간에 다가온 한 농부가 나의 천박스러운 말을 듣고는 내 귀를 잡아챘다. "이 못된 놈들, 거기 서!"라고 외친 그는 "이놈 잡았다"라고 하면서 나를 두어 차례 후려쳤다. 그런 후 그도 가버렸고 나만 남아 있게 되었는데 날은 이미 어두워져 있었다. 나는 묶였던 몸을 아주 힘들게 풀고 어두운 숲 속에서 집으로 가는 길을 찾으려고 애썼다. 하지만 나는 길을 잃고 깊은 개천에 빠져버렸다. 숲밖에 도달할 때까지 때론 헤엄치고 때론 가까스로 물을 헤치고 걸으며, 요컨대 많은 위험을 뚫고서야 길을 찾았다. 그러나 설상가상으로 커다란 숫염소의 공격을 받게 되었다. 급히 울타리에서 뽑아낸 말뚝으로 염소와 싸웠고 결국 염소를 쫓아냈다.

그때까지는 학교의 어느 누구도 내가 이 이야기를 할 때만큼 그렇게 말을 잘하는 아이라는 것을 알지 못했다. 어느 누구도 내 어머니에게 내가 어느 날인가 완전히 젖은 채 밤늦게 집으로 돌아온 적이 있는지 물어보게 할 생각을 하지 않았다. 그와는 반대로 사람들은 내가 진술한 바로 그 시기에 소년들 가운데 몇몇이 학교를 무단결석했다는 사실과 내 모험담을 연결했다. 그들은 내가 가장 어린 나이라는 것을 신뢰한 것과 마찬가지로 평상시에는 말이 없던 나에게서 전혀 예기치 않게 천진난만하게 쏟아져나온 이야기를 믿어주었다. 고발된 학생들은 결백했지만 거칠고 못된 놈들로 비난받았다. 그들의 당연한 격분이나 절망, 끝까지 이구동성으로 부정하는 태도도 일을 더욱 악화시켰을 뿐이다. 그들은 학교에서 가장 가혹한 벌을 받았고 치욕스러운 짓을 저지른 학생들에게 배정된 의자에 앉게 되었다. 게다가 부모들에게 매까지 맞고 외출을 금지당했다.

희미하게나마 기억할 수 있거니와 나 때문에 생긴 그 불행한 사건에 대해 나는 무관심했던 것만은 아니었다. 나는 오히려 시적 정의[45]가 꾸며낸 내 이야기를 그토록 아름답게 매듭지었다는 것과 뭔가 눈에 띄는 일이 발생하여 사람이 벌을 받고 고통을 당했는데 그것이 나의 창조적인 말의 결과였다는 사실에 스스로 만족감을 느꼈다. 부당한 벌을 받은 소년들이 왜 그렇게 불평했고 어떻게 나에게 화까지 낼 수 있었는지 나는 전혀 이해하지 못했다. 그러기에는 사건의 전모가 저절로 이해될 만큼 너무도 탁월하게 묘사되었고, 옛날의 신들이 운명을 바꿀 수 없었던 것처럼 나 또한 여기서 뭔가를 조금이라도 바꿀 수 없었기 때문이다.

연루되었던 소년들은 모두 아이들의 세계에서조차 정직하다고 인정될 만큼 얌전하고 착실했으며 그때까지 호된 질책을 받을 만한 일을 한 적이 없었다. 그리고 나중에는 조용하고 부지런한 젊은 시민으로 성장했다. 이런 이유로 나의 악행과 그들이 당한 불의에 대한 기억은 그들에게 한층 더 깊게 자리 잡을 수밖에 없었다. 몇 년이 지난 후 그들이 내게 이 일을 비난했을 때 나는 아주 정확하게 잊었던 그 이야기를 다시 기억할 수 있었고 거의 모든 말이 다시 생생하게 되살아났다.

그때야 비로소 그 사건은 두 배로 커진 분노와 함께 나를 지속적으로 괴롭혔다. 그 일을 생각할 때마다 피가 머리로 솟구쳤다. 나는 온 힘을 다해 경솔하게 믿어버렸던 심문자들에게 죄를 미루고 싶었다. 심지어 금지된 말을 듣고는 그 말의 분명한 출처가 밝혀질 때까지 잠자코 있지 않았던 그 수다스러운 부인의 죄를 비난했다. 한때 나와 같은 학교를 다녔던 사람들 가운데 세 사람은 나를 용서했다. 그리고 그 일이 나중에야

---

45) 여기서 시적 정의는 문학작품, 특히 드라마에서 자주 나타나는 죄와 벌의 인과관계를 일컫는다. 예컨대 등장인물들은 행동과 성격에 따라 심판자 역할을 하는 작가에게 특정한 운명을 부여받게 된다.

나를 불안하게 만드는 것을 보며 웃었고, 내가 모든 것을 조목조목 아주 잘 기억하는 것을 만족해하며 기뻐했다. 힘겨운 삶을 살았던 나머지 어린 시절과 철든 시절을 결코 구별할 수 없었던 네 번째 사람만은 마치 내가 성인의 분별력을 가지게 된 다음에 위해를 가하기라도 한 듯이 나에게 원한을 품고 있었다. 그는 깊은 원한을 드러내 보이며 내 곁을 지나갔고, 그가 내게 모욕적인 시선을 던질 때에도 나는 대적할 수 없었다. 아무도 잊을 수 없었던, 그렇게 어린 시절의 비행은 내 책임이었기 때문이다.

제9장 학교생활의 여명기

그때부터 학교 사정에 통달했던 나에게는 학교생활이 별 탈 없이 진행되었다. 더욱이 초보단계의 학습이 빠른 속도로 연속되어 진행되었고 날마다 새로운 것을 배워야 했기 때문에 그럴 수밖에 없었다. 학교에는 또 재미있는 것도 많았다. 나는 즐거운 마음으로 열심히 학교에 갔다. 학교는 나의 공적인 삶이었고 나이 든 사람들의 법정이나 극장과 대충 비슷했다. 내가 다닌 학교는 시립학교가 아니라 공공단체에서 경영하는 학교였다. 그 당시에는 저학년을 수용할 만한 좋은 초등학교가 모자랐기 때문에 가난한 사람들의 자녀들에게 더 나은 교육을 시키려는 취지로 세워진 것이었다. 그래서 이 학교는 자선학교로 알려져 있었다. 페스탈로치와 랭커스터의 수업방식[46]이 적용되었고 그것도 아주 열렬하고 헌신적이었다. 이런 열렬한 헌신으로 말하자면 대개의 경우 열정적인 사립학교의 교사에게서나 찾아볼 수 있는 특성이다.

생전에 이 기관의 설립과 성과에 열성적이셨던 아버지는 때때로 학교

---

46) 옛 인도의 관습. 즉 아이를 통해 아이를 가르치는 방식을 모방한 것으로 페스탈로치(Pestalozzi)가 실제적인 방식으로 적용했다. 18세기 말에는 영국에서 랭커스터(Joseph Lancaster, 1778~1838)가 도입해서 커다란 성과를 거둔 바 있다.

를 방문하여 시찰하기도 했다. 그는 내가 처음 몇 년간은 이 학교를 다니게 하겠다는 결심을 종종 피력했다. 읍내의 아주 가난한 아이들과 더불어 어린 시절을 보내게 함으로써 자만심이나 계층적 배타심을 미연에 근절시키려는 데에서 교육원칙을 찾으셨던 것이다. 어머니에게는 이러한 의도가 성스러운 유산이었기 때문에 내가 맨 먼저 다니게 될 학교를 선택하는 데에 어려움이 없었다. 대략 100여 명의 아이가 커다란 홀에서 수업을 받았는데 다섯 살부터 열두 살까지의 남녀가 각각 반반씩이었다. 홀의 중앙에는 여섯 개의 긴 의자가 있었는데, 여기에는 남학생들과 여학생들이 번갈아 앉게 되어 있었다. 각각의 의자에는 같은 나이로 구성된 한 학년 학생들이 앉았다. 열한 살에서 열두 살까지의 상급반 학생들이 이 의자 앞에 서서 자기들에게 맡겨진 학급을 가르쳤다. 그러는 동안 성(性)이 다른 학생들은 벽을 따라 배치되어 있는 여섯 개의 책상 주위에 반원으로 서 있었다. 각각의 반원의 중앙에는 마찬가지로 수업을 진행하는 남학생이나 여학생이 조그만 의자에 앉아 있었다.

교장선생님은 마치 왕좌를 차지한 듯 끌어 올려놓은 탁자 위에 자리를 잡고 앉아 전체를 내려다보았다. 두 명의 조수가 그의 곁에 서 있었다. 이들은 상당히 어두컴컴한 홀을 돌아다니며 여기저기에 끼어들어 도와주었고, 또 가장 어려운 문제들을 가르쳐주는 사람들이었다. 30분이 지나면 자리가 바뀌었다. 담당 교사가 종을 울려 신호하면 곧 훌륭한 기동연습이 수행되었다. 말하자면, 백 명의 아이들이 언제나 종소리에 맞추어 규정된 동작과 자세에 따라 일어서서 몸을 돌려 방향을 바꾸었는데, 잘 계획된 행진에 의해 1분 만에 자리를 바꾸었던 것이다. 그 결과 지금까지 앉아 있던 50명은 이제 서 있게 되었고, 반대로 서 있던 50명은 앉게 되었다. 우리 남학생들이 규정대로 손을 뒷짐 진 채 여학생 곁을 행진하면서 그녀들의 아장걸음과 우리의 군대식 걸음의 차이를 강조했던 이 1분 동안의 순간은 언제나 끝없이 행복했다. 또 꽃을 가져와서 수업시간에 손에 들고 있도록 허락되었는데 그것이 애교 있는 관습에서였는지 아니면 어떤 다른 의도에서였는지는 모르겠다. 어쨌든 이렇게 아름다워 보이는 일을 다른 학교에서 허락하는 것을 결코 본 적이 없다. 재미나는 행진을 하는 동안 거의 모든 소녀가 장미나 패랭이꽃을 등 뒤에 들고 있었고, 사내아이들은 꽃을 담배 파이프처럼 입에 물거나 아니면 제 맘대로 귀에 꽂고 있었다. 이러한 장면은 언제나 보기에 좋았다. 그들은 모두 나무꾼이나 날품팔이, 가난한 재단사나 구두 수선공 또는 구호금에 의존하는 빈민들의 자녀였다. 더 나은 계층인 수공업자들은 사회적 지위와 재산이 있었기 때문에 이 학교를 이용하는 것이 금지되어 있었다.

그런 연유로 나는 사내아이들 가운데 가장 훌륭하고 깨끗한 옷을 입는 아이였고, 비록 얼룩덜룩한 누더기 옷을 입은 가난한 악당들이나 그들의 예법과 풍습에 곧 친숙해지게 되었을망정 반쯤은 귀족으로 간주되었다. 물론 나에게 너무 낯설어 보이거나 너무 퉁명스럽게 대하는 아이들과는 어쩔 수 없었지만 가난한 사람들의 아이들은 부자나 그럭저럭 살 만한 사람들의 아이들에 비해 더 나쁘거나 더 심술궂지도 않았다. 그와 반대로 오히려 더 순진하고 선량했다. 하지만 그들에게서도 종종 거칠게 조롱하는 것 같은 태도가 보였기 때문에 나는 몇몇 동료학생을 싫어했다.

내가 그 당시 입었던 옷은 초록색이었다. 어머니가 아버지의 유니폼으로 나를 위해 나들이용 의복과 평일용 의복을 각각 한 벌씩 만들게 했기 때문이다. 그가 남긴 시민 복장은 거의 초록색이었다. 내가 열두 살이 될 때까지 내 초록색 재킷과 윗저고리를 만들 만큼 아버지가 남긴 옷은 충분했다. 어머니가 옷들을 애지중지하면서 깨끗이 보관하기 위해 아주 꼼꼼하게 신경을 쓰신 덕분이었다. 그 결과 항상 같은 색 옷을 입고 다녔기 때문에 나는 일찍부터 '초록의 하인리히'라는 이름을 얻게 되었고 우리 읍내에서는 이 이름으로 통했다. 그 이름 덕에 나는 곧 학교에서나 거리에서 유명한 인물이 되었다. 사람들이 살아가는 일을 끊임없이 관찰하고 또 그 일에 합창단처럼 참여하기 위한 방편으로 나는 초록색을 통해 얻게 된 이 인기를 이용했다. 순간순간의 필요와 기분에 따라서 나는 서로 크게 다른 유형의 아이들과 어울렸다. 그들의 부모들이 사는 집에 들어가 보고 싶은 바람에서였다. 조용하고 착한 아이로 보였기 때문인지 나는 환대를 받았다.

반면 나는 가난한 사람들의 살림살이와 관습을 정확하게 관찰한 후에는 다시 빠져나오곤 했다. 다른 어느 곳보다도 언제나 볼 것이 가장 많은 나의 본부, 마그레트 부인 집으로 되돌아오기 위해서였다. 그녀는 내가 곧 독일어를 유창하게 소리 내어 읽게 되었을 뿐 아니라 그녀의 옛날 책에 빈번한 라틴문자와 그녀가 배우지 못한 아라비아 숫자를 설명할 수 있게 된 것을 기뻐했다. 나는 또한 그녀에게 온갖 메모를 종이쪽지에 독일식 고딕체로 작성해주었다. 그녀가 이것을 가까이 두고 재미 삼아 읽을 수 있게 하기 위해서였다. 나는 이런 식으로 그녀의 개인비서가 되었다. 그녀는 나를 비상한 재능이 있는 아이로 여기면서 내가 장차 그녀가 후원하게 될 똑똑한 행운아 가운데 한 사람이 될 걸로 생각했고, 나의 찬란하게 빛날 인생행로를 미리부터 기뻐했다.

사실 배우는 것이 내게는 고통스럽지도 않았고 근심거리도 아니었다. 그래서 나는 어떻게 그렇게 되었는지도 알지 못한 채 나보다 작은 동료 친구들을 가르치는 명예를 얻게 되었다. 이것은 내게는 새로운 기쁨이었다. 무엇보다 나는 상과 벌을 줄 수 있는 힘으로 무장하고 사소한 운명들을 관장할 수 있었을 뿐만 아니라 웃음과 눈물, 우정과 적의까지도 불러일으킬 수 있었기 때문이다. 심지어 여자와의 사랑까지도 최초로 피어오르는 아침 구름처럼 희미하게나마 그사이에 끼어들었다. 아홉 내지 열 명의 작은 소녀가 이루고 있는 반원 속에 내가 앉을 때 커다란 홀에서 우리가 어디에 자리를 잡는지에 따라 내 바로 옆자리가 어느 경우는 가장 명예스러운 첫 번째 자리였고, 어느 경우에는 가장 꼴찌 자리였다. 그래서 나는 내가 좋아했던 여자아이를 명예와 미덕의 영역에 두든가 아니면 죄악과 망각의 어두운 곳으로 내쫓아버렸던 것이다.

어느 경우든 폭군 같은 마음의 바로 곁자리라는 점에서는 매일반이었다. 공과도 없이 고귀한 자리에 앉게 된 아름다운 여자아이에게 감사의 미소조차 받지 못하는 경우도 종종 있었다. 이 여자아이는 당연한 권리처럼 과분한 명예를 받아들였다. 나아가 제멋대로 분별없는 장난을 함으로써 나에게 그녀를 미끄러지기 쉬운 그 높은 자리에 붙잡아두는 것을 무한히 어렵게 만들었던 것이다. 물론 이것은 명백한 불의였다. 이런 때에는 내 마음이 심하게 동요될 수밖에 없었다.

이 학교를 다니는 동안 고통스럽고 불행한 일이 꼭 두 가지 있었는데, 모두 유쾌하지 못한 기억으로 남아 있다. 그 하나는 범죄를 다루는 것처럼 음울한 방식으로 거행되었던 학교재판이었다. 이것의 책임의 일부는 시대정신에 있었다. 우리는 옛 시대의 경계에 서 있었던 것이다. 또 다른 한편으로는 훌륭한 교풍을 조화롭게 유지하는 일에 서투른 개인들의 사적인 취향에도 일부 책임이 있었다. 연약한 나이의 아이들에게 실로 고통스럽고 치욕적인 벌이 과해졌고, 죄를 지은 불쌍한 학생에게 엄숙하게 벌이 집행되지 않고 그냥 지나가는 달이 거의 없었다. 물론 대부분은 진짜 악당들이 걸려들긴 했지만 나이 어린 아이들에게 너무 쉽게 유죄판결을 내리는 것은 분별없는 짓이었다. 그도 그럴 것이 그들 자신도 똑같은 잘못이 있다는 것을 알고 있는 경우에도 처벌받지 않았던 아이들이 있는 법인데, 그 아이들은 효과가 사라지거나 아니면 박해자인 자신들이 올가미에 걸려들 때까지 벌받고 창피당한 학생을 경멸하고 박해하며 조롱하는 기이한 현상이 있기 때문이다.

황금시대의 도래가 지연되는 한, 어린 소년들은 계속 회초리를 맞게 될 것이다. 하지만 불쌍한 범죄자가 장황한 질책을 듣고 난 후 외딴 방으로 끌려가 옷이 벗겨지고 의자 위에 올려진 채 매질을 당하는 것은 역겨운 인상을 불러일으켰다. 언젠가 꽤 나이 든 소녀가 널빤지를 지고 하루 종일 높은 장(欌) 위에 앉아 있게 되었을 때도 마찬가지였다. 그 소녀가 어떤 중대한 잘못을 했을 테지만 나는 깊은 연민을 느꼈다. 아니면 그녀가 부당하게 벌을 받았을 수도 있다. 몇 년 후 이 소녀는 견진성사 수업을 받던 무렵 물에 빠져 죽었다. 왜 그랬는지 지금으로서는 알 수 없지만 하얀 옷을 입고 꽃을 든 15~16세의 많은 소녀가 뒤따르는 가운데 그녀가 무덤으로 옮겨지는 것을 보았을 때 죽은 소녀에 대해 품었던 슬픈 연민을 나는 아직 기억하고 있다. 비기독교적인 죽음이었지만 사람들은 그녀의 젊음 때문에 이러한 경의를 표했다. 동시에 그렇게 함으로써 이 충격적이고 곤란한 사건을 조금이나마 숨기고 누그러뜨릴 수 있었기 때문이다.

학교시절에 대한 또 하나의 고통스러운 기억은 교리문답과 그것을 위해 보내야 했던 시간이었다. 생명력 있는 『성서』 텍스트에서 뽑아낸 것임에도 오로지 나이 들어 무감각해진 사람들의 말라빠진 마음이나 사로잡을 수 있을 것 같은, 투미하고 생기 없는 질문과 대답이 잔뜩 들어 있는 작은 책 한 권을 무한히 빛나는 젊은 시절 동안 끝도 없이 되씹으며 외워야 했고, 이해되지도 않는 대화를 나누며 반복하지 않으면 안 되었다. 우리가 이런 종교생활을 통해 얻은 가르침은 엄한 말과 엄한 벌이 전부였다. 또 이 종교생활의 자극제가 된 것은 행여 모호하기 짝이 없는 말들 가운데 하나라도 놓칠세라 가슴을 죄는 두려움뿐이었다. 마찬가지로 온갖 문맥에서 뽑아 썼기 때문에 원래의 시 전체를 마음에 새기는 것보다 더 어려웠던 시편의 개개 구절이나 찬송가의 행들은 기억에 도움을 주는 대신 되레 기억을 헷갈리게 했다. 어른들의 거친 죄악을 염두에 두고 만든 이런 강경하고 완고한 계율이 이해하기 힘든 초자연적인 교리와 나란히 정렬되어 있는 것을 보면 부드럽고 인간적인 발전의 정신이 불어오는 것을 느낄 수 없었다. 대신 속성표백과 강제표백을 통해서 어리고 연약한 후진들에게 가능한 한 일찍 전반적인 기존의 생과 사고에 대해서 준비시키고 책임 지도록 만드는 것을 유일하게 중요시하는 거칠고 완고하며 야만스럽고 질식할 것 같은 호흡을 느낄 뿐이었다.

이 훈련의 고통이 절정에 달할 때는 1년이면 몇 번씩 차례가 돌아오는 목사와의 대화였다. 일요일 날 교회에서 전체 교인이 모인 가운데 내 앞에서 멀리 떨어져 설교단에 서 있는 목사와 크고 또렷한 목소리로 기묘한 대화를 나누어야 했는데, 이때 말을 더듬거리거나 잊어버리면 일종의 신성모독이었다. 많은 아이들은 혀를 잘 놀림으로써 그들의 뻔뻔한 배짱을 과시하는 기술과 입심을 이러한 관습에서 얻게 되었다. 그들에게 이 날은 언제나 승리와 환희의 날이었다. 바로 이 소년들을 놓고 볼 때 모든 것이 공허한 울림이자 연기에 지나지 않는다는 것이 언제나 증명되었다. 천성적으로 항의하기를 좋아하는 사람이 있는 법인데, 나를 이런 사람들의 하나로 꼽고 싶다. 종교적 감각이 모자라서가 아니다. 물론 무의식적인 것이었다고 할지라도, 단조롭고 권위적인 말들을 여기저기서 주고받을 때에는, 옛 시대의 화형용 장작더미가 남긴 가느다란 마지막 연기줄기가 교회 안에 떠돌면서 나에게 교회에 머물러 있는 것을 메스껍게 만들었기 때문이다. 내가 명민하게 논쟁을 즐기는 비범한 아이였다고 우쭐대고 싶은 것이 아니다. 그것은 그저 본능적인 감정의 문제였다.

이렇게 해서 나는 강제적으로 신과의 사적인 만남 속에 내던져졌다. 나는 내 필요에 따라 스스로 기도와 탄원을 도맡아하는 습관을 지키면서, 때를 고려하여 오직 필요한 경우에만 그것을 이용했다. 유일하게 주기도문만은 아침과 저녁에 규칙적으로 이용했지만, 소리를 내어 암송하지는 않았다.

하지만 유희와 즐거움으로 이루어진 나의 사적·공적 생활에서도 신은 축출되었고, 마그레트 부인뿐만 아니라 어머니도 내 생활 속에 신을 보존시킬 수 없었다. 오랜 세월 동안 신에 대한 내 생각은, 탐탁지 않은 시인들이 꾸며낸 것이나 우화적인 것과는 반대로 실제적인 삶을 산문적이라고 여긴 것과 같은 의미에서 산문적인 관념이 되었다. 기묘하게도 삶과 감각적 자연은 내가 기쁨을 찾아내는 내 동화세계였던 반면, 신은 필요하긴 하지만 따분하고 교장선생처럼 현학적인 현실이 되었다. 나는 놀다가 지치고 배고파진 아이가 가급적 빨리 먹어치우고자 하면서 날마다 수프를 먹으러 가는 식으로 이러한 현실로 돌아갔다. 이러한 것은 어떤 방식으로 종교가 불가분 나의 어린 시절의 일부가 되었는지를 보여주는 것임이 틀림없다. 좌우간 이 시절 전체가 마치 선명한 거울 속에 들어 있는 것처럼 내 앞에 놓여 있음에도 분별 있는 나이가 되기 전에 한번쯤, 비록 어린애다운 것일지라도 어떤 경건한 전율을 경험했는지는 생각나지 않는다.

나는 하필이면 가장 감수성이 강하고 상상력이 강한 시절에 약 7, 8년간 지속된, 반쯤 신을 잃어버린 그 시절을 차가운 불모의 시간으로 여기고 있으며, 교리문답과 그것의 주재자들에게 그 책임을 돌린다. 내가 정말 날카롭게 지난 시절의 어렴풋한 영적 상태를 꿰뚫어보면 나는 어린 시절의 신을 사랑하지 않았고 오직 그를 이용했다는 사실을 발견하게 된다. 그 시절 위에 놓여 있는 어둑어둑하고 차가운 베일을 나는 이제야 비로소 분명하게 볼 수 있다. 그 베일은 그 당시 내 삶의 절반을 가려버렸고 나를 소심하고 어리석게 만들었기 때문에, 나는 사람들을 이해할 수도 없었고 사람들에게 나를 이해시키지도 못했다. 그래서 선생님들은 마치 수수께끼 앞에 선 것처럼 내 앞에 서서 "이 녀석은 참 괴상한 놈이야, 이 녀석을 어떻게 해야 할지 모르겠어"라고 말했던 것이다.

제10장 놀고 있는 어린아이

　나는 그럴수록 더 열심히 어쩔 수 없이 나만을 위해 구축할 수밖에 없었던 세계 속에서 조용하게 혼자서 놀았다. 어머니는 장난감을 아주 적게 사주셨다. 어머니에게 떠나지 않는 유일한 생각은 앞날을 위해 한 푼이라도 아끼는 것이어서, 그녀 생각에는 꼭 필요한 것을 위해 직접 쓰이지 않는 모든 지출은 불필요한 낭비였다. 그 대신 그녀는 계속해서 나를 재미나는 이야기에 몰두시키려고 하면서 그녀의 과거와 다른 사람의 삶에서 수없이 많은 일을 얘기해주었다. 우리는 쓸쓸했기 때문에 어머니 자신도 이런 식으로 달콤한 위안거리를 찾았다. 하지만 이런 즐거움도, 신기한 이웃집에서 보내는 시간도 결국에는 내게 남는 시간을 모조리 채워줄 수는 없었다. 내 독창적인 욕구에 적합한 어떤 제재가 필요했던 나는 곧 장난감을 직접 만들지 않을 수 없었다. 이러한 경우에 흔히 보조물로 이용하는 종이와 목재는 쉽게 고갈되었다. 특히 나에게 요령과 기술을 가르쳐줄 조언자가 없기 때문이기도 했다.

　하지만 내가 사람들에게서 얻지 못한 것을 말없는 자연이 내게 주었다. 나는 멀리서 다른 아이들이, 특히 돌이나 나비같이 예쁘고 작은 자연 채집물을 갖고 있는 것과 그와 같은 것을 스스로 찾기 위해 선생님과 아버지의 지도 아래 소풍 가는 것을 보았다. 이제 나는 혼자 힘으로 이

것을 흉내 냈고, 화려한 조약돌이 햇빛을 받고 있는 시내와 강바닥을 따라 걷는 위험한 여행에 착수했다. 이내 나는 색색으로 반짝이는 인상적인 광물을 모았다. 그것은 운모나 석영과 같은 것들로, 가지각색의 모양이 내 마음을 끌었다. 제련소에서 물속으로 버려진 용재(鎔滓)도 역시 가치 있는 것으로 생각했고, 유리 용해(溶解) 덩어리를 보석으로 여겼다.

마그레트 부인의 고물가게에서는 뜻하지 않게 광택이 나는 대리석 조각과 반투명의 설화석고로 만든 당초문 몇 점을 얻었는데, 여기에는 옛 유물의 영광이 스며 있었다. 이 물건들을 보관하기 위해 나는 선반과 보관용기를 만들고 각각의 물건에 놀랄 만한 기재사항이 적힌 딱지를 붙였다. 햇빛이 우리 집 작은 뜰을 비출 때마다 비축한 보물을 전부 아래로 끌어내려 조그만 샘에 넣고 한 점씩 씻은 후 말리기 위해 햇빛 속에 늘어놓은 다음 그것들의 광채를 즐겼다. 그런 후 나는 그것들을 다시 용기에 정돈해 넣었고 그 가운데 가장 반짝이는 것들은 내가 큰 상점과 선착장의 커다란 화물뭉치에서 뽑아놓았던 솜으로 조심스럽게 감싸놓았다. 이 취미는 얼마 동안 계속되었다.

하지만 나를 만족시켰던 것은 그것의 겉모습뿐이었다. 다른 소년들이 각각의 돌의 이름을 알고 있었고 수정이나 광석같이 얻기 어려운 희한한 것을 많이 갖고 있었을 뿐만 아니라, 더욱이 그것들에 대해 나로서는 전혀 알 수 없는 어떤 지식을 갖고 있다는 것을 알게 되었을 때 이 모든 놀이는 묘미를 잃어버렸고, 이것이 나를 슬프게 했다. 그때에는 생명력이 없거나 버려진 어떤 것이 내 주위에 놓여 있는 것을 보는 것조차 견딜 수 없었다. 그래서 내가 사용할 수 없는 것은 서둘러 태웠거나 내게서 멀리 떨어진 곳으로 옮겨놓았다. 그런 식으로 어느 날 나는 내 돌 전부를 아주 힘들여 강으로 나른 후 그것들을 물결 속에 버려버렸다. 그리고는 큰 슬픔에 잠겨 의기소침한 채 집으로 돌아왔다.

이제 나는 나비와 풍뎅이를 시험해보았다. 어머니는 나를 위해 그물을 만들어주셨고 이 놀이가 간단하고 돈도 많이 들지 않는다는 것을 아셨기 때문에 나와 함께 몸소 풀밭으로 나가는 경우도 종종 있었다. 나는 내가 잡은 것들은 모두 모았고 무수한 애벌레도 가두어놓았다. 하지만 나는 이 애벌레들의 먹이도 몰랐고 달리 다룰 수도 없었기 때문에 내가 기른 애벌레가 나비가 된 적은 한 번도 없었다. 내가 잡은 살아 있는 나비들을 죽이거나 보존하는 것은 골칫거리였다. 반짝이는 풍뎅이도 마찬가지였다. 이 연약한 곤충들은 잔인한 내 손안에서도 끈질긴 생명력을 입증했기 때문이다. 마침내 죽었을 때는 향기와 색깔도 사라진 채 나의 바늘에는 갈기갈기 찢겨진 가련한 순교자 무리가 즐비하게 꽂혀 있었다.

죽이는 것 자체가 벌써 나를 기진맥진하게 만들었을 뿐만 아니라 사랑스러운 생물체가 고통스러워하는 것을 차마 볼 수 없었기 때문에 나는 아주 심하게 흥분되었다. 이것은 결코 어린애답지 않은 과민증이 아니었다. 내가 싫어하거나 별 관심이 없는 생물체는 모든 아이가 그렇게 하듯이 나 또한 학대할 수 있었기 때문이다. 오히려 이것은 내가 진심으로 호의를 베풀었던 아름다운 피조물에게는 부당한 연민이었다. 불쌍하게 살아남아 있는 것들도 모두 야외에서 보낸 어떤 날의 모험의 기념물이라는 점에서 그만큼 나를 더 울적하게 했다. 그것들이 사로잡힌 시간부터 고통 속에서 죽을 때까지 나는 함께 괴로워했다. 말없이 남아 있는 것들은 내게 비난의 몸짓을 던졌다.

내가 커다란 순회 동물원을 처음 보게 되었을 때 이 시도도 결국은 좌초되었다. 즉시 나는 그런 동물원을 세우기로 결심하고 약간의 우리와 방을 마련했다. 나는 매우 열심히 조그만 상자들을 개조하고 판지와 나무를 붙여 이것들을 만들었으며 들어가게 될 동물의 힘에 맞게 그 앞에는 철사나 노끈으로 만든 창살을 설치했다. 최초의 동물은 생쥐였다. 이

쥐는 곰을 우리 속에 집어넣는 데에 따르는 모든 격식에 따라 쥐덫에서 감옥 안으로 옮겨졌다. 그다음으로는 어린 집토끼와 참새 몇 마리, 발 없는 도마뱀, 꽤 큰 뱀, 색깔과 크기가 서로 다른 여러 마리의 도마뱀 등 이 뒤따르게 되었다. 커다란 하늘가재와 다른 많은 풍뎅이는 차곡차곡 정연하게 쌓아 올려진 용기들 안에서 얼마 지나지 않아 힘을 잃어갔다. 무지무지하게 무서워했기 때문에 번거로운 방법을 동원한 다음에야 잡 을 수 있었던 몇 마리의 커다란 거미들을 나는 사나운 호랑이의 자리에 배치했다 나는 오싹하는 쾌감을 느끼며 무방비 상태의 동물들을 관찰 했다. 그러던 어느 날 왕거미 한 마리가 우리를 뚫고 나와 미친 듯이 내 손과 옷 위로 달려들었다. 하지만 이러한 공포는 이 작은 동물원에 대한 나의 관심을 부풀리는 데에 도움이 되었다.

나는 아주 규칙적으로 먹이를 주었고, 다른 아이들도 데려와 현란하 게 부풀려 이 동물들을 설명했다. 내가 손에 넣은 어린 솔개는 커다란 검둥수리였고 도마뱀은 악어였다. 보자기 밖으로 조심스럽게 들어 올린 뱀들은 인형의 사지에 꼬불꼬불 감겨 있었다. 그런 다음 나는 다시 혼자 서 슬퍼하는 동물들 앞에 몇 시간씩 앉아 그들의 움직임을 관찰했다. 갉 아서 구멍을 낸 쥐는 오래전에 도망쳤고 발 없는 도마뱀도 오래전부터 망가뜨려져 있었다. 도마뱀의 꼬리도 모두 마찬가지였다. 작은 토끼는 해골처럼 피골이 상접하여 우리 속에서 자기 자리를 잃었다. 서서히 죽 어가는 다른 모든 동물은 나를 우울하게 했고 마침내 나는 그들을 모두 죽여 파묻기로 결심했다. 길고 가는 쇠꼬챙이를 잡은 나는 그것을 발갛 게 달군 다음 떨리는 손으로 창살 안에 집어넣고 무시무시한 집단 살육 을 저지르기 시작했다. 하지만 이 동물들이 모두 좋아졌던데다 내가 죽 이고 있는 유기체들이 발작을 일으키는 움직임이 나를 소름끼치게 했기 때문에 나는 중단하지 않을 수 없었다. 서둘러 뜰로 내려간 나는 조그만

마가목 아래에 구덩이를 팠고 그 속에 수집한 동물 전부를, 죽었건, 빈사 상태건, 살아 있건 간에 가리지 않고 상자 밖으로 아무렇게나 쏟아버리고 급히 흙을 덮었다. 그것을 본 어머니는 내가 동물들을 잡았던 야외로 그것들을 다시 가져갔어야 했고, 그렇게 되면 아마 동물들이 거기서 다시 건강해질 수 있었을 것이라고 말했다. 나는 어머니 말씀이 온당하다는 것을 깨닫고 내 행동을 후회했다. 그 풀밭은 나에게는 오랫동안 끔찍한 곳이었다. 나는 땅을 다시 파내고 매장되었던 것들을 조사해보라고 계속 채근대는 어린애다운 호기심을 따를 엄두가 나지 않았다.

그다음 놀이는 마그레트 부인의 집에서 생겼다. 그녀의 책 가운데서 내가 발견한, 신지학(神智學)에 매료된 한 보고서에는 유치한 실험과 그것에 수반되는 도표와 함께 4원소를 실물로 증명하는 지침이 들어 있었다. 이 지시에 맞추어 나는 커다란 플라스크를 들고 1/4은 모래, 1/4은 물, 1/4은 기름을 채웠고, 나머지 1/4은 비워두었는데, 이것은 공기를 채웠다는 뜻이다. 이 물질들은 무게에 따라 서로 분리되었기 때문에 이제 좁은 공간에는 4원소, 즉 흙, 물, 불(등유), 공기가 들어가게 되었다. 이것을 강하게 뒤흔들면 그것의 결과는 혼돈이었는데, 이 혼돈은 아주 아름답게 다시 정화되었다. 나는 이렇게 가장 과학적인 현상 앞에 매우 만족하여 앉아 있었다.

다음에 나는 커다란 종이를 들고 책에 지시된 대로 그 위에다 가로 세로로 뻗은 원과 선이 있는 큰 천구를 그렸으며 또한 색깔로 경계를 표시하고 숫자와 로마문자로 장식했다. 지구의 4등분된 지역, 극과 대(帶), 우주공간, 원소, 기질, 미덕과 악덕, 인간과 정령, 현세, 지옥, 중간에 있는 왕국, 7개의 천국 등 종이 위에 묘사된 모든 것은 뒤죽박죽 혼란스러웠지만 특정한 질서를 가지고 있었는데, 이는 결코 장난이라고는 할 수 없는, 적지 않은 노력의 결과였다. 모든 천체에는 그것에 부합되는 영혼을 가진 사람들이 살고 있었고, 또 그들은 거기서 가장 훌륭하게 번성할 수 있었다. 나는 이 천체들을 별로 표시했고, 이 별들에는 이름을 붙였다. 가장 행복한 별은 삼각형 안에서 신의 눈에 가장 가까이 있는 나의 아버지였다. 그는 모든 것을 바라보는 눈 덕택에 지구의 아름다운 지역에서 산책하고 있는 어머니와 나를 내려다보고 있는 것 같았다. 다른 한편으로 내 적들은 모두 훌륭한 꼬리로 치장한 마왕이 있는 지옥에서 괴로운 나날을 보냈다. 사람들의 행실에 따라 나는 그들의 자리를 바꾸어주었다. 더 깨끗한 지역으로 승격시키거나 울부짖음과 이를 가는 소리가 가득한 영역으로 유배보냈다. 상당수는 시험 삼아 아무 공간이나 배회하게 했다. 하지만 나는 생전에 서로 견딜 수 없어했던 두 사람을 함께 외딴 지역에 가두어놓았고, 반면 서로 좋아했던 두 사람은 많은 시련을 겪게 한 후 행복한 곳에서 함께 만나게 하기 위해 일단은 떼어놓았다. 이런 식으로 은밀하게 나는 노소를 불문하고 내가 아는 사람들을 엄격하게 지켜보면서 그들의 운명을 결정했다.

나아가 신지학에는 녹인 밀랍을 물속에 부으라는 지침이 있었다. 무엇인가를 상징적으로 나타내기 위한 것이었는데, 그게 무엇이었는지 지금은 잊어버렸다. 나는 여러 개의 플라스크를 물로 채운 다음, 부어 넣은 밀랍 때문에 생긴 다양한 모양을 보면서 즐거워했으며 병들을 밀봉함으로써 과학적 수집물을 늘렸다. 이렇게 유리병을 가지고 노는 일은 매우 흥미로웠다. 나는 이 유리병에 맞는 새로운 소재를 발견했다. 언젠가 나는 깊은 전율을 느끼며 병원에 진열되어 있는 해부학 수집품 사이를 지나간 적이 있었다. 오싹했지만 몇 줄의 유리병 속에 들어 있는 수정란과 태아는 나의 활기찬 환호를 불러일으켰고, 또 나 스스로 그런 종류의 어떤 일을 시도했기 때문에 내 수집품을 위해 훌륭한 기여를 할 것 같은 암시를 주었다.

어머니는 틈나는 대로 짜놓은 아마포를 보관하고 있었다. 표백된 것도 있고 그렇지 않은 것도 있었는데 모두 벽장 속에 차곡차곡 쌓여 있었다. 또 그 옆에는 숨겨놓고 잊어버리고 있었지만, 몇 개의 진품 밀랍 덩어리가 있었는데 이것은 몇 년 전에 부지런하게 양봉을 했다는 증거였다. 이것들 가운데에서 나는 한 조각씩 떼어오기 시작했다. 처음에야 양이 적었지만 갈수록 더 큰 조각을 떼내게 되었다. 이것으로 나는 내가 보았던, 머리가 크고 이상하게 생긴 태아의 축소된 모형을 만들었으며, 나아가서 그것들의 환상적인 모양을 더욱 다양하게 만들기 위해 애썼다.

나는 온갖 모양과 크기의 병들을 가능한 한 많이 모은 후 나의 조형품이 병 모양과 어울리게 했다. 잘록한 목 부분을 잘라낸 길고 좁은 물병 속에는 마찬가지로 길고 홀쭉한 녀석이 실에 매달린 채 드리워져 있었는가 하면 짧고 넓은 연고 병에는 구근(球根)처럼 보이는 놈이 살고 있었다. 병에는 알코올 대신 물이 채워졌다. 나는 병 속의 주민 모두에게 이름을 붙였다. 이 이름들은 이러한 현학적인 일에서 기인되었던 장난기에 고무된 것이다. 이 훌륭한 단체에는 벌써 약 30명의 회원이 확보되어 있었다. 그래서 내가 나의 피조물들에게 명명식을 거행했을 때는 밀랍이 거의 바닥난 상태였다. 내가 붙여준 이름은 참견꾼, 새잡이, 앙가발이, 재단사, 배불뚝이, 배꼽장이, 밀랍도둑, 달콤한 악마 등이었다. 나는 동시에 각각의 피조물에게 짧은 전기를 써주면서 무한한 재미를 느꼈다. 그 전기에는 산속에서 일어났던 일이 서술되어 있었다. 산속을 배경으로 한 이유는 우리의 옛날이야기에 비추어볼 때 갓난아이들은 산에서 데려오는 것으로 되어 있기 때문이다.

나는 또한 그들을 위해 그들 자신의 천체를 기입한 목록을 준비했다. 이 목록에는 그들의 덕행, 악행에 대한 평가와 함께 그들이 모두 기록되어 있었다. 만약 그들 가운데 누가 나를 불쾌하게 만들면 나는 살아 있는 사람들에게 하는 방식대로 그를 좋지 않은 곳으로 내쫓아버렸다. 이 모든 일은 멀리 떨어져 있는 방에서 수행되었는데, 여기서 나는 황혼이 지는 어느 날 저녁 유리병을 모두 내가 가장 좋아하는 탁자 위에 세웠다. 이 탁자는 서너 개의 서랍이 달린 오래된 갈색 가구였다. 나는 유리병을 커다란 원 모양으로 정렬했고 4원소를 중앙에 세웠다. 또 화려한 색상의 도표를 펼쳐놓았는데, 두어 개의 밀랍 인간의 높이 쳐든 손에 꽂힌 심지가 타면서 도표를 비추고 있었다. 나는 이제 지도 위의 성좌에 몰두했다. 그러면서 문명의 당사자들, 예컨대 밀랍 도둑, 휘를리만,[47] 마이어, 새잡이 등을 따로따로 나오게 한 다음 정밀하게 다시 섭토했다.

그런데 공교롭게도 우연히 탁자를 밀쳐 움직이게 한 일이 생겨 모든 유리병이 떨리기 시작하더니 작은 밀랍 인간 모형들도 흔들리며 이리저리 비틀거렸다. 이 모습이 내 마음에 들었다. 그래서 나는 피조물들이 춤추게 하기 위해 박자를 맞추어 탁자를 치기 시작했다. 내가 노래까지 부르며 계속해서 점점 더 강하고 거칠게 두드리자 마침내 유리병들이 서로 부딪히면서 미친 듯이 소리를 내기 시작했다. 갑자기 방 귀퉁이에서 무엇인가 씩씩거리는 소리가 나더니 두 눈에서 타는 듯한 불꽃이 튀었다. 처음 보는 커다란 고양이가 방 안에 갇혀 있다가 그때까지는 조용히 있었는데 이제 겁을 먹었던 것이다. 나는 고양이를 내쫓으려 했다. 그러자 고양이는 털을 곤두세우고 위협적인 자세로 내게 맞서며 맹렬하게 으르렁거렸다. 나는 무서워서 창문을 열고 고양이에게 유리병을 세게 던졌다. 고양이는 뛰어올랐지만 창문에 닿을 수 없었던지 다시 내게로 몸을 돌렸다. 나는 고양이에게 밀랍모형을 연달아 던졌다. 고양이는 심하게 몸을 떨면서 나를 향해 뛰어오를 준비를 갖추었다. 마지막으로 4

---

47) 휘를리만(Hürlimann)은 스위스의 칸톤인 추크의 한 지역 방언에서 유래한 말로 우리말로 표현하면 '낮은 언덕 인간'이라는 뜻이다.

원소를 고양이의 머리를 향해 던졌을 때 나는 내 목에 고양이의 발톱이 와닿는 것을 느꼈다.

나는 탁자 위로 쓰러졌다. 불은 꺼져버렸다. 고양이는 벌써 사라진 다음이었지만 나는 어둠 속에서 소리를 질렀다. 고양이가 밖으로 빠져나가는 사이에 방으로 들어온 어머니는 물이 흥건한 방바닥 한가운데에 반쯤 의식을 잃고 누워 있는 나와 유리조각 그리고 요귀들이 널브러져 있는 것을 발견했다. 내가 조용하고 만족스러워하는 것만 흡족해하셨을 뿐 방에서 무슨 일을 하는지 한 번도 유의해서 본 적이 없었던 어머니는 당황하여 뒤죽박죽인 내 이야기를 더욱 이해할 수 없었다. 그사이에 어머니는 밀랍이 엄청나게 줄었다는 사실을 발견했기 때문에 약간 화를 내시면서 파괴된 세계의 폐허를 바라보았다.

이 사건은 사람들의 주목을 끌었다. 이 이야기를 들었을 뿐만 아니라 색칠된 큰 종이와 다른 잔해들까지 보게 된 마그레트 부인은 모든 것이 지극히 예사롭지 않은 것임을 알았다. 그녀는 읽는 능력이 모자라기 때문에 자기 스스로도 얻을 수 없는 위험한 비밀들을 내가 그녀의 책에서 알게 되지나 않을까 걱정했다. 그래서 지극히 의미심장하고 진지하게 수상쩍은 책들을 자물쇠를 채워 간수하게 되었다. 그런데도 그녀는 이러한 문제의 배후에는 사람들이 보통 생각하는 것보다 더 많은 의미가 감추어져 있다는 확증을 느꼈기 때문에 일종의 만족감을 억제할 수 없었다. 그녀의 견해는 확고부동했다. 그녀의 책을 보고서 내가 훌륭히 마술사가 되는 길을 걸으며 막 꽃봉오리를 맺기 시작했다는 것이다.

제11장 연극이야기, 그레트헨과 긴꼬리원숭이

그런 재난들을 겪게 된 나는 집에서 혼자 놀며 지내는 것이 싫어져서 크고 낡은 맥주통 속에서 연극놀이를 하며 재미있게 노는 것처럼 보이는 몇몇 소년과 합류하게 되었다. 통 앞에 커다란 커튼을 둘러쳐놓은 그들은 신비스러운 준비를 마칠 때까지 특권을 부여받은 아이들을 공손하게 기다리게 했다. 마침내 성역(聖域)이 열리면, 종이로 만든 갑옷과 투구를 차려입은 두어 명의 기사가 등장하여 험한 욕설을 몇 마디 주고받은 후 곧이어 아주 기민하게 서로 공격했고 낡은 커튼이 내려뜨려지는 순간에 맞추어 죽어 넘어졌다. 나는 즉시 입회되었다. 나는 특히 『성서』나 통속소설에서 짧은 줄거리를 발췌하여 대사를 그대로 베껴주거나 약간 변형해서 서로 연결해줌으로써 통 안에서의 연극에 더 독특한 소재를 끌어들인 재능 있는 아이로 간주되었다.

나는 또 사전에 보이지 않게 등장하기 위해서는 주인공들이 특수한 입구를 이용하는 것이 바람직할 것이라는 사실을 발견했다. 이를 위해 우리는 통의 뒷면에 구멍 한 개를 뚫었는데, 완전무장한 기사가 간신히 기어나갈 수 있을 만큼 자르고 깎고 문질러대지 않으면 안 되었다. 그 기사가 몸을 똑바로 일으켜세우기도 전에 천둥소리 같은 대사를 시작할 때의 효과는 무척 우스꽝스럽게 보였다. 통의 내부를 숲으로 바꾸기 위해 즉시 이파리가 달린 커다란 나뭇가지들을 날라왔다. 나는 그것들을 사방에 못으로 단단히 고정시켰고, 천상의 목소리가 아래로 울려나오게 하기 위해 위쪽의 통 주둥이만은 비워놓았다. 한 소년이 로진[48]을 큰 자루에 가득 가져옴으로써 우리의 작업에 새로이 막대한 기여를 했다.

어느 날인가는 다윗과 골리앗 놀이를 했다. 블레셋 사람들[49]이 이교도적인 행동을 하면서 무대의 뒤쪽에 서 있다가 통의 앞쪽인 무대 전면으로 걸어 나왔다. 그런 후 이스라엘의 자손들이 기어 들어와 한탄하면서 의기소침해 있다가 덩치가 큰 녀석인 골리앗이 나타나자 입구의 다른 편으로 건너갔다. 골리앗은 바보짓을 함으로써 양쪽 진영과 관중의 폭소를 자아냈는데, 마침내 물어뜯기 좋아하는 조그만 꼬마인 다윗이 고무줄 투석기를 교묘하게 사용하여 커다란 마로니에 열매를 거인의 이마에 던짐으로써 이 무질서에 갑자기 종지부를 찍었다. 이에 격노한 골리앗은 역시 거칠게 다윗의 머리를 때렸고 즉시 두 사람은 서로 뒤엉켜 맹렬하게 싸웠다. 관중과 양쪽 진영은 박수갈채를 보내며 편을 들었다.

나 스스로는 통 위 높은 곳에 걸터앉아 한 손에는 타다 남은 조그만 초를, 다른 손에는 로진이 담긴 점토 파이프를 들고 있었고, 제우스 역할을 하며 강력하고 끊임없는 번갯불을 통 주둥이를 통해 불어넣음으로써 푸른 이파리 사이로 불꽃이 혀를 날름거리고 골리앗의 투구 위의 은종이가 기괴한 광채를 띠게 만들었다. 때때로 나는 내 번갯불로 용감하게 싸우는 사람들을 더 열심히 싸우도록 격려하기 위해 구멍 사이로 재빨리 아래를 내려다보았다. 마침내 다윗을 물리친 골리앗이 그를 광포하게 벽으로 내동댕이쳤기 때문에 내가 지배하고 있다고 상상한 세계가 갑자기 뿌리째 흔들리다 넘어지게 됨으로써 나를 하늘 밖으로 내던져버

---

48) 송진에서 테레빈유를 증류한 뒤에 남은 찌꺼기.
49) 골리앗이 속해 있던 부족 이름.

렸을 때에도 나는 악의를 품지 않았다. 커다란 소동이 일어났고 통 주인이 쫓아와 굴러가는 통을 멈춰 세웠다. 통 내부를 제멋대로 개조한 것을 본 그는 호통 치면서 우리를 때렸다.

이런 일이 있었음에도 우리는 이 금지된 낙원을 몹시도 아쉬워하고 있었는데, 얼마 지나지 않아 독일의 연극단 하나가 지금껏 아마추어나 어린이들이 이루어놓은 것보다 더 완벽하게 틀을 갖추어 경쾌한 열정의 집50)을 주민들 앞에 세우기 위해 당국의 승인을 받아 우리 읍내에 들어오게 되었다. 이 유랑 예술가들은 읍내 여관에 거처를 정하고 넓은 무도장을 극장으로 변형시켰으며 그보다 변변치 못한 모든 방이나 공간은 그들의 살림살이로 가득 채웠다. 감독만은 점잖게 더 격조 높은 방을 차지했다.

말이 나왔으니 말이지, 비단 저녁 공연이 진행되는 동안에만 우리가 이 집의 활기에 마음을 빼앗긴 것은 아니었다. 낮에도 그 집 앞에 서서 그 집을 가까운 데에서 관찰하는 것만으로도 충분하리만치 즐거웠다. 한편으로는 우리의 감탄을 자아내는 주인공이나 여왕들이 멋있고 우아한 의상을 입고 그에 어울리는 몸짓을 지으며 들락거리는 것을 보기 위해서였고, 또 다른 한편으로는 무대 장치, 붉은 망토와 검이 담긴 바구니, 소품 등 안으로 나르는 물건들을 하나도 놓치지 않고 보기 위해서였다. 특히 우리는 탁 트인 뒷건물 앞에서 오랫동안 서 있었는데, 거기서는 대담해 보이는 한 화가가 주위에 놓여 있는 몇몇 단지 한가운데에 똑바로 서서 한 손을 바지주머니에 찔러넣은 채 막대기로 이어 길게 만든 붓으로 그 앞에 펼쳐져 있는 캔버스와 종이에 기적을 일으키고 있었다. 그는 붉은 방의 창문 주위에 엷은 안개가 낀 듯하면서도 투명한 하얀 커

---

50) 연극무대를 일컫는다.

튼을 마술처럼 그려냈다. 나는 지금도 그 간단하고 확실한 작업방식이 내게 심어준 깊은 인상을 기억한다. 붉은 바탕에 약간의 하얀색이 아주 적절하게 칠해지고 가볍게 덧대지는 것을 보면서 내 안에서 한 줄기 빛이 퍼지기 시작했다. 그렇지 않아도 밤의 불빛을 받으며 내 앞에 놓여 있던 그런 것들 앞에서 이해할 수 없으면서도 경탄한 적이 있었다.

나는 이제 처음으로 그림이라는 것이 무엇인지 어렴풋이 깨달았다. 투명한 바탕 위에 색이 자유자재로 촘촘하게 덮이는 것을 보며 나는 많은 것을 분명하게 알아차렸다. 그래서 나는 나중에 그림을 볼 기회가 있을 때마다 이 두 영역의 경계를 자세하게 살펴보기 시작했다. 나의 발견은 도저히 이해할 수 없어서 어쩔 수 없이 믿을 수밖에 없는 기적 그 이상으로 나를 벅차게 했다.

공연이 있는 저녁이면 우리는 하나도 빠짐없이 정확하게 우리 자리에 모여 고양이처럼 살금살금 건물 주위를 돌아다녔다. 어머니의 근검절약 때문에 합법적인 방법으로는 예술의 사원 안으로 들어갈 가망이 없었던 나는 자선학교에 다니는 내 동료들과 함께 있는 것이 더할 나위 없이 만족스러웠다. 그도 그럴 것이 그들도 나처럼 믿는 것이라고는 오직 어떤 하찮은 일을 해주거나 한바탕 대담한 잔꾀를 부림으로써 살그머니 기어 들어갈 도리밖에 없었기 때문이다. 나 또한 여러 차례에 걸쳐 두근거리는 가슴을 안고 사람들로 가득 찬 홀 안으로 기어 들어가는 데에 성공했다. 나는 만족스러운 시선으로 무대장치를 얼른 훑어보았고, 막이 올라가면 배우들의 의상을 바라보다가 마침내 꽤 많은 대화가 진행된 뒤에야 줄거리 연구에 몰두했다. 나는 곧 대단한 전문가처럼 짐짓 냉정한 체하며 친구들과 수다스럽게 논쟁을 벌였다. 한편으로는 가장된 전문가다운 평정을 잃지 않으려 하면서 또 다른 한편으로는 가장 비판의 대상이 되었던 연극에 대해서도 어찌할 수 없이 열정적으로 몰두할 수밖에 없는 분열된 상황이 나를 화나게 만들기 시작했다. 게다가 나는 대담무쌍하게 무대 뒤로 가서 매혹적인 연극과 배우뿐만 아니라 그들의 소품까지도 가까운 데서 살펴보고 싶은 간절한 바람이 있었다. 그곳에서는 틀림없이 더 훌륭한 삶이 영위될 수 있을 것 같았고 따라서 세상의 다른 어느 곳에서보다도 더 고요하고 월등한 삶을 살 수 있을 것처럼 생각되었기 때문이다. 나는 내 소망이 언젠가 이루어지리라고는 별로 생각하지 않았는데, 뜻밖에도 행운의 별이 바라지도 않던 행복을 가져다주었다.

어느 날 저녁 우리는 상당히 풀이 죽은 채 측면 출입구 앞에 서 있었다. 그때는 파우스트 공연이 막 시작된 참이었다. 우리는 안에서 흘러나오는 소리를 듣고 관객들이 우리도 이미 잘 알고 있는 유명한 파우스트 박사와 근사하게 차려입은 악마를 보고 있으리라는 것을 알고 있었지만 오늘 따라 온갖 극복할 수 없는 장애물들이 우리가 평상시에 몰래 기어들어가던 길목을 가로막고 있었다. 그래서 우리는 애처롭게 읍내의 상류계층 아마추어들이 연주하는 전주곡을 들으며 억지로라도 들어갈 수 있는 방법이 있는지에 대해 노심초사하고 있었다. 그때는 어두운 가을 저녁이었고 차가운 비가 계속 내리고 있었다. 추웠던데다 더욱이 어머니가 저녁에 돌아다니는 것을 나무랐던 터라 나는 집으로 돌아가려고 생각하고 있었는데, 때마침 어두운 문이 열리더니 하인 하나가 뛰어나와 "어이, 거기 꼬마들! 너희들 가운데 서너 명만 들어와. 오늘 연극에서 역할을 맡아야 하니까"라고 외치는 것이었다. 이 마술과 같은 말을 듣자마자 즉시 우리 가운데 가장 힘센 아이들이 밀고 들어갔다. 이 경우만은 누구나 자신만을 생각해도 상관없었던 것이다.

하지만 그 사람은 그 아이들이 키와 덩치가 너무 크다고 돌려보내면서 별 희망 없이 뒷전에 서 있던 나를 부르며 말했다. "저기 저 꼬마가 좋아, 훌륭한 긴꼬리원숭이 감이야." 그밖에도 다른 두 명의 호리호리한 아이를 고른 그는 우리 뒤에서 문을 잠근 다음 앞장서서 분장실로 쓰이는 조그만 방으로 걸어갔다.

그곳에 도착한 우리는 층층이 쌓여 있는 의상이며 무기, 갑옷과 투구 따위를 관찰할 시간이 없었다. 순식간에 우리 옷이 벗겨지고 우리는 머리에서 발끝까지 덮어 싼 이상야릇해 보이는 껍질 속으로 밀어넣어졌기 때문이다. 긴꼬리원숭이의 얼굴은 외투에 달린 모자처럼 뒤로 젖힐 수 있었다. 긴 꼬리는 손에 들고 그런 모습으로 변장한 채 우리는 아주 만족스럽게 웃었고, 그때야 비로소 우리 자신을 자축했다. 그런 다음 무대로 이끌려간 우리는 그곳에서 두 마리의 커다란 긴꼬리원숭이의 유쾌한 인사를 받았고, 우리가 연기해야 할 부분을 아주 급하게 교육받았다. 우리는 이러한 과제를 재빨리 이해했다. 나아가 재주넘기나 원숭이처럼 뛰기 등 다양한 예행연습을 성공적으로 통과하고 공을 가지고 노는 것을 귀엽게 해냈기 때문에 우리는 무대에 등장할 때까지 쉬어도 좋았다. 우리는 한껏 위엄을 부리며 네 개의 진짜 벽과 그려진 벽들 사이의 좁은 공간에서 서로 밀치며 뒤섞여 있는 사람들 사이를 돌아다녔다.

나는 때로는 무대에, 때로는 무대장치에 시선을 고정시켰다. 또 나직하게 억제된 소음과 다툼으로 가득하며 도무지 뭐가 뭔지 알 수 없는 무질서에서 어떻게 눈에 띄지 않을 만큼 은밀하게 정돈된 장면과 사건이 발생해서 다른 세상과도 같은 밝고 텅 빈 공간에 모습을 드러냈다가 그러한 일들이 발생했을 때와 같이 불가사의하게 또다시 어두운 영역 속으로 사라지는지를 지켜보며 커다란 기쁨을 느꼈다.

배우들은 웃고 농담했고 또 서로 애무하기도 했으며 말다툼을 벌이기도 했다. 여기저기서 같이 있던 배우들에게서 갑자기 떨어져나간 배우는 순식간에 마법에 걸린 듯이 보이는 무대 한가운데로 나아가 내게는 보이지 않는 관객들의 세계를 향해 마치 모여 있는 신들 앞에서 그러하듯 아주 경건한 표정을 지으며 고독하고 엄숙하게 서 있었다. 눈 깜박할 사이에 우리가 있는 곳으로 단숨에 돌아온 그가 중단되었던 욕설과 아첨을 계속하는 동안 다른 한 사람은 똑같은 일을 하기 위해 벌써 자리를 떠나고 없었다. 이 사람들은 이중적 삶을 영위했는데, 그 가운데 하나는 꿈이라고 불러도 좋을 것 같았다. 하지만 나는 그 가운데 어떤 것이 그들에게 꿈이고 어떤 것이 현실인지 알 수 없었다. 나에게는 쾌락과 고통이 양편에 똑같은 비율로 섞여 있는 것처럼 여겨졌다. 하지만 막이 열리면 무대 안의 공간에서는 이성과 위엄과 밝은 대낮이 지배함으로써 실제적인 삶을 형성하는 것 같았다. 반면 막이 내려지면 즉시 모든 것은 어둡고 악몽 같은 혼란 속으로 허물어지곤 했다. 또 이 무질서한 꿈속에서 아주 격렬하고 격정적으로 행동하는 사람들이 저쪽의 더 나은 편의 삶에서는 가장 고귀하고 가장 중요한 인물들이라는 생각이 들었다.

다른 한편으로 온화한 태도로 조용하고 냉정하게 나의 가까운 주위에 둘러서 있는 사람들은 저편의 영광의 왕국에서 상당히 슬픈 역할을 했다. 이 연극의 텍스트는 삶에 생명을 불어넣고 삶을 움직이는 음악이었다. 음악소리가 그치면 멈춰선 시계처럼 곧 춤도 조용히 멈췄다. 독일인이라면 누구를 막론하고 파우스트의 시행을 한 줄이라도 들으면 곧장 온몸이 전율하는 것 같은 강한 충격을 받는데, 이 파우스트의 시행들, 이 불가사의하게 풍요롭고 충만한 언어가 계속 고귀한 음악처럼 울리며 나를 즐겁게 했고, 비록 진짜 긴꼬리원숭이보다 그것에 대해 이해하는 바가 많지 않았다 하더라도 나를 경탄하게 만들었다.

그사이에 나는 갑자기 꼬리가 잡혀 있는 것 같은 느낌이 들었고, 뒷걸음질치며 마녀의 부엌으로 끌려갔다. 거기서는 벌써 원숭이들이 모두 이리저리 뛰어다니고 있었는데 맨 아래쪽 객석에서는 수없이 많은 얼굴과 눈이 희미하게 반짝거리는 것이 보였다. 관찰하느라 분주했던 나는 그때까지 눈앞에 나타난 마녀 부엌의 무대장치를 보지 못했기 때문에 뒤늦게 만회해야 할 것이 많았다. 내 주위에 있는 환상적인 물건과 그로테스크한 모양이나 유령들뿐 아니라 메피스토나 마녀, 또 다른 동료 긴꼬리원숭이들의 행동까지도 나를 매혹시켰기 때문이다. 마치 임무를 수행해야만 하는 긴꼬리원숭이가 아닌 양 나는 미리 배웠던 뛰어놀기나 장난을 잊어버리고 나 자신도 망각한 채 침착하게 다른 사람들을 바라보았다. 그때 파우스트는 황홀하게 마술거울을 바라보고 있었는데, 그가 거울 안에서 무엇을 볼 수 있는지 나는 지극히 이상하게 생각했다. 같은 방향에서 그를 흉내 내며 바라보고 있는 동안 내 시선은 그림으로 그렸을 뿐 텅 비어 있는 거울을 지나 측면무대에 도달했는데, 거기서 혼란 상태에 있는 저편 바깥쪽 삶의 모습을 발견했다. 파우스트가 보고 있는 시늉을 한 것은 바로 이것이었다.

그동안 무대에 다가와 있던 그레트헨은 울기라도 한 것처럼 하얀 수건으로 눈과 뺨을 조심스럽게 닦은 후 흥분한 듯 어깨 너머로 몇 마디 고함을 지르며 화장에 마지막 손질을 하고 있던 참이었다. 그녀는 매우 예뻤다. 부지런한 동료 긴꼬리원숭이들이 다른 사람들이 눈치 채지 못하게 나를 툭툭 치면서 꾸짖었지만 나는 그녀에게서 눈을 돌릴 수 없었다. 그래서 나는 지금까지만 해도 고귀한 이 활동영역을 간절히 갈망했지만, 이제는 완성의 경지에 이른 듯 아름다운 그 여인이 머무르고 있는 쪽으로 돌아가고 싶은 소망 외에는 아무것도 바랄 것이 없었다.

마침내 우리가 연기한 막이 끝났다. 나는 처음으로 단 한 번 훌륭한 뛰어넘기를 했다. 내가 보았던 아름다운 모습에 최대한도로 가까이 가기 위해 나는 열의로 가득 찬 단 한 번의 점프를 통해 무대에서 벗어나고 싶었던 것이다. 하지만 바로 그 순간에 그녀는 혼자서 무대에 등장하기로 되어 있었다. 나는 또다시 그녀를 멀리서 바라볼 수밖에 없었다.

그녀는 어떤 뿌리 깊은 분노를 지니고 있는 것 같았다. 결과적으로 그녀의 연기에는 매력과 눈에 띌 만큼의 분노의 기운이 반반씩 섞여 있었다. 감정이 이렇게 뒤섞여 있었기 때문에 착한 그레트헨을 그려내지 못한 것은 사실이지만 그로써 여배우에게서는 독특한 매혹이 풍겼다. 나는 알 수 없는 그녀의 적들에 대항하는 그녀의 옹호자가 되어 어떤 방식으로든 그녀가 휩쓸려 들어가 있을 것 같은 상황을 그린 소설을 즉시 꾸며내기 시작했다. 하지만 이렇게 순간적으로 축조된 허구는 곧 아련하게 사라졌고, 그레트헨의 운명이 비극적이 됨에 따라 공연되는 작품과 융합되었다. 지하 감옥의 밀짚 위에 앉아 나중에는 헛소리를 하게 되는 장면에서는 그녀가 어찌나 훌륭하게 연기했던지 나는 무섭도록 감정이 뒤흔들렸는데, 다른 한편에서는 목이 탈 정도로 뜨거운 흥분을 느끼면서, 무한히 비참하게 전락해버린 이 여인의 이미지가 내 가슴을 흠뻑 적실 정도였다. 나에게는 그 불행이 사실처럼 여겨졌던 것이다. 그래서 나는 지금껏 보거나 들었던 어떤 것보다도 강렬한 이 장면 때문에 경악했지만 또 그만큼 만족스러웠다.

막이 내리고 모든 사람이 혼란스럽게 극장 안에서 이리저리 뛰어다니는 동안 나는 조금 전까지만 해도 감독과 예술가들의 손에 들려 있던 몇 개의 종이뭉치를 찾기 위해 살금살금 돌아다니다가 마침내 그림이 그려진 벽 뒤쪽의 구석에서 발견했다. 그렇게 큰 효과를 불러일으킨 내용을 조사해보고 싶은 간절한 욕망을 참을 수 없었던 나는 즉각 갖가지 역할을 읽는 데에 몰두했다. 나는 내가 보게 된 글자들의 외형상의 의미는 납득할 수 있었다. 하지만 원숙하고 위대한 남자의 정신을 담은 암호 같은 언어로 씌인 말들은 무지한 아이에게는 전혀 이해될 수 없었다. 작은 침입자는 다시 고귀한 세계의 닫힌 문 앞에 겸손하게 서 있는 자신을 발견했다. 나는 내 조사를 수행하다가 이내 깊은 잠에 빠져들었다.

내가 다시 깨어났을 때 극장은 텅 비어 조용했고 불도 꺼져 있었다. 보름달이 무대 측면 사이로 뚫고 들어와 그곳의 무질서 위에 빛을 발하고 있었다. 나는 나에게 무슨 일이 있었는지, 또 내가 있는 곳이 어디인지 알 수 없었다. 하지만 마침내 상황을 깨닫게 되었을 때 나는 무서워졌다. 출구를 찾았지만 내가 들어왔던 문들은 잠겨 있었다. 그래서 나는 이 상황에 몸을 맡긴 채 재차 이 공간들의 온갖 진기한 물건들을 조사하기 시작했다. 종이로 만들어져 바스락거리는 장려한 물건들을 만져보았고 의자에 놓여 있던 메피스토펠레스의 망토와 검을 나의 원숭이 복장 위에 걸쳐보았다. 이런 모습으로 나는 밝은 달빛 속에서 위아래로 거닐며 검을 뽑아 찌르는 시늉도 해보았다.

그런 다음 막을 작동시키는 기계장치를 발견한 나는 막을 들어올리는 데에 성공했다. 그러자 내 앞에는 시력을 잃은 눈에 보이듯 어둡고 검게 관객석이 펼쳐졌다. 나는 오케스트라가 있던 곳으로 내려갔다. 거기에는 악기들이 여기저기 흩어져 있었는데 바이올린은 케이스에 넣어 잠겨 있었다. 팀파니 위에 있던 가느다란 북채를 들고 겁을 내면서 그것을 두드리자 팀파니에서는 무겁게 울리는 소리가 났다. 이제 나는 더 용기를 갖게 되었고, 결국은 깜깜하고 텅 빈 홀에서 천둥 같은 소리가 울릴 때까지 계속 더 강하게 팀파니를 쳤다. 나는 천둥소리를 더 세게 부풀렸다가 다시 줄였는데, 소리가 멎을 때면 소음 자체보다는 무시무시한 정적이 더 멋지게 생각되었다. 마침내 내 행동에 깜짝 놀라게 된 나는 북채를 던져버리고 간신히 용기를 내서 객석의 의자들을 넘어 가장 뒤편의 벽에 기대앉았다. 나는 추웠고 집에 가고 싶었으며 혼자 있는 것이 불안해졌다. 홀의 이쪽 부분에 있는 창문들은 한 치의 틈도 없이 덧문에 가려 있었기 때문에 아직도 지하 감옥을 보여주고 있는 무대에만 달빛이 마술처럼 비치고 있었다.

무대 뒤편에는 그레트헨이 들어가 있던 감방의 작은 쪽문이 아직도 열려 있었고, 밀짚 위에는 창백한 빛줄기가 한 가닥 비추고 있었다. 나는 처형될 아름다운 그레트헨을 생각했다. 나에게는 달빛이 환하게 비치는 고요한 지하 감옥이 언젠가 파우스트에게 그레트헨의 침실이 그랬던 것보다 더 신비롭고 성스럽게 여겨졌다. 나는 두 손으로 턱을 괸 채 내려다보았고, 그리워하는 내 시선은 특히 감방의 쇠창살이 줄무늬 되어 비치는, 밀짚이 놓여 있던 깊은 안쪽 부분에 고정되어 있었다.

그때 그곳의 어둠 속에서 무언가가 움직였다. 나는 숨을 죽이고 똑바로 응시하고 있었는데, 그쪽 구석에서 하얀 물체 하나가 일어서는 것이었다. 그것은 내가 마지막으로 보았던 모습 그대로의 그레트헨이었다. 나는 머리꼭대기에서 발끝까지 전율했고 치아는 벌벌 떨며 부딪치고 있었다. 그러나 동시에 행복한 놀라움의 느낌이 강렬하게 내 온몸을 번개처럼 꿰뚫으며 내 마음을 타오르게 만들었다. 분명 그것은 그레트헨이었다. 멀리 떨어져 있어서 그녀의 얼굴 생김새를 식별할 수 없었기 때문에 그 모습이 더 유령처럼 보였음에도, 그것은 분명 그녀의 정령이었다. 그녀는 신비스러운 시선으로 홀을 유심히 살펴보는 것 같았다. 나는 몸을 일으켰고 보이지 않는 억센 손이 끌어당기는 듯이 앞으로 이끌렸다. 들릴 만큼 고동치는 심장을 안고 한 걸음마다 한숨을 돌리며 의자를 넘어 무대 앞쪽으로 걸음을 옮겼다. 모피로 덮어씌운 복장 덕분에 발소리가 들리지 않았기 때문에 프롬프터가 들어가 앉는 상자를 기어올라 최초의 줄무늬 달빛이 내 이상한 복장에 비칠 때까지 그 사람은 나를 알아채지 못했다. 나는 그녀가 무서워하면서 반짝이는 두 눈을 나에게 고정시킨 채 놀라 뒷걸음치는 모습을 바라보았다.

하지만 그녀는 소리를 지르지는 않았다. 나는 조용히 한 걸음 더 다가가 다시 멈춰 섰다. 나는 눈을 크게 뜨고 떨리는 두 손을 위로 들어올린 채 기쁨에 겨운 용기의 불꽃이 내 온몸을 관류하며 활활 타오르는 순간 유령을 향해 돌진했다. 바로 그때 그 유령이 절박한 목소리로 "멈추지 못해, 이 쪼끄만 게, 넌 뭐야?"라고 외치고는 나를 향해 팔을 뻗으며 위협했다. 나는 마법에 걸린 듯 그 자리에서 꼼짝하지 못했다. 우리는 서로 뚫어지게 바라보았다. 나는 이제 그녀의 얼굴을 알아볼 수 있었다. 그녀는 하얀 잠옷을 입고 있었다. 드러난 목과 어깨는 밤에 보는 눈처럼 부드럽게 빛났다. 나는 곧 그녀가 따뜻한 생명을 지니고 있다는 것을 알게 되었다. 유령과 맞서며 느꼈던 모험적인 용기는 살아 있는 여성 앞에서 자연스러운 수줍음으로 바뀌었다. 반대로 그녀는 그때까지도 악마가 나타난 것이 아닌지 의심하고 있었기 때문에 다시 한 번 외쳤다. "꼬마 녀석, 너 누구야?" "이름은 하인리히 레인데요, 원숭이 가운데 하나였어요. 여기에 갇혀 있었어요!" 나는 의기소침한 말투로 대답했다.

그러자 내게로 다가온 그녀는 내 마스크를 뒤로 젖히고 두 손으로 내 얼굴을 잡더니 크게 웃음을 터뜨리며 큰 소리로 말했다. "맙소사! 주의 깊게 살펴보던 원숭이였구나! 아유, 이 장난꾸러기 녀석! 집에 폭풍우가 몰아친 것처럼 시끄럽게 한 것도 네 짓이지?" 내내 그녀의 하얀 가슴 언저리에 시선을 고정시킨 채 나는 "예"라고 대답했다. 내 가슴은 언젠가 석양빛을 받고 반짝이는 평원을 바라보며 거기서 신을 찾았다고 생각했던 이후 처음으로 다시 그와 같은 경건한 기쁨을 느끼고 있었다. 그런 후 나는 말없이 그녀의 아름다운 얼굴을 황홀하게 바라보며 매혹적인 그녀의 입술이 풍기는 달콤한 느낌에 가식 없이 나 자신을 내맡겼다. 잠시 동안 진지하게 잠자코 나를 응시하던 그녀는 말했다. "넌 착한 녀석인 것 같은데 어른이 되면 다른 사람들처럼 뻔뻔한 녀석이 될 것 같다!" 이 말과 함께 그녀는 나를 껴안더니 내 입술에 몇 차례나 키스를 했다. 내 입술은 그녀의 키스에 의해 방해받으면서도, 이러한 최고의 모험을 베푸신 신에게 은밀히 진심 어린 감사기도를 올릴 때만 가볍게 움직였을 뿐이었다.

키스를 마치고 난 그녀는 "자정이 지난 지도 한참 되었으니 곧 날이 샐 테고, 그러니 넌 그때까지 나하고 같이 있는 게 낫겠다"라고 말하더니 내 손을 잡고 문을 두어 개 지나 그녀의 방으로 나를 데리고 갔다. 그녀는 그곳에서 자던 중에 도깨비짓 같은 한밤중의 소음 때문에 잠에서 깬 것이다. 그녀는 침대 발치 쪽에 내 자리를 마련해주었다. 내가 그 위에 눕자 그녀는 우단으로 만든 임금의 망토로 꼭 맞게 몸을 둘러 감은 후에 침대 위에 길게 몸을 눕혔다. 그녀가 날씬한 발을 내 가슴 쪽으로 밀어붙였기 때문에 내 가슴은 그녀의 발밑에서 아주 만족스럽게 뛰었다. 이런 모습으로 우리는 잠이 들었다. 우리의 자세는 홀로된 기사가 온몸을 쭉 펴고 누워 있고, 그의 발치에 충성스러운 개가 자리를 잡고 있는 저 고대 묘석의 모습과 하등 다를 바가 없었다.

제12장 독서광 가족, 거짓말하던 시절

　나의 외박으로 걱정하고 당혹하신 어머니는 내가 저녁에 나다니는 것과 연극을 보러 가는 것을 엄격하게 금지했다. 낮 동안에도 꼼꼼하게 통제를 받았으며 가난한 계층 아이들과의 교제도 제한되었다. 사람들이 악의를 가지고 불량하고 방탕한 생활방식으로 나를 물들였다고 간주했던 것이다. 결국 타지에서 온 배우들은 읍을 떠났고, 나는 내 마음을 완전히 사로잡았던 그 여인을 다시 볼 수 없었다. 극단이 떠났다는 소식을 들었을 때 나를 사로잡았던 깊은 슬픔은 꽤 오랫동안 지속되었다. 그들이 옮겨갔을 법한 고장이 어디인지 전혀 알 수 없었기 때문에 내게는 산 너머에 있는 지역이 모두 확실치 않은 소망과 어두운 동경의 땅이 되었다.

　이 시기에 나는 한 소년과 매우 친해졌는데 어른이 다 된 그 소년의 누이들은 탐욕스럽게 책을 읽어대면서 엄청난 양의 불량 소설을 수집해 놓고 있었다. 공공 도서관에서 분실된 책들과 지체 높은 집안에서 버렸거나 중고품 상인에게 구입한 하찮은 허섭스레기들이 이 집의 선반과 의자, 탁자 위에 여기저기 놓여 있었다. 일요일이면 이 집의 형제자매와 그들의 애인뿐만 아니라 어머니와 아버지, 그밖에도 그곳에 있는 사람이면 누구라 할 것 없이 지저분해 보이는 책들을 읽는 데에 몰두하고 있는 모습을 볼 수 있었다. 부모는 어리석은 대화를 위한 소재를 찾는 데서 즐거움을 느끼는 어리석은 사람들이었다. 반면 젊은이들은 이러한 비천하고 하잘것없는 졸렬한 작품에서 그들의 상상력을 자극 받았다. 아니 현실이 그들에게 주지 않는 더 나은 세계를 여기서 찾았다는 편이 더 나을 것이다.

소설들은 대개 두 종류였다. 한 종류는 애처로운 서신 교환이나 유혹담을 통해 지난 세기의 나쁜 관습을 묘사하고 있었고, 다른 한 종류는 늠름한 기사의 로맨스였다. 소녀들은 오로지 첫 번째 종류의 책에만 몰두했고 덧붙여 그들의 마음이 채워질 때까지 애인들의 키스와 애무를 받았다. 하지만 우리 같은 아이들은 다행스럽게도 무색의 살풍경한 이 야한 관능적 묘사를 아직 즐길 수 없었기 때문에 이런저런 기사의 로맨스 같은 책을 움켜쥐고 물러나는 것으로 만족할 수밖에 없었다. 이런 종류의 투박한 작품에서 찾을 수 있는 분명한 만족은 나의 흥분된 감정에 유익하게 작용했으며, 그 감정에 형상과 이름을 부여했다. 우리는 이미 아주 아름다운 이야기들을 외운 터라, 다락방이나 안마당에서 또는 숲이나 산에서 요컨대 우리가 함께 있게 되는 곳이면 어디서든 언제나 새로운 기쁨을 지닌 채 이야기들을 계속해서 공연했는데, 모자라는 인물은 미리 고분고분한 아이들을 골라 급히 훈련시킴으로써 충당했다.

이러한 연극에서 점차 우리 스스로 꾸며낸 연속적인 이야기와 모험이 생겼다. 이것은 결국 우리 모두 각자의 위대한 사랑 이야기나 기사도 이야기를 가질 정도로 발전했다. 누구나 나머지 사람에게 그 이야기들의 진행 과정을 아주 진지하게 보고했고, 그 결과 우리는 우리 자신이 거대한 거짓말의 그물에 걸려 얽혀 있다는 것을 알게 되었다. 그도 그럴 것이 우리는 꾸며낸 상상 속의 경험을 무조건 믿어달라고 요구하는 것처럼 보일 정도로 상대방에게 이야기하면서 서로 이기적인 목적에서 다른 사람의 이야기 역시 믿는 것처럼 행동했던 것이다. 이렇게 진실인 척하면서 현혹하는 것이 나에게는 특히 쉬운 일이었다. 우리 이야기의 주된 대상은 언제나 눈에 띌 만큼 눈부시게 빛나는 우리 읍내의 어떤 여인이었는데, 나는 내 거짓말을 위하여 선택한 여인을 곧 진짜 같은 애정과 숭배로 감쌌다. 또한 우리에게는 강력한 적과 경쟁자가 있었다. 말을 타고 있는 모습을 종종 보았던 훌륭한 기마 장교를 우리의 적이자 경쟁자로 삼았던 것이다. 우리는 또한 숨겨진 보물의 주인이었다. 이것을 이용하여 우리는 외딴 곳에 훌륭한 성들을 지었는데, 짐짓 중요한 사업 얘기를 하는 것 같은 표정을 지으며 이것을 감독하는 시늉을 냈다.

하지만 내 동무의 상상력은 그밖에도 온갖 권모술수에 열중되었던 나머지 오히려 재산과 육신의 편안함에 쏠려 있었기 때문에 그것과 관련하여 아주 희한한 일들을 꾸며냈다. 반면 나는 꾸며내는 재주를 온통 내가 선택한 애인에게 사용했으며, 그가 계속해서 모아왔다고 꿈꾼, 몇 푼 되지 않지만 공들여 모은 재산을 얘기하자 나는 보물을 엄청나게 파냈다는 대단한 거짓말로 그를 능가하는 많은 재산을 자랑하면서 그를 단숨에 물리쳐버렸다. 이것이 그를 화나게 했던 것 같았다.

내가 꾸며낸 세계 속에서 만족한 채 그의 허풍의 진실에 대해서는 관심을 두지 않았던 반면, 그는 내 이야기의 진실을 의심하면서 나를 계속 집적거리기 시작했고, 증명해보라고 강요했던 것이다. 어느 날 내가 무심코 금과 은으로 가득한 상자에 대해 이야기하면서 그것이 우리 집의 지하실에 있는 것을 보았다고 말하자 그는 이를 보지 않으면 안 되겠다고 아주 집요하게 요구했다. 나는 그에게 언제 이것을 보는 것이 가능한지 시간을 일러주었다. 그는 정확한 시간에 나타나 나를 전혀 예측할 수 없는 궁지에 몰아넣었다. 하지만 나는 재빨리 그에게 집 앞에서 잠시 기다리라고 말하고 거실로 급히 되돌아갔다. 그곳에 있는 어머니의 책상에는 나무로 만든 조그만 상자 하나가 있었는데, 그 안에는 약간의 옛날 은화와 새 은화가 있었고, 또 얼마간의 금화도 들어 있었다. 세례 축하 선물인 이 돈은 일부는 어머니가 어렸을 적에 받은 것이었고, 또 일부는 내가 받은 것이었는데 모두 내 소유로 인정되어 있었다. 그 가운데 가장 큰 자랑거리는 금으로 된 커다란 메달이었다. 상당한 가치가 있는 탈러[51] 크기의 메달은 행복했던 시기에 마그레트 부인이 나에게 선물한 것으로, 언젠가 내가 어른이 되고 반대로 그녀 자신은 세상을 하직하게 되었을 때에 변함없는 추억을 기념하는 의미에서 어머니가 안전하게 보관하도록 맡겨진 것이었다.

나는 내가 원할 때마다 이 작은 상자를 꺼내어 반짝이는 보물을 바라다볼 수 있도록 허락받았고, 또 이미 집 안의 여기저기로 가지고 다녔었다. 그래서 나는 이제 이것을 들고 지하실로 내려가 짚으로 가득 차 있는 궤짝 속에 내려놓았다. 그런 후 비밀스러운 몸짓을 하면서 의심 많은 동무를 들어오라고 했고, 궤짝의 뚜껑을 약간 들춘 후에 그 작은 상자를 꺼냈다. 내가 상자를 열자 반짝이는 은화들이 아주 밝게 그를 비추었다. 하지만 내가 금화를 꺼내고 마지막으로 커다란 메달을 꺼낸 다음 그것들이 어둑어둑한 여명 속에서 진기하게 번쩍거릴 뿐만 아니라 메달에 새겨져 있는 옛 스위스인이 그를 둘러싸고 있는 문장과 함께 보일 수 있게끔 들어 보이자 그는 눈을 동그랗게 뜨고 주먹 전체를 작은 상자 속으로 집어넣으려고 했다. 그러나 나는 상자의 뚜껑을 닫고 다시 궤짝 속에 넣은 후 말했다. "상자 속에 이런 것들이 가득 들어 있어, 알겠지!" 이 말과 함께 나는 그를 지하실 밖으로 밀어냈고 자물쇠를 잠근 다음 열쇠를 빼냈다. 그는 잠시 동안 쩔쩔 맬 수밖에 없었다. 그가 비록 우리가 꾸

---

51) 옛날 은화의 이름.

머낸 이야기가 거짓이라는 것을 확신하고 있었을지라도 우리의 교제에서 지금까지 견실하게 유지되어온 풍조를 감안한다면 이 문제를 가지고 계속 귀찮게 조를 수는 없는 노릇이었다. 그도 그럴 것이 여기서도 사려 깊은 삶의 예절이 작용했고, 그 때문에 훌륭하게 꾸며진 속임수를 인정하도록 요구되었기 때문이다. 나아가서 이러한 일시적인 관용이 내 친구에게는 오히려 내가 계속적으로 거짓말을 하도록 자극하고 점점 더 위험한 시험을 받게 되는 기회를 갖게 했다.

그 일이 있은 후 얼마 지나지 않아 우리는 호수의 기슭에서 서로 만나게 되었다. 바로 그때는 큰 시장이 섰던 때였고, 그곳에 길게 늘어선 노점 앞에서 서성거리고 있던 우리는 마치 『맥베스』에 등장하는 마녀들처럼 "뭐라도 건졌니?"라고 인사를 나누었다. 우리는 남쪽 지방의 음식 외에도 번쩍이는 장신구와 장난감을 진열해놓은 이탈리아 사람의 노점 앞에 서 있었다. 무화과 열매, 편도, 대추야자, 순백색의 마카로니가 가득 담긴 상자들, 특히 산처럼 쌓인 거대한 살라미 소시지들이 내 동료의 마음속에서 분방한 상상의 날개가 펴지도록 자극했던 반면, 나는 고상한 여성용 빗과 작은 향료병, 검은 향촉이 가득 담겨 있는 커다란 접시를 바라보며 막연하게나마 이런 물건들이 쓰이는 곳에 있게 되면 기분이 좋을 것 같은 생각을 했다.

그때 나의 거짓말 동료가 말하기 시작했다. "방금 전에 저런 살라미 소시지를 하나 샀어. 나의 다음번 잔치 때 한 상자 가득 주문해야 할지 어쩔지 알아보려고 한 입 뜯어보았는데 맛이 끔찍해서 호수에 던져버렸지. 소시지가 분명 아직 저기서 떠다니고 있을걸. 조금 전만 해도 보았거든." 우리는 반짝이며 물결치는 수면을 바라보았다. 거기서는 물건을 운반하는 배들 사이로 사과처럼 보이는 것과 양배추 이파리 한 개가 떠다니고 있었지만 살라미 소시지는 보이지 않았다. "그랬겠지. 아마 가물치가 덥석 먹어버렸을 거야!" 나는 우호적으로 말했다. 그는 이러한 가능성을 인정하면서 나도 어떤 물건을 살 용의가 없느냐고 물었다. "물론" 나는 대답했다. "내 애인을 위해 이 목걸이를 갖고 싶어!" 이렇게 말하면서 나는 가짜이긴 하지만 밝게 금도금된 목걸이 하나를 가리켰다. 이제 그는 나를 놓아주려 하지 않았다. 반대로 내가 감추어놓은 내 보물을 정말 마음대로 쓸 수 있는지 알아보려는 호기심은 그에게 설득력 있는 능변을 쏟게 했다. 그럼으로써 그는 나를 강제적인 도덕적 그물로 휘감았다. 나는 집으로 달려가 나의 비장의 상자에 손을 집어넣는 것 말고는 다른 도리가 없었다.

잠시 후 나는 번쩍이는 은화 몇 개를 손에 단단히 쥐고 다시 집에서 나와 두근거리는 가슴을 안고 나의 악마가 나를 맞이하려고 잠복하고 있는 시장으로 갔다. 우리는 목걸이를 놓고 흥정을 했다. 그보다는 이탈리아 상인이 요구한 것만큼 주었다는 편이 오히려 나을 것이다. 나는 그외에도 마노(瑪瑙)로 만든 팔찌와 루비처럼 보이는 모조 보석이 박힌 반지 하나를 골랐다. 상인은 나와 아름다운 굴덴[52]을 이상한 시선으로 바라보았다. 그럼에도 그는 은화를 주머니에 챙겨넣었다.

하지만 나는 벌써부터 내 여인이 살고 있는 집으로 가는 길 쪽으로 떠밀려지고 있었다. 멀리 떨어진 어느 외딴 곳에 약 여섯 채의 귀족 저택이 있는데, 그 집의 주인들은 비단 교역을 통하여 옛날의 수준 높은 기품을 유지하고 있었다. 선술집이나 그밖의 천한 장사도 찾아볼 수 없는 이 지역은 고요한 휴식과 고적함의 분위기를 자아내고 있었다. 포석(鋪石)은 읍내의 다른 지역보다 더 하얗고 훌륭했으며 정원 주위에는 값비싼 철제 난간이 둘러쳐 있었다. 이러한 집들 가운데서도 가장 크고 훌륭

---

52) 19세기까지 사용된 은화의 명칭.

한 집에 내가 거짓으로 꾸며낸 이야기의 대상이 살았다. 큰 키에 우아하게 성장한 그녀는 장밋빛 안색과 웃고 있는 커다란 눈, 사랑스러운 입술, 숱이 많은 고수머리 그리고 바람에 흔들리는 면사포와 비단 옷으로 경험 없는 사람들의 넋을 빼앗을 뿐 아니라 이마에 주름이 진 사람들에게까지도 기쁨을 주는, 말하자면 진정한 미의 화신이라고 말해도 좋을 젊고 매력적인 여인들 가운데 하나였다.

우리는 이미 화려한 현관 앞에 서 있었다. 나의 동반자는 내가 지금 아니면 결코 애인에게 선물을 전달할 수 없을 거라고 하면서 뻔뻔하게도 번쩍번쩍 윤이 나는 초인종의 손잡이를 잡아당김으로써 자신의 설득을 마무리지었다. 하지만 귀족이라면 다음과 같이 덧붙일 수 있을 것이다. 파렴치한 짓을 저질렀지만 평민으로서 그의 에너지는 종소리를 아주 크게 낼 만큼 충분하지 못했다고. 오직 단 한 번의 겁먹은 것 같은 소리가 났고 이 소리는 커다란 저택의 내부에서 사라져버렸다.

몇 초 후 현관의 한쪽 문이 거의 알아차릴 수 없을 만큼 움직이자 나의 동반자는 나를 안으로 밀어넣었는데, 나는 소리를 낼까봐 두려웠기 때문에 본의 아니게 그가 하는 대로 내버려두었다. 이제 나는 이루 말할 수 없는 고통을 느끼며 널찍한 돌계단 옆에 서 있었는데, 이 돌계단은 위쪽의 커다란 화랑 사이로 모습을 감추고 있었다. 나는 팔찌와 반지는 손에 꼭 쥐고 있었는데 목걸이의 일부는 손가락 사이로 흘러나와 있었다. 위쪽에서 발소리가 울리며 사방으로 메아리쳤다. 그러더니 누군가 아래를 향해 거기 누구냐고 외쳤다. 그러나 나는 조용히 있었고 그 사람은 나를 볼 수 없었기 때문에 문을 등지고 닫으면서 다시 가버렸다.

이제 나는 조심스럽게 주위를 살피면서 천천히 계단을 올라갔다. 모든 벽에는 이상하게 보이는 풍경이나 천연 그대로의 정물을 그린 커다란 유화들이 걸려 있었다. 천장은 하얀 치장 벽돌로 세공되어 있었고 프레스

코화도 들어 있었다. 호두나무 재목으로 만들어진 암갈색의 높다란 문들은 같은 재목으로 된 기둥과 박공의 틀에 끼워진 채 규칙적인 간격으로 서 있었는데 모두 광택이 나고 있었다. 한 걸음씩 옮길 때마다 내 걸음소리는 둥근 천장에서 메아리쳤다. 나는 감히 걷기가 어려웠고 붙잡히게 되면 뭐라고 얘기해야 할지 생각할 수도 없었다. 문 앞에는 밀짚 매트가 놓여 있었는데 유독 어떤 문 앞에만은 착색된 밀짚으로 화려하고 섬세하게 엮인 매트가 있었다. 그 옆에는 금박을 입힌 낡고 작은 책상이 있었고, 그 위에는 편물 도구가 담긴 반짇고리가 있었으며, 그것의 맨 끝 가장자리에는 막 갖다놓은 듯이 보이는 몇 개의 사과와 작고 귀여운 은제 칼이 들어 있었다. 나는 여기가 젊은 아가씨의 거처일 거라고 추측하고 그 순간 오직 그녀만을 생각하며 내 보석들을 매트 한가운데에 내려놓았다. 반지만은 바구니 밑바닥의 세련된 장갑 위에 올려놓았다.

그런 다음 나는 서둘러 계단을 내려와 집밖으로 나왔는데, 그곳에서는 나를 괴롭히는 인간이 초조하게 나를 기다리고 있었다. "했어?" 그는 나를 향해 큰 소리로 물었다. "물론 했지." 나는 한결 가벼워진 마음으로 대답했다. "거짓말하지 마." 그가 다시 말했다. "그 여자가 내내 저기 창가에 앉아 움직인 적이 없는걸." 실제로 밝은 창문 뒤편으로 그 아름다운 여인을 볼 수 있었는데, 실제로 그녀의 방문이 있을 것 같은 바로 그곳에 위치하고 있었다. 나는 무지무지하게 놀랐지만 다음과 같이 말했다. "네게 맹세하겠는데 목걸이와 팔찌를 그녀의 발치에 놓고 반지는 그녀의 손가락에 끼워주었단 말이야!" "신을 걸고 맹세해?" "그래, 맹세해!" 나는 외쳤다. "좋아. 하지만 이제 네 손에 입을 맞춘 다음 그녀에게 키스를 던져봐. 만약 하지 않으면 네가 거짓 맹세를 한 걸로 알겠어. 봐, 저 여자가 바로 아래를 바라보고 있어!" 정말 그녀의 반짝이는 두 눈은 우리에게 머물러 있었다. 하지만 내 친구의 착상은 가히 악마의 착상이

랄 수 있었다. 그도 그럴 것이 나는 이러한 요구에 무릎을 꿇기보다는 차라리 악마 그 자체인 친구의 얼굴에 침을 뱉었을 것이기 때문이다. 그러나 나는 나의 예수회 교도 같은 맹세에 의해 궁지에 빠져 있었다. 탈출구는 없었다. 나는 재빨리 내 손에 입을 맞추고 창문을 향해 손을 흔들었다. 소녀는 주의 깊게 우리를 관찰하더니 친근하게 머리를 끄덕이며 아무런 거리낌 없이 웃는 것이었다. 하지만 나는 가능한 한 빨리 그곳에서 도망쳤다. 나는 더할 나위 없이 슬픔에 젖어 있었다. 그래서 동무가 바로 인접한 거리에서 나를 따라잡았을 때 나는 그에게 다가가 말했다. "도대체 너의 살라미 소시지 얘기는 어떻게 된 거야? 그것이 내가 당한 이런 일과 비교될 수 있을 만큼 충분하다고 생각해?" 이 말과 함께 나는 불시에 그를 때려눕혔고 한 사내가 나를 붙잡아 일으키며 "어린 깡패 녀석들이 죽을 때까지 싸움질만 할 셈인가!" 하고 외칠 때까지 주먹으로 그의 얼굴을 패주었다.

내가 학교 친구나 놀이 친구를 때린 것은 내 삶에서 이것이 맨 처음이었다. 나는 그를 다시 보는 것을 참을 수가 없었고 동시에 영원히 거짓말에서 완전하게 구원되었다.

그럴 즈음 책을 열심히 읽는 집 안에는 쓰레기 같은 책들이 더욱 늘어났고 어리석은 짓들도 그만큼 부풀려져 있었다. 늙은 부모들은 가엾은 딸들이 시종일관 방탕한 생활로 더욱 깊이 휩쓸리는 것을 이상야릇한 쾌감을 느끼며 수수방관했다. 딸들은 애인들이 연거푸 바뀌었지만 애인들 가운데 누구도 딸들과 결혼하지는 않았다. 그 결과 딸들은 너덜너덜한 책들을 가지고 놀며 찢어대는 꼬마들의 무리와 함께 냄새가 좋지 않은 서재 한가운데에 앉아 있을 따름이었다. 그런데도 독서열은 계속 높아졌다. 이제는 독서가 싸움과 궁핍, 근심 등을 잊게 했기 때문이다. 그래서 그들의 집 안에는 책과 널어놓은 기저귀 그리고 격언과 함께 그려

저 있는 화관, 연애시와 우정의 사원[53] 같은 그림으로 가득 찬 기념앨범, 작은 큐피드가 숨겨져 있는 부활절 계란, 정조 없는 기사가 벌인 연애와 관련된 다양한 추억거리 등을 제외하고는 아무것도 눈에 띄지 않았다. 전체적으로 보아 이러한 비참한 상태는 정반대의 극단, 말하자면 내가 마그레트 부인의 집에서 발견했던 가난한 사람들의 종교적 편협성이나 『성서』의 광신적 해석과 마찬가지로 단지 동일한 정신적 욕구와 더 나은 현실에 대한 탐색의 징표일 뿐이라고 생각하지 않을 수 없었다.

이 집 아들의 경우, 점차 성인이 되어가면서 그토록 많은 수련을 쌓은 환상을 역시 예사롭지 않은 방식으로 다른 사람들에게 시위해 보였다. 그는 매우 쾌락을 추구하는 사람이 되었고, 점원에 지나지 않았을 때에도 이미 상습적인 노름꾼이 되어 술집에 드나들었으며, 사람들이 재미있는 일을 벌이는 곳이라면 어디서든 눈에 띄었다. 이런 일들을 위해 그는 돈이 많이 필요했고, 이 돈을 마련하기 위해 아주 희한하기 짝이 없는 날조와 거짓말, 책략 등에 의지했는데, 그에게 이러한 것들은 옛 낭만주의의 계승일 뿐이었다. 그러나 이런 그의 의심쩍은 행동거지는 오래 지속될 수 없었다. 오히려 그는 차지할 수 있는 것은 모두 다 차지해야 한다는 일념에 사로잡혔다. 왜냐하면 자신들의 욕망을 조금도 억제할 생각을 하지 않고 이웃들이 자발적으로 내주고 싶어하지 않는 것은 그것이 무엇이든 간에 속임수나 무력을 사용하여 빼앗는 야비한 성벽의 사람들이 있는데, 그도 그런 사람 가운데 하나였기 때문이다. 이러한 저열한 성벽은 또한 얼핏 보면 완전히 다르게 보이는 현상들의 근원이다. 자신의 존재가 나라의 모든 아이에게 무거운 짐이 될 뿐인데도 꼼짝하지 않고 자신의 자리를 지키고, 당당하지 못하게도 자신이 싫어하고 경

---

53) 기념할 만한 사람들의 초상화를 모아 전시해놓은 건물.

멸하는 백성들의 심장의 피를 빨아먹고 사는 통치자들의 기운을 돋우는 것도 이런 저열한 성벽이다. 이것은 또한 사랑에 응할 수 없다는 분명한 해명을 받고 나서도 즉시 자신의 요구를 단념하는 대신 강압적으로 집적거림으로써 다른 사람의 삶을 가혹하게 만드는, 사랑에 빠진 자의 격정의 핵심이다. 마찬가지로 이것은 그 사람의 신분이 무엇이든 간에 결국은 온갖 종류의 사기꾼과 도둑의 이기심의 토대이기도 하다. 이런 사람들 모두에게 이런 저열한 성벽은 자신의 욕심을 채우기 위한 뻔뻔함이다. 그리고 이렇게 자기 욕심을 채우기 위한 뻔뻔함이야말로 이전에 내 동료였던 그 사람이 도피할 수 있었던 최후의 수단이었다. 세월이 흐르는 동안 나는 그를 전혀 만날 수 없었는데, 그럭저럭하는 사이에 그는 벌써 몇 번씩이나 감옥에 들어가 있었다. 그러던 어느 날 나는 어떤 사람이 형리에게 끌려 감옥으로 가는 것을 보았는데, 이 사람이 바로 타락한 그 인간이었다. 그 후 그는 감옥에서 세상을 떠났다.

제13장 무장(武裝)의 봄, 때이른 죄

나는 이제 열두 살이 되었다. 어머니가 나의 학교교육을 어떤 식으로 계속해야 할지 생각하지 않으면 안 될 나이가 된 것이다. 나를 순서에 따라 자선 단체가 설립한 사립 기관에 보내고자 했던 아버지의 계획은 실행될 수 없었다. 그동안에 이러한 사립 기관들은 훌륭하게 설립된 공립학교가 있어서 불필요하게 되었기 때문이다. 스위스에서의 2차 부흥운동[54]은 맨 먼저 이 점을 목표로 삼았었다. 이전의 교직은 초빙되어온 독일의 교육자들에 의해 충분히 채워졌고, 대부분의 칸톤[55]에는 인문학교 과정과 실업학교 과정으로 구성된 이원적 편제를 갖춘 대규모 학교들이 설립되었다. 어머니는 조언을 구하기 위해 수차례 격식을 차린 외출을 하신 후 나를 실업학교 과정에 보냈다. 나는 반쯤은 기쁜 마음으로, 반쯤은 슬픈 마음으로 학교를 떠났는데, 내세울 만한 것이라고는 아무것도 없었던 자선학교 학력은 입학시험을 치른 결과 전통이 오래된 읍내의 훌륭한 학교 출신 학생들에 비해 전혀 뒤지지 않을 만큼 만족스러운 것으로 나타났다. 그때에는 이런 유복한 중간계층 출신의 자제들도 역시 새로 생긴 이 학교에 배치되었던 것이다. 그래서 나는 갑작스럽

---

54) 스위스에서 1830년에서 1838년까지 진행된 자유주의적 변혁기.
55) 스위스의 주를 일컫는 고유명사.

게 완전히 다른 환경으로 옮겨졌다. 나는 이전처럼 동료 학생들 가운데서 옷을 가장 잘 입고 집안이 가장 좋은 학생이 아니었다. 떨어질 때까지 입어야만 했던 초록색 재킷을 걸친 나는 이제 옷에서뿐만 아니라 행동에서까지도 초라하고 대수롭지 않은 아이들 가운데 하나였다. 소년들은 대부분 전통 있는 시민계층 출신이었다. 그들 가운데 몇몇은 상류계층 출신으로 지체 높은 집안의 기품이 느껴졌고, 또 어떤 아이들은 부유한 시골 귀족 출신이었다. 이들은 모두 자신 있는 걸음걸이와 몸짓 그리고 단호한 태도를 지니고 있었고, 이야기할 때나 놀 때에는 특정한 자기들만의 언어를 사용함으로써 나를 무안하고 불안하게 만들었다. 그들은 싸울 때에도 휙 소리가 날 만큼 재빠른 동작으로 서로 얼굴을 때렸다. 지나친 괴롭힘을 당하지 않으려면 나는 이러한 새로운 교제에 적응해야만 했는데, 이것은 새로 시작된 공부보다도 더 많은 노력이 필요했다. 나는 그때야 비로소 가난한 아이들은 모두 얼마나 온순하고 착했는지를 깨달았다. 나는 자주 그들을 찾아갔고, 그들은 내가 새로운 상황에 대해 이야기하는 것을 부러운 나머지 시샘하면서 들어주었다.

실제로 지금까지의 내 생활방식에 날마다 신선한 변화가 생겼다. 예로부터 모든 도시의 청소년은 열 살 때부터 거의 청년기의 실제 군복무 나이에 이를 때까지 무기 사용법을 훈련받아왔다. 다만 이것은 선택과 자유의사의 문제였으므로 자식들을 참여시키고 싶지 않은 사람은 누구도 강요받지는 않았다. 하지만 이제는 학령에 달한 모든 청소년에게 법적으로 군사훈련이 실시되었으므로 모든 중등학교는 동시에 군대였다. 체조 또한 전쟁 연습과 같은 범주로 생각되었기 때문에 마찬가지로 의무였다. 그래서 어느 날 저녁 훈련을 받게 되면 다음 날은 점프와 기어오르기, 수영을 했다. 이 시절에 이르기까지 나는 조금만 미풍이 불어도 몸을 구부리는 풀잎처럼 언제나 미세한 마음의 움직임과 그때그때 기분에 자신을 내맡긴 채 자라왔다. 어느 누구도 나 자신을 똑바로 일으켜세우라고 말해주지 않았다. 나를 호수나 강으로 데려가 그 속에 던져넣었던 남자 어른도 없었다. 단지 흥분해 있을 때 한두 번 무모하게 뛰어든 적이 있었는데 이것도 조심성 있게 구느라 다시 되풀이할 수 없었다. 하지만 편모 슬하에 있는 다른 사내아이들의 경우처럼 그렇게 된 데에는 내 기질 탓도 있었다. 나는 그러한 일들을 중요하게 여기지 않았다. 그러기에는 너무나도 명상적이었던 것이다. 그와 반대로 지금의 학교 동류들은 아주 작은 아이들까지도 모두 호수에서 점프하고 기어오르며 물고기처럼 헤엄치고 다녔다. 내가 억지로 훌륭한 태도와 기민함을 몸에 익힐 수밖에 없었던 주된 이유는 오직 그들의 조롱 때문이었다. 이것이 없었더라면 내 열정은 이내 식어버렸을 것이다.

하지만 내 삶의 훨씬 더 깊은 곳에까지 변화가 찾아들었다. 나는 적건 많건 간에 모두 충분할 만큼 용돈을 갖고 다니는 아이들과 어울려 다니게 되었는데, 그들 가운데 일부는 집안이 부유해서 또 다른 일부는 관행 때문이거나 분별없는 부모의 겉치레 덕에 용돈을 받는 아이들이었다. 돈을 쓰는 기회는 더 많아졌다. 멀리 떨어진 곳에서 열리는 통상적인 훈련과 경기 동안에 과일과 과자를 사먹는 것이 통례였을 뿐만 아니라 꽤 긴 도보 여행을 하는 체조 수업이나 악대와 함께 가는 군대식 원정길에서는 먼 곳의 마을에서 빵과 포도주 앞에 앉는 것이 남자다운 것으로 여겨졌기 때문이다. 그외에도 유용한 일이라는 구실 아래 학교에서 번갈아 유행하는 온갖 종류의 놀이를 위해서도 돈이 지출되었고, 나아가서 주위의 모든 명소를 방문하는 교육적 견학도 있었다. 이러한 모든 일에서 초연해 있어야만 하는 아이에게는 비열하고 가난하다는 참기 어려운 오명이 씌워졌다. 어머니는 학용품이나 도구, 장비를 구입하기 위한 모든 유별난 비용을 성실하게 치르셨다. 이것에 관한 한 얼마만큼은 낭비로 여겨질 정도의 경우도 있었다. 나는 아버지의 훌륭한 컴퍼스를 학급에서 가장 질 좋은 종이에 꽂았다. 모든 새로운 기회마다 새 공책을 사용했으며 내 책들은 언제나 견고하게 제본되어 있었다. 하지만 그녀는 조금이라도 불필요하게 보이는 다른 모든 문제에서는 단 한 푼도 쓸모없이 지출해서는 안 되며, 내가 이것을 때맞춰 배워야만 한다는 원칙을 완강하게 고수했다. 만약 빠지게 되면 너무나 엄청난 고통을 안겨주었을 가장 중요한 소풍과 모험을 떠나게 될 때만큼은 그녀는 나에게 돈을 넉넉하게 주지 않았는데 이 돈은 언제나 그 행복한 날이 반도 지나기 전에 모두 탕진되었다. 그렇지만 여자인 탓에 세상물정에 어두웠음에도 어머니는, 그렇게 하는 것이 그녀의 엄격한 근면성에 어울렸을 텐데도, 내가 세상일에서 물러나 있도록 붙잡지 않았다. 반대로 그녀는 내가 오직 본데 있게 자란 아이들과 어울리도록 하기 위해, 또 나를 도량이 넓고 존경받는 선생님들의 감독 아래 두려는 일념에서 다른 아이들과 함께 내내 시간을 보내도 된다고 허락했다.

하지만 정확하게 바로 그 이유 때문에 나는 어떤 일을 함께하는 데 내 나름의 몫을 떠맡지 않을 수 없었으며, 그 결과 다른 아이들과 불가피하게 비교될 수밖에 없었다. 나는 수도 없이 궁지에 몰렸고 배반자로 오해받았다. 살아가는 방식과 기질이 단순하고 순진했던 어머니는 화를 불러일으키는 독초에 대한 생각은 하지 못했던 것이다. 잘못된 체면치레로 일컬을 수 있는 이 독초는 나이 든 어른들의 어리석음 때문에 근절되는 대신 오히려 사랑을 듬뿍 받으며 가꿔지므로 그럴수록 인생 초년기에 더 무성하게 자라기 시작하는 법이다. 1,000여 명에 달하는 '청소년의 친구'나 페스탈로치 재단들[56]의 회원 가운데 그들 자신의 기억을 되

---

56) 페스탈로치 탄생 100주년(1846)을 기념하여 스위스에 세운 여러 사설 교육 기관들에 대한 총칭이다.

살려 어린이다운 정서의 기본이 무엇인지를 깊이 숙고하여 이것에서 어떻게 결정적으로 운명을 좌우하는 말들이 생겨나는지를 알고 있는 사람은 아마 열두 명도 채 안 될 것이다. 그렇다고 그들에게 이것에 관심을 가지도록 해서는 결코 안 된다. 그렇게 되면 그들은 즉시 이 문제에 전심전력을 기울인 후 이것에 관한 정관을 만들 것이기 때문이다.

어느 성령 강림절에 소년들의 대규모 원정이 계획되었다. 수백 명에 달하는 꼬마 병사들이 모두 악대와 함께 출동하여 산과 계곡을 행진한 후 이웃 도시의 무장한 젊은이들을 방문하고 그들과 공동으로 열병과 훈련을 받게끔 되어 있었다. 기다리는 기쁨과 준비하는 즐거움이 뒤섞여 도처에 흥분의 기운이 감돌았다. 규정된 대로 작은 배낭이 꾸려졌고, 정해진 숫자에 관계없이 가능한 한 많은 탄약통이 마련되었으며, 0.9킬로그램짜리 포탄을 발사하는 대포와 군기는 화환으로 장식되었다. 나아가서 우리 이웃들은 잘 훈련된 멋진 군인인 동시에 활달하고 쾌활한 술꾼이자 훌륭한 전우이기 때문에 이 유명한 이웃들에게 모든 점에서 당차게 맞서기 위해서는 가능한 한 말쑥하고 멋진 몸가짐을 유지해야 할 뿐만 아니라 모두 용돈을 넉넉하게 지참해야만 한다는 소문이 은밀하게 나돌았다. 그밖에도 우리는 그곳에 소녀들도 행사에 참여하고, 우리가 행진해 들어가면 가장 예쁜 옷을 입고 머리에는 화관을 쓰고 우리를 맞이하며, 함께 축연을 한 다음에는 춤추는 시간이 있으리라는 사실을 알고 있었다. 이 점에서도 우리는 좋은 기회를 놓치고 싶은 마음이 없었다. 이것은 곧 무도회에서 군인처럼 늠름하고 기품 있게 보이기 위해 우리 모두 하얀 장갑을 준비해야 한다는 것을 의미했다. 이 모든 일은 감독자 몰래 숙의되었으며 모든 일을 준비하는 것이 내게는 두렵고 걱정스러운 생각이 들 정도로 중요하게 다루어졌다. 하지만 내가 일찌감치 장갑 검사를 통과한 아이들 가운데 하나였다는 것도 사실이다. 내 불평에 대한 대답으로 보관되어 있던 젊은 시절의 물건들에서 하얗고 멋진 가죽장갑 한 벌을 꺼낸 어머니가 별반 아까워하는 기색 없이 그것의 손목 부분을 잘라내자 나에게 훌륭하게 들어맞는 장갑이 생긴 것이다.

이와는 반대로 돈에 관한 한 나는 전망이 어두웠다. 어떻든 풀이 죽은 채 절제하는 것 외에는 다른 도리가 없었다. 즐거운 원정이 있기 전날 저녁에 나는 이런 생각을 하며 구석에 앉아 있었는데 불현듯 어떤 생각이 뇌리를 스치고 지나갔다. 나는 어머니가 집밖으로 나가는 것을 기다렸다가 나의 작은 보물상자가 숨겨져 있는 책상으로 달려갔다. 나는 그것을 반쯤 연 후 속을 들여다보지도 않고 맨 위에 놓여 있던 커다란 금화를 꺼냈다. 다른 동전들이 모두 약간 제자리에서 밀려나며 나직하게 낭랑한 소리를 냈다. 하지만 이 청량한 울림 속에서는 나를 전율하게 하는 어떤 강력한 힘이 울려나왔다. 나는 재빨리 약탈품을 숨겼다.

이제 나는 어머니를 보기가 민망해서 말을 건넬 수 없는 기묘한 기분에 휩싸였다. 전에 이 보물상자에 손을 댄 것은 어쩌다 외부의 강요를 받다보니 생긴 일이었고 내게 양심의 가책을 남기지 않았던 반면, 지금의 모험은 자발적이고 의도적이었기 때문이다. 말하자면 나는 어머니가 결코 승낙할 리가 만무하다는 것을 뻔히 알면서도 어떤 일을 저지른 것이다. 금화의 아름다움과 광채조차도 신성치 못한 일에 낭비하지 말도록 경고하는 것 같았다. 하지만 위급한 상황에서 비상 수단으로 내 소유물을 훔치고 있다는 사실은 내가 정말로 도둑이라는 느낌에서 나를 보호해주었다. 그것은 오히려 어느 아름다운 아침, 탕진할 작정을 한 채 상속받은 재산을 가지고 집을 나간 탕아에게 있었음직한 의식에 가까웠다.

성령 강림절 날 나는 일찍부터 부산을 떨었다. 가장 작지만 가장 씩씩한 우리의 고수(鼓手)들이 커다란 무리를 지어 행진 준비가 된 학생들에게 둘러싸인 채 읍내를 지날 때 그들과 합류하기 위해서였다. 하지만 어머니는 아직도 마음을 쓸 일이 아주 많았다. 그녀는 내 배낭에 먹을 것을 채워주었고, 포도주가 들어 있는 작고 예쁜 휴대 용기를 내 목에 걸어주었다. 또 주머니 여기저기에 무언가를 찔러 넣어주면서 어떻게 행동해야 할지에 대해 훌륭한 조언을 아끼지 않았다. 나는 한참 전부터 어깨에 총과 탄약 주머니를 둘러메고 있었는데, 그 속에는 커다란 탈러도 들어 있었다. 마침내 내가 어머니의 손을 뿌리치려고 하자 어머니는 깜짝 놀라시며 "네가 틀림없이 돈을 좀 가져가고 싶을 텐데"라고 말씀하셨다. 이 말과 함께 그녀는 이미 따로 세어놓았던 돈을 꺼냈고 내가 어떻게 나누어 써야 하는지를 가르쳐주셨다. 남아돌 정도는 아니었지만 상당한 액수였고 의외의 돌발 사태까지도 계산한 충분한 돈이었다.

게다가 특별히 내가 숙박하게 될 집의 하녀에게 주어야 할 동전까지도 종이에 말려 있었다. 곰곰이 생각해보면 우리의 원정은 어쩔 수 없이 이러한 돈을 지참해야 하는 최초의 사건이었다. 그래서 어머니는 그녀의 돈을 아끼지 않았던 것이다. 그런데도 나는 무척 놀랐다. 나는 상당히 당황했고 또 그만큼 흥분했다. 계단을 내려오는 동안 내게는 익숙하지 않았던 눈물이 흘러나오고 있었다. 현관문을 뒤로한 채 거리로 나가 즐거워하는 무리 속에 끼어들기 전에 나는 눈물을 훔치지 않으면 안 되었다. 어머니의 애정 어린 보살핌에 감동되어 있었던 나는 주머니 안의 탈러가 마치 심장 위에 놓인 돌처럼 느껴지지만 않았더라도 사방에서 들려오는 환호에 더 쉽게 감응될 이유를 찾을 수 있었을지도 모른다.

전원이 모두 집합하고 명령이 울려 퍼진 후 열을 맞추어 출발하게 되었을 때 나는 우울한 생각을 지우려고 어지간히 애를 썼다. 그러나 전위 부대로 배치받은 내가 신선한 아침 하늘 아래서 탁 트인 언덕을 올라가는 동안 바람에 나부끼는 깃발과 함께 노래부르며 우리 아래쪽에서 따라오고 있는 번쩍이는 긴 행군 행렬을 보게 되었을 때쯤 나는 이미 모든 것을 잊어버렸다. 내게는 앞으로 다가올 일에 대한 기대로 엮인 반짝이는 끈에서 진주가 한 알 한 알 떨어지는 순간만이 남아 있었다. 우리 전위부대는 즐거운 시간을 보냈다. 외국 군대에 고용되어 긴 세월을 보내고 지금은 우리 같은 햇병아리들에게 교련을 가르치는 한 노병이 우리에게 온갖 몹쓸 장난을 가르쳐주었던 것이다. 그는 우리 수통에 들어 있는 것을 맛보라는 쇄도하는 권유를 끊임없이 받아들였으며 내용물에 대한 날카로운 평가도 빠뜨리지 않았다. 우리는 선생님들이 주력부대의 행렬을 인솔할 뿐, 우리 곁에는 한 분도 없다는 사실에 긍지를 느끼면서 이 늙은 군인이 얘기하는 전쟁터에서의 모험담을 공손하게 경청했다.

점심 휴식 시간을 위해 행렬은 햇볕이 잘 들고 인적이 드문 계곡의 골짜기에서 멈추었다. 개간되지 않은 땅에는 너도밤나무과에 속하는 나무들이 많이 심어져 있었다. 어린아이들은 이 나무들 주위에 자리를 잡았고 우리 전위부대는 산 위에 서서 즐거워 법석을 떨고 있는 아래쪽을 만족스럽게 내려다보았다. 우리는 조용히 한낮의 고요한 광휘를 들이마셨다. 늙은 특무상사는 땅바닥에 누워 즐거워하면서 푸른 강물과 호수 저편에 펼쳐진 평화로운 지평선을 내려다보았다. 비록 우리가 풍경의 아름다움에 대해 아직 말할 줄도 모르고, 아마 어떤 사람은 평생 동안 그런 능력이 없을지라도 우리는 모두 전적으로 자연을 느꼈다. 즐거운 행군이 우리를 이 정경의 훌륭한 일부로 만들었기 때문에 더욱더 그럴 수밖에 없었다. 말하자면 우리는 이 정경 속에서 자신의 배역을 맡고 있었던 것이다. 따라서 우리에게는 아무런 일도 하지 않으면서 자연을 찬탄하는 자들이 느끼는 감상적인 동경이 없었다.

나는 나중에야 비로소 자연을 나태하고 고독하게 향유하는 것은 정신을 만족시키는 것이 아니라 소모시키는 반면, 만약 우리 스스로 육체적 존재로서 자연에 대해 어떤 무엇이며, 어떤 무엇을 의미한다면 자연의 힘과 아름다움은 정신을 강화하고 살찌게 한다는 사실을 체험과 통찰을 통해 알게 되었다. 그리고 완전한 고요에 잠겨 있는 자연이 때로는 그 자체만으로도 우리에게는 지나칠 정도로 강한 경우가 있다. 그래서 우리는 흐르는 물도 없고 구름 한 점 떠다니지 않는 곳에서는 자연이 활동하도록 자극하고, 조금이나마 자연이 호흡하는 것을 보기 위하여 불을 피우기를 좋아한다. 바로 이때 우리는 잔가지들을 약간 주워 모아서 불을 지폈다. 불이 붙은 나뭇가지는 백발머리의 야성적인 지휘관조차도 만족스러워하며 들여다볼 정도로 부드럽고 유쾌한 소리를 내며 타올랐다. 반면 푸른 연기는 계곡의 부대에게 우리의 위치를 알리는 신호였다. 정오의 태양열이 있었지만 뜨거워진 불꽃의 연기가 우리에게는 쾌적하게 여겨졌다. 이동할 때 불을 꺼야만 하는 것을 우리는 애석하게 생각했다. 엄격하게 금지되지 않았더라면 우리는 아주 흔쾌히 고요한 대기 속으로 탄환을 몇 발 발사했을 것이다. 벌써 장전을 해둔 소년도 있었다. 그는 총에서 탄환을 정확하게 다시 꺼내야 했는데 이것이 그에게는 수다쟁이가 비밀을 지키는 것만큼이나 고통스러웠다.

저녁의 태양이 금빛으로 빛날 때 마침내 자매결연을 맺은 도시가 눈앞에 보였다. 도시의 옛 성문은 꽃과 초록색 나뭇가지로 장식되어 있었고, 우리처럼 무장한 청소년들이 우호감과 호기심으로 가득 찬 부모와 형제자매들에 둘러싸인 채 우리를 맞이하기 위해 성문을 통과하고 있었다. 우리에게 경의를 표하는 의미로 그들의 대포가 몇 발 발사되었다. 우리는 비판적인 안목으로 포구(砲口) 옆에 있는 조그만 포병들이 도화선이 신관 가까이 타 들어가면 멋있는 동작으로 몸을 비틀어 뒤로 젖혔다가 발사된 후에는 장난감 마네킹처럼 소제용 꽃을대를 가지고 다시 제 위치에서 서는 모습을 관찰했는데, 이 모든 것은 우리가 하는 방식과 똑같았다. 우리의 시샘을 야기한 또 다른 원인은 격발장치가 부착된 멋진 총이었다. 우리 동지들이 이 총을 가지고 행진했던 반면, 우리는 때때로 제멋대로 작동하지도 않는 낡은 부싯돌 총만을 가지고 있었기 때문이다. 이 칸톤 당국에 대해서는, 훌륭하고 아름다운 것이면 가리지 않고 그것들 모두에 대해 민감한 감각을 지니고 있었기 때문에 때때로 신중하게 재정을 운영하기보다는 더 많은 경비를 지출한다는 평판이 있었다. 그에 걸맞게 막강한 군사력을 갖춘 국가에서도 이제 막 도입하기 시작한 시기에 이 칸톤 당국은 칸톤의 학생들에게 이렇게 새로운 무기를 공급한 것이다. 그래서 우리 친구들이 그들이 장전할 때 '장약'(裝藥)의 동작이 빠졌다면서 우월감에 차 만족해하며 서로에게 설명하는 동안, 우리의 어른 지휘관이 은밀히 그러한 지출에 대해 조심스럽게 책망하는 소리 또한 들을 수 있었다.

어쨌거나 마침내 피곤에 지친 우리는 각 가정의 초대를 기쁜 마음으로 받아들였다. 그들이 우리를 숙박시키기 위해 아주 경쟁적으로 다투었기 때문에 우리 전체 일행은 마치 뜨겁고 목마른 대지를 잠시 적시다만 소나기처럼 순식간에 그들의 양팔 속으로 사라졌다. 우리는 이제 서로 떨어져서 환대하는 가족에게 에워싸여 축제 때와 같은 호의의 대상이 되었다. 그리고 우리는 마치 적군의 영토에 있기나 한 듯이 잠자러 가면서 우리의 조그만 소총을 함께 가져다가 손님방의 커다란 침대 곁에 세워두는 행동을 통하여 이러한 친절에 보답했다. 침대는 어찌나 높았던지 침대에 오르기 위해 모든 체조 기술을 사용하지 않으면 안 되었다.

다음 날의 축하행사에서는 기대했던 모든 일이 충족되었다. 경쟁심 때문에 두 진영은 시합에서 똑같이 좋은 결과를 얻었다. 하지만 우리는 경쟁자들의 격발 소총에 대비하여 다른 비장의 카드를 내놓아야만 했다. 즉 그들의 포병은 오직 공포탄을 발사하는 데에만 익숙해져 있어서 포탄 사용에 대해서는 전혀 알지 못했던 반면, 우리의 포병은 정확하게 목표 지점을 향해 발사했다. 따라서 그런 경우에는 흔히 "애들이 어른보다 백번 낫다!"라는 속담을 인용하는데 이번에도 이 속담은 전혀 틀리지 않았고, 우리의 이웃들은 대포를 진지하고 정확하게 조준하는 것을 보면서 놀라워할 정도였다.

수천 명의 젊은이와 어른이 모인 대규모 축연은 푸른 초원에서 펼쳐졌고, 젊은이에게 인기가 많은 몇몇 인사가 연설했는데, 우리를 대하는 그들의 태도는 참으로 적절했다. 그들은 우리에게 공허하기 짝이 없는 어른들의 진지한 분위기를 느끼게 하는 대신 아주 유머러스한 기질을 발휘하며 천진난만하게 즐거워할 수 있는 분위기를 조성했을 뿐만 아니라 나이를 잊은 듯했지만 전혀 유치하지 않은 행동을 함으로써 위트가 없이는 즐거움을 향유할 수 없다는 사실을 더 쉽게 가르쳐주었다.

뒤이어 성문을 지나온 예쁜 소녀들의 행렬이 우리 곁을 지나 평평한 잔디밭으로 이동했다. 그들은 노래를 부르며 우리에게 춤을 추고 놀이를 즐기자고 청했다. 모두 하얗고 빨간 옷을 입은 그들은 어린애 같은 곱슬머리에서부터 막 피어나는 처녀에 이르기까지 아주 사랑스럽게 피어나 있었다. 널찍한 원 뒤에는 원숙한 아름다움을 지닌 여자들의 머리가 많이 솟아올라 있었는데, 이들은 연약하고 어린 초목 같은 소녀들을 지켜보다가 행여 기회가 닿으면 평상시보다 더 젊은 기분을 지닌 채 미끄러지듯 잔디밭으로 들어설 심산이었다. 남자들도 역시 기회를 엿보고 있다가 아이들이 즐거우면 우리도 즐거운 거 아니냐고 둘러대며 벌써 많은 술병을 비워내고 있었다. 우리의 씩씩한 친구들은 촘촘히 무리를 지어 동그랗게 둘러서서 귓속말로 주고받는 아름다운 소녀들에게 가까이 다가갔지만 실로 어느 누구도 맨 앞에 서려고 하지 않았다.

우리의 수줍음은 우리가 적의를 품고 있어서 가까이하기 어려운 사람들로 보이게 했던 반면, 우리가 끼고 있던 백색 장갑은 희미하게 가물거리는 하얀빛을 멀리 떨어져 있는 곳까지 비추었다. 하지만 이 순간 장갑의 반은 불필요하다는 것이 분명해졌다. 우리가 서로 다른 두 그룹으로 나뉘었기 때문이다. 말하자면 한 그룹은 집에 누나가 있는 소년들이었고, 다른 한 그룹은 이렇게 훌륭한 행운을 갖지 못한 소년들이었다. 앞 그룹은 모두 세련된 춤꾼이라는 것이 증명되었다. 그들은 곧 인기를 끄는 상대가 되었으며 그밖의 사람들과 구별되었다.

반면 우리 같은 후자 그룹은 모양새도 채 갖추어지지 않은 새끼 곰처럼 잔디밭 위에서 비트적거리다가 몇 번의 모험이 비참하게 끝나고 나면 대열에서 몰래 도망쳐 나와 술을 마시는 테이블 주위로 몰려들었다. 여기서 우리는 힘차게 노래를 불렀고 여자를 싫어하는 난폭한 전사인 체하면서 거친 군인으로서의 임무를 수행했다. 이러한 소행에도 소녀들은 빈번하게 우리의 용감한 모습을 몰래 훔쳐보고 있다고 상상하면서 우리는 서로 우쭐한 기분을 느끼려고 애썼다. 우리가 벌인 주연은 어른들을 적당히 흉내 내는 데에 그쳤고, 우리 또래가 갖고 있는 무절제에 대한 당연한 반감을 극복하지는 못했지만 우리의 정열을 충분히 발산시킬 수 있었다.

이 지역의 포도주는 우리보다 생산량도 많고 더 우수했다. 그래서 우리의 젊은 이웃들의 흥겨움 속에는 더 분명한 색조의 기풍이 배어 있었다. 그들은 우리보다 더 독한 포도주를 마시면서도 끄떡하지 않았으며 결과적으로 그들에 대한 평판이 충분히 합당하다는 것을 증명했다. 그래서 이제는 우리 자신을 내세우지 않으면 안 되었다. 나는 거리낌 없이 이러한 시도에 몸을 바쳤다. 가득 찬 지갑은 없어서는 안 될 자신감과 자유를 주었던 것이다. 그리고 이러한 행동으로 친구들은 곧 나에게 어떤 존경심을 갖게 되었다. 우리는 서로 팔짱을 낀 채 읍내와 읍의 변두리에 있는 유흥장을 편력했다. 아름다운 날씨, 기쁨의 감정, 포도주 등 모든 것이 나를 흥분시켰으며, 나를 수다스럽고 떠들썩하게, 또 대담하고 재치 있게 만들었다. 조용하고 숫기 없는 국외자였던 나는 갑작스럽게 뻐기는 말과 재치 있는 익살을 즐기는, 정식으로 우두머리 역할을 하는 아이가 되어 있었다. 그때까지 나를 별로 대수롭지 않게 여기던 다른 지도자급 아이들은 즉시 나를 인정했고 지나치리만치 추어주었다. 내가 낯선 고장에 있는 이방인이라는 사실은 나의 기분을 고조시켰다. 나의 수다와 도취적인 환희 그리고 눈을 뜨게 된 허영심 가운데 어떤 것이 더 대단했었는지 판단하기는 쉽지 않다. 여하튼 나는 전적으로 새로운 행복에 흠뻑 젖어 있었다. 그리고 이 행복은 셋째 날의 귀향길에서 전반적인 만족스러움과 느슨한 질서와 행동이 새롭고 즐거운 장면을 만들었을 때 극치에 달했다.

먼지투성이로 햇볕에 그을린 채 모자는 전나무 가지로 치장하고 소총 주둥이와 나 자신의 입까지도 여봐라는 듯이 화약가루로 새까맣게 된 상태로 저녁 무렵 집에 들어섰을 때 나는 집을 떠났을 당시와 똑같은 아이가 아니었다. 나로 말하면 우리가 일으켜세운 기풍을 계속 유지하기 위하여 학교의 소년세계에서 가장 대담무쌍한 주도자와 여러 가지 약속과 협정을 맺은 사람이었다. 가장 먼저 실행할 계획은 우리 사이에서 세련된 제비와 약골 범생이로 불리는 아이들이 읍내의 아름다운 소녀들 세계에서 우리 존재를 무색하게 만들지 않도록 조치를 취하는 것이었다.

따라서 우리는 호탕하다는 평판을 얻기 위해 그들의 우아한 솜씨에 맞서 군인같이 우락부락한 행동거지와 용감한 행동 또 온갖 원정과 모험적인 계획으로 맞서고자 했다. 나는 이런 생각과 지금까지 경험했던 기쁨으로 충만해 있었다. 이 기쁨이 전혀 나를 지치게 하지 않았듯이 나 또한 이 기쁨을 전혀 떨쳐내지 못했다. 내 기분은 최고였다. 그래서 나는 집에 도착한 후에도 계속 시끄럽게 떠들며 허풍스럽고 거친 태도를 내보였다. 그러던 나는 결국 용솟음치던 오만의 파도를 향해 어머니가 던지신 마법의 낱알 같은 핀잔을 듣고 난 후에야 단번에 할 말을 잃고 마침내 잠자리에 들었다.

제14장 허풍쟁이, 빚, 속물 어린아이

나의 새 친구들은 내가 혼란 상태에서 빠져나올 만한 시간을 주지 않았다. 그 자체가 이미 대단한 일이었거니와 바로 다음 날 읍내에서 가장 유명한 친구들의 모임에 내 모습을 드러냈을 때, 근래의 기억이 모두 되살아났다. 축제의 추억은 남아 있던 내 현금을 새 월계관과 교환하는 데에 쓸 수 있는 기회를 주었다. 돌아오는 일요일 중 하루를 택해서 대규모 원정에 나서기로 결정되었는데, 이 원정을 통하여 우리는 세련된 학생들을 타도하는 시위를 하기로 되어 있었다. 경솔했던 탓에 나는 원정에 필요한 돈을 어디서 구해야 할지 고려하지 않았다. 말하자면 어떤 계획도 없었던 것이다. 하지만 그 순간이 닥쳤을 때 나는 다시금 상자 속에 손을 집어넣었다. 어쩔 수 없이 필요하다는 것과 이번이 마지막이라는 일종의 막연한 결심 이외에는 어떤 다른 느낌도 없었다.

짧은 여름은 내내 이런 식으로 지나갔다. 부추겨졌던 일시적 기분은 이미 오래전에 사라졌고, 참여했던 사람들도 다시 정연한 일상으로 되돌아갔다. 이런 모든 일에서 다른 하나의 열정, 즉 낭비 그 자체를 위해 끊임없이 돈을 소비하는 열정이 생기지 않았더라면 내 경우에도 절제와 중용이 다시 지배력을 행사했을 것이다. 그 또래의 아이라면 누구나 욕심내는 자랑거리가 될 만한 자질구레한 것들을 언제라도 살 수 있다는 사실이 나를 흥분시켰다. 그래서 나는 동전을 꺼내기 위해 언제나 손을 주머니 속에 찔러넣고 다녔다. 아이들이 통례적으로 서로 교환함으로써 갖게 되는 물건들을 나는 현금으로만 구입했다. 나는 그런 돈을 꼬마 아이들과 거지에게 주었으며, 돈이 있는 동안에는 나를 따라다니며 낭비에 현혹된 나를 이용한 몇몇 아이들에게도 돈을 주었다. 이것이야말로 진짜 현혹이었기 때문이다. 언젠가는 이 일에 종지부가 찍힐 수밖에 없으리라는 사실을 나는 조금도 생각하지 않았다. 나는 이제 작은 상자를 완전히 열고 돈을 내려다보는 짓은 하지 않았다. 동전 한 닢을 꺼내기 위해 그저 뚜껑 밑으로 손을 밀어넣었을 뿐이며 내가 지금껏 탕진한 액수가 얼마나 될지에 대해서도 결코 깊이 생각하지 않았다. 또한 나는 발각될 것에 대해서도 두려움을 느끼지 않았다. 학교에서나 다른 일을 할 때 내 행동은 이전에 비해 더 나빠진 것이 없었다. 충족하지 못한 소망 때문에 무위도식의 몽상으로 미혹당할 일도 없었고 돈을 쓰는 행위에서 느꼈던 완전한 독립심은 학교 공부를 할 때에도 모종의 기민함과 결단성의 모습으로 나타났기 때문에 오히려 내 행동은 더 좋아졌던 것이다. 그밖에도 나는 곧 닥쳐올 보이지 않는 재난을 다른 의무를 충족함으로써 어느 정도나마 보상해야 할 필요성을 어렴풋이 느끼고 있었다.

그러나 이 모든 것에도 나는 그 여름 내내 섬뜩하고 괴로운 상태에 빠져 있었다. 이것에 대한 회상은 푸른 하늘과 태양빛 또 은밀한 술잔치를 벌이기 위해 우리가 남몰래 숨어들어 갔던 평화롭고 푸른 숲 속의 선술집에 대한 기억과 맞물려 지금의 나에게 야릇한 기분을 불러일으키고 있다. 내 친구들은 내 돈에 뭔가 수상쩍은 점이 있다는 사실을 이미 오래전부터 알아차렸음이 틀림없었다. 하지만 그들은 의심을 입 밖에 내거나 내게 물어보지 않으려고 매우 조심스러워했다. 오히려 그들은 모든 것이 당연한 것 같은 태도를 취했고, 내가 이목을 끌 만큼 번쩍이는 은화를 잔돈으로 바꾸어야 할 때면 상세히 의논하는 법도 없이 조용히 나를 도와주었다. 그러나 호사스러움이 끝나게 되면 그들은 아주 냉담하고 무관심하게 나에게서 등을 돌렸다. 그들은 전혀 마음의 동요 없이 부정직한 사람이 벌어온 돈을 써버리고 그것의 출처에 대해서는 알아보려고 하지 않는 훌륭한 성인 사업가들과 전혀 다를 바 없었다. 나에게 좋지 않은 예감을 갖게 했던 이러한 태도는 더욱더 나를 괴롭게 했다. 그도 그럴 것이 그들은 나를 기묘하게 적당히 속이다가 내가 다시 동전을 가져올 때에만 다정하게 군다는 것을 곧 알아차렸기 때문이다. 나아가서 그들은 평소 나에 대해 머리를 맞대고 의논하는 것 같았다. 그렇다고 해서 대다수 아이들의 비열하고 야비한 성벽이 어떤 격렬하고 극단적인 절교의 원인이 된 것은 아니었다.

반면 그들 가운데 한 아이의 끈질긴 이기심과 그에 따른 증오는 나에게 그 나이 또래에서는 좀처럼 보기 드물 정도의 괴로움과 고통을 느끼게 했다. 그는 수수하고 단정하게 생긴 작은 녀석이었는데 얼굴은 온통 깨알 같은 주근깨로 덮여 있었다. 또한 생각이 조숙했으며 공부를 열심히 했고 기억력이 정확했다. 그는 손위 사람들, 특히 여자들에게 이야기할 때는 교묘하고 번지르르한 말을 하려고 노력했기 때문에 훌륭하고 매우 쓸모 있는 소년으로 통했다. 주의력과 인내심 덕에 그는 거의 모든 일에 숙달되어 있었으며, 한번 손을 댄 일은 무엇이나 보기 좋게 해냈다. 그렇다고 마이어라인——이것이 그의 이름이다——에게 어떤 심오한 재능이 있었던 것은 아니다. 그가 벌이는 아주 다양한 일 가운데 어떤 새로운 것이나 독특한 것은 눈에 띄지 않았다. 그는 그저 가르침을 받은 것만 훌륭하게 할 수 있었다. 가능한 모든 것을 배우려는 끊임없는 욕구에 의해 고무되어 있었던 것이다. 따라서 그는 마분지로 완벽하고 깔끔한 공작품을 만들어낼 수 있었을 뿐만 아니라 도랑을 뛰어넘을 수 있었고 공놀이도 잘했다. 마찬가지로 조그만 돌멩이로 담에 표시된 지점을 정확하게 맞힐 수도 있었다. 이 모든 것은 더디지만 꾸준하게 연습한 덕분이었다. 또한 그의 공책들은 정확하고 아주 훌륭하게 정리되어 있었으며, 글씨는 작고 예쁘장했다. 특히 그는 숫자를 비범할 정도로 정연하고 아름답게 열을 맞추어 적는 재주가 있었다. 하지만 그의 재주 가운데서도 가장 두드러지는 것은 영리한 말솜씨로 모든 것을 은폐하면서 상황을 주도면밀하게 꾸며내는 능력이었다. 더욱이 의미심장한 표정을 지으면서 설명과 추측을 늘어놓는 능력은 우리 또래의 이해력을 넘어서는 것이었다. 동시에 그는 언제나 신뢰할 수 있고 재미있는 동무로서 인기가 있었고 또 도움이 되었다. 그가 싸움을 일으키는 경우는 좀처럼 드물었지만, 싸움을 하게 될 경우에는 끝까지 끈질기게 싸웠다. 그는 언제나 신중하게 실제든 허구든 간에 정의에 입각해 있었던 까닭에 더욱더 존경을 받았다.

그는 나보다 나이가 한 살 반이 많았지만 그사이에 다른 아이들보다 나와 더 친해져 있었다. 그래서 우리는 각별한 우정을 맺게 되었고 자유시간을 언제나 함께 지냈다. 그는 나를 훌륭하게 보완해주었기 때문에 무척 내 마음에 들었다. 내가 벌이는 일은 늘 좌충우돌하는 환상과 성공적인 결과를 염두에 둔 것이었던 반면, 그는 기계적인 정확성과 주도면밀함을 통하여 나의 투박하고 피상적인 계획에 목적과 질서를 부여했다. 관찰력이 뛰어난 마이어라인에게는 내 비밀이 비밀이랄 것도 없었을 터이지만 그것을 조심스럽게 비밀로 남겨두는 점에서는 그도 다른 아이들과 똑같았다. 하지만 그는 영리하게 자신이 알고 있다는 것을 내가 알아채지 못하게 했으며, 내가 지나치게 경솔하게 돈을 낭비하는 것을 제지하고, 엄숙한 말로 언뜻 보기에 내 욕구가 가치 있고 훌륭해 보이는 일을 향하게끔 애쓰는 경향이 있었다. 이러한 그의 태도는 그와의 교제가 신뢰할 만한 외향을 갖게 했다.

하지만 그는 다른 아이들보다 더 열심히 자기 욕심을 채웠으며 나의 직접적인 관대함으로는 만족하지 않고 우리 사이를 채무자와 채권자 관계로 만드는 명민함을 발휘했다. 말하자면 그는 내가 준 돈을 알뜰하게 모아 어느 정도 자금을 만든 다음, 내가 당장 작은 상자에 손을 넣을 수 없을 때에는 이 돈 가운데 약간을 나에게 빌려주었고, 함께 쓴 이 돈의 액수를 페이지마다 차변과 대변을 뚜렷하게 적어놓은 예쁘장한 작은 책자에 기입했던 것이다. 나아가서 그는 몇몇 유치한 물건을 내게 팔 수 있었는데 이것의 가격도 부지런히 공책에 기록했다.

그는 또한 아주 다양한 일에서 발휘되는 자신의 솜씨도 이용했다. 요컨대 그는 무엇이든 할 수 있었고 또 우리가 원하던 것을 모두 실행함으로써 내게 봉사했던 악마였던 셈이다. 하지만 그가 수행한 모든 봉사는 나의 빚 목록에 소액의 동전 단위로 기입되었다. 함께 걸을 때면 그는 언제나 자신의 솜씨를 시험해보라고 나를 부추겼다. "이 조그만 돌멩이로 저 말라빠진 이파리를 맞힐 수 있을까?" 그가 이렇게 말하면 나는 대답했다. "넌 못할걸!" "내가 맞히면 1바첸[57] 줄 거지?" "그래." 그는 그것을 맞혔다. 그리고 경우에 따라서는 이러한 재주를 연속 세 번이나 되풀이했다. 물론 같은 조건으로 매번 더 어려운 목표를 맞히는 것이었지만 결코 실수하는 법이 없었다. 그런 후 그는 아주 작고 사랑스러운 예쁘장한 글씨로 그 액수를 공책에 정확하게 적어넣었는데, 이러한 그의 행동은 크게 웃지 않을 수 없을 정도로 나를 재미나게 만들었다. 하지만 그는 전혀 웃을 일이 아니라고 했고, 또 언젠가는 부채를 청산해야 한다는 것과 사업가들도 누구나 자신의 공책의 정당한 의미나 효력을 인정

---

57) 스위스의 작은 액수의 화폐단위.

할 거라는 사실을 내가 기억해야만 한다고 진지하게 말했다.

그런 후에도 그는 다시 나를 부추겨 많은 내기를 하게 만들었는데, 예를 들면 새가 어떤 기둥에 앉을지 또는 바람에 흔들리는 나무가 다음번에는 얼마나 더 깊게 휠지 아니면 호수 기슭에 부딪혀 커다란 파도를 일으킬 것이 다섯 번째 물결일지 여섯 번째 물결일지에 관한 것이었다. 이러한 게임에서 행운 덕분에 종종 내가 이기는 경우도 있었다. 그럴 때면 그는 차변을 기입하는 페이지에 보일락말락할 정도로 작은 숫자를 적어 넣었는데, 외롭게 적혀 있는 이 숫자의 지극히 우스꽝스러운 모습이 나에게는 재차 웃음의 소재가 되었던 반면, 그에게는 진지한 말투의 또 다른 원인이 되었다. 그는 빚이란 중대한 명예의 문제라는 것을 내게 아주 열렬하게 납득시키려 했던 것이다.

여름이 끝나갈 무렵의 어느 날 마이어라인은 이제 '대차를 정산'했다고 통보함으로써 나를 깜짝 놀라게 했다. 그는 몇 굴덴에 달하는 상당한 액수 외에도 몇 크로이처[58] 몇 전까지 내게 보여주었다. 그러면서 그는 저축한 돈으로 좋은 장부를 사고 싶으니 이제 내가 그 금액의 지불에 대해 생각할 적정 시기가 되었노라고 덧붙였다. 그는 2주일 동안 여기에 대해서는 한 마디도 하지 않았다. 하지만 그동안에 그는 계산을 새로 시작했는데, 그의 진지성은 어느 때보다도 두드러졌으며 태도도 야릇했다. 그가 불친절해진 것은 아니었다. 하지만 우리 사이에서 옛날의 즐거움과 자유스러움은 사라져버렸다. 나는 크게 낙담했지만 마이어라인은 조금도 개의치 않는 것 같았다. 오히려 마이어라인은 아브라함이 자기 아들 이삭[59]과 함께 마지막이 될지도 모르는 길을 떠나게 되었을 때 아브라함을 엄습했을 법한 애수어린 기분에 빠져 있었다. 얼마 후 그는 재

---

58) 옛 통화단위의 명칭.
59) 『구약성서』, 「모세」, 1장 22절의 내용.

차 경고했다. 이번에는 단호했다. 그렇다고 퉁명스러웠던 것은 아니었지만 그의 태도에는 어떤 시름 섞인 우수와 아버지 같은 엄숙함이 들어 있었다. 나는 기겁하며 놀랐고 심한 중압감을 느끼면서 이 문제를 해결하겠다고 약속했다. 그러나 나는 감히 그 액수를 떠맡을 수 없었을 뿐만 아니라 습관적인 도둑질을 계속할 용기마저도 잃어버렸다.

나는 그때야 내가 처한 처지를 완전히 깨달았다. 나는 비참한 심정으로 남몰래 쏘다녔는데 이제 무슨 일이 벌어지게 될지 감히 생각조차 할 수 없었다. 나는 불안할 만큼 친구에게 예속되어 있다는 것을 느꼈다. 그 앞에 서면 마음이 답답했지만 그가 없어도 괴로웠다. 알 수 없는 무언가가 나를 그에게로 몰아댔기 때문이다. 혼자 있고 싶지도 않았고 또 그에게 모든 것을 고백한 후 그의 영리한 분별력으로 충고와 위안을 얻을 수 있는 기회를 행여 얻게 되지 않을까 바랐던 것이다.

하지만 그는 내게 이런 기회를 주지 않으려고 아주 조심했으며 나를 점점 더 형식적으로 대했다. 그리고 결국에는 나와의 관계를 완전히 끊고 나서는 짧고 거의 적대적인 말로 자신의 요구를 되풀이하려는 목적으로만 나를 찾아다녔다. 그는 내가 머지않아 위기에 처하리라는 것을 예감했을 것이다. 그 까닭에 그는 위기가 닥치기 전에 그토록 오랫동안 심혈을 기울인 어린 양을 대가로 크게 한몫 챙기려고 노심초사했을 것이다. 그리고 그는 옳았다. 이즈음 어머니는 아는 사람에게서 뒤늦게 이야기를 전해듣고 나를 주시하고 있었다. 결국 어머니는 지금까지 내가 집 밖에서 했던 짓을 듣게 되었는데, 이렇게 된 데에는 내가 낙담하기 전에 이미 나에게 등을 돌렸던 다른 아이들에게 주로 책임이 있었을 것이다.

어느 날 나는 창가에 서서 햇빛이 비치는 지붕과 하늘, 언덕을 바라보며 나의 시선이 평화롭게 쉴 수 있는 곳을 찾고 있었고, 내 뒷전의 거실에서 차오르고 있을 비난을 잊기 위해 애쓰고 있었다. 그때 평상시와는 다른 어투로 내 이름을 부르는 어머니의 목소리가 들렸다. 나는 몸을 돌렸다. 거기에는 어머니가 계셨다. 어머니 옆의 책상 위에는 작은 함이 열려 있었고, 그것의 바닥에는 은화가 두어 개 들어 있었다.

어머니는 비탄에 가득 찬 준엄한 시선을 내게 보내고 나서 말씀하셨다. "이 함을 들여다보거라!" 나는 그렇게 했다. 어설프게 힐끗 쳐다보았을 따름이었지만 나는 오랜만에 다시 약탈당한 상자의 내부공간을 볼 수 있었다. 그것은 질책이라도 하는 양 입을 쩍 벌리고 나를 바라보고 있었다. "그렇다면," 어머니는 말씀을 계속하셨다. "내가 들었던 것이 사실이냐? 네가 착하고 양순하다고 믿었는데, 이렇게 무자비하게 내 믿음이 깨지다니!" 나는 할 말을 잃고 서서 방의 한쪽 구석을 응시했다. 모든 것이 무너져내리는 것 같은 아찔한 파멸의 느낌이 길고 파란만장한 인생살이에서나 가능할 것 같은 강하고 격렬한 기세로 나를 엄습했다.

그러나 어두운 구름 사이를 뚫고 이미 달콤한 화해와 해방의 빛이 반짝이고 있었다. 이런 식으로 전모가 밝혀진 상황을 어머니가 명백하게 알게 되었기 때문에 나는 그때까지 나를 짓눌렀던 악몽에서 벗어나기 시작했던 것이다. 어머니의 준엄한 눈이 나는 고마웠다. 그것은 나의 고통을 풀어주었다. 나는 이 순간 어머니에게 말로 형언하기 어려운 사랑을 느꼈는데, 이것은 나의 회한을 밝게 비추면서 이 회한을 어떤 행복한 승리감으로 바꾸어놓았다. 반면, 어머니는 깊은 슬픔에 잠겨 엄격함을 굽히지 않았다. 나의 비행방식이 그녀의 가장 민감한 측면, 말하자면 생활의 급소를 찔렀기 때문에 그럴 만도 했다. 한편으로 그것은 신성한 정직성에 대한 그녀의 순진하고 맹목적인 믿음이며, 다른 한편으로는 역시 신성한 그녀의 절약정신과 삶에서 필수적인 것에 대한 고정관념이었다. 그녀는 돈을 보면서 즐거워하지도 않았고 갖고 있는 돈을 불필요하게 계산해보는 법도 없었다.

하지만 필요한 것을 사기 위하여 굴덴 금화를 손에 쥐게 될 때면 그녀에게는 굴덴 하나하나가 거의 성스러운 운명의 상징과도 같았다. 그 까닭에 어머니는 내가 다른 잘못을 저지르는 경우보다 훨씬 더 심각한 근심으로 가득 차 있었다. 마치 억지로라도 반대의 것을 자신에게 확신시키려는 듯이 어머니는 뚜렷하고 차분하게 내게 온갖 것을 질책한 다음 "도대체 그것이 정말이냐? 말해보거라"라는 짧은 질문을 되풀이했다. 나는 짧게 "네"라고 말하며 눈물을 터뜨렸지만 그렇다고 소리내어 울지는 않았다. 이제는 완전히 비밀에서 해방되어 거의 즐거울 정도였기 때문이다. 어머니는 크게 동요된 가슴을 안고 이리저리 왔다갔다 하시더니 이렇게 말씀하셨다. "네가 확실하게 버릇을 고치지 않으면 무슨 일이 생길지 이제 난 모르겠다." 이 말과 함께 어머니는 작은 함을 다시 책상 속에 넣고 책상 열쇠를 평소 위치에 놓아두었다.

"들어보거라." 어머니가 말씀하셨다. "네가 몇 개 남은 네 금화도 모두 써버렸더라면 그 후에는 내가 그토록 아껴야만 했던 내 돈에도 손을 대게 되었을지 모르겠다만, 불가능한 일은 아니었을 테지. 하지만 네가 손을 대지 못하도록 그 돈에 자물쇠를 채워야만 할까? 그건 나로서는 못할 일이다. 그래서 여태 그랬던 것처럼 열쇠를 꽂아두었다. 네가 자발적으로 개심하는지 지켜봐야겠다. 그렇게 하지 않는다면 무슨 일을 해봐도 아무 소용 없을 테니. 우리 두 사람이 조금 더 일찍 불행해지든 또는 조금 더 나중에 불행해지든 그건 중요한 게 아닐 거야."

때마침 8일 동안 방학이 시작되었던지라 나는 자진해서 집에 틀어박혀 집 안의 구석진 곳이면 어디든 찾아다녔고, 거기서 예전의 평화와 평온을 다시 찾았다. 나는 완전히 말을 잃었으며 또한 슬펐다. 특히 어머니가 여전히 심각한 상태였고 오고 가면서도 내게 다정하게 말을 건네지 않는 바에야 어쩔 도리가 없었다. 무엇보다도 가장 슬픈 것은 식사 때였다. 우리는 작은 식탁에 함께 앉았지만 나는 무슨 말을 할 용기도 없었고 또 그렇게 하고 싶지도 않았다. 이러한 슬픔의 필요성을 느꼈고 또 슬픔조차도 즐거웠기 때문이다. 반면 어머니는 깊은 생각에 잠겨 때때로 한숨을 참으시곤 했다.

제15장 침묵 속의 평화, 최초의 적과 그의 몰락

이렇게 나는 집에 박혀 지냈다. 외출한다거나 친구들과 어울리고 싶은 바람은 추호도 없었다. 기껏해야 이따금 창문 밖을 내다보며 거리에서 무슨 일이 있는지 바라보는 정도였다. 그렇지만 섬뜩한 과거가 나를 향해 올라오는 것 같아서 나는 이내 다시 물러서곤 했다. 과거가 되어버린 풍요로웠던 시절의 잔해와 기념물 가운데에는 커다란 그림물감 상자가 있었다. 통상적으로 물감 대신 아이들에게 주는 단단하고 작은 돌 대신에 여기에는 훌륭한 조각 물감들이 들어 있었다. 나는 붓으로 직접 이 물감 조각을 파내서는 안 되며 이것을 물이 담긴 그릇에 넣고 문질러야 한다는 것을 마이어라인에게서 배운 적이 있었다. 이 물감 덩어리들은 충분할 만큼 물감을 가득 만들어냈다. 나는 이것들을 실험하기 시작했고 섞는 법을 배웠다. 나는 특히 노랑과 파랑이 미묘한 차이가 있는 다양한 초록색을 만들어낸다는 사실을 발견했다. 나는 무척이나 기뻤다. 그외에도 나는 보라색과 갈색도 발견했다.

나는 이미 오래전에 우리 집 벽에 걸려 있던, 유화 물감으로 그린 옛 풍경화를 의아스럽게 바라보았던 적이 있었다. 그 그림에는 저녁 풍경이 그려져 있었다. 하늘은, 특히 노랑에서 파랑으로 변하는 불가해한 과정과 하늘의 한결같은 모양과 부드러움은 내 마음을 강하게 끌었다. 내게는 비길 데 없을 정도로 생각되었던 무성한 잎들도 마찬가지였다. 그 그림은 평범하기 그지없는 것이었음에도, 나는 내가 알고 있는 자연이 자연 자체를 위한 목적에서 특정한 기교로 묘사되어 있는 것을 보았기 때문에, 그 그림을 대단한 작품으로 여겼다. 그림 앞의 의자 위에 서서 나는 끝없이 광활한 하늘과 무한히 얽혀 있는 나뭇잎에 몰두된 채 몇 시간 동안이나 그림을 바라보았다. 내가 갑자기 그 그림을 그림물감으로 그리려고 했다는 사실은, 엄밀히 말해서, 그만큼 내 겸손함의 정도가 높지 못했다는 것의 증표였다. 나는 그림을 책상 위에 세워놓고 널빤지 위에 종이 한 장을 펴놓았으며, 우리 집에서는 깨진 도자기를 찾을 수 없었기 때문에 주위에 온통 낡은 접시와 받침 접시를 가져다 놓았다. 며칠 동안 이렇게 나는 아주 힘들게 내 과제와 싸웠다.

하지만 나는 이렇게 진지하고 지속적인 일을 하고 있다는 사실이 행복했다. 이른 아침부터 해가 저물 때까지 이 앞에 앉아 있었는데 식사할 시간조차 내기가 어려울 정도였다. 의도만 가상한 그림 속에서 숨쉬고 있는 평화가 내 영혼 속에도 들어왔고, 얼굴에서 빛나던 평화의 빛은 창가에서 바느질하는 어머니에게로 옮겨가는 듯했다. 나는 원작과 자연 간의 상이함을 거의 의식하지 못했거니와, 내 작업과 본보기 그림 사이에 놓여 있는 끝없는 심연에서 오는 괴로움은 더더욱 느끼지 못했다. 내 그림은 붓과 재료를 다루는 솜씨가 형편없다는 것을 적나라하게 폭로하는 볼품없는 얼룩 덩어리에 지나지 않았다. 그렇긴 해도 완성된 전체를 상당히 떨어진 곳에서 그 유화와 비교하면 오늘날 보아도 그 그림의 전체적 인상을 전적으로 식별하지 못할 정도는 아니다. 간단히 말해서, 나는 내 작업에 만족하여, 나 자신을 잊고 때로는 예전처럼 노래를 부르기 시작했는데, 그러다가는 내 목소리에 기겁하고는 다시 침묵을 지켰다. 하지만 나는 점점 더 자제력을 잃고 끊임없이 혼잣소리로 흥얼거렸다.

마치 초봄에 하얀 갈란투스꽃이 가라앉고 어머니의 이런저런 다정한 말이 떠오르는 것 같았다. 그래서 풍경화 그리기가 끝났을 때는 내 명예가 회복되고 내가 다시 어머니의 신뢰 속으로 복귀되었다는 것을 알았다.

그런데 내가 막 종이를 널빤지에서 떼어내는 순간 문을 두드리는 소리가 나더니 마이어라인이 엄숙한 태도로 들어섰다. 그는 모자를 의자 위에 놓고 작은 장부를 꺼냈다. 그런 다음 헛기침을 하더니 정중한 표현으로 나를 비난하면서 어머니에게 그럴듯한 연설을 늘어놓았다. 불쾌한 일로 끝날 수밖에 없다면 자기로서도 애석한 일이 될 터이니, 내 부채를 레 부인께서 갚아주기를 요망한다는 것이었다. 그러면서 이 꼬마 난쟁이는 운명처럼 지니고 다니는 장부를 건네며 호의적으로 생각해달라고 청했다. 눈을 크게 뜨고 그를 응시하던 어머니의 시선이 나에게로 오더니 다시 작은 장부 속으로 향했고 "이것이 또 뭐냐?"라고 말씀하셨다. 그녀는 순수한 빚이 얼마나 되는지 훑어보고는 말했다. "그러니까 또 빚이란 말이냐? 갈수록 태산이구나. 어쨌거나 너희들이 대단한 일을 벌이는 것은 알아주어야겠구나!" 그동안 마이어라인은 계속 말하고 있었다. "모든 게 완전하게 정리된 겁니다, 레 부인! 하지만 부인께서 총결산액을 제게 지불하신다면 총결산 다음의 이 마지막 항목은 기꺼이 포기하지요." 어머니는 화난 웃음을 지으며 외쳤다. "오오, 그래, 정말이냐? 우리 이 문제를 너희 부모와 상의해볼까, 빚쟁이 나리! 그런데 이렇게 대단한 빚이 도대체 어떻게 생긴 거지?" 그러자 이 친구는 몸을 꼿꼿이 세우며 말했다. "모든 게 아주 합당한 것이라는 점을 강조하는 바입니다!" 하지만 내가 새로운 마음의 부담을 지니고 전혀 어찌할 줄 모르고 곁에서 있었기 때문에 어머니는 내게 엄숙하게 물으셨다. "이 애한테 이 액수만큼 빚졌니? 어떻게? 말해보거라!" 나는 당혹스럽게 "예"라고 수긍하고 어떤 종류의 빚인지에 대해 몇 가지 사실을 더듬거리며 말했다. 이것으로도 이미 충분했던지 어머니는 마이어라인을 그의 장부와 함께 방에서 내쫓았다. 그는 내게 위협적인 시선을 던지고 나서 어머니에게 건방진 태도를 보이며 도망쳤다. 어머니는 내게 사건의 전말을 꼬치꼬치 묻고는 크게 화를 내셨다. 그도 그럴 것이 특히 이 소년이 정직해 보였기 때문에 어머니는 나의 잘못에 대해 일말의 의구심도 없었던 것이다. 그러고 나서 어머니는 이 기회를 이용하여 일어났던 일 전부를 더 철저하게 캐묻고 나에게 엄중한 훈계를 하셨다. 하지만 더 이상 벌을 내리는 엄격한 재판관의 어조가 아니었다. 그녀는 이미 모든 것을 용서한 친구 같은 어머니였다. 이제는 모든 것이 다 끝나게 되었다.

그러나 모든 것이 다 끝난 것은 아니었다. 다시 등교했을 때 나는 마이어라인의 주위에 모여 있던 몇몇 학생들이 머리를 맞대고 수군거리며 조소하듯이 나를 바라보는 광경을 목도했다. 나는 불길한 전조를 느꼈다. 그런데 교장선생님이 몸소 담당한 첫 시간이 끝나자 내 채권자가 손에 작은 장부를 들고 교장선생님 앞으로 정중하게 다가가더니 유창한 말로 내 죄를 규탄하기 시작했다. 모두 긴장하여 귀를 기울였고 나는 뜨거운 석탄 덩어리 위에 앉아 있는 것 같은 느낌이 들었다. 주저하시던 교장선생님은 장부를 훑어보시더니 심문을 시작했고 마이어라인은 심문을 주도적으로 이끌어가려고 애썼다. 하지만 교장선생님은 그에게 조용히 하라고 명한 다음 내게 말해보라고 요구했다. 나는 궁색하기 짝이 없는 자질구레한 일을 몇 가지 얘기했지만 자진해서 모든 것을 숨기고 싶은 심정이었다. 그러나 교장선생님은 갑자기 외쳤다. "이것으로 충분해. 너희는 둘 다 쓸모없는 녀석들이니 벌을 받게 해주겠다!" 이 말과 함께 그는 비치된 생활기록부 앞으로 가서 우리 둘에 대한 평가를 엄격하게 기록했다. "하지만 선생님." 마이어라인이 다가서며 말하자 교장선생님은 "조용히 해!"라고 외치며 그 운명적인 장부를 들더니 "만약 이 것에 관해 또 말을 하거나 그런 일을 다시 되풀이한다면 너희를 가두어 놓고 정말 문제 있는 너희 두 녀석에게 걸맞은 처벌을 하게 될 게다! 들 어가!"라고 말하며 마이어라인의 장부를 갈기갈기 찢어버렸다.

나머지 수업시간 동안에 나는 내 적에게 짧은 편지를 썼다. 편지에서 나는 차츰차츰 빚을 갚을 것이며 지금부터 한 푼씩이라도 모을 수 있으 면 그때마다 건네주겠다고 다짐했다. 나는 종이를 둘둘 감은 다음 책상 밑으로 해서 그에게 보내도록 시켰다. 내가 받은 답장은 다음과 같았다. "지금 즉시 전부 주지 않는다면 아무것도 필요 없음." 학교가 파하고 선 생님도 떠나자 나의 악마는 호기심 많은 아이들의 무리에 둘러싸인 채 문 앞에 서 있었다. 내가 밖으로 나가려 하자 그는 길을 막고 외쳤다. "너 희 이 악당을 좀 봐! 저 녀석은 여름 동안 내내 돈을 훔쳤어. 내게 5굴덴 30크로이처를 사기쳤단 말이야! 너희 모두 알지. 저 녀석을 잘 보라고!" "저 초록의 하인리히 녀석, 진짜 악당이야!" 이제는 사방에서 이런 소리 가 들렸다. 나는 화가 나서 얼굴이 빨갛게 되어 소리쳤다. "네가 바로 악 당이고 거짓말쟁이야!" 하지만 내 말은 다른 아이들의 큰 고함에 파묻혀 버렸다. 언제나 학대해줄 대상을 찾아다니던 대여섯 명의 심술궂은 녀 석들이 마이어라인 주위에 모여들었고 내가 집에 들어갈 때까지 내 뒤 를 따라오며 욕을 해댔다.

그때 이후로 이와 같은 장면이 거의 날마다 되풀이되었다. 마이어라 인은 주위에 조직적인 동맹군을 모아들였다. 그래서 나는 가는 곳에서 마다 뒤에서 나를 향해 외치는 소리를 들었다. 나는 허풍 떨던 태도를 잃은 지 이미 오래였고, 다시 서투르고 소심한 아이로 변해 있었다. 이 것은 나를 학대하던 아이들이 결국은 지쳐서 나가떨어질 때까지는 어 쨌든 그들의 방자함과 조롱하고 싶은 욕구를 자극했다. 그들은 모두 스스로 어떤 비열한 짓을 이미 저질렀거나 그와 같은 일을 할 기회가 오기만을 기다리는 패거리들이었다. 조숙하고 부지런한 천성에도 마이어라인이 자기와 비슷한 아이들과 어울리지 않고 언제나 나나 다른 아이들과 같이 분별없고 제멋대로일 뿐 아니라 어리석은 아이들이 모여 있는 곳에서 눈에 띈다는 사실이 주목할 만했다. 그럴 즈음 우리 또래의 조용하고 행실 좋은 아이들이 나를 학대하는 데에 여념이 없는 아이들에게 맞서게 되어 그들의 공격에서 여러 차례 나를 보호해주고 나에게 경멸감이나 악의를 전혀 느낄 수 없게 해주었으며 그 결과 나는 전에는 거의 주목하지 않았던 한 명 이상의 아이들에게 깊은 애착을 갖게 되었다.

결국 마이어라인은 거의 외톨이가 되었다. 그러나 이 때문에 그의 앙심만큼은 더 격렬하고 거칠어졌으며 그와 동시에 나에게서도 화해에 대한 모든 희망이 사라졌다. 우리가 서로 마주칠 때면 나는 다른 쪽을 보려고 애썼고 서로 아무 말도 없이 지나쳤다. 하지만 그는 둘이서만 있을 때나 주위에 낯선 사람들만 있을 때면 나에게 큰 소리로 치명적인 독설을 퍼부었고, 또 우리 둘만 있을 때가 아니면 오직 나만 알아들을 수 있을 정도로 그런 말을 나직하게 속삭여댔다. 그가 나를 증오했을 만큼이나 격렬하게 이제는 내가 그를 증오했다. 그러나 나는 그를 피했고 언젠가는 닥치게 될 담판의 순간을 두려워했다. 내내 이런 식으로 1년이 지나갔다. 그리고 마지막으로 대규모 군사훈련이 예정되어 있는 가을이 다시 찾아왔다. 이때만큼은 마음의 욕구를 향하여 발포해도 무방했으므로 우리는 이날을 언제나 고대해왔다. 하지만 내 적 역시 참가할 것이고 더 자주 내 근처에 올 것 같았기 때문에 다른 아이들의 모든 기쁨이 나에게서는 음울하고 차갑게 변해 있었다.

이번에는 우리가 두 그룹으로 나뉘었다. 한 그룹은 숲이 우거지고 가파른 언덕의 정상을 점령하고 다른 한 그룹은 강을 건너서 언덕을 포위한 후 점령하기로 되어 있었다. 나는 후미 그룹이었고 내 적은 앞 그룹 소속이었다. 우리는 이미 일주일 전부터 내내 조그만 교두보를 쌓았다. 또 뾰쪽하게 깎은 목책을 땅속에 박아 넣는 동안 두어 명의 목수는 얕은 강물 위로 다리를 놓았다. 이제 우리는 지도부의 작전에 따라 대포와 함께 도강을 감행했고 적을 용맹스럽게 언덕 위로 내몰았다. 본대가 꼬불꼬불한 마차 길을 오르고 있는 동안 멀찌감치 앞선 전초병 부대는 덤불을 치우고 장애물을 넘으면서 진군하고 있었다. 우리를 가장 많이 즐겁게 하고 가장 흥분시키는 것은 이 부대였다. 개개 병사들은 적을 세게 밀치며 공격했는데, 퇴각하도록 정해진 병사들은 도무지 물러서지 않았고 사격으로 거의 얼굴이 그을릴 정도였다. 열중하다보니 꽂을대가 나무 사이로 횤횤거리며 날아가는 것도 잊고 있었지만, 중대한 사고를 막아준 것은 오직 젊음의 행운 덕이었다. 전초병들을 감독하던 늙은 특무 상사 또한 어느 정도 규율을 유지하기 위해 지팡이를 휘두르며 숱한 욕설을 퍼부어대지 않을 수 없었다. 나는 이 전초병 행렬의 가장 바깥쪽 날개에 있었지만 동료들의 흥분에 가담하지 않았다. 대신 나는 말없이 우울하게 총을 발사하고 다시 장전하면서 아무 생각 없이 앞으로 걸어 나갔다.

얼마 지나지 않아 나는 나머지 일행에게서 벗어나 내가 알지 못하는 황량한 계곡의 비탈을 걷고 있었다. 오래된 전나무 숲으로 가득 찬 계곡의 바닥에는 조그만 시냇물이 졸졸 흐르고 있었다. 하늘은 잔뜩 흐렸고, 주위에는 음울하지만 부드러운 분위기가 감돌았다. 먼 곳의 총소리와 북소리는 바로 근처의 깊은 정적을 한층 두드러지게 만들었다. 나는 말없이 총에 기대어 쉬면서 대자연 앞에 설 때면 왕왕 엄습했던, 그리고 괴로운 자가 행복을 탐색하는 것에 다름 아닌 반은 슬프고 반은 오만한 기분에 사로잡혀 있었다. 그때 나는 가까운 곳에서 발소리를 들었다. 깊은 정적을 헤치며 내 적이 바위가 많은 좁은 길을 따라 다가오고 있었다. 내 가슴은 격렬하게 뛰었다. 그는 나에게 꿰찌르는 것 같은 시선을 보내며 곧장 내가 있는 방향으로 총을 한 발 발사했다. 화약가루가 내 얼굴에 날려 올 정도로 가까운 거리였다. 나는 꼼짝하지 않고 서서 그를 쏘아보았다. 그는 급히 다시 장전했고 나는 계속해서 그를 바라보았다. 이러한 내 태도는 그를 당황하게 했고 또 분격시켰다. 그는 자신의 기민함에 극도로 도취된 채 자신이 어리석고 온순하다고 여긴 내 얼굴 한가운데로 총을 쏘려고 아주 가까이 접근하여 다시 총을 겨냥하려고 했다.

내가 무기를 팽개치고 그에게로 달려들어 무기를 빼앗은 것은 바로 이 순간이었다. 이내 우리는 뒤엉키게 되었고 아무 말 없이 엄청난 분노에 휩싸여 이때부터 족히 15분 동안이나 맞붙어 싸웠다. 때로는 그가, 때로는 내가 우세했다. 고양이처럼 날렵한 그는 나를 쓰러뜨리기 위해 족히 100가지는 됨직한 수단을 사용했다. 발로 넘어뜨리고 엄지손가락으로 귀 뒤쪽을 눌렀으며 관자놀이를 때리고 손을 물어뜯었다. 나를 계속 저항하게 만든 말없는 격분에 고무되지 않았더라면 나는 열 번은 밑에 깔렸을 것이다. 죽음과도 같은 침묵과 함께 나는 그에게 달라붙었고 기회가 올 때마다 주먹으로 그의 얼굴을 때렸다. 그렇게 하는 동안 눈에는 눈물이 고였고 나는 격심한 슬픔을 느꼈다. 지금도 나는 내가 대단히 늙은 나이가 되어 최악의 것을 경험한다고 하더라도 결코 이보다 더 깊은 슬픔은 느끼지 못하리라고 확신하고 있다. 결국 우리는 땅바닥을 뒤덮고 있던 미끄러운 침엽수 잎 위로 넘어졌다. 내 밑으로 넘어진 그는 뒷머리를 전나무 뿌리에 아주 세게 부딪쳤기 때문에 한동안 마비상태에 빠져 손을 내벌린 채 있었다. 나는 나도 모르는 사이에 바로 일어섰다.

그도 똑같은 행동을 취했다. 우리는 서로 외면한 채 각자 무기를 들고 그 끔찍한 곳을 떠났다. 나는 팔다리가 온통 힘이 빠진 것 같은 느낌과 더불어 스스로 타락한 것 같은, 또 한때의 친구와 이같이 적개심에 불타는 싸움을 벌인 것이 육신을 더럽힌 것 같은 느낌이 들었다.

이 일이 있은 후 우리 사이에서는 단 한 번의 충돌도 일어나지 않았다. 그는 필사적인 내 단호함에서 상대가 악에 돋쳐 있다는 것을 느끼고 나와의 마찰을 일체 피했던 것이다. 하지만 싸움은 승패가 갈리지 않았기 때문에 우리의 적개심은 지속되었다. 오히려 우리의 적개심은 더 격렬해졌다. 반면, 몇 년이 지나는 동안 우리가 서로 만난 경우는 아주 드물었다. 하지만 기회가 올 때마다 파묻혀 있던 증오심을 다시 소생시키는 것으로 충분했다. 그를 만나면 우리가 싸우게 된 원인은 차치하더라도 그가 나타나는 것 자체가 내게는 견디기 어려운 일이었고, 없애지 않으면 안 될 일이기도 했다.

또 적이 된 친구를 볼 때면 불쾌감과 뒤섞이곤 했던 옛날의 격심한 애상을 나는 흔적조차 느끼지 못했다. 나는 순전히 혐오감만 느꼈다. 또 젊은 시절에 친구였던 사람들이 평생에 걸쳐 서로 애착심을 보이는 것과 같은 이유에서 이 소년은 영원히 적으로 남으리라는 느낌이 들었다. 그도 나를 보면 비슷한 기분이 들었을 것이다. 게다가 우리가 반목하게 된 본래 이유, 즉 부채를 기록한 장부에 관한 일 자체를 그로서는 틀림없이 잊을 수 없었으리라는 사실도 덧붙일 수 있었다. 그동안에 사무실에 취직하여 독창적인 능력을 계속 신장시킨 그는 매우 능력 있고 영리하며 또 전도유망한 사람이라는 것을 입증해보였기 때문에 교활하고 노련한 사업가인 고용주의 총애를 받았다. 요컨대 그는 행복하다고 느꼈고 장차 독립할 때를 즐거움으로 기다렸다. 그런 만큼 젊은 시절의 그가 최초로 돈벌이를 하려 한 시도에서 겪었던 쓰라린 실망감은, 순수하고 순진무구한 작품을 만든 젊은 시인이나 예술가들이 받은 최초의 경멸적인 퇴짜와 마찬가지로 그에게는 틀림없이 지속적으로 고통스러웠으리라는 사실을 나는 어렵지 않게 상상할 수 있다.

우리는 이미 견진성사를 받았다. 그는 대략 18세였고 나는 16세였다. 우리는 더 자립적으로 행동하기 시작했고, 이제는 인생과 인간을 얼마간 알게 되었다. 공공장소에서 만나게 되면 우리는 서로 외면했다. 그리고 우리는 각자 서로의 친구들을 서로의 증오 속으로 끌어들였다. 이 증오는 종종 터져나올 것 같은 기세를 보였다. 우리는 각기 자신의 행동과 기질에 어울리는 다른 소년들과 어울리면서, 말하자면 적개심에 계속 불을 붙이는 연료를 준비하고 있었기 때문에 더욱 위험스러울 수밖에 없었다. 이런 이유에서 나는 근심스럽게 앞날에 대해 생각했다. 도대체 이렇게 좁은 읍내에서 우리가 어떻게 이런 식으로 평생 살아갈 수 있을지 생각했던 것이다.

하지만 슬픈 한 사건이 이 문제에 종지부를 찍었기 때문에 이러한 근심은 쓸모없게 되었다. 내 적의 아버지는 훌륭하고 오래된 건물 한 채를 산 적이 있었다. 옛날에는 귀족의 시골 저택이었고 튼튼한 탑이 하나 있던 이 건물은 이제 주택으로 개조되어 구석구석마다 변화의 시련을 겪고 있었다. 그의 아들에게 이것은 황금시대나 다를 바 없었다. 이 사업은 여하튼 투기를 의미했을 뿐만 아니라 온갖 종류의 능란한 작업이 수행될 수 있는 영역이었기 때문이다. 그는 단 1분이라도 틈이 생기면 언제나 인부들 틈에 끼어들어 그들을 도왔고, 한 사람의 자리를 보충하면서 노동력을 절약하기 위해 상당한 노역을 전부 떠맡기도 했다. 나는 일하러 가는 길에 날마다 이 집을 지나가야 했다.

그래서 인부들이 모두 쉬고 있는 열두시와 한시 사이와 저녁에는 페인트 통이나 망치를 들고 창문 아래나 비계 위에 서 있는 그의 모습을 늘 보았다. 그는 어린 시절 이래로 거의 자라지 않았기 때문에 거대한 벽에 달라붙어 부지런히 일하는 그의 모습은 지극히 기묘하게 보였다. 나는 나도 모르게 웃을 수밖에 없었다. 또한 이러한 일을 하는 그의 모습이 마음에 들면서 유능해 보였기 때문에 언젠가 한 번 그가 아래 있던 나를 향해 솔에 가득 묻힌 석회수를 뿌려댄 일만 없었더라면 나는 더 호의적인 느낌을 가지게 되었을 것이다.

어느 날 내가 그 집이 보이는 곳까지 왔을 때 자비로운 운명의 별이 나를 샛길을 지나 이르게 되는 다른 길로 이끌었다. 몇 분 후 다시 큰길로 접어들었을 때 나는 그 집 근처에서 충격을 받은 것 같은 많은 사람이 나오는 것을 보았고, 흥분된 채 이야기하며 비통해하는 소리를 들었다. 인부들은 탑에 있는 낡은 풍향기를 철거하기 위해서는 꽤 많은 비계를 설치해야 한다고 말했다. 하지만 스스로 모든 일을 다 잘할 수 있다고 생각한 그 친구는, 결국 불행을 당하게 되었거니와, 경비를 절약하고자 점심시간을 이용하여 아무도 모르게 그 풍향기를 제거하려고 경사가 심한 높은 지붕 위에 올라갔다가 그만 추락하여 지금 이 순간 포장도로 위에 누워 있었다. 엉망으로 으스러진 채 죽어버린 것이다.

이러한 얘기를 들은 나는 서둘러 갈 길을 재촉했다. 이 사건의 성격에 따라 야기된 전율 때문에 나는 물론 몸을 떨었다. 하지만 내가 원하는 바대로 내 마음을 유심히 읽어보아도 된다면, 나는 나를 두근거리게 했을지도 모르는 어떤 동정이나 회한의 흔적을 조금도 기억할 수 없다. 내 생각은 엄숙하고 우울했으며 또 그런 식으로 지속되었다.

하지만 마음속 깊은 곳에서 나는 참을 수 없이 큰 소리로 웃으며 기뻐했다. 내가 만약 그가 고통스러워하는 것을 보았거나 그의 시체를 보았더라면 연민과 회한이 나를 사로잡았을 것이라고 믿어 의심치 않는다. 사건을 직접 보지는 못했지만 어쨌건 적이 갑자기 더 이상 존재하지 않는다는 말은 나에게 화해의 느낌을 주었다. 그렇지만 이것은 고통의 화해가 아니라 만족의 화해였고, 사랑의 화해가 아니라 복수의 화해였다. 깊이 생각해보니 내가 서둘러 부자연스럽고 정연치 못한 기도를 짜 맞춘 것은 사실이다. 나는 그 기도에서 용서와 연민과 망각을 신에게 간원했다. 하지만 내면의 자아는 이 일에 미소 짓고 있었다. 그로부터 몇 년이 지난 오늘날까지도 이 불행한 사건에 대한 이후의 내 연민이 가슴에서가 아니라 오성에서 나오는 것이 아닌지 나는 두려웠다. 내 증오는 그만큼 깊은 곳까지 뿌리내리고 있었던 것이다!

제16장 무능한 교사, 못된 학생

다시 저 학창시절 이야기로 돌아가고자 하거니와, 나는 어쨌거나 그 시절이 밝고 행복했다고 고백할 수 없다. 우리가 배워야 했던 것들의 영역은 이제 더 넓어졌고 우리에게 요구되는 것도 더 진지해졌다. 나는 뭔가 중요하고 아름다운 것이 문제가 된다는 애매한 기분이 들었으며, 이러한 기분을 충족시키고 싶은 어떤 충동을 느끼고 있었다. 하지만 단계가 바뀌는 것을 전혀 이해하지 못해서 완전히 놓쳐버리는 경우도 꽤 자주 있었다. 그러나 이 병폐의 주된 원인은 학교 자체의 과도기 상태에 있었다. 교사진이 옛날의 구성원, 즉 취미나 필요에 따라 가능한 모든 과목을 맡는 데에 익숙해져 있던 지방교단 소속의 직책 없는 신학자들과, 과목에 숙달된 새로운 전문가들로 짜여 있었던 까닭에 균등하고 상호 협력적인 교수방법을 이끌어내지 못했기 때문이다.

신학자들이 낡은 습관과 그들 자신의 일시적인 기분을 따르면서 원한다면 옆길로 벗어나 온갖 것을 아마추어처럼 다루었던 반면, 직업 교사들은 그와는 반대로 아직까지 충분히 검증되지 않은 완전히 상이한 기교와 방법을 사용했다. 여기서 발생하는 주된 폐해는 청소년을 다루는 방식이 한결같지도 믿음직스럽지도 못하다는 것과 이상한 파국이나 모험이 일어날 가능성이었는데, 때로는 교사가 때로는 학생이 이러한 사건의 희생자가 되었다.

우리 학교에서 가르치던 교사 가운데에는 마음씨가 선하고 정직했지만 청소년을 다루는 것이 크게 서툴 뿐만 아니라 외모가 허약하고 기묘해 보이는 남자 선생이 한 분 계셨다. 그는 세상사의 격변을, 특히 새로운 학교제도를 도입하게 만든 투쟁에서 용감한 역할을 수행했기 때문에 보수적 성향의 읍내에서 과격한 자유주의자라는 비방을 받고 있었다. 우리 소년들은 시골에서 온 아이들을 제외하고는 모두 훌륭한 귀족정치론자였다. 태생으로는 시골 출신이지만 읍내에서 태어난 나 또한 이곳의 풍속을 따랐고, 유치한 어리석음에서 나 역시 도시 귀족으로 불리는 사실을 행운으로 여겼다. 어머니는 정치에 관여하지 않았다. 그밖에도 가까운 주변에서는 나의 별 의미 없는 의견을 판정하는 데에 본보기가 될 만한 사람이 아무도 없었다. 내가 알았던 것은 오직 급진적인 새 정부가 우리가 각별히 좋아했던 몇몇 개의 옛 탑과 성벽을 파괴했다는 것과 그 정부가 혐오스러운 시골사람들과 벼락출세한 사람들로 구성되었다는 것뿐이었다. 이러한 사람들 가운데 하나였던 아버지가 그때까지 살아 있었더라면 나는 의심할 나위 없이 완전히 자유주의를 신봉하는 사내아이였을 것이다.

새로운 제도의 학교 수업이 막 시작되어 그 무능한 교사도 아주 상냥하게 자신의 일을 시작하던 바로 그때 광신적인 시민의 아들인 한 학생이 그 교사가 귀족정치론자의 자식들인 우리를 쇠 채찍으로 길들이겠노라고 맹세했다는 소식을 설득력 있게 퍼뜨렸다. 이야기인즉 다음과 같았다. 그 교사는 어떤 모임에서 오래된 집안의 내력상 거만하고 제멋대로 구는 일부 도시 청소년을 어떻게 다룰 것인지에 대해 질문을 받자, 꼬마 악동들을 혼쭐내줄 수 있을 것이라고 대답했다는 것이다. 앞서 말한 대로 이 이야기는, 아마도 어른들의 협조가 없지는 않았을 터인데,

이성적으로 생각할 줄 모르는 우리 패거리에게 전해졌고, 즉시 효과가
나타났다.

우리는 도전에 응했다. 우리 가운데 뱃심 좋은 아이들이 조직화된 저
항과 짓궂은 가벼운 전투를 개시했다. 이것으로도 그를 당황하게 하기
에 충분했다. 그래서 그는 냉정하고 신중한 단호함과 조롱으로 공격자들
을 격퇴하는 대신, 즉시 주력부대와 중포병을 동원해 전진해왔다. 그는
사소한 장난이나 고의가 없는 행동까지도 모두 자신의 권능이 미치는 한
도 내에서 가장 엄하고 무거운 벌을 주었다. 이러한 벌로 말하면 지금까
지로 봐서는 오직 예외적인 경우에만 이용되던 것이었다. 우리가 본 바
로는 그는 이런 식의 행동을 통해 스스로 정당한 처지를 빼앗긴 꼴이 되
었다. 우리는 죄와 벌의 적정관계를 평가하는 데에 잘 숙련되어 있었기
때문이다. 그의 벌은 곧 무가치해졌고, 결국은 명예의 문제, 즉 순교가
되었다. 그의 수업시간에는 공공연한 소동이 생겨났는데, 이 소동은 우
리의 사냥감이 나타날 수밖에 없던 다른 교실로까지도 퍼졌다.

그러자 그는 새로운 실수를 저질렀다. 이 움직임이 저절로 와해되도
록 당분간 방치하는 대신 사소한 일을 저지른 학생들을 모두 교실 밖으
로 쫓아내기 시작한 것이다. 천진난만한 질문을 하나 던지거나 의도적
이든 그렇지 않든 간에 뭔가를 떨어뜨리기만 해도 밖으로 쫓겨날 만한
충분한 사유가 되었다. 우리는 이것에 주목했다. 그래서 얼마 지나지 않
아 그가 수업할 때면 통례적으로 두세 명의 착실한 학생들만 자리를 지
켰던 반면 교실 문 앞에서는 떼를 지어서 그의 손해를 비웃고 있었다.
상급 당국의 관여나 그 자신의 노력이 있었더라면, 예컨대 학생들을 구
타하는 것이 금지되어 있었더라도 만약 그가 단 한 번만 우리 가운데 몇
명을 골라 멱살을 잡고 제대로 호되게 때려주었더라면, 충분히 질서를
회복할 수 있었을 것이다. 하지만 그는 두 번째 수단을 취하는 데 필요

한 성품의 소유자가 아니었다. 첫 번째의 조치도 행해지지 않았다.

그의 직속상관들은 배척당하는 이 사람을 좋아하지 않는 위원들로 구성되어 있었고, 이들은 가능한 한 이 사건들을 언급하지 않으려는 것 같았기 때문이다. 학생들은 집에서 그들의 행동을 우쭐대며 이야기했는데, 교사를 아주 끔찍한 귀신으로 묘사하는 것도 잊지 않았다. 그들의 부모들은 즐거운 마음으로 자신들이 소년시절에 벌였던 일들을 회상했다. 그들은, 학교는 명예스러운 시민계층의 자제들에게는 장차 특권 계층의 편안한 삶이나 훌륭하고 오래된 도시의 동업조합에 받아들여지게 될 때까지 크게 골치 아파할 필요 없이 머무르는 일종의 일시적인 수용시설에 지나지 않는다는 전통 속에서 자라온 사람들이었다. 그만큼 그들은 편안한 시민들이었다. 그래서 그들은 직접적인 부추김을 통해서가 아니라 솔직한 웃음을 통해서 어린 자식들의 행실을 격려했다. 이 문제는 이미 오래전부터 주목을 끌었지만 위에 있는 사람들에게는 언제나 모든 죄가 그 배척당하는 사람에게 있는 것인 양 보고되었다. 때때로 이런저런 신사들이 직접 살펴보려고 교실에 들어오곤 했다. 하지만 이런 경우에는 우리는 어떤 일을 벌이지 않으려고 조심했으며, 다른 교사의 수업시간 때에도 역시 곱절이나 예의바른 태도를 취했다. 그 불행한 사람은 학교에 존재하는 모든 나쁜 성분을 받아들이는 피뢰침이었다.

그는 거의 1년을 내내 이런 식으로 끌려가다가 결국은 일시적으로 정직을 당했다. 그는 건강이 상했고 아주 쇠약해졌기 때문에 아예 기쁜 마음으로 완전히 떠났더라면 좋았을 것이다. 하지만 많은 식구가 먹을 것을 달라고 외쳐댔고 그가 믿을 것은 이 직업뿐이었다. 그래서 그는 어느 날 가능한 한 화해하려는 겸손한 태도를 지니고 고통의 길에 다시 들어섰다. 하지만 그는 자비를 찾지 못했다. 거친 함성이 터졌고 옛날의 소동이 되풀이되었다. 그는 며칠 후에 완전히 해고될 수밖에 없었다.

나는 오랫동안 상당히 조용하게 살았다. 그래서 그저 수없이 많은 소동을 편안하게 지켜보았을 따름이다. 어른에게 맞서는 것이 내 성미에 맞지 않았기 때문에 나는 그 선생에게조차 단 한 번도 죄가 될 만한 일을 하지 않았다. 학급 학생들 전부를 쫓아내기 시작했을 때에야 비로소 나 역시 가담하려고 했는데, 사소한 못된 장난을 통해 목적을 이루기도 했고 그렇지 않으면 다른 아이들이 나갈 때 재빨리 함께 따라나가곤 했다. 그 이유는 우선 바깥에 있으면 매우 재미있었고, 두 번째로는 교실에 앉아 다른 아이들의 조롱을 받는 몇 명의 착실한 아이들 곁에 남아있고 싶은 바람이 추호도 없었기 때문이었을 것이다. 하지만 일단 바깥에 나가면 나는 오히려 더 떠들썩해졌다. 소동을 일으키고 시위를 준비하는 것을 도우면서 나는 오랫동안의 은둔생활을 청산하고 격정적인 기쁨에 몸을 내맡겼다. 그 기쁨이 어찌나 격렬했던지 우리가 다른 선생의 다음 수업시간에 다시 자리에 앉게 되었을 때에도 내 심장은 격렬하게 뛰고 맥박이 크게 고동칠 정도였다.

자신 있게 고백하거니와 그 당시 나는 기쁨 자체를 기뻐했던 것이지 마음속에 결코 어떤 악의를 품었던 것은 아니다. 오히려 나는 그 불쌍한 선생에게 은밀한 연민을 느꼈다. 하지만 조롱이 두려워서 드러낼 수는 없었다. 언젠가 나는 들길에서 그와 마주친 적이 있었다. 그는 기분전환 삼아 산책 나온 것 같았다. 나는 나도 모르게 경의를 표하며 모자를 벗었는데 이것이 그가 나에게 공손하게 고마워할 정도로 그를 기쁘게 했다. 그러면서 그는 마치 자비를 간청하는 것처럼 아주 고통스러운 표정으로 나를 응시했다. 나는 감동되어 이 사태가 달리 변하지 않으면 안 되겠다고 생각했다. 바로 다음 날 나는 가장 강경한 동료학생 그룹을 찾아갔다. 직접 호랑이굴에 들어가서 그들의 사려 깊은 이해를 구할 작정이었다. 바로 당장은 아니겠지만 장차 이것이 틀림없이 계속 작용할 것이고 다수의 분위기에도 영향을 미치리라는 사실을 나는 본능적으로 알고 있었다. 그들은 마침 그 선생에 대해 얘기하면서 막 그의 새로운 별명을 지어낸 참이었는데, 그 별명이 아주 우습게 들렸던지라 모두 최고의 기분에서 크게 웃고 있었다. 내가 준비했던 말은 입 밖으로 나오기도 전에 곡해되었고, 나는 내 의무를 잊고 선생과 나 자신의 더 나은 일면까지도 배반했다. 말하자면 나는 이 순간의 분위기에 완전히 어울리고 또 그것을 고조시키는 방식으로 어제의 모험을 전해주었던 것이다.

그가 퇴직한 후 우리는 다시 잠잠해졌다. 하지만 소동과 장난을 열망하는 아이들은 안정을 찾지 못하고 이런저런 일을 찾아다녔다. 그들은 기억에 집착했기 때문에 제자리를 찾을 수 없었다. 어느 날 저녁 수업이 끝난 후 말없이 길을 가는데 집 근처에 왔을 때 누가 부르는 소리가 들렸다. "초록의 하인리히, 이리 와!" 나는 몸을 돌려 다른 쪽 거리에 상당히 많은 학생이 떼를 지어 있는 것을 보았다. 그들은 개미집 속의 개미들처럼 혼란스럽게 돌아다니고 있었는데 매우 분주한 듯이 보였다. 나는 그들에게로 갔다. 그들은 학교를 그만둔 교사를 모두 함께 방문하여 마지막으로 정말 재미있는 일을 벌이려 한다고 전해주면서 나도 참여하라고 요구했다. 그 계획은 전혀 내 마음에 들지 않았다. 나는 단호하게 거절하고 그곳을 떠났다. 그러나 나는 호기심 때문에 몸을 돌려 멀찌감치 떨어져서 그들을 따라갔다. 무슨 일이 벌어지는지 보고 싶었던 것이다. 패거리가 앞으로 움직였다. 그 시간에 모두 곳곳의 골목에 모여 있던 다른 학교의 학생들도 참가를 권유받았기 때문에 얼마 지나지 않아 온갖 부류의 100여 명의 젊은이로 구성된 행렬이 움직이게 되었다. 사람들은 문 앞에 선 채 깜짝 놀라 이 광경을 바라보았다. 어떤 남자가 말하는 소리가 내 귀에 들렸다. "이 악당 녀석들이 또 무슨 일을 꾸미고 싶은 게지? 정말 우리가 그랬던 것만큼이나 아주 팔팔하구먼!" 내 귀에는 이 말이 마치 전쟁 나팔소리처럼 울렸다. 내 발걸음은 더 빨라졌고 얼마 후 나는 행렬의 맨 뒤쪽 사람을 바싹 뒤따르고 있었다. 아무 준비 없이 자발적으로 이렇게 함께 모였다는 사실에 고무되어 전체 행렬 속에는 말로 표현할 수 없는 만족감이 퍼져 있었다. 나는 계속해서 몸이 달아올라 앞쪽으로 밀치며 나아갔는데 그러다가 갑자기 내가 주모자급 우두머리들이 행진하고 있는 행렬의 선두에 서 있다는 것을 알게 되었다. 그들은 나를 환영해주었고 어디선가 "초록의 하인리히도 결국 왔다!"라는 외침이 들렸다. 이 이름은 전체 행렬을 따라 울려 퍼지며 떠들썩한 소음과 장난스러운 즐거움을 위한 또 하나의 소재가 되었다. 그 즉시 머릿속에는 내가 읽었던 민중운동과 혁명 장면이 떠올랐다. "대오를 짜야 해!" 나는 주동자들에게 말했다. "열을 맞춰 행진하며 국가를 부르자!" 이 제안은 호평을 받고 바로 실행되었다. 이런 식으로 우리는 여러 길을 통과해 나아갔다. 사람들은 놀라서 계속 우리를 바라보고 있었다. 나는 이러한 즐거움을 가능한 한 오래 끌기 위해서 한 번 더 우회하자고 제안했다. 이것 역시 실행되었다.

마침내 우리는 목적지에 도착했다. "이제 도대체 어떻게 해야지?" 내가 물었다. "내 생각에는 여기서 노래 한 곡 부른 다음 만세를 외치며 떠나면 좋겠는데." 하지만 이에 대한 대답은 "집 안으로, 집 안으로!"였다. "그 사람이 우리에게 한 짓에 대해 감사의 연설을 하자!" "그렇다면 모두 단결해야지, 한 사람이라도 도망치면 안 돼. 그래야 무슨 일이 생길 때 다 함께 똑같은 벌을 받을 수 있으니까!" 내가 이렇게 외치자 모여 있던 아이들 모두 작고 좁은 집 안으로 몰려 들어가 계단 위로 돌진했다. 나는 공범자들이 한두 명이라도 미리 도망치는 것을 막을 요량으로 현관 옆에 서서 지켰다. 집 안에서는 대단한 소동이 벌어졌다. 소년들은 그들 자신의 흥분에 완전히 취해 있었다. 그들이 찾던 남자는 병이 나서 방 안에 누워 있었는데, 그 방은 잠겨 있었다. 여자들은 놀라서 나머지 문들을 잠그려 했고 도움을 청하려고 창문 밖을 내다보았다. 하지만 그들은 외치는 것을 부끄러워했다. 이 모든 일의 내막을 모르는 이웃들은 몹시 어처구니없다는 듯이 바라볼 뿐이었다. 나는 찜찜한 생각과 함께 내가 맡은 위치를 지켰다. 집은 아래층에서 맨 위층까지 온통 북적대고 있었다. 소란을 피우는 소년들은 지붕의 채광창에 나타나 낡은 바구니들을 집어던졌고, 사방을 고함으로 가득 채우며 심지어는 지붕 위까지 올라갔다. 결국은 용기를 낸 한 늙은 부인이 조그만 방에서 튀어나오더니 빗자루를 들고 전체 패거리를 점차 집 밖으로 몰아냈다.

이 불법행위는 너무나 주목을 끌었기 때문에 상급 당국으로서도 더 이상 수수방관할 수 없었다. 그들은 엄격한 조사를 요구했다. 우리는 강당 홀에 소집되어 옆방에 자리 잡은 조사위원회로 한 사람씩 호출되었다. 조사는 몇 시간이나 걸렸다. 조사를 받고 나온 사람들은 아무 말도 전하지 않고 즉시 떠났다. 모인 학생들의 3분의 2가 벌써 가버린 뒤에도 나는 여전히 호출되지 않았다. 그동안 나는 조사실에서 나온 아이들이 떠나기 전에 한결같이 나를 쳐다본다는 사실을 깨닫기 시작했다. 마지막으로 초록의 하인리히만 빼고 나머지 학생 모두 들어오라는 명령이 전해졌다.

마침내 내 차례가 되었다. 마지막으로 조사를 받았던 아이들이 나오더니 나에게 들어가보라고 말했다. 나는 도대체 무슨 일이 일어나고 있는지 물어보려고 했으나 그들은 대답해주는 대신 오히려 과민한 반응을 보이며 서둘러 그곳을 떠났다. 어쨌거나 나는 옆방으로 들어갔는데, 반은 호기심이 앞으로 몰아낸 것 같았고 또 반은 어른들이 지력에서 월등하고 전능한 존재라는 것을 가정하고 어른들 앞에 설 때 청소년들이 느끼는 가슴을 죄는 것 같은 두려움이 발걸음을 붙잡는 듯했다. 긴 책상의 위쪽 끝에는 두 신사가 앉아 있었고 나는 책상 발치 쪽에 섰다. 내 앞에는 종이 몇 장과 필기도구 하나가 놓여 있었다. 한 사람은 몸소 수업도 하기 때문에 나를 알고 있는 교감이었고, 다른 한 사람은 지위가 높은 학식 있는 신사였는데, 이 사람은 별로 말이 없었다.

교감선생님과 나는 특별한 관계였다. 천성이 좋은 그는 말하기를 좋아하는 허풍선이여서 만약 학생이 신중한 반박으로 그에게 어떤 사실에 대해 철저하게 상술할 기회를 주면 즐거워했다. 나는 그에게는 상당히 예절바르게 행동했기 때문에 그도 처음에는 나에게 호의를 가졌다. 하지만 이따금 꾸중이나 훈계 또는 벌을 받게 될 때에도 이에 아랑곳하지 않고 시종일관 침묵을 지키는 내 버릇 때문에 그는 나를 싫어하게 되었다. 겁에 질려 부인하고, 벌을 모면하려고 그럴싸하게 둘러대거나 벌 때문에 완강하게 입씨름하는 일 따위는 내 성미에 맞지 않았다. 만약 내가 벌을 받을 만한 짓을 했다고 생각하면 나는 말없이 벌을 감수했고, 벌이 부당하게 여겨져도 역시 침묵을 지켰다. 하지만 반항심에서 그런 것은 아니었다. 마음속에서는 아주 쾌활하게 이것을 비웃으며 이 재판관도 특별히 훌륭할 것 없는 사람이라고 생각했기 때문이다. 이런 이유에서 이 신사는 나를 쓸모없고 의심스러운 녀석들 가운데 하나로 간주했고, 이제는 위협적인 표정을 지으며 내게 으르렁댔던 것이다.

"그 못된 짓에 가담했지? 닥쳐! 거짓말하지 마, 좋지 않을 테니!" 그 다음에 닥칠 일을 기다리며 나는 나직하게 "예"라고 말했다. 하지만 그는 자기의 기분을 좋게 만들기 위해서는 아주 철저한 토론이 필수적이었기 때문에 자기의 머릿속에서 생각하고 있는 나를 되살리기 위한 것인 양 마치 "아니요"라는 대답을 들은 듯이 행동을 취하며 소리쳤다. "뭐, 어째? 진실을 말해봐!" "예." 나는 약간 큰 소리로 되풀이했다. "좋아, 좋아, 좋아!" 그는 말했다. "언젠가는 네가 틀림없이 호적수를 만나게 될 게다. 언젠가는 돌멩이가 날아와 네 뻔뻔한 이마에 혹을 만들어놓을 게란 말이다!" 나는 이 말을 듣고 모욕감을 느꼈으며 또한 고통스러웠다. 나에 대해 완전히 그릇된 판단을 담고 있는 듯이 여겨졌을 뿐만 아니라 도에 지나칠 정도의 미래에 대한 예언이자 사사로운 표독스러움을 여지없이 드러낸 표현인 듯했기 때문이다. 그는 계속해서 물었다.

"도중에 정식 행렬로 맞추고 노래를 부르자고 제안한 사람이 너지?" 이 질문은 나를 깜짝 놀라게 했다. 그렇다면 동료들이 나를 배반했고, 이를 통해 자신들의 죄에서 벗어났다는 것은 의심할 필요가 없었다. 혹 부인할 수도 있지 않을까 생각하며 망설였지만 내게서는 또다시 "예"라는 대답이 나왔다. "그 집에서 넌 어느 누구도 떠나서는 안 된다고 선언했고, 이 선언을 실행하려고 문을 지켰지?" 나는 주저하지 않고 시인했다. 그것이 내게는 어떤 불명예나 특별히 죄가 되는 행동으로 여겨지지 않았던 탓이다. 이 두 가지 사례는, 이 일에 연루된 학생들에게 던진 첫 번째 질문에서 벌써 드러났던 것이지만, 이 신사가 주동자를 지목한 근거가 된 것 같았다. 이것이야말로 온통 혼란스러운 상태에서도 가장 분명하게 두드러진 행동임이 틀림없었고, 따라서 그는 이 두 가지 사례에 의거하여 조사를 벌였던 것이다. 누구나 할 것 없이 이 질문을 한결같이 시인했을 것이고, 또 그 자신의 행동에 대해서는 얘기할 필요가 없다는 사실을 기뻐했을 것이다.

조사가 끝난 후 나는 약간 동요된 상태였지만 편안한 마음으로 집으로 갔다. 사태가 아주 품위 있게 해결될 것 같은 생각은 들지 않았다. 나는 심한 양심의 가책을 느꼈지만 이것은 단지 학대받은 교사를 향한 것이었다. 집에서 나는 어머니에게 사건의 전말을 얘기했다. 내 이야기를 듣고 난 어머니가 나를 막 꾸짖으려는 순간 커다란 서류를 든 시청 직원이 들어왔다. 편지에는 내가 이 순간부터 영원히 학교를 다닐 수 없다는 내용이 담겨 있었다. 나에게서 즉각 표출된 부당한 일을 당했다는 분노의 감정은 너무도 설득력이 있었기 때문에 어머니는 내 죄에 대해 그렇게 장황하게 이야기하지 않고 오히려 그녀 자신의 비통한 심정에 빠질 정도였다. 그녀는 위대하고 전능한 정부가 의지할 곳 없는 과부의 단 하나뿐인 자식을 "아무짝에도 쓸모없다!"라는 말과 함께 문밖으로 내쫓아 버렸다고 생각한 것이다.

사형의 합법성에 대해 심오하고 지속적인 토론이 진행되는 마당에, 전적으로 미쳐 날뛴 것두 아닌 아이나 젊은이를 국가가 교육제도에서 배제할 권리가 있는지도 동시에 고려해야 마땅할 것이다. 훗날의 인생 살이에서 내가 만약 이와 유사하게 중대한 상황에 말려든다면, 말하자면 똑같은 상황에서 똑같은 부류의 심판자를 만난다면 나는 아마도 목이 잘려야 할 것이다. 그도 그럴 것이 모두에게 열려 있는 교육에서 한 아이를 축출한다는 것은 그의 내면적인 발전과 정신적인 삶을 참수하는 것과 전혀 다를 바 없기 때문이다. 실제로 이러한 아이들의 소동의 원형으로 일컬을 수 있는 성인들의 공적인 활동 또한 참수로 끝나는 경우가 자주 있었다.

개인적으로 교육을 계속 받을 수 있는 조건이 갖추어져 있는지, 아니면 국가가 포기했지만 인생은 포기된 자를 단념하지 않고 올바른 어떤 것으로 만드는 것은 아닌지에 대해서 국가는 질문하지 않는다. 국가는 오로지 모든 어린아이의 교육을 감시하고 독려하는 자신의 의무만을 기억하고 있다. 그러니 결국 이러한 현상은 그렇게 축출된 자들의 운명과 관련해서 중요한 것이라고 하기보다는 오히려 우리의 최상의 제도에조차도 약점이 존재한다는 것, 말하자면 이러한 교육문제를 담당하는 교육자로 자처하는 사람들의 타성과 태만의 증표라는 점에서 중요하다.

제17장 어머니, 자연으로의 도피

나 자신의 슬픔과 상심은 그렇게 심한 편은 아니었다. 나는 프랑스어 교사에게 책을 몇 권 돌려주어야 했다. 그는 송아지 가죽으로 장정된 신성한 프랑스 고전을 내게 빌려주곤 했을 정도로 친절했다. 또한 그는 두어 차례에 걸쳐 나에게 커다란 도서관을 이곳저곳 안내하면서 내가 책을 존중할 수 있는 토대를 마련해주었다. 그를 찾아갔을 때 그는 이번 사건에 대해 유감을 표했고 자기가 알기로는 자기와 마찬가지로 대부분의 선생님들이 나에게 불만을 품고 있지는 않을 터인즉, 내가 이 일을 지나치게 중대하게 받아들일 필요가 없을 거라고 하면서 나를 이해해주었다. 게다가 그는 내가 프랑스어를 계속 공부하고 싶으면 자기를 찾아와 조언을 구하라고 권유했다. 실제로는 시간이 지남에 따라 상황도 바뀌어 나는 그를 다시 만나지 않았다. 하지만 그의 말은 내게 어떤 만족감을 주었고, 나는 이제 하늘을 나는 새처럼 자유로운 느낌이 들었다. 더욱이 나는 순간의 의미와 미래의 중요성을 지각할 수 없었다.

이와는 반대로 어머니는 커다란 고민에 빠져 있었다. 만약 아버지가 살아계셨더라면 학교교육을 여기서 중단하지 않으리라는 사실을 그녀는 분명히 확신할 수 있었다. 하지만 그녀는 한정된 재정상태에서 나를 위해 가정교사를 들인다든가 나를 외지의 학교에 보낼 수 있는 가능성을 찾을 수 없었다. 또한 그녀는 내가 이 시기에 택할 수 있는 최선의 직업이 무엇일지에 대해서도 생각할 수 없었다. 왜냐하면 상급 학년에서 시야가 확장됨으로써 나 자신의 미래를 더 현명하게 결정할 가능성을 제공받아야 마땅했을 바로 그 시기에 학교는 나를 향해 문을 닫아버렸기 때문이다.

내가 그때까지 집에서 했던 일이라곤 거의 그림 그리기와 채색하는 일뿐이었다. 이런 점에서도 학교와 나의 관계는 묘했다. 학교에서 나는 전혀 그림에 재질이 있는 아이로 여겨지지 않았다. 내 화판에는 몇 달이고 똑같은 도화지가 붙어 있었고, 나는 보잘것없는 보통 연필로 거대한 머리나 장식을 그리면서 골이 날 정도로 고생했다. 제대로 된 선이 계속 그려지기까지는 수십 개의 선을 지워야 했고 더럽혀지고 닳아 해질 정도로 문질러진 종이를 보면 이 그림을 그린 사람이 게으르고 짜증스러워했다는 것을 알 수 있었다. 하지만 집에 가면 곧장 나는 이 학교방식의 예술을 내팽개치고 집에서 익히던 예술을 열심히 시작했다.

채색된 풍경화를 모사하려 했던 최초의 시도 이래 나는 계속해서 물감으로 그와 유사한 그림을 그리려고 했다. 하지만 이제는 모사할 그림이 더 이상 없었으므로 나는 그것들을 내 힘으로 만들어내야 했고, 또한 계속해서 부지런히 이 일을 행했다. 우리 방에 있는 채색된 난로에는 성과 다리, 호숫가의 몇 개의 기둥 같은 풍경화의 제재가 될 만한 것들이 그려져 있었다. 또한 어머니의 오래된 앨범과 젊은 시절의 소장품인 몇 개의 여성용 달력[60]에는 풍경을 담은 정감 있는 그림들이 많이 들어 있었다. 이 그림들에는, 그곳에 함께 적혀 있는 서정적 문구에 걸맞게 신전, 제단, 연못의 백조들, 작은 배에 앉아 있는 연인들, 어두운 숲들이

---

60) 인쇄술이 발명된 이래 교훈적인 격언이나 이야기 등이 담긴 달력이 널리 퍼져 있었다.

그려져 있었는데, 내게는 이 숲의 나무들이 비길 데 없이 숙련된 솜씨로 조각된 것처럼 여겨졌다. 이 모든 것은 지극히 순수한, 말하자면 원초적인 시의 모습을 함께 이루어냈는데, 이것은 나의 열렬한 창작의 동인이었으며, 작업하는 동안 나를 행복하게 만들었다.

나는 시적인 제재들을 온통 아낌없이 모아놓은 나 자신의 풍경화를 고안했다. 그러다가 점차 하나의 주된 제재를 그리기 시작했는데, 이 그림들 속에는 언제나 똑같은 방랑자를 그려넣었다. 이 인물을 통하여 나는 반쯤은 의식적으로 나 자신의 존재를 표현했다. 그도 그럴 것이 외부 세계와 만나는 데 계속적으로 실패한 다음에는 과도한 내적 관조와 자애가 나를 감싸기 시작했던 것이다. 그 까닭에 나는 자신에 대하여 유약한 연민을 느꼈고, 내가 구상한 흥미로운 장면에 내 모습을 상징적으로 배치하는 것을 좋아했다. 낭만적으로 재단된 초록옷을 입고 등에는 여행가방을 멘 이 인물은 붉게 타는 저녁놀과 무지개를 응시하며 공동묘지나 숲 속을 걸었고, 꽃과 깃털이 화려한 새들로 가득 찬 극락 같은 정원에서도 거닐었다.

이러한 그림들은 이미 수북이 쌓였을 정도로 꽤 많이 모였지만 여기에 나타난 솜씨는 언제나 경험과 교육이 완전히 결여된 똑같은 단계에 머물러 있었다. 끊임없는 연습을 통해 연마함으로써 연필과 물감을 만지작거렸던 꼬마 시절 놀이와 내 노력을 어느 정도나마 구별해준 것은 뚜렷하게 눈에 띄는 색들을 칠할 때의 어떤 과단성과 노련함뿐이었다. 대체로 대담한 의도와 연관된 이러한 과단성과 노련함은 그 시절에 화가가 되고 싶다고 결심했던 동기가 되었을 것이다. 그렇지만 그 당시 이 일은 구체적으로 거론할 수 없었다. 내가 불행을 당한 이후 역경의 세월을 몇 달 쾌적한 상태에서 극복하도록 하기 위해, 또한 그동안에 나를 위한 유익한 미래를 궁리할 수 있도록 시골 교구의 목사관에 사는 어머니의 오빠에게 나를 얼마 동안 보내기로 결정되었기 때문이다.

고향마을은 아주 멀리 떨어진 벽지에 있었다. 나는 그때까지 그곳에 가본 적이 없었다. 어머니 또한 오랜 세월 그곳을 찾지 않았고, 어쩌다 생기는 예외적인 경우를 제외한다면 그곳의 친척들이 읍내에 나타나는 일도 없었다. 교구목사인 외삼촌만은 교회의 집회에 참석하기 위해 매년 한 번씩 볼품없는 말을 타고 왔고, 헤어질 때는 언제나 자기 집에 놀러오라는 간곡한 초대의 말을 남겼다. 그는 슬하에 여섯 명의 자녀를 두었는데 나는 그들뿐만 아니라 성직자의 농사꾼 아내인 그들의 모친, 즉 활달한 나의 외숙모 또한 전혀 알지 못했다. 그밖에도 그곳에는 아버지의 친척도 많았는데, 특히 아버지의 생모 또한 그곳에 살고 있었다. 이미 오래전에 부유하지만 까다로운 두 번째 남편과 결혼했던 그녀는 고령의 부인이 되어 있었다. 엄한 남편에게 눌려 깊이 틀어박혀 사는 그녀에게는 너무 일찍 세상을 떠나버린 아들의 가족과 멀리 떨어져서나마 그리움에 가득 찬 인사를 나누는 일조차 아주 드물었다.

시골사람들은 아직까지 옛 시대의 제한적이고 단념적인 삶을 조용히 영위하고 있었다. 지난 몇백 년 동안만 해도 특히 여성들의 경우, 한번 몇 킬로미터 밖으로 떨어져 나가면 다시는 서로 만나지 못했다. 기껏해야 아주 중대한 일이 있을 때만 보았는데, 이것도 흔한 경우는 아니었다. 이럴 때면 그들의 눈에서는 감동의 눈물과 괴롭거나 기쁜 회상의 눈물이 흘러내림으로써 정말이지 서사적인 장면이 연출되었다. 반면 남자들은 대개 필시 여기저기 다녔을 터이지만, 그래도 진지하게 사업을 염두에 둔 채 조언을 받을 일도, 해줄 일도 없을 경우에는 반쯤 잊힌 친척들의 집문 앞을 지나쳐버리곤 했다. 오늘날에는 사람들이 더 활동적으로 되었다. 교통수단도 더 편해진데다 사교적인 생활도 부활되었고 축일이 많기 때문에 여행하는 것을 대수롭게 여기지 않기 때문이다. 이렇게 함으로써 그들은 또한 정신을 젊고 풍요롭게 만든다. 그러니 쟁기를 끄는 사람들과 그들의 자식들이 축일마다 떠돌아다니는 일에 열중하는 것에 대해 설교를 늘어놓는 것은 완고하고 속 좁은 사람들뿐이다.

어머니는 특히 아직까지 생존해 계시는 외로운 할머니에게 가능한 한 많은 시간을 할애하라고 하셨고, 할머니께서 나를 곁에 두고 내 아버지, 즉 그녀의 아들에 대해 얘기하는 것을 좋아하시는 한 존경과 사랑으로 그녀 곁을 지키라고 말씀하셨다.

이렇게 해서 나는 어느 날 아침 해가 뜨기 전에 길을 나섰다. 내가 그때까지 해본 여행 가운데 가장 먼 길에 나선 것이다. 나는 처음으로 야외에서의 이른 새벽을 만끽하면서 우거진 숲이 밤이슬에 젖어 있는 산등성이 위로 떠오르는 태양을 바라보았다. 나는 종일토록 걸었지만 지치지 않았다. 많은 동네를 지나기도 했고 다시 광대한 삼림지나 뜨거운 언덕 중턱을 몇 시간 동안이나 혼자서 걷다가 자주 길을 잃기도 했지만 나는 그 잃어버린 시간을 유감스럽게 여기지 않았다. 끊임없이 생각에 몰두해 있었던데다, 여정의 고요한 침묵에 감동받았던 덕분에 처음으로 운명과 미래에 대한 진지한 생각으로 충일되어 있었기 때문이다. 여행하는 동안 내내 내가 걷는 길 옆에는 수레국화와 붉은 양귀비가 피어 있었고, 숲에서는 화려한 색깔의 버섯들이 나를 맞아주었다. 구름은 끊임없이 놀랍도록 아름다운 모습으로 피어났다가 깊고 고요한 하늘 저편으로 흘러갔다. 걷는 동안 세상이 나에게 강요했던 나 자신에 대한 자기만족적인 연민이 다시 엄습했기 때문에 마침내 나는 평상시와 다르게 몹시 울었다. 슬픔이 너무도 커서 어찌할 바를 모르고 나는 그늘진 샘물 옆에 자리를 잡고 앉아 계속해서 흐느껴 울었다.

그러다 문득 창피한 생각이 든 나는 얼굴을 씻고 나서 자신에게 화를 내며 남은 여정을 계속했다. 마침내 나는 발아래에 있는 마을을 보았다.

마을은 잎이 우거진 언덕으로 둘러싸인 푸른 초원의 골짜기에 있었는데, 반짝이는 작은 강물이 굽이굽이 이 골짜기를 지나고 있었다. 골짜기에는 석양빛이 따뜻하게 내려앉아 있었고, 굴뚝은 나를 따뜻하게 맞아주려는 듯이 연기를 내뿜고 있었다. 이따금 내가 있는 곳까지 사람들의 목소리가 들렸다. 나는 곧 가장 앞쪽의 인가에 도착하여 목사관이 어디에 있는지 물어보았다. 눈과 코를 보고 내가 레 씨 집안사람이라고 판단한 사람들은 내가 혹 죽은 건축장인의 아들이 아니냐고 되물었다.

이렇게 해서 나는 외삼촌 집에 도착했다. 커다란 호두나무들과 키가 큰 몇 그루의 물푸레나무로 둘러싸인 그의 집 가장자리에는 작은 시내가 흘러넘치고 있었다. 창문들은 살구나무와 포도나무 이파리 사이로 번쩍였고, 그 창문들 가운데 어느 한곳의 아래에 초록 재킷을 입은 뚱뚱한 외삼촌이 서 있었다. 손에 쌍열박이 총을 든 그는 뿔피리 모양의 조그만 은색 파이프를 입에 물고 그 속에 든 여송연을 피우고 있었다. 한 무리의 비둘기가 집 위에서 불안스럽게 퍼덕대며 비둘기장 주위로 몰려들었다. 외삼촌은 나를 보더니 곧장 외쳤다. "허어, 여기 우리 조카가 오는구나! 네가 여기에 오다니 잘됐구나. 자, 어서 올라오거라!" 그런 다음 그는 갑자기 위쪽을 바라보더니 공중에 대고 총을 발사했다. 그러자 비둘기들 위에서 맴돌고 있던 아름다운 맹금 한 마리가 내 발 옆에 떨어졌다. 나는 새를 주워들고 이렇게 실속 있는 환영식을 통하여 기분 좋게 환대받으며 외삼촌에게 다가갔다.

거실에는 외삼촌 혼자뿐이었다. 외삼촌 옆으로는 꽤 많은 사람을 위해 차려놓은 긴 탁자가 놓여 있었다. "때맞춰 잘 왔구나!" 외삼촌은 큰 소리로 말했다. "오늘은 추수감사제날이다. 곧 사람들이 올 게다!" 그런 다음 그는 큰 소리로 아내를 불렀다. 그녀는 커다란 포도주 단지 두 개를 들고 나타나서 그것을 내려놓으며 외쳤다. "이런, 이 꼬마 녀석 얼굴이 희뜩하고 창백한 것 좀 보게! 기다려보거라. 돌아가신 네 부친처럼 네 뺨이 붉어질 때까지는 보내주지 않을 테니! 어머니는 편안하시냐? 그런데 어머니는 왜 함께 오지 않았지?" 그녀는 즉시 내 앞쪽의 탁자에 우선 당장 먹을 만한 음식을 마련해주었고, 내가 망설이자 막무가내로 나를 의자 위에 떠밀어 앉히더니 어서 먹으라고 말했다. 그동안 시끄러운 소리가 점점 집 가까이 다가오고 있었다. 볏단을 높이 쌓아올린 짐마차가 흔들거리며 호두나무 밑을 지나오면서 아래쪽의 가지들을 스쳤고, 마차 곁에는 수확을 마친 남녀들과 함께 외삼촌의 아들과 딸들이 웃기도 하고 노래를 부르기도 하면서 따라오고 있었다.

외삼촌은 총을 닦으면서 그들을 향해 내가 와 있노라고 소리쳤다. 나는 곧 쾌활한 소동의 한복판에 휩싸였다. 밤이 늦어서야 나는 열린 창문 곁의 침대에 몸을 눕혔다. 창문 바로 아래서는 물이 힘차게 흘렀고, 멀리 건너편에서는 제분기가 덜커덕덜커덕 소리를 내고 있었다. 위풍도 당당한 뇌우가 계곡을 휩쓸고 지나갔다. 비는 음악처럼, 가까운 산에서 숲을 스치는 바람은 노래처럼 울렸다. 나는 서늘하고 상쾌한 공기를 마시며, 말하자면 위대한 자연의 품 안에서 잠이 들었다.

제18장 일가친척

이른 아침, 태양빛이 나뭇잎 사이를 뚫고 방 안을 비췄을 때 나는 기묘하게 잠에서 깨어났다. 털이 부드러운 새끼 담비 한 마리가 내 가슴에 앉아 낮은 숨을 가쁘게 쉬며 서늘하고 뾰쪽한 주둥이를 내 코에 대고 킁킁거리며 냄새를 맡고 있었다. 내가 눈을 뜨자 담비는 재빨리 침대 덮개 밑으로 사라졌는데, 다시 여기저기서 모습을 드러내고 흘끔흘끔 엿보다가 사라지곤 했다. 이 일로 어리둥절해 있을 때 그들의 침실에서 숨어 기다리고 있던 어린 사촌들이 웃으면서 불쑥 나타났다. 그들은 이 재빠른 동물을 아주 우아하고 아주 우스꽝스럽게 뛰어오르게 만들면서 방 안을 온통 흥겹게 떠드는 소리로 가득 채웠다. 이 소리에 이끌려 예쁜 개들이 떼 지어 몰려 들어왔는가 하면 출입문 아래에는 유순한 노루 한 마리가 나타나 호기심을 내비치고 있었다. 무척 멋진 회색 고양이가 뒤따라 들어와 장난만 좋아했지 너무 서투르기 짝이 없는 개들을 위엄 있게 쫓아버리면서 계속 소동에 끼어들었다.

창턱에는 비둘기들이 앉아 있었다. 인간과 동물은 뒤섞인 채 서로 쫓고 쫓겼다. 인간도 옷을 반만 걸친 상태였다. 하지만 이들 모두를 재미있게 놀린 것은 단연 담비였다. 우리가 담비를 데리고 논다기보다는 담비가 우리를 데리고 노는 것 같았다. 이제는 외삼촌까지 오셨다. 뽈피리 모양의 은색 파이프에 여송연을 피우면서 나타난 외삼촌은 우리의 행동을 제지하는 대신 우리가 더 짓궂게 장난치도록 자극했다. 외삼촌의 뒤를 이어 생기발랄하게 피어난 그의 딸들이 나타났다. 왜 이렇게 소란스러운지 살펴보고 아침식사하라는 부름으로 소동을 가라앉히기 위해서였다. 하지만 그들은 곧 스스로 방어하지 않으면 안 되었다. 모두 나서서 그들을 놀려대기 시작했기 때문이다. 이 전쟁에는 심지어 개들까지 가세했다. 개들은 이른 아침의 자유분방한 장난을 용인하는 명령을 듣자마자 비난을 해대는 소녀들의 튼튼한 옷자락을 용감하게 물고 늘어졌다.

나는 열린 창가에 앉아 향기로운 아침 공기를 마셨다. 빠른 속도로 흐르는 작은 시내의 반짝이는 물결이 하얀 천장 위에서 가물거렸다. 벽에는 저 기이했던 아이 메레트의 고풍스러운 초상화가 걸려 있었는데, 물결에서 반사된 빛이 얼굴을 밝게 비추고 있었다. 변화무쌍하게 유희하는 은빛 광휘를 받고 있는 이 그림은 살아 있는 듯이 보여서 내가 받았던 모든 인상을 한층 더 깊게 만들었다. 창문 바로 밑에서는 가축에게 물을 먹이고 있었다. 암소와 수소, 송아지, 말, 염소 등이 맑은 시냇물 가운데서 이리저리 거닐며 유유히 물을 마셨고, 장난스럽게 제멋대로 뛰어오르기도 했다. 활기가 넘쳐흐르는 온 계곡에는 신선한 빛이 충만했고 계곡의 물소리는 내 방의 웃음소리와 뒤섞였다. 나는 화려한 아침 접견을 받는 젊은 군주보다 더 행복하다고 느꼈다. 마침내 외숙모가 나타나 아침식사를 하라고 명령했기 때문에 우리는 아무런 반항도 할 수 없었다.

나는 다시 긴 탁자에 앉았다. 탁자 주위에는 많은 가족 외에도 그들의 하인들과 날품팔이꾼들이 모여 있었다. 이미 몇 시간 동안 일을 하고 난 후 도착해 있던 날품팔이꾼들은 이제 막 몰려온 가벼운 피로와, 태양의 아침인사인 뜨거운 열에서 원기를 회복하는 중이었다. 그들은 모두 우유를 많이 넣어 만든 진한 귀리 수프를 먹었다. 아버지와 어머니, 장녀가 앉아 있는 식탁의 맨 위쪽 끝에만 커피잔이 있었는데 나는 손님이었기 때문에 특별히 이 배타적인 그룹의 말석에 포함되었다.

나는 유쾌한 농담을 하며 수프를 먹고 있는 활기에 넘치는 사람들을 부러워하며 건너다보았다. 그렇지만 이 사람들은 곧 다시 자리에서 일어나 멀리 떨어진 뜨거운 들판이나 헛간 또는 가축우리에서 일하기 위해 뿔뿔이 흩어졌다. 날개를 안으로 집어넣자 번쩍이는 호두나무 목재 덩어리로 모습이 바뀐 식탁은 외숙모가 점심식사를 준비하게 위해 커다란 광주리 속의 콩 꼬투리들을 그 위에 쏟아붓기 전까지는 한가하게 텅 빈 방 안에 남게 되었다. 외삼촌은 올해 자기 땅에서 생산된 수확량을 지난 몇 년 동안의 수확량과 대조하고 나아가서 개개 경작지들의 질을 서로 비교하여 공책에 기입하고 있었는데, 주부 자격으로서 외숙모의 이러한 행동으로 이제 식탁 위에는 외삼촌의 공책들이 놓일 공간이 거의 사라져버렸다. 대략 내 나이 또래인 막내아들은 외삼촌의 의자 뒤에 서서 그에게 보고해야 했다. 자신의 의무를 끝마친 그는 자기와 함께 밖으로 나가 가장 마음에 드는 곳에서 대충 일을 거들다가 들녘에 차려질 오전 간식 때가 되면 함께 끼어들자고 권유하면서 거기서는 재미있는 일이 많을 거라고 말했다.

하지만 이러는 사이에 내 도착소식을 듣고 할머니가 보낸 심부름꾼이 나타나 나에게 즉시 그녀에게로 가자고 청했다. 사촌은 나와 동행하겠노라고 나섰다. 나는 반은 소박하게 시골풍으로 또 반은 연극배우풍으로, 꾸밈이 전혀 없다고는 할 수 없게 차려입었다. 그런 후 우리는 길을 떠났다. 그 길은 맨 먼저 조그만 언덕 위에 자리 잡은 공동묘지로 우리를 인도했다. 그곳에서는 수없이 많은 꽃이 진한 향기를 내뿜고 있었다.

빛과 풍뎅이, 나비와 벌 그리고 빛을 발하는 이름 모를 작은 피조물들의 번쩍거리며 윙윙거리는 세계가 무덤들 위에서 이리저리 떠다니고 있었다. 그것은 밝은 빛이 비치는 연주 홀에서의 우아한 협주곡이었다. 소리가 높아지고 낮아지는가 하면 곤충 한 마리의 지속적인 노래만 남겨놓고는 잠잠해졌다가 다시 활기를 띠며 충만하게 부풀어올랐다. 그러고는 묘석 위의 재스민과 딱총나무 덤불의 어둠 속으로 소리가 사라졌고, 마침내 윙윙거리는 땅벌 한 마리가 윤무하는 가수들을 다시 햇빛 속으로 이끌고 나왔다. 꽃들은 지속적으로 꽃받침 위에 내려앉았다 다시 날아가는 음악가들의 동작에 맞추어 율동적으로 고개를 끄덕였다. 이렇게 부드럽고 섬세한 세계 아래에는 무덤들의 침묵과, 분가한 이 알레만 민족이 여기에 정착하여 첫 번째 무덤을 팠던 날 이래의 몇 세기의 침묵이 놓여 있었다. 그들의 말과 관습과 법의 흔적은 푸른 시골과 산과 강가에 드리워 있거나 산비탈에 기대어 있는 잿빛의 작은 석조 촌락들 속에 아직까지 남아 있다.

나는 아직껏 한 번도 본 적이 없기 때문에 살아 있는 할머니라기보다는 오히려 죽은 선조로 여겼던 백발이 성성한 부인 앞에 나선다는 사실 앞에서 일종의 두려움을 느꼈다. 과실이 드리운 나무들 아래로 난 좁은 길을 따라 조용한 농가의 마당을 돌아서 우리는 마침내 짙은 초록의 고요한 응달 속에 놓여 있는 그녀 집 앞에 닿았다. 그녀는 다갈색 문간 아래 서서 눈 위에 손을 올린 채 나를 기다리고 있는 것 같았다. 나를 곧장 거실 안으로 데리고 간 그녀는 부드러운 목소리로 환영인사를 한 다음, 무거운 주석 물동이 위에 있는, 광택이 나는 떡갈나무 목재에 매달린 번쩍이는 주석 물통을 향해 가더니 주둥이에서 햇볕에 그을린 작은 손 위로 맑은 물이 넘쳐나오게 했다. 그런 다음 그녀는 탁자 위에 포도주와 빵을 갖다놓고 내가 먹고 마실 때까지 미소 지으며 서 있었다. 곧이어 그녀는 눈이 침침한 까닭에 내 곁에 아주 가까이 자리를 잡더니 나를 꼼짝 않고 바라보면서 어머니의 안부와 우리가 어떻게 지내는지를 물었는데, 그러는 동안 그녀는 과거의 기억 속에 잠겨 있는 것처럼 보였다. 나도 또한 그녀를 주의 깊고 공손하게 바라보았고 내가 적절치 못하다고 생각한 사소한 소식들을 발설함으로써 그녀를 괴롭히는 일은 하지 않았다. 가늘고 단아한 그녀는 고령인데도 활동적이고 주의가 깊었으며 도회지 여자도, 시골뜨기도 아닌 상냥한 부인이었다. 그녀의 말 한 마디 한 마디는 인자함과 예의, 관용과 사랑이 충만했고 악습의 모든 찌꺼기에서 정화되어 평온하고 심원했다. 고대인들은 어떤 여자가 죽임이나 치욕을 당하게 되면 남자보다 두 배나 많은 배상금을 요구했다고 하는데 할머니 같은 여자를 보면 누구나 그 이유를 이해할 수 있었다. 할머니는 그런 여자였던 것이다.

그녀의 남편이 들어왔다. 그는 사교적이고 매사에 정확한 농부였다. 그는 친절하지만 무관심한 태도로 내게 인사를 건넸다. 단 한 번 눈길에 내가 아버지와 같은 종류의 '공상적인' 천성을 가졌고, 따라서 장차 말썽이나 싸움을 걱정할 필요는 없겠다는 것을 알게 된 그는 자신의 아내가 즐거워하는 것을 지켜보면서 심지어는 그녀가 바라는 만큼 나에게 후한 대접을 해도 좋다는 사실을 차분하게 암시했다. 그러고는 다시 가 버렸다.

나는 할머니와 두어 시간을 함께 보냈다. 그렇다고 우리가 이야기를 많이 나눈 것은 아니었다. 그녀는 만족해하며 내 곁에 앉아 있다가 마침내 미소를 지으며 잠이 들었다. 무엇인가 지나갈 때 커튼이 물결치는 것과 같은 부드러운 움직임이 그녀의 감긴 두 눈 위를 지나갔다. 그 눈 속에서는 부드러운 옛날의 햇빛에 둘러싸여 있는 영상들이 나타났다는 것을 짐작할 수 있었다. 온화해 보이는 입술의 가벼운 떨림이 그 사실을 분명히 말해주고 있었다. 내가 조심스럽게 몸을 일으켜 나가려 하자 그녀는 즉각 잠에서 깨어나더니 나를 붙잡아 세우고는 낯선 듯이 바라보았다. 할머니의 모습을 보면서 내가 태어나기 전의 일이 전후 맥락도 없이 위대하게 내 앞에 그림자를 던지고 있다고 생각되는 것과 마찬가지로 할머니의 눈에는 내가 그녀의 삶의 연속으로서, 그녀의 미래로서 어스레하고 수수께끼 같은 모습으로 보였을 것이다. 내 복장과 언어가 그녀가 평생 동안 익숙해져 있던 모든 것과 달랐기 때문이다. 그녀는 생각에 잠긴 채 커다란 찬장에 자질구레한 신식 물건들을 보관해놓고 있는 옆방으로 걸어갔다. 기회가 닿는 대로 젊은 사람들에게 선물하기 위해 마차 행상들에게 사두곤 했던 것들이었다. 그녀는 시력이 나빴던 탓에 커다란 손수건 대신 시골 아가씨들이 매고 다니는 작고 붉은 비단 목도리를 꺼내어 나에게 주었다. 목도리는 그때까지도 그것을 샀을 당시의 종이로 포장되어 있었다. 나는 날마다 오겠으며 다음에는 여기서 한 번 식사를 하겠다고 약속하지 않으면 안 되었다.

사촌은 돌아간 지 오래였기 때문에 나는 붉고 작은 목도리를 주머니에 넣은 채 혼자서 집에 가게 되었다. 나는 어떤 한 집을 지나치면서 시골냄새를 물씬 풍기는 몇몇 아이를 보았는데 그들은 번개처럼 재빨리 집으로 뛰어들어가 무어라고 부르며 외쳤다. 한 부인이 밖으로 뛰어나와 나를 뒤따라 잡고는 자기를 사촌이라고 소개하며 어떻게 내가 자기와 자기 가족을 모를 수 있느냐고 물었다. 나는 그녀를 미리 알아보지 못했다는 사실에 사과하면서 그녀의 질문에 수긍했다. 그러자 그녀는 나를 억지로 안으로 들어가게 했다. 집에서는 막 구운 빵 냄새가 났다. 긴 계단은 맨 밑에서 맨 위까지 사각형과 원 모양의 커다란 케이크로 뒤덮여 있었는데, 계단마다 한 판씩 올려놓고 식히고 있었다. 활동력과 체력 면에서 전성기를 구가하는 건장한 이 사촌이 자기 머리를 서둘러 반듯하게 쓰다듬으며 앞치마를 매는 동안 아이들은 모두 뜨거운 난로 뒤에 쭈그리고 앉아 수줍어하면서도 킥킥거리며 엿보고 있었다. 두 번째로 나를 대접하게 된 이 부인은 오늘 빵을 구웠는데 내가 마침 때맞추어 왔다고 말했고, 점심 식탁을 차리기 위해 즉시 커다란 빵을 네 조각으로 자르고 그 옆에 포도주를 갖다 놓았다.

이 집은 할머니의 집과는 달리 전통적인 분위기를 풍기지 않았다. 오직 전나무 목재로 만든 것뿐이었다. 벽들은 아직도 깨끗하게 목재 색을 유지하고 있었고 지붕의 기와와 밖으로 보이는 대마루 목재는 밝은 붉은색이었다. 집 밖에는 나무 그늘이 거의 없어서 뜨거운 태양이 넓은 채소밭을 가득 채우고 있었다. 또한 그곳에 꽃을 겸손하리만치 적게 심어 놓은 것만 보아도 이 가정이 일찌감치 부유해지기 위한 토대를 닦고 있다는 것과 당분간 일상적인 이익만을 위해 노력하리라는 사실을 알 수 있었다. 그때 남편이 큰아들과 함께 들에서 돌아왔다. 그는 내가 방 안에 있다는 말을 들었음에도 먼저 수소와 암소들을 정성스레 돌보았으며 샘에서 느긋하게 손을 씻은 다음 차분하고 조용하게 걸어 들어와 내게 손을 내밀고는 재빠르게 자기 아내가 내게 합당한 대접을 해주고 있는지를 살펴보았다. 그러나 이 사람들은 짐짓 그들이 대접하는 것이 너무도 하찮은 것 같은 태도를 취하지 않음으로써 어떤 식으로든 점잔 빼는 것같이 보이는 행동은 하지 않았다. 대저 농부들이란 자신의 빵을 최고로 간주하면서 그러한 빵을 누구에게나 권하는 유일한 사람이기 때문이다.

농부들이 좋아하는 것은 처음 수확한 온갖 종류의 과실이다. 새로 수확한 감자, 처음 딴 배, 버찌와 자두보다 그들이 더 좋아하는 것은 없다. 그들은 이것들을 아주 귀하게 여기기 때문에 도시에서나 찾아볼 수 있는 맛있게 보이는 것들을 무관심하게 지나치는 반면, 길을 가다가 다른 사람의 나무에서 과실을 한 움큼 움켜쥘 수 있게 되면 불가사의한 어떤 것을 얻었다고 믿을 정도다. 그들이 제공하는 것이야말로 최고의 것이고 건강에 가장 유익한 것이라는 이러한 확신은 손님에게로 그대로 전이된다. 따라서 손님은 곧장 왕성한 식욕을 계속 채우게 되고 나중에도 이것을 후회하는 법이 없다. 이러한 이유에서 말라빠진 '꼬마사촌'인 나는 그날 이미 충분하게 먹었지만 다시 식탁에 앉아 맹렬하게 음식을 즐겼던 것이다. 친척들은 호의적으로 거듭 음식을 잔뜩 내놓았으며 땅덩어리가 없는 모든 도시 사람들을 그렇게 보는 것처럼 나를 굶주려서 비쩍 마른 불쌍한 사람같이 바라보았다. 그들은 우리 가족의 운명에 대해 활발하게 대화를 나누면서 우리 사정이 어떤지 아주 세세한 것까지 내게 물었다.

우리를 구경하고 헛간에 있는 암소들에게 모두 토끼풀을 한 갈퀴씩 던져 넣어준 다음 나는 작별을 고했다. 사촌은 나를 어서 다른 사촌 아주머니에게 소개하려고 나와 동행했다. 그러나 이번에는 오랫동안 붙잡혀 있을 필요가 없었다. 나는 친절한 노부인을 만났다. 그녀는 할머니처럼 그렇게 고상하고 세련되지는 않았지만 기품 있고 친절했다. 그녀는 딸과 단둘이 살고 있었는데, 그녀의 딸은 통례적인 관습에 따라 예전에 2년 동안 도시에서 일한 다음 유복한 농부와 결혼했는데, 남편이 일찍 죽게 됨에 따라 지금은 혼자 살고 있는 과부였다. 가까스로 스물두 살 정도일 것 같은 그녀는 키가 크고 튼튼한 몸집의 소유자였다. 그녀 얼굴은 뚜렷하게 우리 가문의 특징을 갖고 있었지만 유별난 아름다움으로 밝게 빛나고 있었다.

특히 커다란 갈색 눈과 통통하고 둥근 턱과 입은 즉시 감동을 받게 만들었다. 게다가 그녀는 묵직하고 짙은, 거의 주체할 수 없을 정도로 풍부한 머리카락을 갖고 있었다. 그녀의 이름은 유디트인데, 로렐라이 같은 여인으로 생각되었다.[61] 또한 그녀에 관해 뭔가 분명한 것이나 험담할 만한 것을 아는 사람은 아무도 없었다.

마침 정원에서 오는 길인 이 여인의 앞치마에는 새로 딴 사과가 한 짐 얹혀 있었고 사과 위에는 꺾은 꽃들이 산더미처럼 놓여 있었기 때문에 그녀의 몸은 약간 뒤로 젖혀져 있었다. 그녀는 매력적인 포모나[62]처럼 이것들을 모두 탁자 위에 쏟아놓았다. 그 결과 번쩍번쩍 빛나는 식탁의 널빤지 위에는 모양과 색, 향기가 혼란스럽게 뒤엉킨 채로 흐트러지게 되었다. 그런 다음 그녀는 두회지 억양으로 내게 인사했고 챙이 넓은 밀짚모자 그늘 아래서 나를 호기심 있게 내려다보며 갈증이 난다고 말했다. 그녀는 통에 담긴 우유를 가져와 컵에 가득 채운 후 나에게 주었다. 나는 이미 충분히 먹었기 때문에 사양하려고 했다. 그러나 그녀는 웃으면서 "마시지 그래!"라고 말하며 컵을 내 입에 갖다 대려는 시늉을 냈다. 나는 우유를 받아들고 대리석처럼 하얗고 차가운 우유 한 잔을 단숨에 마셔버렸다. 그러자 형언할 수 없이 편안한 느낌이 들었고 그 덕분에 그녀를 아주 잔잔하게 바라볼 수 있었으며 그녀의 당당한 평온함을 마주 대할 수 있었다.

만약 그녀가 내 나이 또래의 소녀였다면 틀림없이 내가 그렇게 당황하지 않을 수는 없었을 것이다. 하지만 이 모든 것은 오직 한순간이었을 따름이다. 곧이어 내가 꽃을 만지작거리기 시작하자 그녀는 즉시 장미

---

61) 로렐라이는 원래 라인 강에 거의 수직으로 솟아 있는 132미터의 암벽을 지칭한다. 이후 낭만주의 작가 브렌타노(Clemens Brentano)는 라인 강을 여행하면서 '로렐라이'라는 환상적인 인물을 창조하며, 하이네에 이르러 로렐라이는 암벽 위에 앉아 머리를 빗으며 노래를 부름으로써 뱃사공을 위험에 빠뜨리게 하는 인물로 묘사된다. 유디트는 한 남자를 무너뜨림으로써 유대민족을 구하는 『구약성서』상의 인물이다.

62) 과수의 여신.

와 패랭이꽃 그리고 향기가 짙은 풀잎으로 커다란 꽃다발을 엮어서 마치 자선행위를 하듯이 내 손에 쥐어주었다. 그녀의 늙은 어머니는 내 주머니에 사과를 가득 채워주었다. 그래서 이제, 글자 그대로 선물을 가득 싣고, 겸연쩍었지만 거절하는 말은 한 마디도 못한 채 그곳을 떠나게 되었다. 부인들은 모두 자기들과 나머지 다른 친척들도 자주 방문해달라고 요청했다.

제19장 새로운 생활

마침내 외삼촌 집에 다시 도착했을 때는 이미 늦은 오후였다. 식구들이 모두 집 밖으로 나갔기 때문에 문은 잠겨 있었다. 그렇지만 나는 헛간과 우리를 통하면 안으로 들어갈 수 있으리라는 것을 알고 있었다. 헛간에서는 노루가 나를 향해 뛰어와 내 곁에서 맴돌았다. 또 우리에서는 암소들이 나를 바라보며 고개를 돌렸는데, 매여 있지 않은 수송아지 한 마리가 나에게 머뭇머뭇 절반쯤 다가오더니 나를 향해 허물없이 다가올 것 같은 자세를 취했기 때문에 나는 겁이 나서 바로 옆 공간으로 몸을 피했다. 그곳은 온통 농기구와 잡동사니 목재로 가득 차 있었다.

여기서 혼자 지루해하고 있던 담비가 어둠과 뒤죽박죽 놓여 있는 잡동사니 사이를 뚫고 즐겁게 웅얼거리며 쏜살같이 튀어나오더니 어느새 내 머리 위에 앉아 꼬리로 뺨을 치면서 기쁨에 겨워 신나게 장난을 해대서 나는 크게 웃지 않을 수 없었다. 이렇게 나는 동행들과 함께 사람이 사는 몸채에 도착했다. 그곳은 더 밝았다. 나는 거실로 들어가 그곳에 꽃과 과일 그리고 동물들이 들어 있는 보따리를 벗어던졌다. 식탁 위에는 내가 원할 경우 먹을 것을 어디서 찾을 수 있는지 적혀 있었으며 그 외에도 아이들의 온갖 익살이 덧붙여 있었다. 하지만 나는 여유가 있는 지금 차라리 어머니가 태어난 이 집을 차분하게 둘러보고 싶었다.

외삼촌이 전적으로 자기가 좋아하는 일에 몰두하기 위해서 성직을 단념한 것은 벌써 몇 년 전의 일이었다. 그런데 교구민들은 어떻게 해서라도 새 목사관을 지으려고 했기 때문에 외삼촌은 그 당시에 교구로부터 옛 목사관을 사들였다. 이 집은 원래 귀족의 시골 별장이었다. 그래서 철제 난간이 달린 돌계단과 석고 장식이 있는 천장, 벽난로가 딸린 응접실과 크고 작은 방이 많았으며 세월이 지남에 따라 거의 검게 변한 많은 유화가 도처에 걸려 있었다. 이러한 특성이 있는 이 집에, 말하자면, 똑같은 지붕 밑에 외삼촌은 농사일에 적합한 특성을 끼워 넣었다.

그가 이 집의 일부를 헐어냄으로써 두 가지 요소, 즉 귀족풍과 농부풍의 요소는 서로 뒤섞였고, 기묘한 문과 복도로 연결되었다. 사냥하는 장면들이 그려져 있고 오래된 신학서적들이 비치되어 있는 어떤 방에서 벽지로 도배된 문을 열면 뜻하지 않게 건초가 쌓인 헛간이 나왔다. 나는 이 집의 꼭대기에서 작은 다락방을 발견했는데, 이 방의 벽들은 옛날 엽도와 예복용 검 그리고 사용할 수 없는 화기들로 뒤덮여 있었다. 훌륭하게 세공된 강철 손잡이가 달린 견본용 특별품인 에스파냐 장검이 있었는데, 이것은 이미 낯선 시대를 겪었음이 틀림없었다. 구석에는 두어 권의 2절판 책이 먼지에 쌓인 채 놓여 있었다. 또 방의 중앙에는 갈기갈기 찢긴 가죽 안락의자가 있었거니와 전체가 하나의 그림이 되는 데에서 단 하나 빠진 게 있다면 그것은 돈키호테였다. 어쨌거나 나는 편안하게 의자에 몸을 파묻고 그 훌륭한 귀족을 생각했는데, 그에 관한 이야기를 언젠가 플로리언[63]이 프랑스어로 쓴 것을 번역한 적이 있었다.

나는 이상한 소음을 들었다. 벽에서 구구거리며 우는 소리와 벽을 할퀴는 소리가 난 것이다. 나는 나무로 된 덧문을 뒤로 젖히고 뜨거운 비

---

63) 플로리언(Florian, 1755~94)은 프랑스의 작가로, 루소에게 영향받은 목가적인 소설과 희극 등을 남겼다.

둘기장 안으로 머리를 밀어넣었다. 그러자 비둘기장 안에서는 곧 커다란 소동이 벌어졌고 나는 머리를 빼지 않으면 안 되었다. 그때 나는 외삼촌 딸들의 침실을 발견했다. 창가에는 작고 푸른 화초상자가 놓여 있고, 게다가 나무꼭대기가 충직하게 지켜주는 조용한 장소였다. 벽의 일부에는 아직도 꽃무늬 벽지가 발라져 있었는데 예전의 대저택 시절 로코코풍의 거울이 고령의 나이에 맞게 영예로운 피난처로 삼은 곳이 바로 여기였다. 아들들의 커다란 방들도 매한가지였다. 이 방들도 그렇게 심오하지는 못한 몇몇 습작 유품들과 시골의 게으름을 즐기는 도구들 또 낚시도구와 새그물 따위로 치장되어 있었다.

이 집의 창문들은 동쪽으로는 과일나무와 마을의 박공지붕들이 뒤엉켜 있는 풍경을 내다보고 있었는데, 그 가운데에서도 높은 곳에 자리 잡은 교회묘지는 하얀 교회와 함께 마치 정신을 지키는 요새처럼 우뚝 솟아 있었다. 서쪽으로는 높은 곳까지 길게 줄지어 있는 홀의 창문들이 짙푸른 풀밭으로 덮인 골짜기를 내려다보고 있었다. 계곡 사이로는 강물이 많은 가지를 뻗으며 글자 그대로 은빛으로 반짝이면서 굽이굽이 흐르고 있었다. 강은 깊이가 기껏해야 60센티미터에 지나지 않아 마치 샘물처럼 기운차고 맹렬하게 물결치며 하얀 조약돌 위로 흘렀다. 이 풀밭에서 멀리 떨어진 곳에는 나무가 우거진 산비탈이 솟아 있었는데, 거기서는 온갖 이파리들이 뒤엉켜 물결치고 있었으며 그 사이로 드문드문 잿빛의 암벽과 봉오리들이 솟아올라 있었다.

하지만 일몰의 태양은 아무런 방해도 받지 않고 더 멀리 떨어져 있는 푸른 산 위를 비추었고, 저녁마다 작열하는 빛을 계곡에 가득 쏟아부었다. 그래서 홀의 창문 옆에 자리를 잡고 앉으면 온통 붉은빛 속에 휘감기게 되었고 홀의 문들이 열리면 붉게 물든 빛이 홀을 지나 집 안의 내부까지 스며들어 복도와 벽들을 붉게 물들였다. 채소밭과 꽃밭, 방치되어 있는 빈터, 말오줌나무 관목과 돌 수반 속의 샘 등은 모두 나무그늘에 가려 가꾸지 않은 멋을 어우르며 조그만 다리를 가로질러 흐르는 물위로 뻗어 있었다. 하지만 조금 더 멀리 위쪽에 위치한 물방앗간은 오직소리와 나무 사이에서 빛나는 물레바퀴의 섬광과 물보라를 통해서만 스스로의 존재를 드러내고 있었다. 이 모든 전체는 목사관, 농가, 시골별장, 사냥터지기의 오두막이 혼합되어 있는 상태였다. 새와 짐승들의 세계로 가득 찬 이 모든 것을 발견하고 내려다본 내 마음에서는 환호성을지르고 있었다. 여기에는 어디에나 색과 광취, 움직임, 생명, 행복이 있었고, 풍요롭고 무한했으며 그외에도 자유와 충만함, 재미와 호의가 있었다. 맨 먼저 든 생각은 구속되지 않은 자유로운 활동이었다.

나는 마찬가지로 서쪽 방향에 위치한 내 방으로 서둘러 가서 그동안도착해 있던 내 소지품 꾸러미를 풀기 시작했다. 가능한 한 소중하게 간직하려고 마음먹었던 교과서와 쓰다만 공책들, 특히 필기하고 스케치하고 그림을 그릴 때 필요한 다양한 종류의 종이와 펜, 연필, 물감 등 내소지품들은 얼마나 많았던지! 이 순간 지금까지의 유희 본능이 창작하고 작업하면서 의식적으로 형상을 만들고 싶은 완전히 새로운 방식의욕망으로 변했다. 지금까지 모든 근심의 세월이 눈뜨게 했던 것보다 더한 정도로 이날 하루 동안에, 비록 단조로운 하루였지만 아주 풍요로웠던 이날에, 내 마음속에서는 최초의 분명한 빛과 더 성숙한 젊음의 여명이 일깨워졌던 것이다. 나는 색칠한 크고 작은 종잇장들을 커다란 침대위에 펼쳐놓았다. 그러자 침대는 별스럽게도 화려한 색상의 이불로 덮인 듯했다. 이때 나는 나 자신이 갑자기 이 모든 것 위로 상승되어 있는것 같은 느낌과, 절실한 욕구와 더불어 나 자신을 어떻게 해서라도 즉각비약시키고 싶은 의지까지도 느꼈다.

한 바퀴 돌며 감독을 하고 돌아온 외삼촌이 내 방에 들어오더니 온갖 잡동사니에 둘러싸여 있는 나를 놀란 눈으로 바라보았다. 내 모작(模作)의 유치한 과장과 대담한 가감(加減) 그리고 떠버리 장사꾼 솜씨 같은 채색이 그림에 익숙지 않은 그의 눈에는 감탄스럽게 보였던 것이다. 외삼촌은 큰 소리로 외쳤다. "아니, 자네 진짜 예술가로구먼, 조카 양반! 근사한데! 종이와 물감도 이렇게 많아? 훌륭해! 이게 다 뭐야? 이걸 다 어디서 구했지?" 나는 이것을 모두 나 자신의 생각대로 그린 것이라고 대답했다. "이제 내가 너에게 다른 임무를 주마." 그는 말했다.

"너를 이제 우리의 궁정화가로 임명하겠노라. 당장 내일부터 정원과 나무와 함께 우리 집을 그려보아라! 모든 것을 정확하게 묘사해야 한다! 그리고 우리 집 근처에는 아름다운 장소가 많이 있으니 그곳들을 네게 보여주마. 그런 곳에서라면 네가 스케치를 해보고 싶은 정도로 흥미로운 경치를 찾을 수 있을 거야. 경험을 쌓게 해줄 테니 네게 도움이 될 게야. 나도 그런 것을 해보고 싶었지. 잠시만 기다려라. 네게 멋진 그림을 몇 점 보여줄 게 있다. 꽤 오래전에, 우리 집에 도시에서 온 방문객들이 끊이질 않았을 당시에 손님으로 자주 묵곤 했던 어떤 신사분이 남긴 것이야. 그분은 재미 삼아 유화와 수채화를 그렸고 동판이나 에칭──그분이 이렇게 부르더라마는──으로 새기기도 했지. 어쨌거나 그분은 재주가 있었어. 진짜 예술가 못지않았단 말씀이야!"

그는 호화로운 끈으로 둥글게 묶인 낡은 화첩을 가지고 와 풀면서 말했다. "세상에, 이것들을 오랫동안 잊고 있었구먼. 다시 보게 되니 기쁘구나! 훌륭한 융커였던 펠릭스는 로마에 묻혀 있단다. 벌써 여러 해가 흘렀구나. 그 사람은 늙어서까지 독신으로 지냈지. 18세기가 시작되었을 때에도 그 사람은 여전히 머리 분을 뿌린 가발에 조그만 변발을 했다. 그는 우리와 함께 사냥을 갔던 가을철을 제외하고는 하루 종일 그림을 그리고 에칭을 했단다. 그 당시에, 그러니까 1810년대 초에 두어 명의 젊은 신사가 이탈리아에서 돌아온 적이 있는데 그 가운데에는 천재적인 화가가 한 명 끼어 있었지. 이 친구들은 낡은 유파의 예술은 모두 영락했으며 로마는 지금 독일 예술가들에 의해 혁신되고 있노라고 주장하면서[64] 지독한 법석을 떨었단다. 지난 세기 말에 유래된 모든 것과 이른바 괴테라는 사람이 하케르트[65]나 티슈바인[66] 또 그와 비슷한 작자들에 대해 요설을 늘어놓은 것도 모두 쓸데없는 것들이고 새 시대가 시작되었다는 거야. 이런 식의 말투는 내 불쌍한 친구 펠릭스를 느닷없이 그가 지금까지 즐겨왔던 평화로운 삶 밖으로 완전히 내동댕이쳐 버렸단다. 펠릭스와 함께 수백 킬로그램이나 되는 담배를 피워대던 사이였던 늙은 예술가 친구들은 그를 진정시키려고 최선을 다했지. 그들은 펠릭스에게 덜돼먹은 그 젊은 놈들이 뻐기도록 내버려두라고, 또 시간이 우리를 무시해버린 것처럼 그 작자들도 그런 일을 당하게 되리라고 얘기했지만 모두 아무 소용이 없었단다. 어느 날 아침 펠릭스는 독신생활을 했던 예술의 전당에 자물쇠를 채우고는 미친 듯이 생고타르를 향해 달려간 다음 다시는 돌아오지 않았다. 진탕 마셔댔던 어떤 술자리에서 로마의 악당 같은 녀석들이 그의 변발을 잘라버린 이후로 그는 모든 신념

---

64) 중세의 종교교단을 모범으로 삼아 오버베크(Friedrich Overbeck, 1789~1869), 포르(Franz Pforr, 1788~1812) 그리고 빈 아카데미 출신이 만든 미술 유파로, 나사렛 사람이라는 별명으로 알려져 있다. 종교적 토대에서 예술의 혁신을 도모했다.

65) 하케르트(Jacob Philipp Hackert, 1737~1807)는 괴테가 이탈리아에서 알게 된 후 고전주의적 예술의 측면에서 의기투합하여 친교를 맺게 된 독일의 풍경화가다. 1811년 괴테는 하케르트가 남긴 서류들을 모아 이 작가의 전기를 썼다.

66) 티슈바인(Johann Heinrich Wilhelm Tischbein, 1751~1829)은 괴테의 이탈리아 체류 기간에 괴테와 알게 되어 괴테의 영향 아래서 고전주의적 예술의 방향에 헌신한 독일의 화가이자 예술품 수집가다.

과 고귀한 품성을 잃어버렸지. 그래서 노년의 죽음도 노쇠 때문이 아니라 술과 로마의 여자들 때문에 맞게 된 게야. 이 화첩은 그 사람이 우연히 우리 집에 남겨둔 거다."

우리는 누렇게 변색된 종이들을 넘겨보았다. 크레용과 붉은 색연필로 나무를 그린 여남은 장의 습작이 있었는데, 공간이 충분히 채워지지도 않았고, 윤곽도 확실하지는 않았지만 열심히 노력하는 미술 애호가의 열망을 증명하고 있었다. 그외에도 색 바랜 두어 장의 컬러 스케치와 커다란 떡갈나무를 그린 유화가 포함되어 있었다. 외삼촌이 말씀하시길, "이것을 그는 '잎 장식'이라고 부르면서 이것에 대해서 야단법석을 떨었다. 이 '잎 장식'의 비밀을 그는 1780년에 드레스덴에서 자기가 존경하던 대가 밑에서, 그 사람 이름이 아마 칭크[67]라고 했던 것 같은데 어쨌거나 그 대가에게서 배웠단다. 펠릭스는 '모든 나무는 두 종류로 구분되지요. 잎이 둥근 나무와 톱니 모양인 나무로 말입니다. 따라서 두 가지 양식이 있지요. 톱니 모양의 떡갈나무 양식과 둥글게 된 보리수나무 양식이 그것입니다!'라고 말하곤 했다. 우리의 젊은 숙녀들에게 이러한 양식들을 능숙하게 모방하는 법을 가르치려고 애쓰면서 그는 무엇보다도 특정한 리듬에 익숙해지지 않으면 안 된다고 말했지. 예를 들어 이런저런 유형의 잎을 스케치하면서 '하나, 둘, 셋—— 넷, 다섯, 여섯!'을 세어야만 했던 거지. 그러면 아가씨들은 '이건 왈츠 박자잖아요!'라고 소리 지르면서 그를 둘러싸고 춤을 추기 시작했단다. 그가 화를 내며 변발이 흔들릴 정도로 벌떡 일어설 때까지 말이다."

이렇게 해서 나는 불가사의한 어떤 전통 속에서 최초의 근거를 얻게 되었는데, 실은 이것을 전하는 선생 자신도 충분히 이해하지 못하고 있

---

67) 화가 칭크(Adrian Zingg, 1734~1816)를 말한다.

었다. 나는 말없이 잎들을 주의 깊게 관찰했고 그 화첩을 언제든 내 마음대로 볼 수 있게 해달라고 부탁했다. 화첩에는 그외에도 풍경 에칭이 다수 들어 있었다. 두어 점의 워털루[68]의 작품 외에도 목가적인 숲을 그린 게스너의 작품도 몇 점 있었다. 게스너 작품에는 매우 예쁜 나무들이 있었는데 그것의 시적인 정취는 즉시 나에게 감동으로 다가왔다. 라인하르트[69]의 에칭 하나를 발견할 때까지 나는 그것에 매혹되어 꼼짝할 수 없었다. 누렇고 더렵혀졌을 뿐만 아니라 가장자리 바로 근처까지 잘려 있었지만 그의 에칭의 힘과 에너지 그리고 건강성은 크게 내 흥미를 끌었고 또 부스러기가 된 조그만 종잇조각에 담겨져 있을지언정 놀랄 만큼 분명하게 빛을 내뿜고 있었다. 내가 경이로움에 빠진 채 이 에칭을 손에 들고 있는 사이에 (나는 그 순간까지 진정으로 예술적인 그 어떤 것을 한 번도 본 적이 없었다) 외삼촌이 다시 와서는 외쳤다. "우리와 함께 가보자, 화가 조카 양반! 조금만 지나면 곧 가을이 올 거야. 그러니 토끼나 여우 새끼들 또 자고새 같은 것들의 형편이 어떤지 보아야 하지 않겠나! 아름다운 저녁이구나. 총을 놔두고 짐승들이 다니는 목으로 가보기로 하자. 그곳에 가면 네게 아름다운 풍경도 보여줄 수 있다."

그는 나무 막대기들이 쌓여 있는 구석에서 튼튼한 것으로 하나를 집어들더니 나에게도 하나를 건네주었고 뿔피리 모양의 작은 파이프에서 다 피우고 남은 어송연을 불어서 빼낸 다음 새 어송연을 끼워넣고 창문 밖으로 멀리까지 울려 퍼지는 날카로운 휘파람을 불었다. 그러자 즉시 마을의 구석구석에 있던 개들이 번개처럼 뛰어 모여, 우리는 짖어대는 동물들에게 둘러싸인 채 어두워지는 숲을 향해 떠났다.

---

68) 워털루(Antonj Waterloo, 1598~1670)는 네덜란드의 에칭, 풍경화가다.
69) 라인하르트(Christian Reinhart, 1761~1847)는 에칭, 풍경화가로 사실적이면서도 목가적인 분위기의 풍경화를 그렸다.

개떼들은 곧 우리를 훨씬 앞지르더니 잡목 숲으로 사라져버렸다. 그러나 막 언덕을 오르기 시작했을 때 우리는 위쪽에서 개들이 짖어대는 소리를 듣고 골짜기에 울려 퍼질 정도로 크게 고함을 지르면서 산 위를 질주해나갔다. 외삼촌의 심장은 기쁨에 겨워 뛰고 있었다. 그는 나를 앞으로 끌어당기며 짐승을 보려면 숲 속에 있는 조그만 풀밭까지 급히 서둘러 가지 않으면 안 된다고 말했다. 그러나 그는 도중에 세심하게 귀를 기울이더니 "이건 맹세코 여우야! 저쪽으로 가야겠다. 빨리, 쉿, 조용히!"라고 외치면서 방향을 바꾸었다. 초목으로 뒤덮인 양쪽 산비탈 사이의 물이 마른 시내를 따라 나 있는 조그만 오솔길에 들어서기가 무섭게 그는 나를 갑자기 세우더니 말없이 앞을 가리켰다. 불그스레한 빛줄기 하나가 소리 없이 작은 길과 계곡 위를 위아래로 쏜살같이 질주하고 있었고, 곧이어 무리를 지은 개 여섯 마리가 짖어대며 그 뒤를 쫓고 있었던 것이다. "여우를 보았냐?" 외삼촌은 마치 결혼식 전야를 맞이한 사람처럼 그렇게 즐거워하며 물었다. 그런 후 그는 계속해서 말했다. "개들이 여우를 놓쳤다. 하지만 저 격전지에서 어린 산토끼 한 마리를 모는 중이란다! 이곳에서 아주 위로 올라가보자!"

우리는 조그만 고원에 도착했다. 지는 해 때문에 붉게 물든 귀리밭이 있었는데 가장자리에는 역시 조용히 불타는 듯 보이는 소나무들이 둘러서 있었다. 여기서 멈춘 우리는 느긋하게 침묵을 지키며 어두운 곳으로 통하는, 초목이 우거진 길에서 멀지 않은 가장자리에 자리를 정했다. 아마도 이렇게 15분가량 기다렸을 것이다. 그때 갑자기 우리와 상당히 가까운 곳에서 다시 개 짖는 소리가 들렸고, 외삼촌은 팔꿈치로 나를 슬쩍 찔렀다. 그와 동시에 우리 앞의 귀리가 움직였다. 외삼촌은 "저기 지나가는 놈이 도대체 뭐지?"라고 속삭였다. 그런데 커다란 고양이 한 마리가 나타나더니 우리를 바라보고는 살금살금 도망쳤다. 성직자는 크게 화가 나서 소리 질렀다. "이 망할 놈의 짐승아, 네 녀석이 도대체 여기서 뭘 하는 게지? 어린 토끼들이 어디로 가버릴지 뻔하군! 기다려, 네놈에 게 사냥하는 법을 가르쳐주마!" 그는 고양이 뒤에 대고 커다란 돌멩이 를 던졌다. 고양이는 다시 귀리밭 가운데로 뛰어 들어갔고 그동안 개들 이 우리 옆을 사납게 돌진해갔다. 화가 난 외삼촌은 아주 당혹해하며 말 했다. "저긴데! 그런데 토끼를 보지도 못했군!" "오늘은 이걸로 됐다." 그는 말했다. "이제 네가 높은 산맥을 볼 수 있는 저 앞쪽으로 곧장 가보 자. 지금 너는 산맥에서 약간 멀리 떨어진 곳에 있으니."

소나무들이 덜 빽빽한 높은 들판의 반대편 가장자리에서는 처음에는 초록빛이었다가 다음에는 점점 더 짙게 변하는 산등성이 위로 남쪽의 산맥이 보였다. 이 산맥은 동쪽에서 서쪽 방향으로, 아펜첼 봉우리에서 베른의 알프스까지 우리 앞에 완전한 모습으로 펼쳐져 있었다. 하지만 마치 꿈처럼 멀리 보였다.

이를 통해 나는 내 주위의 풍경의 특성도 더 주의 깊게 관찰하게 되었 다. 이 풍경은 내가 독일의 산맥에 대해 생각했던 것 이상으로 푸르렀고, 암석도 많았으며 경작지도 있었다. 하천이 꿰뚫고 흐르고 있는 많은 계 곡과 골짜기는 끊임없이 배회해도 언제나 풍요로운 피난처를 찾을 수 있 을 것 같은 기대를 갖게 했다. 무엇보다도 그곳은 진짜 삼림지역이었다.

다른 길을 택해 집으로 돌아가는 동안 내 눈앞에서는 매력적인 그림 들이 계속 번갈아가며 나타났다가 마침내 밤의 어둠 속으로 가라앉았 고, 우리가 도착할 즈음에는 물방앗간과 목사관과 물위에서 희미하게 빛나는 아주 밝은 달빛과 어우러졌다. 사내아이들은 물푸레나무 아래 주변에서 서로 뒤쫓으며 강물 속으로 떠밀고 있었고, 딸들은 정원에서 노래 부르고 있었다. 외숙모는 하루 종일 보이지 않는 걸로 보아 내가 방랑자인가보다고 창밖으로 외쳤다.

제20장 직업에 대한 예감

　다음 날 아침 일찍 나는 사방에서 "화가!"라는 외침과 함께 인사를 받았다. "안녕, 화가! 화가 양반께서는 푹 주무셨겠지요? 화가, 아침 먹어!" 같은 말이었다. 귀여운 꼬마 친구들은 새로 온 신참을 어떻게 대해야 할지 모르던 참에 마침내 편한 명칭을 찾아냈을 때 느끼곤 하는 악의 없는 조롱의 즐거움에서 이 호칭을 사용했다. 하지만 나는 그들이 나에게 붙여준 신분에 꽤 기뻐했으며 이러한 지위를 결코 포기하지 않겠노라고 은밀히 다짐했다. 나는 의무감에서 맨 처음의 아침시간을 교과서를 자습하며 보냈다. 그러나 이렇게 잿빛 압지로 만든 우울한 책을 펴자 과거의 황폐한 느낌과 중압감이 다시 밀려왔다.

　계곡 건너편에는 숲이 은회색 안개 속에 놓여 있었다. 완만한 계단 모양의 숲 언덕은 층층으로 구별되어 보였다. 잎이 무성한 숲의 윤곽은 아침 햇살에 가볍게 닿아 밝은 초록색을 띠고 있었고, 군데군데에서 널찍하게 군락을 이루고 있는 나무 숲들은 옅은 안개에 둘러싸인 채 모두 커다랗고 아름답게 솟아올라 있었는데, 모방자의 손을 기다리고 있는 장난감처럼 보였다. 하지만 이미 오래전부터 공부에 주의를 쏟지 않았음에도 내 공부시간은 도통 지나가지 않았다.

　나는 물리 교과서를 손에 들고 조바심을 내며 이리저리 여러 방을 돌아다니다 마침내 어떤 한 방에서 이 집의 세속적인 장서를 발견했었다. 소녀들이 들일을 할 때 쓰는 테가 넓고 낡은 밀짚모자가 그 위에 걸려 있어서 장서의 거의 전부를 가리고 있었다. 모자를 떼내자 귀퉁이에 금박이 칠해지고 훌륭한 송아지 가죽으로 장정된 약간의 소장품이 보였다. 나는 4절판의 책을 한 권 꺼내 두껍게 쌓인 먼지를 불어낸 다음 두꺼운 양피지에 많은 당초문 그림으로 장식된 게스너의 작품을 펼쳐보았다. 책장을 넘길 때마다 온통 자연과 경치, 숲과 풀밭 얘기가 있었고, 게스너의 손에서 사랑과 열정으로 만들어진 에칭들은 이러한 내용과 일치했다. 나는 여기서 나 자신의 취향이 위대하고 아름다울 뿐만 아니라 존경스러워 보이는 어떤 한 책의 주제가 되어 있다는 것을 알게 되었다. 저자가 어떤 젊은이에게 풍경화에 대해 훌륭한 충고를 해주고 있는 서한을 접하게 되었을 때 나는 경이로움에 빠진 채 처음부터 끝까지 다 읽었다. 이 글은 내가 완전하게 이해할 수 있을 정도로 꾸밈없이 소박했다. 들과 강에서 여러 가지 돌 조각들을 집으로 가져와 그것을 보며 암석을 연구하라고 충고한 부분은 아직도 반쯤은 유치한 내 천성에 호소하는 바가 컸으며 내 생각에는 기막힐 정도로 의외의 사실이었다. 나는 즉시 이 사람을 사랑하게 되어, 그를 나의 선각자로 간주했다.

그의 또 다른 책들을 찾던 와중에 나는 그가 쓴 것은 아니었지만 그의 전기를 담고 있는 아주 작은 책을 발견했다. 나는 이 책까지도 그 자리에서 모두 읽었다. 그는 나와 마찬가지로 학생시절에 모든 희망을 잃었지만 자신의 힘으로 글을 쓰며 예술활동에 몰두한 사람이었다. 이 조그만 책자에는 천재와 자신의 길을 개척하는 일 따위에 대해 또 경솔함, 역경, 무궁한 영광, 명성, 행복에 대해 많은 얘기가 들어 있었다. 나는 조용히 깊은 생각에 잠긴 채 책을 덮었다. 사실 나는 생각이 특별히 깊은 것은 아니었다. 하지만 이 모든 것에 대해 분명하게 이해하지는 못했을지라도 나는 그 이후 '이 패거리' 가운데 한 사람이었다.

아무도 눈치 채지 못하는 가운데 모든 주위 환경에서 이렇게 큰 파장을 몰고 오는 위험한 순간이 감수성이 예민한 젊은이들을 엄습하는 일은 최선의 교육에서조차도 예방할 수 없다. 천진하고 자유스럽게 인생과 배움, 창작과 성공을 경험한 소수만 비로소 '천재'라는 이 불쾌한 단어를 알게 된다. 그렇다. 문제는 천재벽에 관한 모든 자료와 계획적인 의도로 이루어진 두꺼운 논증 서류는 오히려 가장 미미한 성과에 지나지 않는다는 것이다. 진짜 천재는 이러한 자료들을 보여주지 않고 그전에 불태워 없애버리는 반면, 천재라고 자칭하는 자들은 그것을 크게 과시하면서 비바람에 상하는 비계처럼 공사가 끝나지 않은 신전에 세워놓는다는 점에서 차이의 본질이 있는 경우가 적지 않다.

하지만 나는 우쭐대며 현혹하는 마법의 잔 대신 겸허하고 사랑스러운 양치기의 접시로 이 매혹적인 약을 마셨다. 모든 어법에서 이 게스너라는 사람은 본질적으로 단순하고 천진난만한 천성을 지니고 있었기 때문이다. 그는 나를 초록의 나무그늘 밑으로 또 고요한 숲의 개울 곁으로 이끌어냈지만 내가 하던 일을 어느 정도 더 자각하게끔 만들어주었을 따름이다.

전기[70]를 통하여 나는 베를린에서 젊은 게스너의 후원자였던 노년의 줄처[71]도 알게 되었다. 책들 가운데에 『예술의 이론』이라는 제목을 발견한 나는 그 책들을 새로 발견한 내 영역에서 이용했다. 이 책은 출간되었을 당시에 매우 광범위하게 유포되었음이 틀림없다. 오래된 책장에

---

70) 1796년에 취리히에서 출간된 호팅어(Johann Jakob Hottinger)의 게스너 전기를 말한다.
71) 줄처(Johann Georg Sulzer, 1720~79)는 게스너의 스승으로 알파벳 순서의 항목별로 배열된 『예술의 이론』(1771~74)으로 유명한 미학이론가다. 베를린 아카데미의 교수를 지냈다.

는 거의 빠짐없이 들어 있을뿐더러 경매마다 빠짐없이 등장하고 또 그리 많은 돈을 주지 않고도 낙찰받을 수 있기 때문이다. 과수원 속의 새끼 고양이처럼 나는 이미 오래전부터 시대에 뒤떨어진, 백과전서풍으로 배열된 이 책을 여기저기 헤집고 다니면서 모든 것을 곧이곧대로 맹신했고, 이해하지도 못하고 오래가지도 않을 터이지만 수없이 많은 견해에 사로잡혔다. 그래서 정오가 다가왔을 때 내 머리는 학식으로 가득 찼다. 입술은 비죽거리고 눈은 동그랗게 뜬 내 모습이 얼마나 엄숙하고 거만하게 보일지 느낄 수 있을 정도였다. 나는 융커 펠릭스의 화첩과 함께 두기 위해 예술을 다룬 서적 전체를 내 방으로 끌고 왔다.

점심식사 후 할머니를 방문하는 데에 많은 시간을 내지 못했다. 나는 할머니가 나를 주려고 골라두었던 금테두리와 작은 은 자물쇠가 달린 작은 『성경』책을 호주머니에 넣은 후 짧은 방문을 마치고 서둘러 다시 돌아왔던 것이다. 할머니는 약한 시력이 미칠 때까지 애상에 잠긴 채 뒷전에서 나를 배웅해주셨다. 그녀는 이 성스러운 선물을 각별한 사랑과 격식을 갖추고 내게 넘겨주기를 원했던 것이다. 하지만 나는 급히 그녀의 시야 밖으로 사라졌다. 나는 오직 새롭게 타오르기 시작한 예술적 인식을 사람과 나무에게 적용하고 싶은 열망에 사로잡혀 있었다.

화첩과 부수적인 도구를 갖추고 나는 벌써 초록색 화랑 같은 수풀 아래서 뛰어다니고 있었다. 나는 나무들을 모두 관찰했지만 도무지 대상이 될 만한 나무를 어디서도 보지 못했다. 거만한 숲은 서로 팔짱을 끼고 빽빽하게 얽힌 채 자신의 아들인 나무들을 개별적으로는 보여주려고 하지 않았던 것이다. 덤불과 바위, 초목과 꽃과 지면 등은 나무들의 보호 아래 자신을 내맡기며 순응하고 있었고, 도처에서 위대한 전체와 결합되어 있었던바, 이 완전한 모습은 나에게 미소를 보내며 당혹해하는 나를 조롱하는 것 같았다. 마침내 뒤엉켜 있는 나무 숲 앞으로 당당한 줄기에 호화로운 외투와 왕관을 걸친 거대한 한 그루의 너도밤나무가 단둘이 싸우자고 적을 외쳐 부르는 옛날 왕처럼 그렇게 도전적으로 나타났다. 이 용감한 전사의 가지와 이파리들은 모두 아주 튼튼하고 뚜렷했고 생명의 신성한 기쁨을 아주 잘 나타내주고 있었기 때문에 이 나무의 견고함은 눈을 부시게 할 정도였다.

나는 조금만 애를 쓰면 이것의 모습을 그려낼 수 있을 걸로 잘못 생각했다. 나는 이미 나무 앞에 앉아 있었다. 연필을 쥐고 있는 내 손은 하얀 종이 위에 놓여 있었다. 그런데도 최초의 선을 그리려고 결심하기까지는 적지 않은 시간이 흘렀다. 그도 그럴 것이 이 거인의 어떤 특정한 부분을 더 정확하게 바라볼수록 이것은 그만큼 접근하기 어려운 것으로 보였던 것이다. 시간이 흐를수록 나는 자신감을 잃어버렸다.

결국 나는 밑부분에서부터 시작하여 과감하게 몇 줄을 그으며 아름답게 갈라진 거대한 줄기의 아래쪽을 포착하려고 애썼다. 하지만 내가 그린 것은 생명도 의미도 없었다. 햇살은 줄기 위의 이파리 사이에서 노닐며 줄기의 힘찬 선들을 내보여주다가 다시 사라지게 했다. 때로는 은 같은 잿빛 반점이, 때로는 고운 초록의 이끼조각이 그늘에서 미소 지으며 나타나곤 했고, 뿌리에서 싹이 튼 어린 나무가 빛 속에서 떨고 있는가 하면, 반사된 광선은 아주 어둡게 그늘진 곳에서 잔뜩 엮인 채 꼬여 있는 새로운 윤곽을 보여주기도 했다. 그러다 모든 것은 다시 사라지고 어떤 새로운 현상을 위해 자리를 양보했던 반면, 나무는 그 거대한 모습 그대로 언제나 똑같이 조용히 서 있으면서 내부 깊숙한 곳에서 울려나오는 신비스러운 속삭임을 들려주고 있었다.

그러나 나는 나 자신을 기만하면서 유념하지 않고 계속해서 그려 나갔다. 나는 우선 당장 그리고 있던 부분에만 마음 졸이고 집착하면서 조금씩 덧붙여 쌓아올렸을 뿐, 개별적인 선들의 모호하기 짝이 없는 형태는 말할 것도 없고 부분을 전체와 관계 맺게 하는 능력이 전혀 없었다. 종이 위에 그려진 모양은 괴상스럽게 커졌다. 특히 폭이 너무 퍼져 있었다. 나무꼭대기를 그리게 되었을 때는 그릴 만한 공간이 더 없어서 그것을 누더기를 걸친 사내아이의 이마처럼 넓고 낮게 펼쳐서 볼품없는 덩어리 모양으로나마 억지로 그려넣을 수밖에 없었기 때문에 결과적으로 마지막으로 그린 잎은 종이의 가장자리에 가깝게 맞닿아 있었던 반면 나무 아래쪽은 텅 빈 공간에서 비틀거리고 있었다.

마침내 그림 전체를 대강 훑어보았을 때 거기서는 오목거울에 비친 난쟁이처럼 우스꽝스러운 모양이 나를 보며 웃고 있었다. 반대로 살아 있는 너도밤나무는 이 순간 내 무능력을 조롱하려는 듯이 이전보다도 더 위풍당당하게 빛나고 있었다. 그런 후 저녁의 태양은 산 뒤편으로 가라앉았고 나무도 태양과 같이 형제들의 어두운 그림자 속으로 모습을 감추었다. 내게는 혼란스럽게 하나로 얽힌 숲의 초록빛과 내 무릎 위에 놓인 그림 이외에는 어떤 것도 더 보이지 않았다.

나는 그림을 찢어버렸다. 숲으로 들어올 때만 해도 그토록 거만하고 의기충천했건만 이제 나는 그만큼 낙심하여 의기소침해 있었다. 나는 내가 젊은이답게 꿈꿀 수 있었던 내 희망의 사원 밖으로 쫓겨나 내던져져 있는 것 같은 느낌이 들었다. 내가 찾았다고 생각했던 삶에 위안을 주는 의미가 내면에서 사라져버렸다. 따라서 나 자신은 이제 별 쓸모없는 무용지물처럼 생각되었다. 나는 용기를 잃은 채 내게 좀더 자비를 베풀어줄 어떤 다른 대상을 기대하면서 절망스럽고 비통한 심정으로 자리에서 일어났다. 하지만 자연은 점차로 더 어두워졌고, 어둠 속에서 점점 더 소멸되었을 뿐, 어떤 자비로운 선물도 넘겨주지 않았다.

그런데 이러한 시련 속에서 나는 "시작이 반이다"라는 격언의 참뜻을 자각했다. 동시에 내가 이제야 시작했을 뿐이며, 이러한 마음의 고통은 다름이 아니라 이전의 장난 같은 놀이와의 차이를 증명하는 징표일지도 모른다는 사실을 깨달았다. 그런데도 이러한 통찰은 나를 더 슬픈 기분에 빠지게 만들 뿐이었다. 지금껏 고통도, 힘든 근면도 알지 못했던 탓이었다. 결국 나는 살랑거리는 숲 속에서 내 비참함을 생각하는 가운데 재차 내 곁에 가까이 다가온 신에게서 다시 한 번 도피처를 찾았다. 나는 어머니를 위해서 나를 도와달라고 신에게 간절히 빌었다. 나는 그때 어머니의 근심과 외로움도 생각하고 있었다.

바로 그때 나는 어린 물푸레나무와 마주쳤다. 이 나무는 졸졸 흘러나오는 샘물을 마시며 수풀 사이 한가운데의 나지막한 흙무덤 위에서 자라고 있었다. 겨우 5센티미터 두께의 가냘픈 줄기 하나가 있을 뿐이었지만 윗부분에는 우아한 수관이 있었는데, 정연하게 열을 지어 있는 이 수관의 가지런한 잎들은 하나하나가 모두 뚜렷했을 뿐만 아니라 윤곽이 줄기처럼 단순하고 분명했고 저녁 하늘의 청아한 금빛에 대비되어 한층 더 우아하게 보였다. 빛이 나무의 뒤쪽에 있었기 때문에 그림자의 뚜렷한 윤곽만 보여서 이 나무는 학생을 연습시키려는 목적에서 그곳에 세워져 있는 듯이 여겨졌다.

나는 다시 자리에 앉아 즉시 이 어린 줄기를 두 개의 평행선으로 종이에 옮기려고 했다. 그러나 나는 또다시 비웃음을 당했다. 스케치하면서 더 정확하게 관찰하기 시작한 바로 그 순간 초록색의 단순한 이 막대에는 무한히 자유스러운 움직임이 내포되어 있다는 사실이 드러났기 때문이다. 위를 향해 솟아오르고 있는 두 개의 선은 아주 강하게 서로 밀어붙이며 거의 눈에 띄지 않을 정도의 굴곡을 잇달아 만들어냈고 위로 갈수록 두 선은 아주 미묘하리만큼 조금씩 가늘어졌다. 또한 줄기에서 자란 어린 잔가지들은 이 작은 나무의 아름다운 형태가 유지되기 위해서 한 치의 편차도 허락해서는 안 될 만큼 그렇게 정확한 각도로 뻗어 나와 있었다. 그러나 나는 다시 정신을 차린 후 마음을 졸이면서 모델이 되어 있는 나무의 움직임 하나하나에 주의 깊게 시선을 집중시켰다. 결국 믿을 만한 솜씨로 그린 우아한 스케치는 아니었고 결단성 없이 우유부단했을망정 상당히 정확히 재생된 결과물이 생겨났다. 나는 정신을 집중하여 나무 바로 곁에 있는 풀과 땅 위의 작은 뿌리들을 단숨에 덧붙여 그려넣었다. 이제 나는 중세의 교회화가나 오늘날 그들의 추종자들의 그림에서 아주 우아하고 소박하게 지평선을 가르고 있는, 경건한 나사렛파[72]의 어린 나무들 가운데 하나가 종이 위에 그려져 있는 것을 보게 되었다. 나는 대단치 않은 그림에 만족해하면서 부드러운 저녁의 산들바람을 타고 흔들거리며 내게는 하늘이 보낸 친절한 사자처럼 여겨진 가냘픈 물푸레나무와 그림을 번갈아가며 오랫동안 바라보았다.

　나는 뭔가 기적적인 것을 이루어낸 것처럼 크게 만족스러워하며 마을로 돌아왔다. 친척들은 내가 아주 우쭐대면서 감행한 숲 원정의 결실을 간절히 보고 싶어했다. 하지만 기껏 사오십 개의 이파리가 달려 있을 뿐인 작은 나무 그림을 꺼내자 모두의 기대는 미소로 바뀌었고, 그들 가운데 아주 솔직한 사람들에게는 이 미소가 폭소로 변했다. 외삼촌만은 그림을 보고 기뻐했다. 이것이 어린 물푸레나무라는 것을 당장 알아볼 수 있었기 때문이다. 그는 꾸준히 숲을 찾아가 나무들을 제대로 연구해보라고 나를 격려하면서 자기는 숲을 잘 알고 있으니 나를 도울 수 있을 거라고 말했다. 아직까지도 그는 이 모든 것을 우스꽝스러운 것으로 여기지 않을 만큼 도시의 세련된 교양을 지니고 있었던 것이다. 나아가서 열광적인 사냥꾼들은 언제나 미술이 그들의 기쁨의 무대와 그들의 행위까지도 찬미하기 때문에 미술의 존재 가치를 인정하는 경향이 있었을

---

72) 나사렛 회화파에 대한 비판적 풍자다. 주) 64의 나사렛파에 대한 설명을 참조하시오.

것이다. 그는 저녁식사 후 즉시 지도를 시작했고 나무들의 특성에 대해
또 아주 유익한 본보기들을 내가 어디서 찾을 수 있는지 얘기해주었다.
하지만 그는 무엇보다도 먼저 융커 펠릭스의 습작들을 베껴보라고 충고
했다. 다음 며칠 동안 나는 아주 열심히 이 일을 했다. 그리고 아름다운
저녁이면 우리는 다음 사냥철에 대비한 숲 속 시찰을 계속하면서 지극
히 멋진 골짜기와 언덕 위를 헤매고 다녔다. 풍요로운 나무들의 세계는
우리를 둘러싸고 인도해주었다.

시골에서의 첫 주는 이렇게 유쾌하게 지나갔다. 그리고 첫 주가 끝나
갈 무렵 벌써 몇 가지 나무를 서로 구별할 수 있게 되어, 초록빛 벗들의
이름을 부르며 인사를 건넬 수 있게 되었다는 사실이 기뻤다. 다만 습기
있는 땅이나 건조한 땅에서 자라는 식물에 관한 한, 학교에서 시작했던
식물 공부가 중단되었다는 사실을 그때 비로소 다시 한 번 깊이 유감으
로 여기지 않을 수 없었다. 이렇게 작지만 훨씬 더 다양한 세계를 알기
위해서는 몇몇 가지의 대략적인 개요만으로는 충분하지 않다는 것을 깨
달았던 것이다. 그래서 나는 땅 위를 뒤덮은 채 번성하고 있는 이 모든
식물의 이름과 특성을 알고 있다면 아주 즐거울 거라고 생각했다.

제21장 안식일의 목가(牧歌), 선생님과 그의 딸

　우리 사이에는 내가 이곳에서 처음 맞는 일요일에 숲 건너편의 젊은 이들을 방문하자는 약속이 되어 있었다. 외숙모의 오빠가 그곳의 한적하고 외딴 농가에서 어린 딸 하나를 데리고 살고 있었던 것이다. 이 딸은 사촌들과 아주 친한 사이였다. 그녀의 아버지는 시골학교의 선생님이었지만 부인이 죽은 후에는, 재산이 넉넉했기 때문에 이 평온한 숲 속의 농가로 들어가 은거하고 있었다. 이러한 삶은 나의 외삼촌의 삶과는 정반대였다. 도시 출신으로 종교 공부를 하며 성장한 외삼촌은 다갈색 경작지와 야생의 숲에 완전하게 귀의하기 위하여 이 모든 것을 내팽개치고 잊어버렸던 반면에, 농사짓는 집안 출신으로 적당할 정도의 교육을 받은 그는 오로지 품위 있고 세련된 몸가짐과 현명하고 정직한 인간의 삶과 평판을 얻고자 애쓰면서 정신적이고 철학적인 사색에 몰두했고, 두어 권의 책을 지침으로 삼아 천지만물에 대해 숙고했다.

　또한 그는 기회가 닿을 때마다 진지한 대화에 끼어드는 것을 좋아했으며 그러한 경우 아주 점잖게 행동하려고 주의를 기울였다. 대략 열네 살가량인 그의 어린 딸은 이와 같은 생활신조의 온화한 불빛 속에서 조용하고 품위 있게 살고 있었으며, 아버지의 바람에 부응하여 농부의 딸이라기보다는 차라리 곱게 자란 목사의 딸 같은 모습을 보여주었다. 이와는 반대로 거친 노동을 해야 했던 외삼촌의 딸들은 비와 햇빛의 강렬한 흔적을 지니고 있었다. 하지만 이러한 흔적은 그들의 모습을 볼꼴 사납게 했다기보다는 오히려 훨씬 더 돋보이게 했으며 그들의 맑은 눈의 광채와도 잘 어울렸다.

나이가 각각 20세, 16세, 14세이며 마고트, 리세테, 카톤이라는 프랑스풍의 도회지식 이름을 갖고 있는 세 명의 내 여자 사촌은 일요일 오후 서로 번갈아가며 찾아다니고 등 뒤로 문을 걸어 잠그면서 오랫동안 작은 방에서 긴 협의를 하고 있었다. 오래전에 몸단장을 마친 사내아이들은 조바심을 내며 기다렸는데, 자물쇠 구멍과 문틈을 통해 알아낸 사실이라고는 옷장이 활짝 열려 있다는 것과 엄숙한 태도의 아가씨들이 충고를 주고받으며 그 앞에 서 있다는 것뿐이었다. 시간을 보내기 위해 우리는 치장에 몰두하는 딸들을 놀리기 시작했으며, 마침내 떼 지어 그들에게 몰려 들어가 커다란 옷장을 습격하고는 수많은 작은 상자며 작은 함들 그리고 그밖의 다른 은밀스러운 것들을 들쑤셨다.

하지만 새끼들을 빼앗길 위기에 처한 사나운 암사자의 용기로 그들은 우리를 문밖으로 내팽개쳤고, 우리는 바깥에서 문을 다시 열려는 싸움을 벌였지만 아무 소용이 없었다. 그런 후 잠시 조용하더니 갑자기 그들이 자진해서 모습을 드러냈다. 지난 시절의 유행에 따라 화려하고 호사스럽게 차려입은 이 세 아이는 수줍어하고 화가 나 있었지만 보무당당하게 걸어나왔다. 그들은 또 구식 파라솔뿐만 아니라 하나는 별처럼, 또 다른 하나는 반달처럼 생겼고, 세 번째는 경기병 가방과 칠현금 사이의 어떤 것으로 보이는, 이상한 모양의 손가방을 들고 있었다.

이 착한 아가씨들이 독학자였고 또한 몸치장하는 문제에서는 어떤 충고나 도움도 전혀 받지 못했다는 점을 염두에 둔다면 이 모든 것은 분명 더 주목을 끌 만했다. 그들의 어머니는 모든 도회지 의상을 몹시 싫어했기 때문에 언제나 교회에서 돌아오기가 무섭게 목사 부인으로서 쓰고 있던 끈이 달린 모자를 즉각 벗어던졌다. 덧붙이면, 신임 목사 집안의 여자들은 외삼촌 집안의 여자들을 빼면 마을에서 유일한 여자들이었는데, 거만하고 쌀쌀맞았으며 의상은 도시에서 가져온 기성품이었다. 그래서 내 여자사촌들은 전적으로 그들 자신과 마을의 여자 재봉사에게, 나아가서는 잊힌 과거를 열심히 조사하여 찾아낸 집안의 몇 가지 관습에 의지할 수밖에 없었다. 이런 이유에서 그들이 성공적일 경우 그들은 칭찬을 두 배나 받을 만했으며, 그들의 오늘과 같은 모습을 보고 우리가 "아!"라는 조롱 섞인 감탄으로 맞아준다 해도 이러한 조롱은 겉치레일 뿐, 그 뒤에는 감탄이 숨겨져 있었다.

그렇지만 우리의 복장도 대담함과 우아함이 혼합된 점에서는 여자들의 복장과 똑같았다. 사촌들은 상당히 거친 천으로 만든 윗저고리를 입었는데, 이 저고리들은 마을의 재봉사가 과감하고 극히 대담무쌍하게 재단한 것이었다. 이 옷들은 반짝이는 수많은 단추로 치장되어 있었고, 이 단추 위에는 사냥하는 것처럼 보이는 숲 속 동물들의 모습이 새겨져 있었다. 이 단추들은 언젠가 외삼촌이 싼값으로 대량 구입한 후 이렇게 자식과 손자들에게 나누어주기 위해 보관해온 것들이었다. 이 장식 단추들 가운데 떨어진 것들은 동네아이들 사이에서 유통되는 화폐로 통용되었으며, 게임할 때에는 뿔 단추나 납 단추 여섯 개의 가치가 있었다.

나는 붉고 작은 끈 장식이 있는 초록색 상의에 하얀 바지를 입었고 건달처럼 보이는 셔츠 위에 조끼는 걸치지 않았지만 할머니가 준 붉은 비단목도리를 멋있게 둘렀다. 그밖에도 어머니의 상자에서 꺼내온, 꽃이 수놓아진 붉은 리본에는 아버지에게 물려받았지만 단 한 번도 제대로 맞추어놓을 수 없었던 금시계가 매달려 있었다. 나는 오래전에 모자에서 고루하기 짝이 없는 차양을 찢어냈던 터라 모자는 이마를 드러내고 있었다. 그렇기에 나는 완벽하게 시골 대목시장의 촌뜨기처럼 보였음이 틀림없었다. 내가 생각하기로는 더 훌륭하고 심원한 어떤 것을 예감하고 바라는 사람들은 경험과 행동을 통하여 꿈꾸었던 실재에 더 가까이 다가갈수록 온갖 우스꽝스러운 외형적인 허식을 점점 더 멀리할 것이다. 그러나 그것에서 더 멀리 떨어져 있을수록 그들은 과시에 더욱더 집착한다. 하지만 만약 유익한 조롱으로 외형적인 허식은 잘라내고 제지하는 동시에, 큰 포부를 품은 아들에게 진정한 가치가 있는 것을 확고하게 가르쳐주는 남자 어른이나 아버지가 존재하지 않는다면, 바로 이러한 외형적인 허식이 내면적인 정신의 신속한 발전을 방해하는 경우가 드물지 않다.

늙은 선생님의 집으로 가는 길은 두 가지였다. 우리는 마을 뒤쪽에 길게 펼쳐진 나지막한 산을 올라가 산등성이를 따라 걷다가 우리 마을의 계곡과 비슷하지만 더 작고 더 둥글며 거의 전부가 깊고 어두운 호수로 채워진 또 다른 계곡이 놓여 있는 반대쪽으로 내려가야만 했다. 다른 길을 택할 경우 강물을 따라 계곡을 걸으며 나무 숲에서 물이 사라질 때까지 가다가 산기슭을 돌면 강이 흘러드는 곳에 위치한 친척의 집을 물속에 비추고 있는 호수에 다다를 수 있었다.

우리는 갈 때에는 재미있는 작은 시냇물을 따라가고 시원한 저녁이 되면 그때에는 산을 넘어 집으로 돌아오기로 결정했다. 멀리서도 보일 정도의 밝은 색으로 화려하게 차려입은 우리 일행은 곧 푸른 계곡 사이로 나아가다가 마침내 양쪽에서 물이 있는 곳까지 뻗은 숲이 물위에 차갑고 어두운 그림자를 드리우고 있는 매혹적인 삼림지대에 이르렀다. 때로는 숲이 뚫고 지나가기가 어려울 만큼 이파리들의 담장으로 시냇물을 둘러싸고 있었기 때문에 우리는 드리워져 있는 가지들을 제치지 않으면 안 되었고, 때로는 널따랗게 펼쳐진 숲은 밝은 초록색의 커다란 전나무들을 햇볕이 잘 드는 대지 위에 군집시켜놓고 있었다. 나아가서 숲 가장자리와 물속에는 바윗덩어리들이 굴러 떨어져 작은 폭포를 만들어 냈으며, 반면에 뒤에 남은 바위조각들은 가파른 비탈의 덤불 사이로 튀 어나와 있었다. 조그만 샛길들은 어둠 속으로 들어오라고 유혹했으며 아주 사랑스럽기 그지없는 신비로운 모습이 도처에 드러나 있었다. 붉 고, 푸르고, 새하얀 아가씨들의 옷은 짙은 초록에 대비되어 현란하게 빛 났으며, 바윗돌을 뛰어넘는 사촌들에게서는 금빛 단추들이 번쩍이면서 은빛으로 굽이치는 물결과 경쟁하고 있었다. 온갖 동물의 삶도 눈에 띄 었다. 어떤 곳에서 우리는 어떤 맹금에 뜯겼음이 틀림없는 산비둘기의 깃털들을 보았다. 또 다른 곳에서는 뱀 한 마리가 물가의 잔물결을 헤치 고 매끄러운 자갈 위로 쏜살같이 달아났고, 멀리 떨어져 있는 여울에서 는 그 속에 들어와 있던 송어 한 마리가 두려운 듯이 여울을 둘러싼 돌을 주둥이로 건드려 보면서 희미한 빛을 내고 있었는데, 우리가 접근하자 여울을 훌쩍 뛰어넘어 힘차게 흐르는 물속으로 사라져버렸다.

이렇게 우리는 알지 못하는 사이에 산모퉁이를 돌아나왔다. 아름다운 삼림지가 드넓게 펼쳐졌고, 우리 앞에는 즉시 마치 은을 뿌려놓은 듯 고 요하고 짙푸른 호수가 나타났다. 호수는 평화스러운 주위 풍경과 더불 어 일요일 오후의 조용한 광채 속에서 쉬고 있었다. 경작지의 가느다란 이랑이 호수를 에워싸고 있었고, 그 뒤편에는 사방으로 가풀막진 숲이 계속 이어져 있었다. 하지만 숲 속에는 또 다른 경작지가 한두 개쯤 숨겨 져 있음이 틀림없었다. 여기저기에 붉은 지붕이나 푸른 연기기둥어 빽빽 한 나무 숲 사이로 솟아올라 있었기 때문이다. 양지바른 쪽에는 꽤 큰 포 도밭이 있었는데 이 포도밭 발치에 선생님의 집이 호수 아주 가까이 있 었다. 말뚝의 맨 꼭대기 열의 바로 위에 걸려 있는 맑고 깊은 하늘이 매 끄러운 물 위에 반사되어 있었으며, 물속에서 모습 그대로 거꾸로 비치는 누런 밭이랑과 토끼풀밭 그리고 그 뒤편의 숲이 하늘의 경계를 이루고 있었다. 집에는 하얀 석회가 칠해져 있었고, 목조 뼈대는 붉게 칠해져 있었다. 창의 덧문은 커다란 조가비 그림으로 장식되어 있었다.

하얀 커튼이 창가에서 펄럭이는 동안 나르시스처럼 가냘프고 우아한 어린 여자 사촌이 현관문을 열고 멋진 작은 계단 아래로 걸어 내려왔다. 하얀 옷을 입은 그녀는 금갈색의 머리에 푸른 눈을 지녔으며, 이마는 약간 고집스러워 보였고 입가에는 미소를 머금고 있었다. 그녀의 작은 뺨에서는 잇따라 홍조가 피어올랐으며 종소리처럼 맑고 작은 목소리는 간신히 들을 수 있을 정도로 울렸다가 이내 사라졌다. 서로 10년 동안이나 보지 못한 것처럼 아주 다정하고 예의바르게 여자 사촌들과 인사를 나눈 다음 안나는 장미와 패랭이꽃이 향기를 내뿜는 작은 정원을 지나 청결함과 쾌적함이 숨쉬고 있는 집 안으로 우리를 안내했고, 말쑥한 잿빛 연미복에 하얀 넥타이를 매고 수놓은 슬리퍼를 신은 채 집 안을 돌아다니던 그녀의 부친은 진심으로 우리를 환대해주었다. 그는 책을 보며 명상의 일요일을 보내고 있던 터라 탁자 위에는 아직까지 책들이 놓여 있었다. 아마도 그는 자신의 능변을 들어줄 많은 청중이 이렇게 불쑥 찾아온 것이 기뻤을 것이나 나를 소개받고 특히 기뻐하는 것 같았다.

그는 나를 한창 번창하는 상급학교에 다니는 학생으로 추측하고 자신의 예의범절과 박식한 이야기의 진가를 인정할 수 있는 사람을 찾았다고 생각한 것이다. 그가 나에게 집착한 이유는 또 다른 한편으로 볼 때 매우 당연했다. 선생님이 이야깃거리를 꺼내기도 전에 벌써 사촌들이 사라져버렸던 것이다. 나는 사촌 셋이 바깥의 강기슭에서 여섯 개의 발 외에는 아무것도 보이지 않을 정도로 머리를 모두 물고기통 입구에 처박고 있는 모습을 볼 수 있었다. 그들은 외삼촌의 물고기가 얼마나 들어 있는지 조사하기에 바빴고, 그사이 그들의 누이들은 부엌과 정원에서 외삼촌의 어린 딸과 늙은 하녀를 따라다니고 있었다.

선생님은 내가 고분고분한 경청자이며 능력이 닿는 한 그와 모든 문제를 토론할 준비가 되어 있다는 것을 이내 알아차렸다. 그는 새로운 교육제도에 대해 내게 열심히 물어본 다음 계속 말했다. "하지만 틀림없이 아직은 어느 정도 혼란스러울 게야! 우리 칸톤의 어떤 학교에서 일어났던 유명한 소동이 해결된 방식만 해도 그렇지. 신문에서 읽은 바로는 그 무능한 교사와 어리긴 하지만 진짜 혁명분자 같은 가장 못된 학생을 함께 쫓아냄으로써 철저하게 평온을 되찾았다고 하더구먼. 그들이 교사를 해고한 거야 그 사람을 어떤 다른 방법으로 배려해주기만 하면 전적으로 현명한 일이었다고 생각하네. 하지만 반대로 학생에 관한 한 나는 암만해도 만족할 수 없어. 마치 그들이 그 학생에게 '이제 넌 우리의 공동체 밖으로 쫓겨난 거야. 그러니 네가 뭐가 되건 그건 네 문제야!'라고 말하는 듯이 여겨지니까 말이지. 이것은 기독교적인 행동방식이 아니야. 우리의 주님 같았으면 틀림없이 그 길 잃은 양을 우선 품으로 받아들였을 게야. 조카 양반은 쫓겨난 그 소년을 아는가?"

선생님의 이 질문은 나에게서 고통스러운 기억을 일깨웠으며 질문에서 사용한 표현 또한 나를 아주 슬프게 했다. 나는 그 학생이 바로 나라고 비통하게 대답했다.

극도로 놀란 그는 한 걸음 뒤로 물러서며 눈을 커다랗게 뜨고 나를 응시했다. 그는 바야흐로 활동을 시작한 한 악마를 이렇게 가까이에서, 더욱이 이토록 순진한 모습으로 보고 있다는 사실에 당황했던 것이다. 하지만 그는 이미 나에게 약간의 호의를 갖고 있었다. 또한 내 조용한 태도를 통해서 자신이 조금 전에 표명했던 관대한 견해가 크게 틀리지는 않았다는 것을 알게 되었을 것이다.

"금방 생각한 것인데." 그가 말했다. "이 문제는 뜻밖의 난점이 있는 것 같구먼. 내가 보기로는 조카야말로 합리적인 이야기를 나눌 수 있는 젊은이이니까 말일세. 나는 또 기꺼이 그렇게 믿고 싶네. 그러니 지금 이 유감스러운 일의 전말을 그야말로 사실대로 내게 좀 이야기해주게 나. 죄의 근거가 무엇이고 또 어떤 점이 부당한 일인지 정말 알고 싶으니 말일세."

나는 이 호의적인 선생님에게 솔직하고 아주 세세하게 또한 그 일 이후 내 마음을 털어놓을 수 있었던 것은 이번이 처음이었기 때문에 마지막에는 다소 격정적으로 자초지종을 이야기했다. 그는 때로는 "음, 음!" 또 때로는 "그래, 그랬군!" 등 다양한 소리를 입 밖에 내며 잠시 곰곰 생각하더니 다음과 같이 말했다.

"참으로 특이한 일을 당했군! 우선 자네는 너무 젠체해서는 안 되네. 당한 일에 대해 어떤 오만한 원한 감정 같은 것을 가져서는 안 된단 말이지. 그건 자네의 평생을 망칠 수도 있으니까! 결국 자네가 다른 사람들의 못된 짓과 장난에 한몫 끼었다는 것을 명심해야만 하겠지. 그리고 이렇게 어린 나이에 벌써 신에게서 준엄한 벌과 가르침을 받는 행운을 누렸다고 생각해야 하네. 자네에게 닥쳤던 일은 인간의 정의가 아니라 세상을 다스리시는 주님께서 직접적으로 관여했기 때문이야. 이것을 통해서 주님께서는 자네를 소홀히 다루려고 한 것이 아니라 주님 자신의 고난의 길로 인도하고자 한다는 사실을 때맞춰 자네에게 베풀어 보여주셨던 걸세. 그러니 언뜻 보면 불행으로 보이는 이 일을 감사하고 참회하는 마음으로 받아들이고, 부당하게 생각한 이 일을 용서하며 잊어버리고 오직 이러한 체험의 엄숙함과 어울리게 살아나가야 한다는 것을 명심해야 하네. 그리고 자네가 미덕의 길에서 이탈할 때마다 자네에게는 다른 사람들보다 더 무거운 벌이 내려진다는 것도 각오하게나. 그 벌에 의하여 자네는 그러한 경험이 없는 다른 많은 사람들보다 선을 찾는 일에서 더 부지런하고 더 강해질 수 있다네. 오직 이런 식으로만 이 사건은 은총의 원천이 될 수 있네. 그렇지 않다면 그것은 불쾌하고 화가 나는 사건으로만 남겠지. 이렇게 젊은 인생을 그러한 사건으로 부담지우는 것이 결코 신의 의도나 기쁨일 수는 없는 법이야. 물론 이제는 직업 선택이 가장 당면한, 최고로 중요한 일이네. 바로 이런 갑작스러운 곤경이 이런 일이 없을 경우보다 더 빨리 그런 결정을 내리게 하는 운명으로 작용하지 않겠는가? 물론 자네는 이미 마음속으로 어떤 직업을 염두에 두고 있겠지?"

이 이야기들은 각별히 내 마음에 들었다. 나는 비록 이 이야기의 중요한 도덕적 의미를 뚜렷이 이해하지는 못했지만, 더 고귀한 운명과 신의 가르침에 대한 생각은 나를 깊이 감동시켰다. 그리고 내가 하고자 하는 일이 신의 특별한 보호 아래 있다는 것을 알게 된 것이 행복하게 생각되었다. 요컨대 나에게는 희망의 밝은 별이 떠올랐던 것이다. 그래서 나는 솔직하게 말했다. "예, 저는 화가가 되고 싶어요!"라고.

이 대답을 들은 새 친구는 조금 전의 고백을 들었을 때보다 더 놀라워했다. 세상에서 멀리 떨어져 지내는 그로서는 이 말을 좀처럼 생각해본 적이 없었기 때문이다. 하지만 그는 마찬가지로 솔직하게 다음과 같이 재빨리 말했다.

"화가라고? 아뿔싸, 참으로 괴상야릇하군 그래! 하지만 생각해보세! 아무렴, 신성한 정신으로 충만했던 화가가 존재했던 시대도 있었지. 그들은 우리가 지금 사용하는 것과 같은 살아 있는 말이 없을 때에는 목말라 하는 민족에게 천국 같은 삶의 물을 한 모금씩 내주었다네. 그렇지만 그때와 똑같이 이 예술은 너무나도 빨리 무익하고 겉만 번지르르한, 교만한 교회의 진열품이 되어버렸을 뿐이야. 그러니 내가 보기에 오늘날 그것은 완전히 내적인 실체가 결여된 것 같고 그저 인간들의 허영과 바보짓을 매개하는 수단에 지나지 않는 것 같다네. 내 비록 오늘날 세상에서 행해지는 예술에 대해서는 전혀 아는 바 없으나 바로 그런 이유 때문에 예술을 추구하면서 동시에 진지하고 정신적인 삶이 영위될 수 있다고는 상상할 수 없다네! 온갖 무익한 형상을 꾸며내거나 돈벌이로 심지어 사람의 얼굴까지 그려주는 일에서 도대체 자네는 그렇게 큰 즐거움을 느끼는가? 또 그런 일에 그만큼 숙련되어 있단 말인가?"

"저는 우선 풍경화가가 되고 싶습니다." 나는 대답했다. "그리고 정말 그것을 좋아합니다. 또 하느님께서 제게 재주까지도 주셨으면 해요!"

"풍경화가라고? 그 말인즉 진기한 도시들이나 산 또는 지역들을 그린다는 거겠지? 음! 이것은 그리 나쁜 것 같지는 않군. 최소한 세상을 알게 될 거고, 멀리까지 두루 여행하니까. 또한 다른 나라들과 바다뿐 아니라 사람들도 보게 되겠지. 하지만 내 생각으로는 자네가 그러기 위해서는 각별한 용기와 행운이 필요하겠군. 내 견해로는 젊은이라면 우선 어떻게 자기 나라에 살면서 정직하게 먹고살 수 있는지, 나아가서 어떻게 하면 이웃 사람들에게 유익하고 자신의 부모를 섬길 수 있는 사람이될지 숙고해야 할 걸세!"

"선생님, 제가 생각하는 풍경화는 선생님께서 이해하고 계시는 것과는 완전히 다른 거예요!"

"그런가, 그렇다면 그게 뭔가?"

"풍경화에서 중요한 것은 진기하고 유명한 장소를 찾아내 본뜨는 것이 아니라 자연의 고요한 웅장함과 아름다움을 관찰하고 그것을 재생하고자 애쓰는 거지요. 때론 숲과 언덕에 둘러싸인 이런 호수처럼 전체 조망을, 또 때론 단 한 그루의 나무나 심지어는 물이나 하늘까지요!"

선생님은 이 말에 아무 대답도 하지 않고 다음 이야기를 기다리는 듯이 보였기 때문에 나는 계속 이야기를 했는데, 이번에는 내가 상당히 흥분된 상태에서 열변을 쏟아냈다. 투명한 유리창 뒤로는 햇빛과 숲 그림자 사이에서 떠도는 호수가 위엄 있게 휴식을 취하고 있었고, 먼 산마루에서는 일요일의 끝없이 높은 창공 속으로 솟아오른 몇 그루의 가느다란 떡갈나무가 멀리서 희미하지만 강렬한 눈짓을 보내는 것 같았다. 나는 높은 곳에 떠 있는 환영을 바라보듯 꼼짝 않고 그 떡갈나무들을 응시하며 말했다.

"오늘날까지도 순결과 완전한 아름다움을 유지하고 있는 신의 작품들 앞에 홀로 외로이 앉아서, 그것들을 이해하고 공경하며 나아가 평화 속에 잠겨 있는 그것들을 재현함으로써 신을 섬기는 것을 왜 고귀하고 아름다운 직업이 아니라고 할까요? 단순한 작은 관목 하나만 그릴 때에도 가지 하나하나에 대해 경외심을 느낍니다. 가지는 창조주의 법에 따라 그렇게 자라나 있기 때문이지요. 하지만 온전한 숲이나 하늘과 더불어 넓은 들을 충실하고 정확하게 그릴 수 있게 되고 결국에는 모델 없이도, 즉 숲이나 계곡, 산맥 또는 조그만 땅뙈기 하나 없이도 상상력으로 그것들을 자유롭고 새롭게, 하지만 어디에선가에서 틀림없이 볼 수 있는 것 같이 정확하게 그릴 수 있다면, 이 예술이 진실로 창조의 기쁨과 관계있는 어떤 것이라고 생각합니다. 이런 식으로 나무들은 하늘을 향해 자라게 하고 그 위에서 아주 아름다운 구름이 흘러가게 하며 또 나무와 구름을 맑은 호수에 비치게 하지요! 빛이 있으라!라고 말하고는 햇빛을 푸르게 자란 식물과 바위 위에 마음 내키는 대로 흩뿌리고 그늘진 나무 아래서 소멸시키는 겁니다. 손을 내뻗어서 갈색 대지를 두럽게 하는 폭풍우가 일게 하고 그 후에는 해가 자줏빛 노을 속에 지게 합니다! 그렇다고 이 모든 일을 위해 사악한 인간과 계약해야 하는 것도 아닙니다. 이 모든 행동에는 잘못된 것이라곤 전혀 없습니다!"

"도대체 그런 종류의 예술이 있는가? 또 예술로서도 인정받고 있나?"

선량한 선생님은 매우 당혹스러워하며 물었다.

"물론이지요." 나는 대답했다. "도시나 귀족의 집에는 대부분 고요하고 푸른 산림을 묘사한 아름답고 근사한 그림들이 걸려 있어요. 아주 절묘하고 매력적으로 그려져 있어서 신의 자유로운 자연세계를 보는 것 같습니다. 도시에 갇혀 있는 사람들은 이 순수한 그림들을 보며 눈을 즐겁게 하기 때문에 이것을 그린 사람들을 부족함이 없이 살게 해줍니다!"

선생님은 창가로 걸어가서 약간 놀라워하며 밖을 내다보았다.

"그렇다면 예를 들어 나의 멋진 은둔지인 이 조그만 이름 없는 호수도, 비록 어느 누구도 이 호수의 이름을 모르지만, 신의 자비와 권능이 계시된다는 이유만으로도 충분히 예술의 대상이 된다는 건가?"

"물론 그렇지요! 저는 언젠가는 이 호수를 어두운 호수 기슭과 이 일몰의 태양과 함께 선생님을 위해 그려드리고 싶습니다. 선생님께서 그림에서 오늘 오후를 상기하고 기뻐하시면서 훌륭한 작품으로 손색이 없다고 말씀하실 수밖에 없을 정도로요! 물론 제가 화가가 되어 제대로 배워야 하겠지만요." 나는 이렇게 덧붙였다.

"늙은이가 또 새로운 것을 배웠구나." 선생님은 감동되어 말씀하셨다. "이토록 많은 방법으로 인간의 정신이 표현될 수 있다니 정말 몹시 놀랍구나. 내게는 자네가 훌륭하고 신성한 길을 걷고 있는 것 같네. 자네가 그와 같은 작품을 완성할 수 있다면 그것이야말로 능히 봄이나 추수를 찬미하는 훌륭한 노래만큼 칭찬받을 수 있을 게야. 어이, 얘들아!" 그는 아직껏 물고기를 구경하고 있던 젊은 물고기 전문가들을 향해 외쳤다. "통을 가져다가 뱀장어건, 송어건, 창꼬치건 간에 훌륭한 요기가 될 만한 것을 골라내거라. 여자아이들에게 굽게 하자구나!"

그동안 아가씨들은 다시 방 안으로 돌아와 우리의 대화를 부분적으로 들고 있었다. 그러자 수다스러운 선생님은 능수능란하게 이야깃거리를 바꾸고 모든 사람을 다 끌어들였다. 나 자신은 다시 말을 잃고 적잖이 수줍어했는데, 그건 사랑스러운 안나가 소리 없이 돌아와 여자 사촌 한 명과 작은 소리로 이야기를 나누고 있었기 때문이다. 노인은 이제 소녀들에게 추수와 포도의 수확 예상량과 과수 열매에 대해 이야기하고 있었는데, 언제나 세련되고 까다롭게 선택한 표현을 사용했으며, 내가 이런 사물들을 알지 못할 거라고 생각할 때는 몇 차례에 걸쳐 설명해주었다. 하지만 나는 이후로는 아무 말도 하지 않았다. 대신 나는 사랑스러운 소녀가 내 곁에 있다는 사실 때문에 행복하고 유쾌한 상태였고, 비록 그녀를 바라보지는 않았지만 그녀의 조용한 목소리가 들릴 때마다 만족스럽게 감동되는 것 같은 느낌이 들었다.

맛있는 음식 냄새가 퍼졌다. 이 냄새는 사내아이들을 끌어왔고, 선생님이 늙은 여자 요리사의 신호에 따라 모임을 해산하고 우리를 위층으로 데리고 가는 계기가 되었다. 그곳에는 밝고 서늘한 작은 방이 있었다. 온통 하얗게 칠해진 벽들 가운데에는 긴 식탁과 의자, 낡은 소형 오르간 외에는 아무것도 없었다. 식탁은 차려져 있었다. 우리는 사촌들이 아끼지 않고 골라잡았던 물고기로 차린 즐거운 저녁 식탁에 앉았다. 집에서 구운 케이크와 집에서 수확한 과일들, 집 뒤편의 언덕에서 자란 포도로 만든 부드럽고 엷은 색 포도주가 간소하지만 그 나름대로 잔칫상 같은 식사를 풍요롭게 했다. 노인은 사려 깊은 이야기로 흥을 돋우었고, 젊은이들은 시시덕거리며 순진한 수수께끼로 말장난을 했다. 그리고 이 모든 것에는 자신의 집이나 평범한 농부의 가정에 있을 때와는 다른 품격이 고상한 안식일 같은 분위기가 빛나고 있었다. 우리가 충분히 음식을 먹은 후에 선생님은 오르간 쪽으로 가서 뚜껑을 열었다.

그러자 번쩍거리는 파이프들이 보였는데 조그만 양쪽 접문의 내부에는 아담과 이브, 꽃과 동물들이 있는 에덴동산이 그려져 있었다. 그는 그 앞에 앉았다. 우리는 그 주위에 둘러서야만 했고 안나는 몇 권의 음악책을 나누어주었다. 그녀의 부친이 잠시 전주곡을 연주한 후 우리는 그의 반주와 선창에 맞추어 교회의 아름다운 여름 노래 몇 곡을, 그다음에는 돌림노래 한 곡을 불렀다. 우리는 힘차고 쾌활하게 노래를 불렀지만 절제와 침착성도 잃지 않았다. 이 순간에 대해 감사하는 마음이 학교에서의 아주 엄격한 예행연습 때보다 더 훌륭한 음악을 만들어낸 것이다. 나 자신은 주저하지 않고 내면의 행복감을 자유롭게 노래 속에 표현했다. 그도 그럴 것이 이날이 나에게는 지금까지의 어떤 때보다도 더 새롭고 더 아름다웠던 것이다. 우리가 한 소절을 끝내면 숲 속의 암벽에 반사되어 호수를 건너 울려 퍼진 메아리는 오르간의 음색과 사람의 목소리를 말할 수 없이 아름다운 새로운 울림으로 융합시키며 조화롭게 점차 사라지다가 우리가 다시 노래를 시작할 때 동시에 울림을 멈추었다. 언덕과 계곡의 여러 곳에서 기쁨에 넘치는 사람들의 음성이 울려 퍼지며 그들의 기쁨과 환희의 노래를 고요하게 떨고 있는 대기 속으로 실려보냈다. 말하자면 우리가 마친 돌림노래는 계곡 전체로 퍼졌던 것이다.

해는 벌써 서산에 가까이 다가가고 있었다. 이제 우리는 서둘러 출발해야 했다. 선생님은 만족스러운 듯이 우리를 떠나보내면서 분명한 호의를 표하며 나와 작별했다. 나는 그에게 여기저기 둘러보기 위해 멀리 나올 일이 있으면 가능한 한 자주 계곡으로 오겠노라고, 또한 내 외삼촌처럼 생각하며 이 집에서 머물겠노라고 약속해야 했다. 안나는 우리와 함께 언덕 꼭대기까지 가고 싶어했다. 우리는 올 때보다 훨씬 더 소란스럽고 떠들썩하게 집을 향해 출발했다. 별스러운 것도 아닌, 단순히 이 순간의 자유 때문에 그저 즐거운 기분과 쾌활한 장난기가 이미 최고조에 달해 있던 소녀들은 눈을 반짝이며 내내 노래를 불렀고, 민요와 우국적인 곡들을 시작하며 함께 부르자고 우리를 부추겼다. 그사이 자매와 형제들은 연애사건을 놓고 서로서로 놀려댔고, 솔직한 아이들인지라 희망이 풍부한 그 나이 또래의 온갖 달콤한 수다가 제멋대로 터져나왔다. 우리는 빗대어 변죽을 울리며 누구나 할 것 없이 즐겁게 만들기도 하고 또 일부러 괴롭히거나 익살스러운 즉답을 보내며 지껄여댔다. 때때로 수줍은 농담을 던졌을지라도 안나만은 공격에서 안전한 것 같았다. 나는 전혀 아무 말도 하지 않았다. 마음이 온통 오늘 있었던 일들로 가득 차 있었다. 우리는 마침내 일몰의 태양빛을 받으며 희미하게 빛나는 정상에 도착했다. 내 눈앞에서는 깃처럼 가볍고 아름답게 변용된 어린 소녀의 형상이 떠다녔다. 또한 나는 하느님이, 오늘 선생님과의 대화에서 내가 주장했던 풍경화가의 친구이자 보호자로서의 하느님이 그녀 곁에서 미소 짓고 있는 것을 본 것 같았다. 안나는 작별인사를 했다. 드디어 내게도 손을 내밀었을 때 그녀의 뺨은 일몰의 석양빛보다도 더 붉게 물들어 있었다. 우리는 손가락 끝을 가까스로 잡았으며 서로에게 정중한 존칭을 사용했다. 남자 사촌들은 우리를 놀려댔고, 여자 사촌들은 시골에서는 젊은 사람들끼리는 상관없으니 우리가 서로 말을 낮추어 '너'라고 불러야 한다고 진지하게 요구했다.

그래서 우리는 수줍어하면서 냉랭하게 서로 세례명을 말해주었다. 하지만 내 이름은 마치 플루트의 선율처럼 가냘프게 내 귀에서만 맴돌 뿐이었다. 안나가 겁을 먹은 듯 재빨리 집 쪽 언덕의 어둠 속으로 사라지고 우리도 집을 향해 언덕을 내려갈 때 나는 두 가지를 벌어놓은 상태였다. 어둠이 깊어가는 세계 위에 모습을 감추고 있는 위대하고 강한 예술의 보호자가 그 하나였고, 주저 없이 과감하게 내 마음속에 세워놓은 우아한 여인의 작은 상이 또 다른 하나였다.

제 2 권

제1장 직업의 선택, 어머니와 조언자들

나는 불확실한 과도기 상태를 더 이상 견딜 수 없어서 어머니에게 내 생애 최초의 편지를 보내기 위해 내 물건들 가운데 좋은 종이를 찾았다. 맨 윗부분 가장자리에 '사랑하는 어머니'라고 쓰자, 그녀가 새로운 빛 속에서 내 눈앞에 떠올랐다. 요컨대 나는 이러한 발전과 삶의 진지함을 충분히 느끼고 있었다. 나는 쓰는 데에 익숙하지 못했던 터라 어떻게 시작해야 할지 곤혹스러웠고, 서두 몇 문장을 찾아내는 데에 어려움을 겪었다. 하지만 여행했던 일과 그밖의 경험을 쓰자 곧 풀려나가기 시작했다. 내 기술 방식은 너무 화려하고 허풍스러운 편이었다. 나는 대단히 안락한 생활을 하는 체했고, 행복한 처지와 이런저런 활동과 모험적 체험을 적음으로써 어머니에게 어떤 감명을 주려는 별난 노력을 했다. 이후에도 수차례 반복된 이러한 노력은 익살스럽게 어머니를 위로하는 동시에, 그렇게 함으로써 내 진가를 인정받으려는 병적인 열망 같은 것이었다. 그런 후 나는 내 편지의 본래 목적으로 넘어가서 화가가 되어야겠다는 생각에 완전히 사로잡혀 있다는 것을 숨김없이 밝혔다. 나는 어머니가 우선 주위를 둘러보고 우리 친지들 가운데서 경험이 많은 여러 사람과 상의해보십사 부탁드렸다. 가족의 근황과 인사 그리고 자잘한 것들에 대한 몇 가지 중요한 부탁으로 편지는 끝났다. 나는 편지를 솜씨

있게 접어서 내 개인 도장으로 봉했다. 이 도장은 내가 오래전에 부드러운 설화석고에 새겨두었다가 지금 처음으로 사용하는, 희망의 닻이 새겨진 도장이었다.

이 편지를 받은 어머니는 색상이 단조롭고 간소한 나들이용 정장을 차려입고 깨끗한 손수건을 잘 접어 손에 쥐고는, 그녀가 만나볼 수 있는 이 방면의 권위자들을 차례로 진지하게 방문하기 시작했다.

우선 그녀는 많은 명망가와 교제하며 세상을 잘 알고 있는, 신망받는 소목장이에게 들렀다. 그는 돌아가신 아버지의 친구로서 우리와 친분을 유지했을 뿐만 아니라 친구들과 교육사업을 열성적으로 수행해나가는 인물이었다. 그는 어머니의 이야기와 설명을 진지하게 들은 뒤, 모든 것이 쓸데없는 짓이고, 아이를 미래의 방종과 불확실성에 내맡기는 것이나 마찬가지라고 짧게 대답했다. 만일 어떤 예술적인 진로를 택하고자 한다면 자기가 좀더 나은 충고를 해줄 수 있다는 것이었다.

그의 젊은 사촌 한 명이 좀 떨어진 도시에서 지도 동판 조각가 일을 하며 꽤 많은 수입을 올리고 있어서 집안사람들이 훌륭하게 생각하고 있다는 것이었다. 그리하여 이 조언자는 각별한 우의에서 이 사촌 곁으로 나를 보내주겠노라고 자청했다. 만일 내게 진정으로 어떤 쓸 만한 재능이 잠재되어 있다면 동판 조각뿐 아니라 시간을 활용하여 필요한 지식을 습득함으로써 지도를 스스로 도안하는 일까지도 할 수 있게 될 거라는 것이었다. 그렇게만 된다면 그것은 훌륭하고 명예스러우면서도, 유익하고 출세하기 좋은 직업이 될 거라는 거였다.

근심과 의심이 더 커진 채 어머니는 두 번째 조언자이자 역시 죽은 아버지의 친구를 만났다. 그 사람은 옷감에 물을 들이고 무늬를 찍는 공장의 주인이었는데, 원래 보잘것없었던 사업을 점차로 확장시켜 늘어가는 재산을 즐기고 있는 사람이었다. 그는 어머니의 설명을 듣고 다음과 같이 대답했다.

"매우 반갑게도, 잊을 수 없는 우리 친구의 아들인 어린 하인리히가 예술가로서의 생을 살겠다고 밝힌 것과 벌써 오랫동안 주로 연필과 물감에 몰두하고 있다는 소식은, 이미 내가 몇 차례인가 그 아이에 대해서 품었던 인상과 일치하는군요. 그 아이가 재능과 보통 이상의 열정이 필요한 세련된 직업에 관심을 보인다는 사실은 전적으로 그의 부친의 용감한 정신과 부합한다고 봅니다.

하지만 이러한 취향은 견고하고 합리적인 길로 이끌어져야 하지요. 존경하는 레 부인, 당신은 결코 무시할 수 없는 제 사업의 특성을 알고 계실 겁니다. 저는 색색의 옷감을 제조하고 있습니다. 제가 그래도 웬만하다 싶은 수입을 올리고 있다면, 그것은 신중하고 신속하게 언제나 잘 팔리는 최신 디자인을 생산하고, 전혀 새롭고 독창적인 취향을 도입함으로써 현재 유행하는 취향까지도 넘어서는 노력의 결과입니다.

이를 위해서 공장 전속의 도안가들이 몇 있는데, 그들의 과제는 그저 새로운 디자인을 고안해내는 것으로서, 편안한 방에 앉아서 꽃, 별, 덩굴, 점 그리고 선을 마음 내키는 대로 섞어 그리기만 하면 됩니다. 우리 공장에는 그런 사람이 셋 있는데, 저는 그들에게 어마어마한 급료를 줍니다. 게다가 그들을 다룰 때도 매우 조심해야 하지요. 그 사람들이 내 사업이 어떤 식으로 진행되는지 상당히 영리하게 이해하고 그 방향을 제대로 따르기는 하지만, 그들이 이 직업을 갖게 된 것은 우연이지 결코 내적인 소질에 따라 결정된 것은 아닙니다. 이토록 어린 나이에 그런 열정을 지닌 채 종이와 색채에 몰두하기로 결심하고, 아무런 외부의 자극 없이도 온종일 나무와 화원을 그리는 젊은이보다 더 환영할 만한 사람이 누가 있겠습니까? 그 아이에게 꽃을 충분히 마련해줄 겁니다. 그 아이는 그저 배열을 맞추어 천 위에다 꽃을 마술처럼 그려내기만 하면 됩니다. 배열하는 방법은 무궁무진해요. 그러니 언제나 새로운 것을 그리는 거지요. 그에게 내 적수들을 절망에 빠뜨릴 최고로 놀랍고도 아름다운 형상을 풍요로운 자연에서 도출해내도록 해야지요.

거두절미하고 아드님을 우리 집으로 보내주십시오! 이른 시일 내에 그 아이를 다른 사람들 수준으로 끌어올린 후 나이를 조금 더 먹으면 파리로 보낼 것입니다. 그곳에서는 이 업종이 대규모로 경영되고 있습니다. 여러 산업분야의 탁월한 디자이너들이 영주처럼 살고 있을 뿐만 아니라 사업가들이 그들을 떠받들고 있답니다. 그곳에서 충분히 체험을 쌓고 거듭난다면 그 아이는 성공해서 자신의 운명을 스스로 결정할 수 있게 될 겁니다. 그런 다음에 다시 나와 결합하기를 바란다면 그것은 제기쁨이 될 것이고, 제게 이익이 되는 일이지요. 그러나 그가 다른 곳에서 자신의 행운을 찾게 된다 해도 그런 이유로 제 기쁨이 줄어들지는 않을 것입니다. 잘 생각해보세요. 저는 제가 틀렸다고는 생각지 않습니다."

이 말에 이어 그는 어머니를 자기 사업장으로 안내하여 화려한 직물들, 조각된 판목(版木) 그리고 특히 자기가 데리고 있는 도안가들의 대담한 디자인들을 보여주었다. 그녀는 이 모든 것에 아주 만족하여 새로운 희망으로 충만해졌다. 노련한 사업가가 보장한 확실하고 풍요로운 수입은 차치하더라도, 이 모든 예술은 헌신적인 여성에게 헌정되는 것이었고, 순수하고 평화로워서 마치 누군가의 아들이 이 예술의 품 안에서 안식처를 찾은 듯이 보일 정도였다. 어쩌면 그녀는 내가 디자인한 옷감 가운데 정숙해 보이는 것으로 옷을 맞춰 입은 모습을 상상하고는 잠시 능히 이해할 만한 허영심에 젖었을지도 모른다. 그녀는 이 기분 좋은 생각에 너무 몰두한 나머지 마음껏 이 생각을 즐기려고 이걸로 순방을 중단했다.

그러나 다음 날이 되자 어머니는 보통의 경우라면 아버지가 해야 하는 의무를 다시 상기하고는 새로운 근심과 의심을 품은 채 길을 나섰다. 그녀는 선친의 세 번째 친구인 구두장이에게 갔는데, 그는 생각이 깊고 유능한 정치가로 소문 나 있었다. 아버지가 돌아가신 이후로 그는 동시대의 사건들을 겪으며 엄격한 민주주의 노선에 발을 들여놓았다. 어머니의 설명과 어제의 노력의 성과를 언짢은 기분으로 듣고 난 그는 다음과 같은 자신의 의견을 거칠게 토해냈다.

"화가, 지도 제작자, 꽃 도안가, 방구석에 박혀 있는 인간들, 귀족의 종복! 부호 계층의 하수인, 사치와 연약(軟弱)의 공범, 심지어 잔인한 전쟁을 직접 지원하는 지도제작자! 부인, 우리에게 필요한 것은 수공업입니다. 손으로 하는 정직하고 어려운 일 말입니다. 만일 남편께서 살아 있다면 그는 둘 곱하기 둘은 넷인 것만큼이나 자명하게 아드님을 어려운 수작업을 통해 인생길로 이끌었을 거예요. 게다가 그 아이는 다소 허약한 편이고 여자의 손에서 자라 응석받이가 되어 있습니다. 미장이나 석수가 되게 하시든지 아니면 차라리 제게 맡기시는 편이 더 나아요. 그러면 적절한 겸손함을 배울 것이고, 결과적으로 서민 출신의 한 남자로서 올바른 긍지를 얻게 될 것입니다. 그래서 훌륭한 구두를 완전히 제대로 만들 수 있게 될 때까지는 마땅히 시민이란 무엇인지를 배우겠지요. 만일 그가 우리 수공업자들이 애타게 그리워하는 자기 부친의 뒤를 충실하게 따른다면 말입니다. 레 부인, 잘 생각해보십시오! 가장 낮은 단계에서부터 인생을 시작하는 것, 그것이 남자를 만드는 겁니다. 제가 지난번에 보내드린 새 신발이 혹 너무 작지는 않았는지요?"

그러나 특별하게 위안을 받지 못하고 떠난 레 부인은 길을 가면서 혼잣말로 중얼거렸다. "당신의 나무못이나 맘껏 박아보지 그래, 구두장이 양반. 내게서는 당신의 목적을 이룰 수 없을걸. 무례한 사람 같으니! 분수나 지키면서 쓸데없는 일에 참견 말고 내 아이가 당신을 상대해줄 때까지 기다리구려! 실로 꿰맨다고 다 충고는 아니지![1] 신을 두려워한다면 무두장이 앞에서 도망칠 필요가 없지![2] 근묵자흑(近墨者黑)이라니까." 훗날 이 대화가 화제에 오를 때마다 반복했던 이러한 조롱을 한 뒤, 그녀는 아버지가 언젠가 신분이 높은 남자를 위해 지었던 높고 아름다운 집의 초인종을 울렸다. 기품이 있고 진지한 사람으로 국정에 관여하는 그는 말이 없는 편이었지만 우리에게는 얼마간 호의를 보였으며, 벌써 몇 차례나 우리를 도와주는 결정적인 충고를 해준 적이 있었다. 무엇이 문제인지에 대해 듣고는, 그는 다음과 같이 정중하게 거절하는 말을 했다.

"이 문제만은 도와드릴 수가 없어서 유감이군요! 저는 예술에 대해서는 정말 문외한입니다. 제가 아는 것은 아주 탁월한 재능을 지닌 사람에게도 오랜 동안의 학습 기간과 상당한 돈이 필요할 것이라는 사실뿐입니다. 물론 특별한 역경을 뚫고 결국 성공한 천재들이 있기는 하지만 자제 분이 조금이나마 그렇게 될 소지가 있는지 판단할 만한 인물이 우리 도시에는 없거든요! 여기서 예술가나 그와 유사하게 사는 사람들은 제가 이해하고 있는 진정한 예술가하고는 상당히 거리가 있습니다. 저는 결코 그렇게 잘못된 목적을 향해 가라고 충고할 수 없습니다!" 그런 다음 그는 잠시 생각하더니 이어서 말했다. "자제분과 함께 그 모든 일을 유치한 몽상이라고 치부해버리세요. 만일 그가 우리 관청에 들어오기로 마음먹는다면 저는 그렇게 될 수 있도록 기꺼이 도와주고 보살피겠습니

---

1) 구두장이가 구두를 만들 때 사용하는 나무못과 실을 예로 들면서 구두장이를 비난하는 것이다.
2) 구두장이와 무두장이 사이의 불신관계를 풍자하는 말이다. 양자간에는 다음과 같은 속담이 전래된다. "무두장이는 구두장이의 윗옷을 벗겨간다.""구두장이는 무두장이에게서 가죽을 훔쳐 가난한 사람들에게 신발을 만들어준다."

다. 그가 특히 쓰기 분야에 재능이 없지 않다고 들었습니다. 제대로 처신하면 시간이 흐름에 따라 다른 많은 성실한 사람들처럼 관리직으로 승진할 수 있을지도 모릅니다. 그 사람들도 처음에는 밑바닥에서 시작했고 가난한 서기로 우리 관청에 들어왔지요. 말이 나왔으니 말이지만 어떤 커다란 희망을 주기 위해서 이런 언급을 하는 것은 아닙니다. 다만 이 길로 들어선다 해도 그 아이가 반드시 어둡고 궁색한 운명에 매이지만은 않는다는 것을 보여드리기 위함이지요."

아주 새로운 기대를 갖게끔 해준 이 말 때문에 어머니는 진지하게 내 생각을 바꾸도록 해야 하지 않을까 하는, 완전히 불확실한 상태에 빠져들었다. 이번 경우는 직물 공장주의 경우보다 뒤가 더 든든했기 때문이다. 요컨대 명망 있고 빈말을 하지 않을 뿐만 아니라, 우리 상황을 아주 분명하게 꿰뚫어보고 그 상황을 함께 헤쳐 나갈 수 있는 사람, 자기의 충고를 신뢰하는 사람을 돌봐줄 능력이 있는 그런 사람이 나선 것이다.

여기서 그녀는 힘든 순방을 멈추고 이번 순방의 모든 결과를, 공장주와 정치가의 제안을 특히 강조하면서, 긴 편지에 써 보냈다. 아직 확실한 결정은 잠시 유보하고 어떻게 하면 내가 이 나라에서 가장 마땅한 호구책을 찾을 수 있으며, 그녀 자신의 노후에 위안과 의지가 되면서도 나 자신의 타고난 소질에 잘 맞게 살 수 있을 것인지에 대해 우선적으로 생각해보라고 하셨다. 내 적성에 맞지 않는 직업을 억지로 결정하게 하는 데에 그녀가 조금이라도 관계되어서는 안 된다는 것은, 그녀가 이 문제에 관한 아버지의 원칙을 충분히 알고 있고, 아버지가 살아 계신다면 하셨을 일과 가장 유사하게 일을 처리하는 것이 그녀의 유일한 과제이기 때문에 더 말할 필요도 없다는 것이었다.

이 편지는 '사랑하는 아들에게!'라는 말로 시작되었는데, 어머니에게 처음 들어보는 아들이라는 말은 감동과 함께 나를 극도로 우쭐하게 만들었다. 그래서 나는 편지 내용에 대해 매우 민감해졌고, 결과적으로 내 자신에 대해서 의심을 품고 회의에 빠졌다. 초록색 나무들과 더불어 나는 진지하고 냉정한 세상살이와 세상살이의 주재자에 맞서 외로움과 무력감을 느꼈다. 그러나 사랑하는 숲과 영원히 헤어진다는 생각을 체념적으로 받아들일수록 나는 더 열렬하게 자연에 몰두하여 온종일 산속을 배회했다. 그리고 곧 닥칠지도 모르는 이별은 나에게 전에는 어렴풋이 이해했던 많은 것을 더 확실하게 파악할 수 있게 해주었다. 나는 이미 융커 펠릭스의 수많은 스케치를 베껴 보았고, 그러면서 몇 가지 표현법을 체득했기 때문에 내 종이들은 적어도 연필과 목탄으로 흑백의 정연한 조화를 이루고 있었다.

제2장 유디트와 안나

아침이나 저녁에 나는 종종 깊은 호수 위의 언덕에 올랐는데, 그 아래에는 학교 선생님이 어린 딸과 함께 살고 있었다. 그런 경우가 아니면 나는 온종일 비탈면 가운데 한곳을 골라 너도밤나무나 떡갈나무 아래 머물면서 그 집이 번갈아가며 햇빛과 그늘 속에 놓이는 것을 바라보았다. 그러나 오래 망설일수록 아래로 내려갈 결단을 내리기가 더 어려웠다. 그 소녀가 끊임없이 내 마음속에 자리 잡고 있었고, 따라서 사람들은 내가 그녀 때문에 왔다는 것을 즉각 알아챌 거라는 생각 때문이었다. 내 머릿속은 갑작스럽게 안나의 섬세한 모습으로 꽉 차게 되어, 그녀를 보면 나는 곧장 편안한 느낌을 송두리째 잃어버렸으며, 주제 넘는 자의식에서 그녀의 경우도 나와 마찬가지일 거라고 상상했다. 그러나 재회를 갈망했음에도 기다리는 시간과 나의 우유부단이 전혀 고통스럽거나 참기가 힘들지 않았다. 오히려 나는 이러한 사색과 기대로 가득 찬 상태를 즐기면서 두 번째 만남을 되레 불안하게 기다렸다. 사촌 여자애들이 안나 이야기를 할 때 나는 듣지 않는 척했지만 실제로는 그 대화가 계속되는 동안에는 자리를 뜨지 않았다. 그리고 안나가 사랑스러운 애가 아니냐고 그들이 물으면 나는 "그래, 물론 그렇지!"라고 냉랭하게 대답했다.

길을 가는 도중에 아름다운 유디트의 집을 지나는 일이 자주 있었다. 그녀가 아름다운 여자라는 바로 그 점 때문에 내가 다소 당황스러워하며 들어가기를 주저했으므로 그녀에게 명령받다시피 안으로 불려 들어가서 붙잡혀 있곤 했다. 헌신적이고 지칠 줄 모르는 노부인들의 방식대로, 또 깨뜨리기 어려운 습관 때문에 그녀의 어머니가 거의 언제나 따뜻한 들판에서 일하는 동안, 건장한 딸은 더 쉬운 일을 택하여 서늘한 집과 정원에서 편안하게 집안일을 처리했다. 그런 이유로 이 딸은 날씨가 좋으면 으레 집에 혼자 있었으며, 자기가 좋아하는 사람이 찾아와 한가롭게 담소를 나누는 것을 좋아했다. 내 그림솜씨를 알게 된 그녀는 곧바로 작은 꽃다발을 그려달라고 부탁했으며, 내가 그림을 그려주자 기뻐하면서 찬송가책 속에 끼워넣었다. 그녀에게는 도시에서 가져온 작은 앨범[3]이 있었는데, 종이에 금테가 칠해진 이 앨범은 두세 장에만 글씨가 적혀 있었고 나머지 상당량의 종이는 텅 비어 있었다.

방문할 때마다 그녀는 그것들 가운데 몇 장을 내게 주었고, 나는 그 위에 꽃이나 화환을 그렸다(나는 이미 물감과 붓을 그 집에 두고 다녔으며, 그녀는 이것들을 조심스럽게 간수했다). 그런 다음 시구(詩句)나 재담이 그 아래에 씌어졌으며, 그녀의 교회 기념장(記念帳)은 내가 몇 분 안에 완성한 그러한 그림들로 가득 찼다. 이 시들은 그녀가 보관해두고 있던, 인쇄된 커다란 종이 띠 뭉치에서 따왔는데, 이것은 이전에 그녀가 즐겨 먹던 사탕의 포장지였다.

이러한 왕래를 통해서 그녀와 허물없이 친해진 나는 늘 어린 안나를 생각하면서도 아름다운 유디트와 함께 지내는 것을 좋아했다. 왜냐하면

---

3) 작은 서명록을 일컫는다. 원래는 한 집안의 식구들을 적어놓던 것이었지만, 후에는 친구나 친지들이 기념으로 남기기 위해 기억될 만한 격언이나 금언을 적어넣곤 했다.

이 시절에 나는 아무것도 알지 못하는 상태에서 한 여자가 없으면 다른 여자를 택했으며, 충만하게 피어난 여인을 눈앞에 두고 마음으로는 멀리 떨어져 있는 연약한 꽃봉오리를 생각하면서도 그것이 부정직한 짓이라고는 믿지 않았기 때문이다. 어떤 다른 곳에 있을 때보다, 정말이지 안나가 실제로 눈앞에 있을 때보다 더 편안하게 안나를 생각할 수 있었던 것이다.

나는 오전 중에 여러 번, 풀어헤쳐져 엉덩이까지 닿는 풍성한 머리를 빗고 있는 그녀를 만났다. 나는 그녀를 놀릴 셈으로 출렁이는 이 비단물결을 가지고 놀았고, 유디트는 두 손을 무릎에 얹고 아름다운 머리를 내 손에 맡기곤 했는데, 이런 장난이 점차 애무로 변해도 그녀는 그저 미소만 지으면서 받아들이곤 했다. 이때 내가 느꼈던 고요한 행복은, 그것이 어떻게 생겨나 어디로 갈 것인지 생각해보지도 않고, 곧 습관과 욕망이 되었다. 나는 매일 그 집에서 30분 정도 머물며 우유 한 잔을 마시고, 미소 짓고 있는 여인의 머리를, 심지어는 그것이 이미 땋아져 있을 때에도 풀어내렸다. 그러나 그녀가 혼자 있을 때, 즉 전혀 방해받을 염려가 없을 때에만 나는 그 짓을 했으며, 그녀 역시 그럴 경우에만 허락했다. 그리하여 이 은밀한 무언의 일치감은 우리가 함께 있는 시간을 달콤한 매력으로 감싸주었다.

어느 날 저녁 나는 산에서 내려오다가 그녀의 집에 들렀다. 그녀는 집 뒤편의 샘물 곁에서 막 초록색 푸성귀 한 바구니를 씻던 참이었다. 나는 그녀의 두 손을 잡아 맑은 물속에 넣고 마치 어린아이에게 그렇게 하듯이 씻고 문질러주다가 차가운 물방울을 그녀의 목에 튀겼다. 그러다 마침내 유치한 장난기가 발동하여 그녀의 얼굴에까지 물방울을 뿌렸다. 그러자 그녀는 내 머리를 잡아 무릎 위에다 누르며 머리를 상당히 우악스럽게 두드리고 문질렀기 때문에 나는 귀가 윙윙거릴 정도였다. 비록 내가 어느 정도 이 벌을 노렸다고 할 수 있었지만 그녀가 한 짓은 너무 가혹했다. 나는 그녀를 뿌리치고 복수할 양으로 이번에는 내가 적의 머리를 잡았다. 그러나 그녀가 계속 앉은 자세로 거세게 저항했기 때문에 우리는 마침내 둘 다 숨이 가빠지고 열이 달아올라 싸움을 포기했으며, 나는 두 팔을 그녀의 흰 목에 감고 매달려 쉬었다. 기진맥진해진 그녀가 두 손을 무릎 위에 놓고 멀리 앞을 바라보고 있는 동안 가슴은 위 아래로 움직이고 있었다. 내 눈은 그녀의 눈을 따라 붉은 노을을 향했다. 저녁의 고요함이 우리를 진정시켜주었다. 깊은 생각에 잠긴 유디트는 흥분된 피가 끓어오르는 것을 억누르면서, 내 젊음 앞에서 가슴속의 욕망과 흥분을 견고히 숨겨두고 있었다. 그러는 동안 나는 내 몸이 기대어 있는 타오르는 심연을 의식하지 못한 채, 고요한 행복에 천진하게 나를 내맡기고 하늘의 투명한 붉은빛 속에서 섬세하고 가냘픈 안나의 모습이 떠오르는 것을 보았다. 이 순간 나는 오로지 그녀만을 생각했던 것이다.

어렴풋이나마 사랑이 깨어나 활동하는 것을 느낀 나는 그 착한 소녀를 곧 만나야 할 것 같았다. 나는 갑자기 벌떡 일어나 서둘러 집으로 향했다. 집 쪽에서는 날카로운 바이올린 소리가 들려왔다. 모두 큰 홀에 모인 소년 소녀들이 서늘하고 한가로운 저녁시간을 이용하여 초청된 바이올린 연주자의 연주에 맞춰 서로 춤을 가르치며 연습하고 있었다. 나이가 든 축들은 곧 다가올 가을 축제를 위해 어린 후손들을 준비시키는 것이 좋다고 생각했으며, 그렇게 함으로써 자신들도 잠시나마 춤의 재미를 즐기려 했던 것이다. 홀에 들어선 나는 곧 참여하도록 권유받았다. 웃으며 즐거워하는 대열에 끼어든 나는 갑자기 그 대열 뒤에 숨어서 얼굴을 붉히고 있는 안나를 발견했다. 나는 이때 매우 만족스러웠고 내심 너무나 기뻤다. 그러나 만난 지 여러 주일이 지났음에도 나는 기쁨을 드러내는 대신 그녀에게 짧게 인사하고 다시 물러섰다. 여자 사촌들이 이제 막 춤을 추기 시작한 안나와 함께 춤을 춰보라고 권했을 때 나는 무뚝뚝하게 온갖 핑계를 들이대며 피하려고 했다. 그러나 아무 소용이 없었다. 결국은 마지못해 청을 받아들인 우리는 서로 쳐다보거나 몸을 접촉하지 않고 다소 서툴고 수줍게 홀을 한 바퀴 돌았다. 마치 어린 천사의 손을 잡아 이끌며 낙원에서 왈츠를 춘 것 같았지만, 춤이 한 차례 끝나자마자 우리는 물과 불처럼 곧바로 떨어져 즉시 서로 다른 쪽 끝으로 가서 반대편에 섰다. 조금 전까지만 해도 훤칠하고 아름다운 유디트의 뺨을 마음 내키는 대로 눌러댔던 내가 이때만큼은 가늘고 거의 실체가 없는 것 같은 이 아이의 몸을 떨면서 안았으며, 마치 뜨겁게 달구어진 쇳덩어리인 것처럼 다시 떠나보낸 것이다. 그녀도 즐거워하고 있는 소녀들 틈으로 다시 숨어들어가 나와 마찬가지로 더 이상 춤의 대열에 끼어들지 않았다. 다른 한편으로 나는 모든 사람에게 말을 건넬 때 안나의 주목을 끌 수 있는 말들을 골라서 말했다. 그러면서 나는 몇 마디 안 되는 말이나마 그녀 역시 그런 생각으로 말하고 있을 거라고 상상했다.

그녀는 외삼촌의 딸들과 활발하게 비둘기를 주고받았기 때문에 어린 비둘기가 가득 담긴 바구니를 들고 왔는데, 이것이 마침 떠돌아다니던 바이올린 연주자를 불러들이는 주된 계기가 되었다. 앞으로는 자주 춤 연습을 하기로 약속을 했다. 밖이 어두워져서 지금으로서는 누군가 안나를 집까지 바래다주어야 하는데, 내가 가야 한다는 것이었다. 이 말이 마치 음악소리처럼 들리긴 했지만 나는 나서지 않았다. 속으로 우쭐한 감정이 솟아나 이 어린 소녀를 친절하게 대하는 것이 거의 불가능할 정도가 되었기 때문이다. 그녀가 좋아질수록 내 태도는 더 퉁명스럽고 어색해졌다. 그러나 그 소녀는 언제나 한결같이, 조용하고 겸손하면서도 세련된 태도를 보이며 장미가 꽂혀 있는 넓은 밀짚모자를 차분하게 묶고 있었다. 차가운 밤공기 때문에 그녀는 과꽃과 장미무늬가 가득한 구식의 화려한 흰 숄을 가져왔는데, 그녀가 다소 촌스러워 보이는 푸른 원피스 위에 그것을 두르자 섬세하고 작은 얼굴과 금발의 조화로 마치 1790년대의 영국 소녀 같아 보였다. 그녀는 누가 자기를 바래다줄 것인지 기다렸지만 그렇다고 망설이거나 지체하지 않고, 겉보기에 태연해 보이는 모습으로 길을 떠나려고 돌아섰다. 사촌자매들의 활기찬 기분에 고무된 그녀는 내게 눈길을 주지 않고 쑥스러워하는 나를 몰래 비웃었는데, 이로써 나는 더 당황하게 되었다. 서로 단결하여 작당한 소녀들의 맞은편에 혼자 서 있던 나는 홀에 혼자 남을 생각까지 해야 했기 때문이다. 다행히 나이가 제일 많은 여자 사촌이 나를 불쌍히 여긴 나머지 다시 한 번 단호하게 나를 불렀기 때문에 나는 체면을 깎이지 않고 적어도 집을 떠나는 대열에 낄 수는 있었다.

우리는 마을의 끝, 그러니까 안나가 넘어가야 할 언덕이 시작되는 곳까지 함께 갔다. 거기서 서로 작별인사를 나누었다. 나는 뒤쪽에 서서 안나가 숄을 끌어당기며 말하는 것을 들었다. "이제 누가 함께 갈 거지?" 그러자 소녀들은 야단을 치면서 말했다. "그래, 만일 화가께서 예의가 없으시다면 다른 사람이 너를 데려다주어야겠지!" 이어서 어떤 형제가 소리쳤다. "그래, 만일 그래야 한다면 내가 함께 가지. 그렇지만 화가께서 너희들이 원하는 대로 여자에게 곰살궂은 남자 역할을 하지 않는 것은 옳은 일이야!" 그러나 나는 앞으로 나서며 퉁명스럽게 말했다. "나는 하지 않겠다고 한 적 없어. 안나만 좋다면 내가 바래다줄 거야." "내가 싫어할 이유가 어디 있어?"라고 그녀가 대답했고, 나는 그녀와 나란히 가기 위해 그쪽으로 갔다. 나머지 아이들은 우리가 아주 세련된 도시사람들인 만큼 내가 안나의 팔짱을 끼어야 한다고 소리쳤다.

나는 그렇게 해야 한다고 믿고 내 팔을 그녀의 팔에 끼웠는데, 그녀는 재빠르게 팔을 빼내서 부드럽지만 단호하게, 놀리는 아이들을 미소와 함께 되돌아보면서 내 팔을 끼었다. 뭘 실수했는지 깨달은 나는 너무 창피해서 한마디 말도 없이 산을 전속력으로 올라갔고 가엾은 소녀는 나를 따라올 수 없을 지경이었다. 하지만 그녀는 이런 모습을 보이려 하지 않고 용감하게 성큼성큼 걸었다. 우리 둘만 있게 되자마자 그녀는 자기를 데려다주어야 할 길에 대해서, 들과 숲에 대해서, 또 이 땅과 저 땅이 누구 소유인지 그리고 이곳저곳이 몇 년 전까지만 해도 어떠했는지 확신에 찬 어투로 술술 말하기 시작했다. 그녀의 말을 주의 깊게 들으며 한마디 한마디를 한 방울 한 방울의 머스캐트 포도주[4]인 양 삼키는 동안 나는 거의 대답을 할 수 없었다. 산의 정상에 도착하여 그곳의 평지를 편히 걸을 때 서둘렀던 내 발걸음은 이미 늦추어져 있었다.

별이 반짝이는 하늘이 땅 위로 넓게 펼쳐져 있었지만 산 위는 어두웠다. 어둠은 우리를 더 밀착시켜주었다. 서로 얼굴을 전혀 볼 수 없는 상태에서 가까이 다가서면 상대방의 말을 더 잘 들을 수 있을 거라고 생각했기 때문이다. 먼 계곡에서 물 흐르는 소리가 다정하게 들렸고, 어두운 땅 위의 여기저기서 흐린 불빛이 깜박거리는 것이 보였다. 땅은 검은 어둠 덩어리로 보였기 때문에 하늘과 구별되었고, 하늘은 그 검은 그림자의 가장자리를 희미하고 어스름한 띠로 에워싸고 있었다. 이러한 밤경치를 보며 나는 동반자의 말을 귀담아 들었다. 동시에 나는 연인이라고 단정 지은 여자의 팔짱을 끼고 가는 것을 기쁨이요 자랑으로 여겼다. 매우 활발해진 우리는 쾌활하게 숱한 얘기를 나누었는데, 그 가운데에는 전혀 쓸데없는 것들에 대한 얘기도 있었다. 그러다 다시 우리의 공통적

---

4) 육두구 열매와 비슷한 향기와 냄새가 나는 달콤한 포도주.

인 친척과 그들의 형편에 대해서 얘기할 때는 마치 현명한 노인들처럼 대화를 나누었다. 벌써 저 아래쪽에서 반딧불처럼 반짝이는 그녀의 집에 가까이 갈수록 안나는 더 거리낌 없이 말을 많이 했다. 그녀의 목소리는 멀리서 들리는 만종소리처럼 끊이지 않고 우아하게 울렸다. 그녀가 예쁜 공상을 하면 나는 생각해낼 수 있는 것 가운데 최고의 것으로 맞장구를 쳤다. 하지만 우리는 그날 저녁 내내 한 번도 직접적으로 이름을 부르지 않았으며, '너'라는 호칭은 그때 한번 이후로는 더 이상 사용하지 않았다. 우리는, 적어도 나는 결코 지출할 필요가 없는 비장의 금화처럼 가슴속에만 그것을 간직했다. 아니면 그것은 마치 별처럼 우리 앞 저 멀리에서 중립지역의 한가운데에 떠 있었다고 할 수 있다. 우리의 대화와 서로의 관계는 이 별을 향해 있었다. 마치 두 개의 직선이 함부로 미리 접촉하지 않고 한 점에서 만나듯 그 별에서 만나야 하나가 될 터였다. 우리가 집으로 들어가, 그때까지 그녀를 기다리던 그녀의 부친에게 인사를 드렸을 때에야 비로소 그녀는 그날 저녁의 일들을 즐겁게 얘기하며 필요할 때마다 아무 스스럼없이 내 이름을 불렀다.

그리고 아버지의 집에 들어오자 마치 둥지 속의 비둘기처럼 안전함을 느낀 그녀에게서 돌연 '너'라는 말이 튀어나왔는데, 거리낌 없이 던져진 말이라서 나도 그 말을 받아들이고 마찬가지로 천진하게 '너'라는 말로 응수하면 그만이었다. 선생님은 내가 오랫동안 오지 않았다고 꾸중하시더니 확실하게 하기 위해 내일 오전에 당장 온종일 호숫가에서 함께 보내자고 말씀하셨다. 안나는 다시 가져와야 한다면서 숄을 건넸다. 그런 후 불을 들고 집 앞까지 따라온 그녀는 무언의 우정이 맺어진 뒤의 편안한 어조로 작별인사를 했다.

그 집이 보이지 않게 되자 나는 즉시 하늘의 구름처럼 여겨지는 꽃무늬의 부드러운 숄을 머리와 어깨에 둘렀고, 그것을 두른 채 어두운 밤의 산 위에서 신들린 사람처럼 춤을 추었다. 산의 정상에서 별 아래에 섰을 때 아래쪽 마을에서는 자정을 알리는 종이 울렸다. 가까운 곳과 먼 곳의 정적이 너무나 깊어서 귀신이 나올 것 같은 소리로 변할 것 같았는데, 이러한 환상에서 깨어나 집중해서 귀를 기울이면 아래쪽에서 냇물이 졸졸 흘러가는 소리가 들렸다. 나는 한순간 마법에 걸린 듯 꼼짝 못하고 서 있었는데, 시야가 미치는 주위가 온통 환희의 전율로 떨리는 것 같았으며, 이 전율의 물결은 산을 에워싸며 계속 더 작은 원의 모습으로 가까이 다가와 마침내 나의 심장을 온통 전율하게 만들었다. 나는 우스꽝스러운 숄을 경건하게 벗어서 접어들고 가파른 언덕을 꿈꾸듯 내려와 별 어려움 없이 집으로 가는 길을 찾았다.

제3장 콩더미 속의 로맨스

　다음 날 아침 나는 화구들을 챙겨 이슬과 햇빛으로 반짝이고 빛나는 그 길을 다시 걸었다. 곧 아침안개 사이로 호수가 어렴풋이 빛나고 있는 것이 보였다. 집과 정원은 이른 아침의 금빛에 싸인 채 강물 속에서 수정같이 맑게 비치고 있었다. 꽃밭 사이에서 파란 물체가 움직였는데 뉘른베르크의 장난감[5]에서 그렇듯이 아주 멀고 작게 보였다. 그 물체는 나무들 뒤로 다시 사라졌다가 더 커진 모습으로 더 가깝게 다가와 그의 영역 속으로 나를 맞아들였다. 선생님 가족은 아침식사를 차려놓고 나를 기다리고 있었다. 먼 길을 온 탓으로 식욕이 넘친 나는 매우 만족스럽게 식탁에 앉았으며, 그러는 동안 안나는 주부로서의 미덕이 되는 일들을 지극히 사랑스럽게 해낸 다음, 내 옆자리에 앉아 어떤 세속적인 욕구도 전혀 없는 양 마치 요정처럼 아주 절제하면서 우아하게 음식을 먹었다.

　그러나 그 뒤 한 시간도 채 지나지 않아 나는 그녀가 큰 빵조각을 손에 들고 내게도 똑같은 것을 주면서 작고 하얀 이로 아무 거리낌 없이 우적우적 베어 먹는 것을 보았는데, 대화를 나누고 걸으면서 이렇듯 탐

---

5) 뉘른베르크에서 생산된 장난감은 15세기부터 잘 알려져 있었는데, 19세기에 뉘른베르크의 장난감은 대개 비싸지 않은 양철 장난감을 일컬었다.

욕스럽게 먹는 모습도 조금 전 식탁에서의 얌전한 행동과 마찬가지로 그녀에게 잘 어울렸다.

아침식사 후 안나의 부친은 익어가는 포도를 가리고 있는 이파리를 제거하기 위해 늙은 하녀와 포도밭이 있는 언덕으로 올라갔다. 명상적인 일상생활에서 포도밭 돌보기는 장작패기와 함께 그의 주된 일이었다. 나는 할 일을 찾으려고 주위를 둘러보았다. 안나는 콩을 말리는 준비 작업으로 커다란 통에 가득한 녹색 콩을 다듬어 그것을 줄에 꿰는 일을 해야 했다. 나는 그녀 곁에 가까이 있으려고, 기분전환을 위해 꽃을 자연 그대로 그려야 한다는 구실을 대면서 그런 꽃 한 다발을 꺾어달라고 부탁했다. 꽃을 고르기 위해 나는 그녀와 함께 정원으로 들어갔다. 반 시간쯤 뒤에 우리는 마침내 꽤 많은 꽃을 모아 화려한 구식 꽃병에 꽂은 뒤, 집 뒤편 포도나무 그늘에 있는 정자의 탁자 위에 올려놓았다.

안나는 그 주위에 콩을 쏟았다. 우리는 서로 마주 보고 앉아 점심시간까지 일을 하며 서로 살아온 얘기를 나누었다. 분위기에 완전히 익숙해져 집처럼 편안함을 느끼게 된 나는 오빠로서의 우월한 위치에서 설득력 있는 의견과 평가 그리고 가르침으로 그 착한 아이를 감탄하게 만들었다. 그러면서 나는 화려한 색깔로 대담하게 꽃을 그렸으며, 한 손에는 콩 다발을, 다른 한 손에는 작은 칼을 든 그녀는 탁자 위로 몸을 내밀고 놀랍고도 만족스러운 표정으로 나를 바라보았다. 나는 이 집에 제대로 된 장식품을 남겨놓을 생각으로 꽃다발을 실물 크기로 그렸다. 그사이에 산에서 내려온 하녀는 나의 놀이 상대에게 식사준비를 거들어달라고 부탁했다. 이 짧은 이별, 이별 후 식탁에서의 재회, 그 뒤의 휴식시간, 선생님이 격언을 동원하여 내 작품에 진전이 있다고 칭찬해주신 일, 마지막으로 저녁때까지 정자에서 함께 지낼 수 있다는 희망 등은 기쁨과 즐거움의 원천이 되었다. 안나도 나와 같은 마음인 것 같았다. 저녁때까지 작업하기에 충분해 보이는 양의 콩을 탁자 위에 쏟았던 것이다.

그런데 갑자기 하녀가 나타나, 오늘 포도밭 일을 완전히 끝마치지 않으면 조금 남은 일 때문에 내일 또 포도밭에 가야 하니까 안나도 포도밭으로 가야 한다고 말했다. 나는 이 설명을 듣고 슬퍼서 늙은 여자에게 매우 화가 났다. 안나는 기꺼운 마음으로 바로 탁자를 떠나며, 나와는 달리 그녀의 계획이 변경된 데 대해서 기쁨도 노여움도 표현하지 않았다. 늙은 여자는 내가 따라나서지 않자, 혼자 남아 있고 싶지도 않을 것 같고 또 포도밭이 있는 언덕이 정말 아름다우니 함께 가지 않겠느냐고 말했다. 하지만 이미 너무나 슬퍼진 나는 갈 마음이 내키지 않아서 그림을 끝내야 한다고 변명했다.

나는 오후의 정적에 싸여 외로운 곳에 홀로 있게 되었지만 다시 만족감을 느꼈다. 이렇게 혼자 있는 것이 내 작품에도 도움이 되었다. 오전에는 옛날의 유치한 방식으로 서툴게 색칠했지만, 이제는 내 앞의 진짜 꽃들을 제대로 이용하여 그것들에게 배우려고 좀더 노력했기 때문이다. 나는 색을 더 정확하게 섞었고 형태와 명암을 더 깔끔하고 세심하게 처리했다. 마침내 세속의 때가 묻지 않은 시골사람의 집 벽에 걸렸을 때 뭔가 연상시킬 수 있는 그림 한 점이 완성되었다.

여기저기의 잎과 줄기를 수정하거나 그림자를 더 어둡게 하면서 내 식견에 따라 애정을 쏟으며 그림을 완성하는 동안 시간은 금방 지나 저녁이 되었다. 이 소녀에 대한 연정 덕분에 나는 그림을 꼼꼼하게 마무리하고 상세히 검토하는 것을 배우게 되었는데, 그전에는 이러한 것을 알지 못했다. 더 이상 손질할 것이 없어졌을 때 나는 종이의 한 귀퉁이에 '하인리히 레 작(作)'이라고 쓰고, 줄기의 밑 부분에는 장차 이 그림을 갖게 될 여자의 이름을 고딕체로 썼다.

그동안에도 포도밭에는 아직도 상당량의 작업이 남은 것 같았다. 태양이 벌써 숲 가장자리 바로 위까지 내려가 점점 어두워져가는 강물 위로 불빛 띠를 두르고 있는데도 집주인들에게서 아무런 소식을 듣지 못했기 때문이다. 나는 집 앞 계단에 앉았다. 태양은 기울면서 짙은 황금빛을 뒤에 남겨, 사방에 후광을 던졌다. 또한 내 무릎 위의 그림을 신비하게 비춰주어 뭔가 정말 가치 있는 것처럼 보이게 했다. 아침에 일찍 일어났던데다 이 순간에 마땅히 할 일도 없었으므로 나는 점점 잠에 빠져들었다. 깨어났을 때는 친구들이 돌아와 깊어가는 황혼빛을 받으며 내 곁에 서 있었고, 짙푸른 하늘에는 별이 떠 있었다. 내 그림은 거실의 불빛 아래서 감상되었다. 지금껏 한 번도 이와 같은 것을 본 적이 없었던 하녀는 두 손을 머리 위로 올려 박수를 쳤다. 내 그림이 매우 좋다고 생각한 선생님은 내가 그의 어린 딸에게 베푼 호의에 대해 품위 있는 말로 감사를 표하며 매우 기뻐했다. 안나는 선물을 받은 기쁨에 미소 지었으나 그림에 감히 손을 대지는 못했으며, 평평한 책상 위에 그것을 올려놓고 다른 사람 뒤에서 건너다보기만 했다.

그런 다음 우리는 저녁을 먹었다. 나는 식사를 마친 후 떠나려고 했다. 그러나 선생님은 어두운 산 위에서 분명 길을 잃을 거라고 나를 제지하면서, 내가 자고 갈 수 있도록 잠자리를 마련해주라고 일렀다. 나는 이미 밤길을 한 번 간 적이 있노라고 이의를 달긴 했지만 순수한 우정을 위해서라도 여기에 머물러달라는 말에 쉽게 설득당했다. 우리는 바로 풍금이 있는 작은 방으로 갔다. 선생님이 연주했고 안나와 나는 거기에 맞추어 저녁 노래를 몇 곡 불렀다. 즐겁게 함께 노래를 부르는 하녀의 마음에 들도록 찬송가도 불렀는데, 그녀는 이 곡을 낭랑한 목소리로 주도했다. 그런 다음 선생님은 잠자리에 드셨다.

그러나 이때부터 늙은 카테리네의 지배가 시작되었다. 그녀는 아래쪽 거실에 오늘 밤에 마저 손질해야 할 엄청난 양의 콩을 쌓아놓았던 것이다. 밤잠이 적은 그녀가 이러한 일들을 밤늦게까지 하는 시골 풍습을 고집했기 때문이다. 그리하여 우리는 각자 자기 앞에 깊은 굴을 파내려갔으며, 노부인은 자기가 알고 있는 모든 전설과 재미있는 얘기들을 총동원하여 우리 둘을 말똥말똥하게 깨어 있게 했다. 우리는 새벽 한시까지 산더미처럼 쌓인 초록빛 콩 주위에 앉아 차근차근 산을 허물었다. 내 맞은편에 앉은 안나는 콩을 하나씩 차례로 들어내며 콩더미 속에 고도의 솜씨로 굴을 파서, 보이지 않게 지하의 수평갱을 만들었다. 그래서 그녀의 작은 손은 꼬마 산신령과도 같이 갑자기 내 구멍에 나타나 내 콩을 뺏고는 무서운 어둠 속으로 사라지곤 했다. 카테리네는 만일 내가 산을 무너뜨리지 않고 안나의 손가락을 재빨리 붙잡으면 관습에 따라 안나가 내게 입맞춰야 한다고 가르쳐주었다. 나는 몰래 기다렸다. 더 많은 굴을 판 안나는 교활하게 나를 놀리기 시작했다. 콩더미 깊숙이 손을 숨기고 파란 눈으로 짓궂게 나를 넘어다보며 여기서 손가락 끝을 살짝 내보였다가, 저기서 눈에 안 보이는 두더지처럼 콩을 움직이는가 하면, 갑자기 손 전체를 쑥 내밀었다가는 마치 생쥐가 구멍으로 들어가듯이 다시 쏙 들어가버려서 나는 안나의 손을 잽싸게 붙잡을 수가 없었다. 심지어 그녀는 계속 내 눈을 보면서 내가 막 잡으려는 콩을 전혀 눈치 채지 못하게 갑자기 내 손가락에서 빼내기도 했다. 카테리네는 내 쪽으로 몸을 굽혀서 귓속말을 했다. "안나가 하는 대로 내버려둬. 구멍이 많이 생겨 굴이 무너지면 어쨌든 안나가 네게 입맞춰야 하니까!"

그러나 안나는 늙은 부인이 무슨 말을 했는지 금방 알아차렸다. 그녀는 벌떡 일어나서 춤추듯 몸을 세 바퀴 돌리더니 손뼉을 치며 외쳤다. "무너지지 않아, 무너지지 않아, 무너지지 않아!" 세 번째 말을 할 때 카테리네는 발로 탁자를 재빨리 한 차례 툭 쳤고 그러자 속이 빈 콩더미는 처량 맞게 무너져버렸다. "무효야, 무효!" 안나는 그러리라고는 전혀 상상치 못할 만큼 그렇게 큰 소리를 지르면서 방을 이리저리 거칠게 뛰어다녔다. "아줌마가 탁자를 쳤어요. 봤단 말이에요!"

"그렇지 않아." 카테리네가 주장했다. "하인리히는 너의 입맞춤을 받아야 해, 요것아!"

"부끄러운 줄 아세요, 카테리네. 이런 거짓말을 하다니." 당황한 아이는 말했고 인정 없는 하녀는 이렇게 대답했다. "그거야 어쨌든 간에 네가 세 번 돌기 전에 산이 무너졌으니 하인리히에게 입맞춰야 하는 빚을 진 거야!" "빚진 채로 놔둘래요." 그녀는 웃으며 소리쳤고 나는 엄숙한 의식을 피하게 되어 기뻤지만 상황을 내 편으로 유리하게 전환하며 말했다. "좋아, 그럼 언제고 내게 한 번 입맞춘다고 약속해!"

"그래, 그렇게 할게!" 그녀는 이렇게 말하면서 즐겁고 장난스럽게 내가 뻗은 손바닥을 소리 나게 쳤다. 그녀는 아주 활달하고 요란했으며 또한 아주 민첩해서 낮과는 전혀 다른 사람처럼 보였다. 깊은 밤이 그녀를 변하게 한 것 같았다. 그녀의 작은 얼굴은 상기되었고, 두 눈은 기쁨으로 빛났다. 그녀는 행동이 둔한 카테리네 주위를 돌면서 춤을 추며 놀리다가 쫓겨다녔다. 결국 거실에서는 쫓고 쫓기는 놀이가 시작되었고 나도 거기에 합세했다. 늙은 카테리네는 신발 한 짝을 잃어버려서 숨을 헐떡이며 물러났지만 안나는 점점 더 거칠고 민첩해졌다. 마침내 내게 붙들린 그녀는 곧바로 팔을 내 목에 감고 입을 내 입 가까이 대고는 가쁜 숨 때문에 이따금 중단하면서 낮게 말했다.

"초록빛 언덕 위의 집에
하얀 생쥐 한 마리 살고 있었네.
언덕이 무너지려 하자

생쥐는 밖으로 도망쳤다네."

여기에 덧붙여 내가 같은 방법으로 계속 이어나갔다.

"사람들은 생쥐를 붙잡았네.
작은 발을 붙들어 잡아서
앞발 둘레에
빨간 리본을 묶었다네."

그런 다음 우리 둘은 같은 리듬으로 몸을 좌우로 조용히 흔들면서 말했다.

"생쥐는 버둥거리고 울부짖었네.
'내가 무슨 죄가 있어요?'
그러자 사람들은 황금 화살을
생쥐의 작은 심장에 찔러버렸다네."

이 짧은 노래가 끝났을 때 우리 입술은 서로 가까이 다가와 있었으나 움직임은 없었다. 우리는 입맞추지 않았고 그럴 생각도 전혀 없었다. 다만 숨결은 우리 두 사람의 입과 입을 다리처럼 이어주고 있었다. 심장은 기쁘고 평온한 상태로 남아 있었다.

다음 날 아침 안나는 조용하고 다정한 평상시의 모습을 되찾았다. 선생님은 내 그림을 밝은 날에 보고 싶어하셨는데, 그 그림은 안나가 이미 그녀의 작은 방의 가장 찾기 힘든 장소에 숨겼다는 사실이 드러났다. 그녀는 마지못해 그림을 다시 꺼내와야 했다. 안나의 부친은 1817년의 기근을 기억하기 위한 목록표[6]가 들어 있는 액자를 벽에서 떼낸 다음, 그 목록을 빼내고 유리 뒤에 새로 그린 화려한 그림을 끼워 넣었다. "마침내 우리가 이 슬픈 기념물을 벽에서 떼내야 할 때가 왔군." 그는 말했다. "어차피 더 이상 지탱될 수도 없을 테니. 이것을 따로 보관해놓은, 이미 잊힌 기념물들과 합쳐두고 그 대신 우리의 젊은 친구가 그려준, 삶이 피어나는 이 그림을 걸자. 안나야, 꽃 아래에다 네 이름을 적어 네게 경의를 표했으니까 이 액자는 또한 너를 존중하고 기념하는 액자야. 이 우아하고 존중할 만한 신의 작품들처럼 언제나 아름다운 영혼으로 밝고 순결하게 살라는 본보기야!"

아침 식사 후 나는 마침내 돌아갈 채비를 마쳤다. 안나는 오늘 다시 춤 연습이 있다는 것을 기억해내고는 함께 가게 허락해달라고 부탁했다. 그러면서 그녀는 또다시 밤늦게 산을 넘어야 하는 일이 없도록 사촌들 집에서 자고 올 거라고 말했다. 우리는 그늘로 가기 위해 시냇물을 따라 나 있는 길을 택했다. 이 길은 축축한 곳이 많았고 수초와 덤불 때문에 좁아지곤 했다. 그래서 붉은 점무늬가 있는 연한 녹색치마를 걷어 올린 안나는 늘어진 나뭇가지 때문에 밀짚모자를 손에 든 채로 여명을 뚫으며 내 곁에서 걸었다. 빨갛고 하얗고 파란 조약돌 위로 은밀하게 반짝이는 물결이 이 여명 속에서 졸졸 소리 내며 흐르고 있었다. 그녀의 땋은 금발 머리는 목을 지나 아래로 깊게 늘어져 있었고, 얼굴은 자신이 디자인한 하얀 옷깃으로 둘러싸여 있었으며, 이 흰 옷깃은 어려 보이는 좁은 어깨까지 덮여 있었다. 그녀는 말을 많이 하지 않았다. 지난밤의

---

6) 1817년 스위스에서는, 특히 취리히가 있는 동부지역에서는, 흉작과 프랑스의 보호 관세, 싸구려 영국 상품과의 경쟁, 계속되는 산업화 등으로 심각한 기근이 있었다. 이로써 많은 농부가 굶주려 죽게 되었다. 여기서 말하는 목록표는 중요한 식량들의 당시 가격을 적어놓은 것을 말한다.

일들을 약간 부끄러워하는 것 같았다. 나는 아무것도 보지 못했는데, 안나는 여기저기서 뒤늦게 피어난 꽃을 찾아 꺾었기 때문에 양손 가득 꽃을 들고 가야 했다. 강바닥이 넓어져 물이 고요하게 고여 있는 곳에서 그녀는 짐을 몽땅 땅바닥에 내려놓고 말했다. "이곳에서 쉬는 거야!" 우리는 연못의 가장자리에 앉았다. 안나는 작고 예쁜 들꽃으로 화관을 엮어 머리에 썼다. 그러자 참으로 아리따운 동화 속 아가씨처럼 보였다. 물속에서 그녀의 모습이 미소 지으며 우리 쪽을 보고 있었는데, 하얗고 붉은 그녀의 얼굴이 검은 유리로 신비스럽게 덮여 있는 듯했다.

물의 저쪽 편, 우리가 있는 곳에서 스무 발자국 정도 떨어진 곳에는 덤불도 별로 없는 바위벽이 거의 수직으로 솟아 있었다. 가파른 절벽은 이 작은 못이 얼마나 깊은지 말해주고 있었다. 암벽은 커다란 교회만큼이나 높았다. 이 절벽의 중간 지점에 구멍이 보였는데, 바위를 뚫고 나 있는 이 구멍에 갈 수 있는 길은 찾을 수 없었다. 그것은 마치 탑에 있는 매우 넓은 창처럼 보였다. 안나는 이 굴이 이교도의 방으로 불린다고 말했다. "기독교가 이 고장에 밀려들어 왔을 때," 안나가 말했다. "세례받기를 싫어하는 이교도들은 숨어야 했어. 많은 아이를 거느린 일가족이 저 위에 있는 구멍으로 피신했는데, 사람들은 어떻게 그곳으로 갔는지 알 수 없대. 그래서 사람들은 그들에게 접근할 수가 없었어. 그런데 그 사람들도 역시 밖으로 나오는 길을 찾지 못하고 말았다나봐. 얼마 동안 그들은 그 속에 살면서 음식도 해먹었지만, 아이들이 한 명씩 한 명씩 절벽 아래 이 물속으로 떨어져 익사했대. 마지막에는 엄마와 아빠만 남았는데 더 이상 먹을 것도 마실 것도 없어서 뼈만 앙상한 가련한 모습으로 입구에 나타나서 자식들의 무덤을 뚫어져라 쳐다보았다는 거야. 결국 그들도 쇠약해져서 아래로 떨어졌지. 그래서 한 가족 전체가 이 깊고 깊은 물속에 누워 있다는 거야. 여기는 바위의 높이만큼이나 깊거든!"

우리는 그늘에 앉아서 위를 올려다보았다. 잿빛의 바위 윗부분이 태양빛에 빛나고 그 이상한 구멍은 태양이 밝게 비치고 있었다. 그렇게 그곳을 바라보면서 우리는 반짝이는 푸른 연기가 그 이교도의 방에서 밀려나와 벽을 타고 올라가는 것을 보았다. 더 오래 뚫어지게 쳐다보자 큰 키에 수척하고 이상해 보이는 여자가 움직이는 연기구름 속에 서서 퀭한 눈으로 아래를 내려다보고는 다시 사라지는 것이 보였다. 우리는 말을 잃은 채 그쪽을 바라보았다. 안나는 내게로 몸을 바싹 붙였고, 나는 그녀를 팔로 안았다. 우리는 깜짝 놀랐지만 그래도 행복했다. 굴은 높은 곳을 향해 있는 우리 눈앞에서 희미하고 어지러이 아물거렸다.

그런데 다시 그것이 뚜렷해지자 한 남자와 한 여자가 높은 곳에 서서 우리를 내려다보고 있었다. 많은 사내아이와 여자아이가 반쯤 또는 완전히 발가벗은 채 굴 아래편에 앉아서 절벽 위에 발을 걸쳐놓고 있었다. 모든 눈이 우리를 지그시 응시하고 있었다. 그들은 고통스러운 미소를 지으며 마치 뭔가를 애걸하는 것처럼 우리 쪽으로 손을 뻗었다. 우리는 겁이 나서 황급히 일어섰다. 안나는 하염없이 눈물을 흘리면서 낮게 속삭였다. "오, 가엾고 가엾은 이교도들!" 그녀는 자기가 보고 있는 것이 이교도들의 망령이라고 확고하게 믿었던 것이다. 더욱이 많은 사람이 그 굴로 가는 길이 없다고 믿고 있었으므로 그럴 수밖에 없었다. "그들에게 뭔가 바치자"면서 그녀는 낮은 소리로 말했다. "그들이 우리가 함께 슬퍼하고 있다는 것을 알 수 있게 말이야!" 그녀는 작은 쌈지에서 동전을 한 닢 꺼냈고 나도 따라 했다. 우리는 연못가에 있는 돌 위에 우리의 헌금을 올려놓았다. 다시 한 번 위를 쳐다보자, 우리를 계속 주시하던 그 이상한 환영이 고마워하는 몸짓을 하며 눈으로 우리를 배웅했다.

마을에 도착한 우리는, 사람들이 한 떼의 부랑인들을 근처에서 보았고 그들을 경계 밖으로 쫓아내기 위해 조만간 찾아 나설 거라는 소문을 들었다. 안나와 나는 이때서야 그 환영의 정체를 이해할 수 있었다. 그곳으로 가는 비밀스러운 길이 있고, 그러한 은신처가 필요한 불쌍한 사람들에게만 그 길이 알려져 있음에 틀림이 없었다. 우리는 아무도 없는 구석진 곳에서 그 가엾은 사람들의 거처를 발설하지 않기로 엄숙하게 약속했고, 그럼으로써 우리는 중요한 비밀을 공유하게 되었다.

제4장 죽은 자의 춤[7]

그렇게 우리는 천진난만하고 행복하게 많은 날을 보냈다. 때로는 내가 산을 넘어갔고 때로는 안나가 우리에게 왔으며, 우리의 우정은 이미 어느 누구도 나쁘게 생각하지 않는 공공연한 것으로 간주되었다. 그런데 이 우정에 은밀하게 사랑이라는 이름을 부여한 사람은 결국 나 혼자였다. 나에게는 모든 것이 연애소설처럼 전개되었기 때문이다.

이 무렵 할머니께서 병이 나셨다. 병세는 점차 악화되어 사람들은 몇 주를 넘기지 못하고 돌아가실 거라고 말했다. 천수를 다한데다 지쳐 있기까지 했던 것이다. 그녀는 아직 정신이 총총할 동안에는 내가 한두 시간씩 침대 곁에 있으면 좋아하셨다. 그래서 할머니의 고통을 보는 일과 환자의 방에 머물러 있는 것이 생소하고 음울하게 여겨졌지만 나는 기꺼이 이 의무를 따랐다. 그러나 며칠을 끌며 계속된 진짜 임종이 닥쳐왔을 때 이 의무는 엄격하고 가혹한 고행으로 변했다. 나는 그때까지 누군가 죽어가는 광경을 보지 못했는데, 이 일을 계기로 의식이 전혀 없거나 적어도 그렇게 보이는 노인이 여러 날 동안 가쁜 숨을 몰아쉬며 죽음과

---

7) 이 제목은 우선 하인리히 할머니의 장례식에서 추는 춤을 의미한다. 나아가 이 제목은 상이한 나이, 성별, 계층의 사람들과 춤을 추는 의인화된 죽음을 비유적 · 알레고리적으로 묘사한 중세시대의 장르를 암시한다.

투쟁하는 것을 보았다. 그녀의 생명의 불꽃이 여간해서 꺼지지 않으려 했던 것이다. 관습에 따르면 교대로 기도를 드리고, 끊임없이 찾아오는 문병객을 맞으며 상황을 알려주기 위해서 적어도 세 사람이 늘 환자의 방을 지켜야 했다. 이때는 날씨가 화창해서 사람들이 일거리가 많았다. 나는 별로 할 일도 없고 책도 잘 읽었던지라 적격자로 인정받아 하루의 대부분을 침대 곁에 붙들려 있었다. 등받이 없는 의자에 앉아 무릎 위에 책을 올려놓고 나는 또렷한 목소리로 기도문과 시편 그리고 죽어가는 자를 위한 성가를 읽어야 했는데, 참고 견딤으로써 여자들의 총애를 받을 수는 있었지만 그 대가로 아름다운 햇빛은 멀리서만 볼 수 있었고 가까이에서는 언제나 죽음을 볼 수밖에 없었다.

고행을 치르는 상황에서 안나가 가장 달콤한 위안이었지만 그녀를 찾아나설 수는 없었다. 그런데 뜻밖에도 안나가 꽤 먼 친척을 문병하기 위해 수줍고 예의바른 모습으로 환자방의 문턱에 나타났다. 농가의 여인들은 이 어린 소녀를 사랑하고 존중했기 때문에 기쁜 마음으로 맞아들였다. 안나는 잠시 조용히 머무른 뒤 나와 교대해서 기도하게 해달라고 청하여 흔쾌히 허락을 받았다. 그리하여 그녀는 아직 남아 있는 죽음의 시간을 내 곁에 머무르며 마지막까지 힘껏 싸우던 불꽃이 꺼져가는 것을 나와 함께 지켜보았다. 우리는 거의 대화를 나누지 않고 『성경』책을 넘겨줄 때에만 몇 마디 속삭였다. 또는 둘 다 할 일이 없게 되면, 우리는 나란히 앉아 편안하게 휴식을 취하고 소리 없이 서로 장난을 쳤다. 이때만큼은 젊음이 자신의 권리를 발휘했던 것이다. 죽음이 찾아오고 여자들이 크게 훌쩍이기 시작했을 때 안나 역시 하염없이 눈물을 흘렸는데, 망자의 손자인 나보다 이 죽음의 의미가 더 작았을 터인데도 좀처럼 진정할 줄 몰랐다. 나는 진지하고 숙연해지기는 했지만 눈물을 흘리지는 않았다. 점점 격렬하게 우는 이 가엾은 아이 때문에 걱정이 된 나는 매우 낙담했고 낭패스러워했다. 나는 그녀를 정원으로 데리고 가 뺨을 쓰다듬어주면서 제발 그렇게 너무 울지 말라고 간절히 애원했다. 그러자 그녀의 얼굴이 비가 온 다음의 해처럼 밝아졌다. 그녀는 눈물을 닦더니 난데없이 내게 미소 지었다.

이제 우리는 다시 자유의 날을 즐겼다. 나는 장례식 때까지 집에서 기운을 회복하라고 안나를 바래다주었다. 이 모든 과정은 나를 지치게 만들었다. 게다가 비록 할머니를 알게 된 지 얼마 되지 않았지만 사랑스럽고 존경스러운 분이었기 때문에 나는 장례기간 내내 상당히 숙연해졌다. 그런데 이러한 내 분위기가 여자 친구를 불안하게 했던지라 그녀는 온갖 수단을 써서 나를 유쾌하게 해주려고 노력했는데, 이 점에서 안나는 집 앞에 서서 재차 잡담을 시작하고 수다를 떠는 다른 여자들과 같았다.

돌아가신 할머니의 남편은 내심으로는 무덤덤했지만 겉으로는 마치 많은 것을 상실했고 살아생전에 아내를 매우 귀하게 여긴 것같이 행동했다. 그는 예순 명 이상이 참석하게 될 성대한 장례식을 준비하면서 전통적인 관습을 충분히 재현하는 데에 한 치의 소홀함도 없게 했다.

장례식 날 나는 선생님과 안나와 함께 길을 나섰다. 선생님은 아랫자락의 품이 매우 넓은 검은 예복에 수가 놓인 하얀 넥타이 차림이었고, 안나 역시 검은 예복과 그녀 특유의 주름장식 깃이 있는 옷을 입었는데, 그렇게 차려입으니 꼭 수녀원에 사는 귀족 처녀처럼 보였다. 그녀는 밀짚모자는 집에 두고 머리를 특별히 솜씨 좋게 땋은 모습이었다. 게다가 오늘은 깊은 경외심과 신앙심으로 가득 차 있어서 별 말이 없었고 움직임 또한 지극히 예의가 있었다. 이 모든 것 때문에 내 눈에는 안나가 신선하고 무한히 매력 있게 보였다. 슬프고 엄숙한 내 기분에는 이렇게 사랑스럽고 보기 드문 사람과 아주 친하다는 사실에 대한 달콤한 긍지가 섞여들었고, 내적인 존경심이 이 긍지와 합해져서 나 또한 마찬가지로 행동을 조심성 있게 삼가면서 진심어린 경외심을 지니고 그녀 곁에서 걸어갔다. 그리고 길이 고르지 못한 곳에서는 그녀를 극진히 도와주었다.

우리는 먼저 외삼촌댁에 들렀다. 외삼촌 가족은 이미 채비를 마치고 있다가 조종(弔鐘)이 울리자 우리와 합세했다. 초상집에서 나는 함께 온 일행들과 헤어졌다. 나는 고인의 손자였기 때문에 상주들과 함께 있어야 했다. 또 가장 어린 직계 후손이어서 초록 옷을 입은 채 유족들의 맨 앞자리에 서서 번거롭고 지루한 장례식을 치러야 했다. 비교적 가까운 친척들은 깨끗이 치워진 커다란 거실에 모여 애도를 표하러 오는 아낙네들을 기다리고 있었다. 우리는 오랫동안 아무 말도 없이 벽과 나란히 서 있었다. 그런 후 차차 검은 옷차림을 한 늙은 여자 농부들이 들어와 한 사람씩 내게 손을 내밀며 나에게 가장 먼저 조의를 표하기 시작했고, 이러한 절차는 다음 사람들에게서도 그대로 되풀이되었다. 이 노부인들은 대부분 굽은 허리로 몸을 비칠대며 걸었으며, 고인의 오랜 친구이자 지기(知己)로서, 그리고 죽음을 남보다 두 배나 가까이 느끼는 사람들답게 감동적인 말을 했다. 그들은 하나같이 나를 응시하며 의미 깊게 바라보았다. 나 또한 한 분 한 분께 고마움을 표하며 마찬가지로 그들을 바라보아야 했거니와, 이것은 어쨌거나 내가 마땅히 해야 할 일이었다.

그들 가운데에는 간혹 키가 크고 정정해 보이는 늙은 부인이 끼어 있었는데, 이 부인은 꼿꼿이 걸어 들어와 내게 그윽하고 평온한 눈길을 보냈다. 그런 다음에는 다시 허리가 굽고 키가 작은 할머니가 뒤를 이어 들어왔는데, 그녀는 자기 자신의 슬픔을 통해 상을 당한 사람들의 슬픔을 미루어 짐작하는 것 같았다.

그러나 이제 점점 젊은 여자들이 들어왔으며 이와 비례해서 숫자도 늘어갔다. 거실은 검은 복장을 한 사람들로 꽉 찼다. 그들은 삼십대와 사십대의 매우 활달하고 호기심 많은 여자들이어서 조문자로서의 일률적인 행동 속에서도 서로 다른 성벽과 특성은 결코 감춰지지 않았다. 밀려 들어오는 물결은 좀처럼 끝날 것 같지 않았다. 마을 전체 사람들뿐만 아니라 인근에서도 여자들이 많이 왔기 때문이다. 그것은 고인이 그들 사이에서 평판이 좋았고, 시간이 지남에 따라 약간 퇴색하긴 했지만, 이 시점에서 그 명성이 다시 한 번 온전한 광채를 발휘했기 때문이라고 할 수 있었다. 마침내 악수하는 손들이 더 매끄럽고 부드러워졌다. 아주 어린 사람들의 차례가 된 것이다. 사촌들이 다가와 나를 격려하며 우정 어린 손을 내밀었을 때 나는 이미 지칠 대로 지쳐 있었다. 그들 바로 뒤에는 천사와도 같은, 무척이나 사랑스러운 안나가 있었다. 그녀는 창백하고 흥분된 모습으로 다급히 손을 내밀고 그 위로 반짝이는 눈물을 떨어뜨렸다. 이상하게도 전혀 그녀 생각을 하지 않았고, 내 앞에 나타나리라고 예상하지 않았기 때문에, 이 순간 그녀의 모습은 나도 모르는 사이에 스쳐 지나가버린 것 같았다.

마침내 여자들의 대열이 끝나서 우리는 집 앞으로 나갔는데, 그곳에는 다시 열을 맞추어 선 진지해 보이는 많은 남자들이, 우리와 똑같은 의식을 치르기 위해 기다리고 있었다. 그들은 그들의 아내와 딸 그리고 누이들보다는 훨씬 짧고 빠르게 조문을 마쳤지만, 그 일을 위해 그들은 딱딱하게 못이 생긴, 마치 대장간의 집게나 바이스 같은 손을 사용했다. 나는 가끔 볕에 그을린 농부들의 주먹에서 내 손을 다치지 않고 무사히 빼낼 수 없을 것 같은 생각이 들었다.

마침내 운구가 시작되었다. 여자들은 흐느껴 울었으며 남자들은 깊은 생각에 잠겨 딩혹스리워하면서 앞을 내려다보았다. 목사가 나타나 임무를 수행했다. 나는 어떻게 그렇게 되었는지 모르는 사이에 교회 묘지에서의 기다란 행렬의 맨 앞에 섰고, 그런 다음에는 교구민들이 가득 찬 서늘한 교회로 들어갔다. 나는 설교단에서 할머니의 원래 성(姓)과 집안, 나이와 이력 그리고 할머니에 대한 칭송이 이어지는 것을 놀라운 마음으로 주의 깊게 들었고, 장례예배의 마지막을 장식하는 속죄와 안식의 노래를 충심으로 따라 불렀다. 그런 다음 교회 출입문 앞에서 삽질하는 소리가 나는 것을 듣고는 무덤 속을 보고 싶어서 급히 밖으로 나갔다. 수수한 관이 이미 그 속에 놓여 있었다. 많은 사람이 주위에 둘러서서 울고 있었으며, 흙덩이는 퍽퍽 소리를 내며 관 뚜껑 위로 떨어져 차차 그것을 덮었다. 나는 놀라워하며 바라보았다. 나는 내 자신이 낯설고 이상하게 여겨졌다. 흙에 묻힌 망자 역시 낯설게 느껴졌다. 나는 눈물을 전혀 흘리지 않았다. 망자가 내 아버지의 생모였다는 생각이 떠오르고 언젠가는 마찬가지로 땅속에 묻히게 될 내 어머니를 생각했을 때에야 비로소 나와 이 무덤의 관계가 다시 생생해지면서 "한 세대가 소멸하고 다음 세대가 생성된다!"는 말이 절실하게 느껴졌다.

모인 사람들 가운데 초대를 받은 사람들은 다시 상가로 갔는데, 장례식 후의 식사 준비 때문에 방마다 모두 떠들썩했다. 사람들이 식탁에 앉을 때 나는 관습에 따라 다시 우울한 홀아비 곁에 앉았고, 빠져서는 안될 요리들이 모두 차려진 전통식 식사가 계속되는 동안 나는 아무하고도 얘기를 나눌 수 없는 상태로 꼬박 두 시간을 견뎌야 했다. 기다란 탁자를 내려다보면서 식사 자리에 초대받은 선생님과 그의 딸을 찾아보았지만 찾을 수 없었다. 그들은 분명 옆방에 있는 것 같았다.

사람들은 처음에는 절세하며 조심스럽게 대화를 나누고 매우 예의 바르게 음식을 먹었다. 농부들은 의자에 반듯하게 기대어 앉거나 탁자에서 상당히 떨어진 벽에 등을 기댄 채 포크의 맨 끝부분을 잡고 엄숙하게 팔을 뻗어 고기를 찍었다. 이런 식으로 그들은 노획물을 가장 먼 길을 통해 입으로 가져갔고, 포도주도 점잖게 조금씩 마셨지만, 마시는 횟수는 많았다. 시중드는 하녀들은 그들의 얼굴 높이에까지 들어올린 손에 커다란 주석접시를 받쳐 들고서 엉덩이를 힘차게 이리저리 흔들며 행진할 때와 같은 정확한 보조로 걸었다. 날라온 음식을 탁자 위에 놓을 때면, 곁에 나란히 앉은 두 사람은, 하녀들에게 각자 자신의 잔을 권하거나 각자 최소한 두 가지 정도 재미있는 농담을 속삭이면서 경쟁을 시작해야 했다. 이 작은 경쟁은 하녀가 두 사람 모두의 잔을 한 모금씩 마시고, 이런 식으로 예의를 지키게 된 것에 대해 어느 정도 만족스러워하며 물러남으로써 끝났다.

기나긴 두 시간이 지난 뒤 손님들 가운데 비루한 편에 속하는 사람들은 점점 더 식탁 가까이로 접근해서 그 위에 팔을 올려놓은 채 부지런히 본격적으로 먹기 시작했고, 포도주도 벌컥벌컥 들이마셨다. 그러나 점잖은 사람들은 점점 더 큰 소리로 얘기를 나누면서 의자를 조금 더 가까이 붙여 앉았으며 대화를 점차 적당히 즐거운 내용으로 이끌어갔다. 그러나 이 즐거움은 평상시의 재미있는 분위기와는 분명히 구별되었다. 이 즐거움 속에는 세상의 운행질서와 죽음에 대항하는 권리를 가벼운 마음으로 체념하는 것을 의미하는 어떤 상징적 의도가 내포되어 있었다.

마침내 나는 내 자리를 떠나 돌아다닐 기회가 생겼다. 나는 옆방에서 안나가 조그마한 탁자를 앞에 두고 아버지와 함께 앉아 있는 것을 보았다. 지적이고 경건한 사람들 몇몇과 어울려 있던 그는 피할 수 없는 것은 현명하고 즐겁게 순종해야 한다는 것을 뛰어난 화술로 실행하고 있었다. 요컨대 선생님은 몇몇 나이 든 여자들의 비위를 맞출 줄도 알았던 것이다. 그는 부인들 힌 사람 한 사람에게 그녀들이 삼십 년 전에 즐겨 듣곤 했던 이야기들을 해주었다. 이에 대한 보답으로 이 부인들은 어린 안나를 추어주고 그녀의 태도를 칭찬하면서 안나 아버지는 행복한 사람이라고 부러워했다. 나는 이 그룹에 합세하여 안나 곁에서 선생님의 철학적인 말씀에 귀를 기울였다. 우리 둘은 그제야 비로소 기분이 좋아져서 같은 접시에 있던 음식으로 또 한 차례 간단한 식사를 했으며 함께 포도주 한 잔을 마셨다.

느닷없이 머리 위에서 붕붕거리는 소리와 삑삑거리는 소리가 나기 시작했다. 바이올린과 콘트라베이스 그리고 클라리넷이 연주되기 시작했고 프렌치 호른도 묵직한 음을 내고 있었다. 활달한 사람들이 일어서서 널찍한 위층 마루로 올라가는 동안 선생님이 말했다. "춤을 꼭 춰야 하나? 내 생각으로는 이 관습은 언젠가는 없어질 거야. 다 둘러봐도 이 관습이 지켜지는 곳은 이 마을밖에 없거든! 나는 옛것을 존중하지만 옛것이라고 해서 모두 존중할 만하고 쓸모 있는 것은 아니지! 그래도 얘들아, 너희들이 이것에 대해 말할 수 있으려면 한번쯤은 봐두는 게 좋겠구나. 장례식에서 춤추는 일은 결국은 사라질 테니까!"

우리는 곧장 방 밖으로 나갔는데, 복도와 위층으로 올라가는 계단 위에서는 사람들이 열을 맞추어 짝을 짓고 있었다. 짝이 없으면 누구도 위로 올라갈 수 없었다. 나는 안나의 손을 잡고 연주자들이 이끄는 대로 움직이는 대열에 끼었다. 그들은 장송곡 같은 슬픈 행진곡을 연주했고 사람들은 그 곡의 박자에 맞추어 무도회장으로 변한 마루를 세 차례 돌고 나서 커다란 원을 그리며 섰다. 뒤이어 일곱 쌍이 중앙으로 나와 일곱 개의 율동으로 구성된 느린 옛날 춤을 추었다. 이들은 어려운 도약과 무릎 꿇기 그리고 얽기 동작을 하면서 동작에 맞춰 소리 높이 손뼉을 쳤다. 예정된 시간만큼 공연된 뒤 주인이 나타나서 대열을 한 바퀴 돌고는 자신의 슬픔을 함께 나눠준 데 대해 손님들에게 고마움을 표했다.

그는 또한 모든 사람이 볼 수 있을 정도로 여기저기서 젊은이의 귀에

다 대고 속삭였는데, 그가 얘기한 내용인즉, 이러한 슬픔을 너무 가슴 깊이 받아들이지 말라는 것, 이제는 자기의 고통 속에 혼자서만 고독하게 있게 해달라는 것 그리고 자기는 오히려 젊은이들에게 다시 삶을 즐기라고 권한다는 것이었다. 그런 다음 그는 머리를 떨구고 그곳을 떠나 곧바로 저승으로 가는 듯이 계단을 내려갔다. 음악이 갑자기 흥겹고 빠른 춤곡으로 넘어가자 중년층은 뒤로 물러난 반면, 젊은이들은 환성을 지르고 발을 구르면서 진동하는 바닥을 밟으며 앞으로 밀려나왔다. 안나와 나는 여전히 손을 잡고 창가에 서서 신들린 것 같은 소용돌이를 놀라워하며 구경했다. 우리는 길에서 마을의 다른 청소년들이 바이올린 소리를 따라가고 있는 것을 보았다. 소녀들은 집 앞에 서 있다가 소년들에게 이끌려 위층 마루로 왔다. 그들은 춤을 한번 춤으로써 아직도 밑에 있는 젊은이들에게 위로 올라오라고 외칠 수 있는 자격을 얻었던 것이다. 포도주가 날라져왔고 구석구석마다 온통 작은 술자리가 형성되었다. 순식간에 모든 것은 소란스럽고 광포한 환락의 소용돌이에 빠져들었는데, 그날이 평일이고 멀리 사방의 들판에서는 평상시처럼 조용한 노동이 계속되고 있었기 때문에 그 소음은 더욱 희한하게 두드러졌다.

우리는 앞으로 나갔다가 다시 돌아오곤 하면서 한참 동안 구경했다. 그런 후 안나는 낯을 붉히면서 사람들 속에서 춤을 출 수 있는지 한번 시험해보고 싶다고 얘기했다. 이 말은 내 마음과 정확하게 일치했기에 우리는 순식간에 빙빙 돌며 왈츠를 추었다. 그때부터 우리는 상당한 시간 동안 지치지도 않고 세상과 우리 자신도 잊은 채 쉬지 않고 춤을 추었다. 음악이 잠시 멈출 때면 우리는 가만히 서 있지 않고 빠른 걸음으로 군중 사이를 헤치고 다녔는데, 첫 음이 울리기만 하면, 어디에 있었던 간에 상관없이 우리의 춤이 다시 시작되었다.

저녁종의 첫 음이 울리자 왈츠 곡의 중간에서 춤은 멈추었고, 짝을 지어 춤추던 사람들은 상대의 손을 놓아주었으며, 소녀들은 몸을 돌려 상대의 팔에서 빠져나왔다. 모든 사람이 서로 예의바르게 인사하면서 계단을 내려와 다시 한 번 그곳에 앉아 케이크와 커피를 마시고는 조용히 집으로 돌아갔다. 안나는 얼굴이 상기된 채 여전히 내 팔에 안겨 서 있었다. 나는 당황해서 주위를 둘러보았다. 그녀는 미소 지으며 나를 끌고 나왔다. 그녀의 부친이 보이지 않았기 때문에 우리는 그가 외삼촌댁에 있는지 알아보려고 길을 나섰다. 밖에는 황혼이 깃들어 있었고 너무도 아름다운 밤이 시작되고 있었다. 교회묘지에 도착한 우리는 새로 생긴 무덤이 떠오르는 금빛 달빛을 받으며 말없이 외로이 놓여 있는 것을 보았다.

우리는 축축한 흙냄새가 나는 갈색 무덤 앞에 서서 서로 껴안았 다. 나방 두 마리가 덤불 속을 날아다녔고 안나의 호흡은 거칠고 빨라졌다. 우리는 할머니 무덤에 놓을 꽃을 모으기 위해 무덤들 사이를 이리 저리 돌아다녔는데, 키가 큰 풀 속을 거닐다가 무덤 사이의 울창한 관목 숲의 어지러운 그림자 속에 들어가게 되었다. 어둠 속 여기저기서 황금빛 비문이 흐릿하게 빛나기도 하고 비석이 하얗게 비치기도 했다. 그렇게 우리가 어둠 속에 서 있을 때 안나는, 자기가 지금 무슨 말을 하고 싶은데 내가 비웃어서는 안 되고, 또 그것을 비밀로 해줘야 한다고 속삭였다. 나는 "뭔데?"라고 물었다. 그녀는 지난번 저녁부터 내게 빚진 입맞춤을 지금 해주고 싶다고 대답했다. 내 몸은 벌써 그녀 쪽으로 숙여져 있었고, 우리는 엄숙하고 서투른 솜씨로 입을 맞추었다.

제5장 일의 시작, 하버자트와 그의 작업장

   안나와 그녀의 부친이 밤늦게 집을 떠날 때 마침 내가 자리를 비워서 그녀는 내게 작별인사를 할 수 없었다. 안나를 다시 보지 못해서 몹시 상심했지만 내 젊은 영혼의 환희는 그 슬픔을 극복했다. 나는 내 방의 창 아래에 꼬박 한 시간 동안이나 누워서 멀리 떠 있는 별들의 행로를 바라보았다. 아래쪽에서는 냇물이 투명한 어깨에 은빛 달빛을 싣고 마치 그것을 훔치기나 한 듯이 급하게 키득거리며 계곡으로 흘러갔고, 또 그것을 나르기가 너무 무겁기나 한 듯이 강가 여기저기에 반짝이는 빛의 파편들을 던지면서 줄곧 즐거운 방랑자의 노래를 불렀다. 내 입술 위에는 달빛이, 보이지는 않지만 달콤하고 따뜻하면서도 이슬처럼 차갑고 신선하게 놓여 있었다.

   잠자리에 들었을 때 꿈과 깨어남이 격렬하게 자주 반복되면서 유령 같은 달빛과 시끄러운 소리가 온 밤 내내 나를 따라다녔다. 나는 꿈에서 꿈으로 빠져 들어갔는데, 화려하고 번쩍거리는 꿈과 어둡고 숨 막힐 것 같은 꿈, 그러다가는 다시 짙은 청색 어둠이 걷히면서 온통 꽃잎처럼 투명한 빛이 나타나는 꿈이 이어졌다. 안나 꿈은 전혀 꾸지 않았지만 나는 나뭇잎과 꽃 그리고 맑은 대기에 입을 맞추었고, 어기저기시 다시 입맞춤을 되받았다. 낯선 여인들이 교회묘지를 지나 은빛으로 빛나는 발로

냇물을 건너갔다. 한 여자는 안나의 검은 예복을 입었고 또 다른 여자는 그녀의 푸른 옷을, 세 번째 여자는 붉은 꽃무늬가 있는 녹색 옷을, 네 번째 여자는 그녀의 목 주름장식이 있는 옷을 입고 있었다. 나는 이 때문에 걱정되어 그들을 좇아 달려가다가 깨어났는데, 실제 안나가 내 침대에서 막 빠져나간 것 같은 느낌이 들었다. 나는 혼란스러워하며 망연한 상태에서 벌떡 일어나 소리 내어 그녀 이름을 불렀다. 그러다가 계곡을 감싸고 있던 고요한 밤의 광채가 나를 제정신으로 돌아오게 했고, 나를 새로운 꿈으로 감싸주었다.

이러한 상태는 밝은 아침이 올 때까지 이어졌다. 잠에서 깨어났을 때 나는 마치 뜨거운 환희의 샘에 흠뻑 젖어 취한 듯했다.

나는 여전히 도취된 상태에서 꿈을 꾸듯 친척들에게로 갔다. 거실에서 이웃인 방앗간 주인을 만났는데 그는 나를 도시로 데려가기 위해 작은 마차를 가지고 와 기다리고 있었다. 그와 동행하면 편리했기 때문에 얼마 전부터 이 남자가 도시로 일을 보러 갈 때 함께 가기로 약속했던 것이다. 나는 그의 여행에 대해서 별로 묻지 않았는데, 방앗간 주인은 내 생각보다 빨리, 전혀 예기치 않게 나타난 것이다. 외삼촌과 가족은 그를 그냥 보내고 남아 있으라고 청했고, 내 마음속에서는 안나와 그 고요한 호수를 소리쳐 부르고 있었다.

그러나 나는 사정상 이 기회를 이용해야 한다고 진지하게 단언하고 급히 아침식사를 한 다음 짐을 챙겨 친척들에게 작별인사를 하고 나서 방앗간 주인과 함께 작은 마차에 앉았다. 마차는 지체하지 않고 곧 마을을 벗어나 간선도로 위를 굴러갔다. 나는 한편으로는, 사람들이 내가 안나 때문에 그곳에 머무르고 또 그녀를 정말 사랑한다고 생각할까봐 당황한 나머지 떠날 결심을 했고, 다른 한편으로는 궁극적으로는 뭐라 설명할 수 없는 변덕스러운 기분 때문에 떠나오게 되었다.

마을에서 백 걸음 정도 떨어지자마자 나는 떠나온 것을 후회했다. 나는 마차에서 뛰어내리고 싶었고 호수 주위의 언덕을 향해 계속 고개를 돌렸으며, 그 언덕을 바라보면서도 그것들이 내 눈 아래서 파란색으로 작아지고 더 크고 깊은 호수에서 높은 산맥이 솟아오르는 것도 감지하지 못했다.

돌아온 뒤 처음 며칠 동안 나는 갈피를 잡을 수 없었다. 도시를 에워싸고 있는 웅대한 풍경을 보면서도 떠나온 고장이 낙원처럼 눈앞에 어른거렸고, 단순하고 겸허하면서도 그토록 조용하고 사랑스러운 그곳의 산천초목이 풍기는 매력을 이제야 비로소 느낄 수 있었다. 나는 우리 지역의 가장 높은 언덕에 올라서서 도시 너머로 그 고장을 내다보곤 했는데, 마을과 마을에서 그리 멀지 않은 곳에 선생님의 호수가 있을, 멀리 파랗게 숨어 있는 좁고 긴 구역이 가장 아름답게 보였다. 그곳에서 불어오는 바람은 더 맑고 더 행복했으며, 보이지는 않지만 안나가 살고 있을 저 먼 곳의 푸르스름한 한 지점은 그 사이에 놓인 산하 위로 자석처럼 끌어당기는 힘을 발산하는 것 같았다. 깊은 골짜기를 걷게 되어 그 행복한 지평선을 보지 못할 때에도 나는 그쪽 하늘을 찾았으며, 인근의 산들과 경계를 이루고 있는, 그곳으로 통하는 하늘자락을 향수와 동경에 젖어 바라보았다.

내가 계속 하릴없이 무계획적으로 지내는 것을 볼 수 없었기 때문에 내 직업선택에 관한 문제가 새로이 대두되면서 날이 갈수록 시급한 현안이 되었다. 언젠가 나는 조언자 가운데 한 사람이 사는 공장 건물의 문 앞을 지나친 적이 있다. 역겨운 산(酸) 냄새가 코를 찔렀는데, 그 속에서는 창백한 아이들이 일하며 상스러운 표정으로 웃고 있었다. 나는 이곳에서 제안한 희망을 버렸으며, 어설프게 예술가연하는 그런 일에는 아예 가까이하지 말고 차라리 단념해야 할 바에는 결연히 서기 일에 헌신하리라고 생각했다. 나는 이미 진득하게 이러한 생각에 몰두하고 있었다. 어떤 훌륭한 예술가의 지도를 받을 수 있으리라는 일말의 희망조차 없었기 때문이다.

그러던 어느 날 나는 이 도시의 교양 있는 사람들 가운데 상당수가 공공건물에 드나드는 것을 알게 되었다. 그 이유를 물어본 나는 여러 도시를 순회하는 미술전시회가 그 건물에서 열리고 있다는 사실을 알았다. 나는 단정하게 차려입은 사람들만 그 건물에 들어가는 것을 보고는, 집으로 달려가 마치 교회에 가는 것처럼 가능한 한 깨끗이 차려입고 용기를 내서 곧장 그 비밀스러운 공간으로 갔다. 밝은 방으로 들어섰는데 그곳에서는 사방의 벽과 커다란 진열대에서 생동적인 색과 금빛 광채가 번쩍이고 있었다. 처음 받은 인상은 완전히 꿈같았다. 하나하나 살펴보기도 전에 사방에서 커다랗고 선명한 풍경들이 떠올랐고 매혹적인 산들바람과 우듬지가 내 시선 앞에 어른거렸다. 저녁노을이 불타고 있었고, 어린애들의 머리와 사랑스러운 인물들이 그 사이에서 드러나 있었는데, 모든 것은 다른 그림들 앞에서 다시 사라져서, 나는 내가 그 순간까지도 보고 있다고 생각한 멋진 보리수 숲이나 웅대한 산이 도대체 어디로 가 버렸는지 찾으려고 심각하게 주위를 둘러볼 정도였다. 게다가 그림에 갓 칠해진 유약은 성당의 방향보다도 더 기분 좋게 느껴지는 안식일 같은 향기를 퍼뜨리고 있었다.

어떤 한 작품 앞에 멈춰 선다는 것이 퍽이나 어려웠다. 하지만 마침내 그렇게 되면 나는 그 작품 앞에서 나 자신을 잊고 더 이상 그 앞을 떠나지 못했다. 도저히 이해할 수 없을 정도의 광휘와 함께 많은 나무와 구름을 그린 제네바 학파[8]의 몇몇 대형 그림은 이 전시회에서 압권이었

---

8) 스위스에서 낭만적 리얼리즘을 개척한 디데(François Diday, 1802~77)와 그의 제자 칼람(Alexander Calame, 1810~64)이 이 유파의 대표적인 화가다.

다. 그사이에서 상당수의 풍속화와 수채화는 가벼운 스타일로 매력을 풍기고 있었고 몇몇 역사화와 성화 역시 경탄의 대상이었다. 그러나 나는 계속해서 그 커다란 풍경화 앞으로 되돌아와서 풀과 잎 사이에 노니는 햇살을 살폈고, 성공한 화가들이 경쾌한 터치로 첩첩이 그린 아름다운 구름은 격렬한 공감을 불러일으키며 깊은 인상을 남겼다.

전시회가 계속되는 동안 나는, 세련되고 기품 있는 분위기 속에서 사람들이 정중하게 인사를 나누고 빛나는 액자 앞에서 우아한 말씨로 대화하는 더없이 행복한 이 전시실에서 온종일 틀어박혀 지냈다. 집에 돌아와서는 깊은 생각에 잠겼고 그림을 포기해야 하는 내 신세를 끊임없이 한탄했다. 이것은 어머니 가슴을 아프게 했으며, 그녀는 어떻게 되든 간에 내 뜻대로 해주려는 생각으로 다시 한 번 이것저것 고려하기 시작했다.

어머니는 물색 끝에 도시 밖의 작고 오래된 수녀원에서 기묘한 종류의 예술 활동을 하는, 거의 알려져 있지 않은 한 남자를 찾아냈다. 그는 화가이자 동판조각가이면서 석판화가였고 동시에 인쇄업자였는데, 사람들의 방문이 잦은 스위스 지역의 풍경을 이제는 쇠퇴한 옛날 방식으로 그려서 동판에 새겨 인쇄한 다음 그것을 몇몇 젊은 아이들을 시켜 색칠하게 했다. 그는 이 종이들을 도처로 보내 수지맞는 장사를 하고 있었다. 그뿐만 아니라 손에 잡히는 것이면 뭐든지 했는데, 세례반과 대부의 이름이 있는 세례증서도 만들었고 수양버들과 눈물을 흘리고 있는 수호신이 새겨진 묘비명도 제작했다. 만일 어떤 무식쟁이가 찾아와서 "전문가들 사이에서 만 탈러의 가치가 있다고 인정받을 만한 아주 아름다운 그림을 내게 그려줄 수 있겠소? 나는 그런 그림이 갖고 싶소!"라고 말한

주로 호수 풍경과 산맥을 그렸다.

다면 그는 주문을 주저 없이 받아들이고 그림값의 절반을 받은 후에 곧장 작업을 해낼 것이었다. 이 사업에서 그는 몇몇 씩씩하고 정직한 사람들의 도움을 받고 있었는데, 그들의 활동무대는 옛날에 수녀들이 식당으로 이용하던 곳이었다. 그 식당의 긴 벽 양쪽에는 둥그런 유리가 있는 높은 창이 각각 여섯 개씩 있었고, 이 창유리는 빛을 안으로 잘 들여보내기는 하지만 표면이 물결 모양으로 되어 있어서 밖을 내다볼 수 없게 되어 있었다. 이것은 이곳에서 운영되는 예술학교의 근면함에 유익한 영향을 미쳤다. 예술학교 학생들이 한 명씩 이 창문들을 치지히고 있었는데, 그들은 뒷사람에게 등을 돌리고 앞사람의 목을 보는 자세였다.

이 조직의 본대(本隊)는 스위스 풍경을 화려하게 채색하는 네 명에서 여섯 명까지의 젊은 사람들이었다. 그 가운데에는 소년들도 끼어 있었다. 또 기침하는 병약한 사내가 있었는데, 그는 수지와 질산을 작고 얇은 동판에 바르면서 동판에 소름 끼치는 구멍을 팠을 뿐만 아니라 에칭용 철침으로 그 사이를 찌르기도 했다. 그래서 그는 동판조각가라고 불렸다. 또 석판화가도 있었다. 쾌활하고 솔직한 이 사람은 스승 다음으로 비교적 넓은 자리를 차지했다. 그것은 정치가의 초상이나 포도주의 정가표, 탈곡기의 설계도 그리고 소녀들의 예배서 표지 따위를 백묵이나 펜으로 돌 위에 그려서 새기거나 채색하기 위해 항상 자리를 뜨지 않고 대기해야 했기 때문이다.

식당의 뒤편에서는 가무잡잡한 사내 둘이서 큰 동작으로 일했는데, 동판조각가나 석판화가의 조수인 그들은 제각기 인쇄기 곁에서 예술가들의 디자인을 축축한 종이 위에 찍어냈다. 끝으로 예술가이자 예술작품 상인이고, 동판공장과 석판공장의 소유주인 장인 하버자트 씨가 무리 전체의 뒤편에서 모두를 내려다보며 앉아 있었다. 그는 마음에 드는 주문은 모두 응했고, 자기 책상에서 가장 세밀하고 어려운 작업을 했으나 대개는 장부정리와 편지쓰기 그리고 완제품을 포장하느라 바빴다.

그 식당에서 일하는 사람들은 자격과 희망이 모두 달랐다. 동판조각가와 석판화가는 숙련공으로서 독자적인 지위를 가지고 있었으며, 하버자트의 공장에서 하루에 여덟 시간씩 일하고 1굴덴의 일당을 받았다. 그들은 필요 이상으로 주인에게 신경 쓸 일도 없었고 더 이상 기대하는 것도 없었다. 그러나 어린 채색가들은 달랐다. 이 쾌활한 아이들은 가볍고 투명한 진짜 물감을 다루어야 했고, 파랑, 빨강 그리고 노랑 붓을 사용했다. 그들은 도안이나 배열에 전혀 신경쓰지 않아도 되고 동판조각가의 음침한 메조틴토[9]를 무시해도 되었기 때문에 더더욱 즐거웠다. 그들은 이 집단 가운데에서 진짜 화가들이었다. 그들에게 인생은 아직 열려 있었다. 그들은 모두 언젠가 주인의 연옥에서 벗어나기만 하면 위대한 화가가 되리라는 희망을 갖고 있었다. 요컨대 하버자트 아래서 일하며 식당을 거쳐갔던 벨벳 코트와 비단 모자의 위대한 예술가 전통이 이들에게 이어 내려오고 있었다.

그러나 이 목표에 도달한 경우는 매우 드물었다. 왜냐하면 진력을 다한 뒤 지쳐버리거나 환멸을 느끼게 된 사람들은 대부분 밖으로 나가 어떤 유익한 수공업을 배웠기 때문이다. 그들은 하나같이 정말 가난뱅이의 아들이었다. 그래서 일자리 문제로 고민할 때 이 정력적인 주인의 꾐에 빠져 화가나 신사가 되어 생계를 해결하거나, 꼭 그렇게까지 되지 못해도 어쨌거나 재단사나 구두장이보다는 나은 무언가가 되려는 희망을 가지고 이 식당에 들어왔다. 그들은 대개 돈을 낼 수 없어서 '그림 그리는 법'의 수업료를 일을 해서 변제하기로 했으며, 장인을 위해서 4년 동

---

9) 17세기 동판화 기법. 조각도로 동판 전면을 균등하게 긁고 그 조밀(稠密)함으로 명암 상태를 나타낸다.

안 일할 의무를 져야 했다. 이 장인은 첫날부터 그들에게 자기 풍경화에 색칠하는 훈련을 시키며 혹독하게 가르쳤고, 전적으로 그 방면의 재능이 없었는데도 빠른 시일 안에 전통적인 방식대로 깔끔하고 곱게 일을 처리할 수 있게 만들었다. 그밖에도 그들은 휴일 같은 때에는, 본인이 원하는 경우, 못 쓰게 되거나 불필요한 그림을 모사하면서 따로 훈련을 받을 수 있었다.

그런데 그들은 대개 배울 것은 전혀 없지만 우선 당장 가장 효과적인 것과, 장인이 너무 바쁘지 않을 경우 수정해줄 수 있는 것을 골랐다. 그러나 장인은 그들이 이러한 개인연습을 너무 많이 하는 것을 결코 좋아하지 않았다. 그것에 취미를 느끼고 자신에게서 예술적 소질을 발견한 사람들은 그가 디자인한 그림을 채색하면서 뒤죽박죽을 만들어버린다는 사실을 이미 몇 차례 경험했기 때문이다. 그들은 쉴 새 없이 혹독하게 일해야 했다. 그런 만큼 어쩌다 쉴 틈이 생기면 장난과 농담으로 시간을 보내기 일쑤였다. 그 결과 뭔가 더 나은 것을 배울 수 있는 최고의 시간이 다 지나버린 4년째에 가서야 그들은 기가 꺾이고 풀이 죽은 채로 그들 부모님에게 여전히 부모신세를 지고 있다는 꾸중에 시달렸고, 아직 붓을 놀리고 있는 동안 더 늦기 전에 뭔가 돈벌이가 되는 일을 찾아야겠다고 진지하게 생각했다.

하버자트는 안식일의 파란 하늘과 초록색 나무들이 그려지는 종이 위에 대충 서른 명 정도의 그러한 청소년의 황금시기를 쏟아부었다. 늘 잔기침을 하는 동판조각가는 그의 흉악한 방조자였다. 그가 검은 동판을 질산으로 부식시킬 때, 우울한 인쇄공들은 삐걱거리는 바퀴 곁에 붙들려서 일종의 억압받는 악마의 제자 역할을, 말하자면 인쇄기의 압연기 아래서 앞으로 채색해야 할 종이들을 무한정으로 끊임없이 뽑아내는 지칠 줄 모르는 악귀 역할을 매끈하게 잘 해냈다. 그런 식으로 그는, 교활하게 유린된 어린이의 삶이 더 많이 바쳐질수록 구매자에게는 더욱 가치 있고 욕심나는 제품으로 보이는 오늘날의 산업의 본질을 완벽하게 파악하고 있었다. 또한 그는 사업다운 사업을 했기 때문에 원하면 뭔가 배울 것이 있는 남자로 간주되었다.

어떤 경로를 통해서인지 어머니는 그와 상담하고 그의 사업장을 한번 둘러보라는 권고를 받았다. 그가 나를 그의 이익을 위해 이용하는 대신 충분한 수업료를 대가로 그의 지식이 미치는 데까지 나를 가르친다면 적어도 여기가 훗날의 발전을 위한 피난처 역할을 할 수 있다고 생각했던 것이다. 그는 기꺼이 그렇게 하겠다는 의사를 표명하면서 어린 친구를 진정한 예술가로 키워보겠다며 기뻐했고, 여기에 필요한 돈을 내겠다는 결심을 한 데 대해 어머니를 높이 칭송했다. 그녀에게는 끊임없이 절약해온 결실을 내 운명의 제단에 다 내놓아야 할 시기가 도래한 것처럼 여겨졌던 것이다. 그리하여 분기마다 정기적으로 수업료를 내는 대신 내게 가장 유익한 훈련을 하면서 그 식당에서 2년을 보내기로 계약이 맺어졌다. 계약서에 서로 서명한 후, 어느 월요일 아침에 나는 새 선생님이 요구하면 보여주기 위해 지금까지 내가 그린 잡다한 그림들을 들고 그 오래된 수도원으로 갔다. 그는 내가 그린 이상한 종이들을 차례로 보고 난 뒤 나의 열의와 의지에 만족감을 표하며, 자리에서 일어나 호기심에서 둘러 서 있던 직원들에게 예술의 전당에 들어오기 전에 마땅히 준비해야 할 것들을 갖춘 진정한 생도라고 나를 소개했다. 그런 다음 그는, 제자를 한번 정식으로 키워내는 것이 자기에게도 진정한 기쁨이라고 하면서, 부지런하고 끈기 있게 배우기를 바란다고 엄숙하게 말했다.

이제 채색가 가운데 한 사람은 창가에 있는 자기 자리를 치우고 다른 사람 옆에 앉아야 했다. 내가 그곳의 자리를 배정받았던 것이다. 다음에 무슨 일이 일어날지 기대에 부풀어 텅 빈 책상 앞에 서 있을 때 하버자트 씨는 자기 화첩에서 풍경이 그려진 사본을 가져왔는데, 그것은 석판으로 찍은 작품에서 간단한 주제를 뽑아 그 윤곽을 그린 것으로, 학교에다닐 때 이미 여러 번 본 적이 있는 그림이었다. 나는 우선 이것을 꼼꼼하고 주의 깊게 베껴야 했다. 그러나 자리에 앉기도 전에 그 장인은 종이와 연필을 가져오라고 나를 되돌려보냈다. 처음에 무엇을 할지 전혀알 수 없었기 때문에 나는 그것들을 가져오지 않았던 것이다. 그는 내게필요한 것이 무엇인지 설명했다. 나는 돈이 없어서 우선 먼 길을 걸어집에 간 다음, 가게에 가서 새 물건을 좋은 것으로 사와야 했다. 다시 돌아왔을 때는 12시 30분 전이었다. 이 모든 것, 그러니까 처음 시작할 때종이 한 장, 연필 한 자루 주지 않고 그것을 가져오라고 되돌려보낸 일, 어슬렁거리며 집으로 돌아간 일, 어머니께 돈을 달라고 한 일, 마지막으로 모두 식사를 하기 위해 해산하기 직전에 수업을 시작했던 일 등은 너무나 살풍경하고 쩨쩨했을 뿐만 아니라, 내가 어렴풋이나마 예술 기관에서는 이러저러하리라고 상상했던 것과는 영 딴판이어서 나는 가슴이조여올 정도였다.

그러나 얼핏 보기에 별것 아닌 것 같은 과제가 처음 내가 생각했던 것보다 할 일이 더 많다는 것을 알게 되면서 이러한 인상은 곧 사라졌다. 왜냐하면 하버자트는 내가 그은 선이 견본과 똑같은 크기여야 하고 전체적인 모양이 더 크거나 더 작게 보여서도 안 된다는 점을 각별히 강조했기 때문이다. 그러나 비율을 정확하게 해도 모사본은 언제나 원본보다 더 컸다. 이를 기회로 장인은 그의 정확성과 엄격성을 보여주며 예술의 어려움을 설명하는 동시에, 내가 생각하는 것과 같이 그렇게 빠르게진척되는 일이 아니라는 사실을 내가 편안한 기분으로 느끼게 만들었다.

어쨌거나 나는 내 책상에서 보호받고 있다는 행복감을 느끼며(물론 화실 특유의 장식품으로 여겨왔던 이젤이 없다는 사실에 분개한 것도 사실이다) 소소한 기초과정을 빠짐없이 철저하게 공부했다. 나는 모델로 제공된 시골의 돼지우리나 재목창고 그리고 그와 비슷한 것들을 여러 유형의 빈약한 관목 숲과 함께 베꼈다. 그런데 이러한 것들이 시시하게 보일수록 나는 더욱 지루해지면서 힘이 들었다. 얽매이지 않는 제멋대로의 기질을 타고난 나로서는 장인의 작업장에 들어서며 느끼는 의무감이나 복종하는 분위기도 마땅치 않았고, 이러한 일도 따분하고 하찮은 것같이 생각되었기 때문이다. 더구나 방을 돌아다니거나 불필요한 말을 못하게 금지되었기 때문에 온종일 내 자리에 꼼짝 못하고 묶인 채 종이만 내려다보고 앉아 있는 것도 내게는 역시 친숙한 일이 아니었다. 동판조각가와 석판화가만 자기들끼리, 필요한 경우에는 자기들의 인쇄공들과 조심스럽게 얘기를 나누었고, 잡담을 조금해도 괜찮다 싶을 때는 장인에게도 말을 걸었을 뿐이었다. 장인은, 만일 기분이 좋으면, 이런저런 이야기와 미술과 관련되어 인구에 회자되는 옛이야기뿐만 아니라 지나온 생애 가운데 우스웠던 일들 그리고 화가라는 존재의 영예를 보여주는 일화 등을 얘기했다. 그러나 누군가 너무 열심히 귀를 기울이면서 일을 하지 않는다는 것을 눈치 채면 그는 얘기를 중단하고 현명하게 꽤 오랫동안 사람들이 일에 집중하는 모습을 관찰했다.

어느 정도 시간이 지나자 나는 견본을 스스로 선택하고 이곳에 있는 보물들을 모두 뒤져볼 수 있는 자격을 부여받았다. 그것들은 되는 대로 수없이 주워 모은 것들로, 그런대로 봐줄 만한 오래된 동판들, 시간이 흐름에 따라 쌓이게 된, 무가치한 누더기 조각들과 종이들, 자연에 대한 충실함이 없이 어떤 숙련된 기교에 의존된 그림들 그리고 그밖의 잡동사니들이 있다. 자연을 모델로 그린 그림이나 진짜 실력이 겸비된 그림들, 말하자면 야외에서 공기와 햇빛을 마셨다는 생각이 들게 하는 작품은 단 한 점도 없었다. 그도 그럴 것이, 이 장인은 네 벽에 갇힌 실내에서 기술과 기교를 습득했고, 상품성이 있는 풍경을 가능한 한 빨리 스케치해야 할 때만 밖으로 나갔던 것이다. 잘못됐을지라도 노련한 기교가 내 스승의 유일한 진짜 지식이었고, 그의 수업의 중점도 모두 여기에 있었다.

처음 얼마 동안, 즉 윤곽을 뚜렷하게 하는 기법과 그을린 듯 윤곽을 무디게 하는 기법의 차이를 제대로 파악하지 못하고 형태와 특징에만 주의를 기울이고 있을 때 나는 그에게 의존할 수밖에 없었다. 그러나 끊임없이 화필로 연습한 덕에 마침내 나는 그 비밀을 알게 되어 졸렬하긴 해도 한 가지 방법으로 한 장 한 장씩 상당수의 묵화 스케치를 완성했다. 나는 완성품 숫자에만 신경 썼고 내 화첩이 부풀어오르는 데서 기쁨을 느꼈다. 대상을 선택할 때 가장 효과적이고 가장 주목을 끄는 것마저도 더 이상 흥미를 유발하지 못했다. 그래서 첫 겨울이 채 끝나기도 전에 나는 스승이 비축해둔 견본을 거의 섭렵했다. 그것도 스승 자신이 할 수 있었던 것과 거의 같은 속도로 해냈다고 말할 수 있었다. 왜냐하면 조심스럽고 깨끗하게 처리하는 데에 필요한 요령과 비결을 한번 터득하게 된 후 나는 전체적으로 진정한 그림의 본질과 그것을 이해하는 면에서 뒤처져 있음에도 스승 자신의 능숙한 붓질 수준까지 곧바로 도달했기 때문이다.

그 결과 하버자트는 반년이 지난 뒤에 벌써 내게 무엇을 보여주어야 할지 혼란에 빠졌다. 자기 이익을 위해서 너무 빨리 자기 예술의 비결을 몽땅 전수해주고 싶지는 않았던 것이다. 이제 그가 숨기는 것이라곤 수채물감 다루는 법밖에 없었으며, 그가 생각하기에 그것 역시 마법을 부려야 할 만큼은 대수롭지 않은 것이었다. 식당에서는 사색과 정신세계에 충실한 일 따위는 무시되었기 때문에, 모든 능력은 빨리 얻어 내용없이 껍질로 싸맨 형식으로 이루어져 있었다. 나는 수집되어 있던 대형 동판화 몇 개를 먹 붓으로 한번 그려보고 싶다고 얘기함으로써 스스로 출구를 찾았다. 그는 클로드 로렝[10]의 작품을 모방한 아름다운 그림 여섯 장 정도와 로사[11]의 작품을 모방한, 산적이 등장하는 커다란 암벽 풍경화 두 점 그리고 루이스딜[12]과 에버딩엔[13]을 모사한 동판화를 몇 개 가지고 있었다. 이것들을 나는 능숙하고 대담한 방식으로 차례차례 베꼈다. 클로드와 로사의 것은 그 자체가 어느 정도 틀에 박힌 양식이었고 나아가 상징적이고 대담한 형태를 취하고 있었기 때문에 그다지 잘못되지는 않았다. 이와는 달리 네덜란드 작가들의 섬세하고 자연스러운 작품을 모사하면서 나는 끔찍하게 망쳐버렸다. 아무도 모독적인 내 그림을 거들떠보지 않았다.

그러나 이 작업을 하면서 내 마음에서는 좀더 고상한 생각의 토대가 마련되었다. 내가 염두에 둔 면밀하게 숙고된 그 아름다운 형태들은 다른 것을 연습할 때 균형을 맞추어주는 역할을 함으로써 더 나은 것에 대한 예감이 아주 꺼져버리지는 않게 해주었다. 다른 한편으로는 얻은 것 못지않게 손해를 끼치기도 했는데, 말하자면 너무 성급한 지난날의 독창적 욕구가 되살아났던 것이다. 나는 고전적 대상의 단순한 위대함에 미혹되어 집에서 스스로 그런 풍경화를 그려보기 시작했다. 얼마 뒤에는 장인과 수업하는 시간에도 집에서 야심만만한 크기로 그린 초벌 그

---

10) 원래 이름은 젤레(Claude Gellée, 1600~82)이며, 그의 이상적인 풍경 묘사는 18세기와 19세기 초반의 미술에 커다란 영향을 미쳤다.
11) 로사(Salvator Rosa)는 이탈리아의 화가이자 동판조각가(1615~73)다.
12) 루이스딜(Jakob van Ruisdeal, 1628~82)은 네덜란드 출신의 화가이자 동판조각가. 낭만주의 미술에 큰 영향을 미쳤다.
13) 에버딩엔(Allaert van Everdingen, 1621~75)은 북부 산맥을 풍경화 소재로 삼아, 낭만주의에 큰 영향을 준 네덜란드의 화가다.

림을 가져와 여기서 배운 기계적 솜씨를 이용하여 이러한 작업을 계속했다. 하버자트 씨는 내가 이런 일을 하는 것을 막지 않았다. 오히려 적절한 견본을 마련해줘야 하는 근심을 덜게 되어 좋아했다. 내가 터무니없고 미숙한 생각을 말하면 그는 구도나 역사화 내지는 그와 유사한 것들에 관해 훌륭한 언변으로 내 말을 거들었다. 이 모든 것은 그의 작업장에 학문적 분위기를 가미해주었기 때문에 나는 오래지 않아 신동(神童)으로 간주되었다. 또한 사람들이 이탈리아 여행, 로마, 대형 유화 그리고 카르통[14] 등을 들먹이며 내 밝은 미래를 전망하면 나는 의기양양하게 그것을 받아들였다.

그렇지만 나는 이 일로 해서 거만하게 굴지 않고 어린 동료들과 친하게 지냈다. 안주인에게도 예속되어 있는 그들이 장작더미를 집 안으로 나르는 것을 가끔 도와줄 때는 계속 앉아 있다가 잠시 일어설 수 있어서 기쁘기도 했다. 수다스럽고 호전적인 이 안주인은 집안일이나 식구들 일로 아이와 하녀를 대동하고 자주 식당에 쳐들어와 이 식당을 뜨겁게 타오르는 전쟁터로 만들었는데, 이 싸움에 전체 종업원들이 휩쓸리는 경우도 드물지 않았다. 그럴 때면 남편은 그의 편을 드는 사람들의 맨 앞에서 마누라와 마주 섰고, 이 여자는 크게 고함치면서 자기 추종자들 앞에 섰으며, 자신에게 대들었던 모든 사람을 말로 제압하기 전에는 결코 철수하지 않았다. 때때로 그 부부가 한패가 되어 나머지 전체와 싸울 때도 있었고 동판조각가나 석판화가가 하극상을 보인 적도 자주 있었지만, 채색가들의 대단치 않은 노예폭동은 힘으로 진압되었다. 나는 이 격

---

14) 회화용어. 원래는 마분지나 판지 등을 의미하지만, 뜻이 전용되어 이러한 재료에 그린 밑그림을 의미한다. 프레스코 벽화 같은 대규모 그림을 만드는 준비 과정에서 분필이나 목탄 그리고 연필로 두꺼운 종이 위에 그린 이러한 그림이 필요했다.

럴한 장면이 너무 재미있어서 이것을 너무 경솔하게 드러냈다가 한두 차례 위험한 처지에 빠지기도 했다. 예컨대 언젠가는 격렬했던 장면 가운데 하나를 연극으로 만들어 반쯤 무너져내린 수도원의 회랑에서 젊은 화가들과 공연한 일도 있었던 것이다. 그도 그럴 것이 나는 감수성이 예민한 나이였던데다, 시골에서 보낸 아름다운 시절 동안 내 마음속에서 깨어났던 강한 충동에 따라 우아하고 순수하게 노력하는 삶을 살고 싶은 성향을 갖고 있었기 때문이다. 그런데도 이에 걸맞은 교제도 없이 이 식당의 거친 생활에 내던져져 있었고, 사람들과 사귀고 의사소통하고 싶었지만 현명하게 침묵하거나 적당히 관여하는 처신방법을 전혀 몰랐기 때문에 모든 장난질에 충실하고 활발하게 동참했던 것이다.

그러나 늑대들과 함께 울부짖은 내 행동이 생각했던 것만큼 해를 끼치지는 않았는데, 그것은 내가 집으로 돌아가거나 한적한 길 위에 혼자 있으면 내 영혼 속에서 언제나 떠오르는 안나라는 다정한 별이 지켜주었기 때문이다. 온종일 내게 결핍되어 있던 것들을 나는 그녀와 연관시켰고, 그녀는 해가 지면 저녁마다 내 어두운 마음을 밝혀주는 조용한 빛이었다. 그러면 밝아진 내 가슴속에서는 언제나 우리의 자비로운 친구, 이 시기의 나에게서 더욱 선명하게 자신의 영원한 권한을 주장했던 신의 모습이 보였다.

나는 이 책 저 책을 뒤지다가 장 파울[15]의 소설을 집어들었다. 이 소설을 읽으면 내가 지금껏 원하고 찾았던 것 또는 불안하고 암울하게 느꼈던 모든 것이 갑자기 나를 위안하고 나를 충족시키면서 갑자기 다가오는 것 같았다. 나는 그 찬란함에 깜짝 놀랐다. 내게는 이 책에 있는 것

---

15) 원래 이름은 리히터(Johann Paul Friedrich Richter, 1763~1825). 독일의 작가. 소설 작품으로 독일에서 소설이 주도적인 지위를 갖는 데에 일조했다. 여기서 하인리히가 장 파울의 작품을 읽는 것은 종교적인 함축성을 띠고 있다.

이 진실이고 옳은 것으로 보였다. 저녁노을과 무지개, 백합으로 가득한 숲과 별로 뒤덮인 하늘 그리고 큰 소리로 번개 치는 뇌우 한가운데에 영원하신 분이 계셨다. 영원하신 분은 불꽃놀이를 하는 것 같은 하늘의 한가운데에, 별이 총총한 밤하늘에 둘러싸여 있었던 것이다. 위대하지만 사랑으로 가득 차 있고, 성스럽지만 미소와 익살을 잃지 않는 전지전능하신 그분은 어린애의 가슴속에 바싹 달라붙어 숨은 채, 꽃 속에 있는 부활절의 작은 토끼처럼 어린아이의 눈으로 내다보고 계셨다! 그것은 교리문답에 나오는 꼬장꼬장한 친구와는 다른 주인이자 보호자였다!

　이전에 나는 이와 같은 어떤 것을 꿈꾼 적이 있었고, 다만 그것에 대해 추측만 했다. 이제 나는 긴 겨울밤 동안 이 예언자의 책 열두 권을 세 차례[16)]에 걸쳐 읽으면서 아침을 맞이하곤 했다. 봄이 오고 밤이 점점 짧아졌을 때에도 나는 또다시 멋진 아침이 밝아올 때까지 그것을 읽었으며, 늦게까지 침대에 누워 애독하던 책에 뺨을 대고 밝은 대낮에 잠을 자는 것이 습관이 되었다. 그러다 깨어나서 그림을 배우러 갈 때면 나는 꿈같은 자의와 방종의 정신에 사로잡혀 있었는데, 그것은 이전의 반항심보다 한층 더 위험스러웠다.

---

16) 여기서 열둘과 셋이라는 숫자는 삼위일체의 성스러움을 내포한 것이다(천국의 예루살렘의 열두 젊은이와 열두 부족 그리고 열두 개의 문).

제6장 사기꾼

　그리도 초조하게 기다리던 봄이 오자 맨 처음 찾아온 따뜻한 날에 나는 종이 위의 견본을 실제 자연으로 대치하기 위해서 새로 배운 기교로 무장하고 야외로 나갔다. 식당 사람들은 은밀한 질투심과 존경심으로 내가 의식을 치르는 것처럼 준비하는 것을 바라보았다. 그들의 동료 가운데 하나가 이렇게 거창하게 일을 벌이기는 처음이었고, '자연을 보고' 그리는 것은 그때까지 놀라운 신화였던지라 그럴 만도 했다. 나는 뻔뻔했지만 나쁜 의도는 없었던 작년 여름의 자신감이 아니라 훨씬 더 위험한 자기도취적인 편협함을 지닌 채 햇빛 속에서 빛나는 둥글고 입체적인 자연의 대상 앞으로 접근했다. 나는 이해되지 않거나 너무 어려워 보이는 것은 스스로를 기만하며 모두 뒤죽박죽 섞어버렸고 불행한 붓 재주로 그것을 감추었다. 신중하게 연필로 시작하는 대신 익숙해진 팔레트와 물통 그리고 붓 등의 도구를 가지고 곧바로 야외로 나가 종이의 모든 구석구석을 그림답게 채우려고 애썼던 것이다.

　나는 호수와 산이 있는 전경을 포착하거나 아니면 숲으로 들어가서 사각형 속에 멋지게 들어갈 수 있는 작고 예쁜 폭포들이 많은 산속의 개울을 찾아갔다. 낙하한 후 거품을 내며 바삐 흘러가는 물의 살아 있는 섬세한 유희와 투명함 그리고 천변만화하는 반짝거림을 보고 희열을 느껐지만 내 재주는 그 생기를 재현할 만큼 충분하지 못했기 때문에, 그것을 기술의 조야한 틀 속에 가둠으로써 생명과 광채는 사라져버렸다. 만일 예술가적 양심이 무뎌지지만 않았던들 나는 개천에 무질서하게 겹쳐 있는 여러 모양의 돌과 바위 조각을 더 쉽게 처리할 수 있었을지도 모른다. 원근법상의 미세한 차이와 바위가 적어 보이는 것을 보고 느끼면서도 그것들을 무시하고 엄벙덤벙 처리할 때, 분명 양심이 움직이며 나에게 종종 경고를 보내긴 했다. 이때 나는 여기저기의 표면이 문제가 아니라 자연은 우연히 내가 묘사한 방식대로 보일 수도 있으리라는 자기변명을 하며 중요한 형식을 따르지 않았다. 어쨌거나 전체적인 내 작업 방식은 그러한 양심의 가책을 묵살했고, 스승은 졸작을 내보이면 바로 이러한 태만에서 드러났음직한, 진실한 자연묘사 차원에서 결핍된 부분들을 지적해주지 못했다. 그는 언제나 실내에서 습득한 예술의 관점에서 모든 것을 판단했다.

깔끔하고 명료하게 그린다는 원칙 외에 그가 내게 전수해줄 만하다고 여기는 전통이 딱 한 가지 더 있었는데, 그것은 바로 그가 회화적인 것으로 착각하는 기이하고 병적인 전통이었다. 그는 속이 텅 비고 부러진 버드나무 줄기와 폭풍에 찢긴 나무들 그리고 기암괴석을 찾아서 부패와 파멸의 다채로운 색상으로 그리라고 부추겼고, 이러한 것이 흥미로운 그림 소재라고 추천했다. 이것은 내 환상을 자극했던지라 무척 내 마음에 들었다. 나는 그러한 현상을 쫓아다니는 데에 열중했다. 그러나 자연은 내 희망과 달리 충만한 건강함을 누리고 있어서 그러한 기형적인 것들이 보이는 경우는 매우 드물었다. 불운을 겪은 나무가 있어도, 점점 독한 화주가 필요한 알코올 중독자와 마찬가지로, 지나친 자극에 익숙해진 내 눈에는 이내 하찮고 별것 아닌 것으로 보였다. 그러므로 산과 들에서 만발하는 생명은 모두 다 내게 그저 그런 것이 되었다. 나는 아침부터 저녁까지 황무지를 쏘다니며 사람의 발길이 미치지 않은 외진 곳과 골짜기 속으로 점점 더 깊이 들어갔다. 정말 외지고 비밀스러운 장소를 찾아내면 그곳에 앉아 오직 뭔가를 집으로 가져가려는 생각에서 스스로 생각해낸 그림을 재빨리 완성했다. 나는 그때까지 알게 된 자연의 모든 특성을 내가 습득한 솜씨와 융합하면서 내 환상이 제공하는 기묘한 형상을 이 그림에 축적했다.

이러한 것들을 자연 속에 존재하는 것이라며 하버자트 씨에게 보여주었지만 그는 전혀 알아채지 못했다. 그는 내 발견을 축하했고, 자신이 공언한 바 있던 내 열성과 재능이 증명되었다고 여겼다. 의심할 나위 없이 미술적인 것에 대한 날카롭고 복된 눈을 지니고 있어서 수천 명의 다른 사람들이 그냥 지나쳐버린 사물들을 발견해낸 것이 이에 대한 증거라는 거였다. 이렇게 악의 없이 속이다보니 이러한 짓을 계속해서 이 친절한 남자를 본격적으로 속여 보고 싶은 못된 욕심이 생겼다.

나는 숲 그늘에 앉아 더 기묘한 모양의 바위와 나무를 더 과격하고 더 대담하게 멋대로 만들어내면서, 스승이 이것이 실제 풍경이고 가까운 근처 어딘가에 실제로 있는 것이라고 여기리라는 것을 예견하면서 미리 고소해했다. 그러나 내가 오래된 동판화들, 이를테면 슈바네벨트[17]의 작품에서와 같은 기상천외한 형태들을 훌륭한 걸작의 모범으로 여기고, 이것이야말로 실재하는 것이며 연습하기에 딱 좋은 것이라는 선의의 생각을 품고 있었다는 사실은 어쩌면 내 이런 행동에 대한 변명이 될지 모른다. 클로드 로렝의 고상하고 건전한 형식은 변덕스러운 젊은이의 마음속에서는 이미 보이지 않았다.

겨울철 저녁 동안에는 이 식당에서 인물화를 연습했는데, 나는 옷을

---

17) 슈바네벨트(Hermann von Schwanevelt, 1600~55)는 네덜란드의 화가이자 동판화가다.

입고 있는 동판화 속의 작은 인물을 모사하면서 그러한 인물을 고안해 내는 피상적인 연습을 했다. 그래서 기상천외한 풍경화 습작들에 그보다 훨씬 놀라운 인물들, 요컨대 식당으로 가져가서 폭소를 자아낼 남루한 옷차림을 한 인간들을 꾸며 내어 그려넣었다. 이러한 인간들은 아무 짝에도 쓸모없는 미친 인간들로, 기묘한 풍경과 더불어 내 머릿속에만 존재하는 세계를 형성했고 어쩌면 내 스승조차 의심을 품을 수 있는 족속이었다. 그러나 스승은 이것을 별로 눈치 채지 못하고 내가 하는 대로 내버려두었다. 한편으로는 내 속임수를 간파하고 이것을 캐낼 만한 활기찬 분위기가 결핍되어 있었고, 다른 한편으로는 자신의 지식에 대한 우월감이 없었기 때문이다. 이 두 가지 능력이야말로 모든 교육에 필요한 요소다. 즉 젊은이의 심리를 꿰뚫어보는 유일한 수단인, 사라지지 않는 활발한 젊음이 그 하나이고, 탁월한 인격이 다른 하나다. 한 가지가 종종 다른 한 가지를 어쩔 수 없이 대신할 수는 있지만, 두 가지가 다 결핍될 경우 젊음은 교사의 손 안에 있는 닫힌 조개 같아서 교사가 그것을 완전히 깨부수어야만 열 수 있다. 그러나 이 두 가지 특성은 결국 하나의 동일한 바탕에서 나오는 것인데, 그것은 바로 정신의 절대적인 정직성, 순수성 그리고 공평무사다.

제2의 고향인 외딴 시골마을을 향한 은밀한 동경에 굴복하여 내 소지품들을 챙겨 그곳으로 간 것은 여름이 절정에 달한 때였다. 집을 완전히 걸어 잠가두고 젊었을 때 살았던 곳에 한번 가보라고 아무리 청해도 어머니는 체념과 자제의 태도를 굽히지 않고 집에 남았다. 나는 호의적인 관심을 끌 양으로 그동안의 활동의 결실을 몽땅 가지고 갔다.

짙게 명암을 준 수많은 종이들은 실제로 외삼촌댁에서 얼마의 찬사를 불러일으켰고, 사람들은 대체로 이 일을 상당한 존경심을 가지고 바라보았다. 그러나 외삼촌은 내가 자연을 보고 그렸다고 공언하는(왜냐하면 그 사물들은 어쨌든 외부에서 그린 것이라는 바로 그 이유 때문에 나는 뮌히하우젠[18]처럼 나 스스로 그 사실을 믿었다) 그림들을 보더니 예사롭지 않게 고개를 저으면서 도대체 내가 어디에서 그런 것들을 보았는지 의아해했다. 아무리 미술에 문외한이라 해도 그는 시골사람이자 산림에 정통한 사람으로서 현실에 바탕을 둔 그의 지식으로 잘못된 것을 쉽고 재빠르게 찾아냈던 것이다.

"이 나무들은," 그가 말했다. "서로 비슷하지만 모두 다 실제 나무와는 전혀 닮지 않았어! 이 바위들과 돌들은 무너지지 않고는 단 한순간도 이렇게 놓여 있을 수 없지! 여기에는 폭포가 있군. 규모로 보면 꽤 큰 폭포 가운데 하나인 것 같은데 조그만 조약돌 위로 떨어지고 있어서 마치 일개 연대의 군인들이 나무토막에 걸려 넘어지는 것 같군 그래. 이 폭포에는 커다란 벼랑이 필요하겠어. 어쨌거나 도시 근처에서 이러한 폭포를 볼 수 있다는 것이 도대체 이해할 수 없는 일이야! 그리고 썩어빠진 저런 버드나무 줄기에서 그릴 만한 점이 무엇인지 알고 싶기도 하구만. 내 생각에는 건강한 떡갈나무나 너도밤나무를 그리는 것이 더 유익할 것 같아서 하는 말이야."

다른 한편으로 여자들은 내가 그린 부랑아, 떠돌이 땜장이 그리고 추악한 몰골의 사람들을 보고 분개했고, 그러한 괴물 같은 사람들에게 몰두하는 대신 왜 들판을 지나가는 예쁜 시골아가씨나 행실 바른 농부를 그리지 않았는지 이해하지 못했다. 남자 사촌들은 괴물 같은 동굴, 있을 것 같지 않은 우스꽝스러운 다리, 사람을 닮은 바위 돌기 그리고 기형적

---

18) '거짓말쟁이 남작'으로 불린 뮌히하우젠 남작(Freiherr Hieronymus Karl Friedrich von Münchhausen)은 생전에 자기 고향 하노버에서는 이미 전설적인 인물로 알려져 있었다. 그는 1786년에는 뷔르거(Gottfried August Bürger)의 소설로 아주 유명해졌다. 그때부터 이 이름은 아주 믿을 수 없는 이야기를 정말이라고 주장하는 허풍선이의 대명사가 되었다.

으로 자란 나무들을 보고 웃으며 황당해 보이는 이런 것 하나하나에 재미있는 이름을 붙였는데, 그 이름들의 우스꽝스러움이 나에게 돌아오는 것 같았다. 나는 어리석고 쓸모없는 바보가 되어 부끄러워하며 그 자리에 서 있었다. 내가 가져온 병적인 그림은 이 집과 시골 공기의 소박한 건강성 앞에서 설 자리가 없었다.

도착한 바로 다음 날 외삼촌은 나를 다시 현실의 길로 이끌어주기 위해 자기 소유지와 집, 정원과 나무들을 자세하고 주의 깊게 스케치하고 그것들의 진짜 모습에 충실한 그림을 그리라는 과제를 내주었다. 그는 모든 특징 하나하나와 자신이 특히 강조하고 싶은 점에 대해 내 주의를 환기시켜주었고, 비록 자신의 지시가 예술을 이해하는 사람의 자격으로서가 아니라 원기왕성한 지주의 요구에서 나온 것일지라도, 이를 통해 내가 사물을 정확하게 관찰하고 그것들의 특징적 윤곽을 이해하며 그려보면 좋겠다고 말했다. 집 둘레에 있는 지극히 단순한 사물들, 심지어 지붕 위의 기와를 그리는 것마저도 내가 지금껏 생각했던 것보다 더 많은 노력이 필요했고, 결과적으로 주변의 나무들도 더 한층 충실하게 그리는 계기가 되었다. 나는 다시 성실한 작업과 근면을 배웠다. 그러다 보니 허세를 부리지 않고 일을 하는 것 자체가 최근의 허풍선이 같은 작품들보다도 훨씬 더 만족스러웠다. 나는 소박하지만 진실한 것의 의미를 고심참담하며 체득했다.

그러는 동안 작년에 내가 이곳에 두고 떠났던 모든 것들을 다시 보는 즐거움에 빠졌고 그사이의 변화를 모두 관찰했다. 그리고 안나를 다시 만나거나 최소한 그녀의 이름을 듣게 될 순간을 말없이 기다렸다. 그러나 그녀에 대해 털끝만치도 언급되지 않고 며칠이 지나갔다. 이러한 상태가 오래갈수록 더욱더 그녀에 대해 물어볼 수가 없었다. 사람들은 마치 그녀가 한 번도 이곳에 존재하지 않은 것처럼 그녀를 완전히 잊어버린 것 같았다. 내 마음을 아프게 한 것은 내가 그녀 소식을 들을 권리나 소망을 갖고 있을 거라는 사실을 어느 누구도 전혀 낌새를 채지 못한 것 같아 보였다는 것이었다. 나는 산을 넘어 그곳의 중간까지 가보기도 했고 계곡의 그늘에도 가보았지만 그때마다 그녀를 만날지도 모른다는 설명할 수 없는 두려움 때문에 갑자기 되돌아오곤 했다. 나는 교회묘지로 가서 1년 전부터 땅속에 묻혀 있는 할머니 무덤가에 섰다. 그러나 바람은 안나의 기억을 잊은 채 고요히 멈춰 있었고 풀은 그녀에 대해 아무것도 알려고 하지 않았다. 꽃은 그녀의 이름을 속삭이지 않았고 산과 계곡도 그녀에 대해서 침묵했다. 오직 내 가슴만 고요한 정적 속으로 부질없이 그녀 이름을 울려 퍼뜨렸을 뿐이다.

마침내 왜 선생님을 방문하지 않는지 질문을 받게 되면서, 안나가 이미 반 년 전에 이곳을 떠났고, 그들은 내가 이것을 이미 아는 줄 알았다는 것이 우연히 드러났다. 교양과 고귀한 영혼에 대한 끊임없는 동경에서, 그리고 농부가 되기에는 너무나 섬세한 천성을 지닌 딸이 자신의 사후에 시골의 거친 환경에서 혼자 살게 될지도 모른다는 생각에서, 그녀의 부친은 그녀가 좀더 훌륭한 지식을 습득하고 정신적인 자주성을 획득할 수 있도록 어느 날 갑자기 프랑스어권 스위스에 있는 교육 기관에 보내기로 결심했던 것이다. 그녀가 이것에 반대했을 때에도 그는 그녀의 눈물에 마음이 약해지지 않고 자신의 소원을 이룰 생각만 했으며 헤어지지 않으려는 딸을 먼 곳의, 신분이 높고 신앙심이 돈독한 교육자 집에 바래다주었다. 여기서 그녀는 최소한 1년 동안 머물러야 했다. 이 소식은 내게는 청천벽력 같은 충격이었다.

그때부터 나는 매일 그녀의 부친을 방문하여 그가 가는 곳에 동행했으며 그녀에 대해 말하는 것을 들었다. 종종 며칠씩 그곳에 머물기도 했는데, 그럴 때는 그녀의 작은 방을 사용했으나 방 안에 있는 것들을 감히 만져보지 못했고 몇 안 되는 간단한 물건들을 신성한 외경의 마음으로 바라보았다. 그 방은 작고 좁아서 석양빛과 달빛이 언제나 꽉 채워져 있었으므로 어두운 구석이 하나도 없었다. 그래서 그 방은 석양이 되면 붉은빛이 나는 금색 보석상자처럼 보였고, 달빛 아래서는 은빛 보석상자처럼 보였는데, 나는 그 안에 살던 보물을 생각하지 않은 적이 없었다.

그릴 만한 대상을 찾아 떠돌 때는 안나와 함께 있었던 장소를 우선 찾았다. 그녀와 함께 쉬면서 그 이상한 환영을 보았던 물가의 비밀스러운 암벽은 이미 그려져 있었다. 나는 참지 못하고 눈처럼 하얀 안나의 작은 방의 벽 위에 네모를 반듯하게 그린 다음, 이교도의 굴이 있는 그림을 최선을 다해 그려넣었다. 이것은 그녀에 대한 무언의 인사가 될 것이고 추후에 내가 얼마나 끊임없이 그녀를 생각했는지를 증명해줄 것이었다.

이렇게 끊임없이 그녀를 생각했지만 볼 수는 없었으므로 나는 남몰래 점점 더 대담하게 그녀의 상(像)과 친숙해졌다. 그녀에게 긴 연애편지를 쓰기 시작했는데 처음에는 태워 없애기도 했지만 나중에는 보관했다. 종국에는 아주 과감해진 나머지 안나에 대해 느낀 모든 것을 격렬한 표현으로 종이 위에 적었으며, 맨 위에 그녀의 성과 이름을 적고 서명한 다음, 이 종이를 냇물 위에 내려놓았다. 어린애 같은 내 생각으로는 이 종이가 라인 강과 바다로 흘러 들어가 온 세상으로 통할 것 같았다. 나는 이 계획을 실행하지 않으려고 오랫동안 망설였지만 마침내 꺾이고 말았다. 이것은 나로서는 스스로를 해방하는 행위였고 내 비밀을 고백하는 것이기 때문이었다. 물론 근처에서는 아무도 그것을 발견하지 못하리라고 가정했다. 나는 이 종이가 한가롭게 물결을 타고 미끄러져 내려가는 것을 보았다. 종이는 어떤 곳에서는 늘어진 나뭇가지에 걸려 잠시 멈추었다가 다시 오랫동안 꽃에 걸려 있기도 했으나, 한참 생각에 잠겼다가 다시 뿌리치며 떠내려갔다.

마침내 편지는 쏜살같은 급류에 도달하여 경쾌하게 떠내려가면서 시야에서 사라졌다. 그러나 그 편지는 도중에 어디선가 다시 지체했음이 틀림없었다. 밤이 아주 깊어진 후에야 이교도의 굴이 있는 바위벽에 도착해서 그곳에서 목욕하고 있는 여자의 가슴에 걸렸던 것이다. 그 여자는 다름 아닌 유디트였다. 그녀는 이 편지를 건져 읽어보고는 보관해두었다.

이 사실을 나는 뒤늦게야 알았다. 그것은 마을에 있는 동안 그녀 집에 한 번도 가지 않았을 뿐만 아니라 그 집으로 가는 길을 조심스럽게 피해 다녔기 때문이다. 한 살 더 먹게 된 나이가 나에게 지난날의 친밀한 관계를 부끄러운 마음으로 되돌아보게 했다. 또한 그 원기왕성하고 당당한 육체 앞에 서는 것은 반항심을 자극하는 두려움을 불러일으켰다. 언젠가 나는 그녀가 집 앞을 지나갈 때 인사도 하지 않고 황급히 숨어서 멀리 정원과 옥수수 밭 사이로 걸어가는 것을 진기한 듯이 바라본 적도 있었다.

제7장 6장의 연속

나는 마음속에서 완전하게 모습을 갖춘 깊은 동경을 지니고 이번에는 조금 더 일찍 도시로 돌아왔다. 이 동경은 내게 없는 것, 그런데도 내 예감으로는 세상에 존재하고 있을 것 같은 모든 것을 포함하고 있었다.

이제 스승은 수채물감 다루는 법을 전수하며, 물감을 깔끔하고 재빠르게 칠하도록 엄격히 가르치면서 자신의 예술의 마지막 단계로 나를 이끌었다. 이때도 역시 자연은 중시되지 않았기 때문에 나는 이곳에서 요구하는 방식과 대충 비슷한 채색화를 그릴 수 있게 되었으며, 약정된 두 번째 해가 다 끝나기 전에 어떤 것도 제대로 할 수도 없으면서 더 이상 배울 것이 없다는 것을 알게 되었다. 이 오래된 수도원에 있는 것이 지루해진 나는 몇 주일 동안 집에서 독서하거나 작업했는데, 이 그림들을 스승에게는 숨겼다. 스승은 어머니를 방문하여 내가 열심히 노력하지 않는다고 불평하는 한편, 이제는 내가 그와 다른 관계를 맺어야 할 때이니, 그의 사업장에서 보수를 받으며 부지런하게 규칙적으로 일하는 것이 어떠냐고 제안했다. 그의 설명에 따르면, 지금은 내가 우선 조금 더 교육을 받으면서 신중한 작업에 익숙해지면 저축까지 할 수 있는 두 번째 단계이며, 그 돈으로 몇 년 뒤에 세상으로 나갈 수 있을 터인데, 아직은 너무 이르다는 것이었다. 또한 그는, 욕심을 버리고 여러 해 동안 일을 함으로써 마침내 예술의 최고 경지에 도달한 사람들 가운데에는 유명한 예술가들 사이에서도 축에 빠지지 않는 사람들이 있으며, 때로는 귀족적이고 전문적인 화가교육보다 힘이 들긴 하지만 이런 식으로 평범하게 열심히 일하는 것이 끈기와 독립심을 기르는 데에는 더 실한 바탕이 된다고 확언했다. 또한 어릴 때부터 돈벌이나 자립을 강요당해 본 적이 없어서 영원한 방종과 그릇된 오만 그리고 겉치레에 빠짐으로써 아무것도 이루어내지 못한 재능 있는 부잣집 아들들을 알고 있노라고 말했다.

이러한 말들은 비록 어느 정도는 이기심에 바탕을 둔 것이라 할지라도 상당히 타당성이 있었다. 그렇지만 나는 전혀 공감하지 않았다. 나는 일당(日當)이나 소규모 사업에 대한 생각은 모두 혐오스러웠으며, 오로지 정도를 걸어 목표에 도달하고 싶었다. 날이 갈수록 그 식당이 방해물이자 속박처럼 여겨졌다. 나는 집에다 조용한 작업장을 설치해서 될 수 있는 한 내 힘으로 해나가고 싶었다. 그래서 어느 날 아침 교육 기간이 채 끝나기도 전에 나는 하버자트 씨에게 작별인사를 했고, 어머니에게는 이제부터 집에서 공부하겠노라고 해명했다. 만일 어머니가 내게 돈을 벌어오기를 원한다면 그 사람 없이도 그렇게 할 수 있다고, 그에게서는 아무것도 배울 것이 없다고 말씀드렸다.

만족스럽고 희망에 부풀어 나는 집의 맨 꼭대기에 있는 다락방에 작업실을 설치했다. 이곳에서는 도시의 일부 지역 너머로 북쪽이 멀리까지 내다보였으며, 이 방의 창문으로는 이른 아침과 저녁에 맨 처음과 맨 마지막의 햇빛이 찾아들었다. 이곳에 내 세계를 마련하는 것이 아주 중요했고 또 그만큼 즐거웠기 때문에 나는 그 방을 꾸미는 데 여러 날을 보냈다. 둥근 유리창은 말끔히 닦았으며, 그 앞의 널찍한 화분받침대에는 작은 꽃밭을 가꾸었다. 하얗게 칠해진 벽에는 동판화와 환상적인 무대 효과를 내는 그림들을 걸었고, 또 다른 곳에는 묘한 모양의 마스크를 목탄으로 그렸고 좋아하는 경구와 강한 인상을 남긴 강렬한 시구들을 적어놓았다. 나는 집에 있는 집기 가운데 가장 오래되고 가장 가치 있는 것들을 이 방에 들여놓았으며, 책 같아 보이는 것이면 뭐든지 짊어다가 갈색 가구 위에 쌓아놓았다. 온갖 물건이 점점 쌓임으로써 화실 같은 효과가 더 커졌다. 방의 한가운데에는 이젤을 세웠는데, 이것은 내가 오랫동안 희구해오던 목표였다.

이제 나는 뭐든 내 마음대로 할 수 있었다. 털끝만치의 간섭도 받지 않고 본보기도 가르침도 없는 완전히 자유롭고 독립적인 상태였다. 나는 비슷한 성향과 호감으로 내 관심을 끈 젊은이들과 그때그때마다 교제했는데, 특히 이즈음에는 학업을 계속하던 지난날의 동창생들이 제일 좋았다. 그들은 내 은거지에 들러서 새로 배운 것과 학교에서 일어난 일을 빠짐없이 이야기했다. 나는 이 기회를 이용해서 단편적인 지식을 하나씩 얻어 들었으며, 때때로 더 원숙한 교육이 이루어지고 있는 현란한 정원을 고통스럽게 닫힌 격자문 사이로 들여다보며 내가 잃은 것이 무엇인지 이때야 비로소 절실하게 느꼈다.

나는 친구들을 통해 많은 책과 학문의 실마리를 알게 되었고 이 충분치 못한 궁색한 실을 수단으로 내 길을 계속 암중모색했다. 내가 찾아낸 지식을 고독 속에서 얻게 된 공상의 산물과 혼합하면서 나는 우스꽝스럽고 지극히 천진난만한 학식을 즐기기 시작했는데, 이것이 묘하게도 내 작업을 풍부하게 했고 영역을 다방면으로 넓혀주었다. 조용한 새벽녘이나 늦은 밤에 나는 과장된 에세이와 감격에 가득 찬 문장과 영탄조의 문장을 썼고, 특히 의미심장한 경구들을 그림이나 당초무늬 장식과 섞어서 자랑스럽게 일기장에 적어넣었다. 그리하여 내 작은 방은 불로장생의 영약이 아궁이 위에서 제조되는 연금술사의 작은 부엌과도 같았다. 품위 있고 건강한 것과 왜곡되고 기이한 것, 절도와 방종이 뒤섞여 부글부글 끓었고 희망의 불빛 속에서 뒤섞이거나 분리되곤 했다.

겉으로는 조용한 생활이었지만 나를 근심에 가득 쌓이게 하거나 격정적으로 내 영혼을 뒤흔드는 때 이른 암운(暗雲)이 내 삶에 많이 찾아들었다.

이 시기에 내게는 정열적이고 활달한 친구가 한 명 있었는데, 그는 나를 아는 그 누구보다도 나와 취향이 같아서 함께 그림도 그렸고 공상적인 얘기에도 심취했으며, 아직도 학교에 다니고 있었기 때문에 그곳에서 풍부한 재료들을 내 방으로 날라다주었다. 그러면서도 그는 유쾌하게 즐길 줄도 알아서 한량들과 함께 자주 술집을 어슬렁거렸고, 그곳의 근사함과 시끌벅적한 주연을 이야기했다. 이런 일에 관한 한 어머니는 단 한 푼이라도 지출할 필요가 없다고 여기고 아주 인색했기 때문에 나는 대부분의 경우 우울하게 집에 머물렀다. 나는 새장에 갇힌 새가 높이 나는 새를 부러워하듯이 즐겁게 떠들고 다니는 친구들을 먼빛으로 바라보면서 내가 이 주연의 광채를 더 빛내주는 사람이 될 수 있을, 빛나는 미래의 자유를 꿈꾸었다.

그러는 동안 나는 포도가 시다는 핑계로 먹지 않는 여우와도 같이 꽤 자주 내 친구의 거친 행동을 비난했고, 그를 조용한 우리 집에 조금 더 붙들어두려고 애썼다. 이로써 우리 사이에는 여러 차례 갈등이 생겼다. 결국 나는 그가 멀리 떠나게 되어 열정적으로 편지를 교환할 수 있는 고마운 기회가 생겼을 때 내심 기뻐했다. 함께 지내며 서로 얼굴을 붉히는 일이 없게 된 우리는 우리 관계를 이상적인 우정으로 승화시켰고, 규칙적으로 편지를 주고받는 가운데 젊은이의 희열을 온갖 능변으로 표현했다. 어느 정도는 자기도취감에서 나는 될 수 있는 한 아름답고 생동적인 편지를 쓰려고 노력했는데, 나의 미숙한 철학에 어느 정도의 형식과 일관성이 생길 때까지는 상당히 연습해야 했다. 내 편지의 일부를 터무니없는 환상의 옷으로 감싸고 장 파울의 작품에서 베낀 유머로 윤색하는 것은 더 간단했다. 그러나 제아무리 열중하고 모든 열성을 다 바쳐도 내 친구의 답장은 성숙하고 견실한 사고뿐만 아니라 위트의 진실한 면에서도 매번 이 모든 것을 능가했다. 이러한 그의 위트는 창피하게도 안정감 없이 마구 절규하는 내 감정 토로를 더욱 우스꽝스럽게 만들었다. 나는 내 친구에게 경탄하며 그를 자랑스럽게 여겼다. 또한 그의 편지를 모범으로 그에 필적하는 품위 있는 편지를 쓰기 위해 노력을 배가했다. 그러나 나를 고양할수록 그는 아무리 잡으려 해도 잡히지 않는 반짝이는 환영처럼 더욱 높고 도달하기 어려운 곳으로 올라갔다. 게다가 그의 생각은 마치 끝없는 바다와 같이 색채가 변화무쌍했는데, 매혹적이리만치 변덕스럽고 깜짝 놀라게 하는가 하면 지하와 높은 산과 하늘에서 동시에 쏟아진 샘물처럼 풍부하기도 했다. 나날이 눈부시게 발전하여 좀더 위대한 것을 기약하는 비밀스럽고 위대한 현상을 보듯이 먼 곳의 동료를 놀라움으로 바라보며 나는 가능한 한 그 곁에서 보조를 맞추면서 인생길로 나가기 위해 불안한 마음으로 준비했다.

그러던 어느 날 고독에 대해 쓴 치머만[19]의 책을 입수했는데, 그 책에 대해 이미 수차례 들어왔던 터라 나는 보통 때보다 두 배나 탐욕스럽게 읽어나가던 중 다음과 같은 구절을 발견했다. "나는 너를 너의 공부방에 묶어두고 싶다. 오, 젊은이여!" 읽을수록 익히 잘 알고 있는 말들이 나왔고 마침내 나는 내 친구가 초창기에 보낸 편지 가운데 하나가 바로 여기서 베껴 쓴 것임을 알게 되었다. 이 일이 있고 나서 얼마 후 고서점에서 구입한, 그림에 관해 디드로가 평이하게 의견을 개진한 책[20]의 내용

---

19) 스위스의 의사이자 철학자였던 요한 게오르크 치머만(Johann Georg Zimmermann, 1728~95)의 4권짜리 저서 『고독에 관하여』를 일컫는다.

중에서 내 친구가 썼던 글을 발견하게 되어, 나를 그토록 흥분시켰던 저 날카로움과 명민함의 근원을 알아냈다. 그리하여 우발적 사고와 사건들이 오랜 시간이 지난 후 갑자기 무더기로 드러나듯이, 그의 편지의 글들이 빠르게 차례차례로 발견되면서 희한한 사기가 그 정체를 드러냈다. 나는 루소와 베르터, 스턴[21]과 히펠[22]뿐만 아니라 레싱[23]의 작품에 나오는 구절들을 찾았고, 바이런과 하이네의 빛나는 시들이 서간체의 산문 형식으로 바뀐 것을 알아냈다. 심지어 이해할 수 없었기 때문에 나를 친구에 대한 존경심으로 꽉 채워주었던 심원한 철학적 경구도 그렇게 되어 있음을 알게 되었다.

나는 이러한 별들과 무력하게 투쟁했던 것이다. 나는 벼락을 맞은 것 같았다. 머릿속으로 내 친구가 나를 비웃고 있는 것을 그려보았으며 내 자신이 무가치한 인간이라고 생각하는 것 외에는 달리 그의 행동방식을 설명할 도리가 없었다. 엄청난 모욕감을 느낀 나는 잠시 침묵을 지키고 있다가 빈정대는 편지를 썼는데, 이 편지를 통해 나는 그의 뻔뻔스러운 정신적 지배에서 벗어나되, 우리 우정을 끊지 않고 오히려 그것을 진실의 길로 되돌릴 심산이었다. 그러나 상처받은 명예심 때문에 나는 너무도 격렬하고 신랄한 표현을 골랐다. 그러나 내 적수는 나를 놀리려는 의도는 전혀 없었고 단지 별 수고를 들이지 않고 내 열의에 균형을 맞추려

---

20) 프랑스의 백과사전파 시인 디드로(Denis Diderot, 1713~84)의 저서를 일컫는데, 1797년 독일어로 번역된 이 책의 제2장의 표제가 "색채에 관한 나의 평이한 생각"이다.

21) 스턴(Laurence Stern, 1713~68)은 영국의 작가다.

22) 히펠(Theodor Gottlieb von Hippel, 1741~96)은 독일의 정치가이자 계몽주의 시대의 문필가다.

23) 레싱(Gotthold Ephraim Lessing, 1729~81)은 독일 계몽주의 시대의 중요한 비평가이자 철학자, 작가다.

고 했을 뿐이라는 것이었다. 그는 후에 더 심각한 일에서도, 진실로 노력할 수 있는 재능과 자부심을 지녔는데도 언제나 이러한 수단으로 호도하려고 했는데, 이러한 편지를 써 보낸 것도 이와 같은 그의 태도에서 비롯된 것에 지나지 않았던 것이다. 그래서 그는 자신의 당혹스러움을 감추기 위해서, 그리고 나의 도발에 화가 나서 나보다 더 모욕감을 느끼며 흥분된 상태에서 답장을 써 보냈다. 우리 사이에는 엄청난 분노의 폭풍우가 휘몰아쳤다. 우리는 가차 없이 서로 비난하며 절교를 선언했다. 우리가 사용한 비극적 표현은 상대에 대한 애착에 반비례했으며, 맹목적으로 상대를 먼저 기억 속에서 몰아내려고 애썼다.

그러나 그가 한 말뿐 아니라 내가 한 심한 말까지도 내 가슴을 에었다. 나는 며칠 동안이나 슬퍼했다. 그러는 동안에도 나는 헤어진 친구를 존경하고 사랑하고 증오했다. 이제 나는, 더 나이가 든 상태에서, 두 번째로 우정이 깨지는 아픔을 맛보았고, 이번에는 우리 관계가 더 고상한 것이었던 만큼 아픔도 더 컸다. 예의 그 사기꾼 같은 자연습작으로 스승인 하버자트 씨를 우롱했던 바로 그런 장난이 내게 되돌아왔다고는 꿈에도 생각하지 못했다.

제8장 다시 봄

봄이 왔다. 앵초와 제비꽃은 무성해진 풀 속에 모습을 감추었고 아무도 그것들의 작은 열매를 거들떠보지 않았다. 그 대신 아네모네와 송악의 파란 별 모양 꽃과 어린 자작나무의 연한 줄기가 숲의 입구에 넓게 퍼져 있었다. 봄날의 햇빛이 숲을 뚫고 들어와 나무들 사이의 널찍한 공간을 비추었다. 아직까지는 밝고 널찍해서, 비록 학자가 여행에서 돌아오면 곧장 모든 것을 옛날처럼 엄청나게 뒤죽박죽 만들 터이지만, 그전에 그의 사랑하는 딸이 깨끗이 정돈하고 닦아놓은 실내처럼 보였다. 연초록 이파리들은 수줍고 정연하게 자리를 잡았고 무성하게 자라날 충동이 잠재되어 있을 터이지만, 아직 그런 낌새를 내비치지 않았다. 셀 수 있을 만큼 그다지 많지 않은 작은 잎사귀들은 마치 모자가게 판매원이 정돈해놓은 듯이 좌우 균형을 맞추어 우아하게 그리고 어느 정도는 뻣뻣하게 가지에 앉아 있었고, 톱니 모양의 가장자리와 작은 주름들은 마치 종이를 잘라서 찍어 만든 듯이 아주 정밀하고 정연했으며, 잎자루와 잔가지들은 붉은 광택을 칠한 것처럼 빛났다. 모든 것이 더할 나위 없이 멋을 내고 있었다. 기분 좋은 바람이 불어왔고 하늘에서는 반짝이는 구름이 잘게 일렁거렸으며, 산비탈에 있는 어린 풀과 양떼의 등 위에 있는 털이 잔물결을 일으켰다. 모든 곳에는 제 나름대로 조용한 움직임이 있었다. 어린 소녀들이 봄바람 속을 걸어가면 그들의 목덜미에서는 늘어진 머리카락이 한들거렸고 내 가슴속에도 잔물결이 일었다.

나는 언덕 위를 뛰어다니며 아름다운 외딴 곳에서 1년 전부터 갖고 있던 큰 플루트를 몇 시간 동안이나 불었다. 음악적 재능이 있는 이웃사람에게 피리를 산 뒤 그에게 초보적인 기술을 배운 이후 계속 배우는 것은 생각해보지도 못했고, 옛날에 학교에서 배운 것은 망각의 심연 속으로 잠겨버린 상태였다. 하지만 지나칠 정도로 연습을 한 덕에 아주 묘한 전음(顫音), 빠른 연속음 그리고 정지법 등을 연주할 만큼 일종의 자연적인 기술이 개발되었다. 휘파람으로 불 수 있거나 외워서 부를 수 있는 노래도 역시 어렵지 않게 플루트로 연주할 수 있었지만, 그것은 장음계에 국한되었다. 물론 단음계도 알고 있었기 때문에 단음계의 소리를 낼 수는 있었지만 천천히 조심스럽게 연주해야 했으므로 이러한 부분들은 침울하기까지 했고, 여러 차례 단절되면서 다른 소음 속으로 흩어져버렸다. 먼 이웃에서 내 연주를 들은, 음악에 조예가 있는 사람들이 그 연주가 제대로 된 것으로 알고 나를 칭찬하며 함께 연주하자고 초대했다.

그러나 내가 지공(指孔)이 하나밖에 없는 갈색 파이프를 가지고 나타나 수많은 은색 키가 달린 흑단 악기들과 검은 음표들로 가득 채워진 커다란 악보들을 당황스럽고 불안한 태도로 보았을 때 내 무능은 여지없이 폭로되었고, 이웃들은 어처구니없다는 듯이 고개를 흔들었다. 이런 일이 있고 난 후 나는 더 열을 올려 탁 트인 대기를 플루트 연주로 가득 채웠는데, 이 연주소리는 커다란 새가 단조롭게 지저귀는 소리와 같았을 것이다. 나는 조용한 숲 가장자리에 누워서 다른 시대에 살았던 목동의 즐거움을 느꼈다.

이 무렵 안나가 고향으로 돌아왔다는 소문을 들었다. 나는 2년 동안 그녀를 보지 못했다. 우리는 둘 다 이제 열여섯 살이 될 참이었다. 나는 당장 마을로 옮길 채비를 했고, 어느 토요일에 유쾌한 기분으로 내가 사랑하는 그 길로 나섰다. 나는 변성기였으나 목을 혹사시키면서까지 지치도록 노래를 부르며 숲을 메아리로 가득 차게 만들었다. 그러다가 멈추어 서서 낮게 깔려 나오는 내 목소리를 생각하며 안나의 목소리를 생각했고, 지금쯤 그녀는 어떤 목소리를 낼지 상상했다. 이어서 나는 그녀의 키를 생각해보았다. 이 무렵 내 키가 훌쩍 커졌던 것이다. 우리 도시에 사는 열여섯 살짜리 소녀의 체격을 생각하며 나는 가볍게 몸서리치지 않을 수 없었다. 그러는 동안에도 눈앞에서는 호숫가나 그 무덤 곁에 있던 반쯤은 어린애 같은 그녀의 모습이 목 부분의 주름장식, 땋아 내린 금발머리 그리고 다정하고 순진무구한 눈과 함께 어른거렸다. 이 모습은 나를 사로잡으려 하던 불확실성을 어느 정도 쫓아주었다. 나는 안심하고 계속 길을 걸었고, 외삼촌 집이 옛날 그대로 단란한 분위기 속에 놓여 있는 것을 보았다.

그러나 옛 모습 그대로인 사람들은 꽤 나이가 들어 있던 사람들뿐이었다. 젊은 친구들은 농담할 때나 말할 때의 어조가 다소 달라져 있었다. 저녁식사가 끝난 뒤 부모들이 물러나고 대신 마을에 사는 젊은 남녀들이 한두 시간 수다를 떨기 위해 도착했다. 이때 나는 그들의 짓궂은 대화에서 이제 연애문제가 유일하고도 명백한 소재가 되었다는 것과 청년들은 호의를 조롱으로 표현함으로써 깊은 감정을 숨기려 하고, 처녀애들은 짐짓 무척 수줍음을 타는 체하면서 남자들에 대한 경멸과 처녀로서의 자기만족을 드러내 보이려고 애쓴다는 것을 알아챘다. 때론 서로 자극하고 때론 상처를 받은 체하면서 그들이 주고받는 농담과 공격의 양태를 볼 양이면, 바야흐로 수정의 원소들이 수정으로 결정(結晶)되려고 한다는 것을 너무도 분명하게 알 수 있었다.

나는 처음에는 침묵을 지키다가 의미보다는 말이 더 분분한 말다툼 속에서 내 입장을 어떻게 취해야 할지 찾고 있었다. 나를 부담 없는 중립적 인물로 여긴 여자애들은 나를 온순하고 얌전한 시동으로 삼기를 바라는 것 같았다. 그러나 나는 부지중에 이 위장된 전투를 아주 진지하게 여기면서 나와 같은 남자들의 편을 들었다. 아무것도 바라지 않는 척하면서 의기양양하게 자화자찬하는 여자들의 태도가 거만하고 무례하게 생각되었고, 내 감정과 전혀 맞지 않았던 것이다.

그러나 나는 유감스럽게도 더 실제적이고 더 인기를 끄는 내 동료들의 무기를 사용하는 대신, 여자들 자신의 전법을 응용하여 어린아이 같은 무례한 태도로 맞섰다. 처녀애들의 자족감에 맞선 오만하고 냉정한 태도 때문에 나는 고립무원의 위험한 처지에 빠졌다. 단순함에서 순간적으로 그렇게 생각하고 극도로 진지하게 행동한 것이 사태를 급속도로 악화시켰던 것이다. 당장에 나는 눈감아줄 수 없는 선동자로 간주되어 조롱의 화살을 집중적으로 맞게 되었다.

남자애들은 나를 궁지에 버려두거나 악랄하게도 나를 선동해서 몹시 화가 난 여자들을 보며 더욱 만족해했고, 이로써 나는 다시 짜증과 시샘이 났다. 전투의 와중에 뜻을 담은 듯이 보이는 눈짓들이 점점 더 잦아지고, 여자애들이 더욱더 자주, 점점 더 자발적으로 남자애들에게 손을 내어주는 것을 보게 된 나는 극도로 화가 나버렸다. 결국 모임이 흩어지고 내가 여성들의 공공의 적이 되어 계단을 오를 때 손에 제각기 조그만 램프를 든 세 명의 사촌자매가 나를 조롱하면서 침실 문 앞까지 따라왔다. 그곳에서 나는 몸을 돌려 소리쳤다. "이 바보 같은 계집애들아, 램프를 가지고 꺼져! 너희 모두 다 누구보다도 빨리 신랑감을 찾게 되겠지만, 아무리 짧은 기간이라도 그때까지 너희들의 인내의 기름이 모자랄까 싶어 걱정스럽다. 불을 꺼버리고 깜깜한 데서 부끄러워해라. 그래야

기름이 한 방울이라도 절약되지. 상사병에 걸린 것들아!"[24]

한 여자애가 곧바로 물이 담긴 대야를 들고 들어왔다. 그녀는 손가락을 물에 담그더니 내 얼굴에 물을 뿌리고 내 머리카락과 코 둘레에 불이 타고 있는 램프를 들이대며 나를 압박했다. 그녀가 말했다. "불과 물로써 영원히 여자를 미워하도록 네게 세례를 베푸노라! 그 누구도 이 증오가 사라지는 것을 보지 못하리라. 사랑의 빛은 네게서 영원히 꺼지리라! 편안히 주무십시오, 전하. 그리고 여자들 꿈은 꾸지 마십시오!" 이 말과 함께 그들은 내 촛불을 불어 끄고는 재빨리 가버렸다. 그들의 작은 불도 사라져버려 나는 어둠 속에 혼자 서 있게 되었다.

나는 더듬더듬 방으로 들어가며 온갖 물건과 부딪쳤고, 어둠 속에서 역정을 내며 옷을 벗어서 바닥 여기저기에 던져버렸다. 마침내 침대 머리맡을 찾아서 재빨리 담요 밑으로 뛰어들었는데, 이때 내 두 발이 몹쓸 자루 같은 것 속으로 들어가버렸다. 다리를 펼 수가 없어서 난폭하게 움직이면 계속 뒤엉켰기 때문에 다리는 몹시 기분 나쁘게 바짝 구부려졌다. 시골에서 행해지는 장난에 따라 아마포 시트가 아주 기술적으로 포개어 접혀 있어서 내 허둥대는 몸짓으로는 제아무리 애를 써도 그것을 펼 수가 없어, 결국 나는 더할 수 없이 불편하고 우스꽝스러운 자세로 이 세상에서 잠으로 움츠러들었다.

그러나 몹시 피곤했는데도 좀처럼 잠이 오지 않았다. 내가 불리한 상황에 빠진 것에 대한 분하고 창피한 기분, 안나가 이 모든 것에 대해 어떤 태도를 취할지에 대한 걱정 그리고 망할 놈의 침대 때문에 나는 잠시 눈을 붙일 수 있었을 뿐이었고, 그 이후로는 아주 혼란스러운 꿈들이 나를 괴롭혔다. 계곡의 밤은 소란스러운 온갖 소음으로 가득 차 있었다.

---

24) 여기에 등장하는 등잔과 기름 모티프는 마태오의 복음서 25장 1~23절의 열 처녀의 비유에서 따온 것이다.

총각들이 아침까지 흥청거리고 놀면서 연애하는 토요일 밤이었기 때문이다. 그들 가운데 일부는 무리를 지어 노래를 부르고 소리를 지르면서 어둠 속을 지나갔다. 그 소리는 때로는 멀리서, 때로는 가까이서 들리는 것 같았다. 또 다른 총각들은 따로따로 집 주위로 몰래 기어가서는 목소리를 죽여 여자들의 이름을 부르기도 하고, 사다리를 갖다 놓는가 하면 창 덧문에 조그만 돌멩이를 던지기도 했다. 나는 일어나서 창문을 열었다. 향기로운 오월의 공기가 밀려왔고 별은 사랑스러운 눈빛으로 지상을 향해 반짝거렸다.

작은 고양이 한 마리가 집의 한쪽 모퉁이 주위로 기어갔는데, 다른 모퉁이에서는 호리호리한 그림자가 몸을 구부리고 내가 있는 곳에서 창문이 서너 개 떨어진 곳에 긴 사다리를 기대어 세웠다. 민첩하게 사다리의 디딤판을 기어 올라간 그는 낮은 목소리로 제일 나이 많은 여자 사촌의 이름을 불렀다. 그러자 창문이 조용히 열리더니 친밀한 속삭임이 시작되었다. 속삭임은 어떤 소음 때문에 중단되기도 했는데, 이 소음은 뜨거운 키스가 내는 소리와 조금도 다르지 않았다. '오!' 나는 생각했다. '정말이지 훌륭한 행실이군!' 이런 생각을 하는 동안에 나는 또 다른 그림자가 한 층 아래서 자고 있는 둘째 여사촌의 창문에 가까이 있는 나뭇가지를 타고 잽싸게 땅으로 내려오는 것을 보았다. 그는 채 쉰 걸음도 가기 전에 멀리 있는 밤의 탐닉자들에게 대답할 양으로 사정없이 큰 소리를 내질렀고, 이 소리는 멀리까지 울려 퍼지며 메아리쳤다.

몹시 생소한 느낌과 함께 나는 조심스럽게 창문을 닫고 아마포 시트의 고약한 미로 속에서 여자, 사랑, 오월의 밤 그리고 불쾌한 일들을 잊으려 애썼다.

그러나 아침에 간밤에 겪은 일을 생각하자 더욱 혼란스러운 감정이 다시 밀려왔다. 처음에는 사촌들과 그들의 애인에 대한 걱정스러운 분노가 나를 사로잡았다. 마치 닫혀 있는 정원 속에서 온갖 종류의 비밀 결사가 행해지는데, 유독 나 혼자만 경멸을 받으며 문 밖에 서 있는 것 같았다.

넓은 거실로 가서 당장 어떤 태도를 취해야 하는지 걱정스러웠는데 나는 우선 침묵으로 일관하기로 결심했다. 이러한 결정이 아주 고상하고 관대한 것으로 생각되었기 때문에 나는 아주 득의양양해져서 내가 거실에 들어서면 여자애들이 나의 넓은 아량을 당장에 알아볼 것이라고 추측했다. 그러나 나는 손톱만큼도 관심을 끌지 못했다. 대신 나는 날씬한 어떤 처녀가 세 명의 여자 사촌들에게 둘러싸여 창가에 서 있는 것을 보았다. 그녀의 특색 있는 얼굴과 변했으면서도 여전히 사랑스러운 목소리에서 나는 그녀가 이내 안나라는 것을 알게 되었다. 그녀는 세련되고 고결해 보였다. 나는 어찌할 바를 모르고 당황스러워하며 서 있었다. 그녀는 정숙하고 얌전하게 바깥 풍경을 내다보았고, 자기들의 모임을 빛내주는 손님이 왔을 때 여자들이 흔히 그러듯이 사촌자매들은 나직한 소리로 싹싹하고도 친근하게 그녀와 이야기를 나누었다. 마치 네 명의 예쁜 아이가 수녀원 부속학교에서 곧장 이리로 온 것처럼 다정스럽고 조신한 분위기였다.

특히 이 집의 딸들은 엊저녁의 말투를 전혀 기억조차 못하는 듯했다. 마침내 나를 본 그들은 스스럼없이 인사하며 나를 안나에게 소개했다. 우리는 바닥을 내려다보면서 가까스로 닿을 정도로 손가락 끝을 내밀었는데, 내 생각에 이때 그녀는 무릎을 살짝 구부리며 정중하게 인사를 한 것 같았다. 나는 아주 당황한 나머지 "다시 돌아왔나보군요?"라고 물었고 그녀는 "네"라고 대답했다. 그 목소리는 정오의 종을 울려야 할지 아니면 만종을 울려야 할지 제대로 알지 못하는 작은 종의 음조 같았다.

어떻게 그렇게 되었는지도 알지 못하고 다시 여자들의 무리 밖으로 나온 나는 고양이를 만지작거리며 허둥대면서 안나를 몰래 훔쳐보았다. 그녀는 완전히 다른 모습으로 변해 있었다. 검은 비단옷이 그녀의 몸을 감싼 채 찰랑대고 있었고, 금발은 단정하고 우아하게 묶여 있는 걸로 보아 꼼꼼하게 빗었다는 것을 알 수 있었다. 예전에는 많은 잔 머리카락이 제멋대로 땋은 머리 타래 사이로 삐져나와 있었다. 얼굴 생김생김은 원래의 특성 그대로 변함이 없었는데, 다만 행동거지는 훨씬 얌전했으며 아름답고 푸른 눈은 가엾게도 자유를 잃어버리고 의식적인 예절의 속박에 갇혀 있었다. 이 모든 것을 한순간에 자세히 구별할 수는 없었지만 전체적으로 그러한 인상을 받게 되었는데, 그사이에 마련된 아침식사를 하려고 그녀 옆자리에 앉아야 했을 때 나는 깜짝 놀랐다. 왜냐하면 안나가 벨슈란트[25]에서 왔으므로 외삼촌은 우아했던 목사관 시절의 프랑스어 실력을 다시 기억해내면서 내게 "Eh bien! monsieur le neveu! prenez place auprès de Mademoiselle votre cousine, s'il vous plaît, parbleu! est-ce que vous n'avez pas bien dormi? Paraît que vous faites la triste figure!"(조카 양반, 사촌누이 옆에 좌정하시구려. 이런! 잠을 잘 자지 못했나? 내 눈에는 당신 얼굴이 초췌해 보이는구려!)라고 말했고, 안나에게는 뿔 나팔을 불며 환영의 격식을 갖춘 다음 우스꽝스럽게 오른발을 뒤로 빼서 절을 하면서 다음과 같이 말했기 때문이다. "Veuillez accepter les services de ce pauvre jeune homme de la triste figure, Mademoiselle! souffrez, s'il vous plaît, qu'il fasse votre galant, pour que notre maison illustre revisse les beaux jours d'autrefois! allons parler français toute la compagnie!"(나의 숙녀여, 당신은 슬퍼 보이는 이 가엾은 젊은이의 봉

---

25) 스위스의 프랑스어 사용지역.

사를 받아들이시렵니까? 그가 당신의 기사 역할을 하도록 허락해주시 지요. 그래야 고상한 우리 집이 이전의 아름다운 날들을 다시 찾을 수 있을 테니까요! 그리고 우리 모두 프랑스어로 대화를 나눕시다!)

그때부터 짧막한 프랑스어로 하는 우스꽝스러운 담소가 시작되었는데, 아무도 서투름과 무지를 부끄러워하지 않았기 때문에 대화는 아주 재미있게 오갔다. 이러한 장난은 일종의 경의표시로서 안나에게 그녀의 실력을 발휘할 기회를 제공해주는 것이었다. 안나도 역시 겸손하지만 자신 있게 그 기묘한 대화에 참여하여 "En vérité! tenez! voyez!"(정말이에요! 여보세요! 아시겠죠!) 등의 프랑스어 사용권에서 쓰는 말로 장식하면서 우아한 억양으로 말했고, 외삼촌은 성직자라는 것을 잊어버리고 안나의 말 사이사이에 "diables!"(악마 같으니!)라는 말을 몇 차례 끼워넣었다. 이러한 형식이 아주 낯설어서 나는 내 마음을 있는 그대로 꼼꼼하게 번역투로 옮겨 전달할 수밖에 없었고 게다가 억양도 아름답지 못했다. 그래서 나는 가끔씩 "oui"(예)와 "non"(아니오) 또는 "je ne sais pas!"(나는 모르겠는데요!)라는 말만 했다. 내가 마음대로 잘 쓸 수 있는 유일한 표현은 "Que voulez-vous, que je fasse!"(내가 뭘 할 수 있겠어요!)였고, 나는 이 무용지물의 말을 그것이 꼭 적당치 않을 때도 몇 차례나 사용했다. 사람들이 이것을 비웃자 나는 우울해지며 비위가 상했다. 왜냐하면 나는 지고지선의 것을 아끼고 추구하려 했고 바로 그 때문에 결코 사소하게 볼 수 없는 가치를 간직하고 있다고 지금까지 확신해왔는데, 안나의 비단옷자락에 스친 이후 순간마다 내가 전혀 무가치하고 중요하지 않게 보이는 것 같아서 점점 더 불안해졌기 때문이다.

이론상으로 나는 이미 세계를 정복했고 또 그럴 만했으며 특히 안나는 정말이지 내 마음대로 다룰 수 있었다. 그러나 실제적인 문제가 시작되자 처음부터 자신감을 상실하고 의기소침한 기분에 사로잡혔는데, 이것을 나는 대략 다음과 같이 도전적이고 거창한 말로 요약했다. "Moi, j'aime assez la bonne et vénérable langue de mon pays, qui est heureusement la langue allemande, pour ne pas plaindre mon ignorance du français. Mais Mademoiselle ma cousine ayant le goût français et comme elle doit fréquenter l'église de notre village, c'est beaucoup à plaindre, qu'elle n'y trouvera point de ses orateurs vaudois, qui sont si élevés, savants et devôts. Aussi, que son déplaisir ne soit trop grand, je vous propose, Monsieur mon oncle, de remonter en chaire, nous ferons un petit auditoire et vous nous ferez de beaux sermons français! Que voulez-vous que je fasse"(내 입장에서는 프랑스어에 대한 내 무지를 탓하기보다는 조국의 훌륭하고 존경할 만한 언어를 사랑합니다. 그것이 독일어라는 것은 다행스러운 일이지요. 하지만 프랑스 취향을 갖고 있는 사촌자매께서 우리 마을의 교회를 다녀야 하는데, 그곳에서 그토록 세련되고 고상하고 독실한 바트란트[26]의 설교자를 아무도 만나지 못하게 되리라는 것은 매우 유감스러운 일이군요. 하지만 그녀의 불만이 너무 커지지 않도록 외삼촌께 제안드리는 바입니다. 외삼촌께서 다시 설교단에 오르시라고 말입니다. 우리는 많지는 않지만 정선된 청중이니까요. 그러니 외삼촌께서 아름다운 프랑스어로 설교를 해주세요. 내가 뭘 할 수 있겠어요.) 나는 이 말을 가능한 한 빠르고 유창하게, 어느 정도는 당황해하면서 내뱉었다. 사람들은 이 장황한 문장에 매우 아연해했고 특히 내 말의 속도가 빨라서 무슨 말인지 거의 이해하지 못했기 때문에 나를 생각지

---

26) 프랑스어를 사용하는 스위스 칸톤 이름.

도 않았던 프랑스어의 귀재로 여겼다. 외삼촌만은 예외적으로 재미있어 하면서 미소 짓고 있었다. 물론 그들은 내가 속으로 이 말을 전부 생각 해놓았다는 사실과 내가 이렇게 유창하게 계속 말할 수 있는 능력이 없 다는 것을 예측하지 못했다. 안나는 모든 것을 이해한 유일한 사람이었 지만 내 말에 대해서 일체 언급하지 않았으며 내심 기분이 상한 것 같았 다. 그녀는 당황하여 얼굴이 붉어지면서 아래쪽을 내려다보았던 것이 다. 말하자면 그녀는 프랑스어 외에도 정통파 교회교육의 영향까지 받 고 있었기 때문에 바트란트의 성직자[27]와 관련된 유머를 전혀 이해하지 못했다.

나의 낙심을 표현한 이 괴팍한 방식이 나쁜 인상을 주었다는 것을 눈 치 챘기 때문에 나는 되도록 빨리 식탁에서 도망쳐 나왔다. 그때 교회 예배시간을 알리는 마지막 종이 울렸고 온 가족이 교회에 갈 준비를 했 다. 안나는 반짝이는 밝은 색 가죽장갑을 꼈고, 도회지풍의 옷을 입기는 했지만 지금껏 시골처녀들처럼 장갑 없이 교회에 갔던 그 집의 세 딸도 이때는 비단실이나 면으로 짠 그네들의 장갑을 보란 듯이 가져와서는 그것으로 치장했다. 갈 준비를 다 마쳤을 때 안나가 침착하고 경건한 모 습을 드러냈다. 그녀는 더 이상 말을 많이 하지 않고 눈길을 아래로 내 려뜨리고 있었다. 언제나 웃으면서 즐겁게 교회에 가곤 하던 다른 어린 사촌들도 이때에는 엄숙한 태도를 보여서 나는 제자리를 찾지 못하고 도대체 어떤 태도를 취해야 할지 알 수 없었다. 정원에는 여름의 아침 해가 비추고 있었는데도 나는 당황한 탓에 난로 곁에 서 있었다. 함께 가지 않겠느냐는 질문을 받은 나는 뭔가 내 존재를 인식시키려는 마음 으로 무게를 잡으며 다음과 같이 대답했다.

---

27) 스위스 칸톤 바트의 개신교 목사들은 모든 자유주의적 노력에 거세게 저항했다.

"아니요, 시간이 없어요. 글을 써야 하거든요!"

안나를 존중하는 의미에서 오늘은 그 집 사람들이 모두 교회에 가고 나만 홀로 남았다. 창문을 통해서 나는 그들의 행렬을 바라보았다. 풀밭을 가로질러 나무 아래쪽으로 간 그들은 교회 묘지가 있는 언덕 위에 모습을 보였다가 마침내 교회 문 속으로 사라졌다. 곧이어 교회 문이 닫히고 종소리가 멎었다. 노래가 시작되어 또렷하고 아름답게 이쪽으로 울려 퍼졌다. 노래가 멈추자 마을 위에는 정적의 바다가 펼쳐졌는데, 다만 간간이, 마치 갈매기 울음소리에 의해 그러하듯이 설교자의 꽤 힘찬 외침 때문에 정적이 깨어지곤 했을 뿐이었다. 나뭇잎과 풀잎들은 쥐 죽은 듯이 고요했지만 이리저리 흔들리며, 마치 엄숙한 회합에 참석한 장난꾸러기 어린이들처럼 소리 없이 갖가지로 요동치고 있었다. 설교 소리는 열린 여닫이창을 통해 간헐적으로 흘러나와 바깥에서 묘하게 울리며 사라졌는데, '홀라호!'처럼 들릴 때도 많았으며 때로는 '유우혜' 또는 '홉사!'[28]로 울렸고 이내 높은 가성이 되었다가 어느새 깊이 으르렁거리는가 하면, 밤중에 '불이야!' 하고 외치는 소리 같았다가 사람의 웃음소리 같은 소리를 내는 비둘기의 울음이 울려 퍼지는 것과도 같았다.

목사가 설교하는 동안 나는 머릿속으로 안나가 주의 깊고 조용하게 그곳에 앉아 있는 것을 상상하면서 종이와 펜을 집어 들고 그녀에 대한 내 감정을 열정적인 말로 써내려갔다. 나는 그녀에게 할머니 무덤에서 있었던 달콤한 일을 상기시켰고, 그녀를 성 대신 이름으로 불렀으며, 가능한 한 자주 이전에 우리 사이에서 잘 사용하던 '너'라는 친밀한 호칭을 사용했다. 편지를 쓰는 일은 나를 무지무지하게 행복하게 했다. 이따

28) 홀라호, 유우혜, 홉사는 모두 독일식 감탄사다.

금 멈추었지만 다시 쓰기 시작할 때에는 그만큼 더 아름다운 언어를 사용했다. 그동안 우연히 산발적으로 배워 모은 것들 가운데 최고의 것이 여기서 출구를 찾았고, 현재의 내 상황에서 생긴 느낌과 혼합되었다. 그뿐만 아니라 우울한 분위기가 전체를 관류했다. 종이를 가득 채우고 나서는 마치 그렇게 함으로써 한 마디 한 마디가 안나의 가슴에 호소할 수 있는 것처럼 그것을 처음부터 끝까지 여러 차례 읽어보았다. 그런 다음에 나는 하늘이나 아니면 누군가 열린 창문을 통해 그것을 읽어볼 수 있게 하기 위해서 그 종이를 펼쳐놓은 채로 탁자 위에 두고 정원으로 나가고 싶은 유혹을 느꼈다. 그러나 근처에 아무도 없다고 완전히 확신한 다음에야 나는 내 아름다운 사랑의 고백이 놓여 있는 방의 창문을 올려다보면서 화단 사이를 이리저리 산책할 수 있는 대담성이 생겼다. 나는 뭔가 멋진 일을 했다는 생각이 들어 만족스러웠으며 해방된 것 같은 느낌이 들었다.

그러나 그 평화를 온전히 신뢰할 수가 없어서 곧장 다시 거실로 갔고, 그 종이가 바람에 날려 창문 쪽으로 바스락거리며 날려 가는 순간 그곳에 도착했다. 편지는 사과나무에 내려앉았다. 나는 다시 정원으로 달려나갔다. 그곳에서 나는 그것이 위로 솟구치면서 벌집으로 힘차게 휙 날아가는 것을 보았다. 편지는 벌이 가득 윙윙거리는 벌통 뒤에 찰싹 달라붙었다가 사라져버렸다. 나는 그 통에 가까이 다가갔다. 그러나 여름이 짧은 것을 고려해서 벌들은 자기들의 노동이 긴급한 일이라는 것을 선언하며 공식적인 안식일을 지키지 않았다. 벌집 앞에는 벌들이 윙윙거리며 왕래했기 때문에 그곳을 통과하기는 불가능했다. 나는 결정을 내리지 못하고 걱정하면서 그대로 서 있었다. 그러나 볼에 따끔하게 한 방 쏘이고 난 후 내 사랑 고백이 무장한 이 꿀벌왕국의 보호 아래에 일단 맡겨졌다는 생각이 들었다. 몇 달 동안은 틀림없이 벌통 뒤에 안전하게 놓여 있을 것이다. 그러나 꿀을 채취하면 내 종이도 역시 드러나게 될 텐데 그럼 어떻게 될 것인가? 그러는 동안 나는 이 사건을 높은 곳의 뜻에 의한 섭리로 여겼고, 내 의지와는 상관없이 내 고백이 언젠가는 불가피하게 드러나리라는 것을 깨닫게 되자 거의 기쁠 정도였다. 벌에 쏘인 뺨을 문지르면서 혹시 하얀 종이의 한 귀퉁이가 어디선가 보이지는 않는지 자세히 살펴보지도 않고 나는 마침내 벌통 곁을 떠났다.

교회에서는 다시 노랫소리가 들렸고 종소리가 울려 퍼졌으며 사람들은 제각기 무리를 지어 집으로 돌아갔다. 다시 위층으로 올라간 나는 창가에 서서 푸른 나무 사이로 안나의 모습이 점점 이쪽으로 가까워오는 것을 보았다. 그녀는 하얀 모자를 벗어 들고 벌집 앞에 잠시 조용히 서 있었는데, 부지런히 움직이는 작은 곤충들을 즐겁게 관찰하는 것 같았다. 나는 그녀보다 더 큰 즐거운 마음으로 숨겨진 내 비밀 앞에 그렇게 조용히 서 있는 그녀를 바라보았고, 그 비밀에 대한 예감이 그녀를 꽃이 만발한 그 아름다운 장소에 묶어두고 있다고 상상했다. 위로 올라온 그녀는 교회를 다녀온 신심 있는 사람들의 만족스러운 기쁨을 내보였고, 조금 전보다 말도 많이 했기 때문에 더 쉽게 접근할 수 있었다. 또다시 그녀 옆자리에 앉게 된 점심시간에는 나의 쓰고도 달콤한 수업이 다시 시작되었다.

일요일과 휴일에 외삼촌댁의 식탁은 그의 집 모양처럼 조목조목 진기하고 그림같이 차려졌다. 젊은이들과 일꾼이 앉는 탁자의 4분의 3에는 커다란 시골풍 접시 위에 그에 걸맞은 음식, 즉 큼직한 쇠고기 스테이크와 커다란 햄 등이 차려져 있었다. 큰 항아리에서 퍼온 새 포도주는 수수한 초록빛 잔에 부어졌다. 칼과 포크는 아주 값싸게 구입한 것들이었고 수저는 주석으로 만든 것이었다. 식탁의 상석 쪽으로는 외삼촌과 손님이 앉았는데 그쪽에서는 이 모든 것들의 모양새가 달랐다. 거기에는 사냥이나 낚시의 노획물이 다른 훌륭한 음식들과 함께 조금씩 담겨 있었다. 외숙모에게는 이러한 것들을 요리하거나 먹는 것이 성미에 맞지 않았기 때문에 그녀는 약제사처럼 손가락 끝으로, 마치 시계를 조립하려는 대장장이 같은 방식으로 그것들을 다루었다. 색상이 화려한 오래된 도자기 접시에는 구운 새고기, 생선과 붉은 가재 또는 맛있는 샐러드가 놓였다. 오래된 독한 포도주는 작은 병에 담겨 있었고, 정말이지 고풍스러운 여러 가지 모양의 장식 잔들이 그 곁에 놓여 있었다. 숟가락은 은제였고 다른 식사도구들도 화려했던 과거의 유품으로 이루어져 있었다. 상아 손잡이가 붙은 칼이 있는가 하면 갈래가 짧고 손잡이가 에나멜로 된 포크도 있었다. 이렇게 우아한 것들 사이에 무지막지하게 큰 빵이 식탁 아래쪽에 있는 음식산맥의 웅장한 돌출부처럼 솟아 있었는데, 아랫부분에 앉아 있는 사람들은 상석에 앉아 있는 사람들의 음식 먹는 솜씨를 날카롭게 비판함으로써 상석에서 좋은 음식만 먹는 사람들의 배타성에 복수했다.

생선을 민첩하고 깔끔하게 먹어치우지 못하거나 새고기의 작은 뼈다귀들을 잘 발라내지 못하는 사람은 조롱을 받았다. 어머니랑 살면서 간소한 생활에 익숙해져 있었기 때문에 생선과 가금류를 먹는 내 솜씨는 그다지 세련되지 못했고 그 때문에 나는 함께 식사하는 사람들의 놀림감이 되었다. 그날도 역시 어떤 일꾼이 내게 허벅지 고기로 만든 햄을 내밀면서 내가 이 점에서는 솜씨가 아주 좋으니 이 비둘기 날개를 찢어 달라고 부탁했다. 또 다른 남자는 내가 구운 소시지의 척추 뼈를 갉아먹는 데에 탁월한 재능이 있다고 놀렸다.

게다가 나는 이른바 연인으로서 아름다운 여자 친구의 시중을 들어야 했는데, 그것은 정말이지 불편한 일이었다. 왜냐하면 그녀의 코앞에 있는 요리를 권하는 것이 우습게 여겨졌고, 불필요하게 손으로 시중을 드느니보다는 오히려 마음으로 그녀를 섬기고 싶었는데, 이렇게 하기에도 내 지식이 충분치 않아서 머리 쪽이 맛있는 생선의 꼬리를 권한다든지 그와 반대로 하는 일이 많았기 때문이다. 나는 그녀의 시중드는 일을 곧 그만두고 그녀 곁에 있는 것을 편안하게 즐겼다.

그러나 외삼촌은 창꼬치의 머리를 발겨내서 그 속에 들어 있을 그리스도의 고통의 상징[29]을 안나에게 보여주라고 요구함으로써 나를 이러한 만족감에서 깨어나게 했다. 그러나 사람들이 이미 그것을 언급했음에도 그것을 보지도 않고 머리를 먹어치워 버린 터라 나는 무식한 이교도일 수밖에 없었다. 이 일로 화가 난 나는 그 사이에 벗겨진 햄의 뼈를 주먹으로 잡아 쥐고서 안나의 눈 아래에 그것을 들이대며 여기에도 십자가의 성스러운 못이 있다고 얘기했다. 나를 비웃는 자들의 눈에는 물론 내가 명예를 회복한 것으로 보였을 것이다. 그러나 안나는 나를 비웃지도 않았고 정말이지 조용하게 내 곁에 앉아 있었기 때문에 그런 거친 행동이 그녀에게는 부당한 것이었다. 그녀는 얼굴이 온통 빨개졌다.

나는 순간적으로 내 잘못을 느꼈다. 후회스러운 나머지 그 뼈를 삼켜 버리고 싶을 정도였다. 그러나 그렇다고 해서 외삼촌의 작은 질책을 면할 수는 없었으니, 외삼촌은 그런 식의 말을 그만두라고 하려던 참이었다고 말했다. 이제 낯을 붉힌 것은 나였다. 나는 식탁에서 보낸 나머지 시간 내내 한 마디도 하지 않았다. 나는 참담한 기분으로 물러나 더 이상 모습을 드러내지 않으려고 했다. 그런데 여자 사촌들이 찾아와 모두 함께 안나를 집까지 바래다주고 선생님 댁을 방문하자고 청했다. 무안

---

29) 전설에 따르면 무거운 십자가를 맨 예수가 시냇물을 따라 유대인들에게 끌려 갈 때 창꼬치의 머릿속에 예수 수난의 상징물(예: 십자가, 사다리, 망치, 못, 집게, 채찍 등)이 만들어졌다고 한다.

한 처지에 빠진 나를 이러한 친절을 베풀어 구해내는 것이 적절하다고 여겼던 것이다. 골을 내는 것이 명예문제이고 어떤 특정한 법칙으로만 조절할 수 있는 그 나이 때의 관례에 따라 그런 식으로 하지 않으면 내가 함께 갈 수 없으리라는 것을 그들이 잘 알고 있었기 때문이다.

이렇게 우리는 길을 떠나 샛강줄기를 따라 숲을 지났다. 나는 아무 말도 하지 않았다. 길이 좁아져서 앞뒤로 열을 지어 가야 했을 때 나는 안나 뒤에 바짝 붙어서 침묵으로 일관하며 맨 뒤에서 따라 걸었다. 내 눈은 그녀가 행여 뒤돌아보면 곧바로 딴 곳으로 돌릴 준비를 단단히 하고 있으면서도 경의와 사랑으로 그녀의 자태에 고정되어 있었다. 그녀는 단 한 차례도 뒤돌아보지 않았다. 반면에 나는 그녀가 눈에 띄지 않게 나를 기쁘게 해줄 생각으로 일부러 험한 길을 택했다고 상상하면서 내심 만족스러웠다. 나는 수줍어하면서 한두 차례 그녀를 도와주려고 했지만 그녀는 늘 나보다 빨랐다. 그때 그 길의 언덕진 곳에 아름다운 유디트가 줄기가 잿빛의 대리석 기둥같이 솟아 있는 짙은 전나무 아래 서 있는 것이 보였다. 나는 오랫동안 그녀를 만나지 않았었다. 그사이에 더욱 아름다워진 것 같은 그녀는 팔짱을 끼고서 장미꽃봉오리를 입에 물고 태평스럽게 장난치고 있었다. 그녀는 말은 걸지 않고 우리에게 차례차례 인사를 했다. 그리고 마침내 내 차례가 되자 다소 야릇한 미소를 지으면서 가볍게 고개를 끄떡였다.

선생님은 누구보다도 애타게 기다리던 딸과 우리를 반갑게 맞아주었다. 그도 그럴 것이 이제 안나는 아름답고 세련되고 교양이 있었으며 독실하고 고귀한 기질을 통해 그의 이상을 실현해주었고, 조용하게 살랑거리는 그녀의 비단옷으로, 나쁜 의미에서가 아니라, 그를 위해 아름다운 새 세계를 펼쳤기 때문이다. 그는 기존의 재산 외에도 상당한 액수의 유산을 상속받았는데 유별나게 고귀한 척하지 않으면서도 이 돈을 기품 있는 편안한 생활을 영위하는 데에 사용했다. 그의 딸이 벨슈란트에서 필요한 것을 당장 구해주었고 거기에다가 자신의 희망에 따라 상당량의 양서를 구입했다. 또한 외출할 때에는 잿빛 예복 대신 세련된 검은색 연미복으로 바꾸어 입었고, 집에서는 위엄도 갖추고 학자다운 외양도 풍기기 위해 성직자의 제복 같은 단정한 가운을 입었다. 자신의 용품이나 집 안에 있는 물품을 자수로 장식할 수가 있다면, 그가 그런 것을 유별나게 좋아한데다 안나가 충분히 마련했기 때문에, 그것들은 온갖 모양과 색깔로 꾸며졌다. 풍금이 있는 작은 방에는 알록달록하게 수놓인 쿠션이 있는 화려한 소파가 있었고, 그 앞에는 안나가 손으로 직접 만든 큰 꽃무늬 양탄자가 펼쳐져 있었다. 이렇게 화려한 색상은 한곳에 풍부하게 모여 있었으므로 단순하게 흰색으로만 칠해진 방과는 독특한 대조를 이루며 두드러지게 눈에 띄었다. 이것 말고는 번쩍거리는 파이프가 달려 있고 날개문의 문짝에 그림이 그려져 있는 풍금이 어느 정도 화려한 맛을 풍기고 있었다.

안나는 흰옷으로 갈아입고 와서 풍금 앞에 앉았다. 그녀는 학교에서 피아노를 쳐야 했는데, 아버지가 당장 피아노를 마련해주고자 했으나 그것을 거절했다. 그녀는 다른 사람들처럼 서투른 솜씨로 피아노를 치기에는 너무 영리하고 거만했기 때문이다. 그 대신 그녀는 배운 것을 이용해서 간단한 가곡을 풍금으로 연습했다. 그녀는 우리가 노래할 때 반주했으며, 선생님도 함께 노래하면서 우리와 함께 머물러 계셨다. 그는 계속해서 딸을 주시했는데, 우리가 그녀의 등 뒤에 서 있었기 때문에 나도 역시 마찬가지였다. 건반 위의 하얀 손가락의 위치는 아직도 어린아이 같은 면이 있었지만, 그녀는 성 세실리아[30]처럼 보였다.

---

30) 로마시대의 순교자. 15세기부터 교회음악의 수호성인으로 간주되었다. 그녀

한참 음악을 즐긴 다음 우리는 집 앞으로 갔다. 그곳 역시 많이 변해 있었다. 계단 위에는 작은 석류나무와 협죽도가 있었고, 아담한 정원에는 더 이상 장미와 오랑캐꽃이 어지러이 널려 있지 않았다. 대신 안나의 현재의 모습에 좀더 어울리는 식물들과 초록색 탁자 그리고 몇 개의 야외용 의자가 갖추어져 있었다. 여기서 간단하게 저녁식사를 마친 우리는 호숫가로 갔는데 그곳에는 새 보트가 있었다. 제네바의 호수에서 노 젓는 법을 배운 안나를 위해 선생님이 보트를 주문했는데, 이 작은 호수에 보트가 나타난 것은 마을이 생긴 이래 처음이었다. 선생님만 제외하고 모두 보트에 오른 우리는 조용히 반짝이는 물위로 노를 저어 나아갔다. 커다란 호수 곁에 사는 내가 그에 어울리는 기술을 보여주려고 노를 저었고, 여자애들은 서로 바짝 붙어 앉아 있었으나 남자애들은 얌전히 있지 못하고 장난질과 싸움질을 하려고 했다. 그들의 누이들도 답답한 자세에서 벗어나 자유롭게 움직이고 싶었던 터라 마침내 그들은 다시 싸움을 시작했다.

여자들은 안나와 더불어 우아하고 엄숙하게 행동하는 것을 실컷 즐겼기 때문에 무엇보다도 그들이 어젯밤에 내 침대에다 벌여놓은 장난의 결과를 근사하게 걷어들이고 싶어했다. 그런 연유로 나는 곧 대화의 주제가 되었다. 가장 나이 많은 마르고트는 안나에게 내가 여자들의 강적이라는 것과 내가 남의 애타는 마음에 연민을 느낄 걸로 기대해서는 안 된다고 얘기했다. 그러니 내가 다른 면에서는 괜찮다고 해서 혹시라도 안나가 나와 사랑에 빠져서는 안 될 거라는 경고의 말을 덧붙였다. 이어서 리제테는 겉모양을 믿어서는 안 된다고 말했다. 그녀는 오히려 내가

의 상징은 오르간이다. 전설에 따르면 그녀는 속세의 음악이 연주되던 결혼피로 연에서 신에게 자신의 동정이 유지되기를 간청하는 노래를 불렀다고 전한다.

속으로는 사랑으로 활활 불타고 있다고 생각한다면서, 상대가 누구인지는 그녀 자신도 물론 알 수 없다고 했다.

그러나 그에 대한 확실한 징표는 내가 편안하게 수면을 취하지 못했다는 것이며, 아침에 보니 내 침대가 기상천외한 상태였다는 것, 말하자면 아마포 시트가 완전히 뒤엉켜 있는 걸로 보아 내가 온밤 내내 물레가락처럼 빙빙 뒹굴었다는 것을 추측할 수 있다고 말했다. 마르고트는 겉으로 염려하는 체하면서 내가 정말 잠을 제대로 자지 못했는지 물었다. 만일 그렇다면 그녀는 도대체 나를 어떻게 생각해야 할지 알 수 없다는 것이었다. 그녀는 내가 진정 사랑을 위해서 무엇을 해야 할지 모른다면 여자의 적인 척하는 위선자가 되지 않기를 바란다는 것이었다. 그뿐만 아니라 그러한 것을 생각하기에는 내가 아직은 너무 어리다는 것이었다. 리제테는 나 같은 풋내기가 잠을 못 이룰 정도로 벌써 그렇게 뜨겁게 사랑에 빠졌다는 사실 자체가 불행이라고 응수했다. 마침내 이 마지막 말이 나를 분개시켰기 때문에 나는 소리쳤다. "내가 잠을 못 잤다면 그것은 너희가 사랑에 빠져 밤새 훼방을 놓았기 때문이야. 적어도 나 혼자만 깨어 있었던 건 아니니까!" "오, 우리도 물론 사랑에 푹 빠져 있지! 아주 심각하게." 그들은 약간 당황해하면서 말했으나 곧 정신을 가다듬더니 그중 나이 많은 쪽이 계속 말했다.

"이봐, 사촌, 그러면 우리 동맹을 맺자. 우리에게 네 고민을 한번 고백해봐. 그에 대한 보답으로 널 친구로 삼아줄게. 그리고 우리가 사랑의 고민에 빠지면 네가 구원의 천사가 되는 거야!" "내 생각에 너는 구원의 천사가 전혀 필요 없어." 나는 대답했다. "네 창가에서는 이미 천사들이 아주 즐겁게 사다리를 오르내리고 있으니까!" "쟤 당치도 않은 말 하는 것 좀 봐. 틀림없이 쟤가 뭔가 잘못된 것 같아!" 마르고트가 얼굴을 붉히며 소리쳤고 때를 놓치지 않고 발뺌하려는 리제테도 덧붙여 말했다,

"아, 저 불쌍한 애를 가만히 놔둬. 나는 쟤가 정말 좋아. 그리고 딱한 생각이 들어!" "닥쳐!" 나는 더욱 화가 나서 말했다. "애인들이 나무에서 네 방 안으로 떨어지고 있지!"

남자들이 손뼉을 치면서 큰 소리로 말했다. "오, 그래? 화가께서 분명히 뭔가 보았군. 틀림없어, 틀림없다고, 틀림없다니깐! 우리도 벌써 오래전에 눈치 챘어!" 그들은 두 어린 숙녀의 총애를 받는 애인들의 이름을 댔고 그녀들은 우리에게 등을 돌린 채 말했다. "기가 막혀! 너희들은 모두 다 거짓말쟁이 악당이야. 화가가 제일 고약한 거짓말쟁이야!" 이 말을 마치자 그들은 웃고 속삭이면서 뭐가 뭔지 도통 모르는 다른 두 여자애와 얘기를 나누며 더 이상 우리에게 눈도 돌리지 않았다. 그렇게 해서 아량 있게 발설하지 않기로 아침에 다짐했던 비밀을 나는 그날 해가 지기도 전에 떠벌려버렸다. 그 결과 나와 여자들 사이의 전쟁이 선포되었고 나는 갑자기 내가 바라는 목표에서 하늘만큼이나 멀어져버린 것을 알았다. 여자애들이 모두 한 사람인 것처럼 긴밀한 동맹관계를 맺고 있는 것 같아서 그 가운데 하나를 얻으려 해도 그들 모두와 좋은 관계에 있어야 할 것 같았기 때문이다.

제9장 철학자와 소녀들의 전쟁

이 무렵 마을의 차석 교사가 전근 가고 그 자리에 겨우 열일곱 살의 풋내기 선생이 부임하여 곧 그 지역에 센세이션을 일으켰다. 그는 장밋빛 뺨, 작고 매력적인 입, 조구만 들창코, 푸른 눈에 금발의 곱슬머리를 한 무척 예쁘장한 친구였다. 그는 스스로 철학자라 불렀고 그 때문에 그에게는 이 이름이 통용되었는데, 그것은 그의 성품과 언행이 어느모로 보아도 유별났기 때문이다. 탁월한 기억력을 타고난 그는 자기 직업에 관련된 지식을 빠른 시일 내에 습득했고, 사범학교 시절엔 온갖 종류의 철학 문구를 암기하면서 공부에 몰두했다. 그는 가장 훌륭한 초등학교 교사는 온갖 사물에 대한 포괄적인 시야를 지니고 인간 지식의 가장 높고 가장 밝은 정상에 서서 세상에 대한 온갖 사상으로 의식을 풍요롭게 하는 동시에, 영원한 동심 속에서 겸허하고 소박하게 아동들과 그것도 가능하면 가장 어린 아동들과 친구가 될 수 있는 사람이라고 주장했다. 실제로 그는 이러한 원칙에 따라 살았다.

그러나 이러한 생활은 그가 너무 어렸던 탓에 너무나도 사랑스러운 트라베스티[31]의 축소판이었다. 그는 마치 찌르레기처럼 탈레스[32]에서

31) 트라베스티는 원래 잘 알려진 문학적 소재의 진지한 내용을 적당치 않은 형식

오늘날까지의 모든 철학체계를 암송할 수 있었다. 그러나 그것들을 언제나 문자 그대로의 의미로, 또 매우 구체적인 의미로 이해했고 그러다 보니 특히 비유나 은유에 대한 그의 해석은 우스꽝스러운 허튼소리가 되었다. 스피노자에 대해 말할 때면, 세상에 있을 수 있는 모든 의자에 대한 관념을 특정한 목적을 위해 사용된 물질 가운데 하나로, 요컨대 의자의 존재양식으로 보지 않고, 바로 자기 앞에 있는 개개의 의자가 가장 구체적인 현실 속에서 신의 실체를 숨기고 있는 완전하고 완성된 존재 양식이라고 보았기 때문에 그 의자를 신성하게 여겼다.[33] 라이프니츠[34] 의 경우, 세계가 무서운 단자 입자로 분해되는 것이 아니라, 그가 우연히 예로 삼게 된 탁자 위의 커피주전자가 분해될 위험에 처해 있었고, 비유 속에 포함되어 있지 않은 커피가 탁자 위로 흘러나올 수 있기 때문에, 만일 우리가 그 상쾌한 음료를 즐기고자 한다면 이 철학자는 예정조화설로 그 주전자를 결합시키기 위해 서둘러야 했다. 칸트[35]에 관해 얘기할 때면 신의 요청이 가슴 저 깊숙이 먼 곳에서부터 마치 우편마차의 나팔처럼 너무도 생생하고 우아하게 울렸다. 피히테[36]에서는 다시 모든

으로 전이시킴으로써 우스꽝스러움을 만들어내는 코믹하고 풍자적인 문학 장르를 말한다.

32) 탈레스(Thales of Miletus, 기원전 650~기원전 560)는 최초의 철학자로 간주된다.

33) 스피노자(Benedictus de Spinoza, 1632~77)에게 모든 사물은 유일하고 영원하며, 무제한적이고 무궁한 실체의 한정된 존재양식이다. 존재하는 모든 것은 신 속에서 파악된다. 말하자면 신은 모든 사물의 내적 원인이다.

34) 라이프니츠(Gottfried Wilhelm Leibniz, 1646~1716)에 따르면 철학의 기본 사상은 단자론과 예정조화설이다. 그는 모든 사물에는 힘이 작용한다고 보는데, 이 힘, 정확히 말하면 힘이 작용하는 점을 단자로 칭했다.

35) 칸트(Immanuel Kant, 1724~1804)에게 신은 자유와 불멸성과 더불어 인간의 이성을 규정하는 세 이념 가운데 하나다.

36) 독일 관념론 철학자인 피히테(Johann Gottlieb Fichte, 1762~1824)에게 세

현실이 아우어바흐 술집 장면[37]에서의 포도처럼 사라져버렸는데, 예외적으로 우리가 손에 쥐고 있는 우리 코의 존재조차 못믿을 것은 아니었다. 포이어바흐[38]가 "신은 인간이 자신의 본질과 요구에서 추론하여 만든 것일 뿐이기 때문에 다름 아닌 인간 자신이 바로 신이다"라고 했다면, 그 철학 선생은 곧 자신에게 신비스러운 광휘를 부여하고 스스로 경건한 숭배의 대상으로 바라보았다. 결과적으로 그는 이 말의 종교적 의미를 고집함으로써 책에서는 엄격한 자제와 자기억제인 것이 그에게는 익살스러운 신성모독이 되어버렸다.

그러나 그가 가장 우스꽝스러운 것은 고대 철학의 생활규범을 자신의 일상생활에 실천적으로 적용할 때였다. 견유학파로서 그는 윗옷에서 불필요한 단추들을 모두 떼어냈고, 구두끈을 내던져버렸으며, 모자에서 띠를 찢어냈다. 또한 그는 섬세한 얼굴과는 묘한 대조를 이루는 우악스러운 몽둥이를 손에 들고 다녔으며 자신의 침구를 맨바닥에 깔았다. 가위는 불필요한 물건이라면서 수천 개의 고리 모양처럼 곱슬곱슬한 아름다운 금발머리를 늘어뜨리고 다니는가 하면, 어느 때에는 긴 머리가 보잘것없는 사치라면서 아주 정교한 족집게로도 머리카락 하나 집을 수 없을 정도로 머리에 바짝 붙여 잘라내버려서, 그럴 때의 그는 장미색의 까까머리로 더욱 우스꽝스럽게 보였다.

다른 한편으로 그는 먹는 것에서는 쾌락학파였다. 평범한 시골요리를

───────────

계의 현상은 모든 경험적 의식의 바탕을 이루는 초개인적인 '절대적 자아'가 완전히 자유롭게 규정한 것에 지나지 않는다.

37) 주인의 출신지인 아우어바흐라는 이름의 전설적인 바이에른의 술집. 파우스트 전설에 따르면 파우스트가 술이 가득 담긴 포도주 통을 타고 지하실 계단을 올라간 것으로 되어 있다. 또한 여기서는 괴테의 『파우스트』 1부의 아우어바흐 술집 장면을 빗댄 것이다.

38) 포이어바흐(Ludwig Feuerbach, 1804~72)는 무신론의 측면에서 이 작품의 작가인 켈러에게 많은 영향을 미친 독일의 철학자다.

경멸하면서 식초에 절인 다람쥐를 뭉근히 끓여 먹었고 직접 잡은 작은 물고기나 메추라기를 구워 먹었다. 또한 고르고 고른 작은 콩과 부드러운 어린 야채 등을 먹었고 여기에다 오래된 포도주 반 잔을 곁들였다. 이와는 또 반대로 금욕학파로서 그는 온갖 농담으로 사람들을 화나게 해놓고는 이어 발생하는 소동의 와중에는 냉정함과 침착성을 잃지 않고 태연한 태도를 취했다. 그러나 특이한 것은 자신을 여자들을 경멸하는 사람으로 공언하고는 육감적 매력과 허영심으로 남자들의 덕성과 진지성을 빼앗으려는 여자들과 끊임없는 전쟁을 치른다는 사실이었다. 견유학파로서 그는 자연법칙에 따르는 노골적인 말로, 쾌락학파로서 그는 색정적인 익살로 사방팔방에서 여인들과 소녀들을 괴롭혔고, 금욕학파로서 그들에게 난폭한 말을 했는데, 그런데도 여자 셋이 모여 있는 곳이면 언제나 그의 모습이 보였다.

여자들은 소란을 피우고 경악하면서 그와 맞섰기 때문에 그가 나타나는 곳에서는 어디서든 재미있는 광경이 연출되었다. 그런데도 그는 사람들에게 상당히 인기가 있었다. 남자들은 그를 무시했지만 아이들은 그를 무척 좋아하며 따랐다. 아이들과 함께 있게 되면 그는 돌연 양같이 순해졌고 그들과 최고의 관계를 유지했기 때문이다. 그는 가장 어린아이들을 돌보아야 했는데, 이 일을 탁월하게 잘 해내서 그토록 착한 어린 소년 소녀들을 아직껏 마을에서 본 적이 없을 정도였다. 그렇기 때문에 사람들은 그가 저지르고 다니는 여타의 사건들을 그의 젊음의 객기 탓으로 돌리고 못 본 체해주었다. 심지어는 그가 무신론자임을 자처한 사실도 그에 대한 마을 여자들의 호감을 빼앗을 수 없었다.

그는 외삼촌댁도 방문하곤 했다. 서로 어울리면서 숫자가 더 늘어난 여자애들과 청년들은 그의 언행에 매우 민감했다. 나는 이 철학자와 어울려 다녔는데, 한편으로는 그의 철학에 끌렸고 다른 한편으로는 그가 여자들과 전쟁을 벌이고 있었기 때문이다. 그와 여자들의 전쟁은 여자들에 대한 나의 불리한 입장과 일치했던 것이다. 우리는 오랫동안 산책했다. 산책하면서 그는 머릿속에 들어 있는 철학 체계를 내가 이해할 수 있는 범위 내에서 순서에 따라 설명해주었다. 내게는 모든 것이 지극히 중요하고 유익하게 느껴졌다. 나는 곧 그와 마찬가지로 모든 학설과 모든 사상가를 존경하게 되었다. 그것들에 대해 우리가 동의하는지, 그렇지 않은지는 문제되지 않았다. 우리는 곧 기독교 신앙에 대한 생각이 일치되어 서로 앞 다투어 목사들과 모든 형태의 권위자들에 대해 전쟁을 벌였다.

그러나 내가 사랑하는 신과 영생을 포기해야만 했을 때 그리고 이 철학자가 극히 거침없는 논리를 가지고 그것을 요구했을 때 나도 마찬가지로 거리낌 없이 웃으면서 이 문제를 심각하게 고려해볼 생각은 단 한 번도 하지 않았다. 나는 아무리 논리적이더라도 모든 개개 철학사상의 기본형식은 종국에는 삼위일체설과 같은 위대하고 두려움을 일으키는 신비주의라고 말했다. 나는 나 자신의 천성적인 확신을 제외하고는 그 누구의 말도 끼어들 여지를 주지 않고 아무것도 알려 하지 않았다. 신의 존재에 대한 믿음이 없이 무엇부터 시작해야 할지 알 수 없었고, 또 내 삶에서 신의 섭리가 매우 필요하게 될 거라는 생각 외에도 일종의 예술가적 느낌이 나에게 이러한 확신을 갖게 했다. 내 생각에 인간이 성취한 모든 것은 인간들이 그것을 성취할 능력이 있었고 또 그것이 이성과 자유의지의 소산일 때에만 의미가 있었다. 그러므로 내가 관계되어 있는 자연도 나와 유사한 감정을 지닌, 선견지명이 있는 정신의 작품으로 간주될 수 있을 때에만 가치가 있었다. 햇살이 비쳐드는 너도밤나무 숲의 깊은 골짜기도 그것이 기쁨과 아름다움의 유사한 감정으로 창조되었다는 생각이 들 때에만 찬탄의 대상이 될 수 있었다. "이 꽃을 보세요." 나는 철학자에게 말했다. "일정한 수의 점과 톱니 모양 가장자리의 대칭, 하얗고 빨간 작은 줄무늬 또 중앙에 있는 황금빛 작은 화관은 미리 생각해서 된 것이 아니라고는 도저히 믿기 어렵습니다! 이 꽃이 얼마나 아름답고 사랑스러운가요. 한 편의 시, 하나의 예술작품, 하나의 재담, 화려하고 향기 나는 해학도 마찬가지입니다. 그런 것이 저절로 생길 수는 없지요!" "어쨌든 그것은 아름답습니다." 철학가가 말했다. "만들어졌든 저절로 생겼든! 한번 물어보세요! 그 꽃은 아무 말도 하지 않아요. 그럴 시간도 없습니다. 꽃을 피워내야 하니까 당신의 회의에 신경 쓸 수 없기 때문이지요! 당신이 말을 하는 것은 뭐든지 다 회의입니다. 신에 대한 회의, 말도 안 되는 자연에 대한 회의. 그런데 나는 회의론자, 감상적인 회의론자의 말을 들으면 기분이 나빠집니다. 아, 마음이 아프도다!" 나이 든 사람들이 토론할 때 이러한 으뜸패를 사용하는 것을 들었던 그는 그가 익혔던 다른 종류의 싸움 계책과 함께 그것을 내게 이용했기 때문에 결국에는 내가 지고 말았다. 특히 그는 언제나 막판에 가서는 내가 그 문제를 아직 잘 모르고 있고 올바르게 생각할 줄 모른다고 말함으로써 나를 몹시 화나게 했다. 그래서 우리는 자주 격렬한 말싸움을 벌였다.

그러나 여자들을 만나 사방에서 공격을 받게 되어 공동전선으로 맞서야 할 때에는 언제나 다시 의기투합했다. 처음 얼마 동안 우리는 신랄하게 비꼬는 말로 의기양양하게 적을 물리쳤다. 그러나 그들이 더 이상 계속할 수 없을 정도로 매우 격분하면 싸움은 실제 행동으로 넘어갔다. 한 여자애가 우리 가운데 한 사람 머리 위에 몰래 물 한 컵을 쏟아붓는 것으로 격투는 시작되었고 곧 집과 정원 사이로 격렬하게 쫓고 쫓기는 소동이 벌어졌다. 다른 청년들도 재빨리 합세했는데, 그것은 격노한 대여섯 명의 여자애들이 그들에게는 너무도 매력적인 절호의 기회였기 때문이다. 서로 과일을 던졌고, 쐐기풀을 꺾어서 그것으로 때렸으며, 상대를 물속에 빠뜨리려고 애쓰다보니 육탄전이 벌어졌다. 나는 이 예쁘장한 아이들이 이토록 민첩하게 움직이면서 방어를 잘하는 것을 보고 무척 놀랐다. 심술궂게 나를 해치려는 어리지만 거친 여전사를 제압하기 위해 온 힘을 다해 그녀를 붙잡고 있을 때면, 나는 어떤 부수적인 이득도 노리지 않고 매우 훌륭하고 용감하게 싸웠다. 내 팔 안에 붙잡혀 있는 것이 소녀라는 사실도 전혀 의식하지 않았던 것이다. 그러한 싸움은 언제나 안나가 없을 때 벌어졌다. 그러나 언젠가 한번은 의도와는 달리 그녀가 있을 때 싸움이 벌어졌다. 그녀는 재빨리 빠져나가 모면하려고 했다. 하지만 어떤 여자애의 비열한 장난을 혼내주려고 열심히 그녀를 쫓던 나는 갑자기 안나를 붙잡게 되었고 당황한 나머지 내 손을 풀었다.

철학자 곁에서는 그토록 용감하다가도 여자들 앞에 혼자 서면 나는 더욱 기가 꺾였다. 그런 때는 모든 것을 견디는 것 외에는 다른 수가 없었기 때문이다. 이러한 포화 세례를 두려워하지 않는 철학자는 어린 여자들과 나이 든 여자들 열두 명이 있는 지옥 속을 겁없이 다닐 때도 종종 있었다. 그들의 혀와 손으로 심하게 혼나면 혼날수록 그는 그들의 머리에 『성경』에 나오거나 세간에 회자되는 여성비하적인 말들을 던짐으로써 더욱 떠들썩하게 승리를 거두었다. 그와 달리 나는, 만일 사태가 너무 격렬해지면 퇴각하거나 그들의 가르침을 받고 전향하려는 뜻이 없지는 않은 것처럼 가장했다. 한 여자애와 단둘이만 있게 될 때에는 언제나 휴전이 체결되었는데, 나는 언제나 반쯤은 우리 사이의 일을 누설함으로써 적의 보호를 받을 준비가 되어 있었다. 이러한 온건하고 다정한 교제를 수단으로 점차로 안나와 다시 단둘이 얘기할 수 있게 되기를 바란 나는 어리석게도, 간단하게 안나의 손을 잡고 말을 거는 대신 다른 여자들에게 매달림으로써 우회적인 방법으로 내 바람이 가장 잘 실현되리라고 믿고 있었다. 그녀의 손을 잡고 말을 건다는 것이 내게는 하늘만큼 멀리 있는 일처럼 여겨졌고 절대 불가능한 일 그 자체였다. 만약 마법으로 이 아름다운 처녀의 신뢰를 되찾으려면 싸움꾼 여자애에게 키스하는 방법밖에 없다고 하더라도 나는 그렇게 경솔하게 장벽을 허물기보다는 차라리 그런 무서운 여자와 키스하는 편을 택했을 것이다.

그러나 누가 알 수 있었겠는가! 손 안에 있는 참새 한 마리가 지붕 위의 독수리보다 낫다는 것을! 명예가 훼손됨으로써 영원한 이별을 강요당하는 것보다는 말없이 곁에 있는 것을 확실하게 지키는 편이 나았던 것이다! 이 때문에 나는 점점 더 냉담해졌고 결국 안나에게는 대수롭지 않은 말조차도 건넬 수가 없게 되었다. 그리하여 안나 역시 내게 아무 말도 하지 않게 되었을 때, 우리는 암묵적인 약속에 따라 서로 존재를 무시했는데, 그렇다고 서로 피하는 일도 없었다. 그녀는 내가 외삼촌댁에 있는 동안에는 언제나 그랬듯이 자주 우리에게 건너왔다. 나도 예전처럼 선생님 댁을 방문했는데 그럴 때면 그녀는 내게 신경쓰지 않고 행복해하며 오가는 것 같았다. 우리가 전혀 말을 주고받지 않는 것이 분명히 눈에 띄었을 텐데도 우리의 기이한 태도를 아무도 눈치 채지 못한 것 같다는 것이 불가사의하게 여겨졌다.

제일 맏누이인 마르고트는 그해 여름에 말을 타고 다니는 근사한 젊은 방앗간 주인과 약혼했다. 가운데 누이는 부농의 아들에게 공개적으로 청혼을 받았고, 싸울 때면 언제나 가장 사납고 적개심에 차 있던 열여섯 된 막내는 격렬한 싸움 바로 뒤에 정자에서 철학자에게서 잽싼 키스를 받고는 놀란 상태였다. 이렇게 해서 불화의 구름은 걷히고 전반적인 평화가 회복되었는데 다만 한 번도 서로 싸운 적이 없는 안나와 나 사이에만 평화가 없었다고, 아니면 차라리 너무 조용한 평화가 있었다고 할 수 있었다. 우리 관계는 계속해서 변하지 않았던 것이다. 안나는 벨슈란트에서 익힌 외형적인 프랑스식 행동양식을 이미 벗어던지고 다시 활기차고 자유로워져 있었다. 그러나 그녀는 도통 말을 많이 하지 않았고, 금방 빨개지는 얼굴에서 알 수 있듯이 쉽게 상처받고 자극받는 섬세하고 수줍은 아이였으며, 특히 어떤 고집 같은 것과 결합된 가벼운 자존심을 드러냈다. 그럴수록 나는 나날이 그녀에 대한 사랑에 빠져들었다. 혼자 있을 때는 끊임없이 그녀를 생각했고, 내가 불행하게 느껴져 쓸쓸하게 숲과 언덕을 쏘다녔다. 적어도 내 생각으로는 다시금 자신의 생각을 숨겨야 하는 유일한 사람은 바로 나 혼자뿐이었기 때문에, 나는 일부러 혼자 다니며 스스로 돌볼 수밖에 없었다.

제10장 정자(亭子) 법정

나는 그림도구들을 가지고 깊은 숲 속에서 낮 시간을 보냈다. 그러나 정작 자연풍경은 조금밖에 그리지 않았고 누군가 불시에 찾아올 염려가 없다 싶은 비밀스러운 장소를 찾으면 영국제 질 좋은 종이 한 장을 꺼내 그 위에 기억을 살려 수채화로 안나의 초상을 그렸다. 거울같이 맑은 물가에서 지붕 같은 울창한 나뭇잎 아래 앉아 그림을 무릎에 얹어놓고 편안히 앉아 있을 때가 나는 가장 행복했다. 스케치 솜씨가 그다지 좋지 못해서 그림은 전체적으로 비잔틴풍이 되었는데, 내 솜씨와 색의 광채가 어우러져 그림이 독특하게 보였다. 나는 날마다 안나를 알게 모르게 관찰하면서 그림을 수정해나갔고 마침내 그림은 실물과 상당히 비슷해졌다. 그것은 화단에 서 있는 모습을 그린 전신상이었는데, 높은 곳에 있는 꽃자루와 화관은 안나의 머리와 함께 짙푸른 하늘로 솟아 있었다. 그림 윗부분은 아치 형태의 덩굴식물로 둘러싸였고, 그 속에는 반짝이는 새들과 나비들이 앉아 있었으며, 그것들의 색깔은 금빛으로 강조되었다. 이 모든 것은 환상적으로 꾸며낸 안나의 의상과 더불어 내가 숲 속에서 보낸 숱한 낮 동안에 해낸 가장 기분 좋은 일이었다. 나는 항상 갖고 다니던 플루트를 불 때 외에는 이 작업을 중단한 적이 없었다. 해가 지고 난 저녁에도 나는 종종 플루트를 가지고 호수와 그 곁의 선생님 댁이 저 아래 깊은 곳에 보일 만큼 높이 올라가서 자발적으로 우러나오는 선율이나 아름다운 사랑의 노래가 밤과 달빛을 뚫고 울려 퍼지게 했다.

여름의 몇 달은 이렇게 흘러갔다. 나는 이 그림을 조심스럽게 감추었다. 누가 보아도 상당히 분명한 사랑의 고백으로 간주될 터인즉, 그것을 오랫동안 숨겨둘 생각이었다. 가을의 햇살이 부드럽게 정원을 비추고 명랑한 기분이 드는 어느 햇살 좋은 가을날 오후, 막 나가려던 참에 아주 어린 소년이 내게 와서 정원의 커다란 정자로 와주기를 바란다는 소식을 전했다. 그곳에는 여자애들이 모두 모여서 마르고트의 혼수준비를 하고 있고 안나도 그들을 돕고 있다는 것을 나는 알고 있었다. 나는 뭔가를 예감했기 때문에 금세 심장이 두근거렸다. 그렇지만 잠시 지체하면서 뜸을 들인 다음 심드렁한 표정을 지으며 그곳으로 갔다. 여자들은 초록빛 포도 덩굴 지붕 아래서 하얀 아마포 주위에 반원 모양으로 앉아 있었는데 모두 아름답고 발랄해 보였다.

용건을 묻자 그들은 잠시 당황하여 키득거리며 웃었다. 나는 화가 나서 돌아서려고 했다. 그러자 마르고트가 큰 소리로 말하기 시작했다. "가지 마. 널 잡아먹지 않을 테니까!" 그녀는 헛기침을 한 다음 계속해서 말했다.

"너에 대한 여러 불만이 쌓여서 너를 불러 심문하려고 여기에 법정을 차렸어, 사촌. 그러니 모든 질문에 충실하게 사실대로 그리고 신중하게 대답해야 해! 맨 먼저, 우리가 알고 싶은 것은, 음, 우리가 맨 먼저 질문하려던 것이 뭐였지, 카톤?"

"살구를 좋아하는지 묻기로 했지." 그녀가 이렇게 대답하자 리제테가 소리쳤다. "아니야, 몇 살인지 제일 먼저 물어야 해. 그리고 이름도!" "쓸데없는 짓 하지 말고" 내가 말했다. "너희가 원하는 게 뭔지 말해!"

그러자 마르고트가 말했다. "좋아, 간단히 말하자. 안나에게 무슨 생각을 품고 있어서 안나를 그렇게 대하는 거지? 그걸 말해봐."

"내가 어떻게 했는데?" 나는 당황해서 대답했고 안나는 새빨개지며 가지고 있던 아마포를 내려다보았다.

마르고트가 이어서 말했다. "어떻게 했냐고? 나 역시 그걸 묻고 싶은 거야! 한마디로, 네가 여기 도착한 이후부터 여태까지 안나에게 말 한마디 건네지 않고 마치 안나가 이 세상에 없는 것처럼 행동하는 이유가 도대체 뭐지? 이건 안나에게뿐만 아니라 우리 모두에게도 모욕이야. 그러니 세상살이의 예의를 위해서라도 이 문제는 어떤 식으로든 해결되어야 해. 만일 안나가 자기도 모르게 네 기분을 상하게 했다면 그걸 말해봐. 그러면 안나가 겸손하게 사과할 수 있을 거야. 그렇다고 거만 떨 건 없어. 그리고 네 호의가 아주 귀중해서 그것을 얻어내기 위한 것으로 착각하지도 마! 지금 이 심리(審理)의 단 하나의 목표는 예의와 정당한 권리를 지켜야 한다는 거니까!"

나는 안나가 자신의 태도에 대한 이유를 해명하면 그녀가 내게 한 말에 대해 거만하게 굴지 않고 곧바로 내가 왜 그녀에게 그렇게 행동하는지 설명할 수 있다고 대답했다. 이 말을 하자 나에게 비난이 쏟아졌다. 즉 여자는 언제나 자기가 원하는 대로 할 수 있다는 것이었다. 어쨌거나 내가 먼저 시작해야 하며, 그러면 안나는 다른 사람들에게 그렇게 하듯이 나하고도 친근하고 상냥한 사회적 교제를 약속하게 되리라는 거였다.

이 제의는 그럴듯했으며 여자들을 한 패거리의 공모자로 간주했던 내 생각을 완전하게 입증하는 것 같았다. 또한 그것은 만일 그들이 어떤 일을 호의를 가지고 처리하면 모든 것이 잘 될 수 있으리라는 사실에 대한 유쾌한 증명처럼 들렸다. 그들의 고압적인 말이 나를 혼란스럽게 하지 않았으며, 나는 곧 그들이 나를 몹시 필요로 하고 있다고 상상했다. 나는 사리에 맞는 말은 기꺼이 따르겠으며, 모든 세상과 평화롭게 지내는 것 이상으로 내가 바라는 것은 없다고 웃으면서 대답했다. 어쨌거나 나는 부지런히 바느질하는 안나는 쳐다보지도 않고 그 자리에 계속 서 있었다. 그러자 리제테가 내 이야기를 받으면서 말했다. "새로운 출발을 위해서 지금 당장 안나에게 손을 내밀고 언제든지 만나게 되면 이름을 불러 인사한 다음 어떻게 지내냐고 안부를 묻겠다는 약속을 해. 또 하나, 언제 어디서고 너희 둘이 만날 때는 기독교도처럼 항상 악수하겠다는 것을 확실히 해두어야 해!"

나는 안나에게 다가가서 손을 내밀고 두서없이 몇 마디 건넸다. 그녀는 코를 약간 찡긋하고 미소 지으며 손을 내밀었을 뿐 올려다보지는 않았다.

그런 다음 내가 정자를 나오려고 할 때 마르고트가 다시 말하기 시작했다. "잠깐만, 사촌! 이제 두 번째 문제를 처리할 차례야." 그녀는 탁자를 덮고 있던 천을 걷어내고 내가 그린 안나의 초상화를 들추어냈다.

"우리는" 그녀가 계속했다. "어떻게 이 비밀스러운 작품을 입수했는지 세세하게 토론하자는 게 아냐. 어쨌든 발견된 이상, 어떤 권리와 어떤 목적으로 아무 죄 없는 소녀의 초상화를 본인도 모르게 그렸는지 그걸 알고 싶을 뿐이야."

안나는 그 화려한 그림을 힐끗 쳐다보았다. 내가 부끄러워하며 부루퉁해 있을 때 안나도 역시 당황해하며 안절부절 못하고 있었다. 나는, 그 종이는 내 소유물이고 그것이 발견되든 숨겨져 있든 간에 내가 그것에 대해서 그 누구에게도 변명할 의무가 없다고, 앞으로는 내 물건을 그대로 놔두기를 청한다고 얘기했다. 그러면서 내 그림을 집으려 했다. 그러나 여자들은 그것을 재빠르게 아마포로 덮고는 그 위에 혼숫감을 몽땅 탑처럼 쌓아올렸다.

그들은 자신들의 초상화가 알 수 없는 목적으로 비밀리에 그려지는 것이 그들에게는 무관한 일일 수 없다고 말했다. 그러므로 누구를 위해 이것을 그렸는지 또는 그것으로 무엇을 할 생각이었는지를 분명하게 해명해야 한다는 것이었다. 왜냐하면 혼자서 그것을 간직하려 했다는 것도 지금까지의 내 태도로 볼 때 쉽게 납득할 수 없을뿐더러 허락할 수도 없다는 것이었다.

"그건 아주 간단해." 마침내 나는 대답했다. "안나의 아버지인 선생님 생신 때 기쁘게 해드리고 싶었어. 처녀로 자란 딸의 초상화를 그려주는 것이 최선책이라고 생각했어. 그게 잘못된 것이라면 유감이고 다시는 그런 짓을 안 할 거야! 호숫가에 있는 집과 정원을 그려드려도 이분을 그만큼 기쁘게 할 수 있을 테니까 난 아무래도 좋아!"

이렇게 얼버무림으로써 노력과 수고를 아끼지 않은 덕에 내게도 아주 사랑스러웠던 그 그림을 빼앗긴 것은 사실이다. 그러나 나는 동시에 여자애들이 아무런 항의도 못하고 선생님을 생각하는 내 사려 깊은 마음을 칭찬까지 하게 함으로써 이 불편한 재판의 맥을 끊어버렸던 것이다. 여자애들은 우리가 함께 선생님에게 정식으로 갖다드리게 될 날까지 이 그림을 보관하기로 의견을 모았다.

이렇게 나는 내 보물을 잃었다. 하지만 나는 불만을 숨겼다. 그때 아직도 만족하지 못한 어린 카톤이 다시 물었다. "하인리히는 집을 그리든 안나를 그리든 상관이 없다고 했어! 그게 무슨 소리야?"

그러자 마르고트가 대답했다. "그건 집과 아름다운 소녀를 똑같이 무의미하게 여기는 거만한 사람이란 뜻이지! 그러나 주된 의미는 이런 거야. 즉 내가 이 얼굴을 그릴 때 이것에 대해 조금이라도 별다른 관심을 가졌다고는 생각하지 말라는 뜻이지. 이건 새로운 모욕이니 가엾은 안나는 충분한 보상을 받을 권리가 있어!"

마르고트는 품에서 접힌 종이를 꺼내 펼치더니 리제테에게 그것을 큰 소리로 엄숙하게 읽어보라고 했다. 그게 무엇일지 나는 매우 궁금했다. 안나 역시 무슨 영문인지 몰라서 약간 고개를 들어 올려다보았다. 첫마디를 듣자마자 나는 즉시 그것이 벌집에서 꺼낸 나의 사랑 고백이라는 것을 알았다. 그것이 읽히는 동안 나는 온몸이 뜨겁게 달아올랐다가 다시 오싹해지면서 어지러움까지 느낄 정도였다. 안나는, 적어도 내가 그 혼비백산의 와중에 판단한 바로는, 뒤늦게 서서히 눈치를 채는 것 같았다. 처음에는 아주 즐겁게 웃던 다른 여자애들은 편지가 낭독되는 동안 침묵과 솔직한 표현의 힘 때문에 깜짝 놀라며 부끄러워했다. 그들은 그 고백이 마치 자신들을 향한 것인 듯이 차례차례 얼굴을 붉혔다. 하지만 마지막 문장이 끝나기 전에 내가 느꼈던 불안감에서는 이미 새로운 계책이 떠오르고 있었다. 낭독자가 스스로도 적잖이 당황해하며 입을 다물었을 때 나는 가능한 한 무뚝뚝하게 말했다.

"제기랄! 이건 내가 익히 아는 문구 같은데, 어디 이리 줘봐! 맞아! 이건 내가 오래전에 쓴 종이야!"

"그래? 그래서?" 마르고트는 이제 일이 어떻게 전개될지 자기로서도 알 수 없었기 때문에 약간 난처해하며 말했다.

"그걸 어디서 찾았어?" 나는 계속했다. "그건 내가 2년 전에 여기 이 집에서 프랑스어를 번역했던 것의 일부야. 다락방에 오래된 검과 이절판 책 옆에 금장으로 장식된 오래된 전원소설 있지? 그것의 내용이야. 그 당시 재미로 멜린데라는 이름 대신 안나라는 이름을 썼을 뿐이야. 꼬맹이 카톤, 그 책 좀 한번 이리 가져와봐. 그 부분을 너희에게 프랑스어로 읽어줄게."

"직접 가져오시지, 꼬맹이 하인리히. 우리는 동갑이잖아." 그녀가 대꾸했다. 내가 꾸며낸 이야기가 너무나 자연스럽고 그럴듯했으므로 다른 사람들은 매우 실망스러운 표정을 지었다. 안나만은 할머니 무덤이 언급된 걸로 보아 이 편지가 최근 일을 쓴 것이라고 알 수 있었기 때문에 그 고백이 자기를 향한 것이라는 사실을 틀림없이 알았을 것이다. 그러나 그녀는 동요하지 않았다. 이렇게 해서 결국 날아다니던 그 종이의 내용은 본래의 목적지에 도달했다. 내가 직접 이 편지에 대해 개인적인 책임을 지지도 않고, 또 여자애들이 이것을 통해 승리를 얻게 하지 않고도 나는 그 편지 내용이 그 나름의 효과를 낼 수 있게 만들었던 것이다. 아주 태연하고 대담해진 나는 그 종이를 집어서 접은 다음 안나에게 우스꽝스럽게 몸을 구부리고 다음과 같이 말하며 그것을 내밀었다.

"이러한 작문 연습에는 좀더 고귀한 목적이 들어 있사옵니다. 그러니 자비로우신 아가씨, 정처 없이 떠도는 이 종이가 보호받을 피난처를 마련해주시고 이것을 이 기념할 만한 오후에 대한 기억으로 받아주신다면 황공하옵겠나이다!"

그녀는 처음에는 나를 서 있게 내버려두고 그 종이를 받으려 하지 않았다. 그러더니 내가 왼쪽으로 돌아나가려 하자 그때서야 그것을 급히 받아서 자기 곁의 탁자 위로 던졌다.

이제 임시변통의 기지가 끝났기 때문에 나는 예의를 갖추어 정자에서 나오려고 했다. 두 번째로 익살스럽게 몸을 굽히면서 나는 작별을 고했다. 여자들은 일제히 우아하게 일어서서 조롱 섞인 정중한 인사를 하면서 나를 해방시켜주었다. 그들의 조롱은 내 기를 꺾어 굴복시키지 못한 데 대한 여성적인 앙심에서 비롯된 것이었고, 정중한 태도는 내 태도가 그들에게 고취시킨 존경심에서 비롯된 것이었다. 왜냐하면 그 그림과 종이는 누가 누구를 좋아한다는 사실을 증명했으나, 공개적인 심문에도 내가 비밀을 너무도 잘 은폐해서 익살이라는 외투의 보호 아래 나뿐만 아니라 안나도 그녀가 원하는 것을 시인할 수 있는 완전한 자유를 보존했기 때문이다.

최고로 만족한 상태로 나는 내 거처를 마련해놓은 다락방으로 되돌아와서 잠시 황홀해하며 백일몽에 빠졌다. 안나는 그 어느 때보다도 더 사랑스럽고 소중하게 여겨졌다. 그녀가 이제는 빠져나가지 못하고 내 소유가 되었다는 이기적인 생각이 들자 그녀의 섬세한 모습에 거의 측은한 생각까지 들었고, 그녀에게 일종의 애정 어린 동정심을 느꼈다. 그러나 나는 곧 다시 일어나 9월의 태양이 벌써 기울기 시작할 때쯤 살그머니 정원으로 나갔다. 아름답던 어린 시절 이후 처음으로 다시 한 번 안나를 데려다줄 수 있는지 알아봄으로써 그날의 대미를 장식하고 싶었던 것이다. 그러나 그녀는 이미 출발해서 혼자서 산을 넘어가고 있었다. 사촌누이들은 작업하던 것을 모두 정리하면서 매우 냉정하고 차분한 척했다. 나는 텅 빈 탁자를 건너다보았지만 안나가 정말 그 종이를 가지고 갔는지는 묻지 못했다. 나는 화가 나서 어슬렁거리며 골짜기 위로 올라가 어스름 속으로 들어갔다.

그 뒤 며칠 동안 안나는 우리에게 오지 않았고, 나 역시 선생님 댁에 갈 용기가 나지 않았다. 이제 글로 쓴 내 고백은 그녀의 수중에 있었으며, 그래서 내 생각으로는 우리 둘 다 자유를 잃은 것 같았다. 또한 나는 그러한 고백의 힘을 예민하게 의식하고 있어서 우리 행동이 더 어려워지는 것같이 생각되었다. 특히 정자에서 일어난 일에 대해서는 일언반구도 듣지 못했기 때문에 하루하루가 지남에 따라 내 만족스러운 안정감은 다시 사라졌다. 곤경에 처했을 때 핑계를 댔던 선생님 생일이 실제로 닥쳐서 사촌들이 모두 저녁에 그곳에 가서 그를 축하해주자고 했을 때는, 내가 다시 뚱하게 마음이 굳어지던 시점이었다. 이때야 비로소 내 그림을 다시 보았는데, 그것은 아주 멋지게 액자에 끼워져 있었다. 오래되어 못 쓰게 된 동판화 옆에서 여자애들이 찾아낸 것으로, 매우 섬세하게 조각된 가느다란 나무 액자였는데, 아마도 70년은 된 것 같았고, 폭이 좁은 막대 틀에는 하나가 다음 하나를 반쯤 덮은 형상으로 조그만 조개 껍데기가 줄지어 붙어 있었다. 또한 안쪽 테두리 주위에는 사각 고리의 우아한 사슬이, 바깥쪽 테두리에는 구슬을 꿴 줄이 둘러져 있었다. 온갖 종류의 기술로 특히 고풍스러운 상자를 구식으로 옻칠하는 특기를 지닌 마을의 유리세공인은 조개 껍데기를 붉은 광택이 나게 만들었으며, 사슬에는 금박을 입히고 구슬은 하얗게 도금한 다음 깨끗한 새 유리를 끼웠다. 그래서 이러한 치장 속에 들어가 있는 그림을 다시 보았을 때 나는 몹시 놀랐다. 이 그림은 모든 시골사람들의 경탄을 자아냈다. 특히 꽃과 새, 안나의 금팔찌와 보석 치장, 헌신적으로 신중을 기한 그녀의 머리카락과 목 부위의 하얀 주름장식, 아름다운 파란 눈과 장밋빛 뺨, 버찌같이 빨간 입술 등 이 모든 것은 여러 가지 대상에서 그들의 눈을 만족시키는, 상상력이 풍부한 사람들의 심리에 잘 부응했다. 얼굴은 거의 음영이 없이 아주 환하게 그려졌는데, 내 솜씨 부족 때문에 그렇게 된 것인데도 사람들은 그것을 장점으로 착각하고 더욱 마음에 들어했다.

출발할 때 나는 그 작품을 내 손으로 들고 가야 했다. 반짝이는 유리에 태양이 비칠 때면 제아무리 정교하게 짠 실도 결국은 햇빛에 드러난다는 속담이 너무도 여실하게 증명되었다. 여자애들은 액자를 조심해야 했기 때문에 마치 제단의 후면 장식벽을 들고 얼굴에 비지땀을 흘리면서 산을 넘어가는 사람처럼 보이는 나를 돌아다볼 때마다 우스갯소리를 몽땅 늘어놓았다.

그러나 선생님의 기쁨은 그림을 잃게 된 것까지 포함한 그 모든 것을 충분히 보상해주었다. 더구나 나는 내 몫으로 훨씬 더 아름다운 그림을 그릴 계획을 갖고 있던 터였다. 충분히 감상된 뒤 그림은 오르간이 있는 방의 소파 위에 걸렸고, 그곳에서 내 그림이 마치 전설적인 교회의 성녀를 그린 그림 같은 효과를 자아냈을 때 나는 그날의 영웅이 되었다.

제11장 신앙을 위한 노력

그러나 이 모든 것은 안나에게 접근하는 것을 더 어렵게 만들었다. 이 기회를 이용해서 그녀와 사랑을 속삭이는 것은 불가능했다. 이제 그녀로서도 신중하게 처신해야 한다는 것을 나는 이해했고, 한 소녀에게 그토록 분명하게 자신의 애정을 공표하는 것이 결코 장난이 아니라는 것을 인식했다. 그럴수록 나는 선생님과 더 친해져서 그와 많은 것을 의논했다. 그의 교양 영역은 주로 반은 계몽적이고, 반은 신비적인 신앙의 의미에서 기독교적 도덕성을 포괄했는데, 여기서는 자기인식과 신과 세계의 본질에 대한 탐구를 토대로 하는 인내와 사랑의 원칙이 가장 중요시되었다. 그러므로 그는 사상이 풍부하고 신앙심이 깊은 사람들이 쓴 각국의 회상록과 비망록에 조예가 깊었고, 취향이 유사한 사람들이 그에게 전해준 그 분야의 희귀본과 유명한 책들을 소장했으며 또한 그에 대해 잘 알고 있었다. 이 책들에는 아름답고 교훈적인 내용이 많았다.

나는 진(眞)과 선(善)에 대한 천착이 필수적이라고 생각하고 그의 강의를 겸손한 태도로 만족스럽게 경청했다. 하지만 특별하게 기독교적인 것이 모든 선의 유일한 표식이라는 주장에 반대하면서 이와는 다른 생각을 했다. 이 점과 관련해서 나는 세간의 정설과 고통스러운 갈등을 겪고 있었다. 예수라는 인물의 완성된 인간됨이 하나의 전설에 지나지 않는다고 믿고는 있었지만 그래도 나는 예수를 사랑했다.

반면 나는 기독교적으로 불리는 것에 대해서는 그 이유를 알지 못하면서도 적의를 품었고 심지어는 이러한 반감이 즐겁기도 했다. 기독교 정신이 수행되는 곳은 흥취 없는 잿빛의 무미건조함을 의미했다. 그런 이유에서 나는 이미 2~3년 전부터 거의 교회에 나가지 않았고, 의무적으로 참석해야 하는 교리문답 시간에도 어쩌다 한 번씩만 갔다. 여름에는 대개 시골에서 지냈기 때문에 잘 모면할 수 있었다. 겨울에는 두세 번쯤 갔는데, 내가 녹색의 하인리히라고 불렸다는 단순한 이유에서, 즉 내가 고립되어 있고 다른 사람들과 접촉이 없는 존재라는 단순한 이유에서 사람들이 나에게 불만을 갖지 않은 것과 같은 식으로 사람들은 그 사실을 눈치 채지 못한 것 같았다. 게다가 나는 아주 음울한 얼굴을 했기 때문에 목사들도 나를 기꺼이 교회에서 떠나도록 내버려두었다. 그렇게 해서 나는 완전한 자유를 누렸다. 어린 나이였지만 단호하게 자유에 대한 권리를 주장함으로써 그것이 가능했다고 생각한다. 내가 이 일에서는 아주 진지했기 때문이다.

그러나 1년에 한두 번은 충분히 대가를 치러야 했으니 그것은 내가 교회에 나타나야 할 순서가 되었을 때, 즉 미리 연습한 다음 공식적인 교리문답 시간에 문제 몇 개에 대해 답을 다 외워 대답해야 할 때였다. 이것은 몇 년 전에도 고통이었는데 이제는 도무지 견디기 어려웠다. 그래도 나는 그 관습에 따랐다. 아니면 오히려, 내가 어머니에게 끼쳐드리게 될 걱정은 차치하고라도 법적인 해방이 그 일과 결부되어 있었기 때문에, 따를 수밖에 없었다고 해야 할 것이다. 다가오는 성탄절에 견진성사를 받기로 되어 있었는데, 이것은 이후로는 완전한 자유를 얻을 수 있다는 유혹이었음에도 큰 걱정거리였다. 그래서 나는 철학자와 함께 있을 때와는 완전히 다른 방식이었지만 다른 때보다도 더 반기독교적 성향을 선생님에게 드러냈다. 나는 그를 단지 안나의 부친으로서뿐만 아니라 일단은 나이 드신 어른으로 어쨌든 존경해야 했다. 특히 너그럽고 자애로운 그의 태도 앞에서 나는 자연히 절도 있고 겸허한 언행으로 내 의사표시를 했고, 내가 젊은 청년으로서 아직은 뭔가 배울 것이 있다는 것을 인정했다. 선생님 또한 그와 다른 내 의견을 오히려 기뻐했다. 그러한 의견이 그를 정신적으로 자극하는 계기가 되었고, 내가 그를 힘들게 할수록 그가 더욱 나를 좋아하는 이유를 찾을 수 있었기 때문이다.

그는 내가 기독교를 교회의 문제가 아니라 인생의 문제로 보는 인간이라는 사실이 충분히 가능한 일이며, 내가 인생 경험을 쌓으면 비로소 그때 진정한 기독교인이 될 거라고 말했다. 선생님은 교회와 그다지 좋은 관계가 아니어서 현재 교회에 봉사하는 사람들은 무지하고 거친 인간들이라고 주장했다. 그러나 나는 그의 이런 주장이 그가 전혀 모르는 히브리어와 그리스어를 그들이 알고 있다는 데에서 생긴 것은 아닌지 약간 의심스러웠다.

그러는 사이에 추수도 오래전에 끝나서 나는 돌아갈 생각을 해야 했다. 이번에는 외삼촌이 그의 딸들을 데리고 나를 데려다주고자 했는데, 딸들 가운데 아래 둘은 아직 한 번도 도시에 가본 적이 없었다. 그는 오래된 마차를 끌 말을 준비하게 했다. 우리는 이렇게 그곳을 떠났는데, 그의 딸들은 가진 옷 가운데 가장 좋은 것으로 치장하여 지나가던 마을 사람들이 모두 놀랐다. 외삼촌은 그날로 마르고트와 함께 되돌아갔고 리제테와 카톤은 일주일 동안 우리 집에 머무르게 되었는데, 이제는 그들이 바보스럽고 수줍은 사람 역할을 할 차례였다. 나는 거드름을 피우면서 그들에게 시내의 모든 명소를 보여주었고 마치 내가 그 모든 것을 발명한 것처럼 행동했다.

그들이 떠난 지 얼마 후 어느 아침나절에 작은 마차가 우리 집 앞으로 굴러오더니 선생님과 그의 딸이 내렸다. 안나는 나부끼는 초록색 망토로 가을의 찬 공기에서 몸을 보호하고 있었다. 내게 그보다 더 유쾌한 놀라움은 없었을 것이다. 어머니도 이 착한 아이를 보고 크게 기뻐하셨다. 선생님은 딸의 재능이 다방면으로 계발될 수 있도록 그녀를 세상과 좀더 접촉시켜야 했기 때문에 겨울철을 보낼 수 있는 적당한 집이 있는지 둘러보고자 했다. 그러나 마음에 드는 집이 없어서 차라리 내년에 도시 근처에 작은 집을 한 채 구입해서 완전히 이사하기로 결정했다. 이러한 계획이 갑작스럽게 나를 기쁘게 만든 것은 사실이다. 하지만 나는 안나가 차라리 내가 그토록 사랑하게 된 초록빛 외딴 계곡의 보석으로 언제까지나 머물렀으면 싶은 생각이 들었다.

　그러는 사이 어머니가 안나와 친해지고, 안나 역시 어머니에게 깊은 존경과 가슴에서 우러나는 애정을 표하는 한편, 너무나 만족스럽게도 기꺼이 그런 마음을 드러내 보이려는 것 같아서 나는 남몰래 즐거워했다. 우리는 이제 정식으로 경쟁 했다. 나는 선생님에게, 그녀는 우리 어머니에게 다투어 경의를 표했던 것이다. 이 기분 좋은 경쟁을 하느라 정작 우리는 서로 교분을 나눌 시간을 갖지 못했다. 아니면 오히려 그것을 통해서만 교제했다고 할 수 있다. 결국 그녀와 이렇다 할 눈짓 한 번 교환하지 못하고 그들이 떠나게 되었다.

　점점 겨울이 다가오고 있었고 겨울과 함께 성탄절도 가까워졌다. 나는 일주일에 세 번 새벽 다섯시에 부목사의 집으로 가야 했다. 그곳의 좁은 띠 모양의 긴 방에서는 마흔 명의 젊은이를 대상으로 견진성사를 준비시키고 있었다. 이제 청년으로 불리는 우리는 각계각층에서 모여 있었다. 흐릿한 촛불 몇 개가 타고 있는 맨 위쪽 자리에는 명문가 출신들과 학생들이 있었고, 다음에는 활달하고 짓궂은 중간 시민계층이 있었다. 마지막으로 아주 깜깜한 곳에는 다소 거칠고 소심한 가난뱅이 구두수선공 도제, 머슴 그리고 공장 직공이 앉았는데, 이들 사이에서는 버릇없는 소동이 벌어졌던 반면 저 앞쪽에서는 점잖고 조용하게 해찰하곤 했다. 이러한 좌석 배치는 의도적인 것이 아니라 자연발생적인 것이었다. 말하자면 우리는 우리의 태도와 끈기에 따라 정렬된 것이었다. 왜냐하면 최상류 사람들은 처음부터 교회와 표면상 평화를 유지하도록 엄격하게 교육받았고, 말하는 데에 자신감이 있는 사람들이 대부분이었는데 비해, 이러한 비율은 아래 계층으로 내려갈수록 점점 낮아졌던 것이다. 특히 예외적인 사람들도 이 경우에는 자진해서 자신과 같은 부류의 사람처럼 행동을 취하고, 다른 계층에는 절대로 섞이려 하지 않았기 때문에 겉으로 보기에 이러한 좌석 순서는 매우 자연스러웠다.

춥고 어두운 겨울 아침에, 그것도 날마다 규칙적으로 정확한 시간에 일어나서 나가는 것과 정해진 자리에 앉아 있는 것이 나는 견디기 어려웠다. 학창시절 이후로는 그런 경험이 없었기 때문이다. 어떤 훈련이 꼭 필요하고 합리적인 목적을 가지고 있다고 생각하면 나는 전혀 반항하지 않는 사람이었다. 예를 들면 2년 후 병역의무를 위해서 정해진 며칠 동안 내내 신병 신분으로 1분도 늦지 않게 집합장소에 가서 늙은 훈련교관의 명령에 따라 여섯 시간 동안이나 신발의 뒤축을 돌려야 했을 때, 나는 열성을 다해 그것을 해냈고 그 늙은 군인의 칭찬을 받으려고 마음 졸이며 노력했다. 이때에는 조국과 조국의 자유를 지키기 위한 능력을 기른다는 목적이 있었다. 국토는 눈에 보이는 것이었다. 나는 그 위에 서 있었으며 국토가 생산하는 것에 의지하여 살았다. 그러나 지금 나는 어두운 방에서 잠에 취한 일군의 청년들의 기다란 대열 사이에 앉아 다른 상황에서는 나와 아무 상관도 없는 성직자의 천편일률적인 명령 아래 아주 허황된 꿈의 생활을 하기 위해 잠과 꿈에서 깨어나려고 무진장

애써야만 했다.

수천 년 전에 머나먼 동쪽의 종려나무 그늘에서 부분적으로는 실제로 일어났던 일과 부분적으로는 성스러운 몽상가가 꿈을 꾼 것을 기록한 것, 즉 전설의 책이 여기서는 가장 지고하고 가장 엄숙한 생활의 필수품이 되었고, 시민이 되기 위한 첫 번째 전제조건으로서 한 마디 한 마디 토의되었으며, 그것에 대한 믿음은 극도로 세세하게 조종되었다. 때론 명랑하고 매력적이다가도 때론 음울하고 열렬하고 피투성이가 되지만 어쨌든 늘 한결같이 머나먼 곳의 안개로 에워싸여 있는, 인간의 상상력이 낳은 가장 놀라운 산물은 우리의 전 존재를 규정하는 가장 현실적이고 가장 확실한 기초로 간주되어야 했다. 또 이 책은 우리가 그 상상의 정신 속에서 포도주 약간과 빵 한 조각을 아주 올바르게 먹을 수 있게 하려고 일말의 농담도 없이 확고부동하게 설명되고 해석되었다.

그리하여 만일 이렇게 되지 않는다면, 만일 우리가 확신이 있든 없든 이 낯설고 불가사의한 가르침에 굴복하지 않는다면 우리는 국가의 공민으로 인정되지 않았으며 어떤 남자도 아내를 얻을 수 없었다. 이것은 수 세기 동안 행해졌고, 상징적인 관념을 다르게 해석하면 피의 바다를 대가로 치러야 했다. 현재 같은 우리나라의 국토와 국력은 대부분 그러한 투쟁의 결과이기 때문에 우리에게 꿈의 세계는 현재의 현실과 아주 명백하게 관련되어 있었다. 일말의 망설임도 없이 그 황당무계한 이야기를 모순 없이 진지하게 다루는 것을 보면, 마치 나이 든 사람들이 꽃으로 하는 어린이들의 놀이를, 그 놀이를 하다가 실수하거나 웃으면 사형을 받는 그러한 놀이를 하는 것 같았다.

교리문답 교사가 우리에게 기독교적 필수조건으로 정의하고 광범위한 지식의 토대로 삼은 첫 번째는 죄가 있다는 것을 인식하고 고백하는 것이었다. 스스로에 대한 정직성, 자신의 과오와 부도덕에 대한 인식 같은 말이 이제 내게 낯설지 않았고, 어린 시절의 비행과 학교 다니던 시절의 도덕적 측면에서의 죄가 아주 생생하게 떠올라서 내 의식 깊은 곳에서 죄의 맹아가 서성이는 것을 뚜렷이 보았는데, 이것은 굴욕적인 후회를 불러일으켰다. 그러나 나는 그 말이 마음에 들지 않았다. 그 말은 너무도 직업적인 면모를 띠었고 아교를 끓인다거나 아마포 직공이 부패해 시큼한 풀을 먹일 때와 같은, 비위에 거슬리는 수공업의 악취가 났다. 신이 곰팡내 나는 인간의 원죄를 다루는 방식은 계속해서 곰팡이를 키우는 격이라는 사실을 그 당시 나는 제대로 이해할 수 없었다. 우리는 신학적 느긋함의 미세한 부분까지는 아직 접근할 수 없었기 때문이다. 어쨌거나 이것은 쉽지 않은 문제이고, 정직하고 갸륵한 사람들의 집단에서 떨어져 나오는 것은 위험하다는 생각을 하면서 나는 교만을 부리지 않고 이 일을 되는 대로 내버려두었다. 또한 나에게는 정의로운 사람조차 많은 혼란에 빠질 수 있고, 이러한 혼란은 모두 어느 정도까지는 정당화할 구실을 자체 내에 가지고 있다는 예감이 떠올랐다.

죄에 대한 교리 다음에는 죄로부터의 구원에 관한 것, 즉 믿음에 대한 교리가 나왔는데, 원래 이것이 전체 수업에서 가장 중요한 내용이었다. 좋은 책도 역시 필요하다는 식의 온갖 말이 부언되었지만 마지막 말은 언제나 똑같은 한 마디였는데, 그것은 믿음이 우리를 행복하게 한다![39]는 거였다. 거의 어른이 다 된 청년들에게 이러한 사실을 절실히 느끼게 하기 위해서 성직자는 가능하면 타당하고 합리적으로 들리는 말재주를 동원했다. 나는 가장 높은 봉우리로 달려 올라가서 마치 주급(週給)이라도 되는 것처럼 하늘의 별들을 하나하나 헤아려 보지만 그 아래서 믿음이라고 할 만한 것을 발견할 수 없고, 물구나무를 서서 은방울꽃을 꽃받

---

39) 마르크의 복음서 16장 16절: "믿고 세례를 받는 사람은 구원을 받겠지만 믿지 않는 사람은 단죄를 받을 것이다."

침 아래로 올려다볼 때도 나는 믿음의 공적(功績)이라고 할 만한 것을 전혀 찾지 못한다. 어떤 것을 믿는 사람은 선한 사람이지만 그렇지 않은 사람도 똑같이 선한 사람일 수 있다. 2 곱하기 2가 4라는 것을 내가 의심한다고 해도 그것이 3이나 5가 될 수 없으며, 내가 2 곱하기 2는 4라는 것을 믿는다 해도 내가 그것에 대해 자만심을 가질 수 없고 아무도 그것 때문에 나를 칭찬해주지 않는다.

신이 세상을 창조해서 생각하는 힘이 있는 인간들로 채우고 자신을 보이지 않는 베일로 가린 다음 피조물들을 불행과 죄에 빠지게 하고는 소수의 인간 앞에만 이상하고 불가사의한 방법으로 자신의 모습을 드러낸다면, 또한 그 후에 인간의 오성으로는 더 이상 이해할 수 없는 상황에서 구세주 한 사람을 보내 모든 피조물의 구원과 행복이 이 구세주에 대한 믿음에 좌우되게 하고, 그나마 이 모든 것을 신이, 즉 스스로에 대해 상당히 자신하는 신이 자신의 존재가 믿어진다는 만족감을 즐기기 위해서 그렇게 했다면, 이 모든 절차는 나에게는 신과 세계와 나 자신의 존재에서 일체의 위안과 기쁨을 앗아가버리는 인위적인 코미디일 뿐이다. 믿음! 오, 이 말이 내게는 얼마나 우둔하게 들리는지!

그것은 인간 정신이 변덕의 극치에 이르렀을 때 문득 떠올라서 만들어낼 수 있었던 가장 기묘한 발명품이다. 나는 신의 존재와 그의 섭리를 필요로 하고 그것에 대해 확신을 갖고 있다. 하지만 이 느낌은 사람들이 믿음이라고 칭하는 것과 얼마나 동떨어진 것인가! 신의 섭리는 마치 하늘의 별이 내가 쳐다보든 쳐다보지 않든 간에 자신의 길을 가는 것처럼 그렇게 내 위에서 운행된다는 것을 나는 너무도 확실하게 알고 있다. 신은 전지전능하므로 마음에서 생기는 모든 생각을 알고 있다. 그는 어떤 생각이 어디에서 비롯되었는지 그전의 생각을 알고 있고, 어떤 생각으로 넘어가는지 다음 생각을 알고 있다. 신은 나의 모든 생각에 별이나 혈액의 행로처럼 필연적인 길을 정해주었다. 그러므로 나는 이것을 하고 싶다, 나는 저것을 관두고 싶다, 나는 착하게 살고 싶다, 나는 미덕을 무시하고 싶다, 나는 성실하게 연습해서 내 말을 실행에 옮길 수 있다 등등의 말은 할 수 있다. 그러나 나는 믿을 것이다, 나는 믿지 않을 것이다, 나는 진리를 향해 마음을 닫을 것이다, 나는 진리를 향해 마음을 열 것이다 등등의 말은 결코 할 수 없다. 나는 결코 믿음을 기원할 수 없다. 그것은 내가 이해하지 못하는 것을 결코 바랄 수 없기 때문이며, 내가 이해할 수 있는 분명한 불행은 그래도 숨쉴 만한 활기 찬 공기이지만 내가 파악할 수 없는 행복은 내 영혼을 숨 막히게 하는 공기일 수 있기 때문이다.

그런데도 '신앙이 행복하게 해준다!'라는 말에는 깊고 진실한 것이 포함되어 있다. 이 말이 모든 인간이 선하고 아름답고 주목할 만한 것을 기쁜 마음으로 쉽게 믿을 때 그러한 마음의 만족, 천진난만하고 소박한 만족의 감정을 나타낼 때가 그 경우다. 이와는 반대로 오만과 심술 또는 이기심에서 선하고 아름답고 주목할 만한 것이라고 얘기되는 모든 것을 의심하고 헐뜯는 사람들에게는 그러한 행복이 주어지지 않는다. 판단력이 없는 사람들의 경우에서와 같이 종교적 믿음이 앞서 말한 사랑스럽고 선량하게 쉽사리 믿는 마음에 바탕을 두는 곳에서는, 믿음이 행복하게 한다고 말하는 것이 마땅할 것이고, 그와 다른 이유에서 믿지 않는 사람들은 불행하다고 말해도 일리가 있다.

그러나 이 두 경우 모두 믿음에 관한 교의적 가르침과는 전혀 관계가 없다. 왜냐하면 다른 모든 일에서는 매우 까다로운 회의론자와 비방을 잘 하는 사람들이 믿음이 있는 기독교도인 경우가 있는가 하면, 다른 경우에는 희망과 기쁨을 쉽게 믿으면서도 기독교 신도가 아닌, 심지어는 무신론자인 사람들 또한 그만큼 많이 있기 때문이다. 그런데 논쟁을 좋아하는 기독교도들이 신앙이 없는 이러한 사람들을 비웃으며 힐난하는 전형적인 논리는, 그들이 아주 엉터리없는 것을 맹신하고 환영을 먹고 살면서도 정작 위대하고 유일무이한 진실만은 믿으려 하지 않는다는 데에 문제가 있다. 그리하여 우리는 사람들이 아주 추상적인 이데올로기에 심취하여 그 후에는 뭔가 도달가능한 선과 미를 믿는 사람들을 이념주의자라고 칭하는 희극을 보게 된다. 믿음의 의미를 알고자 한다면, 모든 것을 천편일률적으로 동일시함으로써 개성적인 것을 뒷전으로 밀어내는 정통파 교인들보다는 오히려 형성 중인 종파든 개인이든 간에 교회 바깥에서 자유롭게 떠다니는, 규율에 얽매이지 않는, 신앙의 야인(野人)을 관찰해 보아야 한다. 그러면 믿음의 진정한 동기와 운명과 성격의 근원적인 것이 분명히 드러나 과거의 역사적 이야기들의 모습이 얼마나 뒤틀리고 굳어진 것인지 드러난다.

내가 사는 도시에 부름링어라는 낯선 남자가 살았는데, 그는 자신과 어울리는 사람들에게 온갖 날조된 이야기와 사기를 늘어놓고는 나중에 그 얘기들이 전혀 사실이 아니라고 설명하면서 그들이 쉽사리 믿는다고 비웃는 것을 좋아했다. 다른 누군가 얘기를 하면 그 남자는 그것을 부정했다. 그는 그를 믿었던 사람들의 순진성을 조롱할 수 있었던 바로 그 방법으로 정직하게 그에게 얘기한 것을 우습게 만들어버리는, 아주 독특하고 음험한 수단을 갖고 있었다. 그의 끼니는 전부 다 거짓말로 벌어들인 것이었다. 그는 정직한 방법으로 번 빵을 먹느니 차라리 굶어 죽었을 것이다. 그는 빵을 먹을 때조차도 그것이 나쁘면 좋다고, 좋으면 나쁘다고 얘기했다. 그의 목표는 있는 그대로의 자신과는 뭔가 다르게 보이려고 노력하는 것이었다. 이를 위해 그는 끊임없이 공부해야 했으며, 결국 실제로는 아무것도 하지 않았고 아무짝에도 쓸모없는 사람이었지만 순간마다 아주 복잡한 일을 진행하고 있었다. 이러한 일을 위해 그는 언제나 살금살금 다니다가 남몰래 살짝 숨어들어 잠복할 필요가 있었는데, 부분적으로는 자신의 바보짓을 내보일 좋은 순간을 포착하기 위해서였고, 부분적으로는 다른 사람의 약점을 현장에서 포착하기 위해서였다. 그의 열정은 주로 세상의 거짓과 허위를 입증하는 데에 쏠렸기 때문이다. 그가 잠복해 있던 문 뒤에서 발끝으로 깡충깡충 뛰어와 갑자기 뻣뻣이 서서 눈을 이리저리 굴려 주위를 응시하며 과장된 말로 자신의 솔직함, 공명정대 그리고 악의 없는 무례를 자화자찬하는 것을 보는 것보다 더 재미있는 일은 없었다. 그런데도 이러한 자질에 관한 한 누구든지 자신보다 낫다는 것을 잘 느끼고 있었기 때문에 이루 말할 수 없는 질투심이 그의 영혼을 가득 채우고 타오르는 불처럼 그를 집어삼켰는데, 이러한 사실은 그의 세 번째 말이 언제나 '질투'라는 단어였다는 데서 알 수 있었다.

그는 자신이 영원히 축복받은 도덕적 우월성을 지니고 있다고 단언했기 때문에 자기와는 다른 식으로 바스락 소리를 내는 모든 나뭇잎까지도 질투심 많은 적수로 보았고, 세계 전체가 단지 질투심에 떠는 숲에 지나지 않았다. 자기 의견을 반박하는 사람이 있으면 그는 이러한 반박이 질투의 소산이라고 간주했다. 자기가 얘기하는 동안 사람들이 아무 말도 하지 않으면 그는 화가 나서 침묵한 당사자가 떠날 때까지 기다리지 못하고 질투심이 있다고 질책했으며, 그의 전체 대화는 끊임없이 반복되는 질투라는 말 때문에 그 자체가 질투의 노래가 되어버렸다. 이렇게 그는 모든 점에서 진실의 적이었고 고양이가 집에 없을 때에 쥐들이 식탁 위에서 춤을 추듯이 진실이 없을 때에만 호흡할 수 있었는데, 진실은 아주 간단한 방법으로 그에게 복수했다. 그의 근본적인 불행은 이미 어머니의 뱃속에서부터 어머니보다 더 현명해지고자 했다는 것이니, 그 결과 그는 어떤 사람이 얘기하는 것을 전혀 믿을 필요가 없으나 자신이 말하는 것은 모든 사람이 믿을 때에만 살 수 있었다. 물론 그는 마치 사실이 그런 양 할 수 있었고 실제로 그렇게 행동했는데, 이것이야말로 그의 개개의 거짓말을 정력적으로 종합한, 그의 가장 큰 거짓말이었다. 그러나 실상이 어떤 것인지는 주위 사람들이 웃음을 터뜨리는 것으로 명백하게 폭로되었다. 그러므로 간단히 말하면, 절대적인 믿음을 기치로 내세우는 기독교 교리가 그의 최고 후원자였다. 시대의 전반적인 경향이 신앙에서 등을 돌렸고, 사상가들의 대다수가 신앙에 반대하는 의견 표시는 하지 않더라도 신앙을 배제하고도 이해하고 인식할 수 있다는 것을 신뢰한다는 사실 자체가 그에게 이 경향에 직접적으로 대항하고 이 시대의 추세와 열망이 분명히 믿음의 부활을 향해 돌진하고 있다고 주장하게 하는 충분한 원인이 되었다. 그는 어느 곳에서도 거짓말을 그만둘 수 없었기 때문이다. 그는 사실 믿음이 있는 사람들을 아주 따분하게 여기며 무시했기 때문에 교회나 종교적 회합에 모습을 보인 적이 전혀 없었다. 반면 그럴수록 신앙이 없는 사람들과 관계를 맺었다.

이 일을 전전긍긍하면서 조급하게 추구했을지라도 그는 믿음이 없는 자들의 영혼을 구원하기 위해 신경을 많이 쓰지는 않았을 것이다. 그는 오히려, "나는 믿노라"라고 얘기했는데도 믿지 않는 사람들은 그에게는 모두 바보일 수밖에 없고, 만일 이것이 그의 말대로 진실로 받아들여지지 않을 때에는 자칫 그 자신이 그러한 바보의 일종으로 여겨질 수밖에 없다는 것을 근심했다.

실제로 우리는 믿음과 믿지 않음 사이의 이 불행한 논쟁을 바보 같은 문제라고 할 수 있을 것이다. 왜냐하면 자신들의 종교적 신조를 위해 피가 흐르는 길을 걸어간 1,000명의 열광적인 신자들 가운데 분명 999명은, 박해받는 사람들이 저항심에서 '당나귀'라는 말을 그들에게 해대는 것 같다는 이유만으로 평화를 배반하고 화형대의 장작에 불을 붙였기 때문이다. 양심적이고 정직한 연구와 학문적 발견은 이 남자가 가장 싫어하는 것이었다. 그 방면의 성과가 공표되면 그는 온 힘을 다해 그것과 맞서 싸우며 웃음거리로 만들려고 애썼다. 그것이 옳은 것으로 증명되고 어디에서나 그것의 중요한 결과가 분명하게 나타나면 그는 본격적으로 미쳐 날뛰면서 그것이 거짓이라고 정면에서 반박했다. 곱셈 구구표와 화학실험용 접시는 악마에게 주기도문과 성수반이 그러하듯이 그가 가장 견딜 수 없는 것들이었다. 그러나 자연도 미소 지으며 그에게 복수했다. 그는 인간의 오관(五官)을 인정하지 않고 새로 고안해낸 몇 개의 감각기관을 이용해 그것의 숫자를 늘리기 위해 늘 애썼고, 그것들을 우스꽝스럽게 상세히 설명함으로써 기독교적인 기적의 세계를 설명하려 했다. 이렇게 하는 가운데 그는 여러 차례 기독교 정신과 어긋나게 되었고, 사람들이 『신약성서』를 근거로 이러한 모순을 지적하면 자기는에스파냐를 전혀 개의치 않으며, 그것을 생명의 책이라고 했던 바로 그 순간 자기가 고집스러운 생각을 하게 되었다고 말하곤 했다. 이러한 모든 일에도 그는 진정으로 믿음을 가지고 있었는데, 그것은 인간은 누구나 다 어쩔 수 없이 어느 쪽으로든 귀의할 수밖에 없기 때문이었다. 그는, 한편으로는 믿음의 대상이 증명되지 않고 불가해하며 초자연적이었고, 다른 한편으로는 내심 그의 지적인 실패를 의식하게 됨으로써 무방비 상태에서 눈물이 나게 되었던 터라 그럴수록 더 진정으로 믿음을 가졌다.

어느 날 그는 유쾌한 사람들과 함께 호숫가의 높은 바위 위로 올라갔다. 그는 원래 체격이 좋은 사람이었다. 그러나 지속적으로 뒤틀린 영혼은 그의 육체를 바람에 휜 것처럼 만들어서 그는 마치 쭈그러진 풍향기처럼 보였다. 자신의 멋진 체격은 그가 가장 좋아하는 대화 주제였다. 그는 금방이라도 옷가지를 벗어버리고 자신의 체격을 과시할 태세를 갖추고 있었던 반면, 묻지도 않았는데 이 사람은 등이 굽었다느니 저 사람은 다리가 휘었다느니 하면서 모든 사람의 흠을 들추어내야 했다. 그런데 그가 약간 기분이 상한 채로, 이미 여러 차례 그를 놀렸던 다른 사람들 앞으로 다가갔을 때 그를 처음으로 자세히 살펴본 누군가 갑자기 소리쳤다. "부름링어 씨! 당신 엄청나게 굽었구려." 그는 놀라서 몸을 돌려 말했다. "꿈을 꾸고 계시는가보구먼. 아니면 농담이오?" 그 다른 사람은 일행 쪽으로 몸을 돌려서 그들도 부름링어를 더 가까이서 살펴보라고 요구했다. 그들은 그에게 몇 걸음 앞으로 와보라고 했다. 그가 시키는 대로 하자 모든 사람이 "그래, 이 양반 굽었구먼!"이라고 같은 말을 했다. 그는 분개해서 곧바로 공격자 옆으로 다가서서 기형적인 사람은 바로 공격자 자신이라는 것을 증명해 보이려 했다. 그러나 그는 전나무처럼 호리호리하고 반듯했다. 사람들은 웃기 시작했다. 그는 말없이 다급하게 옷을 벗더니 홀랑 벗은 채로 다른 사람들에게로 다가갔다. 오른쪽 어깨는 남을 비웃느라 끊임없이 으쓱거린 탓에 왼쪽 어깨보다 높이 올라가 있었고, 거만하게 거드름을 피운 탓에 팔꿈치는 바깥쪽으로 뒤틀려 있었으며, 엉덩이 관절은 밀려서 볼품이 없었다. 게다가 반듯하게 보이려고 노력한다는 게 오히려 더 굽어 보이는 결과가 되었다.

　그는 벌거벗은 채 다리 모양을 기묘하게 하며 저쪽으로 걸어가면서 혹시나 사람들의 갈채와 존경이 뒤따르지 않는지 초조한 마음으로 이따금 뒤를 돌아다보았다. 그러나 그들이 하염없이 웃어대자 엄청나게 화가 난 그는 어떻게 해서든 자신을 존경하게 만들려는 마음에서 강한 육체를 보여주기 위해 펄쩍펄쩍 뛰면서 재주를 부리기 시작했다. 웃음은 점점 커졌고 사람들은 배를 움켜쥐어야 했다. 알몸으로 이리저리 춤추던 그는 웃던 사람들이 편히 웃을 요량으로 자리를 잡고 앉는 것을 보더니 이루 형언할 수 없는 분노가 치밀어 뭔가 질겁할 것을 보여줄 셈으로 갑자기 호수 가장자리 위로 훌쩍 높이 뛰어올라 호수 속으로 들어가버렸다. 다행히도 그는 낚시 그물이 널찍하게 쳐져 있는 위치에 떨어졌고 바로 그 순간에 두 대의 보트에서 작업하던 어부들이 그물을 잡아당겨서 이 남자를 글자 그대로 퍼덕거리는 물고기를 잡아 올리듯 구해주었다. 그는 알몸 상태로 몸을 떨면서 물가를 한참 걸어서야 어떤 집으로 피신하여 그곳에서 자기 옷가지를 기다릴 수 있었다. 그런 일이 있은 직후에 그는 이곳에서 사라졌다.

성직자들이 우리에게 기독교적인 것으로 설명한 세 번째 중요한 교리는 사랑에 관한 것이었다. 여기에 대해서 나는 말을 많이 할 자격이 없다. 나는 아직껏 사랑을 실제적으로 증명해본 적이 없지만 그러한 것이 내 마음속에 있다는 것, 그러나 명령에 따라 이론적으로 사랑할 수는 없다는 것을 느끼고 있다. 실제로 내 마음속의 자연스러운 사랑을 표현하고 싶을 때 신을 직접 생각하면 어느 정도 방해가 되고 불편하다. 길 위에서 불쌍한 사람을 만났을 때, 그에게 뭔가 주고 싶었을 때조차 나는 신의 허락을 생각했고, 나 자신의 이기심에서 행동하고 싶지 않았기 때문에 그를 퇴박놓은 적도 있었다. 그러나 그 불쌍한 사람이 측은해서 나는 다시 달려갔다. 하지만 다시 뒤로 달려가는 동안 이러한 연민이 너무 위선적이라는 생각이 들어서 또다시 되돌아서서 마침내 다음과 같은 이성적인 생각을 하게 되었다. '그 사람이 원하는 대로 되어야 한다. 어찌되든 간에 가난한 사람에게 줄 것은 주어야 한다. 이것이 가장 중요한 문제다!' 그러나 때때로 이 생각이 너무나 늦게 들어서 줄 것을 주지 못하고 만다. 그러므로 아무 생각 없이 내 의무를 완수하고 뒤늦게야 그것이 뭔가 가치 있는 일일 수도 있다는 생각이 들 때면 나는 언제나 기쁘다. 그럴 때 나는 최고로 만족해서 하늘을 향해 손가락을 톡 튕기며 소리치곤 한다. "여보시게, 내가 당신에게서 빠져나왔다오!"라고.

그러나 내가 정말 최고로 만족할 때는, 그러한 순간에 내가 그에게 틀림없이 매우 우스꽝스럽게 보일 거라는 생각이 들 때다. 하지만 신은 모든 것을 이해하니까 농담도 이해해야만 한다. 비록 다른 한편으로는 '신은 농담을 모른다'라는 말이 정당하더라도 !

내게 가장 기분 좋고 아름다운 교리는 만물 속에 스며 있는 영원한 정신에 관한 것이었다. 물론 나는 내가 그 교리를 약간 오해했고 또 내가 올바른 종교적 정신으로 충만해 있지 않다는 두려움이 있었다. 그도 그럴 것이 신이 세계이고 세계가 신 안에 있기 때문에, 요컨대 신은 현세적 빛을 발했기 때문에 나는 신을 종교적 정신이 아니라 현세적인 정신으로 여겼다.

요컨대 나는 정신적인 기독교 세계 속에 살고 있는 사람들 속에 머물 수 있기를 원했다. 이 사실을 안나 아버지인 선생님께 고백해야 했을 때, 그는 내게 당분간 기적과 믿음의 문제들을 자유주의적 입장에서 무시하고 최소한 기독교를 이러한 정신적 의미에서는 인정하되, 언젠가는 그것이 진정 순수한 모습으로 나타나 그것의 이름이 세상에서 널리 퍼지기를 기대하라고 권했다. 그보다 좋은 것은 없었고 앞으로도 있을 것 같지 않다는 것이었다. 그러나 이 말을 듣고 나는 말했다. 정신은 어쩌면 인간이 웬만큼 아름답게 표현할 수 있을지는 모르지만 그것은 과거와 미래에 걸쳐 무한히 영원한 것이므로 만들 수는 없다고.

그러므로 진리에다 어떤 인간의 이름을 지칭하는 것은 무한한 공동재산을 약탈하는 것이나 마찬가지고, 이러한 약탈에서부터 온갖 종류의 권위에 의해서 계속되는 약탈이 생기는 것이라고. 나는 또한 말했다. 공화국에서는 개개 시민에게 최대의 것과 최선의 것을 요구하지만 시민의 이름을 다른 모든 것 위에 올려놓고 그를 군주로 추대하여 공화국을 멸

망시킴으로써 결과적으로 시민들에게 보복하는 일은 없다고. 마찬가지로 나는 정신 세계를 하나의 공화국으로 간주하는데, 그곳에서는 오직 신만을 보호자로서 위에 두고 있으며 신의 권위는 신의 법을 완벽한 자유 속에서 신성하게 보호하거니와, 이 자유는 또한 우리의 자유이고 우리의 자유는 곧 그의 자유다!라고. 그리고 저녁 구름 하나하나가 내게 불멸의 깃발이라면, 아침 구름 하나하나도 내게는 세계 공화국의 황금 깃발이다!라고. 선생님은 다정하게 웃으면서 "그 속에서는 누구나 기수가 될 수 있겠지!"라고 말씀하셨다. 그러나 나는 주장했다. 이러한 독립 정신의 도덕적 중요성은 매우 커서 어쩌면 우리가 생각해낼 수 있는 것보다 훨씬 큰 것 같다고.

제12장 견진성사 의식

종교수업은 이제 끝났다. 우리는 견진성사 의식 때 품위 있게 보이기 위해 복장에 신경을 써야 했다. 청년들에게 이날 처음으로 연미복을 맞춰 입게 하고 셔츠의 깃을 세워 빳빳한 넥타이를 둘러매고 처음으로 높은 모자를 쓰게 하는 것은 변하지 않는 관습이었다. 게다가 소년 같은 긴 머리를 하고 다니던 청년들은 모두 다 영국의 의회당원[40]처럼 머리를 짧게 잘랐다. 이것은 모두 말할 수 없이 끔찍해서 나는 이제부터 다시는 이러한 짓들을 하지 않으리라고 맹세했다. 초록색은 기왕에 내 고유의 색상이 되었던지라 사람들이 내 얘기를 할 때면 언제나 붙여주곤 하는 내 별명을 결코 포기하고 싶지 않았다. 어머니를 설득하여 초록색 옷감을 선택하고 연미복 대신에 끈이 몇 개 달린 짧은 상의를 만들게 하는 것은 어렵지 않았다. 그뿐만 아니라 걱정했던 모자 대신 검은 벨벳으로 된 챙 없는 납작한 모자를 택했다. 나는 높은 모자와 연미복은 입는 경우가 거의 없고 내가 계속 체격이 커지기 때문에 불필요한 지출이 될 거라고 설명했다. 더욱이 가난한 도제와 날품 파는 사람들의 자식들도 검은 옷을 잘 입지 않고 보통의 나들이옷차림으로 나타났기 때문에 어

---

40) 머리를 짧게 깎았던 1642년 내란 당시의 영국 청교도를 말한다.

머니는 쉽게 동의했으며, 나는 사람들이 나를 명예로운 시민계층의 아들로 생각하건 그렇지 않건 전혀 개의치 않는다고 설명했다.

성탄 전야에 나는 될 수 있는 한 목의 깃을 낮게 뒤로 접고 긴 머리를 재주껏 귀 뒤로 넘긴 다음 챙 없는 모자를 손에 들고서 비공개 예행연습을 하게 되어 있는 목사의 방으로 갔다. 내가 빳빳한 예복으로 차려입은 청년들 속에 서자 사람들은 약간 놀라는 얼굴로 나를 바라보았다. 내 옷차림이 완벽한 프로테스탄트[41]로 보였기 때문이다. 그러나 내가 반항적이거나 불손한 태도 대신 오히려 나를 숨기려 애썼기 때문에 내 존재는 다시 잊혀지고 사람들은 더 이상 나를 주목하지 않았다. 목사의 식사(式辭)는 무척 마음에 들었다. 그 연설의 요점은, 이제부터는 우리에게 새로운 삶이 시작되니 지금까지의 죄는 용서받고서 잊어버려야 하며 그 대신에 앞으로 저지르는 잘못은 더 엄격한 기준으로 심판되리라는 것이었다. 나는 이러한 변화가 필요하고 지금이 바로 그럴 때라는 것을 잘 느끼고 있었다. 그래서 나는 진지한 결심과 더불어 이 공식적인 절차에 기꺼이 성실하게 참여했고 목사가 우리 내부에 있는 개선에 대한 믿음을 결코 잃지 말라고 열심히 훈계할 때는 목사를 좋아하게 되었다.

그의 집을 나온 우리는 교구민 전체 앞에서 진짜 의식이 진행될 교회로 갔다. 그곳에서 목사는 갑자기 다른 사람으로 변했다. 그는 고고하고 권위적인 태도를 보였고, 기성 교회의 무기고에서 택한 웅변술을 이용하여 우레와 같은 말로 우리 앞에 천국과 지옥을 그려보였다. 기교 있게 구성된 그의 연설은 점점 고조되면서 한순간을 향해 치달았는데, 그의 주위로 넓은 원을 그리고 서 있던 우리가 큰 소리로 장엄하게 "예"라고

---

41) 여기서 프로테스탄트는 '저항하는 사람'이라는 의미로 쓰였다.

말해야 하는 그 순간에는 전 교구민이 깊은 감동에 휩싸일 것이었다. 그의 말의 의미에 주의하지 않았던 나는 질문을 분명히 이해하지 못한 채 "예"라고 작은 목소리로 말했다. 그러나 전율이 내 온몸을 관류했고 나는 감동을 제어하지 못해 잠시 동안 몸을 떨었다. 이 감동은 나도 모르게 몰입해 있던 일반적인 감격과 아직 어리고 경험도 없는 내가 그토록 오래된 사상에 반항하면서 나라는 작고 미미한 존재를 둘러싼 강력한 공동체에 반란을 일으키고 있다는 깊은 공포가 모호하게 뒤섞임으로써 나온 것이었다.

성탄절 아침에 우리는 다시 행렬을 맞추어 교회에 가야 했다. 이번에는 성찬식에 참석하기 위해서였다. 이른 아침부터 나는 이미 기분이 좋았다. 몇 시간만 더 지나면 모든 종교적 속박에서 하늘을 나는 새처럼 자유로워질 것이었다! 그래서 나는 관대하고 화해하는 기분이 되었고 공통점이 아무것도 없는 사람들에게 정중하고 홀가분하게 마지막으로 작별을 고하러 갈 때처럼 교회에 갔다. 교회에 도착한 우리는 성인들 사이에 섞여서 원하는 자리에 앉아도 되었다. 나는 처음이자 마지막으로 우리 가족에게 배당된 남자 좌석에 앉아야 했는데, 그 좌석 번호는 어머니께서 주부답게 매우 주의 깊게 가르쳐주셨다.

그 자리는 아버지가 돌아가신 이후 그러니까 여러 해 동안 공석으로 남아 있었는데, 지정 좌석이 없던 가난한 작은 남자가 그 자리를 차지했다. 그는 다가와서 내가 거기에 앉아 있는 것을 보고는 교회 분위기에 맞는 부드러운 어조로 '자기 자리'를 비워줄 수 없냐고 하면서 나를 가르치는 것 같은 태도로 이 구역에는 모든 자리가 정해져 있다고 덧붙였다. 새파랗게 젊었던 나는 마땅히 나이 든 사람에게 자리를 내주고 다른 자리를 찾을 수도 있었을 것이다. 그러나 기독교 교회의 한가운데에 이러한 소유 개념이 있다는 것과 누군가를 쫓아낼 생각을 한다는 것이 내 마음속의 비판적인 기분을 자극했다. 또한 나는 경건하게 교회에 다니는 이 사람의 느긋한 월권을 혼내주고 싶었다. 결국 나는 이 남자가 쫓겨나면 자기에게 익숙해질 자리를 곧 확보할 수 있으리라는 단 하나의 생각에서 실행에 옮겼고, 이 생각에 매우 만족스러워했다. 그래서 그에게 항의했는데, 그가 멀찍이서 지정 좌석이 없는 사람들 틈에 끼어 어찌할 바 모르고 풀이 죽은 채 자리를 찾고 있는 것을 보았을 때, 나는 내자리가 필요 없으므로 언제나 내 자리를 사용해도 좋다고 다음 날 넌지시 암시해주기로 결심했다. 그러나 한 번만은 아버지가 앉고 서고 했던 그 자리에 앉거나 서 있고 싶었다. 아버지는 축일이면 꼭 교회에 갔다. 큰 축일이면 그는 모든 세계와 자연에 가득한 위대하고 선량한 정신을 특별히 느끼고 숭배하면서 쾌활한 기쁨과 대담한 용기로 충만해졌기 때문이다. 성탄절, 부활절, 승천일 그리고 성령 강림절은 그에게 가장 영광스러운 기쁨의 날이었는데, 그런 날이면 명상, 교회 방문 그리고 초록빛 산 위에서의 유쾌한 산책 등 훌륭한 활동이 이어졌다.

축제일을 특별히 좋아하는 성향은 내게도 유전되었다. 그래서 성령 강림절 아침에 산 위에 올라 수정같이 맑은 공기 속에 서 있을 때면 저 멀리 아래서 울려오는 종소리는 세상에서 가장 아름다운 음악이며, 만일 기독교가 없어져버리면 어떤 관습에 따라 저 아름다운 소리가 보존될 수 있을지 깊이 고민해본 적이 이미 여러 번 있었다. 내게 떠오른 종교 사상은 어느 것이나 다 어리석고 인위적인 것으로만 여겨졌다. 결국 나는, 종소리가 저 아래 푸른 계곡에서 위로 울려 퍼지면 신도들이 거기서 옛날의 믿음을 기억하며 모여 사는 듯이 보이는 바로 지금 상태에 그 소리의 동경어린 매력이 있다고 늘 결론짓곤 했다. 그러고는 자유로운 내 상황에서 소년시절의 추억처럼 이 기억을 존중했다. 또한 그토록 오랜 세월 동안 유서 깊고 아름다운 이 고장에서 울려 퍼졌던 종소리는 내가 그 소년시절과 작별했다는 바로 그 사실 때문에 서글프게 나를 사로잡았다. 나는 사람들이 아무것도 '만들어낼' 수 없다는 것 그리고 제행무상의 관념과 지상에 있는 만물의 영원한 유전(流轉) 자체가 이미 시적으로 동경적인 매력을 충분히 준다는 것을 느꼈다.

종교와 관련해서 볼 때 아버지의 자유정신은 주로 교황권 지상주의[42]의 간섭과 혁신정통파[43]의 편협성과 엄격함 그리고 의도적인 우민화와 모든 종류의 위선을 거부했다. 그의 입에서는 목사 나부랭이라는 말을 종종 들을 수 있었다. 그러나 그는 품위 있는 성직자들을 존경했고 그들을 존중한다는 것을 보여주길 좋아했다. 극단적인 가톨릭이지만 경의를 표할 수 있을 만큼 훌륭한 사제가 있으면 츠빙글리파[44]의 교회에서 매우 안락함을 느낀다는 바로 그 이유 때문에 그는 더욱 만족해했다. 전장에서 숨진 인본적이고 자유로운 종교 개혁가들의 이미지는 아버지에게는 사랑스럽고 신뢰가 가는 지도자요 보증인이었다. 그러나 나는 다른 견해를 가지고 있었고 종교개혁자들과 영웅들을 아무리 존경한다 해도 신앙 문제에서는 아버지와 일치할 수 없으리라고 느꼈다. 동시에 나는 내가 독자적인 확신을 가진 데 대해 그가 완전한 관용과 존중을 베풀 것

---

42) 19세기 유럽에서는 중세의 그레고르 4세나 보니파티우스 8세 때처럼 로마 교황청과 교황의 절대적인 힘을 회복해야 한다는 주장이 있었다.

43) 상부의 통제를 받는 지방교회의 유지와 가정, 학교, 국가에 대한 그것의 영향력을 위해 싸운 엄격한 신앙주의자들을 지칭한다.

44) 츠빙글리(Huldrych Zwingli, 1484~1531)는 1520년에서 1525년까지 취리히에서 교회개혁을 주도한 인물이다. 루터의 종교개혁을 전제로 삼았지만 스위스 종교개혁가들의 종교적 · 정치적 활동공간이 루터의 경우처럼 대학이나 권위적 제후국에 있지 않고, 도시 국가인 취리히와 스위스 연방 동맹에 있다고 주장한 점이 다르다. 요컨대 루터가 신의 왕국을 엄격하게 현실의 제국과 분리해서 본 반면, 츠빙글리는 정치적 사고와 신학적 혁신을 통일된 것으로 보았다.

으로 확신했다. 순진하게 승인받은 것으로 생각한 나는 교회 의자에 앉아 아버지가 아직 살아 계신다고 상상하고 그와 정신적 대화를 나누면서 아버지와 아들 사이의 이러한 평화로운 종교적 결별 의식을 평화스럽게 치러냈다. 그리하여 교구민들이 그가 생전에 좋아하던 성탄절 노래인 「오늘은 바로 신께서 만드신 날!」이란 곡을 부르기 시작했을 때 나는 아버지를 대신해서 그 노래를 큰 소리로 즐겁게 불렀다. 그런데도 음정을 제대로 유지하기는 쉽지 않았다. 내 오른쪽에는 늙은 구리 세공사가, 왼쪽에는 노쇠한 주석 주물공이 서 있었는데, 이상하게 변질된 음조로 나를 헷갈리게 만들어 제대로 노래를 따라갈 수 없었고, 내가 흔들리지 않을수록 그들은 더욱 큰 소리로 분방하게 노래를 불러댔기 때문이다. 그런 다음 나는 설교를 주의 깊게 듣고 그것을 비평해보았는데 결코 나쁘게 생각되지는 않았다. 끝이 가까워지고 자유가 나에게 눈짓할수록 나는 그 설교가 탄복할 만하다고 생각했고 내심 그 목사를 유능한 사람으로 생각했다.

　내 기분은 점점 더 밝아졌다. 마침내 성찬식이 시작되었다. 나는 준비하는 것을 주의 깊게 지켜보았다. 더 이상 그곳에 참석하지 않으리라 생각했기 때문에 모든 것을 잊지 않기 위해서 매우 자세히 관찰한 것이다. 빵은 두께와 크기가 카드만 한 하얗고 얇은 조각으로, 광택이 나는 좋은 종이와 비슷했다. 교회관리인이 그것을 굽고 아이들은 천진난만하게 맛좋은 과자로 생각하고 그에게서 부스러기를 샀다. 나 자신도 모자 가득 구한 적이 있었는데, 왜 사람들이 그것을 먹지 않는지 의아하게 생각했다. 많은 교회 직원이 줄을 따라 그것을 나눠주면 신도들은 그것의 귀퉁이를 쪼개고 나서 조각들을 계속 다른 사람에게 건네주고, 또 다른 교회 직원들은 뒤이어 나무잔에 담긴 포도주가 나눠지게 했다. 많은 사람, 특히 여자들과 소녀들은 이 조각을 갖고 있다가 경건하게 찬송가 책 속에 넣어두는 것을 좋아했다. 언젠가 나는 사촌누이의 책에서 그것을 발견하고 그 위에 부활절의 어린 양과 그것을 타고 있는 큐피드를 그렸다가 나중에 발각되어 호된 심문과 질책을 받은 적이 있었다. 그런 조각을 여러 개 손에 든 지금, 나는 그 일을 기억하며 미소 짓지 않을 수 없었다. 교회와 이별하면서 어떤 유쾌한 기억을 그려놓기 위해 한 조각을 간수하고픈 마음이 잠시 간절했다. 그렇지만 내가 아버지 의자에 서 있다는 생각을 하고는 교회 관리인에게서 사먹었던 어린 시절의 음식이나 소년 시절과 경건하게 마지막 이별을 하기 위해 빵의 한 귀퉁이를 떼어 입에 넣은 뒤 다음 사람에게 넘겼다.

잔을 손에 든 나는 마시기 전에 포도주를 응시했다. 그러나 아무런 감동도 없어서 한 모금 마신 뒤 잔을 건네주었다. 포도주를 삼키는 동안 마음속에서는 벌써 집을 향해 가고 있었다. 나는 초조하게 모자를 비틀었다. 발이 꽁꽁 얼기 시작하여 움직이지 않고 서 있기가 어려워지자 예배가 끝날 때까지 기다릴 수 없을 것 같았다.

교회 문이 열리자 나는 자유의 기쁨을 내색하거나 다른 사람과 부딪치지 않고 날렵하게 많은 사람을 뚫고 빠져나왔는데, 매우 침착했는데도 교회에서 어느 정도 떨어진 곳에 첫 번째로 도착했다. 그곳에서 나는 어머니를 기다렸다. 그녀는 검은 옷을 입고 겸손한 태도로 사람들 틈에서 빠져나오고 있었다. 나는 종교수업을 같이 받은 동료들에게는 전혀 신경쓰지 않고 그녀와 함께 집으로 걸어갔다. 그들 가운데에는 나와 각별히 친한 사람이 단 한 사람도 없었으며, 그 가운데 대부분을 지금까지 다시 만난 적이 없다. 나는 따뜻한 거실에 도착해서 만족스러운 마음으로 찬송가 책을 던졌고, 어머니는 아침에 오븐에 넣어두셨던 음식을 살펴보았다. 오늘은 아버지가 돌아가신 이래로 보지 못했던, 축제에 어울리는 풍성한 식탁이 마련될 것이었다.

여러 가지 자잘한 일로 어머니를 도와드렸던 가난한 과부가 초대되어 제시간에 꼭 맞게 도착했다. 사람들은 언제나 절인 양배추를 성탄절에 처음 꺼내 먹는데, 우리 식탁에도 맛있는 돼지갈비와 함께 이것이 차려졌다. 양배추 맛에 대해 품평하는 것을 빌미로 여자들은 대화를 시작했다. 그 과부는 마음씨가 착하고 말이 많은 성격이었다. 다음에 작은 고기만두가 나오자 그녀는 두 손으로 머리를 감싸며 유감이지만 자기는 그것을 전혀 먹지 않겠다고 했다. 맨 마지막에는 외삼촌이 보내준 토끼를 구운 요리가 나왔다. 그 미망인은 지금은 충분히 배불리 먹었으니 이것을 손대지 말고 두 번째 축제일을 위해 남겨두자고 했다. 그런데도 우리는 모두 다 먹게 되었고, 음식에 관한 대화를 그녀의 운명에 대한 얘기와 섞어 엮으며 마음의 문을 활짝 연 그 가난한 여자 얘기 덕분에 오랫동안 식탁에 앉아서 매우 즐거운 시간을 보냈다.

　　그녀는 오래전에 아무짝에도 쓸모없는 남편과 1년 동안 함께 살았는데 이 남자는 아들 하나를 남겨두고 사라져버렸다. 그녀는 아들을 갖은 고생을 해가며 키워서 시골 재단사의 직인으로 근근이 생계를 유지할 수 있게 만들었는데, 반면에 자신은 도시에서 물 나르기, 세탁 그리고 그런 유사한 일들을 해가며 생계를 꾸려야 했다. 그녀가 건달이라고 부른 그녀 남편에 대한 설명부터가 우리를 엄청나게 웃겼는데 그녀와 아들의 관계는 이보다 더했다. 그녀는 아들을 지극히 경멸스럽게 건달의 씨로 부르면서도 그녀가 사랑하고 걱정해줄 유일한 대상이었기 때문에 끊임없이 아들에 대해 얘기했다. 그녀는 힘이 닿는 한 죄다 아들에게 주었는데, 끊임없이 치르는 '희생'을 선량한 마음으로 자랑할 때면 아들에게 준 것이 비록 사소한 것들이라 해도 그녀에게는 큰 것을 의미한다는 바로 그 사실이 우리를 감동받게 하는 동시에 웃게 만들었다. 지난 부활절에는 붉고 노란색으로 된 면 손수건을, 성령 강림절에는 신발 몇 켤레를 주었고, 설날에는 털양말 몇 켤레와 모피 모자를 그 불쌍한 놈, 꼬맹이, 우유죽 같은 얼굴을 한 놈에게 줄 거라고 그녀는 말했다. 그녀는 또한 3년 전부터 이 너절하고 몹쓸 인간이 그녀에게서 야금야금 거의 금화 2루이[45]나 받아갔다고 했다. 그러나 그녀가 살아 있는 한 부랑아인 남편이 나타나기만 하면 한 푼도 빠짐없이 받아야 하기 때문에 자식 놈은 이 모든 것에 대해 차용증을 내야 한다고 했다. 그녀의 아들, 얼간이가 쓴 차용증은 매우 훌륭했는데, 그것은 그가 연방 수상보다 글씨를 잘 쓸 수 있기 때문이라는 것이었다. 또 그는 나이팅게일처럼 클라리넷을 잘 불어서 그가 연주하는 것을 들으면 눈물을 흘리지 않을 수 없다고 말했다. 그렇지만 그가 정말이지 가엾은 놈인 것이, 아무것도 몸에 보탬이 되지 않아서, 그렇게 많은 베이컨과 감자를 게걸스럽게 먹어도 그의 주인과 함께 농부들 집을 돌면서 주문을 받으러 다닐라치면 그런 것이 아무 소용도 없이 늘 말라 있고 순무처럼 희뜩하면서 푸르뎅뎅하다는 것이었다.

언젠가 아들이 자기도 이제 서른이 되었으니까 결혼을 해야겠다는 생각을 품은 적이 있었다고 한다. 그러나 때마침 양말 몇 켤레가 완성되어 그것을 팔 아래 끼고 소시지도 하나 사 든 다음 시골로 내달려가서 그의 알량한 생각을 쫓아내버렸다는 것이었다. 소시지를 다 먹고 나서 그도 마침내 자신의 운명에 굴복했고, 그 뒤로 그는 클라리넷을 더욱 기막히게 잘 불었다고 한다. 아비도 역시 바보 멍청이는 아니어서인지, 그는 바느질을 기가 막히게 잘했고, 주변에서 최고의 얼레질 솜씨를 보여주었다고 했다. 그러나 이 구제불능인 인간의 몸속에는 어쨌든 나쁜 피가 흐르고 있으니까, 이 너절한 놈을 말려야 하고 결혼문제는 신중하게 다

---

45) 20프랑에 상당하는 금화.

루어야 한다는 것이었다. 그녀는 끊임없이 음식을 칭찬했고 한 입 한 입 먹을 때마다 과장된 말로 찬사를 보냈다. 다만, 먹을 만한 자격은 없지만, 그 음식들을 그 불한당에게 줄 수 없는 것을 아쉬워했다. 그런 얘기들 사이에 그녀는 아들을 고용했던 서너 명의 재단사의 가족 이야기, 아들이 그들과 사소한 일로 다투었던 일 그리고 장인과 직인이 재봉일을 했던 마을에서 일어났던 재미있는 사건들을 덧붙였기 때문에 본인들은 생각지도 않았겠지만 많은 사람이 우리 식사에 양념이 되어주었다.

식사가 끝나자 두어 잔의 포도주 덕에 흥에 취한 그 여자는 내 플루트를 집어서 불려고 하더니 다시 그것을 내게 주면서 춤곡을 연주해달라고 부탁했다. 내가 연주하자 그녀는 일요일에 입는 앞치마를 잡고서 우아하게 방을 한 바퀴 돌며 한 차례 춤을 추었다. 우리는 웃음을 그칠 수가 없었고 모두 상당히 즐거워했다. 그녀는 결혼식 이후 한 번도 춤을 춘 적이 없다고 말했다. 신랑이 비록 건달이기는 했어도 그녀의 생애에서 그날이 가장 아름다운 날이었다는 것이다. 그리고 그녀는 결국 신이 언제나 그녀에게 잘해주었고 그녀에게 먹을 것을 마련해주었으며 언제나 즐거운 시간을 베풀었다는 것을 감사해하며 고백하지 않을 수 없다고 말했다. 어제만 해도 이렇게 만족스러운 성탄절을 보내리라고는 생각지도 못했다는 것이다.

그럼으로써 두 여인은 진지하고 만족스러운 사색을 했고 그러는 동안에 나는 아들을 남자로 키워내고 싶은데도 양말을 떠주는 일 이외에는 아무것도 할 수 없는 과부들의 삶에 눈길을 던질 기회를 얻었다. 또한 종종 가난하고 쓸쓸하게 여겨졌던 내 형편이 이 과부와 그녀의 가난하고 말라빠진 아들이 서로 떨어져서 의지할 곳 없이 궁색하게 살아가는 것에 비하면 진정한 보배라는 것을 인정하지 않을 수 없었다.

제13장 사육제의 야외극

  설날이 지난 몇 주 뒤에 봄이 어서 오기를 바라고 있을 때 나는 마을 지역의 여러 부락이 이번에는 합동으로 대규모 연극을 공연함으로써 사육제의 기쁨을 즐기기로 했다는 마을 통지문을 받았다. 옛날의 가톨릭 사육제의 즐거움은 일반적인 봄의 축제로서 보존되어왔는데, 몇 년 전부터는 국민의 투박한 가장무도회가 점차로 애국적인 야외극 공연으로 바뀌어 처음에는 청소년들만 참가했다가 나중에는 성격이 쾌활한 성인들도 합세했다. 어떤 때는 스위스 전쟁이, 또 어떤 때는 유명한 영웅의 일생 가운데 일화가 공연되기도 했는데, 이러한 연극은 한 지역의 교양이나 경제적 여건에 따라서 준비과정과 공연의 진지성도, 경비도 달랐다. 몇몇 지방은 이러한 것으로 유명해졌고 다른 지방들도 그렇게 되려고 애쓰고 있었다. 내 고향마을은 다른 두세 마을과 더불어 인근의 읍에서 『빌헬름 텔』[46]을 대규모로 상연하자는 제의를 받았고 그에 따라 나

---

46) 스위스의 독립투쟁을 바탕으로 한 프리드리히 실러의 후기 드라마 작품. 제1권 제2장에서도 하인리히의 아버지 세대들의 실러에 대한 관심이 잘 표현되어 있다. 드라마의 간략한 줄거리는 다음과 같다. 스위스를 통치하는 총독들의 학정이 기승을 부리던 때에 스위스 주민들은 자유의 맹약을 하지만 텔은 여기에 참여하지 않는다. 한편 스위스 산림지역의 총독인 게슬러는 장대에 모자를 매달아놓고 행인들에게 인사하라고 강요한다. 이를 지키지 않은 텔은 자신의

는 친척들에게 그곳에 와서 준비 작업에 동참하라는 요청을 받았다. 사람들은 내가 특히 그림 그리는 데에는 약간의 경험과 숙련된 솜씨가 있다고 믿었고, 더군다나 우리 마을은 거의 농민들만 사는 지역이어서 그 방면에는 유능한 재주가 있는 사람이 없었기 때문이다. 나는 내 시간을 완전히 내 마음대로 이용할 수 있었을 뿐만 아니라 그러한 목적 때문에 내 일을 중단하는 데에서는 어머니가 걱정하시는 이상으로 아버지의 기질을 물려받았다. 그래서 나는 단번에 승낙하고 매주 2~3일은 그곳에 갔는데, 이러한 절기에 때로는 눈에 덮인 들판과 숲을 지나 규칙적으로 여행을 한다는 것 자체가 대단히 즐거운 일이었다. 나는 이제 시골의 겨울과 시골사람들이 겨울에 하는 일과 겨울에 즐기는 일 그리고 이 사람들이 다가오는 봄을 어떻게 준비하는지를 보았다.

실러의 『텔』을 공연하는 대본으로는 초등학교 교과서에 실려 있어서 많이 유포되어 있는 판(版)을 사용했는데 여기에는 베르타 본 브루넥과 울리히 폰 루덴츠의 연애 장면[47]은 빠져 있었다. 그 책은 사람들의 성향과 그들이 전적으로 사실로 믿는 모든 것을 놀라울 정도로 잘 표현해서 사람들에게 매우 친숙한 작품이다. 누가 그것을 문학적으로 다소 미화한다 하더라도 그것을 악의로 해석할 사람은 좀처럼 없을 것이다.

배우는 대부분 민중 역을 맡게 되어 있는 목동, 농부, 어부, 사냥꾼이었는데, 이들은 중요한 역할을 하는 사람들의 인솔을 받으며 줄거리가

아들의 머리 위에 사과를 올려놓고 그것을 쏘라는 명령을 받는다. 텔은 사과를 쏘아 맞추었지만 다른 화살로 총독을 쏘려고 했다는 죄목으로 체포된다. 끌려가던 도중 탈출한 텔은 총독을 암살하고 동시에 민중 봉기가 일어나면서 스위스는 자유를 되찾는다.

47) 『빌헬름 텔』 3막에 나오는 장면인데, 도덕적인 이유에서 초등학교용 판에 빠지게 된 것이다. 베르타는 상속을 많이 받은 여인으로, 루덴츠는 베르너 남작의 조카로 등장한다.

진행되는 무대에서 무대로 무리지어 옮겨다녔다. 민중의 대열에는 어린 소녀들도 합세했지만 기껏해야 합창 역할을 맡기 위해서였고, 개인적으로 등장하는 여자 역할은 청년들에게 맡겨졌다. 이 줄거리의 무대는 각 마을의 특징에 맞추어 여러 곳에 할당됨에 따라 의상을 갖추어 입은 배우들과 관객들이 장엄하게 이리저리 이동할 수밖에 없었다.

준비과정에서 나는 능력을 입증했고 도시에서 처리해야 할 많은 일과 친숙해졌다. 나는 장신구와 가면 등이 있을 만한 가게는 모조리 뒤지고 다녔는데, 특히 이 일을 위임받은 다른 사람들이 우선적으로 화려하고 눈에 띄는 것만을 고르려고 했기 때문에 나는 가장 적합한 것을 제안하려고 애썼다. 나는 심지어 공화국의 관리하고도 접촉했다. 신중하게 취급하라는 조건으로 관청에서 빌려주는 옛날 무기를 고르고 인수하는 일이 주어졌던 까닭에 내 자신이 우리 고장의 용감한 대표자라는 것을 과시할 기회도 있었다. 그러나 이번 경우에는 유사한 축제들이 꽤 많이 개최되었으므로 창고에 있는 거의 모든 비품이 대여되어야 했고 특정한 기억들과 관련된 아주 값진 트로피들만 남아 있었다.

그뿐만 아니라 각 교구의 대표자들은 무기를 서로 가지려고 다투었다. 그들은 자기들에게 어울리는 것이 아닌데도 모두 같은 것을 가지려고 했다. 동료들을 위해 찾아놓은 상당수의 큰 칼과 철가시가 달린 곤봉은 경쟁자에게 빼앗길 뻔했다. 나는 그에게 그 마을사람들이 공연할 줄거리의 배경이 되는 시대에는 전혀 다른 것들이 필요하다고 설명했으나 소용없었다. 결국 나는 무기를 관리하는 사람에게 호소했고 그는 내가 옳다는 판정을 내렸다. 물건들을 운반하기 위해 내 뒤에 서 있던 마을에서 온 건장한 여관주인은 승리에 의기양양해하며 다정하게 나를 칭찬했다. 그러나 내 경쟁자들은 나를 가장 좋은 것을 먼저 차지하는 위험한 녀석으로 여기고 오래된 병기창까지 내가 가는 곳마다 뒤따라와서는 내가 눈독 들이는 것만을 골라잡았기 때문에, 나는 집요하게 고집을 피워서 겨우 폭군의 기마부대 병사들이 사용할 마차 한 대분의 철모와 미늘창을 차지할 수 있었다. 내가 관리인과 함께 인도받은 물건의 명세서를 확인할 때는, 비록 여관주인이 진짜 보증인이고 이것에 서명한 사람이라고 할지라도 나 자신이 매우 중요한 사람으로 생각되었다.

그런 다음 나는 시골에서 할 일이 엄청나게 많았기 때문에 물감 몇 통과 커다란 붓을 가지고 그곳으로 갔다. 길가의 새 농가를 화려하게 장식하고 금언을 적어넣어 완전히 슈타우프파허의 집으로 바꾸기 위해서였다. 그곳에서는 슈타우프파허와 그의 아내의 대화가 이루어질 뿐 아니라 그 전에 폭군이 몸소 말을 타고 와서 음흉한 열변을 토하기로 되어 있었기 때문이다.

외삼촌댁에서 나는 명실공히 만물박사 노릇을 했다. 나는 아들들의 의상을 가능한 한 역사적 사실에 맞게 만들었고, 당세풍으로 성장하고 싶은 욕구가 있는 딸들은 그렇게 하지 못하게 부지런히 말렸다. 약혼한 딸을 제외하고 외삼촌댁의 모든 자녀가 참가하기를 원했다. 그들은 안나도 설득하려고 애썼는데 그녀는 그렇지 않아도 지도위원회 측으로부터 집요하게 참가 권유를 받고 있었다. 그런데도 그녀는 동의할 기미를 보이지 않는데, 내 생각에는 수줍음 때문만이 아니라 어느 정도까지는 높은 자존심에서 그러는 것 같았다. 결국 그녀는, 오랫동안 옛날의 조야한 연극들을 이런 식으로 고상하게 만드는 일에 열성을 보였던 선생님이 그녀도 한몫해야 한다고 단호하게 요구하자 마지못해 승낙했다. 그러나 어떤 역을 할 것인지가 문제였다. 그녀는 우아하고 교양이 있었기 때문에 그 행사를 빛내는 역할을 충분히 할 수 있었지만 중요한 여자 역할은 젊은 남자들이 다 맡아버렸던 것이다. 오래전부터 그녀에게 맞는 뭔가를 생각했던 나는 곧 사촌들과 선생님에게 내 제안이 얼마나 홀

룽한지를 납득시켰다. 베르타 폰 브루넥의 역이 완전히 누락되기는 했지만 그녀는 대사가 전혀 없는 인물로 등장하여 말을 탄 게슬러의 수행원들에게 광채를 더해줄 수는 있었다. 예전에 이 수행원들은 민중들의 유머감각에 따라 상당히 야비하고 거칠게, 특히 독재자는 아주 괴기스럽고 우스꽝스럽게 표현되었다. 그와는 반대로 나는 총독 행렬이 그야말로 번쩍거리고 위풍당당해야 한다는 생각을 관철했다. 초라한 적수를 무찌르고 승리하는 것은 별것 아니기 때문이었다. 나 자신은 베르타의 애인인 루덴츠 역을 맡았다. 아팅하우젠과 그의 관계는 누락되어 끝부분에 가서야 비로소 그가 민중 편으로 전향했기 때문에 내게는 여러 가지로 도울 수 있는 자유와 시간이 많이 있었고 무엇보다도 대사를 거의 하지 않아도 되었다. 사촌형제 한 명이 루돌프 데어 하라스[48] 역을 맡았기 때문에 안나는 결국 친척 두 사람의 호위를 받을 수 있었다.

우연히도 실러의 원작은 이 집에 전혀 알려져 있지 않았고 선생님마저도 다른 방향으로 교양을 쌓았기 때문에 이 작가의 작품을 읽지 않으셨다. 그래서 내가 어떠한 꿍꿍이속으로 계획을 세웠는지 예측하는 사람이 아무도 없었고, 안나도 순진하게 그녀에게 파놓은 함정에 빠졌다. 가장 어려웠던 것은 그녀에게 말을 타게 하는 일이었다. 외삼촌댁의 마구간에는 공처럼 둥글고 유순한 백마가 한 마리 있었는데, 그 말은 털끝만큼도 누구를 해친 적이 없었으며, 외삼촌은 그 말을 타고 산과 들을 돌아다니곤 했다. 다락에는 옛날에 쓰던 부인용 안장이 있었다. 이 안장에는 멋있는 안락의자에서 걷어낸 붉은 벨벳 천이 다시 씌워졌다. 안나가 처음으로 그 위에 앉았을 때 특히 승마에 대해 잘 아는 이웃 방앗간 주인이 지도를 해주어서 모든 것이 근사하게 진행되었고, 안나는 마침

---

48) 게슬러의 마부장.

내 그 훌륭한 백마를 매우 흡족해했다. 한때 천개가 달린 침대에 둘러져 있던 커다랗고 밝은 초록빛 다마스크 커튼이 승마복으로 개조되었다. 선생님은 또 옛날에 신부들이 썼던 것과 같은 세공한 은관을 가지고 있었는데, 선조에게서 물려받은 것이었다. 안나의 빛나는 금발머리는 관자놀이 근처로 예쁘게 땋아 내려졌고 나머지는 원래 길이대로 자연스럽게 내려뜨려진 다음 머리 위에 관이 씌워졌다. 목에는 폭이 넓은 금목걸이가 둘러졌으며 내 충고에 따라 하얀 장갑 위에 반지가 몇 개 끼워졌다. 이 모든 의상을 입은 그녀는 기사의 부인뿐만 아니라 요정의 여왕같이 보여서 그 집에 있던 모든 사람은 그녀의 아름다운 모습에 넋을 잃었다. 그런데 그녀는 너무 어색했던지 새삼스럽게 연극에 참여하기를 거부했다. 아주 존경받는 집안사람들을 비롯하여 전 주민이 이 일에 신경쓰지 않았더라면 그녀를 설득하기가 어려웠을 것이다. 그사이에도 나는 쉬지 않고 사촌형제들과 함께 말안장 등을 약간 손보았다. 우리는 한 유대인에게서 싸게 구입한 빨간 비단 천으로 그다지 깔끔하지 못한 외삼촌의 말고삐를 감쌌다. 안나의 손에 낡은 가죽 끈이 직접 닿아서는 안 되었기 때문이다.

내가 입을 의상은 오래전에 준비해두었다. 그것은 초록색으로 된 사냥꾼 복장이었다. 그렇게 함으로써 내가 지닌 얼마 안 되는 돈으로 꽤 소박한 멋을 낼 수 있었다. 그래도 그것은 그 시대에 상당히 충실한 편이었다. 커다란 계피색 보자기는 훼손하지 않고도 주름이 많은 망토로 개조되어 불완전한 부분을 감추어주었다. 나는 등 뒤에다 석궁을 메고 머리에는 회색 펠트 모자를 썼다. 그래도 인간에게는 언제나 약점이 있어야 했기 때문에 나는 다락방에서 꺼낸 기다란 톨레도 검을 찼다. 나는 다른 사람들에게는 역사적 사실에 충실하라고 경고했고 병기고에서 스스로 시대에 상응하는 무기를 많이 날라왔는데, 기실 나 자신은, 지금도 내가 그때 무슨 생각으로 그랬는지 알 수 없지만, 이 에스파냐산 쇠꼬챙이를 선택했던 것이다.

고대했던 중요한 그날은 정말이지 아름다운 아침으로 밝아왔다. 하늘은 구름 한 점 없이 빛났고 2월인데도 벌써 따뜻해져서 나무에는 움이 트기 시작하고 들판은 초록빛을 띠기 시작했다. 해가 떠오를 즈음 반짝이는 작은 강가에 세워진 백마의 몸을 씻기고 있을 때 알프스의 뿔피리 소리와 가축의 방울소리가 마을을 지나 아래쪽으로 들려왔다. 화환과 방울로 장식된 백 마리도 넘는 당당한 젖소들이 수많은 젊은 청년들과 아가씨들에게 이끌려 다른 마을로 가기 위해 계곡을 거슬러 올라오고 있었는데, 해마다 봄이 되면 산 위의 목초지로 소들을 데려가는 연례행사 같은 인상을 주었다. 축제 분위기를 내고 그림처럼 아름답게 보이기 위해서 사람들은 새로운 것을 모두 배제하고 부모나 조부모 소유의 장신구 몇 개로 치장한 다음 전통적인 일요일 옷차림새를 갖추기만 하면 되었는데, 가장 시대착오적인 것은 젊은이들이 아무 생각 없이 입에 물고 있는 파이프였다. 처녀 총각들의 산뜻한 셔츠소매와 빨간 조끼, 꽃무늬가 있는 코르셋은 색깔이 유쾌하게 혼합되어 멀리까지 빛났다.

우리 집과 우리 집 옆에 있는 방앗간 앞에 멈춘 그들이 나무 아래서 갑자기 노래와 환호와 웃음이 섞인 시끌벅적한 소란을 일으키고 큰 소리로 인사하며 아침 술을 요구할 때, 안나만 제외하고는 이미 옷을 차려입고 모여 있던 우리는 풍요로운 아침식사를 하다 말고 모두 즐겁게 일어섰는데, 실제로 우리가 느낀 흥겨움은 잔뜩 기대하던 그 이상으로 강하고 격렬했다. 미리 준비해둔 포도주통과 유리잔을 들고 우리는 서둘러 군중에게로 갔고, 외삼촌과 외숙모는 시골식으로 구운 과자를 커다란 바구니에 가득 채워 뒤따라왔다. 이 첫 환호성은 결코 일찍 지치지 않으리라는 인상을 주었는데, 즐겁고 긴 하루와 그보다 더한 어떤 것을 알리는 확실한 전조였다. 외숙모는 훌륭한 가축들을 살펴보시고는 칭찬하셨다. 또한 그녀가 잘 알고 있는 유명한 젖소들을 쓰다듬고 긁어주며 젊은 사람들과 오만 가지 농담을 주고받았다. 외삼촌은 계속 술을 따랐다. 그의 딸들은 잔을 돌리면서 행실이 바른 아가씨들은 이른 아침에는 절대로 술을 마시지 않는다는 것을 잘 알면서도 처녀들에게 마시라고 설득하려 했다. 그럴수록 양치는 여자들은 더 즐겁게 맛있는 과자를 먹어댔고, 그녀들의 염소 곁에서 대열을 더 크게 이루고 있던 수많은 아이들에게 과자를 나눠주었다. 군중들의 한가운데에서 우리는 다른 편에서 적을 공격하는 방앗간 직인들과 부딪쳤는데, 이들을 지휘하는 기사 역의 젊은 방앗간 주인은 육중한 갑옷을 절그럭거리며 걸어다니면서 자기의 옛날 철갑옷을 존경스러운 눈으로 바라다보고 만져보게 했다.

갑자기 안나가 소심하게 수줍어하며 나타났다. 그러나 전반적인 흥겨움의 위력 덕택에 그녀의 수줍음은 금방 사라지고 일순간에 딴사람이 된 것 같았다. 그녀는 쾌활하고 자신감 있게 미소 지었다. 은으로 된 관은 태양 속에서 반짝거렸으며 머리카락은 아침바람 속에서 아름답게 출렁이며 나부꼈다. 그녀는 살아오는 동안 내내 그런 차림을 했던 것처럼 반지를 낀 손으로 승마복을 걷어잡고 우아하고 자신 있게 걸어다녔다. 그녀는 이곳저곳을 돌아다녀야 했으며 놀라움과 찬사 섞인 인사를 받았다. 마침내 대열은 다시 움직였고 대열이 떠날 때 우리 가족도 서로 갈라졌다. 손아래의 두 사촌누이와 사촌형제도 이 대열에 합류했으며, 약혼한 누이와 선생님은 관객으로 이곳저곳 구경하다 때때로 우리를 만나보고 또 만일 이 일이 안나의 마음에 들지 않게 될 경우 그녀를 태우기 위해 소형 마차에 올라탔다. 외삼촌과 외숙모는 오가는 다른 사람들을 대접하고 교대로 근처에 나가 둘러보려고 그냥 집에 머물렀다. 안나와 루돌프 데어 하라스 그리고 나는 갑옷을 입고 절그럭거리며 다니는 방앗간 주인의 호위를 받으며 말을 탔다. 자기 말들 가운데 의젓한 갈색 말을 내게 골라준 그는 더 안전하게 하려는 생각에서 안장 위에 양털 가죽을 얹어 묶어주었다. 말을 타는 것에 대해서는 조금도 걱정이 없었고 어느 누구도 그런 것에 신경쓰지 않았기 때문에 나는 아무 거리낌 없이 갈색 말 위로 훌쩍 뛰어 올라앉아 아주 대담하게 말을 빙빙 돌렸다. 시골에서는 잘 길들여진 말에서 뛰어내릴 수 있는 사람이면 누구나 말을 탈 수 있었다. 늠름하게 말을 타고 마을 위로 간 우리는 남아 있는 사람들과 우리를 뒤따라다니던 많은 어린이들을 위해서 다른 무리가 나타나서 주의를 끌 때까지 연극 같은 구경거리를 제공했다.

우리는 마을 바깥에서 모든 방향에서 화려하게 반짝이며 우리 쪽으로 움직이고 있는 군중을 보았다. 15분 정도 더 말을 타고 가서 사거리에 있는 선술집에 도착했는데 그 앞에는 게슬러를 이송하는 역을 맡을 여섯 명의 승려들이 앉아 있었다. 그들은 그 근방에서 가장 재미있는 총각들이었다. 그들은 수도복 속에 배를 엄청나게 부풀리고 삼 찌꺼기로 무시무시해 보이는 수염을 동여맸을 뿐 아니라 코도 빨갛게 칠한 모습이었다. 온종일 독자적으로 돌아다닐 작정을 한 그들은 이 순간에는 엄청난 법석을 떨면서 카드놀이를 하고 있었는데, 성자상(聖子像) 대신에 두건에서 다른 카드를 꺼내서 사람들에게 나누어주었다. 또한 그들은 음식이 든 커다란 자루를 가지고 다녔는데 벌써 상당히 벌겋게 달아올라 있어서 우리는 그들이 게슬러가 죽을 때 맡은 임무의 엄숙함을 잘 표현할지 적이 염려스러워했다.

다음 마을에서 우리는 아르놀트 폰 멜히탈이 이미 옛날 전통 복장을 걸치고 도시의 푸줏간 주인에게 조용히 황소를 팔고 있는 장면을 보았다. 그다음에는 북과 피리를 갖춘 대열이 장대 위에 모자를 꽂고 나타나서 인근 지역에 모욕적인 법을 공포했다. 이 장면은 이 야외극에서 가장 아름다운 장면이었기 때문에 그들은 연극의 틀에 얽매이지도 않고 사람들을 놀래줄 계산도 하지 않았으며, 실제 현실에서 그런 것처럼 자유롭게 이리저리 걸어다니다가 줄거리가 진행되는 장소에서 자연스럽게 모이게 된 듯이 행동했다. 그러는 사이사이에 수많은 작은 장면이 부수적으로 공연되었고, 어디든지 볼거리와 웃음거리가 있었지만 그러면서도 중요한 사건이 진행될 때는 모든 사람이 경건하게 주의를 기울였다.

우리 대열은 기사의 수행원인 여러 기마부대와 보병부대가 합세하여 벌써 규모가 상당히 커졌다. 우리는 큰 강 위에 놓인 새 다리에 도착했다. 맞은편에서는 산을 오르던 많은 사람이 가축을 집에 데려다놓고 다시 민중으로 출연하기 위해 다가오고 있었다. 그때 다리 위에 있던 인색한 통행료 징수원이 가축들이 다른 곳으로 이송되고 있다고 주장하면서 법에 따라 젖소와 말에 대해 기어이 통행세를 징수하려고 했다. 그는 차단목을 내리고 자신의 요구를 철회하라는 사람들의 부탁을 도무지 들어주지 않았다. 사람들은 이때 그 번거로운 요식적 법을 예상할 수도 없었고 또 그 법에 따를 마음도 전혀 없었다. 결국 밀고 밀치는 일이 일어났지만 그래도 무력을 써서 통과하려고 하지는 않았다.

제14장 텔

그때 갑자기 아들과 함께 길을 가던 텔이 나타났다. 그는 유능하고 건실한 여관주인이자 사격의 달인으로서, 평판이 좋고 믿음직스러운 40세 가량의 남자였는데 만장일치로 자연스럽게 텔 역으로 뽑힌 바 있었다. 그는 확실하게 옛날 스위스 사람이 연상되도록 부풀린 부분과 레이스가 많은 빨간색과 하얀색 옷을 입었고 가장자리가 톱니 모양으로 된 빨간색과 하얀색 작은 모자 위에 빨간 깃과 하얀 깃을 달고 있었다. 게다가 그는 가슴 위에 비단 띠를 두르고 있었는데, 평범한 사냥꾼에게 이 모든 것이 어울리지 않는다손 치더라도 이렇게 화려하게 치장함으로써 그가 생각하는 영웅상을 매우 존경한다는 점을 진지하게 보여주고 있었다.

이러한 의미에서 텔은 단순한 사냥꾼일 뿐만 아니라 정치적인 수호성인이요 성자이기도 했으므로 국가를 상징하는 색상과 벨벳과 비단, 너울거리는 깃털로 장식하는 이외에는 달리 그러한 것을 나타낼 수 없었다. 그러나 정직하고 소박한 우리의 텔은 화려한 의상의 풍자적 의미를 알지 못했다. 그는 수호신처럼 분장한 자기 아들을 데리고 생각에 잠긴 채 다리 위로 걸어오더니 소란스러운 이유를 물었다. 그에게 이유를 알려주자 그는 통행료 징수원에게 이 가축들은 전부 먼 곳에서 오거나 그리로 가는 것이 아니고 일상적으로 오가는 것으로 보아야 하니까 통행료를 징수할 권리가 전혀 없다고 따졌다. 그러나 세금을 많이 받을 생각만 하는 통행료 징수원은 가축들이 길을 따라 큰 무리를 지어 몰려오고 있었지 절대로 목장에서 오는 것이 아니라고 트집을 잡으며 통행료를 요구하는 것은 당연하다고 완강하게 주장했다. 그러자 용감한 텔은 차단목을 잡더니 마치 가벼운 깃털처럼 그것을 높이 밀어올리고는 책임은 자기가 지겠다면서 모두 통과시켰다. 그는 늦지 않게 다시 돌아와서 자신의 행동을 구경하라고 농부들에게 충고했다. 그러나 그는 우리 기사들에게는 차갑고 거만하게 인사했다. 마치 말을 타고 있는 우리를 진짜 폭군의 부하로 여기는 것 같았다. 그는 그 정도로 자신의 위엄 있는 역에 몰두했던 것이다.

마침내 우리는 장이 서는 작은 읍에 도착했는데, 그날은 그곳이 알트오르프[49]였다. 말을 타고 옛날의 성문을 지나자 적당한 규모의 광장 하나로만 이루어진 작은 소읍이 나타났다. 그곳은 음악소리가 나고 깃발뿐만 아니라 모든 집이 전나무 가지로 장식되어 벌써부터 활기에 가득 차 있었다. 게슬러도 인근 지역에서 몇몇 나쁜 짓을 저지르려고 방앗간 주인과 루돌프를 데리고 막 말을 타고 나가는 중이었다. 나는 남아 있는 사람들이 모여 있는 읍사무소 앞에서 안나와 함께 말에서 내려 그녀를 데리고 홀로 들어갔다. 그녀는 위원들과 그곳에 있던 읍의회 의원의 부인들에게 감탄 섞인 인사를 받았다. 이곳에서 거의 알려져 있지 않은 나는 안나에 의해 반사되는 광채 속에서만 존재할 수 있었다. 그때 선생님도 동행자와 함께 도착했다. 그들은 마차를 임시로 대어둔 다음 우리에게 합세하여 지금 막 시골에서는 젊은 멜히탈이 쟁기를 푼 황소를 빼앗

---

49) 『빌헬름 텔』에서 핵심적인 줄거리가 진행되는 장소의 이름이다.

기고 도망쳤으며[50] 그의 아버지는 체포되었다고 얘기해주었다. 또 폭군들이 어떤 식으로 행패를 부렸고 슈타우프파허의 집 앞에서는 많은 구경꾼이 보는 가운데 얼마나 특이한 장면이 벌어졌는지도 얘기해주었다. 이 구경꾼들도 곧이어 성문 안으로 들어왔다.

모든 사람이 모든 장면을 보고 싶어하지는 않았지만 그들은 대부분 중요하고 의미 있는 핵심사건, 특히 텔이 화살을 쏘는 장면을 보고 싶어했다. 읍사무소 창밖으로 내다보니 벌써 창을 든 병사들이 흉측한 장대를 들고 도착해서 그것을 광장 한가운데에 꽂고 북을 치며 법령을 공포하고 있었다. 이제 광장은 비워지고 분장을 했건 안 했건 모든 민중은 가장자리로 쫓겨났다. 군중은 창문 앞과 계단 그리고 나무로 된 발코니와 지붕 위에서 북적대고 있었다. 장대 곁에서는 두 명의 감시병이 이리저리 걸어다녔다. 그때 텔이 아들을 데리고 우레 같은 박수갈채를 받으며 광장을 건너 걸어갔다. 그는 아이와의 대화를 생략하고 곧장 파수병과 고약한 협상을 시작했고 사람들은 잔뜩 긴장하여 주의 깊게 그 협상장면을 바라보았다. 그러는 사이에 안나와 나는 다른 폭군 패거리들과 함께 뒷문으로 나가서 말에 올라탔다. 이미 문밖에서 기다리던 게슬러의 사냥 대열에 합세할 시간이 되었기 때문이다. 우리가 트럼펫이 울리는 가운데 안으로 들어갔을 때에는 줄거리가 한창 진행 중이었는데 텔은 극도의 곤경에 빠져 있었고 민중은 부지런히 움직이면서 이 영웅을 압제자들에게서 구해낼 궁리를 하고 있었다. 그러나 총독이 연설을 시작하자 그들은 조용해졌다. 연설은 무대 위의 대사처럼 연기를 해가면서 하지 않고 의회에서 연설하듯이 큰 소리로 단조롭게, 운문이었던 만

---

50) 총독의 명을 받은 하인들은 멜히탈이 쟁기질하던 황소의 쟁기를 풀고 그것을 빼앗으려 하자 멜히탈은 그 심부름꾼들을 때려주고 도망친다.

큼 어느 정도는 노래하듯이 읊어졌다. 광장의 어느 곳에서든 그 소리를 들을 수 있었는데 만일 어떤 사람이 너무 위압되어서 알아듣지 못하면 사람들은 "더 크게, 더 크게!"라고 소리쳤고, 환상이 깨지지 않고도 그 부분을 다시 한 번 듣게 되어 매우 만족해했다.

내가 몇 마디 대사를 해야 할 때에도 역시 그런 일이 일어났다. 그러나 나는 다행스럽게도 우스꽝스러운 일로 방해를 받았다. 말하자면 옛날에나 볼 수 있었던 10여 명의 광대가 광장을 이리저리 돌아다닌 것인데, 이들은 온갖 색깔의 조그만 누더기를 덕지덕지 붙인 남루한 옷 위에 하얀 셔츠를 걸친 불쌍한 악당들이었다. 그들은 머리 위에 흉측한 얼굴이 그려진 원뿔 모양의 긴 종이 모자를 썼고, 얼굴 앞에는 구멍이 뚫린 천을 드리우고 있었다. 한동안 이 의상은 사육제 때 가장 보편적인 복장이었고, 그 차림으로 온갖 장난을 쳤다. 가난한 거지들은 이 기묘한 변장을 하고 돈을 받는 데에 익숙해져 있어서 이 풍습이 유지되기를 간절히 바랐기 때문에 이러한 새로운 방식의 연극을 좋아하지 않았다. 어떤 점에서 그들은 반동과 타락의 상징이었다.

그들은 나무칼과 빗자루를 들고 몹시 괴상한 춤을 추며 빙빙 돌았다. 내가 막 대사를 시작해야 했을 때, 특히 그 가운데 두 사람이 겨자를 바른 상대방의 셔츠 뒷부분을 서로 잡아끌고 다니면서 연극을 방해했다. 그들은 손에 소시지를 들고 그것을 베어 먹기 전에 상대의 셔츠에 문질렀고, 그러면서 상대의 꼬리를 물려는 두 마리 개처럼 계속 원을 그리며 돌았다. 이런 식으로 그들은 게슬러와 텔 사이를 지나면서 춤을 추었다. 그러면서 자신들이 무엇을 하는지도 모르면서 뭔가 대단한 일을 한 것으로 생각했다. 게다가 사람들은 옛날 골칫거리를 어떻게 처리할지 모르고 처음에는 떠들썩하게 웃어댔다. 그러나 곧바로 칼자루와 창이 거칠게 부딪치는 소리가 이어졌다. 놀란 익살꾼들은 구경꾼 속으로 도망가려 했지만 어디서든지 웃음과 함께 그들을 밀어냈기 때문에 그들은 흥겨워하는 대열에서는 도망갈 곳을 찾지 못하고 엉망으로 구겨진 모자를 쓴 채, 사람들이 알아볼까 무서워 마스크를 얼굴에다 눌러 덮고서 불안해하며 방황했다. 안나는 그들을 불쌍히 여겨 루돌프 데어 하라스와 나에게 학대받는 광대들에게 출구를 만들어주라고 부탁했고, 그 때문에 나는 대사를 하지 않아도 되었다. 그러나 이것이 조금도 방해가 되진 않았다. 사람들이 대사 한 마디 한 마디에 대해 신경쓰지 않고 때로는 동작에서 필연적으로 솟아나오는 힘찬 표현으로 실러의 약강격(弱强格)까지도 살려냈기 때문이다. 하지만 이 장면이 끝난 후 연극의 핵심부분에서는 국민의 유머 감정이 표출되었다.

이 부분에 이르러 텔의 행동이 옛날 방식으로 실연될 때면, 언제부터 그렇게 되었는지 모르지만, 언쟁이 오가는 도중에 소년이 머리에서 사과를 내려서 그것을 태연하게 다 먹어치워 사람들의 환호성을 자아내는 장난이 관례화되어 있었다. 이번에도 역시 이 재미가 다시 삽입되었고 게슬러가 그게 무슨 짓이냐고 소년에게 득달하자 그는 용감하게 이렇게 대답했다. "총독 나리! 우리 아버지는 너무 훌륭한 사수이기 때문에 이렇게 커다란 사과를 맞히는 것을 창피하게 생각하실 거예요! 당신의 자비심만 한 크기의 사과를 제 머리 위에 올려주세요. 그러면 아버지께서는 더욱 잘 맞추실 겁니다!"

텔이 쏘는 장면에서 그는 자신의 선조총을 손에 들지 않고 쏘는 흉내만 내야 하는 것을 유감으로 여기는 것 같았다. 그러나 그는 겨냥하면서 실제로 자기도 모르게 떨었는데, 이 성스러운 장면을 자신이 연기한다는 영광 때문에 그만큼 감격했던 것이다. 그래서 모든 사람이 숨을 죽이고 가슴 졸이며 바라보는 가운데 그가 두 번째 화살을 위협적으로 폭군의 눈 밑에 들이댔을 때 화살을 쥔 그의 손은 다시 한 번 떨렸다. 그는 게슬러를 뚫어지게 쳐다보았고 한순간 너무도 큰 격정에 싸여 목소리를 높였기 때문에 게슬러는 얼굴이 하얗게 질렸다. 두려운 전율이 온 광장을 관류했다. 그런 다음 기쁨에 차서 낮은 목소리로 수군거리는 소리가 퍼졌고 사람들은 서로 악수하면서 그 여관주인은 진짜 사내이고 그런 사람이 있는 한 걱정할 일이 없다고 얘기했다.

그러나 당분간 이 용감한 남자는 죄인이 되어 끌려가야 했다. 사람들은 다른 장면을 구경하거나 마음대로 이리저리 돌아다니려고 문밖으로 쏟아져 나가 여러 방향으로 흩어졌다. 그런가 하면 여기저기서 들려오는 바이올린 소리를 듣기 위해 그 자리에 머물러 있기도 했다.

실러의 원작 가운데서 밤과 관련된 부분은 삭제하고 동맹의 서약이 이루어지는 뤼틀리 초원에서 정오에 만나기로 모든 준비가 되어 있었다. 비탈진 산림에 둘러싸인 넓은 강가의 아름다운 초지는 강이 호수 역할을 대신할 수 있고 어부들과 뱃사람들을 등장시킬 수 있었던 만큼 그 목적에 맞는 곳이었다. 안나는 마차에 올라 아버지 곁에 앉았고, 나는 그 옆에서 말을 타고 갔다. 그렇게 우리는 구경꾼이 되어 쉬면서 즐기기 위해서 편안한 기분으로 그쪽으로 갔다. 뤼틀리는 매우 진지하고 엄숙한 분위기였다. 가지각색의 옷을 입은 사람들이 경사진 언덕의 나무 아래 빙 둘러 앉아 있는 동안 동맹자들은 평지에서 회의를 열고 있었다. 그곳에는 큰 칼을 차고 긴 수염이 있는, 정말 건장해 보이는 어른들과 철가시가 달린 곤봉을 든 힘센 소년들 그리고 한가운데에는 세 명의 지도자[51]가 있었다. 모든 일이 확고부동하고 신념에 가득 찬 채로 진행되었다. 굽이치는 넓은 강물은 반짝이면서 평화롭게 흘러갔다. 선생님은 젊은이들과 노인들이 엄숙한 장면에서도 입에서 파이프를 떼지 않고 뢰쎌만 목사

---

51) 앞서 등장한 슈타우프파허, 멜히탈 등을 말한다.

가 끊임없이 코담배를 들이마시는 것이 유일한 흠이라고 지적했다.

사람들로 가득 찬 산에서 울려오는 천둥 같은 환호 속에서 스위스 동맹이 결성되자 관객과 배우가 함께 뒤섞여 이동하기 시작했다. 사람들은 대부분 간단한 식사가 준비되어 있는 작은 읍을 향해서 마치 민족 대이동처럼 물결치며 흘러갔다. 그곳은 친지와 친구들을 위해서든 저렴한 식비만 받고 대접할 타인을 위해서든 거의 모든 집이 식당으로 바뀌어 있었다. 연극의 막들을 뒤섞어버린 것과 같은 천진난만한 생각에서, 나중에 격렬한 대단원을 그만큼 더 신선한 원기로 공연하기 위해 한 시간 동안 휴식을 취하는 것이 좋다고 여겼던 것이다. 식당 주인들은 다른 때와 달리 따뜻한 날씨를 감안해서 읍의 한가운데에 있는 광장을 식당홀로 급조해놓은 상태였다. 분장한 사람들과 기타 명망 있는 사람들 가운데 함께 식사에 참여하고자 하는 이들을 위해 식탁이 기다랗게 열을 맞추어 설치되었고 음식이 차려졌다. 다른 사람들은 건물과 이 긴 식탁 앞에 놓인 수많은 개별식탁을 차지했다.

이렇게 해서 이 작은 읍은 다시 한 가족의 모습을 띠었다. 떨어진 곳에 앉게 된 무리는 창문을 통해서 가운데의 커다란 식탁을 바라보았고, 집 밖의 식탁에 앉아 있는 사람들은 이 사람들이 가지를 친 것처럼 보였다. 왁자지껄한 대화의 소재는 연극에 대한 전반적인 비평이었고, 이러한 비평은 모든 식탁 위로 퍼져나갔다. 비평한 사람들은 연기자들 자신이었다. 이 비평의 주된 관심은 연극의 내용이나 묘사에 대한 것이라기보다는 주요 등장인물들의 낭만적인 분장이나 그들의 일상 행동과 연극속의 모습을 비교하는 데에 치중되어 있었다. 그러다보니 그 관계의 우스꽝스러움도 숱하게 폭로되었고 조롱도 많았는데, 텔만은 이러한 것에서 면제될 수 있었다. 그만큼 공격할 수 없어보였던 것이다. 그러나 폭군 게슬러는 빗발 같은 공격을 받고 격전의 흥분에 빠져 약간 취기가 발동된 채 자신의 분노를 무턱대고 아주 사실적으로 폭발시켰다.

안나를 잘 보살펴야 했던 나에게는 이 모든 것이 그다지 즐겁지 않았다. 상석에서 아버지와 주지사 사이에 자리를 잡은 그녀는 텔과 그의 진짜 아내를 마주보고 앉아 있었다. 그녀는 매력 있고 고상한 외모만으로도 이미 모든 이의 시선을 끌었지만, 그녀 부친의 명망과 그녀가 받은 훌륭한 교육 그리고 이 모든 것 외에도 장차 그녀가 상속받을 재산 등도 역시 효과를 발휘했다. 그녀가 앉아 있는 상석에는 각양각색의 전도양양한 청년들이 둘러앉아 있었고, 4개 학부[52] 출신들이 거의 다 참석하여 위엄 있는 선생님의 호감을 사기 위해 고심참담하는 것을 나는 커다란 비애를 느끼며 바라보아야 했다. 그도 그럴 것이 안나에게 다가간 젊은 시골의사, 재판소 서기, 부목사 그리고 대학출신의 농장주가 마침내 그녀에게 그들이 졸업하면서 찍어 만든 명함을 건넸기 때문이다. 내가 사회 통념상 영원한 가난과 결부되어 있다고 여겨지는 직업을 선택했던 것과는 달리 그들은 모두 안락한 미래가 보장된 한창때의 당당한 신랑감들이었다. 나는 처음으로 내가 어떠한 견고한 힘과 대결하고 있는지를 깜짝 놀라며 깨달았다. 나는 안나의 의자 뒤에 서서 어둡고 우울한 기분에 빠져 달아나고 싶었다.

그때 갑자기 안나가 돌아보더니 자신을 위해 명함을 보관해달라고 부탁했다. 그녀는 내가 그것을 잘 간수해야 한다고 미소 지으며 말했다. 그것들을 넣으면서 나는 내 주머니 속에 4명의 영웅을 집어넣은 것 같은 느낌이 들었다.

---

52) 대학의 의학. 법학. 신학. 철학부를 말한다.

제15장 식사 중의 대화

사방에서 식사를 끝낸 사람들이 일어나 떠나는 동안 주지사, 빌헬름 텔, 여관주인 그리고 다른 유력 인사들이 앉아 있던 우리 근처에서는 심각한 대화가 펼쳐지고 있었다. 수도에서 이 지방을 지나 국경까지 이어지는 새 국도의 노선에 대한 얘기였다. 비교적 좁은 우리 지역과 관련해서는 서로 다른 두 가지 안이 대립되어 있었는데, 둘 다 모두 장단점이 반반이었다. 하나는 넓게 펼쳐진 산을 넘어가는 노선으로 옛날의 2급 도로와 거의 일치하지만, 지그재그로 나기 때문에 비용이 상당히 들 전망이었다. 다른 것은 더 반듯하고 평탄하게 강 위로 나는 길인데, 이 경우 매입해야 할 땅이 더 비쌀 뿐만 아니라 교량건설이 필수적이었다. 그래서 결국 비용도 비슷하게 들고 교통 편의도 거의 같았다.

그러나 산 위로 난 옛 길가에는 전망이 좋고 사업가와 마차를 이용하는 사람들이 많이 드나드는 텔의 여관이 있었다. 평지에 큰 국도가 건설되면 교통의 흐름이 그쪽으로 바뀔 것이고 유명한 그 옛 집은 고립될 것이었다. 그렇기 때문에 용감한 텔은 산 위에 사는 다른 주민들의 선두에 서서 새 길이 산 위로 나야 할 필요성을 역설했다.

그에 반해서 평지 쪽에는 하류 쪽으로 운송되는 배를 이용해서 넓은 재목 하치장을 설치해놓은 부유한 목재상이 있었는데, 그에게는 상류

쪽으로 운송하는 데에 필요한 국도의 신설이 절실히 필요했다. 상당히 오래전부터 그는 주의회 의원으로 활동하고 있었고, 관념적인 문제보다는 사업상의 실용 지식과 지역 정보를 토대로 간단하면서도 꼭 필요한 당면 과제들을 입법 의회에 내놓았기 때문에 자신의 당파뿐 아니라 다른 당파에게도 유익한 인물들 가운데 하나였다. 그는 급진적이었고 정치적인 문제에서는 진보적 의견에 찬성했지만 말보다는 행동으로 영향력을 미쳤기 때문에 큰 소동을 일으키는 일은 없었다. 다만, 어떤 문제가 돈과 관련될 경우, 그는 상세하게 설명하고 문제점을 꼬치꼬치 논하면서 토론을 방해했다. 자유주의 사상도 그에게는 사업이기 때문이었다. 그리고 그는 여섯 개 사업에서 절약한 비용으로 일곱 번째 사업을 할 수 있다고 생각했다. 그는 막대한 비용을 투자하여 단번에 거대하고 호화로운 건물을 지어놓고 필요하다면 직공들을 고용하는 식으로 시작하는 대신, 초라하고 그을린 건물들과 공장 그리고 창고를 필요와 수익에 맞추어 때로는 임시방편으로, 때로는 반영구적으로 차근차근, 그러나 시간이 지남에 따라 점점 빠르게 지음으로써 모든 고용인이 즐겁게 뒤섞여 자신의 일을 정확하게 숙지하는 가운데 구석구석에서 연기와 증기가 나오고, 망치 두드리는 소리가 나는 것을 선호하는 영리한 공장주의 방식으로 자유와 계몽 문제가 진척되는 것을 보고 싶어했다.

그런 이유에서 그는 크고 멋진 학교건물과 교사들의 봉급 인상 그리고 그런 유사한 것들에 극렬하게 반대했다. 어린이가 몇 명만이라도 살고 있는 곳이면 어디든 편리하고 가까운 곳에 좋은 시설이 별로 없어도 수수한 교실들이 많이 있는 나라와 변변치 않은 조건에서도 구석구석에서 씩씩하고 부지런하게 교육이 이루어지는 곳에서 비로소 진정한 문화가 창출되기 때문이라는 것이었다.

이 목재상은 과시적인 지출은 견실한 활동에 방해가 될 뿐이라고 주장했다. 보석 박힌 손잡이가 손을 방해하는 황금 칼이 필요한 것이 아니라 많이 사용해서 나무 손잡이가 반들거리는 날카롭고 가벼운 도끼가 적을 방어하는 데에나 일을 하는 데에 손에 온전히 잘 맞고, 그러한 도끼자루의 고귀한 광택이 황금 칼의 금이나 보석보다 훨씬 더 아름다운 빛을 발한다는 것이었다. 궁전을 짓는 민족은 화려한 묘비만을 갖추는 것이며, 세상의 변화에 대항할 수 있는 최선의 현명한 방법은 변화의 깃발 아래서 경쾌하고 민첩하게 시간을 헤쳐나가는 것뿐이라는 것이었다. 이것을 이해하고 늘 무장한 채 진군할 준비가 되어 있는 민족, 불필요한 짐이 없이 풍부한 군자금을 갖춘 민족, 나아가서 사원과 궁전, 요새와 주택이 줄기차게 어디든 가지고 다니면서 설치한다는 원칙에 부합하는, 요컨대 가볍고 바람이 잘 통하면서도 파괴되지 않는 그들의 정신적 경험의 이동천막을 의미하는 민족만이 진정한 영속의 희망을 가질 수 있고, 이러한 것을 통해서 그들의 지리적 영토까지도 오랫동안 보존할 수 있다는 것이었다. 특히 스위스인들이 그들의 산에 아름다운 건물을 덕지덕지 지어놓으려 한다면 그건 멍청한 짓이라는 것이었다. 부득이한 경우 산기슭에 아름답게 보이는 몇 개의 도시 정도는 묵과할 수 있겠지만 그 외에는 자연 자체가 주인이 되게끔 내버려두어야 하며, 이렇게 하는 것이 돈이 적게 들 뿐만 아니라 가장 현명한 방법이라는 것이었다.

　예술 가운데 그는 웅변술과 노래만을 인정했는데, 그것들은 그의 '이동천막' 이론에 부합되고 돈이 전혀 들지 않으며 자리도 차지하지 않기 때문이었다. 그가 소유하고 있는 땅은 전적으로 그의 원칙이 실현된 것으로 보였다. 요컨대 땔감과 건축용 재목, 석탄, 철 그리고 돌 등이 넓은 장소에 엄청나게 저장되어 있었다. 그 사이사이에는 크고 작은 정원들이 푸른빛을 띠고 있었는데, 그것은 어떤 곳이 여름 한철 동안 비게 될 경우 그곳에 즉시 채소를 가꾸기 때문이었다. 그가 베지 않고 놓아 둔 커다란 전나무들은 여기저기서 제재소나 대장간에 그늘을 드리우고 있었다. 그가 사는 집은 그사이에 아무렇게나 박혀 있어서 신사의 저택이라기보다는 직공의 오두막 같았다. 그 집 여자들은 조촐한 화원 하나를 가꾸기 위해 끊임없이 전쟁을 치러야 했는데, 언제나 집 주위를 돌면서 화원과 함께 도망다녀야 했다. 때로는 이 모퉁이로, 때로는 저 모퉁이로 밀려나곤 했기 때문이다. 온 집터에서 울타리나 난간 따위는 전혀 볼 수 없었다. 그 속에는 거대한 부가 놓여 있었지만 이것도 날마다 그 외양이 변했다. 만일 유리한 기회가 생기면 그는 종종 건물의 지붕마저도 팔았는데 그러면서도 그는 오래전부터 이 소유지에서 살고 있었고, 이제 문제의 그 도로는 이 땅에 왕관을 씌우는 것이나 다름없었다. 그가 생각하기에 좋은 도로는 세상에서 최고로 가치 있는 것이기 때문이었다. 다만 값비싼 이정표와 아카시아 나무 그리고 그런 유사한 겉치레가 없어야 했다. 그는 또 가볍고 꾸밈 없지만 매우 훌륭한 마차를 타고서 거의 언제나 길 위에 있었는데 집을 짓고 남은 목재로 만들어진 마차의 차고 역시 언제나 옮겨다녔다.

목재상은 여관 주인이 산 위에 있는 집을 폐쇄하고 앞으로 뱃사람들까지 오게 되어 교통 요지가 될 아래쪽 다리 근처의 새 도로에 여관을 지어야 한다고 생각했다. 그러나 여관 주인은 반대 의견이었다. 그는 예로부터 대대로 여관업을 했던 선조들의 집에 살고 있었다. 햇볕이 내리쬐는 산 위에서 그는 멀리 산야를 바라보곤 했고 그 집에 스위스의 전설을 아름다운 그림으로 장식하게 했다. 변변치 못한 도끼로 방어를 한다느니 따위의 얘기를 그는 도무지 들으려 하지 않았다. 이것은 기껏해야 어쩌다 볼펜쉬센[53]을 때려죽일 때나 유용할 뿐이라는 것이었다. 그밖의 다른 목적을 위해서라면 아주 잘 만들어진 훌륭한 소총이 필요할 뿐이었고 그것을 다루는 것이 그에게는 가장 고상한 소일거리였다. 그는 또한 자유로운 시민이라면 일을 하고 독립적으로 생계를 꾸리고 유지해야 하되 그 이상으로 더 할 필요는 없다고 생각했다. 그리고 가업이 순조롭게 되어가면 그에 상응하는 휴식을 즐기고 포도주를 한 잔 마시면서 사리에 맞는 대화를 나누며 나라의 과거와 미래를 경건하게 생각해보는 것이 자기에게는 어울린다는 것이었다. 그는 작은 규모로 포도주를 거래했는데 양질의 고급 포도주만을 취급했고 본업이라기보다는 부업이었다. 그의 집은 그가 크게 노력하지 않아도 만사가 순조롭게 돌아갔다. 그도 역시 사려 깊고 실천력 있는 사내였지만 도덕적인 면에서 더 그러했고, 정치적인 면에서는 비록 주의회 의원은 아니었지만 영향력 있는 민주 시민이었다. 선거 때에는 많은 사람이 그의 견해를 경청했기 때문에 행정부 측에서는 목재상 못지않게 그를 자극하지 않으려했다.

주지사는 이제 이 두 사내 사이에서 문제의 도로건설을 놓고 타협을 이끌어낼 기회를 포착했다. 잘생긴 얼굴에 분(紛)을 발랐던 시대를 연상시키는, 고귀해 보이는 은발을 지닌 그는 친절하고 뚱뚱했으며 잘 웃었다. 그는 세련된 셔츠에 우아한 양복을 입고 하얀 손에는 금반지를 끼고 있었다. 주지사는 또한 언제나 차분했고 강제적인 권력에 의존하거나 정부 관료로서 뻐기는 일 없이 자신의 업무를 확고하게 처리했다. 국가학적 지식이 많은 그는 필요 이상으로 그것을 드러내지 않았는데, 그것도 마치 그가 우연히 알게 되었고 만일 그런 일이 농부들에게 일어났더라면 그들도 자기처럼 알 수 있었을 어떤 것을 말해준다는 식으로 표현했다. 세련된 양복에 커프스로 장식한 차림새로 그는 농부가 가는 곳

---

53) 『빌헬름 텔』에서 스위스 민중에게 맞아죽은 스위스 총독 이름.

이면 어디든 갔다. 그러면서 자신의 치장에 그다지 신경을 쓰지 않았지만 그것을 망치는 법이 없었다. 그는 사람들을 대할 때 총독이 부하를, 장교가 졸병을, 아버지가 아들을, 대주교가 목자를 대하듯이 행동하지 않았으며, 그 사람들과 일을 처리하거나 의무를 이행해야 하는 사람처럼 격의 없이 대했다. 그는 일부러 겸손하거나 사분사분하게 굴지는 않았지만, 최소한 국민의 봉급을 받는 공복이라는 태도는 취하려고 했다. 그의 확고함은 관직이 주는 영예가 아니라 의무감에 바탕을 두고 있었다. 그는 다른 사람 이상이기를 바라지는 않았지만 그렇다고 그 이하이기를 원하지도 않았다.

그런데도 그가 속박이 없는 자유로운 사람은 아니었다. 부유하고 호사스런 가정에서 태어나 젊어서는 방탕한 생활을 했던 그는 분별력 있는 사람이 되어 하필이면 본가가 몰락했을 때 집으로 돌아왔다. 그래서 젊은 나이에 곧바로 관직을 찾지 않을 수 없었고 숱하게 옮겨다니며 경험을 쌓은 뒤 마침내 사무실만 없다면 거지나 다름없는 전문 직업관료 가운데 하나가 되었다. 그러나 그의 존재는 평판이 나쁜 이러한 직업의 명예를 회복하고 순화할 수 있었다. 청년시절에 불가피한 상황에서 관료생활에 첫발을 디딘 그는 시간이 지남에 따라 더 이상 생활의 변화를 꾀할 수 없게 되자 적어도 명예롭고 진정으로 현명하게 처신했다. 선생님은 그가 관료생활을 통해서 현명해진 몇 안 되는 사람 가운데 하나라고 말씀하시곤 했다.

그러나 이 지역 사람들이 전반적으로 어떤 쪽의 길을 원하는지를 정부에 보고할 수 있으려면 목재상과 여관 주인의 타협을 이끌어내야 하는데 지금 그의 모든 현명함은 여기에 전혀 도움이 되지 못했다. 두 남자 모두 완강하게 자신의 견해가 지닌 장점을 옹호했다. 목재상은 평탄한 직선 길과 산을 넘어가는 길 가운데 어떤 것을 선택해야 하는지는 오늘날 의심의 여지가 있을 수 없다며 전적으로 상식적인 논리를 고수하면서 자기 자신의 이익은 합리성으로 포장하여 교묘하게 은폐했다. 또한 그는 관청의 일원으로서 전자 쪽 의견이 승리하도록 돕겠다는 생각을 내비쳤다. 여관 주인은 곧바로 반대하며 국가가 선친의 집을 황무지에 버려두는 것을 자신이 감수하는 것이 마땅한 일인지 알고 싶다고 말했다. 또한 산 아래로 내려가서 수달처럼 축축한 물가에 보금자리를 마련하라고 누구도 자신을 설득할 수 없다는 것이었다. 그는 또한 고슬고슬하고 볕이 잘 드는 곳에서 태어났고 앞으로도 그곳에 머물 것이라고 말했다. 그러자 상대편이 미소 지으며 응수했다. 즉 당신은 아무런 방해를 받지 않고 그렇게 할 수 있고 자유를 꿈꿀 수는 있다고. 하지만 당신은 편견의 충신이며, 다른 사람들은 실질적으로 자유를 누리고 활발하게 이리저리 왕래하는 편을 더 좋아한다고.

이미 평정은 깨어지기 시작했다. 양편 지지자들에게서 고집불통이니 사리사욕이니 하는 말들이 크게 나오기 시작했을 때 한 떼의 쾌활한 무리가 연기를 계속하라고 텔을 데리러 왔다. 텔은 숲 속의 공터에 있는 평평한 바위 위로 뛰어올라가 총독을 사살하는 일을 마저 해내야 했기 때문이다. 다소 화가 난 채 그는 출발했고 나머지 사람들도 흩어졌지만 안나와 선생님 그리고 나는 남았다. 그 토론은 내게 불쾌한 인상을 남겼다. 특히 여관 주인이 일신의 이익을 그토록 노골적으로 옹호하는 것을 보고, 그것도 하필이면 이런 날 그토록 의미심장한 복장을 하고 그러는 것을 보고 나는 상심했다. 모범을 보여야 할 남자들이 공적인 사업을 놓고 서로 격렬하게 개인적 요구를 주장하는 모습과 개인적인 공적과 명망을 자랑하는 꼴은 불편부당한 국가조직에 대한 나의 환상과 유명 인사에 대한 인상을 완전히 파괴했다.

나는 주제넘게도 이러한 느낌을 안나 아버지에게 말하면서 이따금 스위스인들에게 쏟아지는 좀스럽고 이기적이며 편협하다는 비판이 내가 보기에는 맞는 것 같다고 덧붙였다. 선생님은 내 비난을 다소 진정시키면서 평소에는 훌륭한 시민인 그 남자들의 가치까지 떨어뜨리는 인간의 불완전성에 대해 인내심을 가지라고 요구했다. 그는 또한, 기왕에 덧붙이면 우리의 자유를 사랑하는 정신에는 아직까지 흙냄새가 빠지지 않은 경향이 다분하고, 우리의 진보주의자들에게는 진실한 신앙심이 없다는 것을 부인할 수 없노라고 말했다. 진실한 신앙심이 있어야만 까다로운 정치생활에서도 명랑하고 경건하며 애타적인 명경지수의 마음이 펼쳐질 수 있고, 신에 대한 충심어린 신뢰에서 나오는 이러한 마음은 육체와 정신의 자유로운 활동과 진정한 헌신을 가능하게 한다고 덧붙였다. 그는 또한, 만일 우리의 부지런한 남자들이 복음서에는 목재상이 강조하는 것보다 훨씬 활발하고 더 아름다운 활동에 대한 가르침이 있다는 것을 한번 통찰한다면, 정치적 논의는 훨씬 더 눈부시게 진행될 것이고 그럼으로써 비로소 잘 익은 열매를 수확할 수 있을 것이라고 말했다.

여기에 대해서 내가 단호하게 부인하는 말을 막 하려는 순간 누가 내 어깨를 두드렸다. 뒤를 돌아보니 주지사가 우리 뒤에 서서 다정하게 다음과 같이 말했다. "나는 훌륭한 공화국에서는 젊은이들의 의견을 크게 존중해야 한다는 의견을 개인적으로 지지하지 않는다네. 나이 든 사람들이 기지를 잃고 바보가 되어버리지 않는 한에서 말이야. 그런데도 자네가 우울한 경험을 함으로써 이 아름다운 날을 망치지 말기를 바라는 마음에서 자네의 근심을 덜어주고 싶군. 게다가 자네는 내가 원래 염두에 두고 있는 젊은이의 나이가 아직 되지 않았는데도 벌써 그렇게 강력하게 비판할 줄 아는 걸 보니 분명 내가 말하는 것을 충분히 이해할 수 있을 걸로 믿네. 무엇보다도 지금 막 자리를 뜬 두 남자와 관련해서 자네에게 다시 용기를 줄 수 있다면 좋겠군. 우리 스위스에서는 모든 사람이 다 똑같지 않을지도 모르지. 그러나 자네는 의회 의원이나 사자여관 주인을 확실히 믿어도 좋아. 그들이 위험에 빠진 국가를 위해 전 재산을 바칠 수도 있고 둘 가운데 한 사람이 불행에 빠진 다른 사람을 위해 희생정신을 발휘하리라는 것, 그것도 이 다른 사람이 오늘 도로 건설 문제로 강력하게 자기방어를 했어도 더 주저없이 그렇게 하리라는 것을 말이야. 다가올 자네의 미래를 위해서 이 점을 명심하기 바라네. 공공연하게 자기 이익을 쟁취하고 지킬 줄을 모르는 인간은 자진해서 이웃들에게 이익을 줄 능력도 없다는 것을! 왜냐하면 (이 부분에서 주지사는 선생님 쪽을 향하는 것 같았다) 애써 노력해서 쟁취한 재산을 자진해서 내놓거나 나누어주는 것과 차지하지 못했거나 멍청해서 지키지도 못한 것을 열의 없이 방치해버리는 것 사이에는 커다란 차이가 있기 때문이야. 전자는 건전하게 벌어들인 재산을 관대하게 사용하는 것이지만 후자는 상속받거나 뜻밖에 횡재한 부를 탕진하는 것이나 마찬가지거든. 늘 포기만 하면서 어디서나 유순하게 뒷전에 서 있는 사람을 선량한 호인이라고 말할 수도 있겠지. 하지만 아무도 그의 그런 행동에 대해서 고마워하지 않을 것이고 '이 사람이 내게 이익을 주었다!'라고 말하지는 않을 거야. 왜냐하면 이미 말했듯이, 그런 일은 이익을 쟁취하고 주장할 줄 아는 사람만이 할 수 있기 때문이지. 그러니 내가 보기에는, 가식 없이 활기 찬 용기로 이익을 추구하거나 때때로 이익을 두고 격렬하게 다투는 것은 건전함의 징표인 것 같다네. 나는 솔직하게 자신의 이익과 재산을 옹호할 수 없는 곳에서는 살고 싶지 않아. 그런 곳에서는 위선과 가식적인 자비 그리고 낭만적 퇴폐가 제공하는 묽은 수프 외에는 아무것도 얻을 수 없기 때문이야. 그곳에서는 또 포도가 시어서 아무도 못 먹는다는 식으로 모두 체념하지. 그렇지만 여우는 포도를 못내 갈망하면서 말라빠진 허리 주위로 꼬리를 쳐댄다네. 언젠가 자네가 여행을 하게 되면 (이때 그는 다시 내 쪽으로 몸을 돌렸다) 타인의 의견에 지나치게 예민하게 반응할 필요가 없다는 것을 배우게 될 거야!"

이 말을 끝낸 다음 주지사는 우리와 악수를 나누고 떠나갔다. 하지만 나는 확신이 서지 않았고 선생님 또한 대화 내용이 별로 마음에 들지 않는 것 같았다. 그렇지만 우리는 그가 호감이 가는 총명한 사람이라는 점에 의견을 같이했다. 나는 주지사가 내게 말을 걸어준 것을 영광으로 생각하면서 호의적으로 그의 뒷모습을 바라보았으며 선생님에게 그가 공로가 많은 만큼 틀림없이 행복할 거라고 칭찬했다. 그러나 선생님은 머리를 흔들며 반짝이는 것이 모두 금은 아니라고 말씀하셨다. 얼마 전부터 내게 말을 낮춘 그는 이어서 다음과 같이 말했다.

"너는 생각이 깊은 젊은이인 만큼 인간의 삶을 꿰뚫어볼 줄도 알아야 한다. 나는 정말이지 많은 사건과 상황에 대한 지식이 모든 도덕적인 이론보다 젊은이들에게 더 유용하다고 믿는단다. 도덕적인 이론은 어떤 점에서는 더 이상 변화가 불가능한 현재 생활에 대한 보상으로 경험이 풍부한 사람에게나 어울리는 거야. 주지사가 체념이라고 칭하는 것에 그토록 열을 올려 반대하는 이유는 그 자신이 체념을 잘하는 사람이기 때문이지. 말하자면 자신을 행복하게 해줄 수도 있고 자신의 기질에 맞을지도 모르는 어떤 종류의 활동을 그 자신이 포기했기 때문이야. 비록 이 자기부정이 내 눈에 미덕으로 보이고, 현재 그의 활동은 그가 다른 방법으로는 도저히 이룰 수 없으리만치 공적도 있고 유익하긴 하지만 그래도 그는 그렇게 생각하지 않아. 명랑하고 친절한 태도와 딴판으로 그는 때때로 음울하고 고통스러운 시간을 보내고 있단다. 요컨대 천성적으로 훌륭하고 명석한 두뇌를 타고났을 뿐만 아니라 불같은 열정의 소유자이기 때문에 그는 똑같은 직장에서 만년 행정가로 있는 것보다는, 정신과 정신이 불꽃 튀며 충돌하는 기본적 원칙의 싸움에서 용감한

지도자가 되어 많은 사람을 이끄는 역할이 더 알맞다는 얘기야. 다만 그는 어느 날 갑자기 빈털터리가 될 용기가 없어. 들판의 새와 백합이 고정 수입 없이도 어떻게 먹고 입는지를 전혀 모르기 때문에 자신의 의견을 관철하는 일을 단념했으니까 말이다. 이미 여러 차례, 정당 간의 투쟁 끝에 정부가 바뀌고 승리한 쪽이 패배한 편을 부정한 수단으로 괴롭히려 했을 때에 그는 명예로운 사람답게 그의 공식적 직위를 이용하여 단호하게 그것에 저항했지. 그러나 자신의 기질에 따라 가장 좋아했을 법한 행동, 즉 관직을 정부의 발치에 내던져버리고 운동의 선두에 서서 자신의 식견과 정력을 수단으로 권세가들을 그들이 원래 왔던 곳으로 내쫓아버리는 일, 이것을 그는 포기했단다. 하지만 그에게는 이러한 포기가 끊임없이 직무를 수행하는 것보다 열 배는 더 힘들었을 거다. 농민들을 상대할 때는 자신의 위엄을 확실하게 지키며 그저 현재의 생활대로 살면 그만이지. 그러나 관청과 수도에서는 상냥한 미소가 필요할 때가 많았고, 차라리 '선생님! 당신은 대단한 멍텅구리군요!'라든가 '선생님! 당신은 깡패 같군요!'라고 말하고 싶어도 가식적인 미사여구를 써야 할 경우가 많았으니까. 이미 말했듯이, 그는 세간에서 실직이라고 부르는 것에 대해 이상한 공포를 가지고 있기 때문이야."

"그래도!" 나는 말했다. "옛날 군주들과 국민의 대표자는 서로 다르지 않은가요? 우리는 공화국에 살고 있잖아요?"

"물론이지." 선생님은 답변하셨다. "그러나 불가사의한 사실이 있다. 특히 최근에는 그러한 국민의 일부, 즉 선거라는 간단한 과정을 통해서 선출된 국민의 대표자들이 깜짝 놀랄 만큼 금방 다른 사람들이 되어버리거든. 일부는 여전히 국민의 편이지만 또 다른 일부는 국민과 정반대가 되거나 거의 적이 되어버린단 말이다. 이것은 단순히 막대기를 담그거나, 심지어는 세워놓기만 해도 신비스럽게 결합이 변해버리는 화학물질과 유사한 원리다. 옛날의 귀족 정치가 국민의 기본특성을 더 잘 가르치고 보호할 수 있는 것처럼 보일 때도 종종 있지. 그렇다고 우리의 대의 민주주의가 최선의 제도가 아니라고 오해하지 마라! 국민이 건강하다면 내가 말한 현상은 즐거운 분위기에 기여하니까. 플라스크에 든 물질을 흔든 다음 불빛에 대고 보면 놀랍게 변하는 것을 실험한 후 결국 그것을 필요한 곳에 사용하면 아주 냉정하게 즐거움을 누릴 수 있는 것과 같은 이치란다."

선생님의 말을 중단시키면서 나는 그런 지식과 현명함을 지닌 주지사가 관직에 있는 것보다 개인 활동을 통해 더 잘살 수 있지 않겠냐고 물었다. 이 물음에 대해 그는 이렇게 대답했다. "그가 그렇게 할 수 없거나 할 수 없다고 생각하는 것이야말로 그의 처지의 비밀일지도 모르지. 자유로운 생업이란 많은 사람이 매우 늦게야 깨달을 수 있고 많은 이에게는 아예 그러지도 못하는 일인 거야. 그것은 많은 사람에게는 우연과 행운으로 순식간에 알려지는 간단한 요령이기도 하지만 또 많은 사람에게는 서서히 습득될 수 있는 기술이지. 청년 시절에 주위 환경에서 모범적인 것을 통해 훈련함으로써, 이를테면 가문의 전통을 전수받거나 비결을 적시에 포착하지 못한 사람은 종종 마흔 살이나 쉰 살이 될 때까지 떠돌이 걸인 처지로 살거나 이른바 부랑인으로 죽는 경우도 많단다. 평생 동안 성실한 직장인으로 일한 관리들은 돈벌이에 대해 잘 모른다. 왜냐하면 국가의 녹을 받는 사람들은 모두 동업조합을 결성하고 자기들끼리 일을 나누어 하며, 비나 일조율, 흉작, 전쟁이나 평화, 성공이나 실패 따위를 걱정하지 않고 공동의 수입으로 각자의 생활필수품을 조달하기 때문이야. 그래서 그들은 공적인 일을 관리하면서도 국민과는 전혀 다른 세상에서 살고 있단다. 이 세계에서 오랫동안 산 사람들은 생계를 유지하는 문제에는 신경이 마비되어 있어. 일과 성실성, 절약 등은 알지만 임금으로 받는 목돈이 경쟁이라는 비바람 속에서 모아져 나온다는 것을 모르는 거야. 많은 이가 평생 금전 문제를 다루는 부지런한 재판관이자 집달리지만, 어음을 발행하거나 제때에 상환하는 일을 한 번도 해보지 못한 경우도 많단다. 먹고살려면 당연히 일을 해야지. 하지만 일에 대한 보수가 안정적이고 걱정할 필요가 없어야 옳을까 아니면 보수가 단순한 일뿐만 아니라 수완과 절치부심의 대가로서 이득이 되어야 옳을까. 둘 가운데 어떤 것이 합리적이고 어떤 것이 더 높은 섭리에 따라 인간에게 정해진 것일까. 나는 감히 결정할 수 없구나. 아마도 미래가 결정하겠지. 그러나 우리의 현재 상황에서는 두 방식이 다 존재하고 있고 그렇기 때문에 예속과 자유 그리고 여러 다른 생각이 뒤섞여 있는 거야. 주지사는 자신이 예속되어 있다고 생각하며 위기 때마다 한결같이 속내를 감추고 일체 의사표시를 하지 않는데, 이런 경우에 얼마나 많은 사람이 방침을 결정하기 위해 그의 속마음을 알아내려고 애쓰는지 전혀 알지 못해."

나는 주지사에게 상당히 동정심을 가졌고 그 이유를 해명할 수 없으면서도 그를 존경하는 마음이 들었다. 그가 가난을 두려워한다는 것을 매우 불만스럽게 생각했지만 나중에야 비로소 그가 무척 어려운 문제를 해결했다는 것을 분명하게 알게 되었기 때문이다. 그는 불평하거나 비천한 태도를 보이지 않고 자신에게 강요된 직책을 마치 그 자리가 자기에게 아주 안성맞춤인 양 수행했던 것이다. 그렇게 되자 생업과 올바른 요령에 대한 선생님의 말씀은 내게 듣기 좋은 음악으로 들리지 않았고 나 역시 이러한 요령을 터득해야 하는지 회의가 생겼다. 원기왕성한 이 모든 사람에게는, 만약 그들의 빵문제만 해결되었다면, 자유가 재산이라는 것을 비로소 이해하기 시작했기 때문이다. 또한 이제는 텅 비어버린 기다란 식탁 앞에서 배가 고픈데 지갑이 비어 있다면 이 축제마저도 매우 우울할 거라고 생각했다.

　마침내 우리도 출발하게 되어 나는 기뻤다. 안나 아버지는 함께 연극을 보려면 우리 둘 다 자기의 마차를 타라고 제안했다. 그러나 안나는 나중에는 그렇게 할 만한 구실이 없을 것 같아서 그랬는지 충분히 휴식을 취한 백마를 타고 조금 더 돌아다니고 싶다는 뜻을 비쳤다. 선생님도 만족해하며 동의했고, 그렇다면 젊은이들이 모두 늙은이를 궁지에 버려두기 때문에 최소한 나이 든 사람의 귀갓길을 용이하게 해줄 기회를 찾을 때까지만이라도 우리와 나란히 가고 싶다고 말씀하셨다. 나는 즐거운 마음으로 말이 있던 집으로 달려가서 그것들을 거리로 데려오게 했다. 안나가 안장에 오르는 것을 도와줄 때 내 심장은 격렬한 기쁨으로 쿵쾅거렸으나 이제 곧 그녀와 나란히 단둘이서 야외로 말을 타고 나가리라는 생각이 들자 두려우면서도 기뻐서 다시 차분해졌다.

제16장 저녁 풍경, 베르타 폰 브루넥

예상과는 다소 빗나가긴 했지만 어쨌거나 내 기대는 실현되었다. 성문에서 그다지 멀리 벗어나기도 전에 친절한 선생님은 작은 마차에 벌써 노인을 세 분이나 태우고 홀레 가세[54]를 향해 경쾌한 속도로 앞서 가고 있었다. 우리는 말없이 서로 보조를 맞추어 말을 타고 가면서 좌우로 지나가는 쾌활한 사람들에게 붙임성 있게 인사했고 마침내 물결치며 웅성거리는 인파가 있는 곳에 거의 다다랐을 때 예의 그 철학자를 만났다. 장난기로 상기된 그의 아름답고 작은 얼굴은 그가 이미 어떤 야단법석을 부렸는지 알려주었다. 그는 평상복 차림이었는데, 주인공들이 대사를 잊을 경우를 대비하여 다른 교사 한 명과 함께 대사를 알려주는 역할을 맡았기 때문에 손에는 책을 들고 있었다. 그는 사람들이 더 이상 아무것도 들으려 하지 않고 모든 것이 제멋대로 거칠게 진행되고 있다고 말했다. 그러므로 그는 지금이야말로 우리에게 사냥장면[55]의 대사를 일러주어야 하는 가장 한가한 시간이라고 외치면서 우리가 이처럼 단둘이 말을 타고 빠져나온 것은 의심할 여지없이 바로 이 사냥장면을 공연하

---

54) 『빌헬름 텔』 4막 3장의 무대가 되는 지명.
55) 『빌헬름 텔』 3막 2장. 사방이 둘러싸인 숲 속에서 베르타와 루덴츠가 등장하여 서로 사랑을 확인하면서 스위스의 자유에 대해 이야기하는 장면.

기 위해서였고, 이제 그것을 하기에 가장 적절한 시간이기 때문에 지체 없이 시작하고 싶을 거라고 말했다.

얼굴이 붉어진 나는 말을 몰아댔다. 그러나 철학자는 우리의 말고삐를 잡았다. 안나가 사냥장면이 도대체 어떤 것이냐고 묻자, 철학자는 웃음을 터뜨리면서 모든 사람을 즐겁게 하고 그 사람들보다 분명 우리를 더 즐겁게 해주는 것을 우리에게 말해주어서는 안 된다고 설명했다. 안나 역시 상기되어 그 말의 의미가 무어냐고 고집스럽게 물었다. 그러자 그는 안나에게 펼쳐진 책을 내밀었다. 내 갈색 말과 그녀의 흰 말이 편안하게 킁킁거리고 내가 안절부절못하며 어찌할 바를 모르는 동안 그녀는 그 책을 오른쪽 무릎 위에 놓고 루덴츠와 베르타가 동맹을 맺는 장면을 처음부터 끝까지 주의 깊게 읽었는데, 그러는 사이에 그녀의 얼굴은 점점 더 붉어지고 있었다. 내가 별 악의 없이 그녀에게 놓았던 덫은 이제 백일하에 드러났다. 철학자가 끝없이 장난을 치려고 준비하는 동안 안나는 갑자기 책을 덮고 그것을 던져준 다음 아주 단호하게 당장 집에 가겠다고 말했고, 거의 동시에 말머리를 돌려 좁은 차도가 뚫려 있는 들판을 가로질러 우리 마을이 있는 쪽으로 내달리기 시작했다. 나는 당황하며 어찌할 바를 모르고 잠시 동안 그녀의 뒷모습을 바라보았다.

그러나 그녀를 데려다줄 사람이 있어야 하기 때문에 나는 용기를 내서 곧 그녀의 뒤를 따라 말을 달렸다. 내가 그녀를 따라잡는 동안 철학자는 우리를 향해서 장난스런 노래를 불렀다. 그 노랫소리가 우리 뒤편에서 점점 작아지며 사라지자 마침내 우리는 텅 빈 골목에서 들려오는 떠들썩하지만 아련한 혼례음악과 들판의 여러 지점에서 산발적으로 들리는 환성과 갈채 외에는 아무것도 들을 수 없었다. 그러나 간헐적으로 들리는 소리로 더욱 고요해 보이는 시골 풍경은 순금처럼 빛나는 오후의 태양의 광채 속에서 들과 숲과 더불어 평화스럽게 펼쳐져 있었다.

이제 우리는 길게 뻗은 언덕 위를 지나가게 되었다. 나는 내 말을 그녀의 말보다 머리 하나만큼 뒤에서 가도록 유지하면서 감히 한 마디 말도 건네지 못했다. 그러던 가운데 안나가 채찍으로 백마를 후려쳐서 달리게 했고 나도 또한 그렇게 했다. 따뜻한 바람이 우리를 향해 불어왔다. 어느 순간, 아주 상기된 채로 향기로운 공기를 들이마시던 그녀가 머리카락을 수평으로 휘날리며 반짝이는 은관을 쓴 머리를 곧추세우고 만족스럽게 앞을 보며 미소 짓는 것을 보게 되었을 때 나는 그녀 곁에 바짝 다가갔고 그렇게 우리는 고적한 언덕 위를 대략 5분가량 내달렸다. 길은 아직 반쯤 축축하긴 했지만 그래도 땅은 단단했다.

우리 오른편 아래에는 강이 흐르고 있었다. 우리는 반짝이는 물결의 흐름을 바라보았다. 건너편에는 가파른 물가에 어두운 숲이 솟아 있었으며, 그 너머로 수많은 구릉지를 가로질러 멀리 북동쪽에는 몇몇 슈바벤의 산들이 고독한 피라미드처럼 끝없는 정적에 싸여 아득히 놓여 있는 것이 보였다. 남서쪽에는 멀리 알프스산맥이 넓게 퍼져 있었는데, 아래편 깊은 곳까지 아직 눈으로 덮여 있었다. 그 위에는 놀랄 만큼 아름다운 거대한 구름산맥이 산과 똑같은 광채를 받으며 놓여 있었고, 하나의 형상이 다른 형상 위로 우뚝 솟은 모습으로 수천 가지 형상이 빚어져 있는 이 구름산맥은 빛과 그림자도 산과 똑같은 색이어서, 빛나는 흰색과 짙푸른 색이 마치 반짝거리는 대양같이 보였다. 전체적으로 보면 경이롭게 빛나는 황무지가 수직으로 곧게 세워진 것 같았고, 그토록 미동도 없이 먼 곳에 조용히 떨어져 있었지만 감정에 호소하는 바가 컸다.

우리는 어떤 것에 특별히 눈길을 주지 않고 모든 것을 동시에 바라보았다. 주변의 넓은 세계가 무한히 큰 왕관처럼 우리 주위를 도는 듯했는데, 점차 비탈면 아래로 말을 달려 강 쪽으로 내려오자 마침내 시계가 좁아졌다. 그렇지만 우리가 나룻배를 타고 강을 건널 때는 꿈속에서 또 다른 꿈속으로 들어가는 것 같았다. 투명하게 푸른 물결이 쏴쏴 소리를 내며 뱃전에서 부서져 우리 아래쪽에서 뒤로 미끄러져 갔고, 우리는 반원을 그리며 물결을 헤쳐나가는 나룻배 위에서 여전히 말 위에 앉아 있었다. 다른 편 강가에 도착해서 녹고 있는 눈이 덮인 어두운 협곡을 천천히 올라갈 때 우리는 또 다른 꿈속에 들어와 있다고 생각했다. 이곳은 춥고 습했으며 으스스했다. 어두운 관목 숲에서는 물방울과 눈덩이가 많이 떨어졌다. 우리는 아주 진한 갈색의 어둠 속으로 들어갔다. 그 그늘 속에서는 잔설이 슬픈 듯이 빛을 내고 있었고 우리 머리 위로는 금빛 하늘이 빛났다. 길을 잃게 되어 갑자기 주위에서 초록색의 건조한 지대가 나났을 때 우리가 있는 곳이 어디인지 알 수 없었다. 우리는 언덕 위로 올라가 키가 큰 전나무 숲에 도착했다. 전나무는 건조한 이끼로 촘촘히 뒤덮인 땅 위에 서너 걸음 간격으로 서 있었고 가지들은 높이 자라나 짙은 초록빛 지붕을 만들고 있어서 더 이상 하늘이 보이지 않았다.

이곳에서는 따뜻한 공기가 살랑거리며 우리를 맞아주었으며, 여기저기의 이끼와 나무줄기에 금빛 햇살이 비쳤고 말발굽 소리는 들리지 않았다. 우리는 느긋하게 전나무 사이로 말을 타고 갔는데, 전나무 때문에 금방 떨어졌다가도 다시 바짝 붙게 되어 마치 천국의 문을 통과하듯이 두 기둥 사이를 함께 지나갔다. 그러나 그러한 문 가운데 하나는 때 이른 거미가 엮어놓은 줄로 막혀 있었다. 한 줄기 빛 속에 놓여 있던 그 거미줄은 마치 다이아몬드의 빛처럼 파랑과 초록 그리고 빨강 등 온갖 빛을 발했다. 일치된 마음으로 몸을 구부린 채 그 밑을 지나가던 우리는 이 순간 서로 얼굴이 너무 가까워져서 우리도 모르게 키스를 나누었다. 협곡에 도달할 무렵 이미 말문이 터진 우리는 잠시 동안 행복에 겨워하며 잡담을 나누었는데, 우리가 입을 맞추었다는 것에 생각이 미치자 서로 바라보며 얼굴을 붉혔다. 우리는 다시 침묵했다. 이제 숲은 다른 편으로 경사져 있었고 다시 그늘로 덮여 있었다. 우리는 아래쪽에서 물이 반짝이는 것을 보았다. 아주 가까이에 있는 맞은편 산비탈은 바위와 소나무와 함께 밝은 햇빛 속에 있었기 때문에 우리가 지나던 짙은 나무줄기 사이로 번쩍이면서 전나무 숲의 그늘진 회랑에 신비스러운 어스름 빛을 던졌다.

이제 너무나 급경사여서 우리는 말에서 내려야 했다. 말에서 내리는 안나를 부축하면서 우리는 두 번째로 키스했는데 곧장 앞으로 뛰어간 그녀는 내 앞쪽에서 부드러운 초록 양탄자 위를 천천히 걸어 내려갔고 나는 두 마리 말을 끌고 갔다. 거의 동화 속에 나오는 것처럼 매력 있게 전나무 사이로 걸어가는 모습을 보면서 나는 다시 꿈을 꾸고 있다고 생각했다. 나는 말을 놓치지 않기 위해 무진 애를 썼으며 그녀에게 달려가서 포옹함으로써 이것이 현실이라는 것을 확인했다. 이렇게 우리는 마침내 물가에 도착했는데, 우리가 잘 아는 지역에 있는 이교도의 굴 근처에 와 있다는 것을 알게 되었다. 이곳은 전나무 숲 속보다 훨씬 조용한 것 같았고 더할 나위 없이 은밀했다. 양지바른 절벽은 맑은 물속에 반사되었고, 그 위에서는 세 마리의 커다란 매가 끊임없이 서로 스치며 상공에서 원을 그렸다. 우리가 아래쪽 그늘에 앉아 있는 동안, 그것들이 날갯짓을 하면서 선회할 때마다 날개 위의 갈색과 안쪽의 흰색이 태양빛 속에서 서로 교차하며 반짝거렸다. 물을 먹고 싶어하는 순한 말들의 고삐를 풀어주며 나는 행복하게도 이 장면을 볼 수 있었다. 안나는 하얗고 조그마한 꽃을 보고 있었는데, 그것이 어떤 종류의 꽃이었는지 지금은 알 수가 없지만, 그것을 꺾어 내게 다가와 내 모자에 꽂아주었다.

우리가 세 번째로 키스하게 되었을 때 나는 더 이상 아무것도 보지도 듣지도 못했다. 나는 그녀를 팔로 껴안고 격렬하게 내 몸에 끌어당기며 마구 키스를 퍼부어댔다. 처음에는 몸을 떨면서 잠시 잠자코 있던 그녀는 팔을 내 목 둘레에 얹고 다시 내게 키스했다.

그러나 안나는 다섯 번째와 여섯 번째 키스를 할 때 죽은 사람처럼 창백해지더니 내게서 몸을 빼내려 했으며 나 역시 이상한 변화를 감지했다. 키스는 저절로 사그라졌고 나는 마치 아주 낯설고 실체 없는 대상을 팔에 안고 있는 느낌이 들었다. 우리는 깜짝 놀라 서먹하게 서로 얼굴을 바라보았다. 나는 어찌할 바를 모르고 여전히 그녀를 안은 채 그녀를 풀어주지도 바싹 끌어안지도 못했다. 그녀를 놓아주면 끝없는 심연으로 빠뜨릴 것만 같았고, 그녀를 계속 붙들고 있으면 죽일 것만 같았다. 우리 두 사람의 어린 마음에는 크나큰 두려움과 슬픔이 드리워졌다.

마침내 내 팔이 풀렸다. 부끄럽고 의기소침해진 우리는 그대로 서서 땅바닥을 내려다보았다. 그러다가 안나는 깊고 맑은 물가에 바싹 붙어 있던 바위 위에 앉더니 몹시 울기 시작했다. 이것을 보고야 내 생각을 다시 그녀에게 돌릴 정도로 나 역시 혼란스러웠고 우리를 덮친 얼음 같은 한기에 깊이 빠져 있었다. 나는 울고 있는 아름다운 소녀에게 다가가 겁먹은 목소리로 이름을 부르면서 손을 잡으려 했다. 그러나 그녀는 계속해서 눈물을 펑펑 쏟으며 기다란 초록 옷의 주름 속에 얼굴을 푹 파묻었다. 마침내 어느 정도 냉정을 되찾은 그녀는 다음과 같은 한 마디만 던졌다. "아! 우리가 지금까지는 아주 즐거웠는데!" 나는 그녀만큼 깊이 그런 것은 아니었지만 상당히 유사한 것을 느꼈기 때문에 그녀의 말을 이해했다고 생각했다. 그래서 나는 아무 대답도 안 하고 그녀에게서 조금 떨어진 곳에 말없이 비스듬히 마주 앉았다. 그렇게 우리는 우울한 침묵 속에서 우리 모습이 비치는 물속을 들여다보았다. 나는 작은 은관을 쓴 그녀 모습이 마치 다른 세계에서처럼, 마치 신뢰가 깨진 뒤에 심연으로 도망치려는 낯선 물의 요정과도 같이 바닥에서 위쪽으로 비치는 것을 보았다.

내가 그녀를 그토록 격렬하게 끌어안고서 키스하고 그녀가 혼란 속에서 이에 응하는 동안 우리는 우리의 순진무구한 기쁨의 잔을 너무나 기울여버렸다. 그 잔 속의 음료는 우리를 갑작스런 냉기로 감쌌으며, 우리 육체가 느낀 거의 적대적이기까지 한 느낌은 우리를 완전히 천국 밖으로 끌어내버렸다. 옛날에 아직 아이들이었을 때 아무런 거북스러움 없이 아주 똑같은 일을 이미 경험했던 두 젊은 사람 사이에 일어난 이렇게 천진난만하고 진심어린 열정의 결과가 많은 사람에게는 바보처럼 여겨질지도 모른다. 그러나 우리에게는 이 일이 결코 우습게 여겨지지 않았기 때문에 우리는 안나의 영혼보다 더 맑지 않을 것 같은 물가에서 정말이지 비통한 심정으로 앉아 있었다. 그 일이 왜 무서웠는지 그 진정한 원인이 무엇인지 나는 전혀 알지 못했다. 그 나이 때에는 붉은 피가 정신보다 더 현명하다는 것과 이 피가 지나치게 큰 파도로 솟아오르면 스스로 둑을 쌓는다는 사실을 몰랐기 때문이다. 반면 안나는 축제에 참가하기로 승낙한 대가로 지금 벌을 받고 있고 자기와 같은 삶의 방식이 거칠고 야만스럽게 방해받았다고 생각하며 주로 자신을 질책하는 것 같았다.

우리 주위에 빙 둘러 있던 나무꼭대기에서 커다랗게 바스락대는 소리는 우울함에 빠져 있던 우리를 깨워주었는데, 기실 이러한 우울은 어쩌면 다른 종류의 아름다운 행복이라고 말할 수 있었다. 왜냐하면 내가 기억하기로는, 강하게 불어온 남풍이 우리를 깨우기 전의 마지막 순간은 언덕과 전나무 숲에서 말을 달린 것만큼이나 사랑스럽고 귀중했기 때문이다. 안나 역시 더 행복해하는 것 같았다. 우리가 자리에서 일어설 때 그녀는 물속에서 막 사라져가는 내 모습을 향해 순간적으로 미소를 지었다. 그러나 그와 동시에 그녀의 품위 있는 단호한 동작은 '앞으로는 절대로 감히 나를 만지지 마!'라고 말하는 것 같았다.

이미 한참 전에 물을 다 마신 말들은 움직일 공간이 거의 없는 바위와 물 사이의 좁고 거친 곳에서 의아한 듯이 서 있었다. 나는 말의 재갈을 물리고 안나를 백마에 태운 다음 이 말을 끌면서 때로는 개천 때문에 폭이 좁아진 오솔길을 가능한 한 앞쪽으로 빠져나오려고 애썼는데, 그동안에 갈색 말은 끈기 있고 충실하게 뒤를 따라왔다. 우리는 아무 탈 없이 초원에 도착하여 마침내 오래된 목사관 앞에 있는 나무 아래에 이르렀다. 집에는 아무도 없었다. 그날 저녁에는 외삼촌과 외숙모까지도 외출했기 때문에 집 주위는 온통 고요했다. 안나가 곧장 안으로 급히 들어가는 사이에 나는 백마를 마구간으로 끌고 가서 안장을 벗기고 건초를 주었다. 그런 다음 나는, 내 말을 타고 서둘러 연극을 보러 갈 생각이었으므로, 말에게 줄 빵을 가져오려고 위로 올라갔다. 안나 역시 내가 거실에 들어서자 그렇게 하라고 권했다. 그녀는 벌써 옷을 갈아입었고 머리도 황급하게 평상시처럼 땋아 내리던 중이었다. 이 일을 하던 중 내가 들어서자 놀라게 된 그녀는 다시금 낯을 붉히고 당황스러워했다.

나는 갈색 말에게 먹이를 주기 위해 아래로 내려갔다. 빵을 쪼개서 말의 주둥이에 한 조각씩 차례로 넣어주는 동안 안나는 열린 창가에 서서 머리 손질을 마무리하면서 나를 바라보았다. 농장 위에 깃들인 적막 속에서 느긋하게 손을 놀리고 있노라니 깊고 행복한 편안함이 우리를 충만하게 감싸주었다. 우리는 몇 년이고 언제까지나 그 상태로 머무를 수 있을 것 같았다. 말에게 빵을 주기 전에 가끔 나도 빵을 한 조각씩 먹었다. 그러자 안나도 역시 찬장에서 빵을 가져와 창가에 서서 먹었다. 그 때문에 우리는 웃을 수밖에 없었다. 축제 분위기의 요란스러운 식사 뒤에 그 마른 빵이 우리 입맛에 잘 맞았듯이, 우리 둘이 함께 있는 현재 상태는 작은 폭풍우가 지나고 난 뒤 우리가 흘러들어가서 머물러야 할 진정한 수로인 듯 여겨졌다. 안나 역시 내가 말을 타고 떠나갈 때까지 창가를 떠나지 않음으로써 그녀의 만족감을 드러냈다.

제17장 승려들

마을 바로 바깥에서 선생님이 외삼촌 부부와 함께 마차를 타고 오고 계셨다. 나는 그들에게 안나가 집에 있다고 말씀드렸다. 조금 더 가서 나는 방앗간 주인의 말을 집으로 끌고 가는 방앗간 직공을 만났다. 나는 이미 모든 사람이 쯔빙우리[56] 성에 모여 있고 거기서 커다란 소동이 벌어지고 있으며 그곳까지의 거리가 얼마 되지 않는다는 말을 듣고서 그에게 내 말을 건네주고 서둘러 걸었다. 사람들은 무너져내린 성터를 쯔빙우리로 정했고, 공유지로 쓰이는 산의 가장 높은 지점에 위치한 이 성터는 전망이 좋아서 먼 산맥까지 내다보였다. 성의 잔해는 나무기둥과 판자로 만든 몇몇 개의 비계가 설치되어 있어서 무너지는 것이 아니라 짓고 있는 듯이 보였고 승승장구하는 전제정치를 기리기 위해 화관이 씌워져 있었다. 내가 도착해서, 민중들이 비계를 무너뜨리고 높이 쌓인 통나무와 잔가지 더미 위에 화관을 내던지며 불을 붙이는 것을 본 것은 해가 막 지고 있을 때였다. 텔의 집 앞이 아니라 이곳에서 텔을 찬미하는 장면이 연출되었는데, 이제는 원작의 순서가 무시되었고 이 순간에 수천 명의 머리에서 떠오르는 대로 제멋대로 꾸며져 진행되었다. 줄거

---

56) 총독 게슬러의 성을 말한다.

리의 끝부분은 정해지지 않은 채 요란스런 기쁨의 축제로 넘어가고 있었다. 격퇴당한 압제자들이 수행원들을 데리고 다시 살그머니 다가와서 행복한 유령처럼 민중 틈에 섞여 돌아다녔다. 그럼으로써 이들은 가장 무해한 반동세력의 역할을 한 셈이었다.

모든 언덕과 산 위에서는 이제 사육제의 화톳불이 피어오르는 것이 보였고 우리의 화톳불도 이미 꽤 큰 덩치로 활활 타올랐다. 우리는 원을 그리며 수백 명씩 그 주위에 둘러섰다. 사수였던 텔은 이제 훌륭한 가수, 심지어는 예언자가 되어 셈파허 전쟁[57]에 대한 힘찬 민요를 선창했고 그것의 합창 부분을 모든 사람이 반복했다. 포도수는 대량으로 준비되어 있었다. 노래를 부르기 위해 조가 몇 개 형성되었는데, 어떤 사람들은 옛날 노래를 단순하게 제창했고, 남성 합창단은 새로운 노래들을 4부 합창으로 불렀으며, 소년 소녀의 혼성조와 어린이 무리도 있었다. 공유지에는 온통 노래와 울림과 소음이 뒤섞였고, 화톳불은 공유지 위에 붉은빛을 던졌다. 산맥 너머에서는 점차 따뜻해지는 남풍이 점점 거세게 불어왔고 커다란 구름 덩어리들은 하늘을 가로질러 지나갔다.

하늘이 어두워질수록 기쁨 소리는 더욱 커졌는데, 처음에는 성의 잔해와 불 주위에서 커다란 하나의 덩어리 속에 깃들었던 이 기쁨은 산등성이를 내려와서는 많은 그룹이나 개인 속으로 흩어졌고, 어떤 사람들은 아직도 여기서 붉은빛 속을 돌아다니는가 하면 또 어떤 곳에서는 어둠 속에서 환호성이 들렸다. 그 후에도 계속해서 어두운 들판에서 흥겨워하는 소리들이 들려왔는데, 그 흥겨움은 지평선의 무수한 불꽃 속에서 마지막으로 다시 모습을 보이며 반짝거렸다. 태곳적부터 변함없이 불어오는 이 땅 특유의 강력한 봄의 숨결은 비록 위험과 재해를 초래했

---

57) 1386년 합스부르크 왕조의 레오폴트 3세가 이끈 오스트리아 기병대가 루체른에 있는 셈파허 부근에서 스위스인들에게 패배한 전쟁을 말한다.

을망정 자연에 대한 오래된 불굴의 기쁜 감정을 일깨워주었다. 그 숨결이 우리 얼굴과 뜨거운 불꽃 속으로 불어오는 동안, 사람들의 생각은 정치적 의식의 화톳불에서 시작하여 먼 과거로 거슬러 올라 중세 기독교의 불을 거쳐 아마도 같은 시각에 같은 장소에서 타올랐을 이교(異敎) 시대의 봄의 화톳불에까지 미쳤다. 어두운 구름층 속에서는 멸망한 종족의 군대가 지나가면서 밤의 노래를 부르는 한떼의 민중 위에서 이따금 머무는 것처럼 보였는데, 이 모습은 마치 그들이 지상으로 내려와 화톳불 곁에서 인생의 덧없음을 잊고 있는 사람들 사이에 섞이고 싶은 바람이 있는 것 같았다. 이 공유지는 또한 매우 멋진 장소이기도 했다. 푸른빛을 띠며 막 돋아나고 있는 야생의 풀들로 덮인 이 갈색 땅이 우리에게는 우단 방석보다 더 부드럽고 폭신하게 여겨졌는데, 프랑크 시대[58] 이전에도 이미 이 땅은 이 지역 사람들에게는 오늘날과 똑같았다.

여자들의 목소리는 밤이 깊어갈수록 더 커졌다. 그들 가운데 나이 든 사람들은 이미 떠나가고 결혼한 남자들이 서로 모여 친숙한 단골 술집을 찾는 동안 아가씨들이 활발하게 지배력을 행사하기 시작했다. 처음에는 한데 뭉쳐서 깔깔거리더니 마침내 제각각 짝을 찾아갔고, 각각의 짝은 자기들 방식대로 사람들이 모여 있는 곳으로 가거나 아예 숨어버렸다. 화톳불이 모두 꺼지자 불을 동그랗게 둘러싸고 있던 사람들은 각자 흩어져서 크고 작은 무리를 지어 작은 시내로 옮겨가기 시작했는데, 그곳의 읍사무소와 몇몇 음식점에서는 트럼펫과 바이올린이 그들을 기다리고 있었다. 나는 움직이는 물결에 섞여 끊임없이 이리저리 밀려다녔고 이글거리다 꺼져가는 불을 보며 즐겼다. 그 주위에는 몇몇 소년을 제외하고는 예의 그 광대들만이, 공짜로 즐길 수 있었으므로, 빙빙 돌며

---

58) 대략 6세기경을 의미한다.

춤을 추고 있었다. 나부끼는 셔츠차림에 뾰족한 종이 모자를 쓴 그들은 성터의 잿빛 벽에서 튀어나온 귀신같이 보였다. 그들 가운데 두어 명은 어찌어찌 얻어냈음직한 동전을 세고 있었다. 다른 이들은 숯이 된 통나무를 불 속에서 끄집어내려고 애쓰고 있었는데, 특히 그들 가운데 하나는 가장 멋지게 뛰어오르는 묘기를 보여주려고 애썼던 사람으로, 나는 그가 젊은 건달인 줄 알았는데, 연기 나는 소나무 장작을 가지고 다급하게 애쓰는 그 사람이 막상 가면을 벗으니 백발이 성성한 몸집이 작은 남자라는 것을 알게 되었다.

마침내 나는 돌아서서 천천히 그곳을 벗어나며 십으로 가야 할지 아니면 읍내 쪽으로 가야 할지 결정을 내리지 못하고 있었다. 망토와 칼 그리고 석궁은 한참 전부터 거추장스럽게 느껴졌다. 나는 그것들을 모두 어깨 밑에 끼었다. 공유지에서 빠른 속도로 내려올 때 기분은 마치 새벽에 그런 것처럼 즐겁고 상쾌했다. 걸어가는 동안 한번쯤 저녁 내내 흥청거리고 싶은 대범한 욕심이 점점 더 커졌지만 그와 동시에 그렇게 쉽사리 안나를 두고 온 것에 대한 후회도 점점 더 강해졌다. 나는 나 자신을 축제의 밤 내내 애인을 데리고 다니면서 춤도 추고 술잔도 부딪치면서 재미있게 노는 남자로 상상해보았다. 나는 단 하루밖에 없는 이날을 이렇게 용기 없이 서툴게 망쳐버린 것에 대해 쓰디쓴 자책을 하는 동시에 안나 역시 나와 같은 마음이어서 아마도 잠을 이루지 못하고 나를 그리워할 거라는 헛된 상상을 했다. 벌써 아홉시가 지났을 것이기 때문이다.

부지중에 나는 음악이 울려나오는 곳에 도착했다. 사람들이 넘치는 홀에 들어서자 한창때의 젊은 연인들이 춤을 추고 있는 모습이 보였다. 내 심장은 점점 더 뜨겁게 뛰었고 그만큼 속이 더 상했다. 내 생각은 안나와 내가 공공연한 회합에 나타나는 유일한 열여섯 살짜리 짝이었을 거라는 데에는 미치지 못했다. 또한 우리의 오늘의 경험이 여기서 이렇게 떠드는 젊은이들이 즐길 수 있는 모든 것보다 열 배나 아름다우며, 내가 오늘의 경험을 기억하며 마땅히 귀중하고 행복한 느낌을 가져야 할 것이라고는 더더욱 생각하지 못했다. 나는 성년이 된 젊은이들, 약혼한 사람들 그리고 미혼인 사람들의 기쁨만을 보았을 뿐, 뻐기는 내 기질이 안나가 실제로 곁에 있으면 순간적으로 다시 사그라드는 것은 조금도 염두에 두지 않고 그들의 권리를 나도 즐길 수 있으리라 여겼다. 나를 겸손하게 만들려면 그녀의 육신이 곁에 있어야 한다는 것도 사실 명예는 아니었다.

그러나 나를 잃어버렸던 것으로 생각했던 사촌들과 친지들이 나를 반갑게 환영하면서 혼잡한 소용돌이 속으로 이끌고 갔을 때 나는 기쁨의 빛에 현혹되어 나 자신과 내 분노를 잊었고, 세 사촌누이와 차례로 춤을 추었다. 나는 점점 더 달아올랐지만 만족스럽지는 않았다. 모든 사람의 그토록 요란한 즐거움이 나 개인에게는 너무도 느릿하고 냉랭하게 여겨졌다. 모든 젊은이가 기쁨의 빛을 발했지만 내 환상 속에서 깨어났던 광채에 비하면 그것은 흐릿하게 가물거리는 빛에 지나지 않았다.

나는 편치 못한 마음으로 그 홀의 옆에 있던 몇몇 주점을 지나가다가 진홍색 포도주를 마시며 노래를 부르던 젊은 청년들에게 붙들렸다. 마침내 내가 바라던 목적지를 찾은 것 같았다. 나는 아름다운 빛깔이 눈에 쏙 드는 차가운 포도주를 마시고는 열정적으로 노래를 부르기 시작했다. 한 곡이 끝나기 무섭게 다른 곡을 시작했고 빠른 템포로 바꾸었으며 힘차게 표현해야 하는 부분에서는 소리를 높였기 때문에 내 목소리는 곧 다른 사람들의 소리를 압도했다. 얌전빼던 도시 출신이 자기들보다 더 잘 마시고 더 잘 논다고 놀라워하면서 그들은 지지 않으려고 했다. 우리는 서로 공격을 개시했다. 나는 노래를 부르고 또 불렀는데 돌림노래를 부르면서 내가 잠시 침묵해야 했을 때야 비로소 모든 사촌자매들이 득의만면하게 앉아 있는 내 모습을 놀라워하면서 문틈으로 내다보고 있다는 것을 알아차렸다. 그들은 나를 향해 웃고는 그들의 깃발 아래서 탈주한 나에게 위협적인 몸짓을 하면서 다시 춤출 것을 요구했다. 그러나 나는 이제 내 동료들 사이에선 언젠가 내가 어렸을 적에 얼마 동안 허풍선이 노릇을 했던 때처럼 쓸모 있고 중요한 남자였다. 그들 가운데 두세 명이 다시 소녀들 쪽을 돌아보았을 때 나는 두 명의 야성적인 젊은 이들과 함께 읍내를 돌아다니기 위해 출발했다. 나는 건장한 농부의 아들들과 함께 팔짱을 끼고 거리로 돌진했다. 우리는 서로에게 아주 재미있는 표현을 사용하면서 노래를 불렀으며, 남남으로 만난 사람들이 하나가 되어 즐길 때 느끼는 유쾌한 즐거움을 만끽했다.

그러나 우리가 들어간 바로 다음 무도장에서 나는 새 친구들을 차례로 잃어버렸다. 그들은 찾고 있던 어떤 것을 아마도 여기서 찾은 것 같았다. 나는 결국 혼자서 부단히 거리를 쏘다녔다. 여기저기서 잠깐씩 기웃거리며 내게 던지는 농담을 주저없이 맞받았으며 마침내 커다란 원탁에 예의 그 승려들 가운데 아직도 네 명이 앉아 있는 실내에 들어갔다. 두 명은 이미 중간에 떨어져나가 사라진 뒤였다. 여기에 남아 있던 사람들은 이미 거나하게 2차를 마신 뒤였다. 이들은 백전노장의 술고래들이 즐거웠던 하루를 끝내는 흐트러진 상태에서 수상쩍은 농담을 나누었고 마치 술은 더 이상 중요시하지 않는다는 태도로 포도주를 마시면서도 한 방울이라도 놓치지 않으려고 매우 조심했다.

같은 탁자의 조금 떨어진 곳에 유디트가 앉아 있었는데 관습대로 그 승려들은 그녀에게 한 잔 권했다. 이번 축제를 혼자서 구경 다닌 것 같은 그녀는 이 남자들이 던지는 농담과 음담을 재치 있게 맞받아치고 쌀쌀맞은 태도를 취하면서 즐기고 있었거니와, 그렇게 하는 데에는 여간

한 수완과 정력이 필요한 것이 아니었다. 그녀 역시 의자에 등을 기대고 반쯤 몸을 돌린 채 느슨한 자세로 앉아 태연하게 대꾸하고 있었다. 승려들은 삼 찌꺼기로 만든 수염을 이미 떼어냈고 빨갛게 칠한 코도 씻은 뒤였다. 머리가 점차 벗어지고 있고 술 때문에 원래부터 코가 빨간 제일 나이 든 승려만이 아직도 선명한 딸기코를 과시하고 있었다. 이 사람은 정말 쓸모없는 건달이었는데 내가 지나가려 하자 "이봐, 풋내기! 어디 가는 게야?"라고 소리쳤다. 나는 조용히 서서 이렇게 대답했다. "이거 보세요! 다른 승려들처럼 코의 빨간 색칠을 닦는 걸 잊으셨군요! 당신의 베개를 행여 빨갛게 만들까봐 말씀드리는 겁니다."

다른 세 사람의 웃음소리는 내가 즉각 그 신성한 결사단체에 들어가도록 해주었다. 나는 앉아서 한 잔 받아야 했다. 그들이 말했다. "그런데 말이지, 자네들 믿을 수 있겠어? 이 친구가 오늘 자기 코도 빨갛게 칠해야 한다고 한 걸 말이야." "물론 그것은," 나는 대답했다. "장미꽃을 빨간색으로 치장하려고 하는 것만큼이나 바보짓이지요."

"게다가 훨씬 더 위험하지." 다른 남자가 덧붙였다. "장미를 화장하는 것은 신의 작품을 더 훌륭하게 하려는 것이니까 신이 용서할 거야! 그러나 빨간 코를 분장하는 것은 악마를 조롱하는 것이니까 악마가 용서하지 않거든!"

얘기는 그런 식으로 진행되었다. 그들은 이제 그의 대머리를 가지고 토론했다. 그들이 이 화제만으로도 너무나 우스꽝스러운 상상을 자극할 뿐만 아니라, 하나하나가 비유의 신선함과 대담성에서 그 앞의 것을 능가하는 스무 가지나 되는 농담을 하는 동안 나는 멀찍감치 뒤로 빠져 있었다. 유디트는 이 한량들이 화살을 서로에게 쏟아붓자 웃었고, 공격당하던 사람은 이것을 보고는 그녀 쪽으로 방향을 바꿈으로써 동료들의 포화에서 벗어나려고 했다. 그녀는 검소한 갈색 옷을 입고 앉아 있었는데 가슴은 하얀 목도리가 덮고 있었다. 이 목도리 사이로 그녀의 멋진 목이 조금 내비쳤고, 목에 찬 예쁜 금목걸이는 목도리 속에 감추어져 있었다. 이것을 빼놓는다면 그녀의 아름다운 갈색 머리가 유일한 치장이었다. 대머리는 그녀에게 윙크하며 노래를 불렀다.

"내 사랑, 그대의 하얀 목둘레에
가짜 금으로 된 쇠밧줄이 감기는구려.
그것은 그대의 젖퉁이를 따라 내려가
그대의 교활한 가슴속까지 깊숙이 들어가네!"

유디트는 재빨리 응수했다. "그대가 나의 하얀 목을 잊을 수 있도록 하얀 것에 대한 노래 한 곡 알려드리리다!" 그녀는 노래하는 대신 달콤한 목소리로 읊었다.

"얼마나 역겨운 시절인지!
예전엔 수줍은 처녀였던 루나[59]는,
대낮에 늙은 죄인들의 머리 위에
추파를 던지고 우리 같은 가엾은 아이들을 비웃는다네.
달빛이여, 부끄러워하라!

나는 창문을 열고
어두운 밤에 달님의 행로를 찾았다네.
달님은 뻔뻔하게도 우리 집 문지방에서 빛나고 있네.

---

59) 달(의 여신).

나는 화가 나서 하얀 머리 위에 물을 부었다네.

달빛이여, 부끄러워하라!"

　그녀의 어머니는 돌아가셨고 그 후 그녀는 어떤 외국의 복권으로 수천 굴덴을 벌었다. 권태에서 벗어나기 위해 그와 같은 일들을 했던 것이다. 그래서 그녀는 지금 그 어느 때보다도 크고 작은 노상강도가 노리는 사냥감으로 보였다. 그 대머리는 그녀가 웃으면서 내준 사채를 여러 차례 빌린 뒤에 그녀에게 돌진하여 그녀를 얻을 수 있을 걸로 믿었지만 역시 웃으면서 거절당했다. 노래의 윗부분은 심지어 그가 구혼하느라 벌였던 못된 모험을 암시하기까지 했다. 나머지 세 사람은 아주 사악하게도 비밀을 모르는 체하며 서로 바라보았고, 웃음을 참기 위해 입을 억지로 꼭 다문 채 눈을 번쩍이면서 낮게 콧노래를 부르기 시작했다.

　"흠! 흠! —— 흠! 흠! 흠!

　흠! 흠! 흠! —— 흠! 흠! 흠!"

　이 콧노래의 리듬은 아주 유혹적이어서 나도 함께 따라 했는데, 경멸하는 사람들과 함께 노래할 수 있다는 것에 대해 나는 긍지에 찬 행복감을 느꼈다. "흠! 흠! 흠! —— 흠 흠 흠!" 불빛이 흐릿한 그 방은 조용하고 엄숙했으며, 우리는 엄숙한 만족감으로 그 묘한 박자를 계속 불렀다. 유디트는 큰 소리로 웃더니 소리쳤다. "오, 이 주책들!" 그러자 우리도 갑자기 큰 웃음을 터뜨렸다. "하 하 하! —— 하 하 하!"

　그러나 놀림받던 사람은 주위를 살펴보더니 갑자기 가장 큰 소리로 놀리던 사람의 승려복에서 비죽이 빠져나와 있던 종이를 뽑아내 제목을 읽었다. "기독교 주보, 보수적인 대중 신문." 이제 조롱은 놀라서 당황하는 사람에게 쏠렸는데, 그의 약점은 충분히 설명할 수도, 옹호할 수도 없으면서 그가 보수주의자라는 점이었다. 얼마 전부터 유행한 이 명칭은 그때까지 정체가 애매하던 몇몇 사람을 사로잡았다. 대머리는 그 보수주의자에게, 스스로 보수적이라고 주장하는데 도대체 무엇을 보수주의라고 생각하는지 한번 말해보라고 요구했다. 보수주의자는 이 문제는 농담거리가 아니라는 듯한 태도를 취했고, 진지한 표정으로 정치 이야기를 하지 말자고 말했다. 그러나 또 다른 사람이 소리쳤다. "그것에 대한 설명은 이미 낙원에서도 찾아볼 수 있지! 아담이 짐승들에게 각기 이름을 붙여주었을 때, 그 가운데에는 매우 의심스럽다는 듯이 귀를 흔들면서 '그건 보수적이에요'라고 말한 동물이 있었어. 그러나 그 짐승이 이에 대한 이유를 대지 못하자 아담이 말했지. '너는 당나귀라고 불리리라!'" 그러자 그 사람은 화가 나서 그의 고정관념에 지나지 않는 본래의 속 깊은 이유를 꺼내면서 급진주의가 포도주를 시큼하게 만들었고 값을 올렸다고 비난했다. 아직도 달고 값싼 포도주를 마시려면 구식 노인이 세상을 피해 기어 들어간 외딴 곳의 고풍스러운 여관에서나 찾을 수 있다는 것이었다.

그는 "정치를 좋아하는 너희의 유명한 여관 주인이 파는 급진적인 독한 싸구려 포도주나 마셔라! 나는 구식 노인과 함께할 테니!"라고 외쳤다. 물론 이 비난 속에는 뭔가 진실한 것이 들어 있었기 때문에 다른 세 사람은 그들대로 격분해서 보수주의자를 중상모략하는 인간이라고 꾸짖었고, 급진주의가 없었더라면 좋든 나쁘든 아예 포도주를 구할 수조차 없으리라는 것을 증명하려고 애썼다. 또한 그 사람 자체는 보수당의 종복으로는 전혀 쓸모없는 인간이고, 변절에 대한 포상으로 원기를 돋우는 포도주 대신에 구식 노인에게 등짝을 밟히게 되리라는 거였다. 이 말로 격렬한 싸움이 벌어져 이 남자들은 서로 상대방의 원칙, 실제 사정 그리고 당 지도자를 헐뜯었다. 그것도 여느 극작가가 민중이 등장하는 장면을 쓰면서 고안해낼 수 있는 것보다 더 적절하고 독창적인 표현과 비유 그리고 관용구들을 연거푸 사용하면서 싸웠다. 받아 적기가 도저히 불가능할 정도로 번개처럼 빠르고 쉽게 조롱이 튀어나왔는데, 그것의 전제는 때로는 정당하고 진실하기도 하고, 때로는 악의로 궁리해낸 것이지만 언제나 관계있는 상황과 인물에 바탕을 두고 있다는 것이었다. 이 말싸움으로 논설이나 연설문을 만들어낼 수는 없을 것이다. 그러나 민중은 민중대로 얼마나 복잡다단한 비판을 하고 있는지, 그리고 자신의 수상쩍은 목표를 위해 연단 위에서 '신실하고 선량한 국민'을 외쳐부르며 국민의 선의의 소박한 열정을 기대하는 사람들이 얼마나 인식이 모자라는지 알 수 있었다. 유명 인사들의 외모와 버릇 그리고 신체적 결함까지도 그들의 말이나 행동과 연관 지어져서 후자가 전자의 필연적인 결과처럼 여겨지기도 했다. 무식하지만 상상력이 풍부한 민중은 순리를 따르는 관상가로 생각될 수 있었다. 여기서는 수많은 명망가들이 실제로 눈앞에서 그렇게 보이기라도 하는 듯이 아주 사실적으로 우스꽝스럽고 무시무시한 도깨비로 변했고, 그들이 그런 말을 들었더라도 그것을 변호하는 것 자체가 그들에게는 수치스러울 수밖에 없었다.

이곳은 선생님과 같이 있을 때와는 전혀 다른 세계였다. 그런데도 나는 집에 있는 듯이 편안했고, 생각 없이 격하게 뱉어내는 말과 모욕적인 난폭한 생각을 안나 부친의 취사선택된 조용한 말을 들을 때처럼 주의 깊게 경청했다. 내게는 그곳에서의 나와 이곳에서의 내가 전혀 다른 사람이면서도 동일한 사람인 것처럼 생각되었다. 나는 내 삶이 한 장면씩 새롭게 펼쳐지는 것이 기뻤으며, 이 재미있는 남자들이 나를 그들 모임에 낄 만한 사람으로 인정하고 내 앞에서 익살을 숨기지 않는 것으로 생각되어 득의양양했다. 나는 선생님에 대해 생각하는 것을 좋아했다. 그래서 앞으로도 그와 진지하고 기품 있게 토론하고 싶으면서도 한편으로는 이런 종류의 뭔가 다른 지식도 쌓으면 좋겠다고 생각했다. 현재 나에게는 어느 곳에서도 소외당하지 않고 모든 것을 달관하는 것이 가장 중요한 것 같았기 때문이다.

제18장 유디트

정치 얘기로 다시 쾌활해져 활기를 되찾은 승려들이 자정이 훨씬 지났는데도 술병을 새로 채우게 했을 때 갑자기 유디트가 자리에서 일어나면서 말했다. "여자들과 어린애들은 이제 집으로 가야지! 사촌, 가는 길이 같으니까 함께 가지 않겠어?" 나는 그러마고 말했지만 같이 갈 내 친척들이 있는지 우선 둘러보아야 한다고 했다. "아마 벌써 갔을 거야." 그녀는 대답했다. "시간이 늦었거든. 내가 너랑 같이 갈 수 있을 거라는 계산을 안 했더라면 나 역시 벌써 갔을걸." "오!" 술꾼들이 소리쳤다. "마치 우리는 여기에 없는 것처럼 말하는군! 우리 모두 당신들을 데려다주지! 그렇다고 유디트가 동반자를 고를 수 없다는 말은 아니야!" 그들이 일어서서 새로 주문한 포도주를 서둘러 비우려고 애쓰는 동안 내게 눈짓을 보낸 유디트는 현관으로 나오자 이렇게 말했다. "이 네 명의 이교도를 멋지게 골탕 먹여볼까!" 길 위에서 나는 사촌형제와 누이들이 있던 홀이 이미 어두워진 것을 보았고, 그들이 귀가했다는 것을 여러 사람에게 들었다. 그래서 나는 그녀를 따라갈 수밖에 없었다. 그녀는 어두운 옆 골목을 통해서 야외로 나가 몇 개의 들길을 지난 다음 국도로 나갔다. 앞서 가게 된 우리는 네 남자가 뒤에서 우리를 부르는 소리를 들었다. 서둘러서 계속 걷는 동안 우리는 몇 뼘 정도 떨어져서 나란히 갔다. 나는 수줍어하며 망설이는 태도를 취했다. 반면 내 귀는 그녀의 탄탄하지만 경쾌한 발소리를 한순간도 놓치지 않았고 그녀의 옷이 나직하게 살랑거리는 소리를 열심히 들었다. 밤은 어두웠지만 그녀의 윤곽에서는 모두 여성다움과 자신감 그리고 풍만함이 풍겨나와 나를 취하게 할 것 같았다.

그래서 나는 숲의 유령과 나란히 걷는 겁 많은 나그네와도 같이 매순간 몰래 흘끔흘끔 건네다볼 수밖에 없었다. 두려움에 싸인 나그네가 섬뜩한 동행자에게서 보호받기 위해 자신의 기독교적 의식을 환기하듯이 나는 유혹적인 길을 가는 동안 정말 조심하면서 실수를 범하지 않으리라는 종교적 긍지를 품고 있었다. 유디트는 그 남자들 얘기를 하면서 그들을 비웃었고, 그 가운데 한 명이 그녀에게 한 어리석은 짓을 내게 예사롭게 말했으며 루나가 옛날의 달의 여신이 아니냐고 물었다. 그녀가 어떤 책에서 그 노랫말을 읽었을 때 언제나 그렇게 추측했고 또한 그 건 달에게는 그게 잘 맞기도 하다는 것이었다. 그러더니 갑자기 내가 왜 그렇게 거만해졌는지, 왜 그렇게 오랫동안 보려고 하지도 않고 방문하는 횟수도 훨씬 줄었는지 물었다. 나는 그녀가 외삼촌댁하고 교제하지 않으니까 그녀를 볼 적당한 기회가 없는 것이라고 변명하려 했다.

"흥!" 그녀는 말했다. "네가 그들의 사촌이라면 내 사촌이기도 하니까 원한다면 나를 찾아올 권리가 있어! 네가 어렸을 때에는 나를 아주 좋아했잖아. 나도 어느 정도 너를 좋아했고. 그런데 이제는 네게 애인이 생겨 그쪽에 푹 빠져 있어. 그래서 다른 여자를 쳐다봐서는 안 된다고 생각하는 게지!"

"내게 애인이라고요?"라고 나는 대답했다. 그녀가 이러한 주장을 반복하면서 안나의 이름을 꺼냈을 때 나는 그 일을 아주 단호하게 부인했다. 우리는 어느새 마을에 도착했다. 그곳에서는 여전히 시끄러운 소리가 들렸고 젊은이들이 골목을 왕래하고 있었다. 유디트는 그들을 피해 가기를 원했다. 나는 이제 사실상 내 길을 잘 갈 수 있었을 텐데도 전혀 거절하지 못하고 그녀를 따라갔다. 그녀는 내 손을 잡은 채 울타리와 담 사이의 어둡고 꼬불꼬불한 길을 통해 사람들 눈에 띄지 않고 집에 도착했다. 그녀는 경작지를 모두 팔아버렸던 터라 혼자서 살고 있는 집 옆의 아름다운 과수원만 남겨두고 있었다. 우리가 그렇게 좁은 길을 미끄러지듯 지나갈 때 내 흥분된 기분은 그동안 마셨던 포도주로 고조되었다.

집에 도착하자 유디트가 "들어와, 커피 한 잔 끓여줄게!"라고 말했다. 내가 들어선 후 그녀가 현관문을 단단히 걸어 잠그자, 나는 이러한 모험으로 기분이 썩 좋아진 상태에서 이 모험을 명예스럽게, 그러나 대담하게 감당해낼 자신이 있었지만 심장은 불확실한 두려움으로 뛰고 있었다. 나는 안나를 전혀 생각하지 않았다. 격동하는 내 피는 그녀의 모습을 가려버렸고 오로지 내 허영의 별만을 비추게 만들었다. 엄밀히 말하면, 나는 오로지 나 자신을 위해서 내 지조를 시험해보고 싶었던 것이다. 하지만 밑바탕에는 색다른 경험을 피하지 말라고 충동질하는 일종의 낭만적인 의무감이 자리 잡고 있었다는 것을 이제 고백해도 될 것이다. 또한 유디트가 불을 붙여서 밝은 불꽃이 타오르자마자 불안하던 흥분도 사라졌다. 나는 부뚜막 위에 앉아 아주 기분 좋게 그녀와 대화를 나누었다. 불빛에 반짝이는 그녀의 얼굴을 계속해서 보고 있노라니 위험을 가지고 놀 수 있을 것 같은 자만심이 생겼고, 두 해 전에 그녀의 머리를 풀었다 엮었다 하던 때의 상황으로 되돌아가는 상상을 했다.

커피가 노래하면서 끓는 동안 그녀는 방으로 들어가 목도리와 외출복을 벗고는 소매 없는 하얀 속옷차림으로 되돌아왔는데, 눈처럼 흰 천 밖으로 눈부시게 아름다운 그녀의 어깨가 드러나 있었다. 나는 즉시 다시 혼란에 빠졌다. 꼼짝하지 않고 그녀의 어깨를 응시하는 동안 가물거리던 내 시선은 비로소 서서히 뚜렷해지면서 고요하고 맑은 그녀의 모습을 바라보았다. 나는 이미 소년시절에 그녀가 옷을 입으면서 나에게 그다지 주의를 기울이지 않을 때 그녀의 이런 모습을 한두 번 본 적이 있었다. 이제 그때와는 다른 방식으로 바라보고 있었을지라도 어쨌든 눈처럼 흰 이 어깨는 완전무결해 보였다. 또한 유디트의 움직임은 너무도 자유스럽고 확신에 차 있었기 때문에 이러한 확신은 내게도 옮아져왔다. 그녀는 다 끓은 커피를 거실로 가져와 내 곁에 앉더니 가져온 교회 기념장을 펼치면서 말했다. "이것 봐, 네가 그려준 그림들을 지금까지 모두 보관하고 있어!" 우리는 그 유치한 것들을 하나하나 관찰했는데, 그 당시에 그린 불확실한 선들은 아득히 사라져간 시절의 잊힌 기호처럼 너무도 이상해 보였다. 짧은 청소년시절 사이에 놓여 있는 이 망각의 심연 앞에서 어안이 벙벙해진 나는 깊은 생각에 잠겨 그 종이들을 관찰했다. 그림에다 격언 등을 적어 넣은 내 자필도 아주 딴판으로 보였지만 그것 역시 학창시절의 모습이었다. 소심하게 쓴 글씨의 획들은 나를 슬프게 응시했다.

나와 함께 말없이 한참 동안 그 종이를 바라보던 유디트는 갑자기 내 눈을 가까이서 들여다보면서 팔을 내 목에 감고 말했다. "너는 옛날과 변하지 않았어! 지금 무얼 생각하지?" "모르겠어요." 나는 대답했다. "알아?" 하며 그녀가 말을 이었다. "네가 그렇게 허공을 보면서 깊이 생각에 잠겨 있으면 너를 당장에 홀딱 삼켜버리고 싶다는걸!" 그러면서 그녀가 나를 그녀에게 더 바짝 끌어당기는 동안 내가 말했다. "도대체 왜요?" "나도 나 자신을 잘 몰라. 그렇지만 사람들 속에 있으면 너무도 지겨워서 때때로 뭔가 다른 것을 생각할 수 있다면 기쁜 법이거든. 나역시 기꺼이 그러고 싶어. 그렇지만 나는 아는 것이 많지 않아. 그래서 내가 알지 못하는 어떤 것이 머릿속에서 맴도는데도 언제나 똑같은 것만 생각나. 네가 지금 그렇게 허공을 바라보는 것을 보니 마치 내가 생각하고 싶은 바로 그것을 네가 생각하는 것 같아. 나는 항상 만일 너의 비밀스러운 생각과 함께 멀리 산책할 수만 있다면 정말 즐거울 거라는 생각을 하고 있어!" 나는 이와 같은 말을 여태껏 한 번도 들어보지 못했다. 그러나 나는 내 속마음에 관한 한 유디트가 나에 대한 호감에서 착각하고 있다는 것을 분명히 인식했다. 몹시 부끄러워 얼굴이 빨개진 나는 달아오르는 뺨의 열기가 그 뺨이 얹혀져 있는 그녀의 흰 어깨를 뜨겁게 만들 것이라고 생각했다. 그런데도 나는 아주 달콤한 이 감언이설을 한 마디 한 마디 탐욕스레 빨아들였다. 이때 내 눈은 그녀의 가슴 봉우리에 머물러 있었는데, 그것은 깨끗한 속옷 밖으로 고요하고 순결하게 솟아나와 내 눈 바로 앞에서 마치 행복의 영원한 고향인 양 빛나고 있었다. 유디트는 자신의 유방 자체가 이제 그곳에서 쉬는 사람에게는 고요하고도 총명하며, 슬프면서도 행복에 가득 찬 곳일 수 있다는 것을 몰랐거나 적어도 제대로 알지 못했다.

나는 시간에서 완전히 벗어난 느낌이었다. 우리는 이 순간에 똑같이 나이를 먹었거나 똑같이 젊었다. 앞으로 닥칠 모든 고뇌와 노고에 대한 보상으로 지금 미리 휴식을 취하는 것 같은 느낌이 내 심장을 꿰뚫고 지나갔다. 정말이지 이 순간은 정당한 존재의 이유가 충분한 것 같았다. 유디트가 찬송가를 넘기면서 접혀진 종이 한 장을 끄집어내 그것을 펴 내 앞에 들이댔다. 한참 생각해보니 몇 년 전에 안나에게 써서 물결에 떠내려 보냈던 연애편지라는 것을 알게 되었을 때에도 나는 조금도 놀라지 않았다. "이 착한 아이가 네 애인이라는 것을 아직도 부인할 거니?" 그녀가 물었다. 나는 뻔뻔하게도 그 종이는 이미 잊힌 유치한 짓일 뿐이라고 설명하면서 두 번째로 부인했다.

이 순간에 집 앞에서 왁자지껄 외치는 소리가 들렸다. 우리는 그들이 아까 그 네 남자라는 것을 알았다. 곧바로 그녀가 불을 껐기 때문에 우리는 어둠 속에 앉아 있게 되었다. 그래도 아래에 있던 사람들은 들어오려는 욕심을 버리지 않고 계속 소리를 질러댔다. "문 열어요. 아름다운 유디트. 뜨거운 커피 한 잔 주시구려! 점잖게 행동하고 분별 있는 말만할 거요! 우리를 속여서 끌고 온 대가로 문이나 좀 열어주구려. 오늘은 사육제날이니 이 나라에서 가장 의리 있는 우리 네 명을 대접해도 해가될 거 없잖소!"

그러나 우리는 아무 소리를 내지 않고 조용히 있었다. 무거운 빗방울이 창을 때렸고 심지어 번개까지 쳤으며 먼 곳에서는 마치 오월이나 유월인 것 같은 천둥소리가 났다. 유디트를 안심시키기 위해 사내들은 짐짓 신중한 체하며 할 수 있는 한 아름답게 사중창을 불렀는데, 밤을 새워 지친 상태였기 때문에 그들의 목소리는 실제로 감동되어 떨리는 것 같은 소리가 났다. 이 모든 것이 아무런 도움이 되지 않자 그들은 욕설을 퍼붓기 시작했고, 그 가운데 한 사람이 어두운 방 안을 들여다보기 위해 격자울타리를 타고 창문으로 기어 올라왔다. 우리는 그가 머리 위에 썼던 뾰족한 두건을 잘 식별할 수 있었다. 그때 갑자기 번개가 치면서 방을 환하게 했고 염탐꾼은 하얀 내복 때문에 유디트를 알아볼 수 있었다.

그는 "저 저주받은 마녀가 자지 않고 꼿꼿이 탁자에 앉아 있네!"라고 낮은 목소리로 아래쪽을 향해 말했다. 그러자 다른 사람이 "나도 한번보자!"고 말했다. 그러나 그들이 서로 교대하고 방이 다시 어두워지는동안 유디트는 날쌔게 침대로 가서 하얀 시트를 벗긴 다음 그것을 의자 위에 씌우고는 나를 조용히 침대 쪽으로 끌었다. 창문 쪽에서는 침대를볼 수 없었다. 그때 조금 전보다 더 강한 두 번째 번개가 방을 완전히 환하게 만들자 쌍신총처럼 두 눈으로 의자를 바라보고 있던 남자가 말했다. "그녀가 아닌데. 하얀 천일 뿐인걸. 커피세트가 탁자 위에 있고 그 곁에 교회 기념장이 놓여 있어. 저 마녀 같은 게 우리가 생각했던 것보다 경건한가봐!"

유디트가 내 귀에 대고 속삭였다. "만일 우리가 앉아 있었더라면 저 악당이 필시 너를 보았을 거야!"

그러나 갑자기 들이닥친 거센 빗줄기와 번개 그리고 천둥은 그 염탐꾼을 창문에서 쫓아버렸다. 우리는 그들이 승려 옷의 물기를 털어내면서 집이 멀기 때문에 마을에서 잘 곳을 찾기 위해 흩어져 뛰어가는 소리를 들었다. 더 이상 그들의 소리를 들을 수 없게 되자 우리는 잠시 더 말없이 침대 위에 앉아서 뇌우 소리를 듣고 있었는데, 그 소리는 작은 집을 흔들리게 할 정도여서 나는 그것과 내 자신이 가볍게 떠는 것을 제대로 분간할 수가 없었다. 나는 오로지 이 숨이 막힐 것 같은 떨림을 멈추기 위한 목적에서 유디트를 안고 그녀 입술에 키스했고 그녀는 단호하고 따뜻하게 내 키스를 되받았다. 그러나 그녀는 그녀의 목에서 내 팔을 풀어내고는 말했다. "행복은 행복이야. 그리고 행복은 하나의 행복만 있을 뿐이지. 그러나 너와 선생님의 딸이 서로 좋아한다는 것을 내게 고백하려 하지 않는다면 나는 너를 여기에 더 오래 붙잡아둘 수가 없어! 거짓말은 모든 것을 망치는 것이니까!"

나는 그동안 안나와 나 사이에 있었던 모든 것을 처음부터 끝까지 낱낱이 얘기하기 시작했고 그녀의 됨됨이와 내가 그녀에게 느낀 감정을 생생하게 묘사했다. 나는 또 오늘 낮에 있었던 일도 자세히 얘기하면서 우리 사이에서 언제나 반복되는 소심함과 수줍음 때문에 괴롭다고 유디트에게 털어놓았다. 내가 오랫동안 그렇게 하소연하는 이야기를 하고 난 뒤, 그녀는 내 불평에 대답하는 대신 물었다. "그럼 지금 네가 내 곁에 있는 것에 대해서는 어떻게 생각하지?" 나는 몹시 당황스럽고 부끄러워서 할 말을 찾지 못했다. 그러다 마침내 소심하게 말했다. "당신이 나를 데려왔잖아요!" "그래" 하고 그녀는 응수했다. "그렇지만 다른 예쁜 여자가 너를 유혹했더라도 누구든 그렇게 따라갔겠니? 그 점에 대해서 한번 깊이 생각해봐!" 나는 실제로 곰곰이 생각한 뒤에 매우 단호하게 말했다. "아니, 다른 사람하고는 절대 안 가요!" "그러니까 나도 조금은 좋아하는 거니?"라고 그녀는 말을 이었다. 이제 나는 커다란 궁지에 몰렸다. 왜냐하면 그 질문을 긍정하면 나로서는 처음으로 실제적인 부성을 저지르는 것이라고 뚜렷이 느꼈기 때문이고, 그러나 진지하게 깊이 생각해볼수록 '아니요'라는 말은 더욱 할 수 없기 때문이었다. 결국 나는 달리 어떻게 해보지 못하고 말했다.

"그래요, 그렇지만 안나만큼은 아니에요!" "도대체 어떻게?" 나는 격렬하게 그녀를 안고 모든 방법으로 그녀를 애무하면서 계속 말했다. "들어보세요! 안나를 위해서 나는 가능한 한 모든 것을 참고 견딜 수 있어요. 손끝만 까딱해도 언제나 그녀를 따를 거예요. 그녀를 위해서라면 그녀가 마치 수정처럼 나를 들여다볼 수 있을 만큼 모든 것이 철저하게 순수하고 맑은 그런 성실하고 명예로운 남자가 되고 싶어요. 그녀를 생각하지 않고는 아무것도 할 수 없어요. 당장 오늘부터 그녀를 보지 못하게 된다고 하더라도 영원히 그녀의 영혼과 함께 살고 싶어요! 이러한 것을 당신을 위해서는 할 수 없어요! 그런데도 나는 진심으로 당신을 사랑해요. 만일 당신이 그것에 대한 증명을 바란다면, 당신은 내 심장을 칼로 찔러도 좋아요. 당신이 그러는 동안 나는 잠자코 견딜 것이고, 내 피가 조용히 당신의 무릎에 흐르도록 할 거예요!"

나는 곧 이 말에 경악했다. 그러면서도 나는 그 말이 전혀 과장된 것이 아니고 언제부터인가 무의식중에 유디트에게 품어왔던 감정에 잘 들어맞는 표현이라는 것을 알았다.

갑자기 애무를 중단하고 나는 내 손을 그녀의 뺨 위에 얹었는데 이 순간 눈물이 그 위로 떨어지는 것을 느꼈다. 동시에 그녀는 한숨을 쉬면서 말했다. "내가 너의 피로 무엇을 하지! 오! 어느 남자도 내 앞에서 정직하고 맑고 순수해 보이려고 한 적이 없었어. 그래도 나는 진실을 내 자신처럼 사랑해!"

나는 슬퍼하면서 말했다. "그렇지만 내가 당신의 진실한 애인이나 당신의 남편은 더더구나 될 수 없잖아요?" "오, 나도 그걸 잘 알아. 그리고 그런 생각을 하지도 않아!" 그녀는 대답했다. "나에 대해 어떻게 생각해야 하는지 나도 네게 말해주고 싶어! 나는 너를 유혹했어. 첫째는 누군가와 다시 한 차례 키스하고 싶었어. 이제 곧 그렇게 할 건데 내게는 네가 그 대상으로 딱 맞아! 둘째, 나는 너를, 도도하게 구는 어린 사내를 좀 가르치고 싶었어. 셋째, 다른 사람이 없는 상태에서 옛날에 내가 소년시절의 너에게서 즐겨보곤 하던, 네 속에 감추어진 사내를 사랑하는 것이 나는 재미있어."

이 말과 함께 그녀는 나를 꽉 잡더니 키스하기 시작했다. 나는 불처럼 뜨겁게 달아올랐고 그 열을 식히기 위해서는 그녀의 촉촉한 입술을 놓치지 않고 다시 키스할 수밖에 없었다. 안나에게 키스할 때에는 마치 내 입술이 진짜 장미꽃에 닿는 것 같은 느낌이었다. 그러나 지금 나는 뜨거운 인간의 입에 키스하고 있었다. 아름답고 강한 여인의 내부에서 풍겨나온 은밀하고 향기로운 숨결이 맘껏 내게 흘러들어 왔다. 이 차이는 너무도 뚜렷해서 격렬하게 키스하는 동안 안나의 별이 떠올랐는데 바로 그 순간 유디트가 나에게 묻는다기보다는 오히려 스스로에게 속삭이듯 말했다. "지금도 네 애인 생각을 하고 있지?" "네"라고 나는 대답했다. 나는 "이제 갈 거예요!"라고 말하면서 몸을 떼내려고 했다. "그래 가!"

그녀는 미소 지으며 이렇게 말했지만, 그녀가 벌거벗은 부드러운 팔을 너무도 묘하게 풀었기 때문에 풀려났다는 느낌에는 칼로 베이는 것 같은 아픔이 있었다. 그래서 그녀의 팔에 다시 한 번 안기려고 했는데, 그녀는 벌떡 일어서서 내게 다시 한 번 키스한 다음 나를 밀어내며 낮은 소리로 "이제 가. 집에 갈 시간이야!"라고 말했다.

부끄러워하며 나는 모자를 찾아 그곳에서 나오려고 너무 서둘렀기 때문에 그녀는 큰 소리로 웃느라 현관문을 열어주리 뒤따라 올 수 없을 정도였다. 내가 뛰려고 하자 그녀는 "잠깐!" 하고 작은 소리로 말했다. "과수원을 통해서 서 위로 가서 마을 바깥으로 조금 돌아서 가!" 비는 쏟아질 수 있는 만큼 엄청나게 쏟아지고 강한 바람이 불었는데도 그녀는 가벼운 옷차림으로 나와 함께 정원을 지나왔다. 그녀는 울타리에서 멈추어 서더니 말했다. "들어봐! 내 집에 남자가 있어 본 적은 없어. 그리고 오래전 이래로 내가 입을 맞춘 사람은 네가 처음이야! 이제 정말 네게 충실하고 싶어. 이유는 묻지 마. 긴 시간을 보내기 위해선 뭔가 해 보아야만 해. 그래야 재미있거든. 그 대신 네가 마을에 머물 때는 언제나 밤에 몰래 와주면 좋겠어. 낮이나 사람들 앞에서는 우리가 서로 거들떠보지도 않는 척해야 해. 네가 절대 후회 안 하게 해준다고 약속하지. 세상은 네가 생각하는 대로 그렇게 돌아가지 않을 거야. 아마 안나와의 일도 마찬가지일걸. 세월이 지나면 알게 될 거야. 내가 네게 말할 수 있는 건 네가 내게 온다면 즐거우리라는 것뿐이야!" "다시는 오지 않을 거예요."

나는 다소 격하게 소리쳤다. 그녀는 "쉿! 그렇게 큰 소리 내지 마"라고 말했다. 그런 다음 그녀는 진지하게 내 눈을 들여다보았다. 나는 폭풍우와 어둠에도 불구하고 그녀의 눈이 반짝이는 것을 보았다. 그녀는 계속 말했다. "만일 네가 다시 오겠다고 네 명예를 걸고 성스럽게 약속하지 않는다면 너를 당장 내 침대 속으로 끌고 갈 거야. 그러면 너는 내 곁에서 자야 해! 하늘에 걸고 맹세하지!"

나는 이 협박을 비웃거나 경멸할 생각이 전혀 들지 않았다. 오히려 나는 유디트의 손을 잡고 다시 오겠노라고 약속하고 서둘러 그곳을 떠나왔다.

나는 어디로 가는지도 모르고 줄곧 달렸다. 휘몰아치는 비가 쾌감을 주었기 때문이다. 곧 마을을 벗어나 언덕 위로 올라와 그 위를 계속 걸었다. 아침이 밝아오면서 폭풍우 속으로 흐릿한 빛을 던지고 있었다. 나는 쓰디쓰게 자책하면서 후회했다. 내 발치 끝에서 희뿌연 비의 장막과 여명 사이로 간신히 보이는 작은 호수와 선생님 댁을 갑자기 보게 되었을 때, 나는 지쳐서 땅바닥에 주저앉아 너무도 비참하게 울음을 터뜨리고 말았다.

비는 계속해서 내 몸 위로 떨어졌다. 돌풍은 휘파람 소리를 내며 대기를 빠르게 지나 나무들 사이에서 가련하게 울부짖었고, 나 또한 어린아이처럼 울고 있었다. 나는 마땅히 나 이외의 그 누구도 비난하지 않았고 유디트에게 어떤 책임을 전가할 생각도 없었다. 나는 내 존재가 두 부분으로 분열되어 있는 것 같은 느낌을 받았다. 안나 앞에서는 유디트에게, 유디트 앞에서는 안나 곁에 숨고 싶었다. 그러나 나는 유디트에게 다시는 가지 않고 내 약속을 깨뜨리기로 맹세했다. 내 발치 끝의 희뿌옇게 젖은 저 아래쪽에서 지금 너무도 편안하게 잠들어 있을 안나에 대해 무한한 연민을 느꼈기 때문이다.

마침내 나는 떨치고 일어나 마을로 내려왔다. 굴뚝에서는 연기가 솟아나와 기묘하게 뿔뿔이 흩어지며 빗줄기 사이로 기어 올라가고 있었다. 어느 정도 냉정을 되찾은 나는 외삼촌댁에서 외박하게 된 것에 어떤 변명을 해야 할지, 길을 잃었다고 해야 할지 아니면 밤새 쏘다녔다고 해야 할지 곰곰이 생각했다. 이것은 위기의 소년시절 이래로 내가 어떤 목적을 위해서 다시 거짓말을 해야 했던 첫 번째 경우였다. 여러 해가 지나도록 나는 거짓말이 무엇인지 몰랐다. 이러한 사실을 깨닫자 마치 내가 잠시 손님으로 머물렀던 아름다운 정원에서 쫓겨난 것 같았다.

* 다음 권에 계속

지은이 고트프리트 켈러

고트프리트 켈러(Gottfried Keller, 1819~90)는 스위스의 소설가로,
19세기 중반 이후 독일어권 리얼리즘 문학의 가장 위대한 작가 가운데 한 사람이다.
선반공이었던 아버지는 켈러가 다섯 살 때 죽었으나 강한 의지의 소유자인
어머니가 그를 헌신적으로 교육시켰다. 그렇지만 사소한 장난 때문에 열다섯 살에
공업학교에서 쫓겨나 이것으로 그의 정규교육은 끝이 났다. 이후 화가가 되기로
결심하고 그림 공부를 하던 중 1840~42년에는 예술의 도시인 독일의 뮌헨에서
체류했다. 하지만 화가로 입신하지 못한 채 취리히로 돌아와 작가의 길을 걷는다.
주로 자연시·정치적 소네트·연애시 등 다양한 장르의 시를 썼는데, 시인으로서의
데뷔는 그다지 성공적이지 못했다. 1848~50년 스위스의 정부 장학금으로
하이델베르크 대학에서 공부했으며, 여기서 철학자 포이어바흐의 영향을 깊이 받았다.
1850년부터는 베를린에서 살았는데 1855년까지 계속된 베를린 체류기 동안
『초록의 하인리히』 초판이 총 4권이라는 방대한 분량으로 출판되었다. 그러나
시장의 반응은 냉담해 그는 빈곤에서 벗어날 수 없었다. 그는 작품이 실패하자 곧장
고향 취리히로 돌아왔고, 1861년 마흔두 살의 나이로 취리히의 수상청 총서기로
선출됨으로써 뒤늦게나마 안정된 직업을 갖게 되었다. 그때까지 그는 실패한
화가이자 경제적인 무능력에 허덕이던 전업작가로서 평탄치 못한 삶을 살았다.
공직에 몸담고 있던 15년 동안에는 거의 글을 쓸 시간이 없었고 말년이 가까워서야
다시 작가로 활동할 수 있었다. 은퇴 이후인 1879년부터 『초록의 하인리히』의
개정판을 출판하여 마침내 이듬해 마침표를 찍는다. 이 개정판이 30년 동안
작가의 업보였던 작품이지만, 오늘날 '스위스의 괴테'로 추앙받게 만든
대작이 된 것이다. 한 젊은이의 성장과정을 그린 이 소설은 괴테의 교양소설
『빌헬름 마이스터의 수업시대』의 전통선상에 있다. 반면 작품의 기본구조가
일인칭 서술자에 의한 연대기 회상의 형식이라는 점을 고려한다면, 이 작품은
전기적 또는 자서전적 소설의 특징을 내포하고 있다. '초록의 하인리히'라는
별명은 절약가였던 어머니가 아들의 옷을 전부 죽은 아버지의 유품인 초록색
옷으로 고쳐 만들어주었기 때문에 주인공 하인리히가 늘 초록색 옷을 입고
다닌 데서 생겨난 것이다. 한편 켈러는 노벨레 작가로도 유명한데, 특히
10편의 노벨레 연작집 『젤트빌라 사람들 1·2부』(1856/74)와
『일곱 개의 전설』(1872)은 독일 노벨레 문학의 백미로 꼽힌다.

옮긴이 고규진

고규진(高圭進)은 1983년 연세대학교 독문과를 졸업하고 같은 대학 대학원에서
문학 석사학위를 받았다. 독일 보쿰대학교에서 수학한 뒤, 1989년 연세대학교에서
문학 박사학위를 받았다. 독일 보쿰대학교 독일연구소의 객원교수를 지냈으며,
지금은 전북대학교 인문대학 독문과 교수로 있으면서 (사)호남사회연구회 회장과
전북대학교 인문학연구소장을 맡고 있다. 저서로는 『유럽의 파시즘. 이데올로기와 문화』(공저),
『담론분석의 이론과 실제』(공저), 『기억과 망각. 문예학과 문화학의 교차점』(공저)
등이 있다. 역서로는 한길사에서 펴낸 고트프리트 켈러의 『초록의 하인리히 1·2』를
비롯하여, 위르겐 링크의 『기호와 문학. 문학의 기본개념과 구조』(공역),
클라우스 미하엘 보그달의 『새로운 문학이론의 흐름』(공역) 등이 있다.
이밖에 고트프리트 켈러의 작품을 비롯한 독일소설과 문화학 관련 논문이 다수 있다.